Meiner Frau Colleen für … ach, einfach für [illegible]

106 3

James Hankins
Brothers and Bones – Blutige Lügen

Zu diesem Buch

Der junge Bostoner Staatsanwalt Charlie Beckham befindet sich auf dem Weg zum wichtigsten Prozess seiner Karriere, als eine kurze Begegnung sein Leben für immer verändert. Auf dem überfüllten Bahnsteig der U-Bahn gibt er einem Obdachlosen eine Münze. Was dieser erwidert, lässt Charlie das Blut in den Adern gefrieren: »Danke, Wiley.« Dann schließen sich die Türen der U-Bahn zwischen ihnen, und der Zug fährt ab. Der einzige Mensch, der Charlie jemals Wiley genannt hat, war sein Bruder Jake. Und Jake wird seit dreizehn Jahren vermisst. Woher kennt der verwahrloste Obdachlose den geheimen Spitznamen? Weiß er, was Jake zugestoßen ist und woran der investigative Journalist vor seinem Verschwinden gearbeitet hat? Oder ... ist es vielleicht sogar Jake selbst? Charlie macht sich auf die Suche nach dem Fremden, ohne zu ahnen, dass wenige Stunden später ein Albtraum beginnt, der nicht nur sein eigenes Leben in Gefahr bringt.

James Hankins wuchs in New Jersey auf und hat als Drehbuchautor gearbeitet, ehe er sich nach seinem Jurastudium als Anwalt in Boston niederließ und für eine der größten Anwaltskanzleien der USA arbeitete. Mittlerweile widmet er sich ganz dem Schreiben sowie der Erziehung seiner Zwillingssöhne. »Brothers and Bones – Blutige Lügen« ist sein erster Thriller, der auf Deutsch erscheint.

James Hankins

BROTHERS AND BONES

Blutige Lügen

Thriller

Aus dem Amerikanischen von
Alice Jakubeit

Piper München Zürich

Mehr über unsere Autoren und Bücher:
www.piper.de

MIX
Papier aus verantwortungsvollen Quellen
FSC® C083411
www.fsc.org

Deutsche Erstausgabe
April 2015

Titel der amerikanischen Originalausgabe:
»Brothers and Bones«

Umschlaggestaltung: Hauptmann und Kompanie Werbeagentur, Zürich, unter Verwendung eines Fotos von Christophe Dessaigne/ Trevillion Images
Satz: Kösel Media GmbH, Krugzell
Gesetzt aus der Stone Serif
Papier: Pamo Super von Arctic Paper Mochenwangen GmbH, Deutschland
Druck und Bindung: CPI books GmbH, Leck
Printed in Germany ISBN 978-3-492-30608-9

EINS

Manchmal kommt es mir so vor, als wäre meine persönliche kleine Welt in einer von diesen Schneekugeln eingeschlossen, in denen, wenn man sie schüttelt, dicke weiße Flocken um einen Miniatureiffelturm wirbeln. Hin und wieder nimmt das Schicksal meine Kugel in seine mitleidlosen Finger, schüttelt sie energisch und entfesselt einen Schneesturm, der mich benommen und beinahe atemlos zurücklässt. Das ist mir in meinen sechsunddreißig Lebensjahren drei Mal widerfahren, und jedes Mal wusste ich, nichts würde wieder so sein wie zuvor. Beim ersten Mal war es eine leere Fried-Chicken-Schachtel. Sie tötete meine Eltern. Auf tragische Weise absurd, ich weiß. Ich erkläre es später. Beim zweiten Mal war es ein Telefonat, das ich nicht einmal selbst führte. Dennoch veränderte dieser Anruf den Verlauf meines Lebens drastisch. Als das wütende Schneegestöber zum dritten Mal durch meine Welt fegte, da begann es mit zwei kleinen Wörtern. Nur vier Silben, und sie trafen mich völlig unvorbereitet. Danach war ich verwirrter denn je. Und auch diesmal wurde mein Leben unwiderruflich verändert.

Ich war damals Assistant United States Attorney und unterwegs zur Arbeit am wichtigsten Tag meiner Karriere. Als Angehöriger der Organized Crime Strike Force Unit, der Sondereinheit Organisiertes Verbrechen, war ich darauf spezialisiert, Mafiosi vor Gericht zu bringen – ein Bombenjob, den ich mit Leidenschaft ausfüllte. An jenem Morgen war ich unterwegs zur Eröffnung des größten Prozesses meiner bisherigen Karriere: des Prozesses gegen einen Vizechef der russischen Mafia namens Vasily »The Red« Redekov. Hinter dem Kerl waren wir seit Jahren her, und nun sah es so aus, als könnten wir ihn endlich festnageln. Und ich war der Anklagevertreter. Elf Jahre harte Arbeit als Jurist lagen hinter mir, und das war eine unglaubliche Chance. Mein Eröffnungsplädoyer vor dem Richter und der Jury war für Punkt acht Uhr dreißig angesetzt, und das Plädoyer der Verteidigung sollte darauf folgen. Da dies für die Bundesstaatsanwaltschaft ein so wichtiger Prozess in der Bekämpfung des organisierten Verbrechens in Massachusetts war, saß U.S. Attorney Andrew Lippincott, der oberste Bundesstaatsanwalt für Massachusetts und mein oberster Boss, an diesem ersten Tag mit mir am Tisch der Anklagevertretung, um das Verfahren mitzuverfolgen. Kurz: Es stand viel auf dem Spiel – für mich, für unser Amt und für das Wohl der Menschen in unserem Bundesstaat.

Es war kein guter Tag, um zu spät zur Arbeit zu kommen.

Vermutlich hätte ich also nicht ausgerechnet an diesem Morgen in meinem kleinen Lieblingscafé am Kendall Square in Cambridge frühstücken sollen, was ich mindestens einmal pro Woche tat. Aber ich hatte in der Nacht nicht schlafen können. Um halb vier Uhr morgens war ich hellwach, ging im Kopf die Beweisführung durch und feilte an dem Eröffnungsplädoyer, das ich in wenigen Stunden halten musste. Und da beschloss ich, dies lieber bei einem Espresso zu tun, anstatt dabei an die Decke zu starren und auf das Läuten des Weckers zu warten. Also stand ich auf, duschte, zog meinen besten Anzug und die schicke gestreifte Krawatte an, die meine Freundin mir zu Weihnachten geschenkt hatte, und fuhr mit der U-Bahn die eine Haltestelle nach Cambridge.

Großer Fehler, wie sich erwies. Als ich nach dem Frühstück zurückwollte, war es brechend voll in der Kendall Station. An diesem Tag, an dem ich es mir am allerwenigsten leisten konnte, zu spät zur Arbeit zu kommen, schob ich mich also inmitten von Pendlern die Treppe hinab zum Bahnsteig. Als schrilles Quietschen eine einfahrende U-Bahn ankündigte, wurde es hektisch. Die Pendlermeute drängte zur Bahnsteigkante, ich mittendrin. Eine quäkende Frauenstimme meldete über Lautsprecher, die Züge hätten Verspätung. Als die Türen sich mit einem Zischen öffneten, ließ ich mich mitziehen, doch ich wusste, dass ich nicht mehr hineinpassen würde. Und tatsächlich glitten die Türen schon nach wenigen Trippelschritten wieder zu.

Ich sah auf die Uhr. Noch sechsunddreißig Minuten bis zu den Eröffnungsplädoyers. Ich hatte keine Ahnung, wann die nächste Bahn kommen würde, aber in jedem Fall hatte ich eine fünfzehnminütige Fahrt und einen strammen Siebenminutenlauf von der U-Bahn-Station bis zum Gericht vor mir. Ich konnte es schaffen. Vielleicht. Natürlich würde die Jury den Kerl nicht freisprechen und Feierabend machen, bloß weil ich zu spät käme, doch es wäre ein lausiger Einstieg in den dreiwöchigen Prozess, wenn ich gleich zu Anfang Richter und Jury vor den Kopf stieße und zugleich mangelnde Professionalität bewiese. Und bei meinem Chef würde ich damit auch keine Pluspunkte sammeln.

Während ich nervös mit dem Fuß auf den Boden klopfte und auf den nächsten Zug wartete, auf allen Seiten dicht umringt von ungehaltenen Morgenmuffeln und in Gedanken wieder bei meiner juristischen Argumentation, bemerkte ich einen sehr starken, sehr unangenehmen Geruch. Ich erkannte darin sofort den durchdringenden, muffigen Geruch der Penner – Schweiß, Urin, Schmutz. Der Geruch kam aus nächster Nähe, und zwar von rechts. Ich tat, was die meisten Menschen in dieser Situation tun: Ich ignorierte sowohl den Geruch als auch seinen Besitzer und blickte stur geradeaus, doch als ich kurz darauf ein Klimpern hörte, sah ich nach unten, wo sich ein schmutziger Styroporbecher von Dunkin' Donuts in mein Sichtfeld schob, umklammert von einer schmutzigen Hand, die, wie mir auffiel, nur vier Finger besaß. Der kleine Finger fehlte, nur ein glatter Stumpf war davon übrig. Die restlichen Finger waren knorrig. Erneut wurde der Becher geschüttelt, und ein paar Münzen klimperten darin. Durch das Schütteln schien sich eine ganze Wolke des widerlichen Gestanks zu erheben und stieg mir in die Nase. Der Magen drehte sich mir um, und einen heiklen Augenblick lang befürchtete ich ernsthaft, ich könne mein halb verdautes Sandwich auf der Anzugsjacke vor mir deponieren.

Niemand in meiner Nähe machte Anstalten, Geld in den Becher des Mannes zu werfen. Ich konnte es den Leuten nicht verdenken. Auch ich gebe Obdachlosen normalerweise kein Geld. Ich tue das nicht aus Prinzip, ich habe einfach nie viel Kleingeld bei mir. Ich mag es nicht, wenn es in meiner Tasche herumfliegt. Aber an diesem Morgen hatte ich auf dem Bürgersteig einen Vierteldollar gefunden und ihn aufgehoben, weil ich gedacht hatte, dies könne ein Zeichen sein, dass es ein guter Tag werde. Wie sich herausstellen sollte, war dem nicht so.

Ein fernes Rattern hallte aus der Dunkelheit des U-Bahn-Schachts. Manche positionierten sich dort, wo sich ihrer Einschätzung nach die Türen öffnen würden. Der Becher vor mir wurde erneut geschüttelt. Da der Zug gleich einfahren würde, riskierte ich nun doch einen genaueren Blick auf den Mann, und ich erkannte ihn. Ich hatte ihn schon einmal gesehen, genauer gesagt, viele Male, in U-Bahn-Stationen überall in Boston. Er war wie immer in mehrere Schichten Lumpen gekleidet, die er wahrscheinlich in Mülltonnen gesammelt hatte. Er trug einen fleckigen, abgewetzten Mantel über einem verdreckten, ausgeblichenen Harvard-University-Sweatshirt. Die fettigen dunklen Zotteln fielen ihm bis über die Schultern. Die schorfigen Lippen waren in dem dichten, verfilzten Bart, der die untere Hälfte seines Gesichts bedeckte und ihm bis auf die Brust hing, kaum zu erkennen. Auch die obere Hälfte seines Gesichts konnte ich nicht gut sehen, teils weil er sich sehr gebeugt hielt, als drückten ihn hundert unsichtbare Hände zu Boden, teils aber auch, weil er das Gesicht von mir abgewandt hielt, als suchte er auf dem Boden ein Stück rechts von sich nach Münzen. Obwohl er ein paar Zentimeter größer als ich war – er mochte knapp eins neunzig sein –, ließ seine gebeugte Haltung ihn kleiner erscheinen. Er schwieg, was, wie ich wusste, ungewöhnlich für ihn war. Ich hatte ihn, wie gesagt, schon oft gesehen, und still war er nur selten. Meistens stieß er einen Wortschwall aus, aus dem niemand außer vielleicht er selbst schlau wurde. Manchmal schrie er Passanten Obszönitäten zu. Bei anderen Gelegenheiten knurrte er sie nur an. Einmal hatte ich ihn wütend mit einem Gesicht auf einer Reklametafel streiten sehen. Doch heute war er still.

Und vielleicht war ich ja verrückt, aber unvermittelt hatte ich das deutliche Gefühl, dass er mich beobachtete, und zwar sehr aufmerksam. Je lauter das Rattern des Zuges wurde, desto stärker wurde auch eine wohlvertraute Empfindung: jenes Gefühl, das mich häufiger überkam, als mir lieb war, ein Kribbeln im Nacken, als würde mich ein ganzer Schwarm winziger Mücken stechen. *Beobachtete* er mich?

Natürlich nicht. Wirklich nicht. Wäre Dr. Fielding jetzt hier gewesen, hätte er es mir bestätigt.

Aber nun wollte ich unbedingt einen genaueren Blick auf das Gesicht dieses Mannes werfen. Ich hatte noch nie so lange so dicht neben ihm gestanden. Während der Zug mit einem durchdringenden, lang anhaltenden Kreischen von Metall auf Metall langsam zum Stehen kam, kramte ich den Vierteldollar aus meiner Tasche und bückte mich, um dem Mann ins Gesicht zu sehen. Aber in dem Moment gingen schon die Türen auf, und die Pendler drängten vor. Ich ließ die Münze in den Becher fallen und wurde auch schon weitergeschoben. Ich verrenkte mir den Hals, um doch noch einen Blick auf die Augen des Mannes zu erhaschen.

Und da geschah es. Während ich von der menschlichen Flut in den Zug gespült wurde, hörte ich den Obdachlosen mit einer Stimme, die rau wie Haifischhaut war, sagen: »Danke, Wiley.«

Sicher ertönte genau in diesem Augenblick ein schriller Signalton – denn der ertönte immer, kurz bevor die Türen sich schlossen. Zweifellos herrschte um mich herum auch ein ziemlich hoher Geräuschpegel. Möglicherweise bat auch ein Mitarbeiter der U-Bahn die zurückbleibenden Pendler, nicht so zu drängeln, da der nächste Zug bald eintreffen werde. Aber ich hörte nichts davon. Ich hörte nur diese beiden Wörter, gesprochen von einem Mann in Lumpen und mit Zottelmähne, der den Becher mit den Münzen sicherlich fester im Griff hatte als die Realität. *Danke, Wiley.*

Ich heiße nicht Wiley. Ich heiße Charlie Beckham. Der einzige Mensch, der mich je, jemals Wiley genannt hatte, war mein Bruder Jake. Und Jake wurde seit dreizehn Jahren vermisst.

ZWEI

Bei Gericht versagte ich total, wie ein Torjäger, der neben den Ball tritt. Und Andrew Lippincott war live dabei. Als ich hinterher an meinem Schreibtisch saß, den Kopf in den Händen vergraben, und mich gerade hoffnungsvoll fragte, ob ich nicht doch ein bisschen zu hart mit mir ins Gericht ging, hörte ich jemanden sagen: »Wie kommt's, dass du es heute so verkackt hast, Charlie?«

Ich blickte auf. An der Tür zu meinem Büro stand Angel Medina, ein Kollege, der ein Jahr nach mir zum Büro des U.S. Attorney gestoßen und das jüngste Mitglied der Organized Crime Strike Force Unit war. Seit seiner Einstellung vier Jahre zuvor war ich so etwas wie ein inoffizieller Mentor für Angel, und er war mein engster Freund geworden. Überdies hatte er mich bei dem Redekov-Fall unterstützt, weshalb er heute neben mir und Lippincott am Tisch der Anklagevertretung gesessen und mein schwindelerregendes Unvermögen mit angesehen hatte. Ich zeigte ihm den Stinkefinger und ließ den Kopf wieder in die Hände sinken.

»Was zum Teufel war da los?«, fragte Angel. »Du hast es total vergeigt.«

Das hatte ich allerdings. Ich war katastrophal gewesen.

Vier Jahre lang hatte unser Büro zusammen mit dem FBI und örtlichen Polizeibehörden eine gemeinsame Sondereinheit gebildet, die sich auf Vasily Redekov konzentriert hatte. Seine Verurteilung würde ein deutliches Signal an das organisierte Verbrechen in Boston senden. Unsere Aussichten waren gut. Wir hatten einige Dutzend wertvoller Hinweise bekommen, und die Sondereinheit hatte beim Zusammentragen des Beweismaterials großartige Arbeit geleistet. Redekov selbst hatte uns noch geholfen, indem er die Nerven verloren, höchstpersönlich einen Verräter erschossen sowie einen Augenzeugen mehrfach angeschossen und die Verbrechen dann aus Überheblichkeit kaum vertuscht hatte. Dummerweise hatte der Augenzeuge überlebt, wenn auch angesichts der sechs Kugeln, die Redekov ihm verpasst hatte, nicht davon auszugehen war, dass er den armen Kerl aus Barmherzigkeit am Leben gelassen hatte. Obwohl wir damit ziemlich stichhaltige Beweise hatten, war der Erfolg unserer Anklage wegen Mordes, versuchten Mordes, verschiedener Fälle von Schutzgelderpressung und Ähnlichem keineswegs garantiert. Redekovs Rechtsverdreher waren gut in ihrem Job, und überdies hatte eine der Kugeln, die er im Kopf des Augenzeugen platziert hatte, dort einige Verwirrung gestiftet. Dennoch war ich optimistisch, so wie alle bei der Organized Crime Strike Force Unit. Offen gesagt, hofften wir sogar auf noch fettere Beute. Wenn ich bei Gericht gute Arbeit leistete und Redekov klarmachte, wie aussichtsreich unsere Anklage gegen ihn war, dann würde er vielleicht nervös werden und sich auf einen Deal einlassen, alles gestehen und uns den Rest der großen Tiere in der russischen Familie liefern, darunter hoffentlich auch das größte Tier von allen, den Kopf der gesamten Organisation. Das hofften wir jedenfalls, und die Grundvoraussetzung dafür war, dass ich bewies, wie fähig ich war, wie wasserdicht die Anklage der Staatsanwaltschaft und wie tief die Scheiße, in der Redekov saß.

Stattdessen gab ich eine erbärmliche Vorstellung. Ich stolperte durch mein Eröffnungsplädoyer und musste dann neben einem vor Wut kochenden Andrew Lippincott sitzen, während Redekovs Anwalt in seinem Plädoyer genau den richtigen Ton anschlug: eine Mischung aus Selbstgefälligkeit und Empörung über den Versuch der Staatsanwaltschaft, den guten Namen seines Mandanten in den Schmutz zu ziehen. Er war gewandt, beredt, sympathisch, gut vorbereitet und auch sonst alles, was ich hätte sein müssen, aber nicht war. Nach einer kurzen Pause, in der Lippincott mich an die Bedeutung des Prozesses erinnerte und mir immer wieder durchdringend in die Augen sah – vermutlich um sich zu vergewissern, dass ich nicht vor der Verhandlung ein Sixpack gekippt hatte –, stand ich auf und begann mit dem Beweisvortrag der Staatsanwaltschaft. Und ich war kein Stück besser als vor der Pause. Ich vergaß entscheidende Fakten, was höchst ungewöhnlich für mich war, denn ich habe so etwas Ähnliches wie ein eidetisches Gedächtnis. Ich brauche bloß einen kurzen Blick auf etwas zu werfen und erinnere mich später außerordentlich genau daran. Manche Menschen haben blaue Augen, andere können einen Baseball meilenweit schlagen, wieder andere können Lincolns Gettysburg-Rede auf ein einziges Reiskorn gravieren. Ich kann eben dies.

Aber an diesem ersten Prozesstag konnte ich mich nicht einmal auf mein Gedächtnis verlassen. Ich vergaß nicht nur Fakten, sondern präsentierte die, an die ich mich erinnerte, völlig zusammenhanglos und ohne dass ich meinen Zuhörern die Bedeutung dieser Fakten vermitteln konnte. Ich stammelte, murmelte, berichtigte mich, verlor den Faden und stand zweimal kurz davor, mich entmutigt aus dem Fenster zu stürzen. Ich hatte gehofft, dieser Prozess würde mein Sprungbrett zu noch wichtigeren Fällen sein. Doch nach dem heutigen Tag konnte ich von Glück reden, wenn ich meinen Job behielt. Lippincott könnte mich genauso gut auffordern, den Hut zu nehmen.

In Gedanken begann ich schon, meinen Lebenslauf zu formulieren, und überlegte, wohin ich ihn schicken könnte, aber Angel Medina ließ nicht locker.

»Charlie, was ist los?«

»Wie du schon gesagt hast, Angel, ich hab's vergeigt.«

»Offensichtlich. Aber wieso?«

Angels Taktgefühl hatte ich schon immer geliebt.

»Ich war nicht in Form, hatte Schwierigkeiten, mich zu konzentrieren. Ich war wohl nervös. Was soll ich sagen? Ich war durch den Wind.«

»Ich glaube, ich habe dich noch nie nervös gesehen, Charlie, und garantiert noch nie durch den Wind.«

Er hatte mich ja auch nicht heute Morgen in der U-Bahn erlebt, unmittelbar nachdem der Obdachlose mich Wiley genannt hatte, bei einem Spitznamen also, den nur mein Bruder gekannt hatte, der seit dreizehn Jahren vermisst wurde und vor sechs Jahren offiziell für tot erklärt worden war.

Zuerst war ich sprachlos gewesen, wie vom Donner gerührt. Offen gestanden, weiß ich eigentlich gar nicht, wie genau man sich das vorzustellen hat, aber ich habe in Westernfilmen Cowboys gesehen, von denen andere Cowboys sagten, sie sähen aus wie vom Donner gerührt, und genau so muss ich ausgesehen haben, stelle ich mir vor. Als ich aus meiner Benommenheit erwacht war, versuchte ich, wieder hinaus auf den Bahnsteig zu gelangen, wo der Obdachlose inmitten der Pendler stand und mich fixierte. Ich schob und drängelte und schlug mit der Aktentasche um mich, erreichte damit jedoch nur, dass ich mich ziemlich unbeliebt machte, und als die Türen sich geschlossen hatten, stand ich noch immer im Zug. Ich ignorierte die Leute um mich herum und betrachtete durchs Fenster den Obdachlosen, bis er außer Sicht war und ich auf eine schwarze Tunnelwand starrte.

Ich spürte mein Herz in der Brust flattern. Wer war dieser Mann? Woher kannte er den geheimen Spitznamen? Hatte er Jake gekannt? Wusste er, was ihm zugestoßen war?

Mir kam ein Gedanke, der mich mit der Wucht eines Hammers traf. Ich hatte den Obdachlosen nicht richtig sehen können. Ich schloss die Augen und versuchte, mir seine Erscheinung in Erinnerung zu rufen. Es war schwierig, sich vorzustellen, wie er unter dieser Einsiedlermähne und der Schmutzschicht aussehen mochte. War das möglich? Der Mann hielt sich so gebeugt, dass seine Körpergröße schwer zu schätzen war, aber es kam in etwa hin. Ebenso sein Körperbau, obwohl auch der unter den diversen Kleiderschichten nur zu erahnen war. Und auch das Alter schien in etwa zu stimmen. War es möglich?

Als ich mich an der nächsten Haltestelle durch die wogende Pendlermasse hinaus auf den Bahnsteig schob, hatte ich den Redekov-Prozess völlig vergessen. Ich rannte die Treppe hinauf und auf der anderen Seite wieder hinunter auf den Bahnsteig in die Gegenrichtung, wo ich vier bange Minuten auf einen Zug wartete, der mich dorthin zurückbrachte, wo ich den Obdachlosen in dem Harvard-Sweatshirt gesehen hatte. Ich keuchte und schwitzte und hatte die Augen weit aufgerissen. Den Blicken der Leute um mich herum nach zu urteilen, sah ich aus wie ein Geistesgestörter. Ein kleines Mädchen wimmerte und drückte sein Gesicht zwischen die Knie seiner Mutter. Ich nahm das alles kaum zur Kenntnis.

Als ich an der Kendall Station ausgestiegen war, wartete ich, bis der Zug weiterfuhr, und blickte dann über die Gleise zum anderen Bahnsteig. Der Obdachlose war nirgends mehr zu sehen. Der Bahnsteig war nicht mehr so voll wie vorhin, ich hätte ihn also garantiert gesehen, wäre er noch dort gewesen. Ich stürmte die Treppe hinauf und hinaus auf den Bürgersteig, wo ich mich nach allen Seiten umsah. Kein Glück. Ich beschrieb den Obdachlosen einigen Passanten und fragte, ob sie so jemanden in den letzten Minuten gesehen hätten. Die hilfreichste Antwort lautete noch: »Sie blockieren die Treppe.«

Ich ließ den Kopf hängen und stieß geräuschvoll den Atem aus. Mir blieb nichts anderes übrig, als zur Arbeit zu fahren und … O nein! Ich sah auf die Uhr und musste einen gallebitteren Geschmack hinunterschlucken.

Mit einundzwanzig Minuten Verspätung traf ich schließlich im Gerichtssaal ein. Ein furchtbarer Beginn für einen furchtbaren Tag bei Gericht. Allen Bemühungen zum Trotze, mich auf den Fall zu konzentrieren, wanderten meine Gedanken durch das Bostoner U-Bahn-System. Ich gab mein Bestes, aber ich war fahrig, als ich mich durch den Vortrag der Anklage kämpfte. Am Nachmittag brachte ich meine Ausführungen für diesen Tag zu einem lahmen Ende, setzte ein selbstironisches Lächeln auf und versprach dem Gericht, von nun an pünktlich zu sein. Es war Donnerstag, und der Richter hatte nach der Mittagspause verkündet, dass er am kommenden Tag aus persönlichen Gründen nicht bei Gericht sein könne, daher würde der nächste Termin, bei dem ich unter Androhung der Todesstrafe pünktlich zu sein hatte, am Montagmorgen sein.

Nachdem die Verhandlung vertagt worden war, sagte Lippincott mir, er benötige Zeit, um nachzudenken, daher ließ ich ihn am Tisch der Anklagevertretung zurück und schlich mich aus dem Gerichtssaal. Draußen kämpfte ich mich durch einen dichten Wald aus Mikrofonen und Kameras und machte mich auf den deprimierenden Weg zurück in mein Büro.

Als ich im Aufzug hinauf in den achten Stock fuhr, wo die Abteilung Strafsachen der Bundesstaatsanwaltschaft untergebracht ist, fragte ich mich, ob Lippincott wohl schon angerufen und Anweisung gegeben haben mochte, mein Büro zu räumen und mich vom Sicherheitsdienst aus dem Gebäude begleiten zu lassen.

Wie sich herausstellte, hatte er nichts dergleichen getan. Als nun, eine halbe Stunde später, Angel an meiner Tür stand, sagte ich zu ihm: »Ich hoffe, die Freundschaft zu mir schadet deiner Karriere nicht, wenn ich weg bin und in Notfallambulanzen meine Visitenkarten an Unfallopfer verteile, die vielleicht einen Anwalt brauchen könnten.«

Angel war so liebenswürdig, über meinen Galgenhumor zu lächeln. Aber er war nicht so liebenswürdig, meiner Zukunftsvision zu widersprechen.

Mein Telefon läutete, und ich nahm ab.

»Lippincott?«, fragte Angel, nachdem ich aufgelegt hatte.

Ich nickte. »Er will mich sehen.«

Als ich an ihm vorbeiging, fragte er: »Soll ich schon mal deinen Schreibtisch leer räumen?«

Beinahe hätte ich ihm noch einmal den Stinkefinger gezeigt, doch womöglich würde ich später wirklich seine Hilfe brauchen, um meine Sachen zu packen.

DREI

Das John Joseph Moakley United States Courthouse beherbergt neben diversen Gerichtssälen im achten und neunten Stock auch das Amt des Bundesstaatsanwalts für Massachusetts. Von der Straße aus betrachtet, ist das Gebäude ein ziemlich typisches, unauffälliges Amtsgebäude: Backstein und rechte Winkel. An der Rückfront kann man jedoch sehen, wo die Steuergelder in den 1990er-Jahren hineingesteckt wurden. Das Gebäude steht so nahe am Hafen, dass man vom Hinterausgang aus einen Baseball ins Wasser lobben kann. Diese Seite des Gebäudes ist konkav und bietet einen Panoramablick auf den Hafen und den Atlantik dahinter. Die Front besteht aus gewaltigen Glasscheiben, die in einem schrägen Winkel der Krümmung des Gebäudes folgen. Es ist mit Abstand das ästhetischste Amtsgebäude, das ich je gesehen habe. Das mag nicht viel heißen, aber es ist wirklich ein großartiges Bauwerk.

Die Abteilung Strafsachen der Bundesstaatsanwaltschaft befindet sich im achten Stock des Moakley-Gebäudes, während die Abteilung Zivilsachen, die Abteilung Verwaltungssachen und die juristische Bibliothek sich im neunten Stockwerk befinden. Die Organized Crime Strike Force Unit ist an einem Ende des geschwungenen Korridors untergebracht und Lippincotts großes Eckbüro am anderen. Ich nahm den Gang an der Fensterfront und lief so im Wesentlichen an der Innenseite der Gebäudekrümmung entlang. Abgesehen davon, dass es schneller ging, als durch die Büros der anderen Ressorts zu laufen, hatte dieser Flur den Vorzug, dass ich das in der Sonne glitzernde Wasser im Blick hatte anstatt der Gesichter meiner Kollegen, die im Gegensatz zu mir nicht den langen, Beklemmung verursachenden Gang zum Büro des Chefs antreten mussten.

Andrew Lippincott war ein einschüchternder Mann. Nicht körperlich, wohlgemerkt. Er konnte nicht größer als eins dreiundsiebzig sein, und ich bezweifelte, dass er siebzig Kilo auf die Waage brachte, ohne einen triefend nassen Cockerspaniel im Arm zu halten. Aber intellektuell war er wirklich einschüchternd, schlichtweg Furcht einflößend. Unterhaltungen mit ihm waren wie Schachpartien, und Lippincott dachte immer zwölf Züge voraus. Sowohl unter seinen Mitarbeitern als auch unter den gegnerischen Anwälten hieß es, nur halb im Scherz, der Mann könne hellsehen. Dazu konnte ich nichts sagen, aber ich wusste, dass er ein entsetzlich brillanter Kopf war. Sein Scharfsinn war imposant. Meines Wissens hatte ihn seine Intuition in seinen zweiundsechzig Lebensjahren nicht ein einziges Mal getrogen. Was seine juristischen Fähigkeiten anging, konnte ihm in Boston niemand das Wasser reichen, und die Stadt ist nicht gerade für die Unfähigkeit ihrer Juristen bekannt.

Lippincott hatte die Ellbogen auf seinen gewaltigen Mahagonischreibtisch gestützt, hinter dem er geradezu zierlich wirkte, das Kinn ruhte auf den Händen. Sechs seiner tadellos manikürten Finger waren ineinander verschränkt, nur die aneinandergelegten Zeigefinger ragten wie eine Kirchturmspitze in die Höhe, und die Daumen stützten das Kinn. Mir kam der Gedanke, dass Kinder auf diese Weise eine Pistole mimen, und ich hoffte, es sei kein unterbewusster Ausdruck von Lippincotts Plänen für mich. Lippincott sah mich mit seinen dunklen rauchgrauen Augen an und lenkte mich mit einem knappen Nicken zu einem der beiden nadelgrünen Ledersessel vor seinem Schreibtisch.

Neben mir saß Michael Kidder, ein klebrig-klamm wirkender Mann ungefähr in Lippincotts Alter. Kidder war größtenteils kahlköpfig, nur am Hinterkopf verlief von Schläfe zu Schläfe ein ungewöhnlich dichter, leicht ergrauter Haarkranz, und auf dem Scheitel stand ein kleiner, etwas alberner Haarbüschel. Sein Kopf sah aus wie ein kuppelförmiger Felsen, der aus einer üppigen Wiese aufragte und auf dessen glattem, unwirtlichem Gipfel eine winzige Pflanze irgendwie überlebt hatte.

Kidder war First Assistant U.S. Attorney, was ihn zu Lippincotts rechter Hand machte und ihn in der Hierarchie diverse Stufen über mir und nur eine unterhalb von Lippincott ansiedelte. Er hatte schon neun U.S. Attorneys überdauert, war vom Bundesstaatsanwalt zum Leiter des Ressorts Wirtschaftskriminalität aufgestiegen und hatte die letzten drei Jahre der Amtszeit von Lippincotts Vorgänger auf seiner gegenwärtigen Position als Rangzweiter verbracht. Nach zweiundzwanzig Jahren bei der Bundesstaatsanwaltschaft von Massachusetts konnte er nirgendwo anders hin als ganz an die Spitze, und allmählich erschien es fragwürdig, ob er dort je landen würde. Es war kein Geheimnis, dass er sich offen um das Amt beworben hatte, das letztlich an Lippincott gegangen war. Ich hatte gehört, Kidder sei enttäuscht gewesen, aber er war ein Profi. Lippincotts Tochter Jessica, mit der ich, wie der Zufall es will, seit sechs Jahren zusammen bin, hatte mir offenbart, ihr Vater vertraue Kidder nicht restlos, doch ihrer Meinung nach war das nur eine Reaktion auf eine gewisse – möglicherweise reale, möglicherweise auch eingebildete – Verstimmung bei seinem Stellvertreter.

Ich sah zu Lippincott, der mich noch einen Augenblick lang stumm betrachtete. Ich bin ein bisschen stolz darauf, dass ich weder zappelig wurde noch übermäßig schwitzte oder Unsinn redete, um das unbehagliche Schweigen zu überbrücken.

Schließlich räusperte er sich – leise und bestens platziert – und begann mit dieser wohlvertrauten Stimme zu sprechen: dieser erstaunlich tiefen, volltönenden Stimme, die den Richtern signalisierte, er wisse genau, wovon er sprach, und die den Juroren signalisierte, er sei ein Mann, dem man trauen könne; die dem Anwalt der Gegenseite signalisierte, er sei ein Mann, den man respektieren und, ja, ein wenig fürchten müsse. Mit dieser Stimme sagte er nun zu mir: »Wenn Sie nicht mit meiner Tochter verlobt wären …« Er führte den Gedanken nicht zu Ende. Das war auch nicht nötig.

Ich muss gestehen, dass einer der Gründe für meine Nervenstärke im Umgang mit Lippincott der Umstand war, dass Jessica, sein Augenstern, eines schönen Tages zugestimmt hatte, mich zu heiraten. Nicht, dass ich mir deshalb ihrem Vater gegenüber Freiheiten herausgenommen hätte, aber ich war in seiner Gegenwart weniger befangen als die anderen Staatsanwälte. Und er verhielt sich mir gegenüber ziemlich anständig. Ich hatte meinen Abschluss an der Northeastern University Law School gemacht und unter den besten zwanzig Prozent meines Jahrgangs abgeschnitten, was nicht schlecht war, doch meine Universität nahm unter den juristischen Fakultäten keinen allzu hohen Rang ein. Dennoch stellte Lippincott, der damals District Attorney, also leitender einzelstaatlicher Staatsanwalt, für Middlesex County war, mich persönlich für seinen Stab von Staatsanwälten ein, was reichlich ungewöhnlich war. Später erzählte er mir, er sei von einem meiner Professoren kontaktiert worden, der aber habe anonym bleiben wollen. Ich konnte mir nicht vorstellen, bei welchem Professor ich einen solch positiven Eindruck hinterlassen haben sollte, doch wer war ich, dem zu widersprechen? Lippincott bot mir eine großartige Stelle an. Ziemlich bescheidene Bezahlung für einen Juristen, aber sehr, sehr interessante Arbeit. Wichtiger noch war, dass ich hoffte, als Staatsanwalt könne ich hin und wieder ein wenig nach dem Schicksal meines Bruders forschen, was mir damals viel wichtiger war, als in einer mittelgroßen Anwaltskanzlei das doppelte Gehalt zu beziehen.

In meinen sechs Jahren als Assistant District Attorney mit Lippincott als meinem Mentor hatte ich mir einen recht beachtlichen Ruf erworben, indem ich eine Reihe von hochrangigen Fieslingen hinter Gitter gebracht hatte. Als der Präsident der Vereinigten Staaten Lippincott zum U.S. Attorney für Massachusetts ernannte, wollte Lippincott, dass ich, sein Vorzeigeprotegé, mit ihm bei der Bundesstaatsanwaltschaft arbeitete, und er stimmte sogar meiner Bedingung zu, mich der hochbegehrten Organized Crime Strike Force Unit zuzuteilen. Ich meine, dass ich mich in den bisherigen fünf Jahren bei der Bundesstaatsanwaltschaft gut gemacht habe. Nun ja, jedenfalls bis zu diesem Vormittag.

Obendrein schien Lippincott sich nicht daran zu stören, dass Jessica und ich ein Paar geworden waren, nachdem er uns bei einer informellen Feier im Amt des District Attorney beiläufig vorgestellt hatte. In Anbetracht all der strahlenden jahrgangsbesten, höchst talentierten jungen Akademiker in Boston, die für eine Verabredung mit einer so klugen, erfolgreichen und attraktiven Frau wie Jessica notfalls die eigene Großmutter k.o. schlagen würden, wundert es mich, dass er sie mit einem seiner Untergebenen ausgehen, geschweige denn, sich mit ihm verloben ließ. Doch in diesem

Punkt ließ er Jessica allein entscheiden, und das halte ich ihm wirklich zugute – auch wenn er in diesem Moment wahrscheinlich zutiefst bereute, uns einander vorgestellt zu haben.

Plötzlich merkte ich, dass Lippincott verstummt war und irgendeine Antwort von mir zu erwarten schien. »Ja, Sir, ich weiß, ich war heute nicht gut, und ich …«

Mit einer knappen, wegwerfenden Handbewegung unterbrach er mich. Er hatte mich durch den Einsatz einer strategischen Sprechpause dazu veranlasst, etwas zu sagen, und mich dann sofort unterbrochen, womit er demonstrierte, dass er das Schachbrett kontrollierte.

»Ich erwarte keine Entschuldigung, Charlie«, sagte er.

»Nein«, bekräftigte Kidder unnötigerweise.

Ich nickte und hielt den Mund. Lippincott musterte mich noch einen Augenblick, dann fuhr er fort: »Ich erwarte zwar keine Entschuldigung von Ihnen, aber eine Erklärung wünsche ich mir schon.«

Hätte ich ihm etwa sagen sollen, eine Stimme aus der Vergangenheit, möglicherweise sogar aus dem Grab, sei für diese Panne vor Gericht verantwortlich? Wie würde er reagieren, wenn ich ihm erzählte, dass mein lange vermisster und schließlich betrauerter Bruder möglicherweise gar nicht verstorben war? Wie lange würde es dauern, bis er den Sicherheitsdienst riefe, wenn ich ihm erzählte, dass meine Leistung so abgrundtief schlecht gewesen war, weil ich mich gefragt hatte, ob mein seit dreizehn Jahren vermisster Bruder womöglich gerade irgendwo in der Nähe mit einer Parkuhr über Politik stritt? Also behauptete ich, ich sei abgelenkt gewesen, hätte in der Nacht nicht gut geschlafen, weil ich nervös gewesen sei.

Lippincott und Kidder hörten mir zu – wobei Kidder aussah, als hätte er soeben an einer Zitrone gelutscht. Lippincotts Blick war zunächst sehr streng, doch dann wurde er allmählich milder. »Es ist lange her, dass ich bei Gericht nervös war, Charlie. Sehr lange her.« Ich konnte mir kaum vorstellen, dass er jemals irgendwo nervös gewesen war. »Ich vergesse oft, wie es ist, jung und beflissen zu sein. Den Chef beeindrucken zu wollen. Möglicherweise war meine Anwesenheit heute ein Fehler.« Er hielt inne. Vielleicht hätte ich an dieser Stelle einwerfen sollen, dass er niemals Fehler mache, doch ich schwieg.

Kidder mischte sich ein. »Aber wie Andrew und ich besprachen, ehe Sie hereinkamen, haben Sie auch schon eine ganze Menge Erfahrung, Charlie. Wir dachten, das hätten Sie hinter sich gelassen, diese Art von ...«

Lippincott fiel ihm ins Wort. »Ich habe mehr erwartet, Charlie. Ich habe ...« Ich zuckte zusammen. Ich wusste, was jetzt kam. Lippincott fuhr fort: »... persönliche Perfektion erwartet.« Aus dem Augenwinkel meinte ich zu sehen, wie Kidder seine Worte stumm mitsprach.

Das war Lippincotts Schlagwort, sein persönliches Mantra. Er erwartete von jedermann in seinem Umfeld »persönliche Perfektion«. Er erwartete nicht unbedingt Perfektion in den Ergebnissen, die wir erzielten, doch er erwartete sie bei der Vorbereitung, in der Leistung. Wenn wir bei unserer Vorbereitung und bei der Arbeit nach persönlicher Perfektion strebten, würden sich die gewünschten Ergebnisse von allein einstellen.

Und an sich selbst legte Lippincott denselben Maßstab an. Auch von sich erwartete er nichts Geringeres als Perfektion, und ich bezweifelte, dass er in dieser Hinsicht jemals enttäuscht wurde. Er war niemals unvorbereitet, niemals verwundbar durch Kritik. Er schien immer die richtigen Entscheidungen zu treffen. Sein Büro war so ordentlich, dass man meinen konnte, er beschäftige eine Putzkolonne mit schweren Zwangsneurosen, doch ich wusste, dass er es selbst in Ordnung hielt. Seine Anzüge waren stets gebügelt. Ich glaube, seine Schweißdrüsen sonderten nur dann Schweiß ab, wenn er es ihnen erlaubte, vermutlich wenn er allein war, unter der Dusche.

»Sie verstehen, worauf ich hinauswill«, sagte er, »nicht wahr, Charlie? Sie verstehen, welche Art der Perfektion ich erwarte?«

Ich nickte.

»Sie waren heute Morgen nicht perfekt.«

»Nach allem, was ich gehört habe, waren Sie weit davon entfernt«, warf Kidder ein.

»Sie haben recht, Sir«, sagte ich zu Lippincott. »Ich weiß, es ist ein bisschen spät dafür, aber ich vermute, Sie möchten für den Rest des Prozesses jemand anderen zum Anklagevertreter bestimmen. Ich würde ihm gerne assistieren und ihn, so gut ich kann, unterstützen. Ich werde Überstunden machen. Ich kümmere mich um meine eigenen Fälle, und bleibe wegen dem Prozess abends länger. Sagen Sie mir einfach, wem ich meine Akten zukommen lassen muss.«

»Wegen des Prozesses.«

»Pardon?«

»Wegen *des* Prozesses. Und das wird nicht nötig sein. Es ist immer noch Ihr Prozess, Charlie.«

Zuerst dachte ich, ich hätte ihn nicht richtig verstanden. Als er meine Verunsicherung bemerkte, nickte er und lächelte beinahe unmerklich. Man sah nur ein ganz leichtes Anheben der Mundwinkel.

»Michael ist mit meiner Entscheidung nicht einverstanden, Charlie.« Ich spürte, dass Kidder neben mir nickte. »Offen gesagt«, fügte Lippincott hinzu, »habe ich selbst meine Zweifel. Vielleicht ist es ein Fehler. Vielleicht kokettiere ich mit … der Unvollkommenheit.« Wieder dieses Lächeln. Kaum merklich. »Sie sind ein exzellenter Jurist, Charlie. Das haben Sie wiederholt unter Beweis gestellt. Und ich glaube, Sie können in diesem Prozess exzellent sein. Aber Sie dürfen nie vergessen, wie wichtig der Prozess für uns ist. Ich fürchte, es besteht kaum noch Aussicht darauf, Redekov eine solche Angst einzujagen, dass er sich auf einen Deal mit uns einlässt und uns andere Angehörige seiner Familie liefert. Aber wir müssen diesen Mann trotzdem wegsperren. Als Signal an das organisierte Verbrechen in Massachusetts. Niemand, absolut *niemand* kommt davon, wenn wir ihn erst einmal haben. Verstanden? Wir müssen diesen Prozess gewinnen. *Sie* müssen ihn gewinnen. Sie müssen persönliche Perfektion an den Tag legen. Ich glaube, Sie haben das Zeug dazu.«

Wieder mischte Kidder sich ein. »Und ich glaube trotz meiner Befürchtungen hinsichtlich dieses speziellen Prozesses, Charlie, dass Sie ein guter Staatsanwalt sind. Wenn Andrew an Sie glaubt, dann werde ich das auch tun. Machen Sie uns Ehre.«

Kidder Ehre zu machen stand nicht sehr weit oben auf meiner Prioritätenliste, aber selbstverständlich hatte ich vor, gute Arbeit zu leisten und Redekov hinter Schloss und Riegel zu bringen. Es wurde wohl Zeit, dass ich Lippincotts Büro verließ. Ich wunderte mich zwar, dass ich noch Anklagevertreter in diesem Prozess war, aber es gelang mir, mich so weit zu fassen, dass ich sagen konnte: »Ich … ähm … nun, ich möchte, dass Sie wissen, ich glaube … ich meine, ich weiß … dass ich Sie nicht enttäuschen werde.«

Plötzlich fühlten sich meine Wangen heiß an, als hätte ich den Backofen geöffnet, um nach den Plätzchen zu sehen. Ich bin sicher, dass ich einen beängstigenden Rotton angenommen hatte. Junge, Junge, wenn Redekovs Anwälte mich jetzt hören könnten, würden sie sich vor Angst in die Hosen ihrer Armani-Anzüge machen.

Lippincott nickte. »Das weiß ich«, sagte er, doch er wirkte nicht restlos überzeugt, was meinem Selbstvertrauen nicht zuträglich war. Ich murmelte irgendetwas Beruhigendes, so hoffte ich, und verließ sein Büro. Ich glaube, an der Tür stolperte ich sogar noch über den Rand seines prächtigen Perserteppichs. Ich war schon ein gewandtes Kerlchen.

»Es kann nur daran liegen, dass du mit seiner Tochter schläfst«, sagte Angel, der wieder an der Tür zu meinem Büro stand.

Ich schenkte ihm meinen durchdringendsten Blick – der meines Wissens noch nie jemanden eingeschüchtert hat – und entgegnete:

»Erstens schlafe ich nicht nur mit ihr, Angel. Und zweitens bin ich aus einem anderen Grund immer noch Anklagevertreter.«

»Tja, und der wäre?«

»Ich neige zu der Theorie, dass er mich für den besten Staatsanwalt für diesen Job hält.«

Angel rieb sich das Kinn. »Nein, das kann nicht der Grund sein. Hey, du schläfst doch nicht mit ihm, oder?«

Angel ist flink. Das war sein Glück, sonst hätte das Lineal, das ich von meinem Schreibtisch aus nach ihm warf, sich ihm in die Stirn gebohrt, ehe er sich ducken konnte. So jedoch segelte es über ihn hinweg und prallte vom Schreibtisch meiner Sekretärin Patty ab, die ihr Telefonat lange genug unterbrach, um mir einen eisigen Blick zuzuwerfen. Ich lächelte ihr matt zu, aber dann richtete Angel sich zum Glück wieder auf und verstellte Patty die Sicht.

»Heute ist Donnerstag, Angel«, sagte ich. »Morgen ist keine Verhandlung. Also vergnüg dich jetzt, denn ich habe bis Montag Zeit, um wieder in die Spur zu kommen, was ich übers Wochenende zu tun beabsichtige, und ab Anfang nächster Woche werde ich dich wie einen römischen Galeerensklaven schuften lassen.«

Er sah mich mit zusammengekniffenen Augen an und suchte vermutlich nach einer passenden Erwiderung. Dann gab er sich seufzend geschlagen. »Ich nehme nicht an, dass Lippincott noch mehr Töchter hat, was?« Ich schüttelte den Kopf. »Und mit seiner Frau zu schlafen bringt mich vermutlich auch nicht weiter.«

»Seine Frau ist tot, Angel.«

»Na, dann kommt das wohl nicht infrage. Es gibt Grenzen. Was ist mit Kidder? Ist er verheiratet?«

»Bist du an ihm oder an seiner Frau interessiert?«

»Wer ist hübscher?«

»Ich habe sie mal getroffen. Es ist ein Kopf-an-Kopf-Rennen.« Ich lächelte.

Er grinste und ging. Sobald er verschwunden war, verschwand auch mein Lächeln. »Danke, Wiley«, hatte der Obdachlose gesagt.

VIER

Je länger ich über den Obdachlosen nachdachte, desto klarer wurde mir, dass er nicht Jake sein konnte. Sonst hätte er sich einfach zu erkennen geben und mit mir sprechen können. Warum einen Hinweis fallen lassen und dann wieder verschwinden? Das ergab keinen Sinn.

Oder?

Ich wusste es nicht. Ich wollte Jake so verzweifelt finden, und zwar lebendig, dass ich bereit war, alles zu glauben. Vielleicht stimmte das, was Jessica mir jahrelang gepredigt hatte: Ich war von Jake besessen, und das war nicht gesund.

Es hatte eine Zeit gegeben, da Jake alles gewesen war, was ich auf der Welt gehabt hatte. Er war mein einziger Bruder und für den Großteil meines Lebens meine einzige Familie gewesen. Ich verehrte ihn.

Unsere Eltern hatten Jake mit Mitte zwanzig bekommen. Ich war ein Unfall gewesen, der sich elf Jahre später ereignet hatte. Jake hatte mir immer versichert, unsere Eltern seien froh darüber gewesen. Absurderweise lauerte, als ich sechs Jahre alt war, ein weiterer Unfall auf sie, der beide das Leben kostete. Sie waren auf dem Heimweg von einer Abendgesellschaft, als der jugendliche Beifahrer im Wagen vor ihnen eine leere Fried-Chicken-Schachtel aus dem Fenster warf. Die Cops sagten, die Schachtel habe die Windschutzscheibe unserer Eltern getroffen, und mein Vater habe die Kontrolle über den Wagen verloren. Er prallte gegen die Leitplanke und überschlug sich mehrfach. Unsere Eltern waren tot, ehe der Wagen liegen blieb. Innerhalb von acht Sekunden war das Leben unserer Eltern vorbei und unseres unwiderruflich verändert.

Sobald Jake achtzehn wurde, also zehn Monate später, rettete er mich aus meiner Pflegefamilie, bei der ich zwar nicht misshandelt wurde, aber alles andere als glücklich war, und kümmerte sich um mich. Er sorgte dafür, dass der Großteil des Geldes, das wir aus den Versicherungspolicen meiner Eltern erhielten, in meine Ausbildung gesteckt wurde. Mit achtzehn, also in einem Alter, in dem man die Welt normalerweise im Sack hat und auf den Putz haut, spielte er für mich Vater, Mutter und großen Bruder. Er legte das Versicherungsgeld beiseite und sparte noch mehr an, indem er in Vollzeit als Tankwart arbeitete und so viele Überstunden wie möglich machte.

Es war nicht leicht für ihn. Ich denke, manchmal machte es ihn fertig, auch wenn er sich nie etwas anmerken lassen wollte. Hin und wieder sah er mich irgendwie anders an, auf eine Art, die ich in meinem Alter nicht ganz verstand. Aber wenn ich ihn dabei ertappte, dass er mich so ansah, und ihn fragte, ob alles in Ordnung sei, sagte er immer: »Einfach Jake.« Ich wusste damals nicht, wie er das meinte, aber sein Lächeln genügte, um mich zu beruhigen. Als ich auf der Highschool war, erfuhr ich, dass in der Jazz-Ära der 1920er-Jahre »jake« bedeutete, dass etwas bestens war, einfach großartig. Vielleicht las ich es in *Der große Gatsby*. Jedenfalls war in späteren Jahren meine Standardbegrüßung für meinen Bruder nach jeder längeren Abwesenheit: »Hey, wie geht's dir?«, und er antwortete immer: »Einfach Jake.«

Aber als ich noch klein war, gab es eben auch Zeiten, in denen unsere Lebensumstände ihn überforderten, auch wenn er nicht wollte, dass ich das mitbekam. Natürlich war mir damals nicht bewusst, welche Opfer er brachte – und so konnte ich sie auch nicht würdigen. Ich riss die Klappe weit auf, war ungezogen, beschwerte mich, weil er irgendetwas nicht für mich tat oder mir etwas nicht gab, bis ich ein bisschen älter wurde – na schön, bis ich viel älter war. Aber irgendwann, nach ein paar Jahren, begriff ich. Und dann stellte ich ihn an den Platz, den er verdient hatte, auf das Podest, das ich für ihn schuf.

An der Abenduniversität studierte er Journalismus, und obwohl seine Hochschule nur ein einfaches Community College war, bekam er einen Job beim *Boston Beacon.* Im Lauf der Zeit knüpfte er Kontakte, verdiente sich deren Vertrauen und kam so zu hilfreichen Informanten. Er wurde ein richtig guter investigativer Journalist. Die ganz große Story war nie dabei, aber er machte sich durchaus einen Namen. Ich hatte immer das Gefühl, das genüge ihm.

Aber heute frage ich mich, was er erreicht hätte, wenn jener Anruf nicht gewesen wäre, den das Schicksal meinem Bruder schickte. Vor allem aber denke ich an die Zeit, die wir noch miteinander hätten verbringen können, wäre jene Nacht vor dreizehn Jahren nicht gewesen. Ich lernte gerade für eine Deliktsrechtprüfung an der Universität, als mir um zwei Uhr morgens zwei Polizisten einen Besuch abstatteten. Wenn mitten in der Nacht die Cops vor der Tür stehen, ahnt man, dass man nicht mehr viel Schlaf bekommen wird, wenn sie wieder fort sind. Und so war es dann auch. Sie erzählten mir, einem befreundeten Kollegen meines Bruders zufolge hätten er und Jake zwei Tage zuvor in einem Pub in der Innenstadt zu Mittag gegessen. Jake sei angepiepst worden und zu einem Münzsprecher gegangen, um zurückzurufen. Danach habe er sich rasch verabschiedet und mit dem Freund verabredet, sich zwei Stunden später im Büro des *Beacon* wieder mit ihm zu treffen. Doch zu dieser Verabredung war er nie erschienen, genauso wenig wie zur Arbeit am nächsten Tag. Er tauchte niemals wieder auf.

Er war anscheinend endgültig verschwunden. Und alles hatte mit einem einzigen Anruf begonnen. Zum zweiten Mal hatte das Schicksal mein Leben auf den Kopf gestellt. Es entzog mir nicht bloß den Boden unter den Füßen – es trat mir regelrecht die Beine weg.

Ich rieb mir die Augen und konzentrierte mich wieder auf die Redekov-Akte, die vor mir auf dem Schreibtisch lag. Über die Vergangenheit nachzudenken würde mir bei meiner Prozessvorbereitung nicht helfen. Mir wurde klar, dass ich eine volle Stunde auf die Akte gestarrt hatte, ohne ein einziges Wort zu lesen. Verbissen rief ich Jessica an und erklärte ihr, ich könne mich nicht mit ihr zum Abendessen treffen. Lieber wolle ich an diesem Abend noch lange arbeiten und auch am Freitag weiter über dem Fall brüten. Am Ende kündigte ich an, gleich das ganze Wochenende im Büro zu verbringen.

Das war jedenfalls der Plan.

Gegen zehn Uhr abends machte ich mich auf die Suche nach dem Obdachlosen. Bewaffnet mit einem Becher Kaffee gegen die nächtliche Kühle, lief ich die Straßen ab, von denen ich dachte, dass dort Obdachlose leben könnten. Rasch stellte ich fest, dass ich kaum eine Ahnung hatte, wo ich anfangen sollte.

Als ich den Finanzbezirk Bostons hinter mir ließ und in die Cambridge Street einbog, spürte ich dieses verdammte Kribbeln im Nacken. Die Gegend war ruhig, man könnte sie auch gottverlassen nennen, und ich war nicht gerade begeistert darüber. Noch weniger begeistert war ich, als ich mich umdrehte und zwei Straßenecken zurück eine Gestalt mit den Schatten eines Hauseingangs verschmelzen sah. Oder es jedenfalls dachte.

Mir brach der Schweiß aus, und ich beobachtete den Eingang volle fünf Minuten lang, ohne auch nur den Hauch einer Bewegung zu sehen. Ich hatte es mir natürlich eingebildet.

Da wünschte ich, Dr. Fielding wäre bei mir. Er glaubte mir nie, wenn ich erzählte, ich würde verfolgt, was sowohl tröstlich als auch höllisch frustrierend sein konnte. Aber normalerweise fühlte ich mich danach besser, wenigstens eine Zeit lang.

Als ich weiterging, meinte ich hin und wieder, Schritte hinter mir zu hören, doch wenn ich mich umdrehte, sah ich niemanden.

Am Ende der Cambridge Street, gleich am Charles River, blieb ich stehen, in Sichtweite der Betonrampe, die sich in einer sanften Spirale aufwärtsschwang und den Storrow Drive überbrückte, ehe sie auf der anderen Seite wieder zum Boden führte. Einen Moment lang stand ich im tröstlich hell erleuchteten Eingang eines Minimarkts. Hier gab es Licht. Auf der anderen Straßenseite, dort, wo die Rampe auf den Boden traf, waren Schatten. Plötzlich meinte ich, dort eine Bewegung zu sehen, und mit dem Gedanken an Jake setzte ich mich langsam in Bewegung. In dem Maße, wie meine Augen sich an die Dunkelheit vor mir gewöhnten, erkannte ich nach und nach undeutliche Formen und machte einen Stapel Kartons, einen Haufen Decken und diverse Plastiktüten aus. Ich starrte noch einen Augenblick angestrengt in das Dunkel. Halb hoffte ich, dort jemanden zu finden, halb, dass da niemand war.

Dann bewegte sich der Deckenhaufen, und ich erkannte, dass es gar kein Deckenhaufen war, sondern ein Mann und eine Frau, die sich mit einer Zeltplane zugedeckt hatten. Sie setzten sich auf und blinzelten mich an. Gleich darauf erschien noch ein Augenpaar, kleiner als die anderen beiden. Die Frau drückte das Kind wieder zu Boden und bedeckte es mit einer Ecke der Plane. Ich nahm mir vor, am nächsten Morgen den Behörden Bescheid zu geben.

Der Mann erhob sich schneller, als ich gedacht hätte. Er trat einige Schritte vor und blieb dicht vor mir stehen. Ich wusste sofort, dass er nicht der Mann aus der U-Bahn-Station war. Er war älter, dünner und sah, falls das möglich war, noch beängstigender aus. Ich bin kein kleiner Mann, ich bin eins achtzig, wiege achtzig Kilo und bin ganz gut in Form. Aber dieser Mann hatte etwas Einschüchterndes. Vielleicht waren es bloß die Schatten, die mich nervös machten, und der Umstand, dass sie an ihm zu haften schienen. Wahrscheinlich aber waren es seine toten Augen.

Ich sah an ihm vorbei in die Dunkelheit und suchte nach weiteren Menschen wie ihm, aber er, die Frau und das Kind waren allein. Bis auf mich.

Ich schluckte nervös und sagte: »Ich suche einen Mann.«

»Falsche Gegend dafür«, erwiderte er in apathischem Ton.

Ich erkannte, dass ich mir vorher hätte überlegen sollen, was ich sagen wollte, wenn ich tatsächlich auf einen Obdachlosen stieß.

»Nein«, sagte ich. »Ich suche nach einem bestimmten Mann. Er ist ein … er lebt auf der Straße, glaube ich.«

Er sah mich verständnislos an.

»Ähm, vielleicht haben Sie ihn schon mal gesehen. Oder kennen ihn.«

Schweigen. Starrer Blick. Rumoren in meinem Bauch.

Ich fuhr fort: »Er ist ein bisschen größer als Sie, würde ich sagen. Lange Haare, langer Bart. Hält sich ein bisschen gebeugt. Ich habe ihn ein paarmal unten in der U-Bahn gesehen – an der MGH Station, State Street, South Station.« Ich durchforstete mein Gedächtnis nach weiteren Kennzeichen. »Ich glaube, er trägt ein Harvard-Sweatshirt.«

Der Mann betrachtete mich teilnahmslos.

»Ich muss ihn wirklich finden«, drängte ich.

Er zog mit einem widerlichen Geräusch die Nase hoch, dann spuckte er etwas Dickflüssiges auf den Boden gleich neben uns. »Haben Sie 'n bisschen Geld?«

Warum hatte ich damit nicht gerechnet? Natürlich würde er nur gegen Geld Informationen liefern. Ich stellte mich unglaublich dumm an. Ich fummelte meine Brieftasche aus der Manteltasche, hielt sie gut fest und zog einen Zehndollarschein heraus. Ich trat einen Schritt vor und hielt dem Mann den Schein hin. Der Mann streckte die Hand aus und schloss die schmutzigen Finger um den Schein, dann drehte er sich um und verschwand wieder im Dunkel.

»Hauen Sie ab«, sagte er über die Schulter. Es hallte unter der Brücke.

»Warten Sie. Kennen Sie den Mann nun oder nicht?«

Er drehte sich wieder zu mir um. Dann entdeckte ich ein langes rostiges Metallrohr in seiner Hand. »Sie haben Glück, dass ich nicht die ganze Brieftasche genommen habe. Jetzt hauen Sie ab. Ich sag das nicht noch mal.«

Ich betrachtete den Mann, seine toten Augen, das Metallrohr in seiner Hand und die Frau, die hinter seinen Beinen hervorspähte. Ich wandte mich ab und ging zurück ins Licht auf der anderen Seite der Straße.

FÜNF

Es war nur ein Traum. Das war mir klar. Aber dennoch besaß der Traum eine schreckliche Macht. Er verstörte mich bis ins Innerste, obwohl ich wusste, dass ich jeden Moment aufwachen und nicht an einem Entwässerungsgraben neben dem Storrow Drive stehen und auf die Leiche eines Obdachlosen hinabblicken würde, der in zentimeterhohem brackigem Wasser mit schleimigen schlammfarbenen Blättern lag, die an seinem aufgedunsenen grauen Hals und seinen Wangen klebten. Sein Harvard-Sweatshirt war nass und fleckig, seine glasigen Augen blickten aus jenem Gesicht zu mir auf, aus jenem Gesicht, dass ich schon mein ganzes Leben kannte. Ich wusste, ich würde bald aufwachen und nicht mehr auf meinen Bruder Jake hinabblicken, der tot und von der Gesellschaft vergessen dalag, von allen vergessen, die ihn liebten, außer von mir, und vielleicht auch von mir, denn vielleicht hatte ich nicht genug getan, um ihn zu finden, vielleicht hatte ich nicht hartnäckig genug gesucht, nicht genug Fragen gestellt, war nicht den richtigen Spuren gefolgt, vielleicht hätte ich …

»Hey, schläfst du?«

Ich hob den Kopf vom Schreibtisch und setzte mich auf. Angel Medina spähte durch den Türspalt zu mir ins Büro.

»Quatsch. Ich denke nur nach.«

»Oh. Ich dachte, du schläfst. Aber dann wohl nicht. Vielleicht entfernst du lieber die Büroklammer da von deiner Stirn.«

Ich tat es und erwiderte: »Ich dachte, ich hätte die Tür geschlossen.«

»Als ich hier angefangen habe, hast du gesagt: ›Meine Tür steht dir immer offen, Angel.‹ Daran erinnere mich genau.« Er trat ein, schloss die Tür hinter sich und ließ sich auf den Stuhl vor meinem Schreibtisch fallen. »Selbst wenn ich den Abdruck der Büroklammer an deiner Stirn ignoriere, siehst du beschissen aus. Was ist los?«

Ich schüttelte den Kopf, um die Benommenheit zu verscheuchen. »Lange Nacht.«

»Redekov? Wie lange warst du gestern noch hier?«

»Ziemlich lange.« Von meinem kleinen Spaziergang in die Bostoner Unterwelt brauchte er nun wirklich nichts zu erfahren. Nachdem ich von dem Obdachlosen am Storrow Drive ausgeraubt worden war, oder wie man das nennen sollte, hatte ich noch ein paar fruchtlose Stunden mit der Suche nach jemandem verbracht, der vielleicht eine Ahnung hatte, wo jener Obdachlose sein könnte, bevor ich mich schließlich gegen drei Uhr morgens nach Hause und ins Bett geschleppt hatte.

»Wo warst du heute Vormittag?«, fragte Angel. »Ich habe dich vor dem Mittagessen gesucht.«

»Besprechung mit einem Zeugen«, log ich.

Ich hatte an diesem Vormittag meine Prozessvorbereitung vernachlässigt, um stattdessen noch einmal die raueren Straßen Bostons zu durchstreifen und nach meinem ganz persönlichen weißen Wal in dem Harvard-Sweatshirt zu suchen.

Angel sah mich stirnrunzelnd an. »Mann, du siehst fix und fertig aus.«

Ich rieb mir die Augen. Sie fühlten sich geschwollen an – nicht nur die Haut um die Augen, sondern die Augäpfel selbst.

»Hör zu, Charlie, wir wissen beide, wie wichtig dieser Prozess ist. Und wenn du dich gleich am Anfang umbringst, wer soll dann die Anklagevertretung übernehmen? Scheiße, womöglich wenden sie sich an mich, und dann wären wir alle in großen Schwierigkeiten. Also immer mit der Ruhe, Mann. Mach mal halblang, okay?«

Er hatte recht. Doch das Problem war, dass ich seit dreizehn Jahren auf eine Spur zu Jakes Verbleib wartete. Und endlich hatte ich eine gefunden. Wie konnte ich da nicht alles tun, was nötig war, um sie zu verfolgen, egal, wie schwierig das war? Aber meinen Job riskieren? Hätte Jake gewollt, dass ich alles wegwarf, wofür ich gearbeitet hatte, dass ich vielleicht sogar einen Mafiabonzen freikommen ließ, auf die bloße Möglichkeit hin, dass irgendein verrückter Obdachloser *möglicherweise* etwas in seinem wirren Hirn hatte, das *möglicherweise* – aber auch nur *möglicherweise* – relevant war? Ich bezweifelte es.

Ich musste den Obdachlosen finden, ohne den Redekov-Prozess aufs Spiel zu setzen. Wenn ich den Mann schnell fand, könnte es klappen. Ich musste erst am Montag wieder bei Gericht erscheinen, was mir zwei Tage und drei Nächte ließ, in denen ich ihn finden, meine Antworten bekommen und mich wieder meinen beruflichen Aufgaben widmen konnte.

Ich wollte Angel gerade versichern, dass ich keine selbstzerstörerischen Absichten hegte, da klopfte es an der Tür, und ich hörte meine Sekretärin Patty gedämpft sagen: »Charlie, Sie kommen zu spät zu Ihrem Fünfuhrtermin.«

Ich sah auf die Uhr. Es war sechzehn Uhr fünfzig. Ich hatte beinahe eine Stunde geschlafen.

»Danke, Patty«, rief ich. Ich stand auf, schnappte mir meine Jacke und sagte: »Ich muss los, Angel. Gehst du am Sonntag zu diesem Wohltätigkeitsding?«

»Zu dem für die Kunst? Weiß nicht. Und du?«

»Tja, Lippincott hält eine Rede, also wäre es wohl strategisch klug. Ich rufe dich Sonntagabend auf jeden Fall an. Dann kannst du mich auf Montag einstimmen.«

Als ich an Angel vorbeihastete, drehte er sich auf dem Stuhl nach mir um. »Warte mal, wo willst du hin?«

»Ich muss jemanden treffen. Wir sprechen uns Sonntag.«

Ich war erst eine Minute auf der Straße, da merkte ich, dass ich verfolgt wurde. Diesmal war ich mir ganz sicher. Natürlich konnte ich mir dessen leicht sicher sein, denn jemand rief: »Charlie, warte!«

Ich lächelte und drehte mich zu meiner Verlobten Jessica um, die ein wenig außer Atem auf mich zulief. Sie wurde langsamer, blieb stehen und wischte eine Strähne ihrer schulterlangen glänzenden Haare – ein ganz satter, tiefer Rotbraunton wie Kirschbaumholz – aus dem Mundwinkel. Wie so oft, wenn ich sie an einem Tag zum ersten Mal sah, fragte ich mich, ob sie auch nur einen einzigen Strang der DNA ihres Vaters in sich hatte. Beide waren schlank, aber da hörten die Gemeinsamkeiten auch schon auf. Andrew Lippincott war klein, spitzig und eckig, während Jessica groß, anmutig und geschmeidig war. Lippincotts Gesicht war ein wenig streng, während Jessicas weich und schön war. Es war nicht perfekt, nicht nach *Cosmopolitan*-Maßstäben – ihre Nase war vermutlich einen Hauch zu lang, ihre Augen standen ein wenig zu eng zusammen –, aber nach ihr drehten sich deutlich mehr als der ihr zustehende Anteil von Köpfen um. Ich hatte Leute sagen hören, Jessica habe die grauen Augen ihres Vaters geerbt, aber ich persönlich fand das nicht. Lippincotts Augen waren von einem rauchigen Dunkelblaugrau, während Jessicas wie Stimmungsringe waren. Wenn sie lachte, sahen sie aus wie graues Kaschmir. Wenn sie wütend war, nahmen sie das Grau eines stürmischen, aufgewühlten Meeres an. Und ich schwöre, diese Augen konnten in völliger Finsternis funkeln. So etwas hatte ich bei ihrem Vater nie gesehen, allerdings befand ich mich nach Möglichkeit auch nicht im Dunkeln mit ihm. Und schließlich war bei Lippincott jede Bewegung, jede Geste wohlüberlegt, jeder seiner Schritte bewusst gesetzt und effizient, während Jessica sich irgendwie die Anmut einer Tänzerin angeeignet hatte, ohne jemals ein Tutu oder Ballettschuhe getragen zu haben.

Wenn ich es recht bedenke, gab es wohl doch etwas, das ihnen gemeinsam war. Sie waren beide phantastische Juristen. Jessica praktizierte Wertpapierrecht bei Hudson Kain LLP, der fünftgrößten Kanzlei in Boston, und dem Vernehmen nach stand fest, dass sie in wenigen Monaten zur Sozia aufsteigen würde.

Als sie vor mir stand, hob sie das Kinn und wartete auf einen Kuss. Ich ließ sie nicht lange warten.

»Was machst du denn hier?«, fragte ich.

»Na, hallo, Schatz«, sagte sie lächelnd, »ich freue mich auch, dich zu sehen.«

»Entschuldige. Natürlich ist es toll, dich zu sehen. Ist es immer. Aber wie komme ich zu der Ehre?«

Sie hakte sich bei mir unter, drehte mich zurück in die Richtung, in die ich gelaufen war, ehe sie mich gerufen hatte, und wir gingen weiter.

»Ich weiß, du hast heute deinen monatlichen Termin, also dachte ich, ich überrasche dich. Du steckst die Nase in letzter Zeit so tief in die Akten, dass sie schon ganz staubig ist, Charlie. Ich möchte mal wieder mit dir alleine sein. Und außerdem brauche ich ein Kleid für das Wohltätigkeitsessen am Sonntag. Mein Vorschlag: Ich gehe shoppen, während du dir den Kopf zurechtrücken lässt, und danach treffen wir uns. Was hältst du davon? Wir besorgen uns irgendwo einen Imbiss, gehen damit zu dir und arbeiten uns nach dem Essen durch Kapitel sechs des *Kamasutra*?«

Ich lachte. Keiner von uns hatte jemals eine Ausgabe des *Kamasutra* in der Hand gehabt, aber ich wusste, worauf sie hinauswollte. Und, o Mann, es war ein verlockendes Angebot. Aber dann dachte ich wieder an den Typen von gestern Vormittag. Ich wollte nicht zu viel Zeit verstreichen lassen. Ihm konnte etwas zustoßen. Er konnte erfrieren oder von der Hand eines anderen Bewohners der Finsternis sterben. Er konnte einfach verschwinden, und mit ihm jegliche Antworten, die er vielleicht zu Jakes Verbleib hatte. Verdammt, ich wollte mir nicht zu große Hoffnungen machen, aber ich war noch immer nicht völlig sicher, dass er *nicht* Jake war, und die Vorstellung, dass mein Bruder auch nur eine einzige weitere Nacht auf der Straße verbrachte, war mir unerträglich. Ein Bild aus dem Traum vorhin – Jake, der aufgedunsen im schleimigen Wasser eines Entwässerungsgrabens lag – schoss mir durch den Kopf, und ich erschauerte. Jessica musste das gespürt haben, denn sie wandte sich mir zu.

»Was denn, gruselt es dich etwa vor mir?« Sie lächelte.

»Nein, es ist nur der Redekov-Prozess«, log ich. »Ich habe es gestern richtig verbockt. Ich kann mir keine Fehler mehr erlauben. Ich hatte vor, heute Abend zurück ins Büro zu gehen und mich noch ein bisschen besser vorzubereiten. Du weißt ja, wie wichtig der Prozess ist, Jess. Und nicht nur für meine Karriere. Dieser Kerl ist durch und durch böse. Er gehört hinter Gitter.« Ich fand es furchtbar, sie anzulügen.

Sie entzog mir ihren Arm. Nicht zornig, aber die Botschaft kam an. »Wir wollten gestern Abend schon eine Kleinigkeit zusammen essen und über deinen ersten Tag in deinem großen karriereförderlichen Prozess sprechen, aber du hast mir abgesagt.« Ich wollte etwas erwidern, aber sie sagte rasch: »Schon gut. Daddy ist für dich eingesprungen und hat mich zum Essen ausgeführt.«

»Hat er was über meinen Auftritt gestern gesagt?«

»Na ja, er ist nicht ganz so streng mit dir ins Gericht gegangen wie du selbst, als du mir abgesagt hast, aber er sagte tatsächlich, du seist nicht in Bestform gewesen.«

Vermutlich hatte er weit mehr gesagt – so wie ich sie und ihren Vater erlebte, waren sie auch gute Freunde und hatten kaum Geheimnisse voreinander –, und ich konnte es ihm nicht verdenken, falls es so gewesen war.

»Jess, es ist nicht so, dass ich keine Zeit mit dir verbringen will, aber diese Redekov-Sache …«

»Charlie, ich weiß, wie wichtig dieser Prozess für dich ist. Versprich mir bloß, dass du dich davon nicht verrückt machen lässt.«

»Ich bin schon verrückt«, entgegnete ich. »Frag Dr. Fielding.«

»Du weißt, ich mag es nicht, wenn du so redest.«

Mir war nicht danach, mich auf diese Diskussion einzulassen, daher ignorierte ich ihre Bemerkung. So sehr mich der Gedanke an meinen vermissten Bruder beschäftigte, so wenig wollte ich, dass meine Beziehung zu Jessica litt.

»Okay, Gegenvorschlag: Wir besorgen uns ein paar Sandwiches, essen sie bei mir und blättern ein wenig im *Kamasutra*. Dann fahre ich noch mal ins Büro. Wie klingt das?«

Zu meiner Erleichterung nahm sie wieder meinen Arm.

»Du kannst gerne bis in die Nacht arbeiten, wenn ich mit dir fertig bin. Und am Wochenende kannst du arbeiten, so viel du willst. Bis auf Sonntagabend natürlich.«

»Dieses Kunstding, was?« Ich bezog mich auf das Wohltätigkeitsessen, bei dem Geld zur Förderung der Kunst in Boston und Umgebung gesammelt werden sollte.

»Du wirst mir nicht in letzter Sekunde absagen. Keine

Chance. Mein Vater – dein Boss und zukünftiger Schwiegervater also – hält eine Rede. Folglich musst du hingehen.«

»Er hält keine Rede. Er wird ganz spontan ein paar Worte sagen.«

»Ja, klar, ganz spontan«, schnaubte sie. »Er arbeitet seit Wochen daran.« Sie wusste so gut wie ich, dass sowohl das Bundesgesetz als auch die Richtlinien des Justizministeriums dem U.S. Attorney untersagen, als Hauptredner bei Wohltätigkeitsveranstaltungen aufzutreten, um Teilnehmer anzulocken, nicht aber, daran teilzunehmen oder formlos ein paar Worte zu sprechen. Selbstverständlich war Lippincott bereits vor einem Monat vom Organisator der Veranstaltung, einem alten Freund von ihm, gebeten worden zu erwägen, ob er nicht genau das tun wolle. »Aber du kannst keinen Rückzieher machen.«

»Das werde ich auch nicht. Ich freue mich schon darauf, dich in deinem neuen Kleid zu sehen. Und dieses Kleid später auf einem Haufen neben meinem Bett zu sehen.«

»Sehr witzig, du Ferkel. Freu dich nicht zu früh. Erst sehen wir, wie der Abend läuft.« Ich lächelte. »Hat Daddy dir noch mal den Vortrag über persönliche Perfektion gehalten?«

»Allerdings.«

Jess kannte das. Sie mochte ihres Vaters Augenstern sein, doch seine strengen Maßstäbe waren auch ihr nicht erspart geblieben. Ich wusste, dass es in diesem Punkt zuweilen geringfügige Spannungen zwischen den beiden gab, die einzigen, die mir bekannt waren. Doch Jess war auch klar, dass es ihr geholfen hatte, im Lauf der Jahre über sich hinauszuwachsen, und dafür war sie ihm insgeheim dankbar. Außerdem hatte sie eine Theorie, was dem unerbittlichen Streben ihres Vaters nach Perfektion zugrunde lag, nämlich der Verlust seines Sohnes vor vielen Jahren. Jessica hatte ihren Bruder, der stark autistisch und Langzeitpatient im St. Michael's Hospital gewesen war, kaum gekannt. Der Junge war in der Klinik, die auf die Behandlung von Patienten mit psychischen Störungen spezialisiert war, von einem anderen Patienten, einem dreizehnjährigen Jungen mit einer schweren psychischen Erkrankung, getötet worden. Jessica zufolge hatte ihr Vater das Gefühl, er sei beinahe ebenso sehr dafür verantwortlich wie der kranke jugendliche Täter. Er glaubte, wenn er nur ein besserer Vater gewesen wäre und seinen Sohn zu Hause behalten und sich selbst um ihn gekümmert hätte, dann hätte Tommy gelebt, bis er eines Tages eines natürlichen Todes gestorben wäre.

Bewundernswerterweise hatte Lippincott sogar darauf verzichtet, die Klinik zu verklagen, obwohl vermutlich ein klarer Fall von Verletzung der Aufsichtspflicht vorlag. Aber Jessica zufolge hatte der Tod seines Sohnes ihm das Herz gebrochen, und er machte sich selbst ebenso dafür verantwortlich wie die Klinik und den jugendlichen Täter. Und so erwartete er immer mehr von sich selbst, wurde besser, wurde *perfekt*. Das glaubte wenigstens Jessica, und sie schien ihn dafür umso mehr zu lieben und zu respektieren. Ich hingegen fragte mich häufig, ob der Umstand, dass sowohl Lippincott als auch ich in unserem Leben einen tragischen Verlust erlitten hatten, irgendwie ein Band zwischen uns geknüpft hatte. Vielleicht war Lippincott deshalb immer so anständig zu mir gewesen und hatte mir so viele Chancen gegeben.

»Tja«, sagte sie, »was dein Angebot von Sandwiches plus ein paar Seiten aus dem *Kamasutra* angeht, fürchte ich, es wird chinesisch, und auf weniger als sechs Seiten kann ich mich nicht einlassen.«

Ich lächelte. »Du bist eine zähe Verhandlungspartnerin.«

»Die Tochter meines Vaters.«

Ich sah ihr in die wunderschönen hellgrauen Augen. »Da bin ich mir nicht so sicher, aber abgemacht.«

Jessica war die einzige Person in meinem Leben, die wusste, dass ich zu Dr. Fielding ging. Patty, meine Sekretärin, wusste nicht, mit wem ich mich da einmal im Monat traf. In meinen Kalender trug ich jedes Mal einen anderen Namen ein. Manchmal erlaubte ich mir den kleinen Spaß, die Namen von Baseballspielern, französischen Impressionisten oder die Geheimidentitäten der Comic-Superhelden meiner Kindheit zu verwenden, aber ich glaube nicht, dass Patty etwas ahnte. Nicht einmal Angel erzählte ich davon. Ich konnte nur mutmaßen, wie die Buschtrommeln im Büro dröhnen würden, wenn jemand erführe, dass ich einmal im Monat einen Termin bei einem Psychiater hatte.

Dr. Fielding führte mich in sein gedämpft beleuchtetes Büro. Ich setzte mich auf den üblichen Stuhl. Fielding ließ sich mir gegenüber nieder und betrachtete mich mit seinen intelligenten, verständnisvollen Augen. Mit seinem ordentlich getrimmten grau melierten Bart sah er Sigmund Freud bemerkenswert ähnlich. Damit hörten die Ähnlichkeiten aber auch schon auf. Er war ein gutes Stück massiger und vermutlich deutlich derangierter, als Sigmund jemals gewesen war. Anstelle des Tweedjacketts mit Lederellbogen trug Fielding ein graues Trikot der Boston Red Sox. Seine dunkelblaue Baumwollhose war zerknittert und seit der letzten Wäsche vermutlich mindestens ein Dutzend Mal getragen worden.

Trotz Dr. Fieldings Neigung zur Schlampigkeit hatte ich Vertrauen zu ihm. Als ich kurz nach Jakes Verschwinden mit der Therapie bei ihm begann, trafen wir uns in seiner kärglich möblierten Kellerpraxis. Damals hatte ich ihn ausgesucht, weil ich ihn mir leisten konnte. Doch nach einigen Jahren Therapie begann Dr. Fielding, eine Reihe von Büchern über Trauerbewältigung zu schreiben, die außergewöhnlich erfolgreich wurden. Sie machten ihn reich. Und mit seinem Vermögenswert kletterte auch alles andere bei ihm in die Höhe. Seine Praxis kletterte vom Keller in den elften Stock, die Qualität der Ausstattung verzehnfachte sich, und sein Honorar verdreifachte sich. Sobald Dr. Fieldings Bücher die Bestsellerlisten zierten, hätte ich mir die Behandlung bei ihm ohne die Unterstützung der Krankenversicherung für Staatsangestellte nicht mehr leisten können.

Am Anfang war ich wöchentlich zu ihm gegangen. Ich musste mich mit meiner Trauer über den Verlust von Jake, mit dem Schmerz über diesen Verlust auseinandersetzen. Ich musste lernen, mit der quälenden Ungewissheit und der gähnenden Leere umzugehen, die er hinterlassen hatte, als er einfach eines Tages verschwunden war. Darüber hinaus musste ich noch über etwas anderes sprechen, über etwas, das mich sehr verstörte. Kurz nachdem Jake verschwunden war, begann ich, mich beobachtet zu fühlen. Verfolgt. Ich drehte den Kopf und entdeckte irgendeine verstohlene Bewegung in der Menschenmenge um mich herum – jemand senkte hastig den Blick oder wandte das Gesicht ab. Nichts Konkretes. Nichts Eindeutiges. Nichts, was anderen auffiel, wenn sie gerade bei mir waren, aber für mich war es bedrohlich.

Dr. Fielding half mir. Zunächst ging es sehr langsam voran. Die zehrende Wunde, die Jakes Verschwinden in meiner Brust hinterlassen hatte, heilte nicht so rasch, wie es Dr. Fielding lieb gewesen wäre, aber er sagte, wir machten Fortschritte, und da er der Fachmann war und meine Krankenversicherung und ich ihm eine Menge Kohle dafür zahlten, dass er solche Einschätzungen vornahm, bemühte ich mich, ihm zu glauben. Was die leichte Paranoia anging, die ich entwickelt hatte – so lautete Dr. Fieldings Diagnose nämlich –, so schien auch diese sich mit der Zeit zu bessern. Unmittelbar nach Jakes Verschwinden fühlte ich mich rund um die Uhr verfolgt, Tag und Nacht. Im Lauf der Monate und dann Jahre ließ das Gefühl nach. Immer seltener und schwächer spürte ich im Supermarkt oder im Einkaufszentrum die eisige Berührung gesichtsloser Augen. In dem Maße, in dem es mir besser ging, reduzierten wir die Sitzungen von wöchentlich auf zweiwöchentlich und schließlich auf die monatliche Sitzung, die wir seit einigen Jahren beibehielten.

Das Gefühl, verfolgt zu werden, verschwand allerdings nie vollständig. Von Zeit zu Zeit trat es wieder auf, beinahe so stark wie anfangs, aber dann ließ es wieder nach, und ich hatte ein paar Wochen mehr oder weniger Ruhe, manchmal sogar ein, zwei Monate lang. Die letzten Monate waren bisher die besten gewesen. Dr. Fielding und ich hatten echte Fortschritte erzielt.

»Charlie?«, fragte Dr. Fielding.

Ich blinzelte mehrfach. »Verzeihung. Ich habe wohl geträumt.«

Auf Dr. Fieldings Frage hin begann ich zu erzählen. Der gute Mann nickte hin und wieder, während ich meinen Bericht zunächst sehr allgemein hielt – die Quälerei bei Gericht am Vortag, meine Beziehung zu Jessica, meine sehr milde und ein wenig kleinliche Verärgerung über die starke Verbundenheit zwischen ihr und ihrem Vater. Als das Gespräch sich meinen Eltern zuwandte, wie so häufig, sagte Dr. Fielding weniger und nickte häufiger. Die ganze Zeit machte er sich Notizen. Oder wer weiß, vielleicht löste er auch ein Kreuzworträtsel, das er in seinem Block versteckt hatte. Dann wechselten wir auf wohlvertrautes Terrain. Wie jeden Monat fragte er: »Und wie denken Sie in letzter Zeit über Jake?«, so als könnte ich mit einem Mal zu dem Schluss kommen, dass mein Bruder, den ich so lange für eines von

Gottes besten Werken gehalten hatte, in Wahrheit ein Mistkerl gewesen war. Aber ich wusste, was er meinte. Wie ging ich in letzter Zeit mit Jakes Verschwinden um? War ich dem Ziel, wahrhaft zu akzeptieren, dass er nicht mehr da war, näher gekommen? Versuchte ich noch immer herauszufinden, was ihm zugestoßen war, oder näherte ich mich dem Punkt in meinem Leben, der sich mir bisher entzogen hatte, an dem ich Jake endlich loslassen konnte? Ich log und erzählte ihm, es habe sich nichts verändert. Ich hätte den Obdachlosen erwähnen können, der Jake gewesen sein konnte oder auch nicht, aber den behielt ich für mich. Im Augenblick hatte ich Hoffnung, so dürftig und fragil sie auch war, und ich wollte nicht, dass Dr. Fielding sie mit dem Absatz seiner ramponierten Segeltuchschuhe zertrat. Wenn ich dem erst nachgegangen war, würde ich ihm vielleicht davon erzählen. Aber noch nicht jetzt.

»Und wie ist es Ihnen im vergangenen Monat mit Ihrem anderen Problem ergangen?«

So nannte er es immer. »Sie meinen, ob mir jemand gefolgt ist?«

Er lächelte. »Nein, ich meine, ob Sie *gedacht* haben, jemand sei Ihnen gefolgt.«

Diesen semantischen Eiertanz führten wir jeden Monat auf. Er glaubte mir nicht. Ich nahm es ihm nicht übel. Eigentlich glaubte ich mir auch nicht. Ich erwog, meinem »anderen Problem« in dieser Sitzung auszuweichen. Ich war müde und wirklich nicht in Stimmung, mich damit zu befassen. Andererseits war ich nicht hier, um ein Plauderstündchen abzuhalten.

»Tja, ehrlich gesagt, ja, Dr. Fielding«, bestätigte ich. »Ich weiß, in letzter Zeit ging es mir in dieser Hinsicht ziemlich gut, aber ich hatte das Gefühl wieder. Und ich dachte, ich hätte Schritte gehört.«

Er nickte und machte sich weitere Notizen, dann fragte er: »Das Gefühl, verfolgt zu werden?«

Jetzt war es an mir zu nicken. Ich mochte Dr. Fielding, aber manchmal hatte er eine Art, etwas so zu sagen, dass ich mir paranoid vorkam. Andererseits war genau das seine klinische Diagnose.

»Möchten Sie mir davon erzählen?«

Das wollte ich tatsächlich. Normalerweise empfand ich es als beruhigend, wenn er mich fragte, warum mir jemand dreizehn Jahre lang folgen sollte. Und dann fragte er üblicherweise, warum mein Verfolger mir nicht irgendwann gegenübertrete. Warum sollte er mir bloß folgen? Und mich beobachten? Jahraus, jahrein. Es ergab keinen Sinn. Und er hatte recht. Das sah ich ein. Also erzählte ich ihm von meiner neuesten Episode, sowohl allgemein als auch speziell gestern Abend auf der Straße. Erneut und aus demselben Grund wie zuvor erzählte ich ihm nichts von dem Obdachlosen in dem Harvard-Sweatshirt. Das musste einstweilen warten.

Als ich zum Ende kam, stimmte er ein vertrautes Lied an, ein Ständchen, das er mir einmal im Monat brachte. Ich hatte schon mehrfach erwogen, meine Mundharmonika mit zur Sitzung zu bringen, um ihn damit zu begleiten. Er erinnerte mich nämlich daran, dass ich noch sehr klein gewesen war, als meine Eltern mir genommen worden waren. Dann war auch noch mein Bruder verschwunden, der alles für mich gewesen war – Eltern, Freund, Beschützer. Dr. Fielding versicherte mir, es sei ganz natürlich, dass ich mich unsicher, ungeschützt fühlte, als hätte die Welt es auf mich abgesehen, als hätten unbekannte Mächte sich gegen mich verschworen. Ich merkte, dass ich unwillkürlich mit dem Fuß den Takt des überstrapazierten Evergreens mitklopfte.

»Aber Sie sind ein rational denkender Mensch, Charlie«, sagte Dr. Fielding. »Und es fehlt Ihnen gewiss nicht an Verstand. Sicher sehen Sie selbst, dass Ihre Ängste unbegründet sind. Sie selbst denken rational, aber Ihre Ängste sind nicht rational. Und damit will ich Ihnen nicht zu nahe treten. Tatsächlich ist es meine Achtung vor Ihnen – vor Ihrer Intelligenz –, die mir das Vertrauen eingibt, so offen mit Ihnen zu sprechen.«

Er lächelte beruhigend. Ich erwiderte das Lächeln beklommen. Er trug eine weitere Lösung in sein Kreuzworträtsel ein, dann schien er darauf zu warten, dass ich etwas sagte. Schließlich schüttelte ich den Kopf und sagte: »Okay, klar, wenn ich hier bei Ihnen sitze, fällt es mir leicht zu glauben, dass ich mir etwas einbilde, dass ich bloß ein paranoider Spinner bin.« Dr. Fielding zuckte ein wenig zusammen. »Aber manchmal, wenn ich allein bin und das Gefühl habe, dass hinter mir jemand ist, na ja … ich weiß nicht, dann fällt es mir schwer, an unsere vernünftigen kleinen Unterhaltungen hier zu denken. Ich weiß, es ist lächerlich, Dr. Fielding, ich weiß, jedes Mal, wenn ich mich umdrehe, ist da niemand hinter mir, niemand, der mich beobachtet, aber … es ist einfach frustrierend, das ist alles.«

»Charlie, Sie schlagen sich jetzt schon lange sehr gut. Sie haben dieses Gefühl viel seltener, oder? Das ist bloß ein unbedeutender Rückschlag. Mehr nicht.«

Ich schüttelte den Kopf. »Wissen Sie, Dr. Fielding, es ist ätzend, verrückt zu sein.«

»Sie sind nicht verrückt, Charlie. Sie lassen lediglich mehr zu, dass Ihre Verunsicherung sich auf drastischere Weise äußert, als andere es tun.« Er lächelte. Das Lächeln sollte mich aufmuntern. Das tat es nicht, aber ich wusste den Versuch zu schätzen und lächelte ebenfalls. Kurz darauf beendeten wir die Sitzung, und ich verließ Dr. Fieldings Praxis bis zum nächsten Monat.

SECHS

Als ich die Tür zu meiner Wohnung öffnete und ungeschickt den Schlüssel wieder aus dem Schlüsselloch zerrte, lachte Jessica über etwas, das ich gesagt hatte. Wenn ich nur ein bisschen witziger gewesen wäre, hätte sie womöglich ein bisschen lauter und länger gelacht und so vielleicht die Nachricht nicht gehört, die im nächsten Moment auf meinem Anrufbeantworter im Wohnzimmer hinterlassen wurde. Aber ich war nicht witzig genug gewesen.

»... und ich denke, die hier ist wirklich vielversprechend, Mr Beckham, wirklich vielversprechend. Ich würde ihr gerne nachgehen. Alles, was ich brauche, um mich da sofort dranzumachen, ist ein Vorschuss von, sagen wir, dreitausend. Rufen Sie mich an, wenn Sie wollen, dass ich diese Spur verfolge. Ich glaube, sie ist gut. Sehr vielversprechend.«

Er hinterließ seine Telefonnummer, dann ertönte ein Klicken, dann Schweigen. Viel zu viel Schweigen. Ich drehte mich um und sah Jessica an, die mich ihrerseits einen Augenblick lang anstarrte und dann an mir vorbei in die Küche ging. Ich hörte einen dumpfen Knall, als die Behälter mit den Resten unseres chinesischen Essens auf der Arbeitsplatte landeten. Oder vielleicht auch auf dem Boden. Ich schloss die Wohnungstür.

Wir hatten spontan beschlossen, vor Ort im Restaurant zu essen. Eine gesegnete Stunde lang beanspruchten der Obdachlose und Jakes Geist nur etwa zwei Drittel meiner

Gedanken, sodass mir ein volles Drittel blieb, um mich von meiner besseren Hälfte bezaubern zu lassen.

»Jessica?«

Immer noch eisiges Schweigen in der Küche. Bis dort ein Pudel bellte. Es war die neuartige Uhr, die in meiner Küche hing. Sie zeigte jede Stunde ein Bild einer anderen Hunderasse, und zur vollen Stunde bellte die Uhr dann, der Uhrzeit entsprechend oft, nach Art des jeweiligen Hundes. Als der Pudel zum achten und letzten Mal bellte, fragte ich: »Jess?«

Keine Antwort.

Meine Wohnung war nicht sehr groß, denn ich wohnte in Beacon Hill, einem trendigen Viertel, wo Wohnraum rar und teuer war. Ich hatte ein Wohnzimmer, ein Schlafzimmer, ein winziges Bad und natürlich die kleine Küche, in die Jessica sich verzogen hatte.

Sie stand an die Arbeitsplatte gelehnt und schüttelte den Kopf.

»Jessica, ich habe ihn nicht beauftragt. Er hat mich angerufen. Ich habe nicht mit …«

»Das hoffe ich, Charlie. Weil du mir nämlich gesagt hast, du wärst damit durch. Du hast mir gesagt, du würdest die Vergangenheit hinter dir lassen.«

Das hatte ich tatsächlich gesagt. Und ich hatte mich auch sehr bemüht, es zu tun.

»Jess, ich kann nicht behaupten, dass es mir nicht immer noch zusetzt, aber …«

Erneut schüttelte sie den Kopf und drängte an mir vorbei. Ich folgte ihr ins Wohnzimmer, wo sie sich, die Arme vor der Brust verschränkt, auf meine Couch fallen ließ. Sie sah ganz und gar nicht danach aus, als dächte sie ans *Kamasutra*. Der Grauton ihrer Augen war der eines stürmischen Meeres.

»Sieh mal, Jessica, ich weiß, du bist wütend …«

Sie unterbrach mich. »Ich bin nicht wütend auf dich, Charlie. Ich bin wütend auf den Idioten, der diese Nachricht hinterlassen hat.«

Sie streckte eine warme, einladende Hand nach mir aus. Ich ergriff sie dankbar und ließ mich von ihr neben sich auf die Couch ziehen. Sie legte den Kopf an meine Schulter.

»Wirklich, ich bin nicht wütend auf dich. Ich rege mich nur auf, wenn ich sehe, wie Leute deine Hoffnungen nähren. Ich will nicht, dass du wieder ausgenutzt wirst. Ich liebe dich.«

»Ich liebe dich auch.«

So saßen wir etwa eine Minute da, dann richtete sie sich auf und entdeckte etwas in meinen Augen, das ihr nicht gefiel.

»Mein Gott, du denkst in diesem Augenblick darüber nach, oder? Den Kerl zurückzurufen.«

Ich zögerte einen Sekundenbruchteil zu lange.

Sie schüttelte ein weiteres Mal den Kopf. »Verstehst du denn nicht? Diese Typen … Wenn sie dich anrufen ist das, als würden sie Martinis vor einem gerade trocken gewordenen Alkoholiker schwenken. Es ist grausam. Es ist zu lange her. Er ist zu lange fort. Wann hörst du endlich auf, die Wunde immer wieder aufzureißen?«

»Ich habe nicht gesagt, dass ich ihn zurückrufe.«

»Du hast dich so gut gemacht, Charlie«, sagte sie traurig. »Es ist noch nicht lange her, da hast du gesagt, du denkst darüber nach, ein anständiges Auto zu leasen und deine Schrottkarre auszurangieren. Du fängst endlich an, ein bisschen Geld anzusparen. Und du weißt, ich habe genug Geld für uns beide, darum geht es gar nicht. Aber du hast dein Geld jahrelang irgendwelchen Trickbetrügern hinterhergeschmissen, die keine Skrupel hatten, deine Trauer auszunutzen. Ich fand das damals schon abscheulich, Charlie, und jetzt erst recht, wo du endlich anfängst, es hinter dir zu lassen.«

Eigentlich hätte ich finanziell gut dastehen können, da ich dank meines Bruders über ein kleines Treuhandvermögen verfügte, auf das ich in Notfällen zurückgreifen konnte. Aber wenige Monate nach meinem Studienabschluss, als ich Assistant District Attorney war, beauftragte ich einen Privatdetektiv, Nachforschungen zu Jakes Verschwinden anzustellen. Ich hatte es bereits selbst getan und war in einer Sackgasse gelandet. Ich vermutete, sein Verschwinden habe irgendetwas mit seiner Arbeit bei der Zeitung zu tun, mit irgendeiner Reportage, an der er gearbeitet hatte. Ich befragte seinen Chefredakteur und die Reporter, mit denen er zusammengearbeitet hatte, erfuhr aber nichts Nützliches. Ich bat um die Herausgabe aller seiner Aufzeichnungen in seinem Computer und seiner Akten beim *Boston Beacon*. Der *Beacon* hielt sich jedoch an den Grundsatz, die Dateien aller Reporter, die die Zeitung aus welchen Gründen auch immer verließen, zu vernichten, es sei denn, das Recherchematerial konnte von Kollegen verwendet werden, die eine der Storys weiterschrieben. Ich zog damals sämtliche Register, um an die Aufzeichnungen heranzukommen. Die Zeitung blieb unnachgiebig. Ich war damals schon Staatsanwalt, daher behauptete ich zunächst, die Aufzeichnungen seien Beweise in einem Vermisstenfall. Die Zeitung wehrte sich, ein Richter stellte fest, dass keine Hinweise auf ein Gewaltverbrechen vorlägen, und entschied zugunsten des *Beacon*. Als Nächstes drohte ich der Zeitung damit, dass in Zukunft weder ich noch einer meiner Kollegen bei Reportagen mit der Zeitung kooperieren werde. Keine Exklusivmeldungen, keine saftigen Zitate mehr. Die Zeitung durchschaute meinen Bluff, denn dort wusste man sehr gut, dass die meisten Anwälte ihren Namen zu gern in der Zeitung lasen. Schließlich klagte ich vor einem Zivilgericht auf Herausgabe der Aufzeichnungen und erreichte eine einstweilige Verfügung auf Unterlassen der Zerstörung ohne Gerichtsbeschluss, zumindest bis das Gericht darüber entschied, wem sie gehörten. Aber letztlich verlor ich den Kampf, und die Zeitung vernichtete Jakes Arbeit und damit, so glaubte ich, die besten Beweise für das, was ihm zugestoßen war. Mir blieb nur ein dünner Stapel Papier, handschriftliche Notizen, die Jake in seiner Wohnung aufbewahrt hatte und die zu potenziellen Storys gehörten, an denen Jake gearbeitet hatte. Eine davon hatte mit angeblichen Verstrickungen zwischen mittleren Angestellten im Amt des Bürgermeisters und der italienischen Mafia zu tun. Eben dieser Mafia-Aspekt war es, der mich vor Jahren davon überzeugte, dass Jake wegen dieser Reportage verschwunden war und die italienische Mafia dahintersteckte. Ich musste es nur beweisen.

Als Staatsanwalt hatte ich Freunde bei den Vollzugsbehörden. Ich forderte einige Gefallen ein und ließ die Behörden meinen Verdacht überprüfen, aber sie fanden nichts. Aber noch immer war ich nicht bereit aufzugeben, daher hämmerte ich selbst an einige Türen, wedelte mit meinem Dienstausweis, verärgerte einige der großen Mafiabosse, erreichte aber nichts. Am Ende musste ich mir eingestehen, dass ich nicht weiterkam. Ich war in einer Sackgasse gelandet. Ich war eben kein Privatdetektiv. Daher beauftragte ich einen. Ich gab ihm zweitausend Dollar im Voraus und im Verlauf der folgenden sechs Monate weitere fünfzehntausend. Jedes Mal, wenn ich von den mangelnden Resultaten enttäuscht war, erzählte er mir, er sei ganz dicht dran, er gehe einer neuen Spur nach, er habe einen Mann getroffen, der einen Mann kenne, der mit Jake gesprochen habe, kurz bevor dieser verschwunden war, und so weiter. Und ich warf ihm noch mehr Geld in den Rachen, bis nicht mehr zu leugnen war, dass ich ausgenommen wurde. Dann wandte ich mich an den nächsten in einer langen Reihe von Gaunern. Vielleicht machte mein Name ja die Runde in Privatdetektivkreisen, denn sie begannen, um mich zu kreisen wie Haie, und einen nach dem anderen ließ ich an mir nagen. Im Lauf der Jahre hatte ich beinahe die Hälfte meines Nettogehalts für Privatdetektive ausgegeben, von denen ich manchmal sogar zwei oder drei auf einmal zugleich beauftragt hatte. Und am Ende hatte ich dafür nichts anderes vorzuweisen als die gähnende Leere auf meinem Bankkonto.

Vielleicht war es Dummheit, aber ich hielt es für Loyalität. Alles, was ich habe, alles, was ich bin, verdanke ich Jake. Er hätte alles für mich getan. Und solange auch nur der geringste Zweifel an seinem Tod bestand, war ich es ihm schuldig, nach ihm zu suchen. Und sollte jemand ihn getötet haben, war ich es ihm schuldig, denjenigen den Cops zu übergeben, hübsch verschnürt und bereit zur Fingerabdrucknahme. Und falls Jake zwar tot war, aber infolge eines Unfalls, dann wollte ich ihn trotzdem finden und ihn neben meinen Eltern zur letzten Ruhe betten, wo er hingehörte.

Doch dann lernte ich Jessica kennen, und nachdem sie einige Jahre mit ansah, wie ich meine private kleine Detektivgemeinde ernährte, überzeugte sie mich davon, dass ich abgezockt wurde, dass diese Leute nie herausfinden würden, was Jake zugestoßen war – falls sie es überhaupt versuchten –, dass ich sein Verschwinden akzeptieren und es hinter mir lassen sollte. Ich sah ein, dass sie recht haben könnte, und hängte vor etwa einem Jahr bildlich gesprochen ein »Außer Betrieb«-Schild an den menschlichen

Geldautomaten, zu dem ich geworden war. Sicher, gelegentlich rief mich einer der Privatdetektive, die ich in der Vergangenheit beauftragt hatte, an – wie heute Abend – und sagte, er habe eine neue Spur, eine, die ich mir nicht entgehen lassen dürfe, und um dem auf den Grund zu gehen, müsse ich ihm nur einen Scheck schicken. Ich geriet jedes Mal in Versuchung, aber ich tat es nie. Und nun, dreizehn Jahre nachdem Jake verschwunden war, hatte ich endlich begonnen, ihn loszulassen. Und ausgerechnet jetzt hatte mich dieser verdammte Obdachlose – oder war es, konnte es möglicherweise doch Jake sein? – Wiley genannt.

»Ich weiß, was du durchgemacht hast, Charlie.« Jessicas Ton war nun sanfter.

»Ach ja?« Mein Ton war nicht sonderlich sanft.

Sie wirkte ein wenig gekränkt, ein wenig verärgert. »Du bist nicht der Einzige, der mit einem Verlust fertigwerden muss.«

»Ich weiß.« Ich zögerte kurz. »Sieh mal, ich will deinen Verlust nicht bagatellisieren, Jess, aber du warst zwei, als Tommy getötet wurde, und wie alt warst du, als deine Mutter starb? Nicht mal vier.«

»Worauf willst du hinaus?«

»Ich weiß, du liebst mich und spürst meinen Kummer, aber trotz deines eigenen Verlusts kannst du nicht verstehen, wie tief meiner geht. Du hast deine Mutter an den Krebs verloren, aber du hattest immer noch einen Vater. Du hast deinen Bruder verloren, und das ist tragisch, aber du hast ihn kaum gekannt. Ich habe *beide* Elternteile verloren, als ich sechs war, und mir blieb niemand, keine Familie außer Jake – Jake, der mich großzog und mich vieles gelehrt und mich mehr als alles andere geliebt hat, bis er *verschwand*. Der Tod ist eines, Jess. Er ist furchtbar, aber er ist gewiss. Wenn der Letzte deiner Lieben *verschwindet*, bist du allein, aber dir bleibt außerdem eine quälende Ungewissheit, die nie, *niemals*, verschwindet. Nicht, solange du nicht die Wahrheit herausfindest. Insofern ja, du hast zwei liebe Menschen verloren, aber du hattest immer noch einen Vater.«

»Nach einer Weile«, sagte sie.

Ich nickte. Ich wusste, wie sie das meinte. Nach Tommys Tod war Lippincott in eine Depression verfallen, hatte sich völlig in sich zurückgezogen. Seine Karriere hatte drastisch gelitten, Jessica sogar noch mehr. Nach einem knappen Jahr riss Lippincott sich schließlich aus seiner finsteren Verzweiflung und wurde seiner liebeshungrigen Tochter wieder ein Vater. Die kleine Jess blühte auf und wuchs zu einer außergewöhnlichen Frau heran. Lippincott brachte seine Karriere mit aller Kraft wieder auf Kurs, und von nun an segelte sie flott dahin und nahm noch an Fahrt auf.

Ich wiederholte meine Quintessenz: »Jess, du hast deinen Vater zurückbekommen, und ihr zwei steht euch so nahe wie nur irgend möglich. Und ich? Ich habe alle verloren, die mir etwas bedeutet haben.«

Sie schwieg und dachte nach. Ich kam mir grausam vor, aber nicht mies. Ich hatte die Wahrheit gesagt. Nicht, um sie zu verletzen, sondern damit sie mich verstand, wenigstens ein bisschen.

Als sie schließlich sprach, war ihre Stimme sehr leise.

»Was ist mit mir, Charlie? Was ist mit uns?«

»Was soll mit uns sein?«

»Wir führen eine tolle Beziehung, aber wo stehen wir?«

»Wir sind verlobt.«

»Wir sind seit zwei Jahren verlobt. Wir haben noch immer kein Datum festgesetzt. Wir reden kaum darüber. Wir haben immer noch getrennte Wohnungen …«

»Wir haben uns doch darauf geeinigt, dass wir uns erstmal auf unsere Karrieren konzentrieren …«

»Ich weiß, Charlie. Ich weiß, was wir gesagt haben. Wir ziehen zusammen, wenn wir heiraten. Wann auch immer das sein mag.« Sie hielt inne. »Aber ich muss dir nicht sagen, was ich meine.« Sie hatte recht. Sie musste es mir nicht sagen. Ich wusste es. Aber sie sagte es mir trotzdem. »Der wahre Grund, warum wir nicht zusammenleben, der wahre Grund, warum wir keinen Hochzeitstermin festgesetzt haben, ist der, dass du noch nicht bereit bist, neue Türen zu durchschreiten, mit mir in ein neues Leben zu treten.«

»Weil ich die Tür hinter mir noch nicht geschlossen habe«, beendete ich an ihrer Stelle.

Sie nickte.

»Hinter Jake geschlossen, meinst du.«

Erneut nickte sie. Es wirkte schroff, aber ihr Blick war sanft. »Ja, hinter Jake.« Sie seufzte. »Sieh mal, ich weiß, du vermisst ihn. Aber er ist nicht mehr da.«

»Ich weiß. Und ehrlich, Jess, ich hatte lange keinen Kontakt mehr zu Privatdetektiven.«

Das war die Wahrheit. Doch dann log ich. »Ich versuche, Jake loszulassen.«

Sie nahm sanft meine Hand. »Ich glaube dir. Und ich bin froh darüber. Ich weiß, es tut immer noch weh, aber es ist Zeit nach vorn zu blicken – in deinem Leben, in deiner Karriere, mit mir.«

Ich zögerte, dann log ich nochmals. »Du hast recht, Jess.«

Wir saßen noch eine Weile auf der Couch und plauderten so unbefangen wie möglich. Ich versprach ihr, bald Hochzeitspläne mit ihr zu schmieden. Danach hatten wir uninspirierten Sex auf meiner Wohnzimmercouch. Ich war abgelenkt und müde bis auf die Knochen, daher vermutete ich von vornherein, dass ich keinen neuen Rekord in Stehvermögen aufstellen würde. Wie sich herausstellte, hatte ich sogar schon einmal länger geniest. Aber Jessica tat so, als fiele es ihr nicht auf, und ich tat so, als wäre es nicht wichtig. Wenn ich damals geahnt hätte, dass wir vielleicht gerade zum letzten Mal Sex hatten, dann wäre ich mit Leib und Seele dabei gewesen. Wie dem auch sei – kurz nach meiner erbärmlich suboptimalen Performance brachte ich Jessica hinunter zur Haustür, sagte ihr, ich ginge ins Büro, und steuerte schnurstracks auf die weniger freundlichen Gegenden Bostons zu, um meine Suche nach dem Obdachlosen in dem Harvard-Sweatshirt fortzusetzen.

SIEBEN

Chinatown liegt im Südwesten Bostons, direkt an eine Gegend angrenzend, die früher als »Kampfzone« bezeichnet wurde. Wie man sich denken kann, heißt ein Gebiet nicht deshalb Kampfzone, weil dort jede Menge Pfadfinder lauter kleinen alten Damen über die Straße helfen und kleine Mädchen mit Pferdeschwänzen an den Straßenecken Limonade verkaufen. Nein, die Gegend war einmal bekannt für Bordelle, Prostitution, Drogendealer und Streetgangs. Doch jahrelange Basisarbeit seitens der Anwohner und der Polizei sowie ein Zustrom angesehener Unternehmen haben zu einer gründlichen Säuberung der Gegend geführt, auch wenn man sich nachts nicht alleine hier aufhalten sollte. Ich wusste das, und dennoch war ich hier, streifte allein durch die dunkelsten Straßen und Gassen und spähte in jeden schattigen Hauseingang, den ich finden konnte. Das Geheimnis, das diesen Mann umgab, der Umstand, dass er etwas über Jake wusste, die zugegebenermaßen geringe Chance, dass er mein Bruder *war*, verliehen meiner Suche etwas Verzweifeltes. Zudem wollte ich der Sache auf den Grund gehen, so oder so, damit ich mich endlich wirklich auf den Redekov-Prozess konzentrieren konnte, wie ich es längst hätte tun sollen.

Natürlich waren noch andere Leute unterwegs, Leute, deren Blicken ich lieber nicht begegnete, und es gab ein paar heikle Momente, in denen ich schon dachte, ich hätte gleich eine zerbrochene Flasche an der Kehle, aber je später es wurde, desto mehr hatte ich die Straßen für mich allein.

Nach einigen Stunden hatte ich weite Strecken abgelaufen und mich an zahllosen Schaufenstern mit toten, gerupften Enten vorbei ins Herz von Chinatown vorgearbeitet. Allmählich wurde ich müde und war nahe dran, es für heute gut sein zu lassen, da sah ich ihn. Oder glaubte es jedenfalls. Er durchwühlte eine Straßenecke weiter eine Mülltonne, fand etwas, das sich seiner Einschätzung nach einzustecken lohnte, und ging davon. Ich beobachtete ihn gebannt.

An der nächsten Ecke bog er ab. Er ging schneller, als ich zunächst gedacht hatte, mit trügerisch langen Schritten, und ich musste mich beeilen, um ihn nicht zu verlieren. Als ich eine Ecke erreichte, bog er bereits ein gutes Stück weiter in eine Gasse ein. Ich setzte mich in Trab und erreichte die Mündung der Gasse einen Augenblick später. Trotz der Dunkelheit sah ich, dass er sich dem anderen Ende näherte, wobei er sich erstaunlich flüssig bewegte und beinahe durch die Schatten glitt, dann bog er wieder irgendwo ein. Ich hätte schwören können, dass er einen kurzen Blick in meine Richtung warf, ehe er aus meinem Blickfeld verschwand.

Zu meiner Schande zögerte ich. Diese Gasse zu betreten, die so schwarz wie die Nacht war und von Schatten erfüllt zu sein schien, war eine miserable Idee, der reine Wahnsinn. Aber solange die Chance bestand, dass dieser Mann etwas mit Jake zu tun hatte, hatte ich einfach keine andere Wahl.

Ich tauchte in die Dunkelheit ein und lief rasch durch die Gasse, den Blick stur geradeaus gerichtet, ohne in die Schatten zu sehen, die mich von allen Seiten umgaben. Wie ein Sechsjähriger, der glaubt, wenn er sich die Decke über den Kopf zog, würde ihn das Monster in der finsteren Zimmerecke nicht holen. An einer Kreuzung wandte ich mich nach rechts. Diesmal sah ich bloß verschwommen ein Stück Stoff – vielleicht der Teil eines Mantels – in einer weiteren Gasse verschwinden. Nachdem ich schon so weit gekommen war, wollte ich ihn keinesfalls aus den Augen verlieren, daher rannte ich von jetzt an. Ich schlitterte um die nächste Ecke in die nächste Gasse – voller Schatten, dunkler Umrisse und möglicher Verstecke. Dann sah ich ein gutes Stück vor mir eine Bewegung: Der Obdachlose bog schon um die nächste Ecke.

Und so ging es in einem fort, wobei der Mann mir immer ein Stück voraus war, egal, wie schnell ich lief. Vor mir hörte ich seine Schritte, hin und wieder das Geräusch einer Flasche oder irgendeines Abfalls, gegen den er versehentlich trat, das Scharren eines Schuhs. Aber ich konnte ihn nicht einholen. O Mann, der Kerl konnte laufen, wenn er wollte.

Inzwischen hatte ich mich, ohne es zu merken, hoffnungslos in diesem Labyrinth menschenleerer Straßen und Gassen verirrt. Ein-, zweimal dachte ich, der Obdachlose hätte mich abgehängt, doch dann entdeckte ich ihn wieder vor mir. Ich wurde müde und langsamer. Er zum Glück ebenfalls. Nach einer Weile liefen wir meist im Schritttempo und legten nur hin und wieder einen Spurt ein. Ab und an erhaschte ich einen Blick auf meine Beute, und ich glaubte, auch er warf mir zuweilen einen Blick zu.

Ich lehnte gerade an einer Hausecke und gönnte mir einige kostbare Sekunden, um wieder zu Atem zu kommen, da hörte ich, wie seine Schritte beschleunigten. Sie verklangen schneller, als ich gedacht hätte. Voller Panik, dass meine letzte Chance mir gerade durch die Finger glitt, rannte ich los. Als ich um die nächste Ecke bog, fand ich mich in einer mit Abfällen übersäten Gasse wieder, ganz ähnlich den übrigen, durch die ich heute Nacht gekommen war. Aber von dieser zweigten mehrere andere Gassen ab. Ich blieb stehen und lauschte. Die Schritte vor mir waren nicht mehr zu hören. Der Obdachlose war fort. In der Gasse war es völlig still. Er hatte mich abgehängt. Natürlich hätte ich auf gut Glück eine der abzweigenden Gassen wählen können, aber mir wurde klar, dass es keine Rolle spielte. Ich würde den Mann niemals einholen. Dies waren seine Straßen, nicht meine. Er hätte mich wahrscheinlich jederzeit abhängen können. Es war Zeit, nach Hause zu gehen.

Ich machte kehrt und blickte in die Richtung, aus der ich gekommen war. Oder war es die andere Richtung? Ich sah einen Müllcontainer, an den ich mich zu erinnern glaubte, doch in der anderen Richtung befand sich ebenfalls einer. Ich hatte keine Ahnung, wie ich nach Hause kommen sollte. Ich musste eine Hauptstraße finden, und zwar schnell.

Ich setzte mich in Bewegung. Die Schatten um mich herum schienen zu atmen. Ich stellte mir Dutzende von Augen vor, die mich beobachteten. Mein Puls beschleunigte, bis er wahrscheinlich gefährlich hoch war. Ich hörte es in der Dunkelheit rascheln, kratzen, gleiten.

Nach wenigen Minuten hörte ich die ersten Schritte. Oder glaubte sie zu hören. Ich hoffte, es sei der Obdachlose, der zur Abwechslung *mir* folgte. Dann erkannte ich, dass ich die Schritte mehrerer Personen hörte. Zuerst waren sie hinter mir, doch als ich mich umdrehte, sah ich niemanden. Dann hörte ich sie ein Stück links von mir, und rechts ebenfalls; sie folgten mir aus den verlassenen Gebäuden, Hauseingängen, Gassen.

Wieder spürte ich Blicke auf mir ruhen. Hörte Geflüster. Und ständig diese Schritte. Ich ging schneller, und meine unsichtbaren Verfolger beschleunigten entsprechend.

Ich erwog, mein Handy zu benutzen, um Dr. Fielding anzupingen. Er würde mich beruhigen. Er würde mir wieder seine Paranoia-Diagnose erläutern. Er würde mir in Erinnerung rufen, wie oft ich schon todsicher gewesen war, ich würde verfolgt, obwohl es natürlich nie der Fall gewesen war. Er würde mir klarmachen, dass das, was ich sah und hörte, nur in meinem Kopf existierte.

Als ich mich gerade ein wenig beruhigt hatte, trat ein riesenhafter Mann mit einem Baseballschläger vor mir aus den Schatten.

ACHT

»Jungs, ihr seht gerade den dämlichsten Typen auf Erden vor euch«, sagte der Koloss mit dem Louisville Slugger. Die beiden Typen hinter ihm lachten. Die beiden hinter mir auch. Ich kapierte nicht, was daran lustig sein sollte.

Ich war von narbigen, tätowierten, gepiercten Schlägertypen umzingelt, von denen einer einen Baseballschläger schwang und die übrigen gestählte Muskeln und fiese Grimassen spielen ließen. Meine einzige Waffe war mein Verstand, ich war also hoffnungslos unterlegen. Ich glaubte, nur dann eine Chance zu haben, mit der ursprünglich von Gott gewollten Anordnung meiner Gesichtszüge aus dieser Begegnung hervorzugehen, wenn ich nicht die Nerven verlor.

»Tja, ich wollte schon immer mal Chinatown erkunden. Ich dachte, nachts ist es nicht so voll.« Ich lächelte. Sie nicht. Zähe Typen. »Hey«, fuhr ich betont lässig fort, »ich hab mich ein bisschen verfranzt. Wo geht's zurück zum Finanzdistrikt?«

»Da lang«, sagte der Baseball-Typ und deutete mit dem Stock in eine Richtung. Ich sah hin und bekam einen wuchtigen Schlag seitlich an den Kopf. Da er mich mit dem Baseballschläger abgelenkt hatte, musste er mich mit der bloßen Hand geschlagen haben, aber ich kann mir nicht vorstellen, dass es mit dem Stock viel schmerzhafter hätte sein können.

Ich war in meinem Leben noch nie richtig mit der Faust geschlagen worden. Es tat höllisch weh. Ich hörte ein gedämpftes Klingeln, dann sah ich lauter kleine rote Explosionen. Ein, zwei Sekunden später wich das Klingeln lautem Gelächter.

Ich drehte mich wieder zu Babe Ruth um, wie ich ihn bei mir nannte, der ein bisschen überrascht wirkte. Ich vermutete, er hatte damit gerechnet, dass ich jetzt bewusstlos mit dem Gesicht im Dreck läge. Aber leider wirkte er angenehm überrascht, als hätte er erkannt, dass er und seine Kumpel vielleicht mehr Spaß hätten, wenn ich nicht zu schnell k.o. ging.

»Das tat weh«, sagte ich.

»Das war der Sinn der Sache«, entgegnete Babe. »Gib uns alles, was du hast, auch deine Kleider.«

Mein erster Impuls war, mich irgendwie herauszureden. Doch dann sah ich dem Herrn der Schlagringe in die Augen, und was ich dort sah, gefiel mir gar nicht: eine Mischung aus Grausamkeit und Abgestumpftheit, die sich in den Augen der übrigen Rambos widerspiegelte. Ich begriff, dass sie nicht die Absicht hatten, mich heil aus dieser Gasse zu lassen. Mir blieb keine Wahl. Ich atmete tief ein, dann holte ich zu einem weitläufigen Schwinger aus und boxte Babe Ruth so wuchtig ich konnte aufs Kinn.

Ich hatte vorgehabt, loszurennen, sobald der Kerl zu Boden ging, doch leider hatte ich nicht die Möglichkeit berücksichtigt, dass er meinen Faustschlag kaum spürte, wie gerade geschehen, genauso wenig wie die Tatsache, dass ich unter einem wahren Hagel an Schlägen und Tritten in die Knie gehen würde, wie es nun geschah.

Ich weiß nicht, wie lange sie auf mich einprügelten, aber irgendwann stand Babe über mir und lächelte wieder.

»Dieser Schlag war eine dumme Idee, Kumpel.«

»Das ist mir jetzt auch klar«, murmelte ich mit rapide anschwellenden Lippen.

»Willst du uns jetzt deinen Kram geben?«

Meine Antwort war die schlechteste, die ich ihm hätte geben können: Ich übergab mich auf seine lilienweißen Sneakers. Einen Sekundenbruchteil später hagelte es wieder Schläge.

Nach einer Weile öffnete ich die Augen. Nebel schien sich über die Gasse herabgesenkt zu haben, und alles war ein bisschen verwischt. Die Fäuste und Stiefel, die mich malträtierten, sahen jetzt verschwommen aus. Zum Glück fühlte ich mich zunehmend betäubt. Konnte nichts mehr spüren. Ich hätte einfach still und leise in den Schlaf oder ins Koma oder in den Tod hinübergleiten können. Ich schloss die Augen wieder.

Bald darauf fiel mir auf, dass die Geräusche um mich herum anders klangen. Das sadistische Kichern wich überraschtem Stöhnen. Es gab ein paar zornige Worte. Dann Schreie. Dann Handgreiflichkeiten, noch mehr Stöhnen, Schmerzensschreie, Bretter, die mit einem Knall durchbrachen – oder vielleicht waren das auch Knochen.

Langsam drang zu mir durch, dass mich niemand mehr schlug oder trat. Ich zwang meine Augenlider nach oben. Noch immer sah ich alles verschwommen. Das Erste, was ich durch den Nebel erkennen konnte, war ein Körper neben mir am Boden, der sich vor Schmerzen krümmte. Noch immer hallten die Geräusche eines heftigen, wilden Kampfes von den Mauern der Gasse wider.

Ich war kurz davor, wieder wegzudriften, doch ich hielt die Augen krampfhaft offen, konzentrierte mich auf die Gestalten um mich herum. Ich sah nur vage Umrisse, Menschen, die fielen, sprangen, auswichen, traten. Im Zentrum des Ganzen stand eine einzelne Silhouette, ein tanzender Schatten, der sich rasend schnell bewegte. Arme und Beine flogen, trafen die Gestalten um ihn herum und ließen sie eine nach der anderen auf den Asphalt sinken.

Kurz bevor ich die Augen schloss und wusste, ich würde sie nie mehr öffnen, ragte der Schatten über mir auf. Dann zog die Dunkelheit mich hinab.

NEUN

Jake lebt. Ich bin acht Jahre alt, und er ist zehn, und er verteidigt mich gegen ein Dutzend Rabauken, die mich auf dem Schulhof umzingelt haben. Sie sind alle größer als ich, sogar größer als Jake, aber er hat überhaupt keine Angst. Doch ich träume. Ich weiß es. Der Altersunterschied zwischen uns stimmt nicht – in Wirklichkeit ist er elf Jahre älter als ich, nicht zwei –, daran erkenne ich, dass es ein Traum ist. Aber es ist trotzdem so schön, ihn wiederzusehen. Einer nach dem anderen rücken die Rabauken vor, und einen nach dem anderen schlägt er sie zurück, bis wir allein sind. Er wendet sich mir zu und lächelt, und plötzlich ist er nicht mehr zehn, sondern sechsunddreißig, so alt wie damals, als ich ihn zuletzt sah. Die Sonne geht jetzt rasch hinter ihm unter, obwohl wir eben noch große Pause hatten, und im Nu ist er nur noch eine Silhouette vor dem blutroten Horizont, aber auch wenn ich sein Gesicht nicht mehr sehen kann, weiß ich, dass er noch lächelt, und ich rechne damit, dass er sich umdreht und in den Sonnenuntergang davongeht, aber das tut er nicht, er steht einfach da und lächelt, bis er plötzlich nicht mehr da ist, obwohl ich ihn nicht fortgehen sah, und dann, o Gott, dann beginnt der Albtraum. Ein Gesicht ragt nur wenige Zentimeter über meinem auf – ein blutiges, schmutziges Gesicht mit irrem Blick, eingerahmt von verfilzten dunklen Haaren und einem schmutzigen Bart. Dann herrscht wieder Dunkelheit, gefolgt von weiteren Gesichtern, die auf mich herabblicken. Helles Licht brennt sich in meine Augen. Irgendetwas stößt mich, sticht mich, kneift mich. Unangenehme Gerüche und seltsame Geräusche, die irgendwie vertraut sind, aber ich kann sie nicht einordnen.

Mit einer gewissen Mühe öffnete ich die Augen und erblickte eine Leuchtstoffröhre, umgeben von weißen schallschluckenden Deckenfliesen. Ich war in einem Krankenhaus, so viel begriff ich jetzt.

»Er ist wach«, sagte eine Frau ganz in der Nähe.

Dann schlief ich wieder ein. Eine Weile später – wie viel später, werde ich niemals wissen – starrte ich erneut an die Decke, bis ein Gesicht ungefähr in meinem Alter mir die Sicht auf die Neonröhre versperrte und sich als Dr. Henshaw vorstellte. Er untersuchte mich und sagte mir, ich könne von Glück reden, dass ich noch am Leben sei. Ich versuchte, mich aufzusetzen, und hätte mich beinahe übergeben, weil der Raum sich zur Seite neigte. Ich sank zurück aufs Bett. Dabei loderten in meinen Rippen so heftige Schmerzen auf, als würde jemand meinen Rumpf mit einer gewaltigen Zange zusammenpressen.

Angesichts der Prügel, die ich bezogen hätte, so informierte der Arzt mich, sei es unglaublich, dass ich nichts Ernsteres als ein paar übel geprellte Rippen auf beiden Seiten hätte. Natürlich würde ich höllische Schmerzen haben, sobald die Wirkung der Schmerzmittel nachließe.

Ich krächzte etwas, räusperte mich und fragte schließlich: »Wie spät ist es?«

»Kurz nach zehn.«

»Morgens oder abends?«

»Morgens.«

Ich nickte, und alles im Raum schwankte und verschwamm, als befände ich mich unter Wasser. Als ich den

Kopf wieder ruhig hielt, sahen die Dinge schnell wieder normal aus. »Welcher Tag ist heute?«

»Samstag. Ein barmherziger Samariter hat Sie heute Nacht bei uns vor die Tür gelegt.«

»Wer?«

»Er oder sie hat nicht gewartet. Wir fanden Sie vor der Notfallambulanz. Ihre Brieftasche und Ihr Dienstausweis lagen auf Ihrer Brust. Sie sind hier im Nachttisch. Die Brieftasche war übrigens leer.«

Anscheinend war es ein barmherziger, aber kein selbstloser Samariter gewesen. Blitzartig schoss mir das Bild eines umherwirbelnden Schattens durch den Kopf. »Wo sind wir hier?«

»Massachusetts General Hospital«, sagte Dr. Henshaw. »Die Polizei war im Übrigen schon hier. Wir haben sie angerufen, als wir Sie fanden. Ein Polizist blieb ein paar Minuten, bis klar war, dass Sie so schnell nicht zu sich kommen würden. Er sagte, Sie sollen ihn anrufen, wenn Sie Anzeige erstatten wollen. Ich habe seine Karte hier auf den Tisch an Ihrem Bett gelegt.«

»Okay.« Ich hatte nicht die Absicht, den Polizisten anzurufen. Sicher hatte er mich besucht, weil dies das vorgeschriebene Prozedere war, doch die Cops würden kein großes Interesse daran haben, der Sache nachzugehen. Ganz ehrlich: ich auch nicht. »Wann kann ich gehen, Doktor?«

»Wollen Sie denn gehen?«

Ich blinzelte. Es tat weh. Ich dachte an die Übelkeit vorhin, als ich versucht hatte, mich aufzusetzen, sowie an das Unterwassergefühl von gerade eben.

»Eigentlich nicht.«

»Das habe ich mir gedacht. Der Schwindel sollte sich in ein paar Stunden gelegt haben. Ich sehe später nach Ihnen. Wenn Sie sich besser fühlen, können Sie gehen, wann immer Sie wollen. Falls nicht, empfehle ich Ihnen, die Nacht im Krankenhaus zu verbringen, damit wir Sie im Auge behalten können. Wie klingt das?«

Ich nickte und spürte die Luft wie Flüssigkeit um meinen Kopf schwappen. Der Arzt wandte sich zum Gehen.

»Doktor?«

Er machte kehrt. Ich wollte ihn bitten, Jessica für mich anzurufen, ihr zu sagen, wo ich war und dass es mir gut ging, aber plötzlich wogen meine Lider jedes ein paar Hundert Pfund. Dr. Henshaw lächelte und sagte etwas, vermutlich, dass ich ein bisschen schlafen solle.

Vielleicht lag es an den Schmerzmitteln, aber als ich einige Stunden später wieder erwachte, fühlte ich mich deutlich besser. Kein Schwindel mehr. Keine Übelkeit. Meine Rippen schmerzten. Mein Bauch war fest bandagiert, was das Atmen erschwerte. Ich holte Luft, so tief ich konnte, sodass der Brustkorb sich dehnte, und hätte fast geschrien. Die Schmerzen waren unbeschreiblich. Ich dankte Gott für den festen Verband und nahm mir vor, nur noch ganz flache Miniatemzüge zu tun, bis meine geprellten Rippen nicht mehr geprellt waren.

Ganz langsam drehte ich mich um und schob die Füße über die Bettkante. Dann wartete ich ab, ob ich mich übergeben musste. Als das nicht geschah, stand ich behutsam auf und hielt mich dabei gut am Bett fest. Auch diesmal keine Übelkeit. Nachdem ich erfolgreich das Bett und einen Lehnstuhl umrundet hatte, begriff ich, dass ich wirklich Glück gehabt hatte. Außer den Rippenschmerzen und leichten Kopfschmerzen ging es mir gut.

Großer Gott, dachte ich, als ich einen Blick in den Spiegel an der Wand warf. Dicke Lippen, die linke Wange geschwollen, ein riesiges Hämatom, das meine halbe Stirn bedeckte – wahrscheinlich waren es eher diverse kleinere, eines über dem anderen. Der bei Weitem attraktivste Teil war mein linkes Auge, bei dem das Weiße des Augapfels derartig blutunterlaufen war, dass meine grüne Iris in einem blutroten Teich schwamm. O Mann, wie stolz würde Jessica sein, wenn ich sie morgen Abend zu dem schnieken Wohltätigkeitsessen begleitete, bei dem ihr Vater, mein Chef, ein paar spontane Worte sprechen würde. Ich warf noch einen Blick auf mein gruseliges blutunterlaufenes Auge inmitten des ausgedehnten blauvioletten Hämatoms und griff zum Telefon am Bett.

ZEHN

Mein ramponierter Toyota Corolla, Baujahr 1992, hielt mit Jessica am Steuer vor dem Krankenhaus. Ich stand von der Bank auf, auf der ich gewartet und mich selbst bemitleidet hatte, und ging zur Beifahrertür, stieg ein und wandte mich Jessica zu. Es tat so gut, sie zu sehen. Ich war mir nicht sicher, ob dieses Gefühl auf Gegenseitigkeit beruhte, der entsetzten Miene nach zu urteilen, mit der sie mein Gesicht anstarrte.

»Heilige Scheiße, Charlie.«

»Ich weiß.«

»Nein, ich meine, wirklich … heilige Scheiße.«

»Ich weiß.«

Sie betrachtete meine Blutergüsse, die geschwollenen Lippen, das blutunterlaufene Auge. »Es ist nur … du hast gesagt, man hätte dich überfallen und zusammengeschlagen, aber … ich meine …«

»Heilige Scheiße?«, kam ich ihr zu Hilfe.

»Allerdings.« Sie schüttelte den Kopf. Es sah aus, als wären ihre Augen ein bisschen feucht geworden. »Entschuldige. Das ist nur der Schock, weißt du?« Mit den Fingerspitzen strich sie über meine lädierte Wange. Es tat ein bisschen weh, aber irgendwie fühlte es sich auch phantastisch an. Es war eine tröstliche, fürsorgliche Geste, und mir schoss der Gedanke durch den Kopf, dass sie unseren Kindern eines Tages eine wunderbare Mutter sein würde. »Packst du das überhaupt?«, fragte sie.

»Mir geht's gut.«

Hinter uns ertönte eine Hupe, und mir fiel wieder ein, dass wir vor dem Haupteingang des Krankenhauses standen.

»Wir sollten fahren«, sagte ich.

Sie zögerte und ignorierte ein zweites Hupen.

»Packst du es wirklich?«, fragte sie.

»Es wird alles wieder heil, Jess, wirklich.« Ich lächelte sie an. Es sollte beruhigend wirken, aber ich konnte meine Lippen nicht richtig spüren. Ich bin ziemlich sicher, dass mein Lächeln schief und nicht im Geringsten beruhigend war. Jessica nahm meine Hand.

»Ich bin so froh, dass du hier bist«, sagte sie, und ihre Stimme brach ein wenig.

Die Hupe ertönte nochmals, diesmal länger, und schließlich ließ Jess meine Hand los, legte den Gang ein und fuhr los. Dann nahm sie wieder meine Hand und drückte sie fest. Ihre Worte und ihre Berührung gaben mir das Gefühl, sehr geliebt zu werden, und ich tat mir nicht mehr ganz so leid.

Ich sagte ihr, wohin ich wollte, und sie nickte wortlos. Eine Viertelstunde später bogen wir in eine baumgesäumte Straße in Cambridge ein, parkten, stiegen aus und gingen zum Friedhofstor. Jessica ließ sich von mir führen, ohne dass ich ein Wort sagen musste, und hielt bloß meine Hand. Manchmal war sie einfach nur großartig.

Der Mount-Auburn-Friedhof liegt nur wenige Meilen von der Bostoner Innenstadt entfernt genau auf der Grenze zwischen den Städtchen Watertown und Cambridge, sodass es Stellen gibt, wo direkt nebeneinander begrabene Leichen unterschiedliche Postleitzahlen haben können, falls das Tote noch interessiert. Auf den siebzig Hektar sanft gewellter grüner Hügel innerhalb des Friedhofszauns stehen Grabsteine, Mausoleen und andere Denkmale, mittels derer wir uns daran erinnern, wo wir unsere Lieben begraben haben, auf einem wunderschön gestalteten Gelände, beschattet von üppigen Bäumen und umgeben von dichten, getrimmten Hecken und sonnenbeschienenen Teichen. Vögel zwitschern in den Zweigen darüber, und Wasser plätschert gegen Steine. Es ist ein wahrhaft schöner, friedlicher Ort, und wenn man schon Menschen, die einem wichtig sind, unter die Erde bringen muss, kann ich mir keinen besseren Platz dafür vorstellen.

Jessica und ich gingen Hand in Hand und wie immer schweigend und folgten einem verschlungenen Pfad, den ich mit verbundenen Augen hätte gehen können. Er führte sanft bergan und schlängelte sich zwischen Marmorkreuzen und Granitengeln hindurch. Vor uns auf dem Gipfel des Hügels lag das graue Steinmausoleum der Fleetwoods, das nach vorne hin offen war. Ich hatte mich darin einmal fast einen ganzen Tag vor der Welt versteckt: Am Tag, nachdem meine Eltern begraben worden waren, hatte ich mich aus dem Heim fortgeschlichen, in dem ich lebte, bis man eine geeignete Pflegefamilie für mich gefunden hatte. Ich kann heute noch nicht glauben, dass ich einen Taxifahrer dazu brachte, mich, ein sechsjähriges Kind, dorthin zu fahren, wo ich hinwollte ... ausgerechnet zu einem Friedhof. Jake fand mich an jenem Tag, kurz bevor der Friedhof schloss.

Hinter dem fleetwoodschen Mausoleum führte der Weg wieder bergab. Am Fuß des Hügels war ein Stück zu unserer Rechten der kleine Teich, in dem ich früher versucht hatte, Frösche zu fangen. Ich hatte nie einen gefangen, aber trotzdem nie aufgegeben. Sogar als Jessica und ich jetzt daran vorbeigingen, beobachtete ich mit einem Auge das Ufer und wartete auf jäh aufblitzendes glitzerndes Grün und leises Platschen.

Dann lag der Teich hinter uns, und da waren sie: Zwanzig Meter vor uns standen drei graue Granitgrabsteine Seite an Seite unter dem schützenden Baldachin eines majestätischen Baums mit dickem Stamm – einer Ulme oder Eiche vielleicht, ich hatte keine Ahnung. Ich weiß bloß, dass der Baum im Sommer kühlenden Schatten auf meine Lieben warf und im Winter die wärmende Sonne zwischen seinen kahlen Ästen hindurchließ. Wir näherten uns den Grabsteinen von hinten und gingen um sie herum, bis wir davorstanden. Meine Mutter lag links: Amanda Beckham, liebende Ehefrau und Mutter, gefolgt von Geburts- und Todestag. Daneben mein Vater: Lucas Beckham, treuer Ehemann und Vater. Rechts stand Jakes Grabstein. Natürlich befand sich in der Erde darunter kein Sarg. Auf dem Stein stand: »Jake Daniel Beckham, geliebter Sohn und Bruder«. Darunter stand sein Geburtstag. Daneben ein Gedankenstrich, der einfach in der Luft hing.

Jessica drückte meine Hand. Ich wusste, was sie dachte, aber sie war so gütig, es nicht auszusprechen. Würde ich jemals erlauben, dass ein zweites Datum auf Jakes Stein gemeißelt wurde? Sein Todesdatum?

»Ich glaube nicht, dass er tot ist«, sagte ich, als würde das die unausgesprochene Frage beantworten.

»Ich weiß«, sagte sie. »Es ist ja auch schwer zu glauben.«

Sie hatte mich missverstanden. Ich hatte nicht gemeint, Jakes Tod sei schwer zu fassen. Ich hatte gemeint, dass ich nicht daran glaubte. Ich zweifelte an dem, was für die anderen die Wahrheit war, was der Bundesstaat Massachusetts zur Tatsache erklärt hatte. Und eben deshalb würde ich ihnen nicht erlauben, Jakes Tod in Stein zu meißeln. Jessica drängte mich nie dazu, das musste man ihr lassen. So sehr sie wollte, dass ich losließ, so gut wusste sie auch, dass ich diesen Schritt erst unternehmen konnte, wenn ich so weit war.

»Ich wünschte, ich hätte ihn gekannt«, sagte sie. »Er muss ein ganz besonderer Mensch gewesen sein.«

»Das war er.«

»Und deine Eltern. Die hätte ich auch gerne gekannt.«

»Willkommen im Klub.«

Wir standen noch einige Minuten schweigend da. Jessica wartete geduldig, während ich stumm mit den Toten und dem Vermissten Zwiesprache hielt. Schließlich zog ich sanft an ihrer Hand, und wir gingen an der Grabstätte meiner Eltern und dem leeren Grab meines Bruders vorbei, passierten den Teich und seine verborgenen Frösche, gingen wieder den Hügel hinauf um das Fleetwood-Mausoleum herum und schließlich zwischen den grauen Steinsäulen am Tor hindurch zurück zum Auto. Ich ignorierte die Stimme, die mir ins Ohr flüsterte, jemand könne mich aus einem der anderen Autos, die auf der Straße parkten, oder durchs Fenster eines der Geschäfte ein Stück weiter beobachten. Ich war schlicht nicht in Stimmung für meine Paranoia.

Jessica wohnte auf der Beacon Street in Back Bay, einem ziemlich feudalen Teil Bostons, in dem zu wohnen sie sich leisten konnte, weil ihre Kanzlei ihr das Dreifache dessen zahlte, was der Staat mir zahlte. Die Wohnung selbst war geschmackvoll eingerichtet und geräumig. Jess bestellte Pizza, und nachdem wir gegessen hatten, setzte sie sich an ein Ende ihrer Velourscouch und bettete meinen Kopf vorsichtig auf ihren Schoß. Sie strich mir über die Haare, und ich döste immer wieder ein. Irgendwann blickte ich hoch und sah, dass das Licht sich verändert hatte. Es war dunkel draußen vor den Fenstern, und auf dem Tisch neben der

Couch leuchtete eine einzelne Lampe. Das Gefühl, geliebt zu werden, stellte sich wieder ein und umhüllte mich wie eine warme Decke.

»Du hättest mich auch nach Hause bringen können, weißt du«, sagte ich. »Es geht mir gut.«

»Ich weiß.«

Ich lag noch eine Weile da und genoss das Gefühl ihrer kühlen Hand auf meiner Stirn.

»Jess, wegen dem Wohltätigkeitsessen …«

»Du musst nicht hingehen, Charlie. Ich möchte dich natürlich gern dort bei mir haben, aber nicht, wenn du dich dem nicht gewachsen fühlst. Und du weißt ja, Daddy spricht, also hätte er auch gerne, dass du kommst, aber unter den gegebenen Umständen versteht er sicher, wenn du nicht kommst.«

»Es ist nicht so, dass ich nicht hingehen *möchte*, aber, na ja, hast du in letzter Zeit mal mein Gesicht gesehen?«

»Kaum zu übersehen.«

»Genau das meine ich.«

»Seit wann bist du so eitel?« Ihr Ton klang neckisch.

»Ich bin nicht eitel, ich will dich bloß nicht in Verlegenheit bringen.«

»Hattest du vor, einen mit Pailletten besetzten Smoking zu tragen oder ein paar Achselfürze zu produzieren, während Daddy spricht?«

Ich lächelte schief. »Nein, im Augenblick passt mein Erscheinungsbild einfach eher zu einer Halloweenparty als zu einer Wohltätigkeitsveranstaltung.«

Jessica lächelte ebenfalls. »Ich weiß das zu schätzen, aber ich hätte dich gerne dabei, Charlie. Wenn du dich nicht gut genug fühlst, geht das natürlich in Ordnung, immerhin hat man dir gestern das Hirn zerprügelt.«

Ich schloss die Augen. Es konnte ein langer, unbehaglicher Abend werden, an dem ich Blicken und Fragen würde ausweichen müssen. Ich öffnete die Augen wieder, und Jessica lächelte auf mich herab. Ich fragte: »Vielleicht kann man sie noch bitten, eine Wohltätigkeitskostümparty daraus zu machen. Einlass nur mit Kostüm. Ich würde als Überfallopfer gehen. Dein Vater könnte als Fred Feuerstein gehen, und du könntest dich als französisches Dienstmädchen verkleiden.«

Jessica lachte. »Immer soll ich mich für dich als französisches Dienstmädchen verkleiden.«

»Ja, aber diesmal würde ich dich damit auch aus der Wohnung lassen.«

»Dann kommst du also morgen Abend mit?«

»Ja.«

Ich schloss die Augen und schlief ein, während Jessicas lindernde Hand federleicht auf meiner Stirn ruhte.

Einige Stunden später wurde ich wach und unterdrückte einen Schrei. Ich lag seitlich auf der Couch und hatte einen Arm um Jessica gelegt, die sich an mich kuschelte und sich gerade bewegt und mir den Ellbogen in die Rippen gestoßen hatte. Ich hielt den Atem an und sah auf die Uhr: kurz vor halb zwei morgens. Ich erwog zu bleiben, wo ich war, doch ich wusste, dass ich mit meinen Prellungen besser in meinem eigenen Bett aufgehoben war, allein.

Vorsichtig löste ich mich von Jessica. Auf dem Küchentisch fand ich meine Schlüssel, dann suchte ich mir ein Blatt Papier und hinterließ ihr eine nette Nachricht, in der ich ihr dafür dankte, dass sie immer für mich da war, und ihr versprach, mich so gut wie möglich bereit zu machen für das Wohltätigkeitsessen in rund achtzehn Stunden.

Ich verließ ihre Wohnung, fuhr mit meiner Rostlaube von Corolla zurück zu meiner Wohnung und fand sogar schon zwei Straßenecken weiter einen Parkplatz. Ich betrat das Gebäude, stieg die drei Etagen hinauf bis zu meiner Wohnung und öffnete die drei Schlösser an meiner Tür. Ich ging hinein und schloss wieder ab.

Ich war müde und ging direkt ins Schlafzimmer. Ich hatte das Fenster einen Spaltbreit offen gelassen, und im Raum war es kühl geworden, daher ging ich ans Fenster, um es zu schließen. Ich sah kurz hinab auf die Brimmer Street drei Etagen unter mir, und da entdeckte ich eine Gestalt, die genau gegenüber auf der anderen Straßenseite stand und zu mir hochsah. Sie verschmolz nicht wieder mit meiner Phantasie. Sie huschte nicht davon in eine finstere Gasse oder hinter einen Müllcontainer. Sie stand einfach da, knapp außerhalb des Lichtscheins der nächsten Straßenlaterne, ein massiger Schatten, dessen dunkles Gesicht nach oben gerichtet war. Und obwohl ich die Augen nicht sehen konnte, wusste ich, dass sie zu mir sahen.

Hastig drehte ich mich vom Fenster weg und stellte mich schwer atmend mit dem Rücken an die Wand. Endlich, nach all diesen Jahren, war da jemand, war wirklich da. Ich musste herausfinden, wer er war und was er von mir wollte. Ich atmete tief durch und sah nochmals aus dem Fenster. Die Gestalt war fort. Ohne nachzudenken, rannte ich zur Tür hinaus und flog die Treppe hinab. Dabei zuckte ich in einem fort zusammen, denn jeder Schritt sandte Schmerzwellen durch meinen lädierten Körper.

Ich stürmte durch die Haustür auf den Bürgersteig, hielt mir die Seiten und verzog vor Schmerzen das Gesicht. Während ich versuchte, wieder zu Atem zu kommen, suchte ich die Bürgersteige in beiden Richtungen ab. Fort. Der Mistkerl war fort. War er überhaupt da gewesen, oder hatte ich ihn mir ebenso eingebildet, wie ich mir im Lauf der Jahre so oft jemanden eingebildet hatte?

Nein! Ich hatte ihn gesehen. Diesmal war ich mir sicher, sicherer denn je. Ich wäre am liebsten sofort zu Dr. Fielding gefahren, hätte bei ihm geklingelt und ihm mitten in sein Freudianergesicht geschlagen. *Verdammt, diesmal habe ich ihn wirklich gesehen, du Quacksalber.*

Zutiefst frustriert ging ich ein Stückchen die Straße entlang, spähte in jeden Schatten und murmelte vor mich hin wie ein Irrer. Als ich mich vergewissert hatte, dass sich in der Nähe niemand versteckt hielt, ging ich wieder ins Haus und nach oben zu meiner Wohnung.

Die Wohnungstür stand sperrangelweit offen, so, wie ich sie hinterlassen hatte. Ich schloss ab und ging in die Küche, um mir ein Bier zu holen, ich hatte es dringend nötig. Ich nahm mir ein Bud aus dem Kühlschrank, überlegte kurz und nahm mir dann gleich noch ein zweites. Ich wusste, das erste würde ich geleert haben, ehe das zweite warm werden konnte.

Mit einer Flasche Bier in jeder Hand ging ich ins Wohnzimmer und steuerte auf die Couch zu. Doch ich kam nicht dort an.

»Hast du mir eins mitgebracht, Wiley?«, flüsterte eine heisere Stimme.

Ich ließ beide Flaschen fallen. Mitten im Zimmer stand ein Mann in einem zerlumpten Mantel. Das dichte Gestrüpp seiner Haare verdeckte sein Gesicht, der verfilzte Bart hing ihm über sein Harvard-Sweatshirt. Der Obdachlose.

Ich öffnete den Mund, um zu sprechen oder zu schreien – ich war mir nicht sicher –, und der Obdachlose stürzte verblüffend schnell auf mich zu. Er legte die zehn Schritte zwischen uns zurück, ehe ich auch nur einen halben Schritt zurückweichen konnte. Ich versuchte, abwehrend die Arme zu heben, aber wieder war der Mann viel zu schnell. Ich sah ihn kaum kommen, da hatte er mich schon herumgewirbelt, mir einen Arm um den Hals geschlungen und drückte mir den anderen Unterarm seitlich an den Kopf. Er hatte eine unglaubliche Kraft in den Armen und hätte mir beinahe mühelos den Hals brechen können. Zu meiner Bestürzung bestätigte er dies, indem er die schorfigen Lippen an mein Ohr drückte und flüsterte: »Wenn ich mit der Hand zucke, bist du tot, Wiley. Also keinen verdammten Mucks, klar?« Er ließ so weit locker, dass ich nicken konnte.

Drei Tage lang hatte ich den Großteil meiner mentalen Energie und einen Gutteil meiner Körperkraft darauf verwandt, diesen Mann zu suchen. Ich war von einem Obdachlosen ausgenommen und von einem Haufen Schlägertypen verdroschen worden. Ich hatte meinen Job riskiert. All das nur, um diesen Mann zu finden, wer er auch sein mochte. Nun jedoch, da ich ihn gefunden hatte, oder besser er mich, wünschte ich halb, ich hätte nicht gar so intensiv gesucht.

ELF

»Nicht vergessen, keinen Mucks«, flüsterte der Obdachlose mir ins Ohr.

Mit stählernem Griff schaffte er mich zur Tür – halb schob er mich, halb trug er mich dorthin, einen Arm um meinen Hals geschlungen, den anderen gegen meine rechte Schläfe gepresst. Ich rang nach Luft. Seine Warnung war überflüssig. Ich hätte keinen Ton von mir geben können, selbst wenn ich gewollt hätte.

An der Tür drückte er mir seine schorfigen Lippen erneut ans Ohr. »Aufschließen und öffnen.«

Ich gehorchte. Draußen vor der Wohnung nahm er den Arm von meinem Kopf und zog die Tür zu.

»Wir gehen nach unten«, sagte er mit seiner rauen Stimme. Diesmal flüsterte er nicht, aber er sprach leise. Dann ließ er meinen Hals los und stieß mich auf die Treppe zu. Ich wollte mich umdrehen, hielt es dann aber doch für keine gute Idee.

Er schwieg, während wir die Treppe hinabgingen, und ich dachte über seine Stimme nach. Erkannte ich sie überhaupt wieder, so rau, wie sie war? Schwer zu sagen, solange er so leise sprach. Er hatte mich wieder Wiley genannt. Zwei Mal. War es möglich? Konnte er ... Jake sein? Ich hatte immer noch keinen Blick auf sein Gesicht geworfen. Aber falls er Jake war, warum sagte er das dann nicht einfach? Warum war er in Chinatown vor mir davongelaufen? Und warum zum Teufel hatte er mich gerade angegriffen?

Während wir uns dem Erdgeschoss näherten, war ich mir nicht einmal mehr sicher, ob ich überhaupt wollte, dass dieser Mann Jake war. Natürlich wollte ich, dass mein Bruder am Leben war, aber wünschte ich ihm auch, dass er ein Dasein als verrückter Lumpensammler fristete? Was hatte er durchgemacht?

Als wir den kleinen Eingangsbereich erreichten, wollte ich zur Haustür gehen, aber der Mann packte mich erneut von hinten und hielt mich fest. Er sah über meine Schulter hinweg durch das Fenster in der Tür, und mir stieg ein Hauch des beißenden Gestanks in die Nase, der ihn umhüllte. Ich versuchte, ihm ins Gesicht zu sehen, aber wieder hingen seine Haare wie ein Vorhang im Weg. Offenbar kam er zu dem Schluss, dass die Luft rein war, denn er riss die Tür auf und stieß mich hindurch – nicht sanft, aber auch nicht allzu grob.

Sobald ich auf dem Bürgersteig stand, wollte ich mich zu ihm umdrehen, doch er kam mir zuvor, legte mir die Hand auf die Schulter und steuerte mich um die Hausecke herum in einen schmalen, finsteren Durchgang. Auf einem Haufen alter Zeitungen lag ein Mann und schien zu schlafen. Ein Obdachloser vermutlich, obwohl er mir irgendwie bekannt vorkam. Vielleicht hatte ich ihn schon einmal in der Nähe herumlungern sehen.

»Umdrehen«, sagte der Mann hinter mir, dann räusperte er sich, zog die Nase hoch und spuckte aus.

Ich drehte mich um und sah ihm ins Gesicht, nach wie vor unsicher, was ich zu sehen hoffte. Es war dunkel hier, aber ich konnte genug erkennen.

Er war nicht Jake.

Ich war niedergeschmettert.

Gerade eben noch war ich mir nicht sicher gewesen, ob ich wollte, dass dieser Mann mein Bruder war. Nun, da ich wusste, er war es nicht, fühlte die Enttäuschung sich an wie ein Schlag in den Magen. Von einem Augenblick auf den anderen war Jake – oder zumindest die theoretische Möglichkeit, dass er es war – wieder fort, und ich spürte erneut diese schwarze Leere in meiner Brust, das bodenlose Loch in meinem Herzen, mit dem ich schon so lange lebte. Der Schmerz fraß an mir wie Knochenkrebs.

Jake war fort.

Aber gewiss wusste der Mann etwas über ihn. Er kratzte sich am Kopf und gab dabei sein schmutziges Gesicht frei – den Teil oberhalb des langen dunklen Barts – mit ein paar offenen Wunden und einer Reihe alter Narben. Die Nase, die, wie man sehen konnte, einmal gerade und kräftig gewesen war, war mindestens einmal gebrochen gewesen, vermutlich sogar mehrfach. Die Augen waren wässrig und gerötet. Der Mann hatte vermutlich einmal gut ausgesehen, aber falls das stimmte, war es lange her.

»Wie geht's, Wiley?«, fragte er mit seiner Reibeisenstimme. Seine Lippen verzogen sich zu etwas, das einem Lächeln ähnelte. Dann sagte er etwas, womit ich nichts anzufangen wusste: »Bones.« Knochen? Es erschien mir völlig abseitig und zusammenhanglos. Doch als er die Hand ausstreckte, wurde mir klar, dass er sich vorgestellt hatte. Ich zögerte nur kurz, dann schüttelte ich ihm die Hand. Sie war schwielig und schmierig, die Finger waren leicht gekrümmt, als wären einige davon gebrochen gewesen und nicht ordentlich gerichtet worden. Aber zumindest hatte diese Hand noch alle Finger. Von unserer Begegnung in der U-Bahn-Station her wusste ich ja, dass an seiner linken Hand, mit der er sich nun am Rücken kratzte, der kleine Finger fehlte.

»Ich bin Charlie«, sagte ich.

Er schüttelte den Kopf. »Wiley.«

Ich beschloss, nicht darüber zu diskutieren. Ich hatte Fragen an ihn. Von mir aus konnte er mich Daisy Duck nennen, solange er mir erzählte, was ich wissen musste.

»Du hast nach mir gesucht«, sagte er. Es war eine Feststellung, keine Frage, aber er wartete auf eine Antwort. Ich nickte. »Warum?«

Ich entspannte mich ein wenig. Offenbar hatte er nicht vor, mich zu verletzen, zumindest nicht unmittelbar. Auch er wollte Antworten. Trotzdem hätte ich mich in meiner gemütlichen kleinen Wohnung wohler gefühlt als hier unten in diesem finsteren Durchgang.

»Wollen wir nicht wieder nach oben gehen und uns unterhalten?«, fragte ich. »Etwas essen.« Ich dachte fieberhaft nach. Hatte ich etwas zu essen im Haus? Da waren die Überreste des chinesischen Essens. Zuerst war es mir unangenehm, dass ich ihm nur Reste anbieten konnte, doch dann fiel mir ein, dass ich einmal gesehen hatte, wie er etwas aus einem U-Bahn-Mülleimer gegessen hatte. »Wäre das okay?«

Er dachte lange über mein Angebot nach. Er wirkte verwirrt. Wahrscheinlich konnte er sich nicht erinnern, wann ihn zuletzt jemand zu sich nach Hause eingeladen hatte. Er schien in Versuchung zu kommen, doch dann blinzelte er abrupt, schüttelte energisch den Kopf, und der verwirrte Ausdruck verschwand, als hätte er ihn aus dem Gesicht geschüttelt, und wich einer intensiven Grimasse. Es kam mir beinahe so vor, als hätte er durch das Kopfschütteln den Kanal in seinem Gehirn gewechselt, und nun spielte sein Gesicht einen anderen Sender. Er sagte: »Nicht drin. Hätte gar nicht erst reingehen dürfen. Drinnen hören sie bestimmt mit.«

Ich lächelte und nickte und fragte mich, ob ich in Dr. Fieldings Ohren genauso klang. Einen Moment lang hatte ich vergessen, dass der Verstand dieses Mannes schon vor langer Zeit entgleist war. Umso mehr war ich entschlossen, zumindest aus dieser Situation hier herauszukommen.

»Tja, können wir dann woanders hingehen? Ich spendiere Ihnen ein Sandwich. Wir können uns unterhalten.«

Wieder dachte er gründlich darüber nach. Er schüttelte nochmals den Kopf, aber diesmal behielt sein Gesicht die Grimasse bei. »Sie meinen, so was wie ein Restaurant? Ein Lokal? Ein Laden mit Kellnerin? So was in der Art?«

Ich nickte, und seine schorfigen Lippen verzogen sich wieder zu dieser Mimik, die einem Lächeln ähnelte.

ZWÖLF

Die Jahre auf der Straße hatten sich offensichtlich nicht negativ auf den Appetit meines Begleiters ausgewirkt. Ich hatte angeboten, ihm eine Mahlzeit zu spendieren. Nun jedoch erwog ich, ein kleines Darlehen aufzunehmen, um die Rechnung bezahlen zu können. Er hatte ein Club-Sandwich, eine Schale Rindergraupensuppe, einen Berg Pommes frites mit reichlich Ketchup, einen Teller Chili sowie ein weiteres Sandwich verzehrt – diesmal mit Hackbraten – und arbeitete gerade an einem Stück Pie, während ich an meinem Kakao nippte und an einem Bagel knabberte. Beinahe hätte ich mir eine Fritte genommen, kam aber zu dem Schluss, dass es eine schlechte Idee sein könnte, ihm auch nur einen Krümel seines Essens wegzunehmen. Er aß geräuschvoll und stieß abwechselnd ein lustvolles Stöhnen und dann wieder tierisches Grunzen aus. Essen, das ihm von den Lippen fiel, verfing sich in seinem Bart. Wenn er sich die Finger abwischte, tat er dies an seinen Ärmeln. Wir zogen die Blicke der übrigen Gäste, die an zwei anderen Tischen ihre nächtlichen Mahlzeiten einnahmen, auf uns. Der Geschäftsführer des Ladens, ein dicklicher Mann mit einem fleischigen Gesicht, stand hinter der Theke, sah mich mit seinen Schweinsäuglein finster an und verdammte mich stumm dafür, dass ich seinen Laden mit der Anwesenheit meines Begleiters verseuchte. Ich signalisierte ihm meinerseits mit dem Blick, er könne mich mal.

Während der Mann, der sich Bones nannte, aß, betrachtete ich ihn. Er packte sein Essen mit seinen neun leicht gekrümmten Fingern. Wenn er die Hände zum Mund führte, rutschten ihm die Ärmel ein Stück herab, und ich sah alte Narben, die quer über seine Unterarme verliefen. Außerdem sah ich zahlreiche kleine, kreisrunde Narben, die wie Brandmale von Zigaretten aussahen. Ab und an drehte er den Kopf mal in die eine, dann in die andere Richtung, und da entdeckte ich hinter dem Bart ähnliche Narben an seinem Hals. Ich hatte eine ziemlich gute Vorstellung von dem, was ich da sah. Während des Jurastudiums hatte ich ein Referendariat in einer großen Kanzlei absolviert, die sich darauf spezialisiert hatte, politisches Asyl für Menschen in Not zu erreichen. Einige der Asylsuchenden brachten Fotos mit, Beweise für das, was ihnen in ihren Heimatländern von Staatsbediensteten angetan worden war. Ich erkannte die Spuren der Folter, oder jedenfalls glaubte ich das.

Bones ertappte mich dabei, dass ich ihn anstarrte, und ich richtete den Blick auf seine Augen. Während ich ihm beim Essen zusah, wechselte er mehrmals den »Kanal«, wie ich es bei mir nannte. Manchmal war sein Blick beinahe leer, während er sich das Essen in den Mund stopfte. Dann schüttelte er wieder energisch den Kopf oder blinzelte mehrfach und sah zornig aus – auf mich, den Tisch, den Löffel, die Welt. Dann schüttelte er erneut den Kopf und wirkte desorientiert, so als hätte er keine Ahnung, wie er plötzlich in dieses Lokal geraten war, den Mund voller Lemon Meringue Pie. Einmal hielt er im Essen inne und starrte verwirrt den Stummel an seiner linken Hand an, wo einmal der kleine Finger gewesen war, so als fragte er sich, ob er ihn versehentlich beim Essen abgebissen habe. Gleich darauf zuckte sein Auge, und er aß weiter. Ich beobachtete ihn beim mentalen Zappen, während er sich vollstopfte, und hoffte, er werde bald bereit sein zu reden.

Er schob den Letzten seiner Teller beiseite, leckte sich die Finger ab und griff nach seiner Kaffeetasse. Sie war leer. Ich gab dem Chef ein Zeichen. Er verzog das Gesicht, watschelte zu uns und stellte eine kleine Kaffeekanne auf den Tisch. Dann nahm er wieder seinen Posten hinter der Theke ein, von wo aus er uns stumm und finster anstarren konnte, ohne dass Bones ihn sah.

Bones schaute mich an, ein wenig verwirrt, wie mir schien, dann blinzelte er, und ich sah Wiedererkennen in seinem Blick aufscheinen.

»Bones«, sagte ich, »haben Sie einen Vornamen?«

Zuerst sah er aus, als wüsste er das nicht genau, dann antwortete er: »Ja.« Mehr nicht.

»Okay.« Ich lächelte. »Also dann Bones.«

Doch plötzlich runzelte er die Stirn und schüttelte den Kopf. »Der Name ist Bonzetti. Die Leute nennen mich Bones. Ist aber nicht mein Name. Ich glaube, ich möchte nicht mehr Bones sein.«

»In Ordnung, wie soll ich Sie dann nennen?«

Er dachte kurz nach. »Ich war Bonz, als ich klein war. Andere Kinder haben mich so genannt. Das war okay.«

Zwischen »Bones« und »Bonz« bestand nur ein kleiner Unterschied in der Aussprache, aber für ihn schien er bedeutend zu sein. Ich lächelte nochmals.

»Dann nenne ich Sie Bonz, okay?«

Er zuckte die Achseln und starrte in seinen schwarzen Kaffee.

»Hören Sie, ich muss Ihnen dafür danken, dass Sie mich vor diesen Typen in Chinatown gerettet haben. Das waren doch Sie, oder?«

Er zog geräuschvoll die Nase hoch, dann wischte er sie

sich am Ärmel ab. Sein Blick war leer wie der einer Puppe. Einer fies aussehenden Puppe.

»Na ja, falls Sie das waren, und ich glaube, Sie waren es, dann haben Sie mir wahrscheinlich das Leben gerettet. Also danke.« Nichts. Leise fügte ich hinzu: »Es ist okay, dass meine Brieftasche leer war.«

Er begegnete kurz meinem Blick, dann starrte er wieder in den Kaffee. »Gefallen Ihnen meine neuen Stiefel?«

Ich beugte mich vor und betrachtete seine Stiefel, die tatsächlich brandneu wirkten.

»Sehr hübsch.« Wenn auch vermutlich nicht die ganzen gut zweihundert Dollar wert, die ich meiner Meinung in der Brieftasche gehabt hatte. Ich fragte mich, was er wohl mit dem übrigen Geld getan hatte. »Also gut, wo wollen wir anfangen?«

»Warum haben Sie nach mir gesucht?«, fragte er.

»Ich glaube, Sie könnten – nein, Sie haben garantiert Informationen, die ich brauche.«

Daran schien er eine Weile zu kauen zu haben, aber dann wurde mir klar, dass er auf etwas kaute, was ihm zwischen den Zähnen steckte. Er schob es ein paar Sekunden lang im Mund umher und schluckte es dann hinunter. »Ich weiß nichts«, sagte er. »Danke für das Essen.«

Er machte Anstalten aufzustehen, und ich legte ihm hastig die Hand auf den Arm, nicht aggressiv, aber entschieden. »Bitte warten Sie.« Er hielt mitten in der Bewegung inne und sah auf mich herab. Sein Kopf ruckte, und er schaltete auf einen schlechten Kanal um. Seine geröteten Augen blickten zornig. Ich hatte schon wieder vergessen, wie eindrucksvoll er aussehen konnte. Das wirre Gerede, das ich früher häufig von ihm gehört hatte, seine Wutausbrüche oder den tödlichen Griff, in dem er meinen Kopf heute gehalten hatte, bereit, mir den Hals zu brechen wie einen porösen alten Knochen, hatte ich nicht vergessen. Sein Blick fiel auf meine Hand, die immer noch auf seinem Arm lag. Er blinzelte, und seine Miene wurde ein bisschen sanfter. Ich nahm die Hand fort, aber er starrte weiter auf die Stelle, an der ich ihn gepackt hatte. Er schien unschlüssig, was er tun sollte. Ich fragte mich, wie lange es her sein mochte, dass ein anderer Mensch ihn berührt hatte, außer vielleicht im Zorn. »Bitte«, sagte ich noch einmal. Langsam setzte er sich wieder.

»Noch Kaffee?«, fragte ich.

»Nein. Wie kommen Sie darauf, dass ich etwas weiß, was Sie wissen wollen?«

»Warum nennen Sie mich Wiley?«

»Das ist Ihr Name.«

»Nein, das ist er nicht.«

Er blinzelte energisch. »Doch.«

»Nein«, beharrte ich sanft. »Mein Name ist Charlie. Aber Sie haben mich Wiley genannt, und ich möchte wissen, warum.«

Er kratzte an einem Stück Schorf an der Stirn. »Dachte, das wäre Ihr Name. Hab mich wohl geirrt.«

Aber dabei sah er mich argwöhnisch an, als glaubte er das selbst nicht.

»Warum dachten Sie das?«, fragte ich. »Hat Ihnen jemand gesagt, dass mein Name Wiley lautet?«

Da sah er mich lange prüfend an, ließ den Blick über mein Gesicht, die Nase, das Kinn, die Augen wandern. Er schüttelte den Kopf, wechselte aber nicht den Kanal. Mehrmals dachte ich, jetzt würde er etwas sagen, aber er starrte mich bloß weiter an. Er setzte sich anders hin und sah wieder so aus, als wollte er gehen.

»Bitte«, flehte ich. »Es ist sehr wichtig für mich.«

Er zögerte, dann sagte er beinahe im Flüsterton: »Ich hab

kein gutes Gedächtnis.« Er sah aus, als bereitete es ihm Schmerzen, das zu sagen, nicht emotional, sondern körperlich. Er biss die Zähne aufeinander, und ich fürchtete schon, mehr werde er nicht sagen, aber dann sprach er weiter. »Manchmal verliere ich es ganz. Mein beschissenes Gedächtnis. Ich weiß nicht, wo es dann hingeht, aber bei mir ist es nicht. Es ist weg, und ich hab nichts.« Er tat mehrere sehr tiefe Atemzüge, durch die Nase ein und durch den Mund aus. Darüber zu reden schien ihm schwerzufallen. »Ich hasse das. Es ist sehr schwer ... so zu sein. Sich selbst nicht zu kennen.«

Ich nickte. Ich hätte gern etwas Ermutigendes gesagt, aber ich wollte den Bann, der ihn veranlasste zu reden, nicht brechen, also hielt ich den Mund.

»Manchmal bekomme ich Gedächtnisstückchen. Wie Träume. Kleine Stückchen von Träumen. Eigentlich eher beschissene Albträume.«

Wieder nickte ich, obwohl ich nicht die leiseste Ahnung hatte, wovon er sprach, aber ich hoffte, seine Worte würden irgendwann einen Sinn ergeben. In seinem rauen Flüsterton fuhr er fort.

»Manchmal fällt mir was ein. Ein Puzzleteilchen. Nicht oft, jedenfalls nicht normalerweise. Aber dann ...«

Er brach ab. Ich wartete und beobachtete, wie sein Blick beinahe ängstlich im Lokal umherzuckte. Ich fragte mich, was er zu sehen befürchtete – oder welches beängstigende Bild er gerade sah, das außer ihm niemand sehen konnte. Schließlich fuhr er fort: »Dann hab ich Sie gesehen. Und langsam hat eins zum anderen gepasst. Nein, nicht langsam ... plötzlich. Schneller, als ich sie verstehen konnte ... schneller, als ich wollte ... sind die Erinnerungen zurückgekommen, und ich hab mich erinnert. Ich hab mich an so verdammt viel *erinnert*. So viel mehr, als ich wollte.« Sein

Flüstern klang jetzt barsch und zornig. »Alles wegen Ihnen, Wiley. Als ich Sie sah, hat es angefangen. Und ich kann es nicht aufhalten. Ich hab's versucht. Und es ist auch noch nicht alles zurückgekommen. Das weiß ich. Da kommt noch eine Menge.« Immer schneller sprudelten die Worte hervor. »Es gibt Lücken, Löcher, Fragen, aber jetzt stürzt alles zusammen, schreckliche Dinge ... und das alles hat angefangen, als ich Ihr gottverdammtes Gesicht sah. Es ist deine Schuld, Wiley. *Deine Schuld!*«

Jetzt atmete er schwer, und sein Mund verzog sich zu einer Grimasse. Hasserfüllt sah er mich an, und das machte mir eine Heidenangst. Aber ich hatte eine Tür in die Finsternis geöffnet und glaubte, meine Antworten lägen dort in der Schwärze, gleich hinter der Schwelle, daher musste ich Bonz' Zorn riskieren und die richtigen Fragen stellen, welche das auch sein mochten, bis ich bekam, was ich brauchte.

»Bonz«, sagte ich, »bitte sagen Sie mir, ob Sie meinen Bruder Jake kannten. Jake Beckham?«

Er zögerte und blinzelte. Runzelte die Stirn. Dann riss er die Augen auf, und sein gesamter Körper zuckte, als hätte jemand ihm eine Gabel in den Rücken gestochen. »Du Arschloch!«, brüllte er. »Jake? Beckham? Scheiße! Lass mich in Ruhe, verdammt, oder ich schwöre bei Gott, ich bringe dich um. Ich bringe dich um! Kapiert? Kein Wort mehr davon. Kein Scheißwort mehr.« Wieder sah er sich im Lokal um, als ob die Wände Augen hätten. »Nicht sicher. Nicht mehr. Und du auch nicht.«

Und nach dieser aufmunternden Behauptung stürmte er aus unserer Nische und stieß dabei gegen den Tisch. Seine Lippen zuckten, und für mich sah es aus, als sagte er stumm *Wiley*, immer wieder, während er rückwärts zur Tür ging. Der Geschäftsführer kam eilig hinter der Theke hervor, weil er annahm, Bonz wolle die Zeche prellen. Unklugerweise sagte er zu ihm: »Was zum Teufel glauben Sie, was Sie …«

Reflexartig wirbelte Bonz herum, packte den Arm des Typen und drehte ihn ihm auf den Rücken. Seine Bewegungen verschwammen, so schnell waren sie, es war wie in einem Bruce-Lee-Film. Der Mann schrie vor Schmerzen, und ich fürchtete, Bonz werde ihm den Arm brechen. Aber er verlagerte nur sein Gewicht, und der Dicke machte einen Salto vorwärts und flog, fettfleckige Sneakersohlen über Schweinchen-Dick-Gesicht, rücklings auf einen Tisch, dass Speisekarte, Salz- und Pfefferstreuer nur so flogen. Bonz sah ihm ins Gesicht und knurrte, dann warf er einen raschen Blick zu mir, ehe er durch die Tür in die Nacht hinausstürmte.

Es war mucksmäuschenstill. Nirgendwo klirrte Geschirr oder Besteck. Alle Anwesenden hatten mitten im Bissen innegehalten und das Geschehen verfolgt. Der Dicke lag möglicherweise bewusstlos, aber atmend, das sah ich, auf dem Tisch. Da fehlte nur noch ein Apfel in seinem Mund.

Ich war ebenso schockiert wie alle anderen, fasste mich aber schnell und erkannte, dass ich hier rausmusste, je eher, desto besser. Jeden Augenblick konnte jemand die Polizei rufen, und die würde mir Fragen stellen, die ich nicht beantworten konnte. Ich sah auf den Tisch, der mit den von Bonz leer gegessenen Tellern übersät war, überschlug rasch, dass ich in etwa sechzig Dollar schuldig war. Ich ließ drei Zwanziger auf den Tisch fallen und hechtete aus dem Laden.

Dann stand ich auf dem verlassenen Bürgersteig. Ich hatte Bonz offenbar fürchterlich erschreckt, indem ich Jake erwähnt hatte, was ihm irgendwie den Rest gegeben hatte. Jetzt war er fort, und mit ihm sämtliche Antworten, die er vielleicht auf die Fragen hatte, die mich schon so lange quälten. Ich konnte nach ihm suchen, und das hatte ich auch vor, aber ich wusste, wenn er nicht wollte, dass ich ihn fand, dann würde ich ihn niemals finden.

DREIZEHN

Das Fairmont Copley Plaza liegt in der Innenstadt und ist ein großes, extravagantes Hotel, das gerade so eben noch auf der richtigen Seite des schmalen Grates zwischen elegant und protzig steht: edles Holz, vergoldete Oberflächen, Spiegel, polierter Marmor und glänzendes Messing. Mehrere US-Präsidenten stiegen bei Besuchen in Boston hier ab. Alles in allem ist es ein schnieker Schauplatz für ein Wohltätigkeitsessen, bei dem das Gedeck fünfhundert Dollar kostet.

Als Jessica und ich Arm in Arm auf den Ballsaal zugingen, sah ich mehrfach kurz in die Spiegel, die in einer langen Reihe den Korridor säumten. Jessica sah atemberaubend aus in ihrem schlichten schwarzen Abendkleid. Ich meinerseits bot ebenfalls einen heißen Anblick in meinem geliehenen Armani-Smoking mit der schwarzen Krawatte und dem Kummerbund, dem weißen Einstecktuch und dem zerschlagenen Gesicht. Ich zwinkerte meinem Spiegelbild mit dem blutunterlaufenen Auge zu. Eine ziemlich scharfe Figur gab ich da ab.

Ich kam mir mies vor. Ich war nicht der aufgeräumte, vor Witz sprühende Begleiter, den Jess verdiente. Sie schrieb es sicher dem Umstand zu, dass ich überfallen worden war. In Wahrheit ging mir Bonz im Kopf herum. Ich musste ihn finden, aber ich hatte keine Ahnung, wie ich das anstellen sollte. Er kannte die Straßen dieser Stadt besser als ich. Wahrscheinlich konnte er sich einfach in Luft auflösen, falls er das wollte. Ich riss mich zusammen. Um Jessicas Willen würde ich versuchen, ihn zu vergessen, und Jake auch, zumindest für diesen Abend.

Wir erreichten den Ballsaal, wo Jessica durch einen von zwei Metalldetektoren fegte. Ich schlüpfte in ihrem Kielwasser ebenfalls hindurch.

Der Große Ballsaal hatte diesen Namen auf jeden Fall verdient. Oberhalb der Galerie verliefen vergoldete Bögen einmal um den gesamten rechteckigen Saal herum. Kronleuchter und Wandleuchten sorgten für die genau richtige warme Beleuchtung. Der Raum war zu etwa drei Vierteln gefüllt. Die Gäste trugen Smokings und Abendkleider. Alle sahen großartig aus, musste ich zugeben. Nun ja, bis auf mich mit meinen Blutergüssen im Gesicht und dem blutunterlaufenen Auge. Während Jessica durch den Saal schwebte, hielt ich den Kopf nach Möglichkeit ein wenig gesenkt, zog aber dennoch unangenehm viele Blicke auf mich. Die meisten Leute wandten diskret den Blick ab, wenn ich sie dabei ertappte, dass sie mich anstarrten, aber ein Typ glotzte einfach weiter, und so schenkte ich ihm ein schiefes, dicklippiges Grinsen, das anscheinend so abstoßend war, dass er hastig wegsah. Während Jessica durch den Saal ging und lächelnd Hände schüttelte, tat ich mein Möglichstes, um bei ihr zu bleiben, aber Bonz beanspruchte unerbittlich meine Gedanken wie ein beharrlicher Terrier, der an meinem Hosenbein zerrte. Wo war er? *Wer* war er?

Und ab und an, in den kurzen Momenten, in denen Bonz einmal nicht meine Gedanken beherrschte, musste ich unwillkürlich an den Redekov-Prozess und all das denken, was ich zur Vorbereitung auf die Verhandlung am nächsten Tag hätte tun sollen. Ich musste da unbedingt am Ball bleiben, aber ich hatte zurzeit so viel um die Ohren, dass dieser Ball mir außerordentlich schwer und wie mit Schmierfett präpariert vorkam, geradezu reif für einen Ausrutscher. Ich rief mir in Erinnerung, dass ich mich schon seit Monaten darauf vorbereitete. Eigentlich brauchte ich nur heute Nacht ein wenig Ruhe, und dann konnte ich morgen der ausgefeilten Prozessstrategie folgen, die ich vor Wochen ersonnen hatte.

Bald waren einige der wichtigsten Personen Neuenglands hier im Saal versammelt: Politiker, Industriekapitäne, bekannte Philanthropen und die angesehensten Persönlichkeiten aus Dutzenden von akademischen Berufen. Jessica und ich gingen zu ihrem Vater, der mit seinem Stellvertreter und ein paar altgedienten Staatsanwälten aus unserem Büro, einem Kongressabgeordneten sowie dem aktuellen Gastdirigenten des Boston Symphony Orchestra zusammenstand. Ich beobachtete, wie sie beim Anblick meines zerschlagenen Gesichts alle ganz kurz die Augen aufrissen, und entschärfte diesen für alle potenziell peinlichen Augenblick mit einer geistreichen Bemerkung: »Sie sollten mal die anderen fünf Kerle sehen.«

Lippincotts Blick wanderte zu seiner Tochter, und seine Miene hellte sich auf. Er küsste Jessica auf die Wange, nickte mir zu und sagte: »Jessica hat mir erzählt, was passiert ist. Ich bin froh, dass es Ihnen gut geht. Ich habe mir Sorgen um Sie gemacht.« Er wirkte auch tatsächlich besorgt um mich, nur fragte ich mich, ob er sich nicht mindestens ebenso sehr darum sorgte, wie mein Technicolorgesicht am zweiten Tag des Redekov-Prozesses von der Jury aufgenommen werden würde.

Ich wandte mich Kidder zu und ergriff seine ausgestreckte Hand, die sich wie ein toter Fisch anfühlte, doch plötzlich wurde sein Griff fest. »Großer Gott«, sagte er. »Der hat Nerven, heute Abend hierherzukommen.«

Ich entzog ihm meine Hand, wischte sie verstohlen an der Hose ab und folgte seinem Blick sowie den Blicken beinahe unserer gesamten Gruppe zum Haupteingang des Ballsaals.

Soeben waren vier Männer in schicken Anzügen eingetreten. Alle trugen Übergröße, drei der Männer ihrer Muskelpakete wegen, der vierte, der in der Mitte vorweg ging, seiner üppigen Fettschichten wegen. Er mochte an die hundertzwanzig Kilogramm wiegen, was bei seinen knapp eins siebzig eindeutig zu viel war, und sein fleischiges Mittfünfzigergesicht zeigte ein liebenswürdiges Lächeln.

Der Orchesterdirigent hatte offensichtlich keine Ahnung, wen er da sah. Jessica ebenso wenig. Der Kongressabgeordnete kniff die Augen zusammen, als versuchte er, sich daran zu erinnern, wo er das Gesicht des schwergewichtigen Mannes schon einmal gesehen hatte. Die übrigen Staatsanwälte starrten ihn mit unverhüllter Überraschung an. Lippincotts Augen wurden schmal, und sein Mund wurde zu einem grimmigen Schlitz, doch gleich darauf blickte er so ungerührt wie immer.

Der Dirigent fragte: »Wer ist …?«

Lippincott wandte sich wieder der Gruppe zu, überhörte die angefangene Frage des Dirigenten und stürzte sich in eine Anekdote über einen früheren Angeklagten – einen ehemals angesehenen CEO eines Fortune-500-Unternehmens –, der während seiner Verhandlung unvermittelt die Brooks-Brothers-Hose fallen gelassen und den Geschworenen seinen nackten Hintern präsentiert hatte.

Während der Kongressabgeordnete und der Dirigent höflich und meine Staatsanwaltskollegen unbehaglich lachten, beugte Jessica sich zu mir und flüsterte: »Wer sind die Männer, die gerade hereingekommen sind?«

Ich hätte sie beinahe nicht gehört, so durchdringend

starrte ich den schwergewichtigen Kerl an der Tür an. Dann vernahm ich ein leises Knirschen und merkte, dass es meine Zähne waren.

»Charlie?«, flüsterte Jess.

Ich flüsterte zurück: »Der fette Kerl ist Carmen Siracuse, der Kopf der italienischen Mafia in Boston. Lässt sich gerne Onkel Carmen nennen, als wäre er *nicht* die Sorte Mensch, der einen seiner Schläger mit dem Wagenheber zu dir rüberschickt, wenn du ihn schief ansiehst. Die anderen Typen sind vermutlich bloß Muskelmasse.« Ich sah mich nach Big Frank D'Amico um, Siracuse' Kindheitsfreund, seinem aktuellen Unterboss und engsten Vertrauten, konnte ihn aber nirgends entdecken.

Jessica zögerte, dann fragte sie leise: »Der Mann mit dem strahlenden Lächeln ist der Kopf einer Mafiafamilie?«

Ich funkelte den Mafiaboss böse an. »Täusch dich nicht. Er lächelt viel. Und warum auch nicht? Er hat alles, was er will, er hat Leute, die alles tun, was er getan haben will, ganz egal, wie illegal oder brutal.«

Jessica beugte sich noch näher zu mir, legte mir eine Hand auf den Arm und flüsterte noch leiser: »Ist er derjenige, welcher?«

Ich nickte. »Ich weiß nicht, ob er es persönlich war, aber ich halte ihn immer noch für verantwortlich.«

»Meinst du, er weiß, dass Daddy heute Abend spricht?«

»Spontan ein paar Worte sagt«, berichtigte ich sie, »und das ist wahrscheinlich genau der Grund, warum er hier ist. Er hat vermutlich davon erfahren und spielt irgendein Spielchen. Will vielleicht irgendein Zeichen setzen. So was. Sieh nicht hin, Jess.«

Der Kongressabgeordnete und der Dirigent entfernten sich bald darauf, und wir Übrigen – Lippincott, Kidder, meine Kollegen, Jessica und ich – setzten unsere Unterhaltung fort, wobei wir Siracuse keines Blickes würdigten. Diese Genugtuung gönnte ihm nämlich keiner von uns.

So verhielt es sich jedenfalls den Großteil des Abends über.

Eine Weile später begannen die Gäste, zu ihren Tischen zu gehen. Da Lippincott einer der *spontanen Redner* des heutigen Abends war, saß er an dem Tisch gleich rechts vom Podium, zusammen mit den offiziellen Rednern des Abends sowie dem Leiter der Stiftung, die heute Abend fünfhundert Dollar pro Gedeck kassierte.

Die uns zugeteilten Plätze waren einige Tische von Lippincott entfernt. Jessica und ich kamen in den Genuss der Gesellschaft Michael Kidders und seiner bemerkenswert nichtssagenden Frau sowie weiterer Staatsanwälte mit ihren Frauen. Ich sah mich nach Angel Medina um, aber offenbar war ihm die Kunst keine fünfhundert Dollar wert. Oder es war ihm nicht wichtig genug, sich bei Lippincott einzuschmeicheln, indem er ihn für seine spontanen Worte lobte.

Obwohl wir alle vorgaben, es nicht zu tun, bemerkten wir sehr wohl, dass Carmen Siracuse und seine muskelbepackten Schlägertypen am anderen Ende des Saals saßen. Wie auf eine stumme Absprache hin erwähnte ihn keiner von uns. Möglicherweise spürten wir, dass er uns Unbehagen einflößen oder unser Gesprächsthema sein wollte. Scheiß auf ihn.

Ich hatte ein Prime-Rib-Steak, Jessica bevorzugte Lachs. Es waren noch andere Köstlichkeiten auf meinem Teller, aber mein Hunger war im selben Augenblick verflogen, in dem Siracuse den Ballsaal betreten hatte. Ich schluckte ein paar Bissen des sehr teuren Fleisches hinunter, ohne es zu schmecken, und versuchte, nicht an Siracuse zu denken. Den anderen, sogar Kidder, schien das besser zu gelingen als mir. Andererseits hatten sie mit Siracuse auch nicht die gemeinsame Vergangenheit, die ich zu haben glaubte.

Nach dem Essen stieg der Leiter der Stiftung aufs Podium, sprach ein paar Worte und stellte den ersten Redner vor, den Direktor eines hiesigen Museums, der uns erklärte, wie wichtig die Kunst sei. Eine Viertelstunde später übernahm der nächste Redner, ein lokaler Kunsthistoriker, und wiederholte, wie wichtig die Kunst sei. Ich glaube, mehr haben sie beide nicht gesagt, aber sicher bin ich nicht, denn meine Gedanken drifteten immer wieder ab zu Jake und Bonz und Siracuse, diesem Stück Scheiße, das sehr selbstgefällig am anderen Ende des Saals saß.

Als der zweite Sprecher zum Ende kam, trat der Veranstalter wieder ans Mikrofon, dankte beiden Rednern für ihre unterhaltsamen, anregenden Worte und tat dann so, als wollte er den offiziellen Teil des Abends beenden. Während er sprach, irrte sein Blick durch den Saal und fiel wie zufällig auf Lippincott. Er tat, als hätte er gerade eine Eingebung, und fragte sich laut, ob der geschätzte U.S. Attorney wohl spontan ein paar Worte sprechen wolle. Er entschuldigte sich bei Lippincott dafür, dass er ihn derart in Verlegenheit bringe, während allenthalben im Saal höflich und ermunternd applaudiert wurde. Huldvoll und zugleich bescheiden trat Lippincott ans Mikrofon. Er räusperte sich, lächelte und begann zu sprechen, scheinbar aus dem Stegreif, mit seiner angenehmen, sonoren Stimme. Er erzählte von einem hochkarätigen Prozess, den unser Büro einige Monate zuvor erfolgreich gegen einen Ring von Kunstdieben geführt hatte, der Gemälde im Wert von mehr als neunzig Millionen Dollar aus Museen in der Gegend von Boston gestohlen hatte. Der Fall hatte es in die landesweiten Nachrichten geschafft, und Lippincott war ausführlich zitiert worden. Er sprach über lokale und amerikaweite Bemühungen darum, dass historische Kunstwerke dort blieben, wohin sie gehörten: in den Museen. Er war beredt und fasste sich kurz. Ich glaube, vor allem Letzteres trug ihm begeisterten Applaus ein. Ich konnte sehen, dass Jessica stolz auf ihren Vater war. Aus dem Augenwinkel sah ich Carmen Siracuse lächeln und höflich applaudieren.

Als Lippincott zurück an seinen Tisch ging, nahm jemand ein Mikrofon und forderte alle auf, zu tanzen und sich gut zu amüsieren. Wie aufs Stichwort ertönte im hinteren Teil des Saals ein Schlagzeugintro, und kurz darauf stimmten die übrigen Mitglieder der Jazzcombo ein. Einige Paare stürmten die Tanzfläche und begannen, ungeschickt zu tanzen.

Ich sah auf die Uhr. Jessica hatte fast dreihundert Dollar für ihr Kleid ausgegeben. Wir mussten wahrscheinlich noch mindestens zwei Stunden bleiben. Ich sah sie an. Sie lächelte, als wollte sie mich auffordern, mit ihr eine Runde über die Tanzfläche zu drehen, doch dann überraschte sie mich mit der Frage: »Wo warst du?«

»Hä?«

»Du warst während der Ansprachen die meiste Zeit weg. In Gedanken. Ich glaube, schon seit du mich heute Abend abgeholt hast.«

Sie hatte recht. In Gedanken durchforstete ich die Straßen von Boston, spähte in Hauseingänge und Gassen, sah unter Brücken nach und linste in Müllcontainer. Wo war Bonz jetzt? Konnte ich ihn wiederfinden? Was wusste er über Jake?

»Denkst du an Siracuse?«, fragte sie.

»Ein bisschen, fürchte ich.« Das stimmte sogar. An Jake und Bonz und Siracuse.

»Alles okay? Du hattest vorgestern eine furchtbare Nacht.

Vielleicht hätte ich dich nicht drängen sollen mitzukommen.«

Ich schüttelte den Kopf. »Wirklich, Jess, es geht mir gut. Ich fühle mich okay.«

Sie nickte und lächelte, dann sah sie sich um. Zwar tanzten ein paar Leute, aber die meisten pflegten ihre Kontakte – wichtige Leute, die mit wichtigen Leuten Umgang pflegten. Ich merkte, dass auch Jessica ein wenig Kontaktpflege betreiben wollte – besonders mit denjenigen Seniorpartnern ihrer Kanzlei, die ebenfalls hier waren –, doch ich hatte daran kein Interesse. Obwohl ich mich bemühte, meine Gedanken in der Gegenwart zu verankern, lösten sie sich ständig von der Leine und drifteten zurück zu Bonz. Daher entschuldigte ich mich, ging hinaus in die Lobby und pingte Dr. Fielding an. Er hatte mir die Nummer seines Pagers zu Beginn meiner Therapie gegeben und dazu gesagt, ich solle sie nur in Notfällen verwenden. Ich war mir nicht sicher, ob das hier zutraf, aber der Mann hatte im Lauf der Jahre so viel Geld an mir und meiner Krankenversicherung verdient, dass ich fand, er könne ruhig zurückrufen und mir ein paar Fragen beantworten.

Ich wusste nicht, wie lange es dauern würde, bis Dr. Fielding zurückrief, aber ich wollte dann nicht mitten in einem vollen Ballsaal stehen, daher schlenderte ich durch die Lobby und bewunderte die extravagante Einrichtung. Ich lief in einem großen Oval über den kunstvoll geknüpften Teppich, und ein Portier mit unglaublich gepflegten Haaren nickte mir jedes Mal höflich zu, wenn ich an ihm vorbeikam. Beim vierten Mal klingelte mein Handy, und der Portier und ich nickten einander ein letztes Mal zu, während ich das Handy aufklappte. Ich ging in eine Ecke und stellte mich mit dem Rücken zum Raum.

»Dr. Fielding?«, fragte ich leise.

»Ja, hier ist Patrick Fielding. Ich wurde angepingt.«

»Danke, dass Sie mich zurückrufen, Dr. Fielding. Hier ist Charlie Beckham. Tut mir leid, Sie zu stören.«

»Alles in Ordnung, Charlie?« Er klang gleichermaßen besorgt und irritiert, so als wäre es ihm zwar wirklich wichtig, dass es mir gut ging, aber als wäre es zugleich besser, wenn ich einen guten Grund dafür hätte, ihn an einem Sonntagabend anzurufen.

»Mir geht's gut, danke. Tut mir leid, dass ich Sie störe, aber ich habe eine Frage an Sie. Eine, die nicht bis morgen warten kann.«

»Eine Frage?« Der Akzent verlagerte sich von Sorge ein Stück in Richtung Gereiztheit.

»Ja. Ich weiß, das ist ungewöhnlich, aber ich weiß nicht, an wen ich mich sonst wenden kann. Und es fällt wirklich genau in Ihr Fachgebiet.«

»Nun, dann stellen Sie mir einfach Ihre Frage, und dann sehen wir, ob Sie recht haben.« Nun nahm ich keine Spur von Sorge mehr in seinem Ton wahr. Doch er blieb professionell.

»Okay. Sagen wir, jemand hat schreckliche Qualen durchlitten, zum Beispiel Folter ... ich nehme an, das könnte das Gedächtnis dieses Menschen in Mitleidenschaft ziehen, richtig?«

Fielding zögerte. »Folter? Charlie, was wollen Sie ...«

»Rein hypothetisch, Dr. Fielding.«

Er zögerte noch immer, dann sagte er: »Nun, ein ausreichend traumatisches Erlebnis kann sicherlich einen Gedächtnisverlust auslösen. Häufig errichten Menschen eine Mauer um Erinnerungen, die mit der Ursache des Traumas zu tun haben – sagen wir, sexueller Missbrauch oder, in Ihrem hypothetischen Fall, Folter. Das ist ein Selbstschutzmechanismus. Man hält die Erinnerungen unter Verschluss und muss sich nicht mit ihnen auseinandersetzen. Man kann bestimmte Erinnerungen verdrängen, und trotzdem kann das Gedächtnis – und hier spreche ich von der grundlegenden Fähigkeit, sich zu erinnern – in jeder anderen Hinsicht so gut wie das aller anderen Menschen funktionieren.«

»Was ist mit schwerem Gedächtnisverlust?«, fragte ich. »Nicht nur in Bezug auf das traumatische Ereignis, sondern ein praktisch vollständiger Gedächtnisverlust.«

»Könnte Folter das auslösen? Ja, ich denke schon. Wenn sie schwer genug war, kann dadurch das Gedächtnis des Opfers in unterschiedlichem Maße beeinträchtigt werden. Aber, Charlie, jetzt müssen Sie mir sagen …«

»Eine Frage noch, Dr. Fielding.« Ich preschte weiter, ehe er etwas einwenden konnte. »Könnte etwas – sagen wir, der Anblick eines vertrauten Gesichts – zur Rückkehr dieser Erinnerungen führen?«

Fielding schwieg. Offensichtlich fragte er sich, wie ich auf all das gekommen war. Schließlich sagte er: »Ja, ich glaube schon. Manchmal braucht das Gedächtnis nur einen kleinen Anstoß. Ich denke, falls Ihr hypothetisches Folteropfer einen beinahe vollständigen Gedächtnisverlust erlitten hat und etwas, das dieser Mensch sieht oder hört, in seinem Kopf eine Verbindung herstellt, eine Verbindung zu seiner Vergangenheit, dann könnte die Mauer, die er errichtet hat, einstürzen.«

»Und was für Auswirkungen hätte das auf denjenigen?«

»Nun, es könnte verschiedene Auswirkungen haben. Er könnte erleichtert sein, froh, sein Gedächtnis wiederzuhaben. Es könnte ihn aber auch ganz im Gegenteil erneut schwer traumatisieren, weil er die Ereignisse nochmals durchlebt, die ihn ursprünglich veranlasst hatten, die Gedächtnisblockade zu errichten. Wenn das Gedächtnis langsam zurückkehrt, über einen gewissen Zeitraum hinweg, wäre das leichter für denjenigen, stelle ich mir vor. Aber wenn diese schützende Mauer erst einmal fällt, ist das für denjenigen möglicherweise wie ein … wie ein …«

»Wie ein Dammbruch?«, schlug ich vor.

»Genau. Und das könnte für unser hypothetisches Folteropfer sehr beängstigend sein.« Er hielt inne. »Wir reden hier doch von einem hypothetischen Fall, oder, Charlie?«

Dies erklärte vielleicht einiges an Bonz' Verhalten. Der Anblick meines Gesichts – nicht nur einmal, sondern mittlerweile mehrfach – und die Unterhaltung mit mir konnten wie eine Abrissbirne auf die Mauern gewirkt haben, die Bonz in seiner Psyche errichtet hatte, um sich vor den Erinnerungen an das zu schützen, was ihm zugestoßen war und wovon er jene Narben, die verstümmelte Hand, die gebrochene Nase zurückbehalten hatte. Ursprünglich hatte ich gedacht, sein eigenartiges Verhalten sei Folge einer Demenz, verursacht durch was auch immer manche Obdachlose dazu bringen mochte, sich verrückt aufzuführen. Jetzt war ich mir da nicht mehr so sicher. Jemand hatte ihn durch die Hölle geschickt, und ich hatte in seinem Kopf einen Diaprojektor in Gang gesetzt, sodass er seinen Horrortrip erneut durchlebte.

»Dr. Fielding, eins muss ich noch wissen: Wie würde dieser Mensch reagieren, nachdem sein Gedächtnis zurückgekehrt ist? Wie müsste ich mit ihm umgehen? Könnte er gewalttätig werden? Falls ich Informationen von ihm benötigte, wie sollte ich vorgehen?«

»Das sind eine Menge Fragen, Charlie. Ich kann mir nicht vorstellen, dass das alles rein hypothetisch ist.«

»Bitte, Dr. Fielding.«

Einige Sekunden lang herrschte Schweigen, dann: »Ein Mensch wie der, den Sie beschreiben, könnte auf jeden Fall gewalttätig werden. Das würde von den Umständen und seinem Naturell abhängen. Könnte er labil sein? Möglich. Auch das hängt ganz von ihm ab. Falls Sie einen solchen Menschen befragen müssten, sollten Sie vorsichtig sein. Stellen Sie die falsche Frage, und Sie versetzen ihn vielleicht in Rage, falls er dazu neigt, oder in Panik, wenn er sich an das erinnert, was ihm angetan wurde, oder vielleicht treiben Sie ihn damit sogar zurück in sein schützendes Schneckenhaus, und er errichtet die Mauern um die schlimmen Erinnerungen von Neuem.«

»Sie meinen, er könnte sein Gedächtnis erneut verlieren?«

»Möglich wäre es. Das kann ich wirklich nicht mit Sicherheit sagen, nicht ohne denjenigen kennenzulernen und mit ihm zu reden.«

»Verstehe.« Sollte ich Bonz je wiedersehen, würde ich mit meinen Fragen vorsichtig sein müssen. Selbstverständlich wollte ich nicht, dass er sein Gedächtnis erneut verlor. Und keinesfalls wollte ich, dass er gewalttätig wurde. Ich hatte ja gesehen, wozu er fähig war.

»So, Charlie, ich habe alle Ihre Fragen beantwortet. Jetzt muss ich Sie bitten, mir zu sagen …«

»Tut mir leid, Dr. Fielding, aber das ist eine vertrauliche Angelegenheit. Ein Zeuge in einem meiner Fälle, und über die darf ich aus ethischen Gründen nicht reden, wie Sie wissen.«

»Sie klingen aber nicht, als wäre das bloß …«

»Vielen Dank für Ihre Hilfe. Tut mir leid, dass ich Sie am Wochenende gestört habe.« Ich klappte mein Handy zu.

»Worum ging es da?« Das war Jessicas Stimme. Ich drehte mich um, und sie stand direkt hinter mir.

»Warum bist du nicht da drin und machst dich an die hohen Tiere ran?«

»Irgendwann habe ich mich gefragt, wo du bist.«

Wie viel hatte sie gehört?

»Wer wurde gefoltert, Charlie? Mein Gott, warst du das? Rühren deine Blutergüsse in Wirklichkeit daher?«

Ich zögerte. Sie war so aufrichtig besorgt, so ehrlich betroffen, dass ich ihr die Wahrheit sagen musste. Also setzte ich mich mit ihr auf ein kleines Sofa, das etwas abseits an einer Seite der Lobby stand, ließ sie schwören, nichts weiterzuerzählen, atmete tief durch und berichtete ihr von Bonz. Ich erzählte ihr, dass er mich Wiley genannt hatte und was das bedeutete – denn nicht einmal Jessica wusste von diesem geheimen Namen meines Bruders für mich. Ich erzählte ihr, dass ich ihn verfolgt hatte, mich gefragt hatte, ob er Jake war, dass sich aber herausgestellt hatte, dass er es nicht war, dass er gedroht hatte, mir den Hals zu brechen, dass er genug für ein ganzes Footballteam gegessen hatte. Und ich erzählte ihr, dass er meinen Bruder gekannt haben musste. Dass er *irgendetwas* darüber wissen musste, was Jake zugestoßen war.

Während ich ihr das alles erzählte, schüttelte sie immer wieder den Kopf. Ich wusste, wie sie über das, was sie meine Obsession nannte, dachte. Ich wusste, sie würde enttäuscht sein. Deshalb war ich ganz und gar überrascht, als sie sagte: »Du musst ihn wiederfinden, Charlie. Du musst ihn dazu bringen, dir zu erzählen, was er weiß.«

Die Erschütterung war mir wohl anzusehen, denn sie fügte hinzu: »Mein Gott, Charlie, ich wollte bloß, dass du das hinter dir lässt, weil es so aussah, als würdest du nie herausfinden, was Jake zugestoßen ist. Falls auch nur die geringste Chance besteht, dass die Antwort wirklich irgendwo da draußen ist, dann musst du sie suchen. *Nur so* kannst du deinen Bruder zur Ruhe betten. Nur so wirst du ihn loslassen können. Eine Antwort, so oder so, das ist es, was du brauchst. Ich hoffe aufrichtig, du findest sie. Und ich hoffe, von nun an bist du bei der Suche ein bisschen vorsichtiger.«

Ich nahm ihre Hand und drückte sie. Mir war nicht klar gewesen, wie wichtig mir Jessicas Unterstützung war. Und es tat so gut, endlich mit jemandem darüber reden zu können.

»Ich finde ihn, Jess«, sagte ich in zuversichtlichem Ton. »Ich muss ihn finden.« Ich stand auf.

»Willst du wirklich jetzt sofort nach ihm suchen?«

»Na ja, ehrlich gesagt«, antwortete ich, »wollte ich zur Toilette. Ich suche morgen nach ihm.«

Lächelnd schüttelte sie den Kopf. »Dann sehen wir uns gleich drinnen.«

VIERZEHN

Als ich zurück in den Ballsaal ging, war die Party richtig in Schwung gekommen, und zwar buchstäblich, denn die Musiker spielten eine nette Mischung aus Jazz und Swing. Die Leute tanzten, mischten sich untereinander, tranken, plauderten und lachten. Jessica tanzte zwei Songs lang mit ihrem stolz strahlenden Vater. Michael Kidder ließ Ellbogen und Schweiß fliegen, während er seine Frau unbeholfen über die Tanzfläche wirbelte. Jess und ich tanzten auch ein paar Songs lang, und ich versuchte, mich nicht von dem ablenken zu lassen, was mich schon den ganzen Abend quälte. Flüchtig fragte ich mich, ob Carmen Siracuse wohl mit einem seiner stiernackigen Speichellecker tanzen würde.

Im Rückblick kann ich nicht mehr genau sagen, wann ich begann zu trinken. Etwa eineinhalb Stunden nach Lippincotts spontanen Worten war ich zwar eindeutig nicht betrunken, aber ich hatte ein Glas zu viel gehabt. Manchmal reicht das schon aus, um irgendeine Dummheit zu machen.

Ich steuerte auf Carmen Siracuse' Tisch zu. Er hatte ein Handy am Ohr und den Mund voller Schokoladenkuchen. Als er mich bemerkte, funkelten seine dunklen Augen leicht amüsiert. Mir fiel auf, dass sich an den Schläfen ein wenig Grau in seine noch immer größtenteils schwarzen Haare eingeschlichen hatte, seit ich das letzte Mal mit ihm gesprochen hatte. Und während er damals schon ganz ordentlich übergewichtig gewesen war, war er in der Zwischenzeit einem schweren Herzinfarkt noch um gut zwanzig Kilo näher gekommen. Als ich mich dem massigen Mann näherte, standen seine Schläger lässig auf, doch auf einen Wink hin setzten sie sich wieder wie gehorsame, mit Steroiden vollgepumpte Rottweiler. Ihr Boss hob einen Finger, der so dick war wie eine Rolle Vierteldollarmünzen, und bedeutete mir, er sei gleich bei mir. Ich wartete und kam mir dabei wie ein Idiot vor. Die Gorillas beobachteten mich kühl. Schließlich sagte Siracuse: »Fein, danke für die Info«, und klappte das Handy zu. Er sah zu mir hoch.

»Kenne ich Sie?«, fragte er und lächelte liebenswürdig. An seinen Zähnen klebte Schokoladenkuchen. Ich hatte seine ungewöhnliche Sprechweise vergessen. Es hieß, als Jugendlicher habe er sich bei einer Straßenschlägerei ein gutes Stück seiner Zunge abgebissen. Seither klang er, als hätte er gerade eine Wurzelbehandlung hinter sich und der Zahnarzt hätte ihm eine Überdosis Schmerzmittel verabreicht. Ich hatte keine Ahnung, wie es ihm mit dieser Sprechstörung gelang, seiner Stimme die nötige Bedrohlichkeit und Autorität zu verleihen, um Untergebenen und Feinden den Respekt, die Angst, die Ehrfurcht und was man sonst noch zur effektiven Führung eines kriminellen Imperiums brauchte, einzuflößen – besonders, wenn man die Angewohnheit hatte, so viel zu lächeln wie er. Natürlich mochte seine legendäre Skrupellosigkeit hilfreich sein.

»Ich bin überrascht, dass Sie sich nicht an mich erinnern«, entgegnete ich. Der Scheißkerl erinnerte sich sehr wohl an mich. Garantiert. »Wie oft klagt Sie jemand persönlich des Mordes an?«

»Sie würden sich wundern.« Er lachte, und seine Spießgesellen lachten mit, bis ihr Boss sich an einem Kuchenkrümel verschluckte. Da hörten sie auf zu lachen. Siracuse hustete und sagte: »Helfen Sie mir auf die Sprünge.«

»Jake Beckham.«

»Sagt mir nichts.« Er wartete und lächelte sein gottverdammtes Lächeln. Dieses miese Stück Scheiße.

»Ein investigativer Journalist beim *Boston Beacon*. Sie haben ihn vor dreizehn Jahren ermorden lassen, Mr Siracuse.«

»Nennen Sie mich Onkel Carmen«, sagte er freundlich lächelnd.

»Nein.«

Da verschwand das Lächeln endlich aus seinem fetten Gesicht. Für einen Augenblick sah ich das Gesicht von Carmen Siracuse, das niemand, der auch nur einen Hauch von Verstand besaß, jemals sehen wollte. Gleich darauf trat ein anderer Ausdruck an seine Stelle, ein müder, gequälter Ausdruck, der garantiert eingeübt war. »Ihre Anklage ärgert mich, Mr ... Beckham, richtig? Ich bin ein aufrechter Bürger. Ein geachteter Geschäftsmann innerhalb der Bostoner Gemeinde. Ich bin ein Förderer der gottverdammten Künste. Habe heute Abend zweitausend Mäuse für vier winzige, zu durchgebratene Steaks bezahlt.«

»Genau, Sie sind ein Scheißheiliger«, sagte ich. Wie bereits erwähnt: Ich hatte getrunken.

Siracuse' Augen wurden eiskalt. Seine Wachhunde spannten sich an. »Was zum Teufel ist mit Ihrem Gesicht passiert?«

»Ich habe es mir beim Rasieren eingeschlagen. Vielleicht hilft das ja Ihrem Gedächtnis auf die Sprünge: Ich war damals Assistant District Attorney. Ich habe Sie in einem Ihrer Restaurants im North End zur Rede gestellt. Ich habe Ihnen gesagt, eines Tages würde ich Sie wegen Mordes drankriegen.«

Siracuse lächelte mich bloß liebenswürdig an. »Beckham, ja? Habe ich Sie nicht neulich im Fernsehen aus dem Gericht rennen sehen? Genau, Sie sind der Ankläger in irgend so einem Prozess gegen organisiertes Verbrechen, richtig? Sie sagen, Sie haben vor Jahren mit mir gesprochen?« Er wandte sich an den Gorilla, der links von ihm saß, einen Kerl mit einem dünnen Schnurrbart und einem dicken, fetten Leberfleck neben der Nase, und fragte: »War das der Abend, an dem dieser kleine Scheißer von Kellner mir Marinara-Soße auf die Hemdmanschette gespritzt hat?«

Der Leberfleckmann erwiderte: »Ja, ich glaube schon.«

Siracuse lachte. »Was ist eigentlich aus dem Jungen geworden?«

»Wir haben ihn gefeuert.«

»Das war alles?«

»Ja, ich glaube schon.«

Siracuse dachte kurz nach. Dann kam er wohl zu dem Schluss, dass das Verspritzen von ein bisschen Pasta-Soße auf die Hemdmanschette vom Boss kein ausreichender Grund für eine Tracht Prügel war, und nickte.

»Wenn ich's mir recht überlege«, sagte er dann, »erinnere ich mich vielleicht doch an Sie. Ich erinnere mich außerdem, dass ich Ihnen an jenem Abend sagte, Sie hätten nichts als Scheiße im Kopf. Ich habe niemanden getötet.« Er stopfte sich ein Stückchen Kuchen in den Mund und fügte hinzu: »Wie Sie schon sagten, ich bin ein Scheißheiliger.« Er grinste breit.

Jemand zupfte mich am Ärmel. Ich nahm an, Jessica habe mich gefunden und versuche – viel zu spät –, mich davon abzuhalten, eine kolossale Dummheit zu begehen. Doch als ich mich umdrehte, stand Norm Balzer neben mir, einer der anderen Staatsanwälte bei uns am Tisch. Sehr leise sagte er zu mir: »Mr Beckham, Mr Lippincott legt Ihnen dringend nahe, zurück an Ihren Tisch zu gehen.«

Ich blickte Balzer über die Schulter und sah Lippincott an

meinem Tisch stehen. Er wirkte außerordentlich ungehalten. Jessica stand neben ihm und wirkte ebenso unglücklich und mehr als nur ein wenig besorgt. Gleich hinter Lippincott entdeckte ich das Gesicht von Michael Kidder, der ein Stück größer als Lippincott war. Kidder wirkte bloß fasziniert.

Ich antwortete Balzer: »Sagen Sie Mr Lippincott, ich komme gleich.«

Balzer zögerte verunsichert, sah sich nach Lippincott um, dann wieder zu mir und ging zurück an unseren Tisch. Ich wandte mich wieder Siracuse zu.

»So ist's recht«, sagte er und schnippte mit den dicken Fingern, »Sie sind ja jetzt ein großer, wichtiger Bundesstaatsanwalt.«

»Allerdings. In der Organized Crime Strike Force Unit.«

Ich hoffte, wenn er erfuhr, dass jemand, der auf einem privaten Feldzug gegen ihn war, in dieser Sondereinheit saß – der Abteilung, deren einziger Auftrag es war, Mafiaangehörige vor Gericht zu bringen –, würde er ein wenig nervös werden und setzte nun meinerseits ein Lächeln auf, das ihm eine Botschaft, eine Herausforderung übermitteln sollte, die ihn ein bisschen ins Schwitzen brachte. Nur schien er nicht zu schwitzen. Er lachte vielmehr herzhaft und verschluckte sich wieder an seinem Kuchen.

»Sie meinen, neue Besen kehren gut, ja? Sind Sie deshalb zu mir gekommen? Um mir das zu sagen?«

»Eigentlich nicht. Ich wollte Sie nur wissen lassen, dass ich Sie immer noch für das Verschwinden meines Bruders verantwortlich mache.«

»Verschwinden?«, fragte Siracuse, den Mund voller Schokoladenkuchenbrei. »Ich dachte, Sie hätten gesagt, er sei ermordet worden. Sie meinen, er ist nur verschwunden? Herrgott, vielleicht schlürft er jetzt gerade Margaritas mit den

Señoritas unten in Mexiko«, fügte er lachend hinzu. Er sprach es »Mehiko« aus.

»Sie haben ihn ermorden lassen, Mr Siracuse, und dafür werde ich Sie hinter Gitter bringen.«

Siracuse mimte Überraschung. »Das ist gefährlich nahe an Verleumdung, Herr Staatsanwalt. Seien Sie lieber vorsichtig.« Er lächelte wieder. Ein Kuchenkrümel fiel ihm von der Unterlippe.

»Danke für die Warnung.«

Siracuse biss ein weiteres Stück von dem Kuchen auf seiner Gabel ab und sprach mit vollem Mund weiter, was augenscheinlich eine abstoßende Angewohnheit von ihm war. Andererseits: Wer von seinen Untergebenen hatte den Mumm, ihm zu sagen, dass das unhöflich war? »Keine Warnung, Mr Beckham. Ich würde mir nicht anmaßen, einen Staatsanwalt zu warnen. Nur ein freundschaftlicher Rat.«

Er sah mich an. Ich erwiderte den Blick.

»Sonst noch etwas?«, fragte er schließlich liebenswürdig.

Ich starrte ihn immer noch an. Er erwiderte den Blick. Gab es da sonst noch etwas? Offen gestanden, war ich mir nicht sicher. An dieser Stelle hätte ich gehen sollen. Eigentlich hätte ich das schon längst tun sollen. Verdammt, ich hätte niemals zu ihm hingehen sollen. Aber ich konnte mich nicht von der Stelle rühren. Zu viele schlaflose Nächte vermutlich. Zu viel Grübeln über die Frage, wo mein Bruder war. Zu viele Jahre quälender Ungewissheit. Überdies war da dieses eine verdammte Glas, das ich zu viel getrunken hatte. Ich konnte nicht klar denken. Als ich zu Siracuse gegangen war, war ich ganz der knallharte Bursche gewesen. Dieser Bursche war soeben verschwunden. Als ich nun wieder sprach, war die eiserne Entschlossenheit aus meiner Stimme gewichen, und ich hasste die Stimme, die mir verblieben war.

»Mr Siracuse, ich will nur wissen, was aus ihm geworden ist. Ich will es einfach *wissen.*«

Er lächelte wieder, entschuldigend diesmal. »Da fragen Sie den Falschen.«

»Ich will es bloß wissen, mehr nicht. Sie sagen es mir, und ich verfolge Sie nicht deswegen. Ich muss es bloß wissen.«

Er sah zu mir hoch, und in seiner Miene veränderte sich etwas. Ich bezweifle, dass er mich bisher auch nur im Geringsten geachtet hatte, aber nun trat seine Verachtung offen zutage. Dann grinste er.

»Was? Sie wollen behaupten, Sie und Ihr Boss da drüben belästigen mich dann nicht mehr? Sie ziehen meinen guten Namen nicht mehr in den Schmutz? Sie verlegen nicht mehr illegal Wanzen und den ganzen Scheiß? Nicht, dass ich etwas Unrechtes getan hätte, wohlgemerkt, oder dass ich auch nur einen Scheißdreck über Ihren Bruder wüsste, aber meinen Sie damit wirklich, dass Sie mich in Ruhe lassen, wenn ich Ihnen sage, was Sie hören wollen? Gut oder schlecht?«

»Wir haben nie …« Ich brach ab und atmete tief durch. »Nein, ich will nicht sagen, dass wir Sie dann nicht mehr verfolgen. Sie sind der Kopf einer Mafiafamilie, und dafür werden wir Sie zur Rechenschaft ziehen.« Genau deshalb wäre ich jetzt bereit gewesen, auf eine Anklage wegen des Mordes an Jake zu verzichten im Ausgleich dafür, dass ich endlich erfuhr, wirklich *wusste,* was ihm zugestoßen war. Mir war klar, wir würden irgendwann Siracuse' Verurteilung infolge eines ganzen Haufens anderer Anklagen erwirken. Ich hätte ihn wirklich, wirklich gern wegen des Mordes an Jake eingesperrt, aber am Ende zählte für mich wohl nur, dass der Mörder meines Bruders den Rest seiner Tage hinter Gittern verbrachte. Welche Verbrechen der Grund für seine Verurteilung sein würden, spielte eigentlich keine Rolle. Ich musste es einfach *wissen.* Ich fuhr fort: »Sehen Sie, ich sage bloß, dass ich auf eine Anklage wegen Mordes an meinem Bruder verzichten werde und …«

Er fiel mir ins Wort. »Wegen des Verschwindens.«

Ich atmete erneut tief durch. »Sie haben mein Wort darauf.« Ich nahm einen Hauch Verzweiflung in meiner Stimme wahr und verachtete mich dafür.

»Aber Sie beabsichtigen, mich wegen anderer angeblicher Verbrechen gegen Bundesgesetze anzuklagen?«

Ich schwieg.

»Organisierte Erpressung natürlich«, sagte er. »Mord wahrscheinlich. Verabredung zum Mord. Illegales Glücksspiel, Prostitution, Drogenhandel. Solche Verbrechen?«

»Vermutlich.«

»Also: Obwohl mir solche Anklagen drohen, meine Zukunft trüben und mich, falls ich verurteilt würde, bis an mein Lebensende ins Gefängnis bringen würden, glauben Sie, ich könnte nachts besser schlafen, bloß weil irgendein mieser kleiner Pisser von einem Bundesstaatsanwalt mir verspricht, er würde sich nicht die Mühe machen, mich eines dreizehn Jahre alten Mordes anzuklagen, bei dem es nicht einmal eine beschissene Leiche gibt?« Jetzt grinste er von einem Ohr zum anderen. »Verzeihen Sie, Mr Beckham, aber da muss ich einfach lachen.« Und das tat er. Er lachte gekünstelt auf – eigentlich klang es eher wie ein Bellen. »Herr Staatsanwalt, ich weiß einen feuchten Scheißdreck über Ihren Scheißbruder. Und selbst wenn, würde ich Ihnen sagen, Sie können mich mal kreuzweise. Kapiert? Wäre das dann endlich alles? Kann ich wieder die Festivitäten genießen, für die ich ein hübsches Sümmchen berappt habe?« Und die ganze Zeit über lächelte er mich an. Es war verstörend zu sehen, wie er so unfreundliche Dinge sagen und dabei zugleich so liebenswürdig lächeln konnte.

Der Gorilla mit dem Leberfleck machte Anstalten sich zu

erheben. Ich spürte eine Hand am Ellbogen, drehte mich um und erblickte Andrew Lippincott neben mir.

Er sagte: »Charlie, sollten Sie nicht besser an Ihren Tisch zurückkehren?«

Ich schluckte schwer.

Wenn Siracuse bisher schon gelächelt hatte, so strahlte er nun. »Mr Lippincott! Der U.S. Attorney höchstpersönlich. An meinem Tisch. Ich fühle mich aufrichtig geehrt. Nette Ansprache übrigens. Ich war gefesselt. Wenn ich der kriminelle Typ und im Kunstdiebstahl tätig wäre, würde ich mir sicher ein neues Betätigungsfeld suchen, nun, da ich weiß, dass Sie derart wachsam sind.«

Lippincotts Griff um meinen Ellbogen verstärkte sich. Ich sah ihm ins Gesicht: Seine Miene war beängstigend. Lippincott, der niemals außer Fassung geriet, niemals Gefühle zeigte, die er andere nicht sehen lassen wollte, der immer nur das von sich zeigte, was er zeigen wollte, biss die Zähne aufeinander. Wenn man ihn nicht kannte, fiele es einem womöglich gar nicht auf. Aber ich sah, dass in seinem Inneren ein Kampf tobte, bei dem unterschiedliche Gefühle um die Oberhand rangen. Ich sah ihm an ... Andrew Lippincott empfand reinen Hass für Carmen Siracuse.

Siracuse' Lächeln erlosch. Er wandte sich an den Leberfleckmann: »Herrgott, da macht man jemandem ein Kompliment, und der sagt nicht mal Danke.« Er wandte sich wieder an Lippincott. »Ihr Angestellter hat mir soeben angekündigt, dass er mich ins Kittchen bringen wird. Was meinen Sie? Wird es dazu kommen?«

Lippincott drückte mir beinahe vollständig das Blut im Unterarm ab, ehe er mich schließlich losließ. Er atmete durch, und etwas veränderte sich. Die zuvor deutlich spürbare Spannung löste sich auf, und Lippincott trug wieder die von ihm gewählte Maske.

»Das ist richtig, Mr Siracuse. Vorausgesetzt natürlich, Sie haben gegen das Bundesgesetz verstoßen. Sollte dies der Fall sein, *werden* wir Sie ins Gefängnis bringen. Das ist ein Versprechen.«

Siracuse lächelte. »Sehen Sie, Charlie«, sagte er, »*so* verleumdet man jemanden. Man fügt ein ›vorausgesetzt, Sie haben gegen das Gesetz verstoßen‹ hinzu, dann kommt man auch nicht in Schwierigkeiten. Richtig, Mr Lippincott? Sie könnten von diesem Mann eine Menge lernen, das wissen Sie doch, Charlie?«

Erneut packte Lippincott mich gebieterisch am Ellbogen. »Was halten Sie davon, wenn wir jetzt zurück an den Tisch gehen, Charlie?«

Ich nickte, doch ehe wir gehen konnten, sagte Siracuse: »Einen Moment noch, okay, Herr Staatsanwalt?«

Dabei sah er Lippincott an. Lippincott zögerte, dann sagte er zu mir: »Ich bin gleich bei Ihnen. Ich spreche nur kurz mit Mr Siracuse.«

»Onkel Carmen«, berichtigte ihn der Mafiaboss.

Ich wandte mich ab. Nach einigen Schritten hörte ich Siracuse sagen: »Genießen Sie den restlichen Abend, Charlie.« Es klang, als hätte er schon wieder den Mund voll. Ich drehte mich um und sah den U.S. Attorney für Massachusetts mit dem Kopf der italienischen Mafia sprechen. Siracuse lächelte fast die ganze Zeit. Lippincott wirkte zornig und eindringlich, aber beherrscht auf mich. Sie sahen zu mir, und ich setzte den langen Weg zu meinem Platz hastig fort.

Als ich mich unserem Tisch näherte, sah ich Jessica dort stehen. Sie blickte mir besorgt entgegen. Norm Balzer und die anderen beiden Staatsanwälte an unserem Tisch saßen mit offenen Mündern da. Bei meinen Kollegen würde ich nach diesem kleinen Auftritt entweder als Held oder als

Vollidiot gelten, und ich fürchtete, ich kannte ihre Meinung jetzt schon. Die Frauen meiner Kollegen und Mrs Kidder konnten nicht ganz nachvollziehen, was für einen gewaltigen Fehler ich gerade gemacht hatte, in praktischer wie professioneller Hinsicht, dennoch wirkten sie um mich besorgt. Als ich am Tisch ankam, schüttelte Michael Kidder den Kopf und sagte: »Das war in vielerlei Hinsicht ein gewaltiger Fehler, Charlie.«

Erzählen Sie mir was Neues, Michael.

FÜNFZEHN

»Gibt es einen plausiblen Grund dafür, dass Sie so mit Carmen Siracuse geredet haben?«

Lippincott und ich saßen allein an seinem Tisch. Jessica und die anderen warteten an unserem Tisch. Kidder war auch dort, aber er beobachtete uns aufmerksam und sah aus, als wäre er bei diesem Gespräch zu gern dabei.

»Ich habe eigentlich keine Erklärung, Mr Lippincott.«

Er musterte mich einen Augenblick schweigend. »Ging es um Ihren Bruder?«

Ich nickte. Kurz nachdem ich begonnen hatte, für Lippincott zu arbeiten, hatte ich ihm meinen Verdacht mitgeteilt. Ich hatte ihm versprochen, trotzdem objektiv zu bleiben. Dieses Versprechen wirkte im Moment nicht sehr aufrichtig. Dennoch wurde Lippincotts Miene milder wie immer bei den seltenen Gelegenheiten, bei denen die Rede auf Jake kam. Das überraschte mich nicht allzu sehr. Ich glaubte, wie gesagt, dass er als jemand, der selbst geliebte Menschen verloren hatte, Verständnis für mich hatte.

»Charlie, ich kann ein wenig nachvollziehen, was Sie durchmachen. Das wissen Sie. Ich verstehe, wie schwer es ist, jemanden zu verlieren, den man liebt. Und diesen Verlust zu akzeptieren.«

»Das weiß ich, Sir.«

»Aber Sie müssen begreifen, warum es eine so schlechte Idee war, mit diesem Troll zu sprechen.«

Lippincotts Wortwahl überraschte mich. Es war eine

emotionale Formulierung. Aber ich verstand ihn. Erstens hatte es mich nicht weitergebracht. Siracuse würde nicht gestehen, dass er Jake ermordet hatte. Zweitens stand ich jetzt wie ein Idiot da, und das färbte auch auf unser Amt ab. Drittens hatte Siracuse mich jetzt auf dem Radar, und das war immer ein Nachteil.

»Ich begreife es, Mr Lippincott. Es war ein einmaliger Aussetzer. Mehr nicht.«

Er seufzte und schüttelte den Kopf. Er wirkte beinahe traurig. Ich hatte ihn offenbar wirklich enttäuscht. Schließlich sagte er: »Wie Sie wissen, Charlie, hatte ich bereits Bedenken, Sie den Redekov-Prozess behalten zu lassen. Sie waren neulich … nun ja, nicht in Bestform. Ich frage mich, ob bei Ihnen alles in Ordnung ist.«

»Es ist alles in Ordnung, Mr Lippincott. Ehrlich.«

»Sind Sie sicher, dass Ihnen das alles nicht über den Kopf wächst?«

»Absolut sicher«, sagte ich überzeugter, als ich war. »Ich habe alles im Griff. Meine Leistung am Donnerstag war ein Ausreißer, eine Abweichung. Ich war bloß außer Fassung, weil ich zu spät kam und so weiter. Aber ich kenne diesen Fall in- und auswendig, Sir, und trotz des holprigen Anfangs werde ich Redekov und seinen Anwälten die Hölle heißmachen.« Ich hoffte, dass ich recht hatte. Ich glaubte es.

»Es ist nur, dass … nun ja, Sie wissen, wie wichtig dieser Prozess ist. Ich muss sicher sein, dass Sie das schaffen. Es ist keine Schande, hier um Hilfe zu bitten. Wir sind alle im selben Team.«

Wenn ich um Hilfe bat, konnte ich auch gleich zugeben, dass ich für die größeren und prestigeträchtigeren Fälle bei der Staatsanwaltschaft nicht geeignet war, und darauf hatte ich viel zu lange hingearbeitet. Vielleicht war das selbstsüchtig von mir. Vielleicht riskierte ich, den Prozess zu verlieren und diesen Drecksack Redekov ungeschoren davonkommen zu lassen, aber ich war davon überzeugt, ich würde damit fertig. Ich glaubte, ich könne Bonz nochmals finden, die Antworten erhalten, die ich brauchte, und gleichzeitig auch den Prozess führen. Ich kannte den Fall richtig gut. Ich konnte tagsüber bei Gericht meine Arbeit tun und an den Abenden Bonz suchen. Falls ich die Dinge mit ihm einigermaßen rasch klären konnte, musste der Redekov-Prozess überhaupt nicht leiden. Ich glaubte, ich würde das schaffen. Wirklich.

»Bei mir ist alles in Ordnung, Sir«, wiederholte ich. »Morgen früh trete ich vor das Gericht und zeige dem Richter und den Juroren einen völlig anderen Staatsanwalt als den, den sie neulich sahen.«

Er musterte mich und mein geprelltes Gesicht lange. Schließlich nickte er. »Okay. Und zwischen Ihnen und meiner Tochter läuft es gut?«

Ich hätte ihn beruhigen können, indem ich ihm erzählte, dass wir super Sex hatten, aber das war sicher nicht das, was er hören wollte. »Ja, Sir. Es ist toll mit ihr. Sie ist etwas ganz Besonderes.«

Er nickte. »Und Siracuse?«

Ich schüttelte den Kopf. »Ein Glas zu viel, Mr Lippincott. So etwas wird nicht noch einmal vorkommen. Versprochen.«

Nachdenklich nickte er ein weiteres Mal. In diesem Augenblick trat Kidder an unseren Tisch. Offenbar hatte er der Versuchung nicht mehr widerstehen können.

»Hier alles in Ordnung?«, fragte er.

Eine bloße Spur ungehalten sah Lippincott zu ihm hoch. »Wir kommen bestens zurecht, Michael.«

Einen Augenblick stand Kidder da und wusste offenbar

nicht, wie er reagieren sollte. »Charlie, das war eine sehr törichte ...«

Lippincott fiel ihm ins Wort. »Ich kümmere mich darum.«

Kidder sah beinahe aus, als hätte man ihn geohrfeigt. Er fasste sich wieder und sagte: »Ich wollte bloß sehen, ob Sie meinen Senf dazu hören wollen.«

Lippincott schüttelte den Kopf und entgegnete: »Diesmal nicht, Michael. Ich habe alles im Griff.«

Kidder runzelte kaum merklich die Stirn, dann nickte er und ging zurück an den anderen Tisch. Lippincott sah ihm nach, dann wandte er sich wieder mir zu.

»Okay, Charlie. Ich glaube Ihnen, dass Sie Ihrem Job gewachsen sind. Aber irgendetwas setzt Ihnen doch zu. Mir scheint, seit Donnerstag sind Sie nicht mehr Sie selbst. Wenn es nicht die Arbeit ist, und nicht Jessica, was dann?«

»Mr Lippincott ...«

»Natürlich«, warf er rasch ein, »will ich nicht aufdringlich sein, aber wenn Sie bei etwas anderem Hilfe benötigen ... nun, ach, ich weiß nicht, Alkohol- oder sonstiger Drogenmissbrauch oder vielleicht ...«

»Um Gottes willen, nein«, wehrte ich ab. »Da können Sie ganz beruhigt sein. Ich nehme keine Drogen. Und ich trinke nicht zu viel, jedenfalls normalerweise nicht. Wirklich, Mr Lippincott. Es ist alles in Ordnung bei mir.«

Er musterte mich noch einen Moment lang, und ich kam mir vor wie ein Pantoffeltierchen auf einem Objektträger. »Nun, ich bin froh, das zu hören«, sagte er. »Aber bitte, wenn Sie Ihre Meinung ändern und finden, dass Sie doch mehr Hilfe bei dem Prozess benötigen, oder falls Sie das Bedürfnis verspüren, die Anklagevertretung abzugeben, dann lassen Sie es mich sofort wissen. Das werden Sie doch tun, oder?«

»Selbstverständlich, Sir.«

»Und Sie sind sicher, dass Ihnen sonst nichts zu schaffen macht? Nichts, worüber Sie reden möchten?«

Ich schüttelte den Kopf.

Aus Lippincotts Smokingjacke ertönte eine kurze Melodie, die Anfangstöne von Beethovens Neunter, glaube ich. »Sie entschuldigen«, sagte Lippincott, zog sein Handy aus der Innentasche und sah aufs Display. »Das muss ich annehmen, Charlie.« Ich nickte und stand auf. Lippincott wartete, bis ich außer Hörweite war.

Während ich zu meinem Tisch ging, warf ich einen Blick zu Siracuse' Tisch, aber der dicke Mann saß nicht mehr dort. Seine Muskelpakete auch nicht. Ich suchte den Saal ab, doch offenbar waren sie gegangen.

Als ich an unseren Tisch kam, musterte Kidder mich mit einer Art milder Feindseligkeit. Er hasste mich nicht, aber er wirkte ... ja, wie eigentlich? Eifersüchtig auf mich? Glaubte er, Lippincott und ich hätten eine besondere Beziehung, weil ich mit seiner Tochter zusammen war? Ich war deswegen nicht beunruhigt. Kidder war ein Profi. Falls er solche Gefühle hegte, würde er nicht zulassen, dass sie sich auf die Arbeit auswirkten.

Die nächste halbe Stunde über saß Jessica abwechselnd bei mir und hielt meine Hand und plauderte dann wieder mit wichtigen Bostoner Juristen. Ich wusste, dass sie sich am liebsten noch mehr unter die Leute gemischt hätte, um die Kontakte zu knüpfen, die für eine Anwältin an der Schwelle zum Partnerstatus so wichtig waren, aber man musste ihr lassen, dass sie an diesem Abend viel Zeit mit mir verbrachte, bis ich mich veranlasst sah, ihr wiederholt zu versichern, es sei in Ordnung, wenn sie wieder losziehe, um zu netzwerken. Ich selbst hatte daran gedacht, gleich nach meiner Begegnung mit Siracuse zu gehen, aber ich wollte nicht, dass Lippincott, Kidder oder die übrigen Staatsanwälte den Eindruck gewannen, ich wolle mich davonschleichen. Ich hätte etwas zu trinken brauchen können, aber der Alkohol hatte mich bereits genug in Schwierigkeiten gebracht. Schließlich fiel mir ein, ich könnte eine Cola trinken, und da Jessica gerade unterwegs war, ging ich zur Bar.

Auf halbem Weg dorthin entdeckte ich Angel Medina. Er kam auf mich zu. In der Hand hielt er ein Glas, und seine Schritte waren ein wenig unsicher. Ich blieb stehen.

»Angel, schön, dich zu sehen. Du bist zu spät gekommen, was?«

»Sieht so aus.«

Ich runzelte die Stirn.

»Tja, ich bin froh, dass du hier bist. Ich kann einen Freund gebrauchen.«

»Ach tatsächlich, einen Freund?«

Erneut runzelte ich die Stirn, musterte den Drink in seiner Hand. Wie viele hatte er schon intus?

»Angel, was hast du denn?«

Er trat näher und zischte mich förmlich an: »Ich? Du willst wissen, was ich habe? Leck mich, Charlie! Leck mich!« Ich roch den Scotch in seinem Atem.

Er hatte die Stimme nur am Ende ein wenig erhoben. Ein paar Leute sahen zu uns her.

»Nicht so laut, Angel. Was ist denn los?«

»Als ob du das nicht wüsstest. Wie konntest du mir so in den Rücken fallen?«

Er leerte sein Glas und stellte es auf den nächsten Tisch, nachdrücklicher als nötig. Weitere Gäste sahen zu uns.

So ruhig wie möglich fragte ich: »Was ist los, Kumpel? Was ist passiert?«

»Was mit mir los ist?« Er brüllte praktisch. »Nichts ist mit mir los. Aber falls du glaubst, dass etwas nicht stimmt, warum suchst du dir dann nicht jemand anderen, der die Drecksarbeit für dich macht?« Ich spürte noch mehr Blicke auf mir ruhen, und diesmal *wusste* ich, dass ich sie mir nicht einbildete. »Ich bin ein ebenso guter Jurist wie du, Charlie, vielleicht sogar besser. Aber seit Monaten räume ich jetzt deine schlampige Arbeit hinter dir auf. Und wie dankst du mir das? Mit Verrat, Mann. Mit miesem Verrat.«

Verstohlen sah ich mich im Saal um. Wir waren die Varieténummer. Mehrere Hundert Augenpaare beobachteten die beiden streitenden Männer, von denen einer betrunken war und der andere ein zerschlagenes Gesicht hatte. Lippincott stand in einer kleinen Gruppe und beobachtete uns kopfschüttelnd. Michael Kidder wirkte eher amüsiert. Die übrigen Staatsanwälte waren schockiert. Dann entdeckte ich Jessica, die allein dastand und entsetzensstarr zu uns hersah. Ich wollte dieser Sache ein Ende setzen und dem Scheinwerferlicht entfliehen. Leise, beinahe im Flüsterton, redete ich auf Angel ein.

»Angel, ich habe nicht die leiseste Ahnung, von was für einem Verrat du redest, aber schrei doch nicht so.«

Ich nahm seinen Ellbogen und wollte ihn zu einem Stuhl führen. Er riss den Arm weg und stolperte kurz.

»Sonst was?«, brüllte er so laut, dass die Küchenhilfen, die draußen hinter dem Saal rauchten, ihn hörten. »Wag es ja nicht, mir zu drohen!« Er versetzte mir einen kräftigen Schubs, und ich fiel rücklings über einen Stuhl und landete unelegant auf dem Hintern. Ich hätte schreien mögen, so sehr schmerzten meine geprellten Rippen. Ihm drohen?

Die Leute bildeten eine Schneise, durch die Angel aus dem Saal stürmte.

Es war mucksmäuschenstill. Man hätte einen Hundertdollarschein fallen hören können. Schließlich halfen ein paar Leute mir auf. Sie ahnten natürlich nichts von meinen geprellten Rippen, daher konnten sie nicht wissen, wie weh sie mir taten, als sie mich hochzogen und wieder auf die Beine stellten. Sobald ich stand, entfernten sie sich hastig. Ich konnte es ihnen nicht verdenken.

Es war einer dieser Augenblicke, in denen man am liebsten in der Nähe des Ausgangs stehen würde. Leider stand ich genau auf der anderen Seite des Saals, daher musste ich an Hunderten von Leuten vorbei, die gerade Zeugen eines der peinlichsten – und rätselhaftesten – Momente meines Lebens geworden waren.

Nach und nach wurden die Gespräche wieder aufgenommen. Ich mied Lippincotts finsteren Blick, doch mir fiel auf, dass Jessica nun an seiner Seite stand und er väterlich und beschützend den Arm um sie gelegt hatte. Irgendetwas störte mich daran. Ich fing ihren Blick auf. Ich wäre gern zu ihr gegangen, um ihr zu sagen, dass ich nicht verstand, was gerade geschehen war, aber ich wollte sie nicht in Verlegenheit bringen, ihr mit meiner Gegenwart nicht noch mehr schaden. All dies versuchte ich, ihr mit meinem Blick zu vermitteln – was ziemlich viel verlangt war von einem Blick –, während ich auf die Tür zur Lobby zuging.

Als ich den Saal verließ, fragte ich mich, ob es wohl noch schlimmer kommen könne, oder noch wunderlicher, und zugleich ahnte ich, dass genau das vermutlich geschehen würde.

SECHZEHN

In völlig anderer Stimmung als bei meiner Ankunft durchquerte ich die geräumige Lobby des Copley Plaza. Zuvor hatte ich eine wunderschöne Frau am Arm gehabt, da sehen die eigenen Probleme immer kleiner aus, als sie in Wirklichkeit sind, wenigstens für eine Weile. Jetzt dachte ich nur noch über Schadensbegrenzung nach. Sowohl mein Privat- als auch mein Berufsleben hatten schwere Schläge hinnehmen müssen, auch wenn noch nicht alles verloren war. Ich hatte Jessica kompromittiert, doch ich wusste, sie würde sich meine Version der Ereignisse anhören, sie würde mir glauben und es würde alles gut zwischen uns. Vielleicht würden wir sogar darüber lachen. Bei Lippincott verhielt es sich anders. Ich würde ihn davon überzeugen müssen, dass dieser Vorfall nicht meine Arbeit allgemein und insbesondere den Redekov-Prozess in Mitleidenschaft ziehen würde. Ich würde ihn nochmals ganz neu überzeugen müssen, dass ich alles unter Kontrolle hatte, und das würde schwierig werden. Überdies musste er mir glauben, dass ich mit Angels Wutausbruch nichts zu tun hatte, und dies mochte sogar noch schwieriger werden. Mir war klar, dass Angel einfach nur ausgeflippt war, aber alle, die unsere Auseinandersetzung mit angesehen hatten, mussten glauben, ich hätte ihn bedroht und damit seinen Angriff provoziert.

Und was war überhaupt los mit Angel, meinem besten Freund? Ich hatte keine Ahnung, was ich davon halten sollte.

Ich näherte mich der Tür zur St. James Avenue. Ehe ich sie erreichte, hörte ich Jessica nach mir rufen. Ich drehte mich um und sah sie auf mich zukommen, eilig, aber anmutig, und ihre Bewegungen zeigten recht deutlich, welche Kraft und Sportlichkeit in ihrem Körper steckten. Ich wartete.

»Ich dachte, du würdest nicht wollen, dass ich noch mal zu dir gehe nach dem, was gerade passiert ist.«

»Danke«, erwiderte sie und widersprach mir nicht.

»Ich weiß auch nicht, was das sollte, Jess. Warum er so ausgeflippt ist.«

Sie nickte. »Okay. Reden wir morgen darüber, ja?«

»Okay.«

Sie zögerte, dann sagte sie: »Du willst jetzt sicher gehen.«

»Ich wollte noch nie im Leben so sehnlich von irgendwo weg.« Ich probierte ein Lächeln.

Sie nickte wieder. »Aber würde es dir etwas ausmachen, wenn ich noch eine Weile bleibe?«

Ich wusste nicht genau, wie ich reagieren sollte. Es machte mir schon etwas aus, dass sie bleiben wollte. Sie war meine Verlobte. Sie sollte mit mir nach Hause fahren und mich trösten. Es war ein höllischer Abend gewesen, wenn auch teilweise selbst verschuldet, aber die Sache mit Angel war mir ein Rätsel, und ich war verstört. Doch ich sagte Jess, ich könne sie verstehen.

»Ruf mich morgen an, ja?«, sagte sie.

»Klar.«

Ich sah ihr nach. Dann erblickte ich Lippincott, der am Rand der Lobby stand, telefonierte und uns beobachtete. Als Jessica an ihm vorbeiging, wechselten sie einen düsteren Blick, und das gefiel mir gar nicht. Es erinnerte mich daran, wie sie neben ihrem Vater gestanden hatte, nachdem Angel diesen Streit vom Zaun gebrochen hatte. Und jetzt wollte sie hierbleiben, denn sehr wahrscheinlich hielt sie es für nötig, bei den Partnern ihrer Kanzlei, die selbstverständlich wussten, dass wir verlobt waren, Schadensbegrenzung zu betreiben. Doch aus irgendeinem Grund kam es mir beinahe so vor, als ginge es ihr eher um ihren Vater, als wollte sie jetzt lieber bei ihm bleiben statt bei mir. Aber vielleicht interpretierte ich da auch zu viel hinein. Vermutlich brauchte sie nur ein wenig Abstand, ein bisschen Zeit ohne mich nach alldem. Das war nur verständlich, oder?

Jetzt kam Lippincott auf mich zu, das Handy noch am Ohr. Na toll. *Das* hatte mir noch gefehlt. Ein paar Schritte von mir entfernt blieb er stehen und hob einen Finger zum Zeichen, dass ich warten sollte. Also wartete ich, klar. Und wartete. Und das Telefonat dauerte und dauerte. Hin und wieder sah Lippincott zu mir und hob diesen machtvollen, fordernden Finger. Nach einigen Minuten ging ich zu einem Polstersessel mit vergoldeten Füßen und lehnte mich daran. Und wartete. Nach weiteren fünf Minuten setzte ich mich und wartete noch ein bisschen. Als ich gerade erwog, ein Nickerchen zu halten, tippte Lippincott mir auf die Schulter. Ich stand auf, während er sein schickes kleines Handy in die Smokingtasche schob.

»Tut mir leid«, sagte er. »Probleme mit einem FBI-Agenten in einem Fall von Wirtschaftskriminalität.«

»Schon gut, Mr Lippincott.«

Ein Schweigen trat ein. Lippincott musterte mich. Offenbar hatte er es nicht eilig, mir zu sagen, weshalb er mich aufgehalten hatte. Das machte mich nervös.

»Wegen unserer kleinen Unterhaltung vorhin«, begann er schließlich. Dann hielt er inne und wartete darauf, dass ich etwas sagte. Wie üblich kontrollierte er das Gespräch, sprach, wann er wollte, und veranlasste mich, auf sein Stichwort hin zu reden.

»Ja, Sir?«

»Nun, ich muss sagen, ich fand dieses … Spektakel da drin nicht sehr beruhigend. Das war Angel Medina, nicht wahr?«

»Ja.«

»Er assistiert Ihnen im Redekov-Prozess?«

»Das ist richtig.«

»Und er ist ein Freund von Ihnen. Ein enger Freund, glaube ich.«

»Ja, Sir, aber ich muss Ihnen sagen, ich habe keine Ahnung …«

Er schüttelte den Kopf und wedelte langsam mit der Hand, als verscheuchte er ein paar sehr träge Mücken. »Die Einzelheiten muss ich nicht wissen, Charlie. Falls das etwas Persönliches ist, bringen Sie es sofort in Ordnung. Falls es beruflich war, bringen Sie es noch schneller in Ordnung. Sorgen Sie einfach dafür, dass es sich nicht nachteilig auf den Prozess auswirkt. Verstanden?«

Frustrierend. Ich wollte klarstellen, dass mich keine Schuld an dem Streit traf, den Angel vorhin vom Zaun gebrochen hatte, aber Lippincott wollte es nicht hören. Falls der Mann wirklich Gedanken lesen konnte, wie sie bei uns im Büro glaubten, dann wünschte ich, er würde es jetzt tun. Aber offenbar tat er es nicht, also antwortete ich: »Voll und ganz, Mr Lippincott. Sie müssen sich keine Sorgen machen. Ich bringe das mit Angel in Ordnung, was auch immer ihm über die Leber gelaufen ist.«

Lippincott sagte: »Sie haben an Ihrem ersten Prozesstag sehr schlechte Arbeit geleistet. Ich fürchte, morgen ist Ihre letzte Chance, Charlie. Sollte es nicht gut laufen, bleibt mir keine andere Wahl, als eine Änderung vorzunehmen. Und jetzt«, setzte er hinzu und zeigte damit das Ende unserer Unterhaltung an, »sollten Sie nach Hause fahren und sich ausruhen. Sie sehen nicht gut aus, und morgen ist ein wichtiger Tag.«

Ohne ein weiteres Wort drehte er sich um und ging durch die Lobby davon. Ich trat hinaus auf die St. James Avenue und nahm das erste Taxi in der langen Reihe vor dem Hotel. Ich gab dem Fahrer meine Adresse, lehnte mich zurück und schloss die Augen. Mit Jessica war noch nicht wieder alles im Lot, und ich hatte keine Ahnung, was mit meinem Freund los war, aber wenigstens hatte ich noch einen Job – einstweilen.

Ich holte mein Handy heraus und wählte Angels Festnetznummer, da ich wusste, ich würde seinen Anrufbeantworter erreichen.

»Angel, ich bin's. Ich weiß nicht, was zur Hölle du dir dabei gedacht hast, aber wir müssen uns eindeutig unterhalten. Jessica ist stinksauer. Lippincott verliert allmählich das Vertrauen in mich, und ich kann mir übrigens auch nicht vorstellen, dass er allzu zufrieden mit dir ist. Du hast mich wirklich in die Scheiße geritten, Mann.«

Ich klappte das Handy zu und schloss wieder die Augen. Angel und ich waren Freunde. Egal, was ihm über die Leber gelaufen war, wir würden vermutlich morgen darüber reden und es aus der Welt schaffen. Aber ich war wütend auf ihn.

Ich hatte noch ein paar Minuten Fahrt vor mir und beschloss, die Zeit produktiv zu nutzen, indem ich über den Prozess nachdachte. Ich schlief sofort ein.

Mit einem Ruck hielt das Taxi vor meinem Haus, und ich fuhr aus dem Schlummer. Ich bezahlte, gab dem Fahrer ein anständiges Trinkgeld und hoffte, dass er meinen Schlaf nicht ausgenutzt hatte, um ein paar Runden durch Boston zu drehen, ehe er mich absetzte.

Ich stieg die Treppe hinauf zu meiner Wohnung, öffnete die drei Schlösser an meiner Tür und ging hinein. Ich wollte gerade wieder abschließen, da ertönte hinter mir eine Stimme.

»Hey, Charlie.«

Ich fuhr herum und erblickte Angel Medina in meinem Liegesessel.

»Angel? Was tust du hier?«

»Will mit dir reden. Mann, sieh dir dein Gesicht an. Jessica hat mir erzählt, dass du zusammengeschlagen wurdest, aber sie hat nicht gesagt, wie schlimm. Und vorhin ist es mir nicht aufgefallen, als wir … Mann, du siehst furchtbar aus.«

»Danke.« Ich hielt inne. »Wann hast du denn mit Jessica geredet?«

»Bei dem Wohltätigkeitsding. Ein paar Minuten bevor ich dich sah. Also hör mal, bist du okay?«

»Mir geht's gut.« Und das hatte ich nicht ihm zu verdanken. »Also, bist du gekommen, um über mein hübsches Gesicht zu plaudern, oder ist noch was?« Ich brauchte nicht zu hören, wie furchtbar ich aussah. Das wusste ich selbst. Außerdem hätte Angel sich eigentlich entschuldigen sollen, und ich würde erst wieder gut Freund mit ihm sein, wenn ich eine Entschuldigung in Industriegröße von ihm bekam und vielleicht …

Moment mal! Hier stimmte etwas nicht. Ich sah mich in meiner Wohnung um. Sie sah anders aus als sonst, nicht sehr, aber alles stand und lag ein bisschen anders als gewohnt. Besuchern würde es gar nicht auffallen, aber mir sehr wohl. Die Bücher standen nicht ganz richtig im Regal, die Schublade meines Couchtischs stand einen winzigen Spaltbreit offen, mein Schreibtischstuhl stand ein Stück weiter vom Schreibtisch entfernt als normalerweise.

Auf den ersten Blick fiel mir nicht auf, dass etwas fehlte, aber irgendjemand hatte meine Wohnung, meine Sachen durchsucht.

»Was ist hier los?«, fragte ich und sah Angel an, der einfach so in meinem Sessel saß.

Nach kurzem Zögern erwiderte er: »Ich weiß, jemand ist hier gewesen, richtig? Ich habe schon die Polizei angerufen. Sie schicken jemanden vorbei.«

Langsam ging ich durchs Zimmer und sah mir all das an, was nicht so war, wie es sein sollte. »Danke«, sagte ich kopfschüttelnd. »Ich frage mich, was die …« Dann sah ich Angel an. »Die Tür war abgeschlossen, als ich eben nach Hause kam.«

»Als ich kam, war sie offen, ich habe hinter mir abgeschlossen. Nur für den Fall, dass der Kerl noch nicht fertig war, damit er nicht einfach hier reinmarschieren und mich überrumpeln konnte, verstehst du?«

Klang plausibel. Ich atmete durch und begann, Ordnung zu machen, schloss Schubladen, richtete die Bücher korrekt aus.

Angel sagte: »Lass es lieber so, wie wir es gefunden haben, bis die Cops kommen, oder?«

»Oh, klar.« Ich konnte nicht klar denken. Ich zog die Smokingjacke aus und ließ sie auf einen Stuhl an der Tür fallen, dann ging ich zum Sofa, um dort auf die Polizei zu warten. Doch dann fiel mir wieder ein, dass Angel meine Frage nicht vollständig beantwortet hatte. »Was wolltest du eigentlich hier?«

»Mich entschuldigen. Du fragst dich bestimmt, was das sollte, was? Tut mir leid, wirklich. Ich schätze, ich habe den Kopf verloren.«

Das war alles? *Ich habe den Kopf verloren?* Das war nicht einmal ansatzweise das Katzbuckeln, das ich verdiente.

»Das kannst du laut sagen. Aber warum? Was du da gesagt hast, war völlig unlogisch. Ich habe dich verraten? Wann?«

»Wie gesagt, ich habe den Kopf verloren.«

»Kapiere ich nicht.«

»Ich weiß, ich weiß, Charlie. Es war verrückt. Es tut mir wirklich leid, ehrlich. Ich hoffe, du trägst es mir nicht nach.« Er lächelte sein typisches Lächeln, und ich wollte die Sache vergessen. Wirklich.

Aber ich konnte nicht.

»Deinetwegen habe ich jetzt wahrscheinlich richtig Stress mit Jessica. Und Lippincott hatte sowieso schon Zweifel, ob ich meinem Job noch gewachsen bin. Unsere kleine Auseinandersetzung war da garantiert nicht hilfreich.«

»Was soll ich sagen, Kumpel? Ich hatte zu viel getrunken und bin durchgedreht. Hab wohl zu viel um die Ohren.« Er stand auf und kam auf mich zu – ohne zu stolpern oder zu schwanken. »Das verstehst du doch, oder, Charlie? Ich meine, du warst in letzter Zeit selbst ein bisschen komisch.«

Das konnte ich allmählich nicht mehr hören. »Inwiefern?«

»Sieh mal, vielleicht geht mich das nichts an, aber ich bin dein Freund, richtig?« Das fragte ich mich allmählich. »Du hast ganz offensichtlich irgendwas. Noch vor ein paar Tagen lief alles bestens bei dir, du warst der alte, verlässliche Charlie, und dann bist du plötzlich ständig völlig weggetreten, vergeigst es bei Gericht, schläfst am Schreibtisch ein, bist eindeutig nicht bei der Sache, wenn man mit dir redet. O Mann, es ist sonnenklar, dass da was nicht stimmt. Jetzt rück schon raus damit. Vielleicht kann ich dir helfen.«

Ich erwog, ihm alles zu erzählen, so wie ich Jessica alles erzählt hatte. Ich musterte ihn. Er schien wieder ganz der gute alte Angel zu sein, mein Kumpel. Vielleicht hatte er recht. Vielleicht konnte er mir helfen. Jedenfalls käme ich bei der Suche nach Bonz schneller voran, wenn ich nicht alleine wäre. Ich öffnete gerade den Mund, um mit meiner Geschichte zu beginnen, da veränderte sich etwas in Angels Augen. Irgendetwas schimmerte da auf, flüchtig, wie eine aufgeschreckte Schlange, die hastig in ihr kaltes Loch zurückgleitet.

»Na komm, Charlie«, sagte er drängender, als mir gefiel. »Mir reicht's langsam. Erzähl mir, was dich in letzter Zeit so fertigmacht. Ich weiß, es ist nicht der Prozess. Also, was ist es?«

Er näherte sich mir. Jetzt wirkte er überhaupt nicht mehr betrunken. Ich fragte mich, ob seine Schritte ihn nur zufällig zwischen mich und die Wohnungstür trugen. Ich wandte mich ab und ging im Raum umher, behielt ihn aber im Auge. Irgendetwas war da faul.

»Wie lange brauchen die Cops?«, fragte ich, bemüht, unbesorgt zu klingen.

»Haben sie nicht gesagt.«

Ich hielt es für das Beste, ihn weiter zum Reden zu animieren, zumindest bis es mir gelang, mich zur Tür zu manövrieren. »Ich kapiere es immer noch nicht, Angel. Warum hast du mich heute Abend angegriffen? Du hast mich vor Jessicas und Lippincotts Augen, vor Kidder und Kollegen und der halben gottverdammten Stadt auf den Arsch geworfen. Es war unglaublich peinlich.«

»Tja«, sagte er und zögerte kurz, ehe er hinzufügte: »Ich habe nur meine Anweisungen befolgt.«

Ich blieb stehen und drehte mich um. »Jemand hat dir *gesagt*, du sollst einen Streit mit mir anfangen und mich zu Boden stoßen?«

»Das ist richtig.«

»Weswegen?« Ich wünschte, Andrew Lippincott wäre

hier und könnte meinen korrekten Gebrauch des Genitivs mit anhören.

»Ach komm, Charlie«, sagte Angel, »keine Spielchen mehr. Wir wissen doch beide, was dir im Kopf herumspukt. Oder besser gesagt, wer.«

»Ach ja?«

Er wirkte, als ärgerte er sich darüber, dass ich seine Zeit vergeudete. »Erzähl mir von *ihm.*«

»Von wem?«

»Du weißt, wen ich meine.«

Das stimmte. Er meinte natürlich Bonz. Ich wusste zwar nicht, wie das sein konnte oder warum er nach ihm fragte, aber so musste es sein. Dessen war ich mir sicher. Aber woher konnte er von ihm wissen? Ich hatte nur Jessica von ihm erzählt ... Doch dann fiel mir wieder ein, dass Angel gesagt hatte, er habe heute Abend mit Jessica gesprochen. Verdammt. Sie hatte mir geschworen, es für sich zu behalten.

»Wo ist er, Charlie?«, drängte Angel. »Wo lebt er?«

Ich schwieg. Angel tat einen weiteren Schritt auf mich zu. Komisch, mir war bisher nie aufgefallen, dass er ein Stückchen größer war als ich.

»Wie nimmst du Kontakt zu ihm auf?«

Und er wirkte auch besser in Form, als würde er Gewichte heben, häufig trainieren.

»Wann sollst du ihn das nächste Mal treffen?«

Er tat noch einen Schritt auf mich zu, und ich versuchte, mich in einem großen Kreis langsam zur Tür zu bewegen. Jegliche Verstellung war dahin. Noch etwas, was mir an Angel nie aufgefallen war: Sein Blick erschien mir boshaft. Wie hatte ich das während all der Jahre, die ich ihn jetzt kannte, übersehen können? Mit einem Mal wirkte er auf mich wie ein wandelndes Fahndungsfoto. Hoffentlich konnte ich ihn hinhalten, bis die Cops eintrafen. Hoffentlich konnte ich … O nein. Falls Angel überhaupt die Polizei angerufen hatte. Scheiße.

Ich breitete die Arme aus und fragte mit Blick auf den Raum: »Was hast du hier eigentlich gesucht, Angel?«

Er lächelte, und es war ein anderes Lächeln, als ich es von ihm gewohnt war. Es sah trotzdem nach Fahndungsfoto aus, bloß fröhlicher, als hätte der Kerl auf dem Foto gerade jemanden nach Strich und Faden vermöbelt und jede Sekunde genossen.

»Etwas von Jake«, sagte Angel.

Etwas von Jake? Was zum Teufel hatte Jake damit zu tun?

»Weißt du, was ich meine? Weißt du, wo es ist?«

Da lichtete sich der Nebel ein wenig. Alles war mir noch nicht klar, aber das Bild wurde schärfer. Jake. Bonz kannte Jake. Angel wusste von Bonz. Also hatte es mit Jake zu tun.

Ich stieß mit den Waden gegen die Ottomane. Ich hatte nicht einmal gemerkt, dass ich zurückgewichen war. »Wovon zum Teufel redest du, Angel? Was hat Jake damit zu tun?«

Er sah enttäuscht aus. Er ballte die Fäuste, dann löste er sie wieder. Scheiße, seine Hände. Ich betrachtete sie. Sie sahen ebenfalls anders aus. Ich hatte gesehen, wie diese Hände einen Bleistift hielten, durch eine Akte blätterten, Billard spielten, Bierdosen zum Mund führten, beim Abklatschen gegen meine Hände schlugen. Jetzt sahen diese Hände *gefährlich* aus.

Ich stolperte über ein Paar Sneakers und beschloss, nicht weiter zurückzuweichen. Ich musste wieder in Richtung Tür gelangen. Sicher, Angel wirkte jetzt beängstigend, aber ich wurde allmählich wütend. Und offen gesagt, keimte in mir ein finsterer Verdacht.

»Angel, was weißt du über meinen Bruder? Über das, was ihm zugestoßen ist?«

Er beachtete meine Frage gar nicht. »Sieh mal, Charlie, ich kann immer noch dein Freund sein, okay? Eine Zeit lang lief doch alles bestens, oder? Keine Probleme. Du hast dich um deine Angelegenheiten gekümmert, und alle waren zufrieden. Aber das hat sich geändert, was? Dein neuer Kumpel hat alles verändert. Und sie können nicht mehr warten. Also, wo ist er?«

»Sie? Wer sind *sie*?«

Er sah mich an, als fragte er sich, wie viel ich wirklich wusste. Ich umrundete weiter ganz langsam den Raum, während Angel mir langsam folgte. Allerdings kam es mir vor, als wäre er vielleicht ein kleines Stück näher gerückt. Er dachte nach, rang mit sich. Mit der Frage, ob er seinen Freund verletzen wollte? Ich bezweifelte, dass es das war. Wahrscheinlich fragte er sich eher, wie schwer er mich verletzen konnte, ohne irreparablen Schaden anzurichten. Er wollte ja Informationen, und dafür musste ich bei Bewusstsein bleiben.

»Angel, bitte sag mir … wer sind *sie*?«

»Du bist in Schwierigkeiten, Charlie.« Jetzt kam er direkt auf mich zu. Er schien eine Entscheidung gefällt zu haben.

Zu meiner Erleichterung stellte ich fest, dass sich die Wohnungstür jetzt wenige Schritte hinter mir befand. Vielleicht konnte ich mich umdrehen und fliehen.

Plötzlich veränderte sich Angels Gesichtsausdruck und wurde beinahe traurig. Er schüttelte den Kopf. »Charlie, pass auf, hinter dir.« Es klang nicht erschrocken. Er sagte es fast beiläufig.

»Darauf falle ich nicht …«

Dann veränderte sich Angels Gesichtsausdruck erneut, und diesmal las ich darin … Angst?

»O Scheiße«, flehte er, »nein, bitte …«

Was zum Teufel passierte hier?

Unvermittelt stürzte er mit wutverzerrtem Gesicht auf mich zu. Aber er sah dabei über meine Schulter. Ich machte einen Satz rückwärts und stieß gegen irgendetwas oder irgendjemanden direkt hinter mir. Angel war jetzt ganz dicht vor mir. Da verschwand sein linkes Auge – Himmel, sein Auge *verschwand* einfach –, und ich hörte neben meinem linken Ohr ein gedämpftes Geräusch, das klang, als würde jemand in die Hände klatschen. Ich spürte eine warme Flüssigkeit in mein Gesicht spritzen – Blut, das war Blut! –, während Angel gegen mich taumelte und dann auf den Teppich sackte. Mein ehemals sauberes weißes Smokinghemd war mit Blut getränkt. Mit Angels Blut.

Und Angel lag tot zu meinen Füßen. Heilige Scheiße, Angels Auge war weg, war einem golfballgroßen Loch gewichen, und er lag tot zu meinen Füßen. Ich konnte den Blick kaum von ihm losreißen, aber mir war klar, ich sollte mich besser umdrehen und nachsehen, gegen wen ich da gestoßen war.

Ich fuhr herum und bedauerte es sofort.

SIEBZEHN

Was ich nun erblickte, war womöglich das Verstörendste, was ich je gesehen hatte, noch verstörender sogar als das Loch in Angels Gesicht. Fünfzehn Zentimeter vor meiner Nase schwebte ein unglaublich langer Pistolenlauf. Ich erkannte, dass ich auf einen Schalldämpfer starrte, den ich natürlich aus Filmen kannte. Mit übermenschlicher Anstrengung riss ich den Blick von dem schwarzen Loch am Ende des Schalldämpfers los und richtete ihn auf den Mann, der damit auf mich zielte. Er war ein gutes Stück größer als ich, vielleicht eins dreiundneunzig, und mochte hundertfünf Kilo wiegen, hundert davon reine Muskelmasse. Er trug Freizeitkleidung: eine dunkle Baumwollhose und eine Windjacke. Ich sah kurz wieder auf die Waffe, dann richtete ich den Blick auf das Gesicht des Mannes. Er war ein hässlicher Kerl. Seine Kopf hatte die Form einer umgekehrten Pyramide: oben breit und zum Kinn hin spitz zulaufend. Seine Haut war grobporig und voller Aknenarben. Seine Augen waren schwarz, eiskalt und noch beängstigender, als Angels gewesen waren, ehe dieser Kerl eins davon zu Brei geschossen hatte. Diese Augen waren das Auffälligste an ihm. Sie standen weit auseinander – außergewöhnlich weit –, vielleicht infolge der Dreiecksform seines Schädels. So etwas hatte ich noch nie gesehen. Ein paar Zentimeter weiter auseinander und er wäre ein Hammerhai gewesen. Er kaute mit offenem Mund Kaugummi. Aggressiv. Ich hatte noch nie jemanden so ungestüm Kaugummi kauen sehen, er ließ die Zähne mit der Wucht eines Nussknackers aufeinanderprallen. Rein formal war er mein Retter, aber irgendwie fühlte ich mich in seiner Gegenwart nicht sonderlich sicher.

Ich wagte nicht, mich zu rühren, solange diese große, glänzende silberne Waffe wenige Zentimeter von meinem Nasenrücken entfernt war. Sie roch nach Metall und noch etwas anderem, vermutlich Waffenöl. Ich glaubte, Hitze zu spüren, die vom Lauf abstrahlte. Ohne die Hand mit der Waffe auch nur im Geringsten zu bewegen, streckte der Mann ein Bein nach hinten aus und trat die Tür zu.

»Wollen Sie mir nicht danken?«, fragte er und kaute weiter. »Sieht so aus, als hätte er Ihnen was tun wollen.«

Ich war mir nicht so sicher, dass Angel sich am Ende auf *mich* hatte stürzen wollen, aber wozu die Haarspalterei? Ich räusperte mich. Ich fürchtete, wenn ich zu sprechen versuchte, käme ein würdeloses, unmännliches Quieken heraus, aber der Kerl mit der Kanone schien eine Antwort zu wollen, also brachte ich hervor: »Sollte ich Ihnen danken?«

»Nein. Sie wissen, warum ich hier bin?«

»Eigentlich nicht.«

»Aber Sie haben eine ungefähre Vorstellung.«

»Nur von dem, was Angel mir erzählt hat.«

»Also?«

»Ich habe nicht, was Sie wollen.«

»Aber Sie *wissen*, was wir wollen.«

Wir? Dieser Kerl gehörte offenbar zu den »sie«, von denen Angel gesprochen hatte.

»Etwas von meinem Bruder«, sagte ich.

Er nickte. »Das ist richtig. Ich werde Sie das nur ein einziges Mal fragen. Wissen Sie, wo es ist?«

Die Waffe schwebte noch immer dicht vor meinem Gesicht und zielte genau zwischen meine Augen. Das machte mir allmählich zu schaffen. »*Wo* es ist? Ich weiß ja nicht mal, *was* es ist!«

Er musterte mein Gesicht mit seinen eigenartig weit auseinanderstehenden Augen und ließ die Zähne auf sein Kaugummi niederfahren. Ich besaß noch ein Gesicht, also glaubte er mir wohl.

»Meine nächste Frage stelle ich auch nur einmal«, sagte er dann. »Spielen Sie keine Scheißspielchen mit mir. Stellen Sie sich nicht dumm. Lügen Sie nicht. Kapiert?«

Ich nahm an, das war noch nicht seine zweite Frage. Ich nickte und beobachtete, wie dabei das schwarze Loch am Ende der Waffe in meinem Blickfeld auf und ab schwebte.

»Wo ist Bonzetti?«, fragte er.

Ich hatte natürlich keine Ahnung, aber würde er mir glauben oder mich erschießen?

»Ich weiß es nicht.«

»Wissen Sie, wie Sie Kontakt mit ihm aufnehmen können?«

Ich schüttelte den Kopf.

»Wie haben Sie ihn bisher gefunden?«

»Er hat mich gefunden.«

»Warum?«

»Er wusste, dass ich nach ihm suchte.«

»Warum haben Sie ihn gesucht?«

Diese verdammte Pistole zermürbte mich. Ich konnte kaum denken. »Ich dachte, er wüsste vielleicht etwas über das Verschwinden meines Bruders.«

»Wie kamen Sie darauf?«

»Als ich ihm das erste Mal über den Weg lief, nannte er mich bei einem Spitznamen, den nur mein Bruder kannte.«

Der Killer musterte mich prüfend. Ich hielt den Atem an. »Das ist eine Scheißlüge«, sagte er schließlich.

O Gott. »Nein.«

»Sie haben schon wieder gelogen. Sie sind ein toter Mann.«

Ich hörte ihn kaum, so laut rauschte das Blut in meinen Ohren.

»Ich schwöre, es ist alles wahr, jedes Wort!«

Er führte die Waffe immer näher an mein Gesicht, bis das harte Metall an meiner Stirn ruhte. Ich meinte, seinen Finger am Abzug zucken zu sehen. Ich wich einen Schritt zurück, stolperte und wäre beinahe auf den Hintern gefallen. Ich sah hinab auf Angels Leiche unter mir. Das Loch in seinem Hinterkopf, wo die Kugel ausgetreten war, war dreimal so groß wie das Loch in seinem Gesicht. Ich blickte wieder hoch, und die Pistole kam wieder näher. Ich wich immer weiter zurück, bis ich an die hintere Wohnzimmerwand stieß. Ich konnte nirgendwo mehr hin. Mir waren der Raum, die Zeit und die Alternativen ausgegangen.

»Bitte«, sagte ich.

»Tut mir leid, Flachkopf. Ist nichts Persönliches.«

Und da *wusste* ich, dass er abdrücken würde. Ich war tot. Ich schloss die Augen, und im selben Moment bellte in meiner Küche ein Dalmatiner: Es war Mitternacht. Der Killer, der von meiner lustigen Uhr offenbar nichts wusste, riss den Kopf ein paar Grad nach links, sein Blick zuckte zur Küche. Vielleicht befürchtete er, ein Hund werde gleich mit gebleckten Zähnen um die Ecke fegen. Ich versuchte, diese winzige Chance zu nutzen. Meine Hand schoss hoch und packte den Lauf der Waffe. Erstaunlicherweise gelang es mir, die Finger darum zu schließen und die Waffe so zu drehen, dass sie rechts neben mich zielte. Und dann kämpfte ich um mein Leben, kämpfte mit einem Mörder, der gut zwanzig Kilo schwerer war als ich, und versuchte, die Gewalt über seine Waffe zu erlangen. Meine geprellten Rippen schmerzten wie gemahlenes Glas in meinem Fleisch. Wir zappelten durch den Raum, warfen eine Lampe um, fegten irgendwelchen Krimskrams von einem Regal. Ich war kopflos vor Panik. Wenn der Killer die Waffe unter Kontrolle brachte, war ich ein toter Mann. Und ich ermüdete. Meine Arme zitterten. Das Adrenalin, das mir in den letzten Tagen so gute Dienste geleistet hatte, schien zusammen mit dem Schweiß aus meinem Körper zu rinnen. Meine Zeit lief rasch ab. Ich musste das jetzt sofort zu Ende bringen. Ich umklammerte die Waffe mit der Linken so fest, dass meine Knöchel weiß hervortraten, nahm die Rechte von der Waffe und versetzte dem Killer mit der Kraft der Verzweiflung einen Fausthieb. Bemerkenswerterweise taumelte er zurück, aber vor allem ließ er die Waffe los. Da ich Rechtshänder bin, nahm ich die Waffe in die rechte Hand und hätte sie beinahe fallen lassen, weil die Hand vom Faustschlag halb taub war. Rasch wechselte ich die Waffe wieder in die Linke, richtete sie auf den Killer und versuchte, den Finger an den Abzug zu bekommen, was mir erst gelang, als der Scheißkerl sich gerade auf mich stürzen wollte.

»Nein, du Arschloch«, sagte ich keuchend. »Das tust du nicht. Jetzt nimm die Hände hoch.«

Er tat es, langsam. Sehr langsam.

Ich wusste weniger als nichts über Waffen. Ich hatte keine Ahnung, was ich da in der Hand hielt. Revolver … Automatik … gab es da einen Unterschied? Das Wichtigste wusste ich immerhin. Zielen und schießen. Außerdem haben manche Waffen Sicherungen, vielleicht sogar alle, aber falls diese eine hatte, war sie nicht aktiv, denn der Killer hatte gerade erst diese Waffe benutzt, um Angels Auge und, da war ich sicher, einen Großteil seines Gehirns wegzupusten.

»Ich erschieße Sie«, fuhr ich ihn an. »Ich schwöre es bei

Gott.« Ich sah über seiner Schulter zu meiner Wohnungstür. »Zurück!«

Er wich ein paar Schritte zurück, die Hände immer noch erhoben, bis er zehn, zwölf Schritte entfernt war. Mir fiel ein kleines Humpeln, ein leichtes Hinken an ihm auf. Dann blieb er stehen.

»Weiter«, sagte ich so bedrohlich, wie ich es vermochte.

Er ließ die Hände sinken. »Nein.«

An meiner Bedrohlichkeit musste ich eindeutig noch arbeiten.

»Verdammt noch mal«, fuhr ich ihn an. »Ich will Sie nicht erschießen müssen.«

Der Killer griff nach hinten und zog eine weitere Waffe hinterm Rücken hervor. Diese war matt schwarz im Gegensatz zu meiner hübschen glänzenden silbrigen. Er richtete den Lauf auf mich, und ich begriff, dass mir keine Wahl blieb. Ich würde auf ihn schießen müssen. Ich würde mich verteidigen, wenn nötig auf ihn schießen, aber ich wollte ihn eigentlich nicht töten. In Spielfilmen sieht das so einfach aus und in Videospielen kann es sehr unterhaltsam sein, aber es ist viel schwerer, wenn ein echter Mensch vor einem steht. Jemand aus Fleisch und Blut.

»Bitte«, sagte ich, »zwingen Sie mich nicht, Sie zu töten.«

Er lächelte, der verrückte Arsch, er lächelte und richtete die Waffe direkt auf mich. Töten oder getötet werden. Ich hielt den Atem an, schloss die Augen und drückte zweimal ab. Die Waffe erzeugte wieder dieses dumpfe Klatschen und buckelte in meiner Hand, aber nicht so stark, wie ich erwartet hätte. Ich öffnete die Augen, und mein Ziel stand noch immer da, lächelte noch immer.

Auch wenn ich nicht der allererfahrenste Schütze war, ich wusste, hätte ich den Mann getroffen, dann wären jetzt Löcher in ihm. War nicht passiert. Und wenn ich ihn verfehlt hätte, hätte irgendwo anders im Raum ein Loch sein müssen, richtig? War auch nicht passiert. Ich blinzelte. Ich feuerte die Waffe nochmals ab und hörte wieder dieses Klatschgeräusch, sonst nichts. Der Killer schüttelte den Kopf und lachte leise. Ich drückte nochmals ab, und diesmal ertönte nur ein impotentes, hohles Klicken. Ich sah die schwarze Waffe in der Hand des Killers an und schloss die Augen.

»Mein Gott, ich dachte schon, Sie würden niemals die Eier haben, mir die Waffe abzunehmen«, sagte er. »Aber haben Sie wirklich geglaubt, Sie wären so gut, Charlie? Oder hätten so viel Glück?« Ich öffnete die Augen wieder, einfach weil ich es konnte, dankbar, dass er sie mir noch nicht aus dem Schädel geschossen hatte. »Haben Sie mich wirklich für so bescheuert gehalten? Dass ich meine Waffe in Ihre Reichweite halte und sie mir dann von Ihnen abnehmen lasse? Dass Sie mir einfach so eine reinhauen können, wenn ich Sie nicht lasse? Dass ich einfach da stehen bleibe, während Sie mit der Waffe herumfummeln, bis Sie sie endlich auf mich richten?«

Offen gesagt, hatte ich mich das alles auch gefragt, aber das behielt ich klugerweise für mich.

»Sehen Sie, Charlie, in der Waffe, die Sie da haben, war nur eine echte Kugel. Die hat Ihr Freund hier ins Gesicht bekommen. Die anderen waren Platzpatronen. Jetzt werfen Sie mir die Waffe zu.«

Ich gehorchte. »Aber was sollte das?«, fragte ich.

Er sah mich an, enttäuscht, wie ich fand, während er die Waffe in die Tasche seiner Windjacke schob. »Vielleicht sind Sie gar nicht so helle, wie man mir gesagt hat. Jetzt noch mal zum Mitschreiben: Sie wissen weder, was wir von Ihrem Bruder suchen, noch wo es ist. Sie wissen nicht, wo Bonzetti ist oder wie Sie Kontakt mit ihm aufnehmen können. Ich glaube, Sie sind vielleicht nur eine totale Zeitverschwendung, und ich sollte Sie von Ihrem Scheißelend erlösen. Aber vielleicht brauchen wir Sie doch noch. Und *darum* ging es dabei. Sie werden genau das tun, was wir Ihnen sagen. Jetzt ziehen Sie Ihr Hemd aus und werfen es mir zu.«

»Warum?«

»Weil ich Sie sonst umbringe.«

Ich nahm die Onyx-Manschettenknöpfe ab, zog das blutbefleckte Hemd aus und warf es ihm zu. »Wollen Sie die Manschettenknöpfe auch?«

»Behalten Sie sie.«

Ohne die Waffe zu senken, trat der Killer seitlich zum Telefon auf meinem Schreibtisch. Wieder fiel mir dieses leichte Hinken auf. Er nahm den Hörer ab und wählte drei Ziffern, dann steckte er den Hörer in eine Schreibtischschublade und schloss sie.

»Das war der Polizeinotruf«, erklärte er.

»Sie haben kein Wort gesagt«, bemerkte ich.

»Sie müssen wissen, wenn ein solcher Notruf eingeht, wird die Anschrift des Anrufers automatisch aufgezeichnet. Selbst wenn niemand spricht, müssen sie dem nachgehen. Also, was werden die finden, wenn sie hier ankommen, Charlie? Zum einen Ihren lieben Freund Angel.«

»Und einen unschuldigen Mann.«

»Tja, lassen Sie uns darüber reden. Es wird nur eine Waffe mit Ihren Fingerabdrücken darauf geben.« Er klopfte auf seine Jackentasche, in der die Waffe steckte, mit der er Angel getötet hatte. Erst jetzt fiel mir auf, dass der Killer schwarze Handschuhe trug.

»Es ist nicht meine Waffe!«, wandte ich ein.

»Nein? Sie ist auf Ihren Namen registriert.«

Ich wollte schon widersprechen, dann fragte ich: »Können Sie das wirklich tun?«

»Sie würden staunen, was wir alles können. Außerdem ist irgendwo in der Wohnung eine Quittung für die Waffe – Sie haben übrigens bar bezahlt. Dazu zusätzliche Munition, Materialien zum Reinigen von Waffen, Lumpen mit Waffenöl darauf. Da ist sogar eine Notiz in Ihrer Handschrift, verdammt gut gefälscht, mit dem Namen und der Adresse eines Typen in Dorchester, der illegale Schalldämpfer baut. Sie könnten nach den Sachen suchen, aber Sie werden sie nie finden, bevor die Cops hier sind. Eigentlich können sie nicht mehr weit weg sein.« Er legte den Kopf schräg, als hörte er in der Ferne schon eine Sirene. »Und natürlich sind an Ihren Händen Schmauchspuren. Daran können die erkennen, dass Sie vor Kurzem eine Waffe abgefeuert haben.«

Da hatte er recht. Sogar Platzpatronen hinterlassen Schmauchspuren. Allmählich wurde ich richtig nervös.

»Und sehen Sie sich an, Charlie, in Ihrem Gesicht und auf Ihrer Kleidung ist das Blut der Leiche. Versuchen Sie das mal zu erklären.«

»Angel und ich waren Freunde«, sagte ich ohne große Überzeugung. »Jeder weiß das.«

»Und warum haben Sie ihm dann heute Abend gedroht?«

»Ich *habe* ihm nicht gedroht!«

»Eine Menge Leute haben Sie heute Abend mit ihm streiten sehen, oder? Und er hat gesagt, Sie hätten ihn bedroht, nicht wahr? Alle bei diesem schnieken Wohltätigkeitsdinner haben das gehört. Dann hat er Sie zu Boden gestoßen, das war peinlich für Sie. Ergibt zusammen ein Motiv, finden Sie nicht?«

Ich öffnete den Mund, erkannte aber, dass mir nichts dazu einfiel. Ich hatte ihnen von Anfang an in die Hände gespielt.

»So, Charlie, Sie sind doch angeblich ein richtig heißer

Staatsanwalt. Was könnten *Sie* mit all diesen Beweisen anfangen?«

Ich seufzte. Ich war total am Arsch. »Warum tun Sie das?«

»Wie gesagt, wir möchten, dass Sie uns helfen.«

»Wobei?«

»Wir brauchen etwas, das Ihr Bruder hatte, Charlie. Sie müssen es für uns finden.«

»Das hat Angel also hier gewollt, bevor ich nach Hause kam. Er hat nach dem gesucht, weshalb Sie hier sind.«

Der Killer schüttelte den Kopf. »Das hat er gedacht. Das sollte ihn bloß beschäftigen, bis Sie kommen. Wir haben ihm gesagt, wonach er suchen sollte, aber wir wussten, er würde es nicht finden. Wenn Sie nach Hause kamen, sollte er versuchen, Informationen aus Ihnen herauszuholen, von denen wir wussten, dass er sie nicht bekommen würde, und Sie dann als Denkzettel ein bisschen aufmischen. Sein eigentlicher Auftrag, von dem er nichts ahnte, war natürlich zu sterben.«

Mein Blick zuckte zu Angel, dessen Blut rund um seinen Kopf in meinen Teppich sickerte wie ein blutroter Heiligenschein.

»Und wonach suchen Sie?«, fragte ich.

»Nach einem Band.«

»Video?«

»Audio. Wahrscheinlich eine Kassette. Und nach Notizen dazu, falls er sich welche gemacht hat.«

Ich sah auf die Waffe in seiner Hand, dann betrachtete ich nochmals Angel. Er würde mich wahrscheinlich sowieso töten, aber ich musste zumindest versuchen, ihm zu geben, was er wollte. Falls er einen Fehler machte und ich am Leben blieb, würde ich ihn irgendwie finden und dafür bezahlen lassen.

»Ich habe eine von Jakes Akten«, sagte ich.

Der Killer nickte und ging zu meinem Schreibtisch, bückte sich, öffnete die unterste Schublade und hielt eine Mappe hoch. Sie war gut zwei Zentimeter dick und wurde von Gummibändern zusammengehalten. Darin befanden sich Jakes Notizen, die ich aus seiner Wohnung geholt hatte, nachdem er verschwunden war: Notizen zu Storys, an denen er damals gearbeitet hatte, ein paar Telefonnummern, ein paar andere Kleinigkeiten.

»Meinen Sie die?« Der Killer warf mir die Akte zu.

Ich fing sie auf. »Sie wussten davon?«

»Wir haben diese Akte vor zehn Jahren kopiert.«

Ich war wie vor den Kopf geschlagen. Sie waren schon damals in meiner Wohnung gewesen. »Wer sind Sie?«, fragte ich. »Arbeiten Sie für Carmen Siracuse?«

»Halten Sie die Scheißklappe, Charlie. So, haben Sie noch irgendwas? Noch mehr Akten? Irgendwelche Bänder, die Sie vielleicht aus der Wohnung Ihres Bruders hatten?«

»Haben Sie seine Wohnung denn nicht durchsucht, nachdem er verschwunden war?«

»Logisch. Haben nichts gefunden. Wir dachten, vielleicht waren Sie schneller gewesen als wir, aber wir haben Ihre Wohnung durchforstet und keine Bänder gefunden.«

»Ich bin auf CDs umgestiegen.« Ich fragte mich, wann die Cops auftauchen würden. Ich hoffte, sie würden sich beeilen und eintreffen, während dieser Scheißkerl noch da war. Hoffentlich konnte ich ihn so lange hinhalten.

»Was ist auf dem Band?«

»Geht Sie einen Scheißdreck an.«

»Ich habe es nicht.«

»Finden Sie es.«

»Wenn Sie mir nicht sagen, was drauf ist, woher soll ich dann merken, wenn ich es finde?«

»Sie merken es.«

»Wenn ich wüsste, was es ist, wüsste ich vielleicht auch, wo ich suchen soll.«

»Bonzetti führt Sie vielleicht hin. Es ist irgendwo. Irgendjemand hat es. Oder Ihr Bruder hat es versteckt. Irgend so was. Vielleicht gelingt Ihnen ja, was uns bis jetzt nicht gelungen ist. Oder vielleicht hat es ja sogar Ihr Freund Bonzetti schon. Sie müssen es für uns beschaffen.«

»Wie soll ich das machen?«

»Nicht unser Problem. Tun Sie's einfach.«

»Ich habe keine Ahnung, was es ist. Sagen Sie mir, was es ist.«

»Das brauchen Sie nicht zu wissen. Ich tippe darauf, dass Sie es wissen, wenn Sie drüber stolpern.«

»Aber ich habe nicht die leiseste Ahnung, wo ich suchen soll. Und wenn Bonz es schon hat?«

»Er wird Bones genannt, Idiot, nicht Bonz.«

»Von mir aus. Und wenn er es schon hat?«

»Dann nehmen Sie es ihm ab«, sagte er trocken.

Ich dachte an Bonz mit seiner Martial-Arts-Schnelligkeit und seinem psychotischen Verhalten. »*Kennen* Sie Bonz eigentlich?!«

Ein unheilvolles Lächeln spielte um die Lippen des Killers. »O ja, ich kenne ihn.«

»Und wenn er es nicht hat und ich es nicht finden kann?«

»Dann vergessen Sie das alles. Sie können Ihrer Wege gehen, und wir gehen unserer Wege. Wir lassen Ihr kleines Angel-Problem einfach verschwinden. Die Leiche, die Beweise, alles. Wir sagen den Behörden nichts, und Sie auch nicht. Klingt das fair?«

»Und ich soll Ihnen glauben, dass Sie mich einfach weiter mein Leben führen lassen?«

»Ganz ehrlich, da hat Ihr Bruder uns kaum eine andere Wahl gelassen.«

»Wie meinen Sie das?«

»Sie müssen keine Einzelheiten kennen. Aber wenn Sie auf das Band stoßen, werden Sie *nicht* so tun, als hätten Sie es nicht. Wir werden es wissen, und wir werden stinksauer sein. *Ich* werde stinksauer sein. Und das wollen Sie nicht. Das wollen Sie verfickt noch mal garantiert nicht.«

Ich schwieg und gab vor, über sein Angebot nachzudenken. Sollte ich jemals finden, wonach die suchten, würde ich es ihnen natürlich niemals geben. Die konnten mich mal.

Meine Gedanken müssen mir wohl anzusehen gewesen sein, denn der Killer lächelte grausam und sagte: »Nur damit Sie nicht auf dumme Gedanken kommen, zeige ich Ihnen einfach mal, was ich mit Leuten mache, die uns reinlegen wollen ... die mich reinlegen wollen.«

Mein Blick fiel auf die Waffe in seiner Hand.

»Die? Nein, die werde ich dafür nicht benutzen.« Er steckte die Waffe in die Tasche und griff in seine Jacke, die ihm bis knapp über die Taille ging. Ich sah etwas Metallenes aufblitzen. Er zog einen Hammer aus einer Schlaufe an seinem Gürtel. Der Hammer wirkte alt. Am stumpfen Ende schien er rostig zu sein. Der schwarze Gummigriff war abgewetzt. Die Klauen vorne sahen allerdings scharf aus, als hätte der Killer sie gut gepflegt. Der Anblick dieses Hammers gefiel mir gar nicht, daher hob ich den Blick und sah dem Killer in die weit auseinanderstehenden schwarzen Augen. Was ich dort sah, gefiel mir auch nicht.

ACHTZEHN

»Sehen Sie«, sagte der Killer und betrachtete den Hammer in seiner Hand mit einer Zärtlichkeit, wie sie normalerweise den eigenen Kindern oder vielleicht einem geliebten Haustier vorbehalten ist, »ich mache Folgendes: Ich binde Sie auf einem Stuhl fest. Dann nehme ich einen Nagel.« Er schob die Hand in die Tasche seiner Windjacke und zog ein paar Nägel hervor. Einige waren schwarz, einige eisengrau, einige matt, andere glänzend. »Ich habe immer ein paar in der Tasche, verschiedene Sorten und verschiedene Längen. Ich weiß nie, was mir so einfällt.«

Er kam zu mir, kam mir richtig nahe. Ich roch Old-Spice-Aftershave und Doublemint-Kaugummi. Die Waffe war in seiner Tasche. Vielleicht war das meine Gelegenheit, ihn niederzuschlagen und zur Tür zu stürzen. Aber dann hatte er noch immer diesen Hammer. Und die Pistole war trotzdem hier, in seiner Tasche, so nahe, dass er sie im Handumdrehen ziehen konnte. Er ließ die meisten Nägel in seine Handfläche rutschen, aber einen hielt er zwischen Daumen und Zeigefinger. Danach taxierte er meinen Kopf.

»Dann suche ich mir eine zufällige Stelle an Ihrem Schädel«, sagte er, »und ich suche einen Nagel aus – vielleicht diesen fünf Zentimeter langen, galvanisierten Dachnagel. Genau hier.« Sanft drückte er die Spitze an die Mitte meiner Stirn. Dann tauschte er mit einer schnellen Handbewegung diesen Nagel gegen einen aus seiner Handfläche aus – eine geübte Bewegung. »Oder vielleicht diesen drei Zentimeter langen einfachen Nagel. Genau hier.« Er berührte mit der Spitze des Nagels meine linke Schläfe. Erneut tauschte er den Nagel flink gegen einen langen, dunklen, fies aussehenden aus. »Oder vielleicht dieses Schätzchen hier, ein richtig scharfer, galvanisierter, siebeneinhalb Zentimeter langer Schraubnagel, direkt an dieser Scheißstelle.« Er tippte mit dem Nagel leicht auf meinen Scheitel. Sein Gesicht war nur dreißig Zentimeter von meinem entfernt. Sein linkes Auge befand sich genau vor meinem rechten, sein anderes Auge hingegen, so kam es mir vor, irgendwo am anderen Ende des Raums.

Er hob den Hammer und hielt ihn zwischen unsere Gesichter, direkt vor meine Nase. Ich fürchtete jetzt, dass das, was ich für Rost gehalten hatte, womöglich gar kein Rost war.

»Dann nehme ich den hier und – *zack* – treibe Ihnen den Nagel in Ihren Scheißschädel, so fest, dass der Nagel ganz eindringt. Dann beobachte ich, was passiert. Muss natürlich höllisch wehtun, aber es kann auch ein paar interessante Nebenwirkungen haben. Und die wechseln, je nach Länge des Nagels und der Stelle, die ich auswähle.«

Für kurze Zeit wirkte er gedankenverloren, wie vertieft in eine angenehme Erinnerung. Er schien beinahe zu lächeln und kaute etwas sanfter auf seinem Kaugummi. Aber im Nu war es wieder vorbei mit der Verträumtheit.

»Wenn ich den Nagel einschlage«, fuhr er fort, »schießen die Beine eines Mannes manchmal schnurgerade nach vorn und bleiben so. Er kann sie ums Verrecken nicht mehr beugen. Oder manchmal sabbert er auch einfach unkontrolliert, und Spucke läuft ihm übers Kinn. Oder er brabbelt dummes Zeug oder scheißt sich ein.« Er lachte. »Passen Sie mal auf. Einmal habe ich einen Kerl befragt, der scheißestur war, und irgendwann hatte ich diesen Scheiß satt und dachte, vielleicht weiß er ja wirklich nichts, und da habe ich ihm einen sechs Zentimeter langen Dachnagel in den Kopf gejagt, irgendwo oben, ein bisschen seitlich, glaube ich. Tja, die rechte Hälfte seines Gesichts verzerrte sich und erstarrte so. Die linke Hälfte sah normal aus. Es war unheimlich. Aber er konnte noch reden. Und das hat er dann auch getan. Hat geweint und geredet. Ich konnte ihn gar nicht bremsen. Hat mir alles erzählt, was ich wissen wollte. Also habe ich den Nagel rausgezogen und ihn gehen lassen. Und jetzt passen Sie auf. Ein Jahr später sehe ich den Typen auf der Straße, und jetzt raten Sie mal. Es geht ihm richtig gut. Nichts kaputt bei ihm. Man würde nie drauf kommen, dass er mal einen richtig scheißegroßen Nagel im Kopf hatte. Da soll einer draus schlau werden, was?« Er lachte wieder. »Aber man kann sich nicht darauf verlassen, Charlie. Das passiert fast nie. Nicht die Regel, so ein Happy End, verstehen Sie?«

Er trat zurück und kniff die Augen zusammen.

»Ich habe gefragt, verstehen Sie?«

Ich nickte.

»Gut. Also, Sie wollen uns nicht verarschen, richtig?«

Wieder wollte er eine Antwort, daher schüttelte ich den Kopf.

»Genau«, sagte er. »Ich nehme also an, wir haben eine Abmachung.«

Ich setzte an, etwas zu erwidern, aber meine Stimme brach. Der Killer lachte leise in sich hinein. Ich räusperte mich und sagte: »Erzählen Sie noch mal, worum es ging.«

»Sie finden das Band und geben es uns, und wir lassen Ihr kleines Problem hier verschwinden.« Er deutete mit dem Kopf auf Angels Leiche am Boden. »Wenn Bonzetti es hat, nehmen Sie's ihm ab und geben es uns, und wir lassen, wie gesagt, Ihr kleines Problem verschwinden.«

»Und wenn ich es nicht finde und Bonz es nicht hat?«

»Dann vergessen Sie, dass Sie je davon gehört haben, machen mit Ihrem Leben weiter, und wir beseitigen Ihr kleines Problem trotzdem – aber vergessen Sie nicht, wir können es jederzeit wieder auftauchen lassen.«

Klang in meinen Ohren wie ein fairer Handel. So tun, als suchte ich das Band, kläglich versagen – ich meine, was interessierte es mich? – und dann mein Leben zurückbekommen.

»Ach, eins noch«, sagte er.

Ich wartete darauf, dass er meine Seele und meinen Erstgeborenen von mir forderte.

»Sie liefern uns Bonzetti.«

»Verstehe ich nicht.«

Der Killer seufzte ungeduldig und ließ die Zähne aufs Kaugummi niederfahren. »Wir wollen Bonzetti. Sie liefern ihn uns. Wir brauchen ihn, ob wir das Band bekommen oder nicht.«

»Was wollen Sie von ihm?«

»Machen Sie sich da mal keine verschissenen Gedanken drum. Außerdem wollen Sie das nicht wissen. Aber egal, was passiert, Sie liefern ihn uns, vorzugsweise lebendig, aber wir nehmen ihn auch tot. Es kümmert uns nicht, wie Sie das hinkriegen. Setzen Sie ihn unter Drogen, hauen Sie ihm einen Ziegel auf den Kopf, was auch immer, liefern Sie einfach. Verstanden?«

Der Killer hängte den Hammer wieder an seinen Gürtel. Ich zögerte mit der Antwort, dann stammelte ich etwas Unverbindliches. Der Killer zog die Pistole wieder aus der Tasche, hob sie bis auf Armhöhe und zielte auf mein Gesicht.

»Hören Sie«, antwortete ich, »selbst wenn ich Ihnen alles gebe, was Sie wollen, sitze ich trotzdem tief in der Scheiße.

Die Waffe, meine Fingerabdrücke, alles, was Sie gesagt haben. Die Polizei ist gleich hier.«

»Ich habe die Cops gar nicht angerufen, Dummkopf. Aber ich könnte es jederzeit.« Himmel, darauf war ich jetzt zweimal innerhalb von einer halben Stunde hereingefallen. »Sie gehen hier raus und tun, was Sie tun müssen, besorgen uns das Band, liefern uns diesen Flachkopf Bonzetti, und die Cops werden nie etwas hiervon erfahren. Niemand hat die Schüsse gehört, dank dem Schalldämpfer, den ich benutzt habe. Ich entsorge die Leiche und die Waffe und sage Ihnen, wo Sie die ganzen Beweise finden, die wir hier deponiert haben. Den blutigen Teppich sollten Sie wohl besser ersetzen, aber das ist Ihre Sache. Jedenfalls, keiner wird irgendwas merken. Aber wenn Sie uns verarschen, gibt es einen anonymen Anruf bei der Polizei, bei dem die Cops erfahren, dass Sie Ihren Kumpel getötet haben und wo die Leiche zu finden ist. Und dieses Hemd finden sie dann auch«, sagte er und hielt mein Hemd mit Angels Blut hoch, »und darauf finden sie dann jede Menge DNA – Körperhaare, Hautschuppen, Ihr Blut – neben Angels Blut natürlich.«

»Mein Blut? Aber da ist gar nicht mein Blut ...«

Ohne die geringste Vorwarnung schoss seine Faust nach oben und traf mich mitten auf die Nase. Ich taumelte zurück. Gleich darauf begann das Blut zu fließen. Er warf mir mein blutiges Hemd zu.

»Mein Fehler. Wischen Sie sich die Nase ab.«

Ich sah auf das Hemd in meinen Händen.

»Nein.«

»Tu's, dämlicher Scheißer, sonst lass ich dich noch mal bluten.«

Ich sah ihm ins Gesicht, dann auf die Waffe, dann wieder in sein Gesicht. Schließlich wischte ich mir das Blut mit dem Hemd ab. Der Killer streckte die Hand aus, und ich warf es ihm zu.

»Okay«, fuhr er fort, »wie gesagt, wenn die Cops die Leiche von Ihrem Kumpel finden, werden sie auch dieses Hemd mit Ihrem Blut drauf und einem Haufen anderer Spuren finden. Und hier finden sie den ganzen Rest. Ziemlich wasserdichter Fall, meinen Sie nicht auch, Herr Staatsanwalt? Hätten Sie nicht auch gerne solche Beweise, wenn Sie in den Gerichtssaal gehen?«

Allerdings, und dabei wusste er wahrscheinlich nicht einmal von der wütenden Nachricht, die ich auf Angels Anrufbeantworter hinterlassen hatte. Das war im Nachhinein eine großartige Idee gewesen. Die Schlinge zog sich zu.

Ich sagte: »Nach dieser Sache bei der Wohltätigkeitsveranstaltung werden die so oder so denken, dass ich etwas damit zu tun habe, wenn Angel verschwindet.«

»Ohne Leiche haben sie nichts in der Hand. Man wird Sie belästigen, Sie befragen, es wird vielleicht auch peinlich, aber Sie kommen da unbeschädigt raus. Ein kleiner Preis.«

Der hatte gut reden.

»Hören Sie endlich mit dem Scheißhinhalten auf«, sagte er. »Geben Sie uns, was wir brauchen, und Angel verschwindet, das alles ist nie passiert, und Sie können mit Ihrem Leben weitermachen. Wenn Sie ein braver Junge sind und tun, was man Ihnen sagt, geben wir Ihnen vielleicht sogar noch ein kleines Extrabonbon.«

»Ach ja, und was soll das sein? Sie ziehen mir die Unterhose bis über die Ohren? Herpes?«

Das schien den Killer zu amüsieren. »Antworten. Wir werden Ihnen Antworten geben. Zu Ihrem Bruder.«

Als er Jake erwähnte, stieg heiße Wut in mir auf. Dieses Arschloch war vermutlich in Jakes Verschwinden verwickelt – *sehr tief* verwickelt. Ich wünschte sehnlichst, ich hätte die Waffe wieder in der Hand und diesmal steckten echte Kugeln darin. Diesmal würde ich nicht einen Sekundenbruchteil zögern. Ich würde dem Arschloch in die Knie schießen, dann in die Ellbogen, dann würde ich ihm die Finger wegfegen. Ich würde ihm Stück für Stück alles abschießen, bis ich meine Antworten hatte. Und falls das nicht funktionierte, würde ich seinen Hammer und die Nägel nehmen und ausprobieren, was er mir erzählt hatte.

»Was wissen Sie darüber, was Jake zugestoßen ist?«, fragte ich.

»Alles zu seiner Zeit, Charlie. Sind Sie dabei?«

Ich wollte diesen Mann zur Strecke bringen. Ich wollte »sie« alle zur Strecke bringen. Ich wollte wissen, was Jake zugestoßen war und ob »sie« dafür verantwortlich waren. Ich wollte dafür sorgen, dass »sie« teuer dafür bezahlten.

Der Killer ging wieder auf meinen Schreibtisch zu.

»Die Cops sind nur drei Ziffern entfernt«, sagte er. »Alles, worauf Sie hingearbeitet haben, Ihre Karriere, Ihre Freundin ...« Ich versteifte mich. Er lächelte. »Alles futsch. Stattdessen Schande, Gefängnis und der ganze miese Scheiß, den Gefängnis mit sich bringt. Es ist Ihre Entscheidung.«

Ich wusste nicht, was ich tun sollte. Ich konnte nicht klar denken. Mein Leben schien vorbei zu sein. Ich hatte keine Ahnung, nach was für einem Band ich suchen sollte, ganz zu schweigen davon, wo ich suchen sollte. Und sie wollten, dass ich ihnen Bonz auslieferte, zu Gott weiß welchen furchtbaren Zwecken. Und selbst wenn ich das wollte, wie sollte ich es machen? Ich wusste nicht, ob ich diesen Irren je wieder zu Gesicht bekommen würde.

Plötzlich ging krachend die Wohnungstür auf, und ein Mann mit wirren Haaren stürmte herein. Sein abgetragener

Mantel flog hinter ihm her wie ein Umhang. Bonz wurde nicht einmal langsamer, als der Killer herumwirbelte und seine Waffe hob, doch zu spät, er hob sie zu spät, er war nicht einmal annähernd schnell genug, und Bonz prallte gegen ihn, er hatte keinen Augenblick gezögert. Die Pistole ging mit einem *Plopp* los, und ich bekam undeutlich mit, dass ein Stück von meiner Zimmerdecke auf den Teppich fiel, während Bonz' Schwung die beiden quer durch den Raum katapultierte und mit rückgratbrechender Wucht gegen die Wand prallen ließ. Die Waffe schlitterte über den Boden. Nach dem Aufprall taumelte Bonz einen Schritt rückwärts und wirkte ein wenig benommen. Der Killer war mit dem Gesicht gegen die Wand geprallt, sodass der Putz dort abgeplatzt war. Jetzt drehte er sich langsam um. Auch er wirkte betäubt. Dann verzerrte sein blutendes Gesicht sich zu einer Maske der Wut. Ich sah einen kleinen blutenden Riss zwischen seinen absonderlich weit auseinanderstehenden Augen klaffen.

»Bonzetti«, stieß er hervor. Er tat einen halben Schritt vor, und Bonz, der sich schneller als er zu erholen schien, vollführte einen irren Faustschlag aus der Drehung heraus, den ich, glaube ich, einmal in einem Videospiel gesehen hatte. Der Kopf des Killers schnellte nach hinten und verwandelte den Riss im Putz in ein volleyballgroßes Loch. Bewusstlos sackte er zu Boden, aus beiden Nasenlöchern strömte das Blut. Er atmete noch, aber es klang stockend und blubberte in den Zwillingsblutströmen.

Bonz starrte auf den Killer hinab. Er blinzelte, dann blinzelte er nochmals. Mit einem Mal weiteten sich seine Augen, und in seinem Gesicht malte sich ein Entsetzen ab, wie ich es mir bei niemandem hätte vorstellen können, geschweige denn bei einem so zähen und Furcht einflößenden Mann wie Bonz. Er wich zurück, stolperte über Angels Leiche – das schien jeder hier zu tun – und fiel auf den Hintern. Voller Panik, wie mir schien, krabbelte er immer weiter rückwärts, bis er gegen das Sofa an der Wand meines Wohnzimmers stieß.

Ich wusste nicht, was mich mehr überraschte: der Anblick von Bonz, der in die Wohnung stürmte und sich auf den Killer stürzte, oder die jähe Verwandlung dieses zähen Kerls in ein verängstigtes Wrack – und zwar *nachdem* er den Kampf gewonnen hatte.

Irgendwo wurde eine Tür geöffnet, dann noch eine. Stimmen drangen aus dem Korridor vor meiner Wohnung herein. Meine Nachbarn mochten die schallgedämpften Schüsse nicht gehört haben, aber sie konnten nicht überhört haben, wie Bonz durch meine Tür gebrochen und den Kopf des Killers in meiner Wand versenkt hatte. Jeden Augenblick konnten neugierige Gesichter zur offenen Tür hereinspähen, und die würden was sehen? Ich schaute mich um. Angel lag mitten im Raum, ein blutiger, einäugiger Schlamassel. Ein Mann mit einer Pistole lag bewusstlos und aus einer Stirnwunde sowie einer gebrochenen Nase blutend an der Wand. Ein Obdachloser hatte sich vor meinem Sofa auf dem Boden zusammengerollt, hielt die Knie umschlungen und brabbelte vor sich hin. Und schließlich ich, der Einzige, der noch aufrecht stand, mit Blut im Gesicht und auf dem Unterhemd – Blut, das auch mein Smokinghemd tränkte. Ich bezweifelte, dass ich irgendjemanden davon würde überzeugen können, dass dies nur eine freundschaftliche Partie Scharade gewesen war, die ein böses Ende genommen hatte.

Die Option, die der Killer mir wie eine Möhre vor die Nase gehalten hatte – die, bei der niemand das mit Angel herausfand –, war dank Bonz dahin. Ich hatte keine Ahnung, ob ich darauf eingegangen wäre, aber jetzt hatte es sich erledigt. Meine Möglichkeiten waren auf zwei nicht sehr attraktive geschrumpft. Ich konnte meine Nachbarn begrüßen und bald darauf die Polizei, oder ich konnte erst einmal abhauen und mir später überlegen, wie ich aus der Sache wieder rauskam. Da der Killer hier lag, bestand vielleicht eine geringe Chance, die Cops davon zu überzeugen, dass …

Plötzlich flatterten seine Lider. Er stöhnte und regte sich. Dann schlug er die Augen auf und rollte auf die Seite, blieb erst einmal so liegen und schien seine Kräfte zu sammeln, um aufzustehen. Er hatte noch nicht zu mir hochgesehen. Er schien noch nicht ganz da zu sein. Wenn er erst vollends zu sich kam, würde er garantiert nicht auf die Cops warten. Und wenn er weg war, würde ich der Einzige sein, der als Angels Mörder infrage kam – vorausgesetzt, er tötete mich nicht noch im Vorbeilaufen.

Während der Killer die Hände an die Wand legte und begann, sich mit den Beinen hochzustemmen, erwog ich, eine schwere Buchstütze zu nehmen, sie dem Arschloch über den Schädel zu ziehen und den Cops alles zu erzählen. Aber wieder einmal nahm Bonz meine Angelegenheiten in die Hände. Während Angels Mörder sich benommen aufrichtete und an die Wand lehnte, trat Bonz vor mich. Er warf dem Killer einen raschen, ängstlichen Blick zu, dann packte er mich am Arm.

»Bewegung«, drängte er.

Das Heulen von Sirenen in der Ferne schob sich in mein Bewusstsein. Irgendjemand hatte offenbar endlich die Polizei gerufen.

»Warten Sie«, sagte ich. »Vielleicht sollten wir warten …«

»Los!«

Beinahe mühelos drehte er mich um und schob mich durch die Wohnungstür in den Hausflur, wo Mr und Mrs

Atkinson von nebenan sowie sämtliche fünf Mitglieder der Familie Chen, die am Ende des Flurs wohnte, einen ausgezeichneten Blick auf mich werfen konnten.

Die Sirenen näherten sich. Die Nachbarn starrten mich und das Blut an. Bonz schob mich von hinten.

Alles geschah viel zu schnell. Der Killer würde seine Benommenheit bald abgeschüttelt haben, und ich war nicht erpicht darauf, den sadistischen Scheißkerl noch einmal zu sehen. *Scheiße!* Die Waffe, mit der Angel getötet worden war – die mit meinen Fingerabdrücken darauf –, steckte noch in seiner Tasche. Jetzt, wo die Sache für ihn schiefgegangen war, würde er die Waffe sicher einfach neben Angels Leiche fallen lassen und mir damit im Grunde eine große Zielscheibe auf die Stirn malen.

Die Sirenen waren jetzt sehr laut. Die Cops waren fast hier. Bonz schob mich zwischen meinen entgeisterten Nachbarn hindurch und drängte mich zur Eile, flüsterte abwechselnd Drohungen und Anfeuerungen.

Ich wusste, jetzt konnte ich nicht mehr hierbleiben und auf die Polizei warten. Ich würde des Mordes bezichtigt werden, mit mindestens sieben Zeugen, die mich, mit dem Blut meines Freundes gezeichnet, die Wohnung verlassen sahen. Die Beweise gegen mich türmten sich hoch auf, worauf der Killer ja bereits hingewiesen hatte. Wenn ich verhaftet würde, könnte ich nicht nur nicht weiter danach forschen, was meinem Bruder zugestoßen war, sondern ich würde auch nicht in der Lage sein, mir einen Ausweg aus dem Schlamassel zu überlegen, in den man mich gezogen hatte.

Ich riss mich von Bonz los und rannte. Gleich darauf flog er an mir vorbei durch den Korridor auf die Treppe zu. Er bewegte sich mit derselben erstaunlichen, trügerischen Geschwindigkeit und Anmut, die er schon in Chinatown an den Tag gelegt hatte.

»Mir nach«, rief er über die Schulter.

Ich war mir nicht sicher, ob ich das Richtige tat, aber ich folgte ihm.

NEUNZEHN

Ich hatte nicht gewusst, dass ich so schnell rennen konnte. Mir schien, als stellte ich selbst in meinen eleganten Abendschuhen gerade irgendeinen Rekord auf. Doch als ich nach unten sah, entdeckte ich Bonz schon eine halbe Treppe weiter, und sein Vorsprung wurde größer.

»Beweg deinen Arsch, Wiley!«, brüllte er mir zu.

Er kam im Erdgeschoss an und preschte durch die Treppenhaustür. Gleich darauf folgte ich ihm. Drei Etagen über mir hörte ich die Tür zum Treppenhaus krachend aufgehen, dann Schritte, die eilig die Treppe herabkamen. Ich nahm eine kleine Unregelmäßigkeit in den Schritten wahr und dankte Gott für das leichte Hinken des Killers.

Wir bogen um die Ecke in den kleinen Eingangsbereich meines Hauses, und Bonz blieb abrupt stehen, sodass ich gegen ihn prallte. Er schob mich an die Wand mit den Briefkästen und drückte sich neben mich, dann spähte er durch die Glasscheibe in der Haustür auf die Straße. Hinter uns öffnete sich krachend die Treppenhaustür.

»Bonz …«

»Ich weiß.« Er beobachtete immer noch die Straße.

»Wollen wir hier Wurzeln schlagen? Weil er nämlich eine Waffe hat und wir nicht. Wir haben doch keine, oder?«

»Nein. Los jetzt.«

Grob schob er mich durch die Tür auf die Straße, und nachdem ich das Gleichgewicht zurückerlangt hatte, lief ich nach links die Brimmer Street entlang.

»Zu meinem Wagen geht's da lang!«, sagte ich.

Natürlich zog Bonz nach nicht einmal zehn Metern an mir vorbei. Für einen Mann, der an die fünfzig sein musste, war er unglaublich schnell. Er bog an der ersten Ecke links in die Mount Vernon Street ein. Anscheinend wusste er, wo ich meinen Wagen geparkt hatte.

Während wir auf meinen Corolla zujagten, der jetzt nur noch einen halben Block entfernt war, begannen meine Füße in den lederbesohlten Anzugschuhen richtig zu schmerzen. Ich hätte mich zu gern umgesehen, um zu erfahren, ob der Killer uns hatte um die Ecke biegen sehen, aber ich ließ es bleiben. Falls er uns gesehen hatte, würde mir gleich eine Kugel um die Ohren fliegen.

Als wir neben meiner Schrottkarre stehen blieben, durchfuhr mich ein Schreck: Ich steckte die Hand in die Hosentasche und ertastete zu meiner Erleichterung die Schlüssel. Bonz drängte an mir vorbei, öffnete die Fahrertür und rutschte hinters Steuer.

»Schlüssel!«, fuhr er mich an.

»Hey, mein Wagen war abgeschlossen!«, sagte ich.

»Gib mir die gottverdammten Schlüssel!«

Ich warf sie ihm zu und hastete zur Beifahrerseite, während der Motor stotternd zum Leben erwachte. Ich riss die Tür auf und war erst halb eingestiegen, als der Wagen einen Satz nach vorn machte. Ich konnte von Glück sagen, dass ich nicht wieder auf dem Bürgersteig landete. Wie lange mochte Bonz schon auf der Straße leben? Wusste er überhaupt noch, wie man ein Auto fuhr?

Wir waren erst wenige Meter weit gekommen, da bog vor uns eine Silhouette um die Ecke. Bonz trat auf die Bremse. Mein Corolla kam quietschend und mit einem solchen Ruck zum Stehen, dass ich befürchtete, bei dem Ruck könnten sich Schrauben gelöst haben und gleich würde etwas abfallen, was für den Betrieb des Fahrzeugs oder unsere Sicherheit von entscheidender Bedeutung war.

Vor uns legte Angels Mörder die ausgestreckten Arme aneinander, und ich war mir ziemlich sicher, dass er eine Waffe hielt.

Bonz legte den Rückwärtsgang ein und trat aufs Gaspedal. Er sah über die Schulter nach hinten, fuhr viel zu schnell rückwärts und korrigierte mehrfach. Vor meinem geistigen Auge sah ich uns schon irgendwo gegen rasen. Dann hörte ich einen dumpfen Schlag. Wir mussten irgendetwas abgebrochen haben – oder vielleicht hatte uns auch eine Kugel getroffen.

Wie durch ein Wunder erreichten wir die Querstraße hinter uns und schlingerten, noch immer rückwärts, um die Ecke in die Charles Street. Dass wir dabei nicht mit einem anderen Auto zusammenstießen, war ein noch größeres Wunder. Bonz trat erneut auf die Bremse und riss am Lenkrad. Um uns herum wurde wütend gehupt, aber irgendwie fuhren wir von nun an vorwärts. Offensichtlich wusste Bonz sehr wohl noch, wie man ein Auto handhabte.

Nicht weit von uns hörte ich Sirenen kreischen und dann verstummen. Die Cops waren an meinem Haus angekommen.

Bonz bog rasch hintereinander mehrfach willkürlich ab. Schließlich entspannte er sich und fuhr nur knapp oberhalb der Geschwindigkeitsbegrenzung die Beacon Street entlang.

»Hinter uns ist niemand«, sagte er. »Wenigstens noch nicht.«

Ich hielt noch immer den Atem an. Dann bemerkte ich auf meinem Schoß ein Gewicht und entdeckte die Akte mit Jakes Notizen. Ich hatte überhaupt nicht gemerkt, dass ich sie bis zum Ende meiner Begegnung mit dem Killer festgehalten hatte, geschweige denn, dass ich damit um mein Leben gerannt war.

Ich atmete tief durch und sagte: »Ich glaube, wenn der Kerl nicht hinken würde, hätten wir ihm nicht davonlaufen können. Na ja«, fügte ich hinzu, »ich jedenfalls nicht.«

»Er hat gehinkt?«

»Ja.«

»Waren Sie das, oder hatte er das schon vorher?«

»Das hatte er schon vorher.«

»Gut«, sagte Bonz. Er wirkte milde amüsiert. Überhaupt wirkte er, nun ja, beinahe normal. Und zwar nicht nur unter den gegebenen Umständen. Nein, Bonz wirkte einigermaßen ... geistig gesund.

Eine Weile fuhr er schweigend dahin, dann verfinsterte sich seine Miene. Ich konnte förmlich hören, wie in seinem Kopf irgendetwas einrastete, aber vielleicht war das auch nur die Gangschaltung meines Corolla. Während Bonz fuhr, beobachtete ich ihn verstohlen. Hin und wieder blinzelte er heftig, ein nervöser Tic, glaubte ich, aber er sah nicht so aus, als würde er wieder »den Kanal wechseln«. Und zum Glück sah er auch nicht plötzlich überrascht drein, weil er am Steuer eines Autos saß. Vielmehr wirkte er einfach nur nachdenklich.

Ich hing meinen eigenen Gedanken nach. Mein Leben war zu einer Karussellfahrt geworden, und zwar zu einer von denen, bei der einem schlecht wird. Bonz hatte jegliche Hoffnung darauf, ohne Beteiligung der Polizei aus dieser Sache herauszukommen, zunichtegemacht. Dann schüttelte ich den Kopf. Genau genommen, hatte Bonz mir wahrscheinlich das Leben gerettet. Und ich wusste, ich wäre niemals auf das Angebot des Killers eingegangen, Angels Leiche einfach so verschwinden zu lassen – jedenfalls redete ich mir das ein. Nein, ich wusste zwar, dass ich irgendwann riskieren musste, zur Polizei zu gehen. Aber ich würde mir genau überlegen müssen, wie ich das angehen wollte, wie ich dem Gefängnis entgehen und meine Unschuld beweisen konnte. Außerdem wollte ich mir überlegen, wie ich diesem Arschloch mit dem Hammer und allen, die letztlich dahintersteckten, das alles nachweisen konnte. Und natürlich wollte ich herausfinden, was Jake zugestoßen war, und, falls er wirklich tot sein sollte, dafür sorgen, dass jemand dafür bezahlte. Offen gestanden, hatte ich eine Menge, worüber ich nachdenken musste.

ZWANZIG

Das Septemberwetter in Boston ist eine eigenartige Angelegenheit. Man weiß nie, was einen am nächsten Tag erwartet. Es kann ein schwül-heißer Hochsommertag werden oder kalt und bedeckt sein, ein früher Vorgeschmack auf den November. Da ich schon mein ganzes Leben in Boston verbracht hatte, wusste ich dies. Was ich bisher nicht gewusst hatte, in dieser Nacht jedoch erfuhr, war, wie kalt es Ende September nachts in den Überlaufkanälen werden kann. Zum Glück hatte es in letzter Zeit nicht viel geregnet, daher war das Wasser, das an meinen Füßen vorbeifloss, kaum mehr als ein Rinnsal. Ich hatte keine Ahnung, wo wir waren, nur dass wir irgendwo in der Stadt unter irgendeiner Straße in einer Betonröhre steckten. Ich hockte mit dem Hintern an der gekrümmten Betonwand, rechts von mir gähnte das dunkle Rohr. In einiger Entfernung konnte ich gerade noch einen alten Reifen erkennen, und hier und da glänzten ein paar Bierflaschenscherben. Links von mir mündete das Rohr in die Öffnung zur Erde hin. Bonz hockte mir gegenüber und sah aus, als fühlte er sich weit weniger unbehaglich als ich.

Wir schwiegen. Heftige Zweifel plagten mich. Hatte ich das Richtige getan, indem ich aus der Wohnung geflohen war? Es war riskant. Wäre ich geblieben, hätte ich die Cops vielleicht von meiner Version der Ereignisse überzeugen können. Aber wie Angels Mörder so hilfreich angemerkt hatte, waren die Beweise gegen mich eindrucksvoll. Tatsache war: Hätte ich auf die Polizei gewartet, säße ich jetzt in einer Gefängniszelle ohne jede Möglichkeit, zu beweisen, dass man mir das alles bloß angehängt hatte. Und ohne jede Möglichkeit, alldem auf den Grund zu gehen. Dennoch fragte ich mich noch immer, ob ich womöglich einen schrecklichen Fehler gemacht hatte.

»Wo sind wir?«, fragte ich Bonz schließlich.

Er starrte auf seine Hand, auf die, an der der Finger fehlte.

»Bonz?«

Er blinzelte energisch und sah hoch. »Ablaufrohr.«

»Danke für diese erhellende Information. Verbringen Sie viel Zeit hier?«

»Im Sommer. Dann ist es hier trocken und warm.«

Ich nickte. »Können die uns hier finden?«

»Nein. Nicht hier.«

Tja, das war schon mal gut. Dann würde ich einfach den Rest meines Lebens in diesem Rohr verbringen und alles wäre bestens, jedenfalls bis es regnete. Bis dahin würde ich vielleicht da drüben ein kleines Feldbett aufstellen und möglicherweise noch ein paar Sofakissen darauflegen, um ein bisschen Farbe hineinzubringen.

»Warum sind Sie in meine Wohnung geplatzt?«, fragte ich.

»Um Sie zu retten.«

»Oh.« *Hatte* er mich gerettet? Oder hatte er alles nur noch schlimmer gemacht? Ich war mir nicht sicher. Wenigstens war Bonz kein Mörder. Oder doch? Mir ging auf, dass ich nicht die leiseste Ahnung hatte, wer der Mann war. Vielleicht war er nicht nur irgendein Mörder, sondern der übelste, verrückteste, sadistischste Mörder, den Boston je gesehen hatte, und Leichen pflasterten seinen Weg durch die Bostoner Kanalisation. Im Augenblick wirkte er allerdings relativ normal, was zur Abwechslung ganz schön war.

Abgesehen von ein paar nervösen Ticks wirkte er, seit wir meine Wohnung verlassen hatten, so gut wie normal. Ich fragte mich, woran das lag.

Ein kalter Wind blies ins Rohr, und unwillkürlich erschauerte ich. Ich trug nur die Smokinghose und ein Unterhemd, an dem Angels Blut klebte, das zu einem dunklen Braun getrocknet war. Bonz sah mich an.

»Die Kleider müssen weg«, sagte er. »Zu … auffällig.« Er runzelte die Stirn, dann nickte er zufrieden und vielleicht erfreut darüber, dass er das passende Wort aus dem Vokabelsalat gepickt hatte, den ich mir in seinem Kopf vorstellte.

»Tja, ich laufe nicht nackt durch die Gegend«, erwiderte ich. »Zu kalt.«

Er stand auf und zog seinen verlotterten, fleckigen Mantel aus. Darunter trug er sein schmutziges Harvard-Sweatshirt. Er warf mir den Mantel zu. Ich hatte kein Verlangen danach, ihn anzuziehen, aber ich wollte Bonz auch nicht kränken. Ich wusste schließlich nicht, wie es um seine geistige Verfassung bestellt war. Ich stand auf und zog den Mantel an. Der Gestank trieb mir die Tränen in die Augen.

»Danke.«

Bonz stand auf und wollte gerade etwas sagen, als ich abrupt fragte: »Wissen Sie, was meinem Bruder zugestoßen ist?«

Er wandte sich von mir ab und steuerte auf die Welt außerhalb des Rohrs zu. »Kommen Sie«, sagte er.

»Halt.« Er blieb nicht stehen. »Ich habe gesagt, *halt*, verdammt noch mal!« Meine Stimme hallte vom kalten Beton wider und verklang in dem schwarzen Loch rechts von mir.

Jetzt blieb Bonz stehen, zögerte, drehte sich um. Draußen war es dunkel, doch die runde Öffnung hinter ihm war immer noch heller als der Tunnel. Bonz war nur eine schwarze Silhouette, sein Gesicht in der Dunkelheit nicht zu sehen.

Er wartete schweigend.

»Sagen Sie es mir.«

»Später«, entgegnete er schließlich.

»Es *ist* später. Es ist dreizehn gottverdammte *Jahre* später. Ich finde, ich habe lange genug gewartet.«

Er stand einfach reglos da. Sein Kopf zuckte, eine kleine, aber heftige Bewegung. Schließlich meinte ich, ihn nicken zu sehen, nur einmal.

»Sie kannten ihn, oder?«, fragte ich.

»Ich kannte ihn.«

Ich spürte, wie mein Herz in meinem lädierten Brustkorb schlug und nur darauf wartete, mir vor Freude aus der Brust zu springen … oder erneut zu brechen.

»Wissen Sie, ob er lebt?«

Ich meinte, ihn nochmals nicken zu sehen, auch wenn das in der Dunkelheit schwer zu sagen war. Dann entstand ein langes Schweigen. Ein furchtbares, grausames Schweigen. Dann … »Er ist tot.« Die Worte hallten um mich herum wider. »Er ist seit dreizehn Jahren tot.«

EINUNDZWANZIG

Ich träumte von Jake.

Es war eigentlich kein bemerkenswerter Traum, es geschah nicht viel.

Ich saß in einer leeren Kirche, und zwar in der, in die meine Eltern Jake und mich mitnahmen, bevor sie starben. Ich drehte mich um und sah meinen Bruder neben mir auf der Bank sitzen, eine leere Fried-Chicken-Schachtel auf dem Schoß. Die Spätnachmittagssonnenstrahlen brachen sich in den Buntglasfenstern und warfen ein wunderschönes Farbkaleidoskop auf Jake. Ich war überrascht, ihn zu sehen. Ich hatte gedacht, ich sei allein.

»Hey, wie geht's dir?«, fragte ich, so wie ich ihn jahrelang begrüßt hatte, ehe er verschwand.

»Einfach Jake«, antwortete er lächelnd, genau wie immer. »Aber dir geht's nicht gut, Wiley«, fügte er hinzu. »Dir geht's nicht gut. Du denkst viel zu viel über mich nach. Du hast eine Menge Zeit verschwendet.«

»Nein.«

»Doch. Ich bin schon lange fort. Du hättest auf Jessica hören sollen.«

»Ich war noch nicht so weit. Ich wusste es nicht sicher. Ich konnte dich nicht aufgeben. Ich weiß immer noch nicht, ob ich das kann.«

»Du weißt, dass ich tot bin, oder?«

»Ich weiß es nicht.«

»Ich bin tot, Charlie. Akzeptiere es. Ich will es so. Ich

gebe dir meine Erlaubnis. Es ist okay, wirklich. Glaub mir.«

»Okay.«

»Weinst du?«, fragte er.

»Ich glaube nicht.«

»Was glauben Sie nicht?« Das war nicht Jakes Stimme. Das war Bonz. Jake und die Kirche und das wunderschöne Licht waren fort, und an ihre Stelle traten Bonz, das Überlaufrohr und die finstere Nacht.

Ich war wohl ohnmächtig geworden. Vielleicht war die Bestätigung von Jakes Tod, obwohl sie zugegebenermaßen nicht völlig unerwartet kam, ein zu großer Schock für mich gewesen. Wahrscheinlich spielte auch die Erschöpfung eine Rolle. Wie dem auch sei, ich hatte das Bewusstsein verloren und war in diesem Überlaufrohr in mir zusammengesackt, wo das Wasser mir um die Beine rann.

»Was ist?«, fragte ich und rieb mir die Augen, während ich mich aufsetzte.

»Sie haben gerade gesagt: ›Ich glaube nicht.‹«

»Oh. Was ist passiert?«

»Sie sind ohnmächtig geworden.«

»Das hatte ich mir schon zusammengereimt. Danke übrigens, dass Sie mich aus dem Wasser gezogen haben.« Das hatte er selbstverständlich nicht getan.

»Alles in Ordnung?«

»Nein.« Ich hatte dreizehn Jahre lang gehofft, inbrünstig gehofft, dass Jake irgendwo am Leben war, hatte mich geweigert zu glauben, dass er tot war, hatte mich ganz und gar in mein Leugnen verkrallt. Das war ganz ehrlich nicht leicht gewesen. Alles hatte auf das Offensichtliche hingedeutet. Alle hatten mir so mitfühlend wie möglich versichert, dass Jake tot war. Dennoch hatte ich darum gekämpft, ihn in meinem Kopf am Leben zu erhalten.

Ich fühlte mich leer. Hohl. Und nicht, weil mir nun klar war, dass Jake wirklich tot war. Es war mehr als das. Aber was? Dann begriff ich es. Ich hatte kein Ziel mehr. Bis zu diesem Augenblick hatte ich nicht wahrhaft erkannt, wie alles verzehrend mein Wunsch, Jake zu finden, und zwar lebendig zu finden, gewesen war. Seit er verschwunden war, schien so ziemlich alles, was ich getan hatte, nur diesem Zweck gedient zu haben. Ich hatte einen juristischen Abschluss gemacht und böse Jungs hinter Gitter gebracht in der Hoffnung, dass ich eines Tages meine Kontakte und Kenntnisse würde nutzen können, um diejenigen, die für Jakes Verschwinden verantwortlich waren, zu finden und einzusperren. Ich hatte eine schier endlose Kette an Privatermittlern beauftragt. Ich hatte in meiner Freizeit alles Menschenmögliche getan, um Jake zu finden oder in Erfahrung zu bringen, was ihm zugestoßen war, und wenn ich nicht aktiv handeln konnte, hatte ich dagesessen und darüber nachgedacht, was ich tun könnte, hatte versucht, mich an etwas, irgendetwas, zu erinnern, was er gesagt haben könnte und was mir einen Hinweis auf das geben könnte, was ihm zugestoßen war. Nun, da er wirklich tot war, erschien mir mein Leben plötzlich wie ein Filmset, voller Kulissen und Requisiten, die mir eigentlich nichts bedeuteten. Nichts war das, wofür ich es gehalten hatte. Mein bester Freund war nicht nur tot, sondern hatte sich überdies als falscher Freund erwiesen. Der Beruf, in dem ich so hart gearbeitet hatte, bedeutete mir plötzlich nur noch sehr wenig. Am nächsten Morgen sollte ich bei Gericht erscheinen und den Prozess gegen Vasily Redekov wieder in die Spur bringen. Und ich wollte zwar garantiert nicht, dass der Widerling ungeschoren davonkam, aber ich musste zugeben, dass die Verhandlung mich im Augenblick nur peripher interessierte. Plötzlich ging mir auf, und zwar mit erstaunlicher Eindringlichkeit, dass der einzige Teil meines Lebens, der mir jetzt noch etwas bedeutete, meine Beziehung zu Jessica war. *Sie* war real. *Sie* bewegte sich zwischen den Requisiten und Sperrholzkulissen auf der einsamen Bühne meines Lebens, eine lebende, atmende, springlebendige Verbindung zur wirklichen Welt, eine Rettungsleine, an die ich mich mit aller Kraft klammern musste.

Aber wie lange konnte ich in meiner gegenwärtigen Lage hoffen, sie in meinem Leben zu halten? Ich wusste, sie liebte mich, aber diese Liebe würde in den kommenden Tagen garantiert auf die Probe gestellt werden. Allein der Umstand, dass wir zusammen waren, würde ihr jede Menge peinliche Situationen und Kummer bescheren, persönlich wie beruflich. Konnten ihre Gefühle dem standhalten? Würde sie auf mich oder auf den Rest der Welt hören, wenn alle – vermutlich sogar ihr Vater – ihr sagten: »Sei nicht dumm, das ist eine glasklare Sache, er ist schuldig, wirf dein Leben nicht weg«? Würde ich Jessica jemals wiedersehen? Falls ja, würde es durch die kugelsichere Scheibe während der Besuchszeiten im Gefängnis sein?

Ich merkte, wie ich wütend wurde. Nicht auf Jessica, sondern auf die Leute, die für all das verantwortlich waren. Auf die Leute, die sie und die Polizei und alle, die Nachrichten sahen und Zeitungen lasen, glauben machen würden, dass ich ein Mörder war. Auf die Leute, die mein Leben ruiniert hatten.

Und, so wurde mir klar, ebendiese Leute waren aller Wahrscheinlichkeit nach auch für Jakes Tod verantwortlich. Also hatten sie mein Leben eigentlich schon lange vor heute Abend ruiniert. Und dafür hasste ich sie. Ich wollte wieder ein Leben haben. Nicht mein altes Pappmascheeleben, sondern die Chance, mir ein neues, richtiges Leben zusammen mit Jessica aufzubauen, ein Leben ohne

Gefängnisfraß und gewalttätige Zellengenossen, ohne die Ungewissheit, mit der ich so lange gelebt hatte, ohne – Gott möge mir vergeben – Jakes Gespenst. Aber das reichte mir noch nicht. Nicht annähernd. Nein, ich wollte, dass die bösen Jungs bezahlten. Und ich wollte persönlich dafür sorgen.

Ich merkte, dass die Leere, die ich eben noch verspürt hatte, schon wieder verschwunden war. Ich empfand Wut und Hass, und diese Gefühle wärmten mich von innen. Aber nicht nur das erfüllte mich: Ich hatte auch wieder ein Ziel.

ZWEIUNDZWANZIG

Nun hatte ich endlich Gewissheit. Und das fühlte sich echt beschissen an. Ich wollte um Jake trauern. Er hatte es verdient. Ich hatte das verdient. Aber dafür war jetzt nicht der rechte Zeitpunkt. Ich würde später trauern, das wusste ich, und zwar richtig, aber im Augenblick musste ich alles tun, um Jakes Tod zu rächen. Und, wenn möglich, meinen eigenen Arsch zu retten. Kurz gesagt, ich hatte ein Audioband zu finden und sehr böse Menschen zu entlarven. Ich schlug die Augen auf und bemerkte, dass Bonz mir direkt gegenüberhockte. Die Hälfte seines Gesichts lag in undurchdringlichem Schatten, aber ich sah, dass er wieder auf seine verstümmelte Hand starrte. Er schüttelte sie, als vollführte er einen Zaubertrick, der den fehlenden Finger wieder hervorbringen, wieder anbringen würde, so gut wie neu, genau da, wo er hingehörte. Dann grunzte er und ließ die Hand, noch immer ohne kleinen Finger, in den Schoß fallen. Er sah mich an und stellte fest, dass ich ihn ansah.

»Also, was steht an?«, fragte er.

»Was meinen Sie?«

»Was tun Sie jetzt? Weglaufen?«

»Nein. Ich laufe nicht weg. Sie sagen mir, wer Jake getötet hat und warum, und ich sorge dafür, dass diejenigen dafür teuer bezahlen.«

Bei dem schwachen Licht war es schwer zu erkennen, aber ich meinte, ihn nicken zu sehen. Oder er hatte eine seiner Zuckungen.

»Dann kommen Sie«, sagte er, stand auf und wandte sich zur Mündung des Rohrs.

»Moment mal. Ich dachte, Sie würden mir erzählen, worum es bei alledem geht.«

»Müssen erst neue Kleider besorgen«, erklärte er. »Wir beide.«

Ich sah an mir hinab. Unter Bonz' großem, schäbigem Mantel trug ich noch immer die Smokinghose und das blutgetränkte Unterhemd.

»Tja«, sagte ich, »es ist nach Mitternacht, ich glaube nicht, dass irgendwo noch ein Laden offen hat. Außerdem liegt meine Brieftasche in meiner Wohnung.«

»Gehen wir.« Er setzte sich in Bewegung. Ich stemmte mich hoch und folgte ihm.

»Wohin gehen wir?«

»Einkaufen.«

»Einkaufen?«

»Hab ich doch gesagt. Wir besorgen uns Kleider.«

Ich machte mir nicht erst die Mühe nachzuhaken. »Erzählen Sie mir unterwegs, was ich wissen muss?«

Er nickte. Redseligkeit konnte man ihm nicht gerade nachsagen.

Wir verließen das Rohr und liefen durch ein Industriegebiet. Ich wusste noch immer nicht, wo ich war. Bonz kannte offensichtlich einen Teil Bostons, den ich noch nie gesehen hatte. Wir begegneten niemandem. Nach wenigen Minuten kamen wir in eine mit Abfällen übersäte Gasse zwischen zwei Lagerhäusern. Mein Corolla stand noch hinter dem Müllcontainer, wo wir ihn zuvor abgestellt hatten.

Nach Bonz' Anweisungen chauffierte ich uns durch das Industriegebiet. Bald darauf erreichten wir den Charles River und fuhren hinüber nach Charlestown. Obwohl wir nur ein, zwei Meilen von Boston entfernt waren, genügte schon dieser geringfügig größere Abstand zu Angels Mörder, um mich ein wenig aufatmen zu lassen. Unterwegs versuchte ich, Bonz ein paar Informationen aus den Rippen zu leiern.

»Warum Charlestown?«

»Ich kenne da einen Laden.«

Ich wartete auf die Fortsetzung, aber es kam keine, also wandte ich mich wichtigeren Fragen zu.

»Also, wer war das in meiner Wohnung? Wer ist hinter mir her? Und warum?«

Stille. Nur mein alles andere als störungsfrei laufender Motor knatterte, und gelegentlich klapperte es. Wahrscheinlich hing irgendwo an der Unterseite des Wagens etwas herab und knallte hin und wieder gegen den Asphalt. Jetzt wünschte ich, ich hätte auf Jessica gehört und mir ein neueres Auto gekauft.

Als ersichtlich wurde, dass Bonz meine Fragen nicht beantworten würde, forderte ich ihn in scharfem Ton auf: »Sehen Sie mich an, Bonz.« Er sah zu mir hin, ohne den Kopf zu drehen. Ich stellte mir vor, wie ich in seinen Augen aussehen mochte. Ich stellte mir vor, ich sähe entschlossen und zuversichtlich aus, wie ein Mann mit einer Aufgabe, ein Mann, den man nicht unterschätzen sollte. Womöglich machte ich mir etwas vor. Womöglich sah ich für Bonz aus wie ein verschrecktes Häschen. Aber ich empfand es jedenfalls so.

»Hören Sie, es sieht so aus, als steckten wir aus irgendeinem Grund gemeinsam in dieser Sache drin, also wird es Zeit, dass Sie mir verraten, was hier verdammt noch mal vorgeht.«

Er sah mich einen Augenblick an, sozusagen von der Seite, dann sagte er: »Ich habe gerade über das alles nachgedacht, Charlie.« Zum ersten Mal hatte er mich mit meinem richtigen Namen angesprochen. »Wie ich es erzählen soll.«

»Okay.« Und dann kam mir ein Gedanke, der mir schon früher hätte kommen sollen. Ich hielt den Blick auf die Straße gerichtet. »Erzählen Sie mir doch als Erstes mal, warum Sie plötzlich so ... tja, wie es kommt, dass Sie in der Lage sind, zu ... ich meine, als Sie früher ein kleines bisschen ...«

»Sie wollen wissen, warum ich nicht mehr so verrückt wirke wie vorher.«

So hätte ich es nicht ausgedrückt. Es war genau das, was ich dachte, aber ich hätte nicht gewagt, es so zu formulieren.

Bonz sprach weiter: »Ich glaube, ich habe Ihnen schon da in dem Lokal gesagt, dass mein Verstand lange ... hinüber war. Ich hab kaum gewusst, wie ich heiße. Konnte nicht klar denken. Mein Verstand war weg, dreizehn Jahre lang, wie ich jetzt weiß. *Dreizehn beschissene Jahre* meines Lebens einfach weg.«

Dreizehn Jahre. Genauso lang wurde Jake vermisst.

»Ich war verrückt. Ich weiß das. Ich wusste es auch da schon, und dieses Wissen hat mich erst recht verrückt gemacht.«

Ich dachte daran, wie oft ich gesehen hatte, dass er bettelte, Fremden Obszönitäten zubrüllte, mit unsichtbaren Feinden stritt, in sich hineinlachte über Dinge, die nur eingebildet gewesen sein konnten.

»Scheißefrustrierend«, sagte er. »Es heißt, richtig verrückte Leute wissen nicht, dass sie verrückt sind. Totaler Quatsch. Ich war so verrückt wie nur irgendwas, und ich wusste es, aber ich konnte einen Scheißdreck dagegen tun.«

O Gott, das klang furchtbar.

»Hin und wieder«, fuhr Bonz fort, »habe ich mich an was erinnert, an ein Stück aus meiner Vergangenheit. Dann konnte ich eine Weile klar denken. Aber das kam selten vor. Und dann, wie ich Ihnen schon gesagt habe ... als ich Sie zum ersten Mal sah, tja, da hat sich in meinem Kopf nach und nach eins zum anderen gefügt. Stückchen meiner Vergangenheit, Erinnerungen sind regelrecht auf mich eingestürmt. Wie eine beschissene Flutwelle. Ich konnte sie nicht aufhalten. Es war zu viel. Ich dachte, jetzt würde ich richtig verrückt. Aber dann hat das alles langsam einen Sinn ergeben. Die Erinnerungen sind in die richtige Reihenfolge gerückt. Und dann habe ich mich richtig erinnert.«

Dass der sonst so wortkarge Bonz so mit mir sprach, sich mir gegenüber so öffnete, fand ich bemerkenswert.

»Ich weiß nicht, warum, Charlie, aber es war der Anblick Ihres Gesichts, der das alles ausgelöst hat. Und dann gab es kein Halten mehr. Es hat ein bisschen gedauert, aber mein Kopf schien in weiten Teilen wieder okay zu sein.« Er hielt inne. »Dann, heute Abend, als ich den Kerl in Ihrer Wohnung gesehen hab, tja, das war so was wie das letzte Puzzleteilchen. Als ich ihn sah, da ...«

Geriet ich in Panik? Denn genau so hatte es in meinen Augen ausgesehen.

Bonz brachte seinen Gedanken zu Ende. »Ich habe mich an noch mehr erinnert. An furchtbare Sachen. Und ich war fast wieder gesund. Oder vielleicht so gesund, wie ich je sein werde.«

Er verstummte. Ich wollte nicht, dass er wieder in Schweigen verfiel, daher sagte ich rasch: »Und was ist Ihnen passiert? Ich meine, vor dreizehn Jahren, was hat Sie so gemacht ... wie Sie waren?«

Er schwieg. Trotz des schwachen Lichts in meinem Auto sah ich, dass seine Augen sich getrübt hatten, Gewitterwolken waren an die Stelle der Iris getreten. Schließlich sagte er: »Später.«

Zwei Minuten gingen schweigend vorüber. Dann konnte ich nicht mehr an mich halten.

»Ist Carmen Siracuse für Jakes Tod verantwortlich?«

Bonz zögerte, dann antwortete er: »Letzten Endes ja.«

Ich hatte es gewusst. Ich hatte es gottverdammt noch mal gewusst. Ich wusste es seit dreizehn Jahren. Ich hatte natürlich nie irgendeine Bestätigung erhalten, nie auch nur den kleinsten Beweis gefunden, aber ich hatte es immer gewusst. Also hatte ich doch recht gehabt. Aber dadurch fühlte ich mich auch nicht besser. Siracuse, dieser fette, verlogene Sack von einem ... »Moment mal«, sagte ich. »Woher wissen Sie das? Woher wissen Sie was davon?«

Er schwieg.

»Antworten Sie mir!«

Bonz' Augen drehten sich in meine Richtung. Habe ich schon erwähnt, wie beängstigend diese Augen sein konnten?

»Bitte«, fügte ich hinzu.

Er schien abzuwägen, wie viel er mir sagen sollte. »Ich habe für Onkel Carmen gearbeitet. Als Gorilla. Hab nie jemanden für ihn getötet, so was nicht, aber ich habe bei ein paar Leuten die Daumenschrauben angesetzt. Das war sowieso alles Abschaum, dämliche Idioten, hätten sich gar nicht erst mit Siracuse einlassen dürfen. Scheiß auf die.« Plötzlich zuckte sein Auge, so heftig, als wäre ihm ein Insekt mit voller Geschwindigkeit hineingeflogen.

Ich wusste nicht, ob ich ihm glauben sollte, dass er niemanden auf dem Gewissen hatte, aber ich beschloss, es zu tun. So war ich ein winziges bisschen weniger nervös in seiner Gegenwart.

»Warten Sie«, sagte ich. »Was heißt das – Siracuse ist ›letzten Endes‹ für Jakes Tod verantwortlich?«

Bonz zögerte erneut.

»Sie haben sich Jake geschnappt«, sagte er schließlich.

»Ihn geschnappt? Sie meinen, ihn entführt?«

Er nickte.

»Aber warum? Wozu?«

»Um ihn zu befragen.«

»Worüber?« Entnervt fügte ich hinzu: »Herrgott, Bonz, können Sie nicht ein bisschen mitteilsamer sein?«

Er ignorierte meinen Ton. »Sie wollten etwas über das Band wissen.«

»Ein Audioband«, sagte ich, und Bonz nickte wieder. »Was ist da drauf?«

»Ich weiß nicht.«

»Wissen Sie, wo es ist?«

»Nein.«

Er machte wieder dicht. Von sich aus gab der Mann nichts preis. Etwas aus ihm herauszubekommen, war wie Zähneziehen. Nur war es keine hübsche, saubere Mundchirurgie. Nein, es war, als hockte ich mit einer Zange in den Händen auf seiner Brust und drehte und zöge an einem festsitzenden Backenzahn. Es erforderte meine gesamte Erfahrung in der Befragung von Zeugen der Gegenseite, um die Geschichte aus ihm herauszubekommen.

Was ich erfuhr, war dies: Es existierte ein Band mit der Aufnahme einer Unterhaltung. Irgendjemand – Bonz wusste nicht, wer – hatte Carmen Siracuse jahrelang damit erpresst. Mein Gott! Carmen Siracuse persönlich! Den Kopf der italienischen Mafia in Boston. Wer der Kerl auch sein mochte, er musste Eier so groß wie Wassermelonen und so hart wie Titan haben. Aber der gute alte Onkel Carmen fand nie heraus, wer es war. Er bezahlte gemäß den Anweisungen. Irgendwann begann Jake anscheinend, überall in der Stadt Fragen zu stellen – Fragen, von denen Siracuse erfuhr, Fragen, die diesem Mafia-Drecksack klarmachten, dass Jake sein Geheimnis kannte, das Geheimnis, das auf jenem Band fortbestand. Also entführten sie Jake und befragten ihn.

»Befragten ihn?«, hakte ich nach. »Sie meinen Folter?«

Bonz zögerte, dann nickte er noch einmal.

Mir war übel. Am liebsten wäre ich an den Straßenrand gefahren und hätte mich übergeben. Lieber Gott im Himmel, nicht mein geliebter Bruder. Nicht Jake.

Bonz wollte nicht ins Detail gehen, aber ich erfuhr – mit einiger Mühe –, dass sie Jake fast zwei Wochen festgehalten und auf brutalste Weise befragt hatten.

»Warum … warum so lange?«, fragte ich.

»Es hat wohl gedauert. Sie mussten genau wissen, was er wusste. Wem er davon erzählt hatte. Vor allem, ob er das Band hatte, und falls ja, was er damit getan hatte.«

Anscheinend hatte Jake irgendwann geredet. Er hatte ihnen wohl nicht alles gesagt, was sie wissen wollten, aber er hatte geredet. Er hatte ihnen erzählt, er habe einen Anruf von jemandem erhalten, der behauptet habe, er habe ein Tonband, das Siracuse belaste. Der Mann hatte offenbar Kehlkopfkrebs und nur noch wenige Tage zu leben gehabt, und er wollte das Band nicht mehr in der Tasche haben, wenn er bei Petrus vorsprach. Er wollte, dass alle Welt erfuhr, was sich darauf befand. Also kaufte er eine Zeitung, fand Jakes Namen als Verfasser irgendeiner investigativen Reportage und rief ihn an. Gab Jake das Band, kurz bevor er starb. Und anstatt damit sofort zur Polizei zu gehen, stellte Jake leider zuerst eigene Nachforschungen an, um sich zu vergewissern, dass er sämtliche Fakten kannte und das Ganze kein Schwindel war. Wahrscheinlich hatte er es auf den ganz großen Knüller abgesehen. Wie dem auch sei, er versuchte, diskret vorzugehen. Aber er war nicht diskret genug. Siracuse erfuhr davon und ließ ihn abholen. Und dann begann die Folter. Beinahe zwei Wochen Folter. Mein Gott!

»Also, lassen Sie mich raten«, sagte ich. »Am Ende nahmen sie an, sie würden das Band nicht von ihm bekommen, verließen sich darauf, dass er niemandem davon erzählt hatte, und töteten ihn?«

»Nicht ganz.« Bonz erzählte mir – oder vielmehr, ich zog es ihm aus der Nase –, Jake habe unter der Folter zugegeben, dass er niemand anderem von dem erzählt habe, was er erfahren hatte. Und das wäre das Ende von alledem gewesen, und Jakes Ende auch, wenn ihm nicht eines Tages nach einer langen Foltersitzung, nach einer Woche Befragung, herausgerutscht wäre, dass er sich abgesichert habe. Er habe irgendetwas mit dem Band angestellt, etwas, das seine Sicherheit garantieren solle. Und er wollte ihnen nicht genau sagen, was.

»Egal, was sie ihm angetan haben, Charlie, und ich sage es nicht gern, aber sie haben Sachen mit ihm gemacht, die fast jeden anderen gebrochen hätten ... tja, er hat ihnen einfach nicht gesagt, wo das Band war.«

Ich schloss die Augen, aber ich konnte meinen Verstand nicht nicht davon abhalten, mir Fotos zu zeigen, Bilder von dem, was Jake in meiner Phantasie hatte erleiden müssen. An einen Stuhl gefesselt. Fäuste. Gerätschaften. Schmerzen. Erneut hätte ich am liebsten angehalten und mich übergeben, doch das hätte zwar meinen Magen geleert, aber nicht die Bilder aus meinem Kopf vertrieben, die Bonz und meine Phantasie dort gemeinsam abspielten.

Bonz fuhr fort: »Es ging darum: Jake hat ihnen erzählt, er hätte einen ›brillanten Plan‹, wie er es nannte, vorbereitet« – ich hörte Anführungszeichen in Bonz' Ton – »und wenn ihm irgendetwas zustoßen würde – und *Ihnen*, Charlie –, dann würden das Band und seine Notizen dazu bald darauf automatisch ans Licht kommen. Das wäre nicht zu verhindern.«

Ich wandte den Blick von der Straße ab und sah in Bonz' dunkles Gesicht. »Mir?«

»Ja, Ihnen. Ich dachte, dass er vielleicht bluffte, um Sie zu schützen, aber ich war nicht sicher, und die auch nicht. Er muss gewusst haben, dass die sich an Sie heranmachen würden, wenn er aus dem Spiel war, für den Fall, dass er das Band Ihnen gegeben hatte. Aber Jake sagte, er hätte einen Plan vorbereitet, der für die Enthüllung des Bandes sorgen würde, wenn Ihnen was passiert, und das Risiko konnten sie nicht eingehen.«

»Sein Plan sollte in Aktion treten, wenn uns beiden etwas zustieße?«

Bonz schwieg. Ich warf ihm einen Blick zu. Er starrte wieder seine verstümmelte Hand an. Sein Kopf zuckte einmal, dann noch einmal.

»Bonz?«

Er blinzelte und sah hoch. »Ja, er dachte, das würde beweisen, dass es was mit der Mafia zu tun hatte. Es war unwahrscheinlich, dass Sie beide aus natürlichen Gründen verschwinden oder tot auftauchen würden. Falls das also geschehen würde, würde der Plan ausgelöst, und das Band würde enthüllt werden. Das hat jedenfalls Ihr Bruder gesagt.«

»Und worin bestand der Plan?«

»Keine Ahnung. Ihr Bruder hat bloß gesagt, er sei brillant. Die Einzelheiten haben sie nie aus ihm herausbekommen. Ich dachte, er hätte das Band irgendeinem Anwalt gegeben, oder vielleicht einem Kollegen, mit der Anweisung, es zu veröffentlichen, wenn Ihnen beiden etwas zustößt.«

»Sie haben ihm geglaubt? Das mit dem brillanten Plan?«

»Tja«, sagte Bonz, »sie gingen wohl davon aus, dass er nicht fähig war zu lügen, nicht bei dem, was sie mit ihm gemacht haben.«

Ich erschauerte. »Und? Hat er gelogen?«

»Ich weiß nicht. Wäre clever gewesen. Hat Sie geschützt. Er wusste, dass er vermutlich erledigt war, und in der Zeit, die sie ihn in der Gewalt hatten, ist das Band nicht ans Licht gekommen, also konnte er nicht behaupten, der Plan würde darin bestehen, es zu enthüllen, wenn nur er allein verschwand.«

»Und wenn er gesagt hätte, es würde nur veröffentlicht, wenn mir allein etwas zustieße, hätten sie das niemals geglaubt – dass er nicht versucht, auch sich selbst zu schützen. Also hat er ihnen erzählt, der Auslöser wäre, dass uns beiden etwas zustößt. Clever. Falls er gelogen hat, natürlich, und es in Wirklichkeit gar keinen Plan gibt.«

Das Risiko, dass Jake die Wahrheit gesagt hatte, hatte Siracuse natürlich nicht eingehen können, und nachdem sie Jake entführt hatten und das Band nicht den Weg zur Polizei oder den Medien gefunden hatte und danach noch mehr Zeit verging, während derer ich mein Leben lebte und das Band verborgen blieb, dachten sie vermutlich, vielleicht, nur vielleicht, habe Jake wirklich die Wahrheit gesagt. Ich dachte über Jake und seinen »brillanten Plan« nach, den er sich möglicherweise nur ausgedacht und dessentwegen sie ihn erbarmungslos gefoltert hatten. Obwohl er bereits unerhörte Qualen erlitten hatte, war er noch mehrere Tage durch die Hölle gegangen, nur um mich zu schützen. Nach allem, was er bereits durchgemacht hatte, beschützte er mich immer noch. Ich wischte mir über die Augen. Am liebsten hätte ich geweint. Vor noch nicht allzu langer Zeit hätte ich diesem Gefühl nachgegeben, aber ich hatte mich verändert. Während der alte Charlie sich seiner Trauer hingegeben hätte, musste der neue Charlie sich auf seine Aufgabe vorbereiten. Er musste jetzt stark sein. Für Tränen würde später noch Zeit sein.

Ich sah Bonz an. Er wusste eine Menge über das alles, mehr als ich gedacht hätte. »Sagen Sie mir noch mal, woher Sie das alles wissen.«

Bonz zögerte länger als bei allen meinen bisherigen Fragen. Er senkte den Blick auf die linke Hand, dorthin, wo einmal ein kleiner Finger gewesen war.

»Bonz? Woher wissen Sie das?«

Ein Tick zuckte über sein Gesicht und verzerrte für einen Sekundenbruchteil seine Züge. Als ich schon dachte, er werde mir nicht antworten, sagte er: »Weil ich da war. Ich war dabei.«

Arschloch.

DREIUNDZWANZIG

»Ich habe gesehen, was sie Ihrem Bruder angetan haben«, sagte Bonz. »Ich war dabei.«

Nun schwieg ich meinerseits. Nach einer Weile fragte ich: »Haben Sie geholfen?«

»Wobei geholfen?«

»Geholfen, Jake zu foltern?«

Kurzes Zögern, dann: »Nein, aber ich war bei einigem dabei. Nicht bei allem, aber bei vielem, schätze ich. Manchmal habe ich ihn zurück in den Raum getragen, in dem er gefangen gehalten wurde – wenn er nicht mehr gehen konnte, wissen Sie.«

Ich war wie vor den Kopf geschlagen. Wir waren gerade in eine Seitenstraße eingebogen. Ich trat auf die Bremse, und wir blieben quietschend mitten auf der Straße stehen. Kochend vor Wut, drehte ich mich zu Bonz um. »Sie haben einfach dabeigestanden und zugesehen, wie die einen unschuldigen Mann gefoltert haben? Meinen Bruder? Sie haben einfach dabeigestanden und zugesehen?! Sie mieser Feigling.«

Bonz wandte mir das Gesicht zu, seine Miene war finster. Er schwieg. Vielleicht kochte er seinerseits vor Wut, weil ich so mit ihm sprach. Vielleicht wollte er mich schlagen. Vielleicht sah er meinen Blick und entschied sich dagegen. Vielleicht irrte ich mich auch in alledem. Doch er sagte nur: »Ich habe für ihn getan, was ich konnte, als ich es konnte.«

»Ach ja? Was denn?«, fragte ich herausfordernd. »Was haben Sie denn für ihn getan?«

»Was ich konnte«, wiederholte er.

Darüber dachte ich einen Moment nach. »Warum? Warum haben Sie ihm überhaupt geholfen, falls das denn stimmt?«

Er zuckte die Achseln.

»Nicht gut genug«, sagte ich. »Warum?«

Er zuckte erneut die Achseln und kratzte sich am Haaransatz. »Als Kinder haben wir uns gekannt. Deshalb wahrscheinlich.«

Ich hakte nach und ließ nicht locker. Es stellte sich heraus, dass Bonz und Jake sich in den ersten Schuljahren gekannt hatten, vermutlich bis zur vierten Klasse. Das war zu der Zeit gewesen, als die Anwaltskanzlei meines Vaters allmählich richtig gut lief und er es sich leisten konnte, mit uns aus Watertown in die wohlhabendere Nachbargemeinde Belmont zu ziehen. Sie waren nicht befreundet gewesen, hatten sich nicht sonderlich gut gekannt, aber sie waren zusammen zur Schule gegangen, und Bonz hatte sich an meinen Bruder erinnert.

»Aber Sie haben nicht versucht, ihn zu retten?«, fragte ich. Das war wohl eine dumme Frage. Erwartete ich etwa von Bonz, dass er sich wegen eines Mannes, den er seit der Schulzeit nicht mehr gesehen hatte, gegen die Mafia stellte?

»Wie gesagt, ich habe für ihn getan, was ich konnte. Sie können mir glauben oder nicht. Ihre Entscheidung. Aber ich habe getan, was ich konnte, als ich es konnte. Und Sie können mir glauben, dass ich dafür scheißeteuer bezahlt habe.« Ein Tic jagte über sein Gesicht und war sofort wieder verschwunden. Ich wollte noch mehr wissen, aber offenbar war er mit dem Thema durch.

Schließlich sagte er: »Wenn Sie hier so mitten auf der

Straße stehen bleiben, fällt das bald jemand auf, und der ruft vielleicht die Cops.«

Er hatte recht. Ich nahm den Fuß von der Bremse und fuhr weiter. Ich benötigte noch viel mehr Informationen, also ließ ich den Umstand, dass Bonz die Folterung meines Bruders mit angesehen hatte, auf sich beruhen. Ich versuchte, Bonz noch mehr aus der Nase zu ziehen. Hin und wieder gab er mir eine Richtungsanweisung, sagte mir, wo ich abbiegen sollte, während wir durch die Straßen von Charlestown fuhren. Einmal sah ich nach links und entdeckte in der Ferne die spitze Silhouette eines hohen Obelisken: das Bunker Hill Memorial. Mein Auto knatterte und rumpelte dahin, so gut es konnte, und pfiff offenbar auf dem letzten Loch.

Ich nahm den Faden wieder auf. »Also hatte Jake diesen brillanten Plan vorbereitet, um uns beide zu schützen. Aber ich kapier's nicht. Wenn die ihm geglaubt haben, wie Sie meinen, dann …«

»Sie konnten das Risiko, dass er die Wahrheit gesagt hatte, nicht eingehen.«

»… warum ihn dann töten? Hatten die denn keine Angst, dass das den Plan in Gang setzen könnte?«

Er zögerte wieder, wie üblich, dann sagte er: »Ich glaube nicht, dass das so geplant war, jedenfalls noch nicht. Sie sind einfach … zu weit gegangen. Und er ist gestorben.«

Ich schloss kurz die Augen. Es war zu viel. Ich fuhr an den Straßenrand und stellte den Motor aus.

»Charlie, wir sollten wahrscheinlich …«

»Lassen Sie mir eine Sekunde Zeit, okay?«, fuhr ich ihn an. Ich schloss wieder die Augen und tat einige tiefe Atemzüge. Ich hatte versucht, mich von Jakes Tod zu distanzieren, meinen Kopf vor diesen gottverdammten Bildern zu verschließen, mich darauf zu konzentrieren, Informationen zu bekommen, Informationen, die mir helfen würden, herauszufinden, was da vorging. Aber es war schwer. Jake war tot. Er war auf grauenvolle Weise ermordet worden, und einige seiner letzten Augenblicke hatte er damit verbracht, mich mit seinem »brillanten Plan« zu schützen, von dem ich nicht einmal wusste, ob er wirklich existierte. Allerdings schien er die Wölfe bis jetzt ferngehalten zu haben.

Ich atmete tief ein und langsam wieder aus. Dann sagte ich: »Und warum sind sie jetzt plötzlich hinter mir her?«

Er zögerte. »Meinetwegen, glaube ich.«

»Verstehe ich nicht.«

»Irgendwoher wissen sie, dass wir uns unterhalten haben. Das wollten sie nicht.«

»Warum?«

»Wahrscheinlich denken sie, ich wüsste, wo das Band zu finden ist, oder dass ich vielleicht Informationen habe, mit denen Sie es finden könnten.«

»Warum sollten sie das denken?«

Wieder verstummte Bonz. Er starrte aus dem Beifahrerfenster. Schließlich sagte er: »Ich habe versucht … freundlich zu Ihrem Bruder zu sein. Was sie ihm angetan haben, hatte er nicht verdient. Vielleicht sah ich in ihm immer noch den mageren kleinen Jungen mit der Baseballmütze, ich weiß nicht. Jedenfalls habe ich getan, was ich konnte. Wenn ich ihn zurück in das Zimmer brachte, in dem wir ihn gefangen gehalten haben, versuchte ich … ihn menschenwürdig zu behandeln. Mit ihm zu reden.«

»Ihn zu trösten?«

Bonz zuckte die Achseln. »Ich hab dann kurz bei ihm gesessen, hab ihm Wasser geholt, ihm erzählt, alles würde gut. Hab versucht, ihn zu überreden, ihnen verdammt noch mal einfach zu sagen, was sie wissen wollten, dann würde alles gut, dann würden sie ihn gehen lassen.«

»Aber Sie wussten, dass das eine Lüge war.«

Bonz wandte mir das Gesicht zu. Im schwachen Licht sahen die Augenhöhlen unter seinen struppigen Haaren leer aus. »Ja. Aber ich wollte nicht, dass er … noch mehr leiden musste. Oder immer Angst hatte. Er war ein zäher Kerl, das kann ich Ihnen sagen.«

Ich nickte.

Bonz meinte: »Dumm, hier so zu stehen.«

Ich drehte den Zündschlüssel, und der Corolla erwachte stotternd zum Leben. Als ich losfuhr, rappelte es vorn, und hinten pochte es dumpf. Bonz ließ mich einige Male abbiegen und steuerte mich zur Harvard Street, wo er mich parken ließ. Wir ließen den Wagen stehen und gingen zu Fuß weiter. Hin und wieder begegnete uns jemand – ein Pärchen, das Arm in Arm ging, ein paar Teenager auf der Suche nach Spaß oder Ärger oder einer Mischung aus beidem. Bonz betrachtete beiläufig die Autos, an denen wir vorbeikamen.

»Sie haben meine Frage nicht beantwortet«, sagte ich. »Warum haben die gedacht, Sie hätten Informationen über das Band? Sie kannten meinen Bruder doch kaum.«

Er antwortete, doch sein Blick blieb in Bewegung, er beobachtete die nächtlichen Fußgänger, überprüfte parkende Autos. »Sie fanden heraus, dass ich anständig zu Ihrem Bruder war. Von Jake erfuhren sie, dass wir uns als Kinder gekannt hatten. Sie haben bestimmt geglaubt, wir würden uns besser kennen als in Wirklichkeit.« Er verstummte, als wäre meine Frage damit vollständig und eindeutig beantwortet.

»Und?«

»Ich war am Ende bei Ihrem Bruder. Unmittelbar vor seinem Tod. Sie glauben, wegen unserer gemeinsamen Vergangenheit und weil ich versucht habe, ihm zu helfen, hat er mir vielleicht was erzählt.«

»Hat er?«

»Nicht über das Band.«

Bonz wurde langsamer und sah sich rasch um. Im Augenblick war außer uns niemand auf der Straße. Er ging hinüber zu einem Honda Accord, bückte sich und sah hinein.

»Alarmanlage«, sagte er.

»Na und? Wollen wir es stehlen?«

»Nein.«

Er ging weiter. Ich holte ihn ein. »Und dann?«

»Hä?«

»Was ist dann passiert? Nachdem sie meinen Bruder getötet hatten und dachten, Sie wüssten irgendwas? Was ist danach passiert?«

Bonz' Miene wurde finsterer denn je, und das war verdammt finster.

»Sie haben mich auf den Platz Ihres Bruders gesetzt. Haben mir sein Zimmer gegeben. Seinen Stuhl im Verhörzimmer. Haben mich jeden Tag gefoltert, ich weiß nicht, wie lange, ich glaube, ein paar Wochen. Ich habe den Überblick verloren.«

»Mein Gott. Was haben sie … ich meine, wie …« Ich brach ab.

Eine Weile gingen wir schweigend dahin, dann sagte Bonz: »Der Mann hat alles Mögliche mit mir gemacht, hat mir mit allem wehgetan, was ihm einfiel. Hat mich geschnitten, verbrannt, mir die Knochen gebrochen. Und ein bisschen von dem Scheiß war verdammt einfallsreich, das kann ich Ihnen sagen. Sie haben mir sogar irgendwelche Drogen gegeben, haben in meinem Kopf herumgepfuscht, mir den gottverdammten Verstand verdreht.«

Ich betrachtete Bonz' mit Narben übersätes Gesicht, dann fiel mein Blick auf seine Hände. An der linken Hand fehlte ihm natürlich der kleine Finger, und die übrigen neun waren auch nicht die hübschesten, die ich je gesehen hatte. Bonz folgte meinem Blick und sagte: »Ja, er hat mir meinen beschissenen Finger abgehackt, das Arschloch.«

»Aber warum so lange? Nach einer Weile muss denen doch klar gewesen sein, dass Sie nichts wissen.«

Bonz starrte noch immer auf seine verstümmelte Hand und dehnte die verbliebenen Finger, als wollte er sich vergewissern, dass sie noch da waren, dass er wenigstens sie noch benutzen konnte.

»Bonz?«

Er sah hoch. »Hm? Oh. Vielleicht, vielleicht auch nicht. Sie wussten, dass ich 'ne Menge einstecken kann. Außerdem glaube ich, nach einer Weile haben sie es zum Vergnügen getan. Ich meine, wenn man die Mafia verärgert, besonders wenn man dazu gehört wie ich, dann machen sie einen so richtig fertig, denke ich. Und ich hatte sie verärgert, so, wie ich, ähm, mich um Ihren Bruder gekümmert hatte. Außerdem habe ich darüber nachgedacht, den Job aufzugeben, wissen Sie? Die Mafia zu verlassen. Ich hatte es satt, die Drecksarbeit für die zu machen. Das haben sie vielleicht rausgefunden.« Er sah mich an. »Was ich für Ihren Bruder getan habe, klingt vielleicht nicht nach viel, aber wie gesagt, ich habe getan, was ich konnte. Es war nicht leicht.«

Ich wusste nicht, ob er mich oder sich selbst davon überzeugen wollte, dass er alles in seiner Macht Stehende für Jake getan hatte. Ich schwieg.

Bonz sagte: »Also haben sie geglaubt, ich wüsste vielleicht was, aber zumindest war ich ihrer Meinung nach nicht loyal gewesen. Also haben sie getan, was sie getan haben.«

Neben einem alten, hässlichen goldenen Mazda 626,

vermutlich aus den frühen Achtzigerjahren, blieb Bonz stehen.

»Geben Sie mir meinen Mantel zurück.«

Vor dem Mehrfamilienhaus neben uns hatte man einen dekorativen Kreis aus Ziegelsteinen um einen jungen Baum gelegt. Gelbe Blumen, die den Gipfel ihrer Blütezeit schon vor ein paar Wochen hinter sich gebracht hatten, wuchsen in kleinen Trauben innerhalb ihrer kleinen Ziegeleinfriedung. Während ich Bonz' Mantel auszog, offen gesagt, froh, ihn loszuwerden, hob Bonz einen der Steine auf, suchte rasch die menschenleere Straße ab, hielt dann den Mantel an der Fahrerseite vors Fenster und schlug wuchtig mit dem Stein dagegen. Der Stoff dämpfte das Klirren des zersplitternden Glases deutlich. Bonz schlug noch einmal zu, und der Ziegel fiel in den Wagen. Bonz beugte sich weit hinein, und gleich darauf sprang der Kofferraum auf. Nun war ich auch noch Mittäter beim Einbruch in ein Auto.

Bonz ging zum Kofferraum, durchsuchte ihn und förderte einen kleinen Segeltuchsack zutage, der mit einem Riemen verschlossen war. Er schloss den Kofferraum und ging weiter. Langsam. Seelenruhig. Ich wäre am liebsten gerannt, als wäre der Teufel hinter mir her. Im Gehen öffnete Bonz den Beutel. Er enthielt einen Satz einfacher Werkzeuge: Schraubenzieher, Schraubenschlüssel, Zangen.

»Das wird reichen«, sagte er.

»Hatten Sie keine Angst, dass da eine Alarmanlage ist?«

»Zu altes Modell. Da baut keiner mehr eine Alarmanlage ein.«

»Und wie kamen Sie darauf, dass ich kein Werkzeug im Kofferraum habe?«

»Haben Sie?«

»Nein.«

»Na bitte.«

Wir gingen weiter, ein wenig schneller jetzt.

»Wie kam es, dass die Sie nicht getötet haben?«

»Hab ihnen keine Gelegenheit gegeben.«

»Wie meinen Sie das?«

»Sie sind nachlässig gewesen. Eines Tages war ich noch nicht so weit hinüber, wie sie dachten. Sie haben mich allein gelassen, weil sie glaubten, ich wäre bewusstlos. Sie hatten mich schon losgebunden, um mich in meine Zelle zurückzubringen, dann wurden sie durch irgendwas unterbrochen. Als sie zurückkamen, war ich bereit für sie. Es gab Sachen in dem Raum, die Sachen, mit denen das Arschloch mich gefoltert hatte. Messer, ein Hammer, ein Eispickel. Und ich war bereit. Ich kann mich nicht mehr an alles erinnern, aber ich bin ziemlich sicher, dass ich ein paar Leute getötet habe.«

Ich war ein Bundesstaatsanwalt, ein Angehöriger der Strafverfolgungsbehörden. Ich hätte nichts davon zu hören bekommen dürfen. Aber falls es je einen Fall von Tötung mit Rechtfertigungsgrund gegeben hatte, dann diesen.

»Und der Typ, der das ganze Foltern übernommen hatte«, sagte Bonz, »Grossi hieß der ... ich habe ihn verletzt, aber es ist mir nicht gelungen, ihn zu töten. Jedenfalls, ich konnte fliehen. Ich weiß nicht mehr, wie genau ich da rausgekommen bin, aber ich habe unterwegs noch einen Haufen Gorillas erledigt. Ich muss sagen, bei der Mafia von Boston bin ich nicht sehr beliebt.«

»Und die haben nie nach Ihnen gesucht?«

»Das haben sie bestimmt. Als ich nicht wieder aufgetaucht bin und Jakes Band nie veröffentlicht wurde, sind sie wohl davon ausgegangen, dass ich entweder ein für alle Mal verschwunden war oder doch noch an irgendwas krepiert bin.«

»Stattdessen waren Sie …«

»Verrückt. Ein Tippelbruder. Der auf der Straße lebt, vor ihren beschissenen Augen, in einer unbeabsichtigten Verkleidung. In einer Verkleidung, die irgendwann eigentlich gar keine Verkleidung mehr war, schätze ich. Selbst wenn sie einen Dollar in meinen Becher fallen gelassen hätten, bezweifle ich, dass sie mich erkannt hätten. Ich hatte mich verändert, und im Lauf der Jahre habe ich mich wahrscheinlich immer weiter verändert, und das nicht zum Besseren. Nach einer Weile müssen sie geglaubt haben, dass ich für immer verschwunden war.«

Er verstummte wieder. In den vergangenen zehn Minuten hatte er vermutlich mehr geredet als in den letzten zehn Jahren.

»Sie haben einen Fehler gemacht«, sagte ich, »als sie das glaubten.«

Er wandte sich mir zu und schenkte mir ein düsteres, schiefes Grinsen. »Und sie werden noch rausfinden, wie groß dieser Fehler war. Ich werde sie bei lebendigem Leib verbrennen.«

Seinen Blick in diesem Augenblick hätte ich mir auch beim Teufel vorstellen können, wenn der die neu eingetroffenen Seelen begrüßte. Er war finster, er war grausam, er war mordlustig und er war zutiefst erbarmungslos. Unwillkürlich erschauerte ich erneut. Ich hatte eine Heidenangst vor diesem Mann, und dabei war er auf *meiner* Seite. Fast hätte ich Siracuse und jeden, der sich uns in den Weg stellte, bedauert.

Aber ehrlich gesagt … scheiß auf sie.

Wir bogen auf die Main Street ab und gingen zu einem Secondhandladen. Der Laden war natürlich geschlossen, und drinnen war alles dunkel. Die Straßenlaterne in der Nähe warf so viel Licht auf die Ladenfront, dass ich im

Schaufenster Verschiedenes erkennen konnte: eine golden bemalte Elvisbüste, eine Damenmütze aus Webpelz, einen Karton mit Achtspurkassetten, einen abgewetzten schwarzen Aktenkoffer, eine Neonwerbung für Cola.

Bonz' Stimme ertönte ein Stückchen von mir entfernt. »Wenn Sie fertig sind mit Schaufenstergucken und genug Aufmerksamkeit auf sich gezogen haben, folgen Sie mir einfach.«

Er stand neben dem Laden an der Mündung einer Gasse. Ich eilte an ihm vorbei in die Gasse. Ich glaubte nicht, dass mich jemand gesehen hatte.

»Tut mir leid«, sagte ich.

Wir gingen zu einem kleinen, verlassenen Parkplatz an der Rückseite des Secondhandladens. In den benachbarten Gebäuden lagen mehrere Fenster zum Parkplatz hin, aber sie waren alle dunkel. Wir mussten es darauf ankommen lassen.

Bonz ging zur Hintertür des Ladens und untersuchte sie. Hier hinten war nur ein Fenster. Es befand sich direkt über der Tür, und man sah, dass es nach außen gekippt war.

»Wir gehen durch das Fenster rein«, sagte Bonz.

»Warum?«

»An der Tür könnte eine Alarmanlage sein. Ich glaube nicht, dass das Fenster auch gesichert ist.«

»Und wenn Sie sich irren?«

»Dann rennen wir.«

»Guter Plan.«

»Hieven Sie mich hoch.«

»Sie machen Witze.«

»Stellen Sie sich nicht so an. Sie können mein Gewicht tragen.« Bonz öffnete den kleinen Werkzeugbeutel, holte einen Schraubenschlüssel heraus und schob ihn in die Gesäßtasche.

Ich sah mich um, konnte aber nichts entdecken, was so hoch gewesen wäre, dass Bonz sich hätte darauf stellen können, um durch das Fenster zu klettern, daher verschränkte ich die Finger, und er stieg in meine Räuberleiter. Dann kletterte er erstaunlich behände an mir hoch und kniete sich auf meine Schultern. Der Mann konnte sich wirklich verblüffend schnell und anmutig bewegen, wenn er wollte. Dennoch lastete er schwer auf meinen Schultern. Ich stöhnte und betete, er möge sich beeilen. Obwohl die Hauptlast auf meinen Schultern ruhte, spürte ich den Druck auch in meinen lädierten Rippen deutlich.

»Keine Alarmanlage«, sagte er. »Glaube ich jedenfalls nicht. Aufgepasst.«

Ich hörte es klirren, als Bonz das Fenster einschlug, vermutlich mit dem Schraubenschlüssel, und Scherben in den Laden hineinfielen. Kleinere Scherben rieselten leise klirrend aufs Pflaster. Mit dem Schraubenschlüssel schlug Bonz die verbliebenen Splitter aus dem Rahmen.

»Wir mussten mit einem Ziegelstein ein Autofenster einschlagen und einen Satz Werkzeuge stehlen, damit Sie mit dem Schraubenschlüssel ein weiteres Fenster einschlagen können? Hätten wir nicht einfach den Stein für *dieses* Fenster benutzen und das Auto in Ruhe lassen können?«

»Ich dachte, wir könnten etwas leiser einbrechen, vielleicht ein Schloss knacken oder so. Ich dachte, die Werkzeuge könnten sich als nützlich erweisen. Haben sie ja nun auch. Okay, los geht's.«

Unvermittelt wurde der Druck auf meinen Schultern einen schmerzlichen Augenblick lang stärker, dann zog Bonz sich ohne ein weiteres Wort durchs Fenster. Ich stellte mir vor, dass er einen Salto durch die Luft machte und wie eine Katze auf den Füßen landete. Ich hörte, wie ein Riegel zurückgezogen wurde, dann wurde die Tür geöffnet. Ich trat ein und vollzog damit die kriminelle Handlung des Einbruchs. Der alte Charlie hätte davor vielleicht zurückgeschreckt.

»Ja, keine Alarmanlage«, sagte Bonz und sah sich um. »Jedenfalls habe ich keine gesehen. Ich glaube, wir sind sicher.«

Er ging in den Verkaufsraum. An einem der diversen Kleiderständer blieb er stehen und begann, die Kleidung durchzusehen.

»Suchen Sie was in Ihrer Größe«, forderte er mich auf.

Ich ging vorbei an der Elektroabteilung, die aus einem alten Plattenspieler, einem Diktiergerät und einem zerkratzten Ghettoblaster bestand, zu einem anderen Ständer und geriet an ein Hawaiihemd für Herren, das mit kleinen Hulatänzerinnen und Palmen bedruckt war.

»Und wer war der in meiner Wohnung?«, fragte ich.

»Zum Reden ist jetzt keine Zeit. Wir sind hier, um zu stehlen.«

»Was denn?«, fragte ich. »Sie können nicht mehrere Dinge gleichzeitig tun? Reden *und* stehlen? Wer war er?«

Er unterbrach seine Suche und sah mich an. Ich hängte das Hawaiihemd zurück auf den Ständer – es war doch ziemlich hässlich –, erwiderte seinen Blick und wartete. Er schüttelte den Kopf.

Schließlich sagte er: »Er heißt Grossi. Sie nennen ihn Hammer. Er ist ein sadistisches Stück Scheiße, und Sie haben keine Ahnung, was für ein Glück Sie haben, dass Sie ihm begegnet sind und noch darüber reden können. Er hat kein Gewissen, kein beschissenes Herz, er fügt gerne Schmerzen zu, und er ist der gefährlichste Mann, dem ich je begegnet bin. Kennt Dutzende von Arten, Menschen zu töten, mit Waffen wie mit bloßen Händen.« Wieder schüttelte er den Kopf. »Ich hätte ihn in Ihrer Wohnung töten sollen.« Sein linkes Auge zuckte unwillkürlich.

Beinahe hätte ich ihn gefragt, warum er es nicht getan habe, aber ich hatte selbst eine Vermutung, und obendrein ahnte ich, dass Bonz nicht darüber reden wollte. Also fragte ich: »Grossi? Das ist der Name von dem Kerl, von dem Sie sagten …«

»Ja, genau. Er ist der Scheißkerl, der mich wochenlang gefoltert hat. Ihren Bruder auch.«

Und ich hatte gedacht, ich hätte diesen unglaublich hässlichen Killer bisher schon gehasst. Aber was ich in diesem Augenblick empfand, war ein Hass, den ich mir niemals hätte vorstellen können. Er rumorte wie Gift in meinen Eingeweiden. Ich merkte, dass mir die Hände zitterten.

Grossi? Hammer Grossi? Warum hatte ich den Namen noch nie gehört? Als Angehöriger der Organized Crime Strike Force Unit hätte ich mit allen wichtigen Akteuren vertraut sein müssen. Aber trotz meines absurd genauen Gedächtnisses konnte ich mich nicht erinnern, je von einem Hammer Grossi gehört zu haben. Ich fragte Bonz, woran das seiner Meinung nach liege.

»Früher haben sie darauf geachtet, dass er nicht auf dem Radar auftaucht«, sagte er. »Wahrscheinlich machen sie das immer noch. Er ist ihr Bester. Den wollen sie nicht an die Cops oder an eine rivalisierende Familie oder so verlieren, deshalb redet keiner über ihn, wenn es sein kann, dass jemand mithört. Sie haben ihn nie telefonisch kontaktiert aus Angst vor Wanzen. Ich glaube, er lebt nicht mal in der Stadt. Ich glaube, sie halten ihn irgendwo anders versteckt und holen ihn nur zu wichtigen Einsätzen her.«

»Und was macht er für die Mafia?«, fragte ich.

Bonz zuckte die Achseln. »Alles, was sie wollen. Drohungen, Folter, Hinrichtungen, alles.« Unwillkürlich blinzelte er einmal heftig.

Ich nahm ein rot kariertes Cowboyhemd vom Ständer

und hängte es sofort wieder weg. Zwei Ständer weiter hatte Bonz sein verlottertes Harvard-Sweatshirt ausgezogen und stand mit nacktem Oberkörper da. Er hatte einen beeindruckenden Körper mit festen, sehnigen Muskeln. Zumindest beim Anblick dieser Muskeln mochte man kaum glauben, dass dies ein Mann von Ende vierzig war, ein Mann, der viele harte Jahre auf der Straße gelebt hatte. Aber noch etwas sah ich. Das Licht, das durchs Schaufenster hereinschien, war nicht sehr hell, aber ganz kurz meinte ich, Male zu erkennen, Narben vielleicht, die im Zickzack über seinen gesamten Rumpf verliefen. Dann zog er eines von Tante Fannies kaum gebrauchten T-Shirts über, ein braunes.

Plötzlich schoss mir eine naheliegende Frage durch den Kopf. »Woher wussten Sie meinen Namen, als Sie mich neulich in der U-Bahn sahen?«

»Ihr Bruder hatte ein Foto von Ihnen in der Brieftasche. Sie haben es im Verhörraum an die Wand geklebt. Haben ihm ständig mit Ihnen gedroht. Jake hat immer wieder gesagt, dass die Ihnen nichts tun dürften, weil sonst das Band veröffentlicht würde. Jedenfalls habe ich das Foto oft genug gesehen. Offenbar habe ich es in den ganzen Jahren nicht vergessen, selbst in meinem … ähm … Zustand nicht.«

Ich beobachtete, wie er einen dünnen olivgrünen Pullover über sein T-Shirt zog und dann ein paar Schritte weiter zu einigen Regalen ging. Ich zog ein schlichtes weißes Hemd mit langen Ärmeln über den Kopf, dann fand ich dazu ein marineblaues Sweatshirt mit dem Logo der New England Patriots, das meine Größe zu haben schien. Es passte gut. Ich staunte selbst darüber, wie schnell ich von einem aufrechten, gesetzesfürchtigen Angehörigen der Juristengemeinde von Massachusetts zu einem Dieb geworden war. Eigenartig, wie sehr sich die persönlichen Prioritäten verschieben, wenn man mit einer möglichen Mordanklage konfrontiert ist und um sein Leben rennen muss. Ich entdeckte eine abgetragene taillenlange braune Lederjacke und schlüpfte hinein. Sie saß an den Schultern ein bisschen eng, aber es würde gehen.

»Welche Schuhgröße haben Sie? Fünfundvierzig?«

»Ja.«

Er warf mir ein Paar Nike-Turnschuhe zu, die einmal weiß gewesen waren. Mittlerweile waren sie grau, doch sie waren nicht schlecht erhalten und viel bequemer als meine Abendschuhe, die ich in einen Karton mit einzelnen Schuhen am Boden warf. Bonz wandte sich vom Schuhregal ab, offensichtlich zufrieden mit den neuen Stiefeln, die er von dem Geld gekauft hatte, das er mir gestohlen hatte, nachdem er mich vor den Chinatown-Schlägern gerettet hatte. Er nahm eine dünne dunkelbraune Wildlederjacke von einem Bügel und zog sie an.

»Und der Name Wiley? Woher kannten Sie den?«

»Meistens hat er Sie Charlie genannt, aber wenn er ... ähm, wirklich fertig war ... dann hat er Sie Wiley genannt. Normalerweise nachdem ich ihn zurück in sein Zimmer gebracht hatte.« Er ging zur Kasse, und ich hörte es klingeln, woraufhin die Kassenschublade aufglitt.

»Mist, nur acht Mäuse.« Er hielt inne, dann sagte er: »Dann hat er die ganze Zeit von Ihnen geredet, in seinem Zimmer, nachdem sie ihn ... den ganzen Tag verletzt hatten. Ehrlich gesagt, hat er vor sich hin geplappert. Was für ein toller Typ Sie wären, dass Sie so ein Überfliegergenie wären, so einen Mist. Er war höllisch stolz, das kann ich Ihnen sagen.« Ich lächelte wehmütig. Bonz räusperte sich. »Er, ähm, hat Sie wirklich geliebt.« Es war eigenartig, das Wort »geliebt« aus Bonz' Mund zu hören.

»Bis sie ihn töteten«, sagte ich.

Bonz sah mir in die Augen und sagte: »Ja, bis zu diesem Augenblick.«

Und sein Gesicht verwandelte sich in eine steinerne Maske. Ich sah ihm an … ich wusste einfach, dass der offene, mitteilsame Bonz fort war. Der wortkarge Mann war wieder da.

VIERUNDZWANZIG

Als ich in meiner neuen Kleidung, die zwar nicht sehr modisch, aber erfreulich frei von Angels Blut war, zurück Richtung Boston fuhr, sagte Bonz, der auf dem Beifahrersitz saß: »Wenn wir zurück in die Stadt kommen, müssen wir den Wagen stehen lassen. Die Cops werden danach suchen, ganz zu schweigen von Siracuse' Leuten.«

Ich nickte. Ich würde ihn nicht vermissen. Der Motor hustete wie ein Lungenkranker, und ein regelmäßiges Klopfen trieb mich in den Wahnsinn. Als wir den Charles River wieder überquerten und Richtung Innenstadt fuhren, dachte ich über unsere Lage nach. Die Mafia hatte herausgefunden, dass Jake in den Besitz eines Audiobands gelangt war, das Siracuse mit ... irgendetwas belastete. Sie hatten Jake gefoltert, aber er hatte es nicht herausgerückt. Und er hatte ihnen gesagt, dass es versteckt bleibe, solange mir nichts zustieße. Also hatten sie ihn getötet und mich in Ruhe gelassen. Und das Band war versteckt geblieben, wie Jake gesagt hatte. Bloß waren sie jetzt hinter mir her, weil Bonz, von dem sie vermutet hatten, er sei tot, und von dem sie fürchteten, dass er von Jake Informationen über den Verbleib des Audiobands bekommen haben könnte, wieder aufgetaucht war und mit mir Kontakt aufgenommen hatte. Sie sorgten sich, dass Bonz entweder wusste, wo das Band war, oder Informationen hatte, die mir etwas sagen könnten und mich folglich zu dem Audioband führen würden. Also hatten sie mir den Mord an Angel angehängt und mir gesagt, dass sie das für mich in Ordnung bringen würden, wenn ich das Band fände und ihnen gäbe, zusammen mit Bonz, dem losen Faden, dem sie eindeutig mit der Schere zu Leibe rücken wollten. Ihr Plan hatte darin bestanden, Angels Leiche verschwinden zu lassen und die mich belastenden Beweise – und die Leiche – zu behalten, um sicherzustellen, dass ich tat, was sie wollten. Doch Bonz hatte diesen Plan durchkreuzt, als er in meine Wohnung geplatzt war und mich, voller Blut, da herausgezerrt hatte, vorbei an einem halben Dutzend Zeugen. Grossi hatte uns verfolgt, daher hatte er sicher keine Zeit gehabt, Angels Leiche zu entsorgen.

Die Beweise sprachen gegen mich. Deutlich. Es war praktisch ein klarer Fall. Es gab ein Motiv, nämlich Angels in Szene gesetzten körperlichen Angriff auf mich. Es gab eine Tatwaffe, sobald Siracuse sie den Cops auslieferte, falls er das nicht bereits getan hatte, zusammen mit meinem Hemd, auf dem Angels Blut und zweifellos meine DNA waren. Und sie hatten meine Wohnung mit belastenden Spuren gespickt, die das Eigentum an der Waffe und am Schalldämpfer mir zuwiesen. Ich war erledigt. Es sei denn ...

Es sei denn, ich fand dieses Audioband. Dann konnte ich es Siracuse geben, bevor er zur Polizei ging, und Bonz verraten und hoffen, dass sie ihr Wort hielten, die Waffe wegwarfen und das Smokinghemd mit meiner DNA darauf vernichteten, denn ohne diese Beweise wäre der Fall nicht so eindeutig. Allerdings war es nicht allzu wahrscheinlich, dass die Mafia ihr Wort halten würde. Es sei denn, ich behielt als Absicherung eine Kopie des Bandes. Aber es gefiel mir gar nicht, einfach aufzugeben, mich auf diese Abmachung einzulassen, sie mit dem Mord an Jake davonkommen und sie in meinem Leben herumpfuschen zu lassen. Und offen gesagt, hatte ich auch Schwierigkeiten bei der

Vorstellung, ihnen Bonz auszuliefern, er hatte schon genug unter ihnen gelitten. Ich konnte ihn nicht verraten.

Also was dann?

Ich musste trotzdem das Band finden. Falls mir das gelang, würde ich vielleicht in der Lage sein, den Behörden meine Unschuld zu beweisen. Aber selbst wenn nicht, wenigstens würde Siracuse nicht ungeschoren davonkommen, wenn es ihn wirklich belastete – und ich konnte mir nicht vorstellen, dass es das nicht tat angesichts dessen, was Siracuse alles unternommen hatte, um in seinen Besitz zu gelangen.

Ich löste mich aus meinen Gedanken und wandte mich Bonz zu. Seine Augen waren geschlossen, aber ich glaubte nicht, dass er schlief.

»Sie haben gesagt, Sie seien noch kurz vor seinem Tod bei meinem Bruder gewesen, und die hätten geglaubt, er hätte Ihnen vielleicht etwas über das Band erzählt.«

Er öffnete die Augen nicht. »Ja, aber das hat er nicht.«

Mir sank der Mut. »Er hat überhaupt nichts gesagt?«

Bonz schwieg zunächst, dann stöhnte er leise. Ich sah ihn an. Seine Augen waren jetzt offen. Er wirkte nachdenklich. Hoch konzentriert runzelte er die Stirn. Dann schüttelte er den Kopf, und ganz kurz fürchtete ich, der labile, durch die Kanäle zappende Bonz wäre zurückgekehrt. Aber dann sagte er: »Wissen Sie, ich glaube ... Doch, jetzt erinnere ich mich, dass er mich tatsächlich gebeten hat, Ihnen etwas zu sagen.«

»Ehrlich?« Mein Herz schlug einen Purzelbaum. »Was denn?«

Bonz runzelte noch immer die Stirn. »Ich habe damals nicht viel drauf gegeben, wissen Sie? Ich dachte, er wäre einfach völlig neben der Spur. Und ich hätte garantiert nie gedacht, dass ich Ihnen mal über den Weg laufe. Aber Jake muss davon ausgegangen sein, irgendwie.«

Ich versuchte, meine Ungeduld zu verbergen. »Aber was hat er gesagt, Bonz?«

»Ich versuche gerade, mich dran zu erinnern. Es ist nicht leicht. Es war wirklich ganz am Ende, unmittelbar bevor er starb. Bevor sie diesen ganzen Scheiß mit mir angestellt haben. Lassen Sie mir ein bisschen Zeit.«

Er konzentrierte sich so sehr, dass es aussah, als hätte er Schmerzen. Sekunden verrannen. Das Warten machte mich wahnsinnig. Am liebsten hätte ich ihn zur Eile getrieben, ihm gesagt, er solle schärfer nachdenken, aber ich hatte Angst, dass er dann den dünnen Faden verlor, an den er sich klammerte. Schließlich wandte er sich mir zu.

»Ich glaube, er wollte, dass Sie zur Religion finden.«

Verdutzt starrte ich ihn an. »Das wird uns nicht helfen, das Band oder die Aufzeichnungen zu finden.«

»Hab ich auch nicht behauptet. Ich habe gesagt, Jake hat mich gebeten, Ihnen was auszurichten. Ich habe nicht behauptet, dass es dabei um das Band ging.«

Jetzt war es an mir, die Stirn zu runzeln. »Zur Religion finden? Aber das ergibt keinen Sinn.«

Er wirkte ein wenig gekränkt, ein wenig verärgert. »Doch, das tut es. Ständig finden Leute zur Religion.«

»Nein, ich meine, Jake war nicht religiös, jedenfalls nicht als Erwachsener, und ich auch nicht. Als wir noch klein waren, nahmen unsere Eltern uns mit in die Kirche, und als ich noch sehr klein war, war Jake sogar ein paar Jahre Messdiener, aber ich glaube, keiner von uns hat nach dem Tod unserer Eltern noch einen Fuß in eine Kirche gesetzt.« Ich schüttelte den Kopf. »Es ergibt keinen Sinn, Bonz. Warum hat er das gesagt?«

»Ich weiß es nicht, Charlie. Ich sage Ihnen nur, was er gesagt hat.«

»Ihrer *Erinnerung* nach.«

Bonz nickte. »Stimmt.«

Mir war durchaus bewusst, dass Bonz, dem man, kurz nachdem er Jakes letzte Worte gehört hatte, den Verstand zertrümmert hatte, sich vielleicht nicht richtig erinnerte. Aber ich erwiderte: »Wenn Jake das wirklich gesagt hat, muss er phantasiert haben.«

»Möglich«, meinte Bonz, »aber ich glaube, damals kam es mir nicht so vor.«

»Ich kapier's einfach nicht.«

»Sehen Sie, Ihr Bruder hatte eine Menge mitgemacht. Vielleicht hat er in den letzten Wochen seines Lebens zu Gott gefunden. Das wäre nicht so ungewöhnlich. Herrgott, nach allem, was ich durchgemacht habe, hätte sogar ich am Ende fast angefangen zu beten, und ich habe in meinem Leben keinen einzigen beschissenen Tag gebetet.«

Das war natürlich möglich. Vielleicht hatte Jake am Ende in den kalten Mauern seines Gefängnisses zu Gott gefunden. Die Menschen suchten schon unter weniger schweren Umständen Trost in der Religion und im Gebet. Aber Jake? Möglich war es, doch ich konnte es mir überhaupt nicht vorstellen.

»Ich verstehe es einfach nicht, Bonz.«

Seine barsche Stimme wurde noch barscher. »Hören Sie, Sie haben gefragt, also habe ich's Ihnen gesagt. Ich erinnere mich – so genau, wie ich kann –, ich erinnere mich, ihn so was Ähnliches sagen gehört zu haben, ganz am Ende.«

»Warten Sie mal. So was Ähnliches? Er hat nicht genau das gesagt?«

»An die genauen Worte erinnere ich mich nicht«, sagte Bonz. Er wurde gereizt. Es war mir gleich. Jetzt kamen wir voran.

»Bonz, denken Sie ganz scharf nach. Was hat er genau gesagt?«

Er stöhnte. »Ich weiß es nicht. Vergessen Sie's.« Er sah wieder geradeaus. »Biegen Sie da rechts ab.«

»Wo fahren wir hin?«

»Ich weiß einen Ort, wo wir eine Weile sicher sind.«

Ich hätte gern gewusst, wohin er mich führte, aber ich wollte ihn nicht ablenken. »Na gut. Aber bleiben wir beim Thema. Wir sind da etwas auf der Spur, glaube ich. Sagen Sie mir bloß, was Jake *genau* gesagt hat, bevor er starb. Bitte.«

Er schnaubte, dann antwortete er: »Ich glaube – und besser kann ich's nicht, Charlie –, ich *glaube*, er hat gesagt: ›Finde Charlie und sag ihm, er soll die Religion suchen.‹« Wieder runzelte er die Stirn. »Nein, das war es nicht. ›Finde Charlie und sag ihm, wenn er Antworten will, soll er die Religion suchen.‹ Ja, das könnte es gewesen sein.« Er dachte noch einmal nach, also schwieg ich und hoffte auf mehr. Auf eine Klarstellung, einen zusätzlichen Nebensatz, eine andere Formulierung, irgendetwas. Und da sagte Bonz: »Warten Sie. Ich glaube, ich hab's.«

Mein Herz schlug einen weiteren Purzelbaum und gleich darauf ein Rad. »Ja?«

»Ich bin mir ziemlich sicher, dass er gesagt hat: ›Finde Charlie und sag ihm, wenn er die Antworten will, soll er sich dem Gebet zuwenden.‹« Bonz' vor Konzentration gerunzelte Stirn glättete sich. Er wandte sich mir zu. »Ich glaube wirklich, das war es. Ich glaube, das waren seine genauen Worte. Biegen Sie an der Ecke links ab.«

Ich gehorchte, dann drehte und wendete ich den Satz im Kopf umher und betrachtete ihn von allen Seiten. Er ergab für mich immer noch nicht viel Sinn, aber in mir keimte die Überzeugung, dass diese Nachricht nicht bloß die Hoffnung eines verzweifelten sterbenden Mannes ausdrückte, sein geliebter Bruder möge sich auf den rechten Weg zum Himmel begeben. Vielmehr glaubte ich, es könne am Ende doch ein

Hinweis auf den Verbleib des Audiobands sein. Dieses »wenn er die Antworten will« deutete jedenfalls darauf hin. Vielleicht hatte Jake tatsächlich gehofft, Bonz werde mir seine Nachricht überbringen, und versucht, mir den Weg zu diesem Band zu weisen. Ich musste bloß den Teil mit dem Gebet entschlüsseln.

»Was denken Sie?«, fragte Bonz.

»Ich weiß nicht. Lassen Sie mir ein bisschen Zeit.« Ich sah Bonz an. »Aber das haben Sie gut gemacht mit dem Erinnern.«

Er knurrte unverbindlich und sah auf den Highway vor uns. Ich warf nachdenklich einen Blick durchs Beifahrerfenster.

Dann hatte ich eine Eingebung. So schnell ich es in einem Wagen, nach dem die Cops garantiert suchten, wagte, hielt ich auf den Storrow Drive zu.

»Wo fahren wir hin?«, fragte Bonz.

»Das Band holen. Ich weiß, wo Jake es versteckt hat.«

Falls ich recht hatte, würde Carmen Siracuse morgen von einem Klopfen an seiner Tür geweckt werden und einen Haufen Cops davor finden mit einem hübschen Paar silberner Armreifen genau in seiner Größe, verbunden durch eine sehr kurze glänzende Kette. Und dann würde ich vielleicht, nur vielleicht, auch in der Lage sein, meinen Namen reinzuwaschen.

FÜNFUNDZWANZIG

Die katholische Kirche Saint John the Baptist, von der Gemeinde kurz Saint John's genannt, liegt im wohlhabenden Städtchen Belmont, etwa neun Meilen westlich von Boston. Saint John's ist die Kirche, in die meine Eltern mit uns gingen, als wir Kinder waren. Jake war dort Messdiener gewesen. Meine Familie hatte nur ein paar Straßen weiter gewohnt.

Bonz und ich hatten den Corolla ganz in der Nähe hinter einer Pizzeria geparkt, die sich auf dem Schild über der Eingangstür als familiengeführtes italienisches Restaurant präsentierte. Von dort aus gingen wir durch eine Querstraße bis zu Saint John's einige Straßenecken weiter. Wir hielten uns, so gut es ging, im Schatten und versuchten gleichzeitig, nicht verdächtig zu wirken. Doch auf den Straßen Belmonts war alles ruhig, und wir gelangten ohne Zwischenfälle zur Kirche.

Saint John's stand lauschig inmitten von hohen Eichen, die noch aus der Kolonialzeit stammten. Die Äste hingen noch voller Laub. In etwa einem Monat würde es abfallen und einen dichten, aber spröden rotgoldenen Teppich über das Kirchengrundstück breiten. Dann würden Freiwillige aus der Gemeinde, von einem starken religiösen Pflichtgefühl oder vielleicht auch von guten alten Katholikenschuldgefühlen getrieben, zahllose Stunden damit verbringen, diese Blätter zusammenzuharken, in Säcke zu füllen und zur städtischen Grünschnittentsorgung zu fahren.

Die Kirche selbst war ein roter Backsteinbau. Ein hölzerner Kirchturm ragte, strahlend weiß angestrichen und mit einem goldenen Kreuz gekrönt, über die Eichenkronen hinaus in den Nachthimmel. Weit unterhalb des Turms befand sich ein gewaltiges zweiflügeliges Eichenportal, robust genug gebaut, um die Heiden draußen zu halten.

»Sie wollen nicht bis morgen warten?«, fragte Bonz.

»Wenn das Band da drin ist, und das glaube ich, dann würde ich lieber danach suchen, wenn keine Leute dabei sind, die uns fragen, warum wir Schränke öffnen und unter Bänken nachsehen, finden Sie nicht auch?«

Bonz schwieg.

»Außerdem sind wir in Gefahr, und mit dem Band haben wir ein Druckmittel, das uns da rausholen kann.«

Bonz betrachtete die Kirche. »Irgendjemand da drin jetzt?«

»Dürfte eigentlich nicht. Das Pfarrhaus ist da drüben.« Ich deutete auf ein kleines viktorianisches Gebäude auf dem Nachbargrundstück. »Der Pfarrer lebt da.«

Bonz nickte und betrachtete wieder die Kirche. »Bestimmt abgeschlossen. Wir müssen vielleicht durch eins dieser Fenster einbrechen.«

Ich betrachtete die Fenster, die sich über die gesamte Gebäudelänge zogen, jedes mindestens drei Meter hoch. Obwohl sie im Moment nicht von innen beleuchtet waren, konnte ich das Blei sehen, das in scheinbar zufälligem Zickzackmuster durch die Scheiben verlief. Ich wusste noch, wie sehr die Schönheit dieser Bleiglasfenster mich als Kind beeindruckt hatte.

»Ungern«, sagte ich.

»Wenn Sie da reinwollen, kann ich nichts versprechen. Aber wir versuchen es erst an den Türen.«

Ich folgte Bonz die Treppe hinauf zum Kirchenportal. Er

packte einen großen, abgewetzten bronzenen Türgriff und zog daran. Abgeschlossen. Wir ging ums Gebäude herum an eine Seite. Die untersten dreißig Zentimeter der Bleiglasfenster ließen sich kippen, um an Sommertagen während der Messe Luft in die Kirche zu lassen. Wir gingen das gesamte Gebäude ab und drückten gegen jedes Fenster. Kein Glück.

An der Rückseite der Kirche fanden wir eine abgeschlossene Tür. Links und rechts davon befand sich jeweils ein Fenster. Dies waren normale Doppelschiebefenster, wie man sie in Wohnhäusern findet.

»Was ist hier hinten?«, fragte Bonz und deutete mit dem Kopf auf die Fenster.

Früher war ich häufig mit Jake im hinteren Bereich der Kirche gewesen, bevor sein Messdienst begann. »Wenn ich mich recht erinnere, sind da ein kleines Büro und eine Sakristei.« Bonz blickte verständnislos, und ich fügte hinzu: »Das ist ein Umkleideraum, in dem die Pfarrer ihre Gewänder aufbewahren und sich für die Messe ankleiden.«

Bonz sah durch eines der Fenster hinein, das Gesicht dicht an der Scheibe. »Ich kann keinen Alarmsensor entdecken.«

Er legte den Ellbogen an eine der Scheiben und drückte ruckartig dagegen, sodass das Glas zerbrach, nach innen fiel und am Boden relativ leise in kleinere Scherben zerbrach. Er griff durch den leeren Rahmen und entriegelte das Fenster, schob einen Flügel hoch und kletterte hindurch. Ich folgte ihm. Mein zweiter Einbruch in einer einzigen Nacht – mein dritter, wenn man das Auto mitzählte.

Drinnen war es sehr dunkel, nur durch die Fenster schien ein wenig fahles Mondlicht herein. Aber sogar in diesem schwachen Licht war zu erkennen, dass wir in der Sakristei standen.

»Glauben Sie, das hat jemand gehört?«, fragte ich mit gedämpfter Stimme.

»Das Glas? Nein.« Auch Bonz sprach leise.

»Licht können wir wohl nicht einschalten.«

»Nein.«

»Ich bin sicher, draußen im Mittelschiff sind Kerzen«, sagte ich.

»Was ist ein Mittelschiff?«

»Der Hauptteil der Kirche, wo die Leute dem Gottesdienst beiwohnen.«

»Oh. Sie gehen vor.«

Vorsichtig tastete ich mich durch den Raum tiefer hinein in die Dunkelheit. Einmal stolperte ich über einen Hocker. Am anderen Ende ertastete ich eine Tür, zog sie auf und trat hinaus in den Altarraum.

Obwohl ich seit meinem sechsten Lebensjahr kein praktizierender Katholik mehr bin, durchfuhr mich ein leises Schuldgefühl, als ich hier auf dieser heiligen Bühne stand. Ich schüttelte es ab, sah mich um und orientierte mich. Das Innere der Kirche war dunkel, doch an einer Seite fiel genügend Mondlicht auf die Bleiglasfenster, um die Heiligen und Märtyrer hervorzuheben und ganz schwach violett, scharlachrot, königsblau, grün und golden leuchten zu lassen. Als ich klein war, hatten die Szenen auf diesen Fenstern meine Aufmerksamkeit weit mehr gefesselt als die Worte des Pfarrers. Jetzt konnte ich sie kaum erkennen.

Die Kirche roch genauso, wie ich sie in Erinnerung hatte. Alle Kirchen scheinen so zu riechen. Altes Holz, alte Teppiche, Weihrauch, welke Blumen irgendwo.

Die Kirchenbänke erstreckten sich über die gesamte Länge des Kirchenschiffs links und rechts eines Mittelgangs. Auch zwischen den Bänken und den Seitenwänden verliefen Gänge. Ich stieg vom Altarraum herab und ging durch einen der äußeren Gänge zu einem Ständer mit Opferkerzen. Ich steckte eine Dollarnote in eine kleine Blechbüchse an der Seite des Ständers und warf Bonz einen entschuldigenden Blick zu. Dann nahm ich ein Streichholz aus einem Glas neben den Kerzen und riss es an. Die kleine Flamme erschien mir sehr hell in der dunklen Kirche. Ich führte das Streichholz an eine Votivkerze, und der Docht fing Feuer. Die Votivkerze leuchtete rubinrot auf. Ich reichte Bonz die Kerze und entzündete eine zweite für mich.

»Keine Dollarscheine mehr?«, fragte Bonz leise, aber dennoch irgendwie barsch.

Ich beachtete ihn nicht. Die Votivkerze wurde heiß, daher musste ich das Glas ganz unten halten. Bonz dagegen hatte die Finger um seine Kerze gekrümmt, als spürte er die Hitze gar nicht.

»Was jetzt?«, fragte er.

»Die Kirche durchsuchen. Wenn Jake gesagt hat, ich soll die Religion suchen oder mich dem Gebet zuwenden, muss er gemeint haben, dass ich hierherkommen soll. Es ist die einzige Verbindung, die wir zu diesen Dingen haben. Jake war hier als Kind Messdiener. Vielleicht ist er zurückgekommen und hat das Band einem Pfarrer gegeben mit der Anweisung, es der Polizei zu übergeben, wenn mir etwas zustößt.«

Mit einem Nicken räumte Bonz diese Möglichkeit ein.

»Oder«, fuhr ich fort, »auch wenn er es nicht jemandem zum Aufbewahren gegeben hat, ist ihm vielleicht ein gutes Versteck dafür eingefallen. Er hat sich in der Kirche gut ausgekannt.«

»Okay. Und wo fangen wir an?«

Ich hatte keine Ahnung. Jake konnte das Band Gott weiß wo versteckt haben. Wir mussten überall gründlich nachsehen, daher konnten wir ruhig am Portal vorne – wo, genau genommen, die Rückseite der Kirche ist – mit der Suche beginnen und uns zum Altar vorarbeiten.

»Fangen wir im Narthex an. Wir suchen nach einem Platz, der als Geheimversteck für ein Audioband dienen könnte.«

Bonz seufzte. »Was ist ein Narthex?«

»Das ist die kleine Eingangshalle, durch die man geht, wenn man durchs Portal kommt, bevor man ins Kirchenschiff gelangt.«

Durch den Seitengang gingen wir in Richtung Portal und hielten die Kerzen vor uns. Als wir den hinteren Bereich der Kirche erreichten – von außen betrachtet der vordere Teil –, traten wir durch einen Bogengang in den Narthex mit dem großen Eichenportal. Der Narthex war leer. An einer Ecke führte eine Treppe nach unten. Bonz ging hin und hielt die Kerze in den Treppenschacht.

»Wo führt die hin?«

»In den Keller. Früher war das bloß ein Lagerraum. Den durchsuchen wir als Letztes.«

Ich ging zurück durch den Bogengang und blieb gleich dahinter an einer kleinen Metallschale stehen, die an der Wand angebracht war. Aus alter katholischer Gewohnheit, die mir als sehr kleinem Jungen eingeimpft worden war, tauchte ich die Finger in das geweihte Wasser und berührte meine Stirn, meine Brust und beide Schultern, erst links, dann rechts, im Zeichen des Kreuzes. Fast drei Jahrzehnte Agnostikertum mit Tendenz zum Atheismus hatten mir diesen rudimentären katholischen Impuls nicht austreiben können. Dann ging ich weiter ins Kirchenschiff hinein. Mir fiel auf, dass Bonz sich nicht bekreuzigte. Entweder war er nicht katholisch, oder er fürchtete Gott nicht. Keins von beidem hätte mich überrascht.

»Wenn ich recht habe und das Band hier ist«, sagte ich,

»dann eher nicht hier im Mittelschiff oder in einem der öffentlich zugänglichen Bereiche. Aber wir dürfen es trotzdem nicht ausschließen. Vielleicht unter einer losen Diele oder hinter einer Wandtäfelung.« Ich deutete auf die einen Meter fünfzig hohen Holzpaneele, die die Wände vom Boden bis zu den Bleiglasfenstern verkleideten. »Lassen Sie uns einfach so gründlich wie möglich suchen.«

Bonz und ich teilten uns auf. Er übernahm die linke Hälfte der Kirche, und ich die rechte. Während der Mittelgang und die Seitengänge mit Teppich ausgelegt waren, bestand der Boden unter den Kirchenbänken aus Hartholz. Wir gingen durch jede Bank, klopften leise mit dem Fuß auf die Dielen, suchten nach losen Dielen, horchten auf ein hohles Geräusch. Wir sahen unter jeder Bank nach für den Fall, dass Jake das Band dort festgeklebt hatte, so unwahrscheinlich das auch schien.

»Also, was ist mit Ihnen?«, fragte ich Bonz. Er ignorierte mich. Ich hatte leise gesprochen, aber in der Kirche trugen Geräusche weit. Ich wusste, er hatte mich gehört. »Bonz?«

Verärgert sah er hoch. »Was ist?«

»Wie lautet Ihre Geschichte?«

»Wie meinen Sie das?« Er klopfte auf die Diele unter sich.

»Na ja, Sie sind nicht der landläufige Mafiaschläger, der muskelbepackte Affe im italienischen Anzug mit Knarre in der Jacke.«

»Nicht?«

»Nein. Ich habe Sie kämpfen sehen. Sie kennen Bewegungen, die diese Jungs noch nie gesehen haben.«

Bonz nickte, sagte aber nichts, sondern nahm sich die nächste Bankreihe vor.

»Kommen Sie, ich stehe hier bis zur Hüfte in der Scheiße. Ich wüsste gerne, wer neben mir steht.« Sofort verspürte ich so etwas wie Reue, weil ich in einer Kirche vulgäre Sprache verwendet hatte, aber es ging rasch vorüber.

Bonz ging in die Knie und tastete unter einer Bank. Er sagte: »Warum suchen wir jetzt nicht einfach und reden später?«

»Ich weiß ja schon, dass Sie für Carmen Siracuse gearbeitet haben. Wahrscheinlich haben Sie Leute zusammengeschlagen, ein paar Beine gebrochen, alte Damen bedroht, Hunde getreten, solche Sachen. Sie sagen, Sie haben nie jemanden umgebracht – wenigstens nicht auf Befehl«, fügte ich hinzu, als ich mich an die Geschichte seiner Flucht vor der Mafia erinnerte. »Also, was haben Sie zu verbergen?«

Eine Weile schwieg er, dann sagte er leise: »Ich war beim Militär. Und ein verdammt guter Soldat, einer der besten. Ich war dafür geboren. Ich wollte zu einer Spezialeinheit, zur Delta Force. Ich war ein guter Kämpfer. Ich konnte alles, was die Jungs da auch konnten. Hey, was ist das?«

Ich hielt in meiner Suche inne und bemühte mich, mir nicht zu viel zu erhoffen, während Bonz mit seiner Kerze auf den Boden leuchtete.

»Vergessen Sie's«, sagte er. »Ich dachte, da wäre ein Brett lose.«

Ich setzte meine Suche fort. Ich war mit den Bänken auf meiner Kirchenseite zu zwei Dritteln fertig. Bonz schien ähnlich weit zu sein. Ich hörte einen dumpfen Schlag, gefolgt von einem Fluch. »Wenn ich noch mal an eine von diesen gottverdammten Kniebänken stoße …« Er meinte die kleinen gepolsterten Bänke, die die Gläubigen herunterklappen konnten, um sich in gewissen Abschnitten der Messe hinzuknien. Ich konnte ihn verstehen. Ich hatte mir auch schon mehrfach den Knöchel daran gestoßen.

»Bonz? Wie war das eben?«

»Ja, okay. Wo war ich?«

»Sie wollten zur Delta Force.«

Schweigen, dann: »Sie haben mich abgelehnt. Haben gesagt, ich wäre psychisch nicht dafür geeignet, weiß der Geier, was das heißen sollte.« Ich wartete. Ich meinte, einen dieser Tics über sein Gesicht zucken zu sehen. »Ich glaube, sie meinten, ich wäre zu brutal«, fügte er hinzu. »Wir waren Soldaten, Herrgott noch mal. Da *muss* man brutal sein.«

Ich nickte. Ich kann nicht sagen, dass ich begeistert darüber gewesen wäre, mit jemandem in einem Boot zu sitzen, der von der Machokampfmaschine Delta Force als zu brutal betrachtet worden war. Als Bonz seine Geschichte nach einer Minute noch immer nicht fortgesetzt hatte, soufflierte ich: »Also haben Sie das Militär verlassen.«

Er schnaubte. »So könnte man's nennen.«

»Tja, wie würden Sie es nennen?«

»Ich wurde unehrenhaft entlassen. Sagen Sie mir noch mal eben, was Sie das verdammt noch mal eigentlich angeht. Warum soll ich Ihnen das erzählen?«

»Warum nicht?«

Er zuckte die Achseln. »Sie haben mich rausgeschmissen. Hat ihnen nicht gefallen, dass ich ihre Ausrüstung und Vorräte auf dem grauen Markt verkauft habe. Keine Waffen oder so was, aber so ziemlich alles andere. Arschlöcher. Ich wollte ein guter Soldat sein. Sie haben mich nicht gelassen.«

Ich war mir nicht sicher, ob ich mit Bonz' Sicht auf seine persönliche Militärgeschichte übereinstimmte, aber das behielt ich für mich.

»Also bin ich zurück nach Hause«, schloss er.

»Und haben bei Onkel Carmen angeklopft und gesagt: ›Hey, brauchen Sie jemand, der für Sie die Leute zusammenschlägt?‹«

Das war vielleicht nicht klug gewesen. Es war mir so

herausgerutscht. Ich wünschte, ich könnte es zurücknehmen.

Bonz sah mich über die Bänke hinweg an. Er stand in der letzten Reihe, die dem Altar am nächsten war. Nach einer Weile sagte er: »Versuchen Sie mal, einen anständigen Job zu kriegen, nachdem die Army Sie vor die Tür gesetzt hat. Ich hatte keine andere Wahl. Ein Kumpel von mir kannte jemanden, der jemanden kannte. Sie wissen schon.«

Ich nickte. Wir wurden beide zugleich mit unseren Kirchenbänken fertig.

»Und jetzt?«, fragte er. »Da rauf?«

Wir standen vor dem Altar.

»Sehen wir uns rasch die Wandtäfelungen und die Beichtstühle da drüben an, dann nehmen wir uns den Altar vor.«

Bonz nickte und trat an eine der Seitenwände. Anstatt mir die andere Wand vorzunehmen, schloss ich mich ihm an. Er ging ans andere Ende der Wand. Ich würde hier beginnen, er dort, und in der Mitte würden wir uns treffen. Ich untersuchte die gut einen Meter breiten und einen Meter fünfzig hohen Täfelungen einzeln darauf hin, ob sie lose waren oder so aussahen, als wären sie einmal abgenommen und später wieder angebracht worden. Innerhalb weniger Minuten waren wir mit der einen Wand fertig und gingen zur gegenüberliegenden. Wieder begannen wir jeder an einem Ende. Als wir kurz davor standen, uns in der Mitte zu treffen, leuchteten unvermittelt die elektrischen Kronleuchter an den Dachbalken auf und überfluteten die Kirche mit Licht.

Hinter uns ertönte eine Männerstimme. »Ich habe ein Telefon in der Hand. Ich habe schon die Polizei gerufen.«

SECHSUNDZWANZIG

»Ich habe die Polizei in der Leitung. Wenn Sie nicht verhaftet werden wollen, dann sollten Sie sofort gehen.«

Ich drehte mich um und erblickte einen korpulenten Mann in einem dunklen Schlafanzug und einem abgetragenen Frotteebademantel, der vom Altar her herabkam. Er hielt durch den Seitengang auf uns zu und blieb zehn Schritte von uns entfernt stehen. Er hatte ein Telefon am Ohr und sah verschlafen aus. Er war außerdem hässlich. Richtig hässlich. Er hatte eins der hässlichsten Gesichter, die ich je gesehen hatte. Er besaß eine Stupsnase, die so stark aufwärts gebogen war, dass es aussah, als stünde er hinter einer Glasscheibe und drückte sich die Nase daran platt. Seine Oberlippe bildete in der Mitte einen Bogen, sodass die oberen Schneidezähne entblößt waren, als versuchte die unsichtbare Kraft, die seine Nase himmelwärts zog, die Lippe mitzunehmen. Das verlieh ihm das Aussehen eines schnuppernden Murmeltiers, dessen Nase in dieser Schnupperstellung erstarrt war. Er schien noch unter vierzig zu sein, obwohl er bereits dicke Tränensäcke hatte. Er war hellhäutig wie ein Ire, aber der Großteil seiner rechten Gesichtshälfte, vom Auge bis zum Hals, war von einem Feuermal bedeckt. Sein feuerrotes Haar war grau durchsetzt. Überdies stand es an einer Seite moderat zerzaust ab. Trotz seiner so unglücklichen wie bemerkenswerten Erscheinung wurde meine Aufmerksamkeit rasch wieder von dem Telefon an seinem Ohr gefesselt.

»Ja, sie sind direkt hier«, sprach der Mann ins Telefon. »Warten Sie, ich frage sie.« Er fragte uns: »Sind Sie bewaffnet?«

»Father«, sagte ich in der Annahme, er sei ein Priester. Verzweifelt überlegte ich, was ich hinzufügen konnte. Aber mein einziger Gedanke in diesem Augenblick war, dass die Violettfärbung in meinem eigenen Gesicht nur vorübergehend war, während dieser Mann Zeit seines Lebens damit gezeichnet war.

Bonz trat neben mich. »Kommen Sie, Charlie.«

Ich betrachtete den Mann in seinem Schlafanzug. Irgendetwas an der Art, wie er uns beobachtete, erschien mir nicht ganz stimmig. Ich betrachtete das Telefon in seiner Hand.

»Father?«, wiederholte ich.

»Ja«, erwiderte der Mann zögernd und bestätigte meine Vermutung. »Father Sean.«

Ich musterte ihn kurz. Herzlos fragte ich mich, ob er wohl Priester geworden war, weil er die Hoffnung verloren hatte, bei seinem Aussehen jemanden zu finden, der ihn liebte. Doch auch wenn er unbestreitbar hässlich war, war sein Gesicht nicht unfreundlich. Seine Augen hatten zwar eine trübe Farbe, aber sie blitzten intelligent und wirkten auf den zweiten Blick gütig auf mich. Vor allem jedoch schien er mich nicht zu erkennen. Er wusste nicht, dass ich ein Mordverdächtiger war. Wir konnten einfach fortgehen. Oder wir konnten unser Glück mit dem Priester versuchen.

Bonz machte sich auf den Weg zum Kirchenportal.

»Verzeihen Sie die Störung, Father«, sagte er. »Wir sind durch ein Fenster an der Rückseite eingestiegen. Kann ich diese große Tür von innen öffnen?«

Ich blieb, wo ich war, und sah den Priester an. »Father, ich heiße Charlie Beckham. Ich werde von der Polizei gesucht wegen eines Mordes, den ich nicht begangen habe.«

Bonz stöhnte. Vielleicht war es auch ein Knurren.

Father Sean wirkte überrascht über meine Offenbarung, aber er verriet uns nicht an die Notrufzentrale. »Verstehe«, sagte er. »Warum sind Sie hierhergekommen?«

»Wie Sie sich vorstellen können, habe ich nicht viel Zeit zu verlieren. Ich kann Ihnen nicht die ganze Geschichte erzählen, aber ich brauche Ihre Hilfe. Als Kind bin ich mit meinen Eltern in diese Kirche gegangen. Mein Bruder Jake war hier Messdiener.«

Father Sean nickte, daher fuhr ich fort: »Jake wurde vor dreizehn Jahren ermordet. Ich glaube, er könnte hier etwas für mich zurückgelassen haben, bevor er starb. Es jemandem gegeben oder vielleicht versteckt haben. Dieses Etwas könnte mich retten. Zumindest könnte es einen außerordentlich bösen Mann ins Gefängnis bringen.«

Der Priester nickte noch immer.

»In Wirklichkeit sind Sie gar nicht mit der Polizei verbunden, oder?«, fragte ich.

Father Sean sprach ins Telefon: »Alles in Ordnung. Danke, Murray.« Er beendete das Telefonat.

»Murray?«, hakte Bonz nach.

»Ein befreundeter Rabbi.«

»Ein katholischer Priester und ein Rabbi?«, fragte Bonz. »Wo ist die Pointe?«

Father Sean musterte mich. Schließlich sagte er: »Ihr Bruder soll diesen Gegenstand vor dreizehn Jahren hier deponiert haben?«

»Ungefähr, ja.«

»Damals war ich noch nicht hier. Father O'Connell war zu der Zeit hier Pfarrer. Er war …«

Ich unterbrach ihn: »Father O'Connell war hier, als ich ein Kind war!«

Father Sean lächelte. »Da bin ich sicher. Dies war fünfzig

Jahre lang seine Kirche. Soweit ich weiß, bot die Erzdiözese ihm mehrmals Gemeinden an, die sie für erstrebenswerter hielt, aber er wollte Saint John's nie verlassen.«

Ich gestattete mir den Beginn eines erregten Kribbelns. Ein solcher Mensch, ein Priester, einer, der jahrzehntelang in ein und derselben Kirche geblieben, der dieser Kirche und ihrer Gemeinde ein Fels gewesen war ... so jemandem mochte Jake vertraut haben. Falls Father O'Connell so lange am selben Ort geblieben war, mochte Jake ihm das Band gegeben haben in der Annahme, er werde auch noch da sein, wenn ich schließlich danach suchte. Dann fiel mir auf, dass Father Sean in der Vergangenheitsform von dem alten Priester gesprochen hatte.

»Also ist es nicht mehr Father O'Connells Kirche«, sagte ich, und mir sank der Mut.

Sanft schüttelte Father Sean den Kopf. »Gott rief Father O'Connell vor sechs Jahren zu sich.« Er musste meinen Blick als Trauer um Father O'Connell missdeutet haben, denn er fügte hinzu: »Seine Zeit war gekommen. Er war, glaube ich, achtundachtzig Jahre alt.«

Somit wäre er Mitte siebzig gewesen, als Jake nach einem Versteck für das Band gesucht hatte. Wäre Jake davon ausgegangen, dass ein fünfundsiebzigjähriger Mann lange genug leben würde, um das Band Jahre später an mich zu übergeben? Ich bezweifelte es.

»Gibt es noch jemand anderen, jemand, der noch hier ist und vor dreizehn Jahren schon hier war? Jemand, der eine echte Stütze der Gemeinde war? Also jemand, der schon ewig hier ist?«

Father Sean schüttelte den Kopf, und die Haut an seinem Hals schwabbelte. »Nein, außer Father O'Connell blieben die Priester höchstens ein paar Jahre hier, glaube ich. Einige der kirchlichen Mitarbeiter waren ziemlich lange im Amt, aber niemand, auf den Ihre Beschreibung passt.« Er warf mir einen Blick zu. »Niemand, dem Ihr Bruder etwas so Wichtiges anvertraut hätte.«

Ich nickte. »Ich glaube, dann hat er es hier versteckt. Irgendwo.«

»In der Kirche?«

»Ich weiß es nicht.«

»Vielleicht würde es helfen, wenn Sie mir sagen, wonach Sie suchen.«

Aus dem Augenwinkel sah ich Bonz den Kopf schütteln.

»Eine Audiokassette«, sagte ich. »Vielleicht auch ein paar Papiere.«

»Oh, tja, ich kann mir keine Stelle in der Kirche vorstellen, an der so etwas lange versteckt bliebe.«

»Außer es wäre sehr gut versteckt. Was ist mit dem Pfarrhaus?«

»Das Pfarrhaus wurde kurz nach Father O'Connells Tod von oben bis unten renoviert. Es wurde vollständig entkernt. Wenn Ihre Kassette dort gewesen wäre, wäre sie gefunden worden. Oder unabsichtlich zerstört.«

Darüber dachte ich einen Augenblick nach. Die Intuition sagte mir, dass Jake das Band eher in der Kirche als im Pfarrhaus versteckt hätte. Auch sein Hinweis schien eher darauf hinzudeuten. Ich sah dem Priester in die Augen. »Würden Sie uns dann erlauben, unsere Suche hier drin zu beenden? Vielleicht auch im Keller nachzusehen, nur sicherheitshalber?«

Father Sean dachte schweigend nach.

»Mein Leben hängt davon ab, Father.«

Nun sah er mir in die Augen, vielleicht bis in meine Seele, falls ich eine habe. »Natürlich«, sagte er. »Ich bin sowieso wach. Da kann ich Ihnen auch helfen.«

Mit Father Sean an unserer Seite beendeten wir die Überprüfung der Wandtäfelungen, leider erfolglos, wie ich erwartet hatte.

»Was jetzt?«, fragte Bonz.

»Wie wäre es mit den Beichtstühlen?«, schlug Father Sean nicht ohne Begeisterung vor. Er empfand sichtlich Mitgefühl für unsere Notlage, aber er genoss auch das Abenteuer.

»Gehen Sie vor«, sagte ich.

Wir folgten dem Priester zu zwei hölzernen Beichtstühlen im hinteren Bereich der Kirche und durchsuchten sie, fanden aber auch hier kein mögliches Versteck für Jakes Band.

»Haben Sie schon auf der Empore nachgesehen?«, fragte Father Sean.

»Die kommt jetzt dran«, erwiderte ich.

Father Sean führte Bonz und mich zu einer Treppe, die ein wenig versteckt in der rechten hinteren Ecke der Kirche lag, und wir stiegen auf die Empore. Dort oben war nicht viel: fünf Bänke, ein Schrank und eine kleine altmodische Orgel an der Rückwand unter einem runden Bleiglasfenster mit der Darstellung eines Trompete spielenden Engels, der aus grauweißen Wolken herausschaute. Wir begannen zu suchen. Ich untersuchte die Orgel nach einem geheimen Fach oder einer Schublade. Bonz suchte die Bänke ab. Father Sean schlüpfte in den Wandschrank, nachdem ich ihn gebeten hatte, so gründlich wie möglich zu suchen.

Während ich sanft an die Seiten der Orgel klopfte, sagte ich leise zu Bonz: »Und was glauben Sie, was auf dem Band drauf ist?«

Bonz sah hoch. »Vielleicht sollten wir darüber sprechen, wenn wir allein sind, hm?«

»Father Sean ist okay, Bonz. Er hätte vorhin auch die

Cops rufen können.« Bonz wirkte weniger überzeugt als ich, doch er zuckte bloß die Achseln.

»Also«, sagte ich, »wenn das Band Carmen Siracuse belastet und ihm solche Angst macht, dann muss es etwas Gewaltiges sein. Vielleicht Mord.«

»Carmen Siracuse?«, fragte Father Sean. Ich hatte ihn nicht hinter mich treten hören. »Ist das nicht der, der angeblich all die Mafiaverbindungen hat?«

Bonz funkelte mich böse an. Seine Pupillen sahen aus wie Pistolenmündungen. »Er *ist* die Mafia, Father.«

Ich sagte: »Father, es ist besser, wenn Sie nicht wissen, worüber wir reden. Das sind gefährliche Informationen.«

»Können Sie irgendwem weitererzählen, worüber wir uns hier unterhalten?«, fragte Bonz Father Sean.

»Wenn ich will.«

»Aber müssen Sie nicht schwören, nicht über das zu reden, worüber Sie mit den Leuten sprechen? Müssen Sie das nicht für sich behalten?«

Father Sean breitete die Hände aus und sagte: »Das gilt nur für die Beichte.«

Bonz kam herüber, stellte sich vor den Priester und blickte auf den dicklichen kleinen Mann hinunter.

»Segne mich, Vater, denn ich habe gesündigt. Ich habe Menschen getötet. Ich habe eine Menge anderen üblen Scheiß gemacht. Menschen verletzt, ein paar verkrüppelt. Ich bin ein sehr böser Mann. Ach, da ist außerdem noch was mit einem Audioband und Carmen Siracuse, was mich eigentlich nicht betrifft, aber ich nehme es in meine Beichte auf.«

Er ragte über dem Priester auf. Ich hielt den Atem an. Father Sean sah zu Bonz hoch, lächelte und entgegnete: »Das genügt mir. Alles, was Sie heute Nacht hier sagen, wird streng vertraulich behandelt.«

Bonz zögerte, dann nickte er.

»Wollen Sie ihm keine Buße auferlegen?«, fragte ich.

Father Sean sagte: »Würden Sie an meiner Stelle?«

»Ich glaube nicht.«

»Sind wir hier oben fertig?«, erkundigte sich Bonz.

Die Empore war ein Reinfall.

»Fast«, sagte ich.

Ich stellte mich ans Geländer der Empore und blickte zurück auf die Bänke, die Orgel, in den geöffneten Wandschrank. Ganz langsam ließ ich den Blick über das alles wandern, und dann noch einmal.

»Was tun Sie da?«, fragte Bonz.

»Ich präge mir alles ein. Ich lege das alles in meinem Kopf ab. Etwas, was ich hier sehe, könnte mir später auffallen, könnte einen Gedanken in mir auslösen, eine Eingebung. Vielleicht unterwegs im Auto, vielleicht im Schlaf. Man weiß nie.«

Father Sean sagte: »Das verstehe ich nicht.«

Ich sah mir meine Umgebung noch einen Augenblick an, dann war ich fertig mit meinen mentalen Fotos und wandte mich ihm zu. »Ich habe so etwas wie ein eidetisches Gedächtnis.«

»Was ist das?«, fragte Bonz.

»Es wird auch fotografisches Gedächtnis genannt, davon haben Sie vielleicht schon mal gehört, die Fähigkeit, etwas nur zu sehen und sich hinterher fast an jedes Detail zu erinnern. Ich glaube nicht, dass ich ein vollständig fotografisches Gedächtnis habe, aber offenbar kann ich mich wirklich sehr genau an etwas erinnern, wenn ich es auch nur kurz gesehen habe. Ich muss es eigentlich nur gut sehen, dann erinnere ich mich. Hat mir an der Uni den Arsch, Pardon, den Hintern gerettet.« Ich zuckte die Achseln. »Menschen haben unterschiedliche Talente. Ich kann dies. Also speichere ich alles ab, was ich hier drin sehe, und vielleicht bringt mich das später auf eine Idee.«

Bonz sagte nichts, während wir zurück ins Erdgeschoss und dort langsam durch den Mittelgang auf den Altar zugingen. Wieder prägte ich mir dabei alles genau ein, etikettierte und katalogisierte es mental und verwahrte es für später. Bonz beobachtete mich skeptisch.

Über dem Altar hing ein gut dreieinhalb Meter hoher Jesus aus Holz. Er war ans Kreuz genagelt, sein Kopf hing nach rechts, sein Gesicht war himmelwärts gerichtet, seine Augen blickten unendlich traurig. Ich konnte da oben kein mögliches Versteck für eine Audiokassette erkennen. Außerdem war Jake zwar als Erwachsener nicht mehr religiös gewesen, aber ich konnte mir nicht vorstellen, dass er eine so heilige Figur für seine Zwecke benutzt hätte.

Unter dem gewaltigen Jesus befand sich in der Mitte des Altars ein Altaraufsatz aus Holz, über den ein mit einem goldenen Kreuz besticktes Tuch drapiert war. Rechts an der Wand befand sich eine flache Nische. Mehrere Schubladen nahmen die untere Hälfte der Nische ein, und darauf stand eine kleine goldene Schatulle mit den Gegenständen, die bei der Eucharistiefeier gebraucht wurden.

»Meinen Sie, es ist irgendwo auf dem Altar?«, fragte Bonz.

»Wenn es nicht unter dem Altaraufsatz selbst verborgen ist, was ich ernsthaft bezweifle, dann wären die einzigen Verstecke, die ich sehe, eine der Schubladen da oder irgendwo da in der Nische.« Ich wandte mich an Father Sean. »Father, besteht die Möglichkeit, dass es da ist?«

»Nein«, erwiderte er. »Aber Sie können gerne selbst nachsehen.«

Das tat ich, und zwar gründlich, aber ich fand nichts. Dann trat ich zurück und ließ den Blick über sämtliche Gegenstände wandern, die ich im Altarraum sah, einschließlich Jesus an seinem Kreuz, und versuchte, mir jedes Detail einzuprägen, da ich nicht wusste, welches gegebenenfalls später der Schlüssel zu Jakes Rätsel sein mochte. Als ich fertig war, sagte ich: »Dann muss es in der Sakristei sein, oder im Keller. Gehen Sie voran, Father?«

Wir folgten dem Priester in den Altarraum und zurück durch die Tür, durch die wir gekommen waren, hinein in die kleine Sakristei, die beinahe wie der Umkleideraum eines Country Clubs aussah: Teppichboden, Holzspinde, ein kleiner Schrank, ein mannshoher Spiegel.

»Gestatten Sie, Father?«, fragte ich.

Der Priester nickte, und jeder von uns Dreien ging an einen Spind und öffnete ihn. Ich suchte darin nach möglichen Verstecken für das Band, tastete zwischen den Priestergewändern nach falschen Rückwänden, versteckten Schubladen und Ähnlichem.

Nachdem wir die Spinde überprüft hatten, durchsuchten wir den übrigen Raum, sahen hinter den Spiegel, klopften auf Holzoberflächen, zogen Schubladen auf. Gemeinsam rollten wir sogar den Teppich auf und suchten am Boden nach Geheimfächern. Als wir mit diesem Raum fertig waren, stellte ich mich in die Mitte und vollzog erneut meinen mentalen Aufnahmevorgang, brannte mir Bilder der Wände, des Bodens, der Decke, des Mobiliars ins Gedächtnis. Bonz und Father Sean warteten unterschiedlich geduldig auf mich.

Aus der Sakristei gingen wir über eine Hintertreppe hinunter in den Keller. Obwohl er modrig wie ein typischer Keller roch, war er bemerkenswert sauber und frei von Gerümpel. Er enthielt ein paar Klappstühle, eine Kirchenbank, eine große, aber leere Holztruhe und ein paar Kartons mit Akten, die Father Sean mich durchblättern ließ, ferner zwei aufgeräumte Schränke, aber in keinem fanden wir ein Geheimfach.

Innerhalb weniger Minuten hatten wir festgestellt, dass Jakes Band sich hier ebenso wenig befand wie in der übrigen Kirche. Nachdem ich mir den Raum eingeprägt hatte, führte Father Sean uns zurück nach oben.

Ich verstand es nicht. Ich war so sicher gewesen, dass das Band sich hier befand. Nur so ergab Jakes Hinweis einen Sinn.

Im Narthex schloss der Pfarrer das Portal auf und schob einen der massiven Eichenflügel auf. Er nahm meine Hand in seine weichen, fleischigen Hände und sagte: »Es tut mir leid.«

»Mir auch, Father«, erwiderte ich. »Vielleicht kommen wir noch einmal wieder. Danke für Ihre Hilfe. Und dafür, dass Sie mir geglaubt und uns nicht ausgeliefert haben.«

»Woher wissen Sie, dass ich nicht die Polizei rufe, wenn Sie fort sind?«

»Ja«, stimmte Bonz zu, »woher wissen wir das?« Er sah den Priester an und zuckte die Achseln. »Tschuldigung, Father.«

»Vertrauen, schätze ich«, sagte ich. Father Sean lächelte. Bonz verzog das Gesicht.

Als wir draußen die Treppe hinabstiegen, hörte ich die schwere Tür mit einem hörbaren *Klack* hinter uns ins Schloss fallen.

Der Vollständigkeit halber suchten wir noch das Fundament der Kirche von außen ab. Wir überprüften, ob irgendwo Steine locker waren und eine Kassette verbergen konnten. Nichts. Und auch auf dem kleinen Kirchengrundstück sahen wir nirgends eine Stelle, wo Jake eine Kassette verborgen hätte. Kurz gesagt, die Kirche war ein Reinfall.

Ich war entmutigt. Dennoch ging ich im Geiste die mentalen Bilder durch, die ich drinnen abgespeichert hatte – Bilder von jedem Raum, jedem Gegenstand. Und das würde ich so lange tun, bis ich eine Eingebung hatte. Ich hatte in der Kirche irgendetwas übersehen. So musste es sein. Das Band war irgendwo da drin. Es musste dort sein.

SIEBENUNDZWANZIG

Wir wandten uns von Saint John's ab und gingen unter dem dunklen Laubdach der Bäume, die den Bürgersteig säumten, in Richtung der Pizzeria, hinter der wir meinen Corolla abgestellt hatten. In Gedanken war ich noch bei Jakes Hinweis, bei der Kirche und allem, was ich dort gesehen hatte. Vermutlich aus reiner Gewohnheit wandten meine Gedanken sich flüchtig dem Redekov-Prozess zu, dessen zweiter Verhandlungstag in wenigen Stunden beginnen sollte, doch angesichts der jüngsten Ereignisse erübrigte sich eine längere Beschäftigung damit. Da ich wegen Mordes gesucht wurde, bezweifelte ich, dass irgendjemand ernsthaft mit meinem Erscheinen bei Gericht rechnete.

Die Straßen waren menschenleer. Ich sah auf die Uhr. Vier Uhr dreißig. Jessica würde in einigen Stunden erwachen, sich einen Kaffee kochen, einen Bagel in den Toaster stecken, die Morgennachrichten einschalten und erfahren, dass Angel Medinas Leiche in der Wohnung ihres Verlobten aufgefunden worden war, dass Zeugen mich, mit Blut befleckt, vom Tatort hatten flüchten sehen und dass ich wegen Mordes gesucht wurde. Ihr Leben würde auf den Kopf gestellt. Die Cops würden mit ihr reden wollen, würden sie vielleicht um Erlaubnis bitten, ihr Telefon anzuzapfen. Ihre Freunde und Kollegen würden sie entweder mit ihrem Mitgefühl überschütten oder ihr aus dem Weg gehen. Lippincott würde sie mit besorgtem väterlichem Rat ersticken. Und natürlich würde sie sich um mich sorgen. Da ich wusste, wie sehr all dies sie sicherlich mitnehmen würde, hätte ich gerne mit ihr gesprochen, bevor sie von anderen erfuhr, was geschehen war. Aber ich konnte sie nun einmal nicht einfach anrufen, denn ich war ohne mein Handy aus meiner Wohnung geflüchtet, und es schien unvorsichtig, jetzt nach einem Münzsprecher zu suchen.

Ich wandte mich Bonz zu. »Dieser Kerl, der Angel in meiner Wohnung getötet hat.«

»Grossi.«

»Ja, Grossi. Er war es, der Sie und Jake gefoltert hat?«

Bonz hielt den Blick geradeaus gerichtet. Er nickte.

Ich schluckte, atmete tief durch und sagte: »In meiner Wohnung hat er mir von dieser Sache erzählt, die er mit Nägeln macht, wenn er jemanden befragt.«

Bonz nickte wieder. Ich konnte seine Miene nicht deuten.

»Hat er … hat er so was auch mit Jake gemacht?«

Bonz schüttelte den Kopf, und Erleichterung durchströmte mich wie eine kühle Brise. »Ich glaube, das riskiert er nicht, wenn er die Information wirklich braucht. Sonst kann sein Opfer womöglich keine Fragen mehr verstehen oder beantworten. Es wäre idiotisch, und Grossi ist kein Idiot. Vielleicht macht er es am Ende, wenn er alles hat, was er braucht, oder wenn er merkt, dass er nicht bekommt, was er braucht. Aber ich glaube, an diesen Punkt ist er bei Ihrem Bruder gar nicht gekommen.«

Ich stieß den Atem aus, den ich unwillkürlich angehalten hatte. Ich war erleichtert, denn die Vorstellung, dass dieser Scheißkerl meinem Bruder Nägel in den Kopf geschlagen hatte, war mehr, als ich hätte ertragen können. Fast hätte ich gefragt, ob Grossi seinen kleinen Nageltrick auch bei Bonz angewendet hatte, aber ich entschied mich dagegen. Aus dem Augenwinkel nahm ich wahr, dass Bonz' Kopf einmal unwillkürlich zuckte, dann noch einmal, dann war er ruhig.

Ein Auto kam die Straße entlanggefahren, und Bonz und ich wandten beiläufig, aber hoffentlich unverdächtig, die Gesichter ab, bis es vorüber war. Eine Minute später erreichten wir die Pizzeria. Ich bog auf den Parkplatz ab, doch Bonz ging weiter.

»Wir können Ihren alten Wagen nicht behalten, Charlie. Die Polizei sucht danach.«

Ich seufzte. Ein weiteres Auto zu stehlen würde die Gefängnisstrafe, die ein Richter in der Zukunft über mich verhängen würde, wohl auch nicht um viele Jahre verlängern.

Ich folgte Bonz ein Stück die Common Street entlang, bis wir auf eine Querstraße stießen, in der zahlreiche Autos vor den Häusern parkten. Auch in einigen der Einfahrten standen Autos. Wir liefen die Straße entlang, und Bonz probierte so lange Türen aus, bis er eine unverschlossen fand. Ein Ford Pick-up F-150. Wie der Blitz öffnete er die Tür, rutschte auf den Fahrersitz und schaltete die Innenbeleuchtung aus. Dann lag er über den Sitzen, das gestohlene Werkzeug in der Hand, und machte sich an der Verdrahtung unter dem Armaturenbrett zu schaffen, ich hielt Wache. Gleich darauf sprang der Motor an, Bonz richtete sich auf, setzte sich auf den Fahrersitz und sagte: »Bewegung.«

Ich lief zur Beifahrertür und sprang in den Pick-up. Während wir losfuhren, fragte Bonz: »Wiley – wo kommt das eigentlich her?«

»Da war so ein Test, den ich in der Schule ablegen musste … Alle Kinder mussten den machen … aber, tja, ich … ich schoss den Vogel ab. Das Ergebnis war fehlerfrei. Ich schätze, das war das erste Mal bei diesem speziellen Test. Die Schule hat es Jake erzählt, und von da an hat er mich Wiley genannt, wegen Wile E. Coyote.«

Bonz sah mich verständnislos an.

»Wile E. Coyote«, wiederholte ich. »Der gerissene Kojote aus den Zeichentrickfilmen.«

»Ich weiß, wer Wile E. Coyote ist, aber ich kapier's trotzdem nicht. Der war nicht schlau. Der Road Runner hat ihn immer wie einen Volltrottel dastehen lassen.«

»Schon, aber er nannte sich selbst ›Wile E. Coyote, Supergenie‹.« Das sagte ich mit der gleichen tiefen Stimme, mit der der Comic-Kojote immer gesprochen hatte, mit der gleichen Modulation.

Bonz kicherte tatsächlich.

»Aber hören Sie«, sagte ich, »ich bin nicht das Genie, für das Jake mich hielt.«

»Logisch. Da müssten Sie ja auch ein Gehirn so groß wie eine Abrissbirne haben.«

Ich lächelte in mich hinein. Das klang nach Jake. Ich sah Bonz an, vielleicht in der Hoffnung, wir könnten weitere Erinnerungen an Jake teilen, doch noch während ich ihn betrachtete, verfinsterte sich sein Gesicht. Sein Verstand bewegte sich wieder über unebenes Terrain.

»Und was ist passiert?«, fragte ich. »Sie sind entkommen, aber Sie sind in Boston geblieben, obwohl die Mafia Sie tot wollte. War Ihnen nicht klar, dass Sie in Gefahr waren?«

»Ich glaube, ich wusste es. Tief drin, meine ich. Auch wenn das, was sie mir angetan haben, mich ein bisschen … verrückt gemacht hat. Ich wusste, dass die Stadt für mich gefährlicher war als für den durchschnittlichen Penner. Ich war immer wachsam. Für die meisten Leute habe ich wahrscheinlich wie ein typischer, verrückter, paranoider Obdachloser ausgesehen – zu dem ich ja wohl auch wurde –, aber ich glaube, ich habe immer nach Siracuse' Männern Ausschau gehalten.«

»Und niemand hat Sie je erkannt?«

»Wenn Sie mich gesehen hätten, bevor Grossi mich bearbeitet hat und bevor mir dieser Wald im Gesicht und auf dem Kopf gewachsen ist, wüssten Sie, warum mich niemand erkannt hat. Außerdem haben die wahrscheinlich genau wie Sie gedacht, ich wäre längst über alle Berge nach dem, was sie mir angetan haben. Ich meine, wer ist schon so wahnsinnig, danach in der Gegend zu bleiben?« Er schüttelte den Kopf. »Wahrscheinlich bin ich zu genau so einem Wahnsinnigen geworden.« Ein heiserer Laut entfuhr ihm. Es hätte ein Lachen sein können.

Ich musterte Bonz' fettige, verfilzte Haare und den schmutzigen Bart, die noch immer gebeugte Haltung – allerdings schien er sich allmählich ein wenig aufzurichten – und dachte über das nach, was er gerade gesagt hatte: dass die Mafia wahrscheinlich geglaubt hatte, er habe die Stadt verlassen. Eigentlich war es überhaupt nicht überraschend, dass sie ihn nicht gefunden hatten.

»Aber warum *sind* Sie denn in der Gegend geblieben?«, beharrte ich, »wenn Sie wussten, dass es gefährlich war?«

»Wegen Ihnen, glaube ich. Sicher bin ich nicht. Ich meine, ich habe dreizehn Jahre lang nicht klar denken können, aber ich glaube, es war, weil Jake mir eine Nachricht für Sie mitgegeben hatte. Irgendwo tief drin wusste ich, dass Jake und Sie zu dem, was mir passiert war, dazugehörten. Ich wusste, Sie waren hier in Boston. Ich glaube, ich habe darauf gewartet, dass Sie mir über den Weg laufen. Jedenfalls …« Wieder einmal schien er nach dem passenden Wort zu suchen. »Jedenfalls unbewusst. Ich weiß, als ich Sie sah, hat sich das angefühlt, als hätte ich Sie treffen müssen, wissen Sie? Als gäbe es da ein Ziel für mich. Und ich hatte schon sehr, sehr lange kein Ziel mehr.«

Ein Ziel. Das konnte ich verstehen.

»Aber beim ersten Mal sind Sie vor mir davongerannt«, gab ich zu bedenken, »in der U-Bahn. Ich bin Ihretwegen zurückgefahren, aber Sie waren weg.«

»Ich war verwirrt. Sie zu sehen ... hat mich verwirrt.«

Ich blickte hoch und stellte fest, dass wir wieder bei der Pizzeria waren. Bonz fuhr den Pick-up über den Parkplatz, der sich in einem Bogen hinter dem Gebäude erstreckte, und parkte neben meinem Corolla, der noch da stand, wo wir ihn in einer Ecke des Parkplatzes stehen gelassen hatten, zwischen dem Restaurant und einer Baumreihe. Dicke Äste erstreckten sich über unseren Köpfen und tauchten uns in einen beruhigend dunklen Mondschatten.

»Was wollen wir hier noch?«, fragte ich.

»Sie haben Jakes Notizen in Ihrem Auto vergessen.«

»Heilige Scheiße, total vergessen.«

»Außerdem habe ich auch was da drin vergessen.«

Bonz stieg aus dem Pick-up und schloss leise die Tür. Ich tat es ihm nach. Er ging zum Kofferraum meines Corolla.

»Machen Sie auf«, sagte er.

»Warum?«

»Ich habe da was reingetan, das ich rausholen möchte. Machen Sie auf.«

Ich ging zur Fahrertür. »Wann waren Sie denn an meinem Kofferraum?«

»Bevor ich in Ihre Wohnung geplatzt bin und Ihnen den Arsch gerettet habe.«

»Wie sind Sie in meinen Wagen gekommen?«

»Sie verwahren einen Schlüssel unter der Stoßstange, Sie Idiot.«

Richtig. Ich hatte eine kleine magnetische Schlüsselbox dort angebracht, als ich den Wagen gekauft hatte. Die hatte ich völlig vergessen. Mir fiel wieder ein, dass Bonz bereits gewusst zu haben schien, wo mein Wagen stand, als wir vor

Grossi geflüchtet waren. Und dass er nicht abgeschlossen gewesen war, als wir ihn erreicht hatten.

Ich griff in den Wagen und öffnete den Kofferraum. Dann ging ich zurück zu Bonz, der in den Kofferraum blickte. Als ich ebenfalls hineinsah, begegnete ich zwei Augen, die mich voller Wut und Angst anstarrten. In meinem Kofferraum lag ein Mann, an Händen und Füßen mit Klebeband gefesselt.

»Ach du Scheiße«, sagte ich.

ACHTUNDZWANZIG

Als der Mann im Kofferraum mich sah, kämpfte er wütend gegen seine Fesseln an und grunzte irgendetwas Unverständliches in das Industrieklebeband, mit dem er geknebelt war. Bonz musste das Klebeband in meinem Kofferraum gefunden haben, in den ich es gelegt hatte, nachdem ich damit ein paar Monate zuvor mein Auspuffrohr wieder befestigt hatte. Der Mann sah nicht Bonz an. Er konzentrierte sich auf mich. Sein Blick war flehentlich.

»O mein Gott!«, sagte ich. Wie betäubt sah ich Bonz an. »Sie haben jemanden entführt?!«

»Genau genommen, glaube ich, waren wir das beide.«

»Aber ... o mein Gott! ... Warum?«

»Kam mir in dem Moment wie eine gute Idee vor.«

Ich hatte so viele Fragen, dass ich gar nicht wusste, wo ich anfangen sollte. »Wie lange ist er schon da drin?«

»Seit kurz bevor ich Sie gerettet habe.«

Ich sah auf die Uhr. Es war nach fünf Uhr morgens. »*Fünf Stunden*?« Ich dachte an die dumpfen Schläge, die ich hin und wieder während der Fahrt gehört hatte. Ich hatte angenommen, das Auto werde allmählich den langen Kampf gegen die unvermeidliche Verschrottung verlieren. »Ich verstehe nicht«, stammelte ich. »Warum haben Sie ... ich meine, warum haben wir ... nein, Moment, nicht ich, Sie ... warum haben *Sie* das getan?«

»Tja, warum fragen wir nicht ihn? Aber erst mal – kommt er Ihnen nicht irgendwie bekannt vor?«

Ich sah mir den Mann an, der da gefesselt in meinem Kofferraum lag und mich flehentlich anblickte. Ich runzelte die Stirn. Er sah tatsächlich vage vertraut aus. Mir fiel bloß nicht ein, wo ich ihn schon einmal gesehen hatte, aber ich kannte ihn. Ich versuchte, mir vor Augen zu führen, wo es gewesen sein könnte. Mein Gedächtnis ließ ein Bild von ihm aufblitzen, wie er auf der Straße lag – nein, nicht auf der Straße, in einem Durchgang. In dem Durchgang neben meinem Haus. War dies der Mann, der in der Nacht, in der Bonz zum ersten Mal in meine Wohnung gekommen war und mich aus dem Haus in den Durchgang direkt daneben geschleift hatte, dort gelegen und den ich für einen schlafenden Obdachlosen gehalten hatte? Es konnte sein. Ich hatte das Gefühl, dass da noch mehr war, aber ich konnte nicht recht …

Ich war so in Gedanken versunken, dass ich nicht hörte, wie der Kies unter Autoreifen knirschte. Eine Sirene heulte ein einziges Mal auf.

»Keine Bewegung!«, dröhnte eine herrische Stimme aus einem Lautsprecher. »Heben Sie die Hände hoch!«

Ich ignorierte die widersprüchliche Natur der beiden Befehle und entschied mich für den zweiten.

»Jetzt drehen Sie sich um, langsam.«

Der Mann im Kofferraum begann wild zu zappeln. Als ich mich umdrehte, erwartete ich natürlich, Bonz zu sehen, der sich ebenfalls mit erhobenen Händen umdrehte. Stattdessen sah ich neben mir nur einen leeren Parkplatz. Bonz war fort.

Der Mann in meinem Kofferraum stöhnte laut ins Klebeband. Gut fünf Meter von mir entfernt stand ein Polizeiwagen, den Scheinwerfer auf mich gerichtet, sodass ich halb geblendet war. Ich hörte beide Türen des Streifenwagens aufspringen, dann näherten sich mir Schritte von der

Fahrerseite her. Ich nahm an, der zweite Polizist gab seinem Kollegen hinter der geöffneten Beifahrertür Deckung.

»Behalten Sie die Hände oben.«

Ein muskulöser Uniformierter kam aus dem Licht auf mich zu, die Hand auf seiner Pistole, die noch im Hüftholster steckte.

»Jemand im Auto?«, fragte er und ging vorsichtig näher an meinen Corolla heran.

»Nein«, antwortete ich.

»Und im Pick-up?«

»Nein, Sir.« Zumindest glaubte ich das. Ich hatte ehrlich keine Ahnung, wo Bonz war.

»Ist das der Corolla aus der Fahndungsausschreibung?«, rief der Polizist über die Schulter.

»Ich glaube schon«, ertönte eine Stimme jenseits des blendenden Lichts.

»Ich werd nicht mehr«, sagte der erste Cop, zog seine Waffe und richtete sie auf mich. Ich hatte es allmählich so richtig satt, Waffen auf mich gerichtet zu sehen. »Dieser Kerl hat heute Abend jemanden getötet. Das ist unsere Glücksnacht, Boomer.«

Ich nahm an, Boomer sei sein Partner. Das schien mir logischer als die andere Schlussfolgerung: dass er mir schon kumpelhaft einen Spitznamen verpasst hatte. »Entfernen Sie sich langsam von dem Fahrzeug«, befahl er, »und legen Sie sich mit dem Gesicht nach unten auf den Boden. Sofort!«

Der Cop kam weiter langsam auf mich zu, und jetzt konnte ich sein sauber rasiertes, jungenhaftes Gesicht sehen. Er warf einen Blick in den Kofferraum und riss die Augen auf.

»Runter auf den Boden, sofort!«, bellte er mich an. Dann rief er über die Schulter: »Er hat einen Mann im Kofferraum, Boomer, er scheint noch zu leben.«

Als ich mich auf die Knie niederließ, hörte ich den Polizeifunk knistern und knacken. Viel verstand ich nicht, aber es klang, als wäre Verstärkung unterwegs. Sie hatten sicher mein Nummernschild überprüfen lassen, und als sie herausgefunden hatten, wer ich war, waren sie wohl zu dem Schluss gekommen, dass ich gefährlich genug war, um weitere Cops anzufordern. Vielleicht hätte ich mich geschmeichelt fühlen sollen. Stattdessen war ich sehr, sehr traurig darüber. Die Cops hingegen wirkten ziemlich zufrieden. Was als reine Routineüberprüfung begonnen hatte – vielleicht ein Teenagerpärchen, das hinter der Pizzeria knutschte, oder schlimmstenfalls ein Einbruch –, hatte sich als der Fang eines Mordverdächtigen erwiesen.

»Gesicht runter, sofort! Zwingen Sie mich nicht, das noch mal zu sagen.« Ich ließ mich aufs Gesicht sinken. Ein Kiesel drückte sich in meine Wange.

»Halten Sie durch, Sir«, sagte der Cop. »Alles wird gut.« Ich nahm an, das war für meinen klebebandverschnürten Gefangenen bestimmt.

Dann hörte ich Holz knarren und Blätter rascheln, gefolgt von einem leisen Stöhnen. Dem Cop war es wohl auch nicht entgangen, denn er fragte: »Hörst du das, Boomer?«

»Boomer kann im Moment nichts hören. Er schläft.« Das war Bonz' Stimme. »Nein, drehen Sie sich nicht um. Und jetzt lassen Sie die Waffe fallen.«

Der Cop zögerte.

»Fallen lassen! Sie können mich nicht sehen«, sagte Bonz, »aber ich habe die Waffe Ihres Partners auf Sie gerichtet. Ich weiß, wie man schießt. Und ja – falls Sie sich das fragen –, ich weiß, wie es sich anfühlt, auf jemanden zu schießen. Und jemanden zu töten. Es macht keinen Spaß, aber manchmal ist es nötig. Sorgen Sie dafür, dass es jetzt nicht nötig wird.«

»Sie machen einen großen Fehler«, sagte der Cop.

»Ehrlich gesagt, machen Sie einen großen Fehler. Wenn Sie mich kennen würden, wüssten Sie, wie groß der Fehler ist, den Sie machen, indem Sie nicht verdammt noch mal alles tun, was ich sage. Ich will Sie nicht verletzen, aber ich werde es, ohne zu zögern, tun, wenn Sie mich zwingen. So, wenn Sie diese Pistole jetzt nicht in drei Sekunden fallen lassen, schieße ich Ihnen ins Knie. Was wäre Ihnen lieber? Rechts oder links?«

Der Cop zögerte immer noch. Er war mutig. Das musste ich ihm lassen.

»Hören Sie sich meine Stimme an, Officer«, sagte Bonz. »Klinge ich, als würde ich bluffen? Ich werde jetzt zählen. Bei drei werden Sie höllische Schmerzen haben. Ihr Knie wird weg sein. Die gute Nachricht ist, dass Sie danach Rentner sind. Denken Sie drüber nach. Freie Fahrt für den Rest Ihres Lebens. Sozusagen lebenslanger Urlaub. Als Bonus dürfen Sie dann immer ganz nahe an den Gebäuden parken.«

Ich hörte den Cop atmen. Der Kerl in meinem Kofferraum stöhnte nicht mehr. Ich hielt den Atem an.

»Hören Sie, Kumpel«, sagte der Cop, »wenn Sie die Waffe jetzt sofort fallen lassen …«

»Ich bin nicht Ihr Kumpel, Officer. Ein Kumpel würde nicht auf seinen Kumpel schießen. Aber ich werde garantiert auf Sie schießen und Ihnen das Knie zertrümmern, wenn Sie die Waffe nicht ganz, ganz schnell zwei Meter nach links werfen. Und jetzt hören Sie auf, mich hinzuhalten. Wir wissen beide, dass Ihre Verstärkung bald kommt, also läuft uns die Zeit davon. Ich werde jetzt zählen. Und Sie hören genau auf meine Stimme und überlegen sich, ob ich wohl bluffe.«

In meinen Ohren klang es jedenfalls nicht so, als würde Bonz bluffen.

»Also, es geht los. Eins … zwei …«

Ein paar Schritte von mir entfernt fiel eine Waffe in den Kies. Ich konnte sie sehen, sie kam so zu liegen, dass die Mündung genau auf mein Gesicht deutete. Wie passend.

»Gute Entscheidung. Ich habe nicht geblufft.«

»Sie stecken in großen Schwierigkeiten, Mister.«

»Das tue ich schon lange, Officer«, erwiderte Bonz. »So, Sie kennen den Ablauf. Tun Sie genau das, was Sie meinem Freund gesagt haben, und legen Sie sich mit dem Gesicht auf den Boden, dann legen Sie die Hände auf den Rücken.«

Gleich darauf lag der Cop auf dem Boden mit dem Gesicht zu mir. Ich sah Hass in seinen Augen. Ich konnte es ihm nicht verdenken. Das würde einen ziemlich dunklen Fleck in seinem Lebenslauf hinterlassen. Falls er gehofft hatte, bei der Polizei rasch Karriere zu machen, hatten wir diese Hoffnung soeben zunichtegemacht.

»Charlie, warum liegen Sie da immer noch?«, fragte Bonz, als er zu uns kam.

Ich stand auf und rieb mir die Stelle, an der der Kiesel sich in meine Wange gedrückt hatte.

»Legen Sie ihm seine Handschellen an«, sagte Bonz. »Keine Dummheiten jetzt, Officer.«

Ich nahm die Handschellen vom Gürtel des Cops und ließ sie um seine Handgelenke zuschnappen. »Tut mir leid«, sagte ich zu ihm. »Wirklich.«

Er ignorierte mich. »Ist mein Partner verletzt?«, erkundigt er sich bei Bonz.

»Nur eine Beule am Kopf. Er wird sich wieder erholen.«

»Sollen wir ihm auch Handschellen anlegen?«, fragte ich.

»Schon passiert.«

»Wie haben Sie ihn außer Gefecht gesetzt?«

»Die beiden haben da unter einem schönen dicken Ast

geparkt. Bin da hochgeklettert und von da oben direkt auf ihn runtergesprungen.«

Ich bückte mich und sah dem Cop in die Augen. »Ich habe niemanden getötet. Bitte glauben Sie mir. Sagen Sie das auch Ihren Kollegen.«

»Leck mich«, erwiderte er.

Er war wirklich ziemlich mutig.

»Hören Sie auf, mit dem Cop zu spielen, Charlie. Es wird Zeit, ihn einzusperren.«

Bonz steckte sich die Pistole des Polizisten hinten in den Gürtel und zerrte ihn auf die Füße. Er führte den Mann zum Streifenwagen und setzte ihn auf den Rücksitz. Neben ihm erkannte ich die Umrisse des bewusstlosen Boomer. Dann ging Bonz zum Kofferraum meines Wagens.

»Packen Sie mal mit an«, forderte er mich auf. »Wir müssen uns jetzt beeilen.« Zu dem Kerl im Kofferraum sagte er: »Sieht so aus, als kämen Sie doch mit uns.«

Der Mann kniff die Augen fest zu und stöhnte erbärmlich. Er tat mir ein bisschen leid, doch dann fragte ich mich, welche Rolle er in der ganzen Sache spielte. Womöglich hatte er Jake getötet. Ich wusste es nicht. Ich legte mein Mitgefühl zu den Akten und half Bonz, den Kerl aus dem Kofferraum und Bonz auf die Schultern zu hieven.

»Diesmal haben wir keinen Kofferraum«, sagte Bonz, während er den zappelnden Mann zu unserem Pick-up trug.

»Sind Sie sicher, dass wir diesen Typen brauchen?«, fragte ich.

»Nur für eine Weile, dann schmeißen wir ihn irgendwo raus.«

Als unser Gefangener das hörte, schrie er in das Klebeband auf seinem Mund und zappelte wild umher. Bonz ließ ihn einfach fallen, und der Mann stöhnte vor Schmerzen.

»Fertig mit Zappeln?«, fragte Bonz ihn.

Der Mann schloss die Augen und nickte.

»Gut.« Bonz packte den Mann unter den Achseln. »Charlie?«

Ich seufzte und nahm seine Beine, und gemeinsam trugen wir ihn zum Pick-up. Der Mann war doch ziemlich massig.

»Wir können ihn wohl nicht auf die Ladefläche legen?«, fragte ich, nunmehr aktiv an einer Entführung beteiligt.

»Nein, er könnte irgendwas Dummes tun, zum Beispiel auf die Straße rollen. Zum Glück ist das hier eine extragroße Fahrerkabine, die hat einen kleinen Rücksitz. Unser Freund wird es ein bisschen eng haben, aber er wird's überleben. Mittlerweile müsste er an die Enge gewöhnt sein.«

Ich öffnete die Beifahrertür und dann eine kleinere Tür dahinter, die in die entgegengesetzte Richtung aufschwang. Wir bugsierten unseren Gefangenen auf den Rücksitz, wo er dann mit geschlossenen Augen lag.

Ich beugte mich zu ihm und sagte leise: »Ich glaube nicht, dass wir Ihnen wehtun werden. Ich glaube, wir wollen bloß ein paar Informationen.« Ich hatte natürlich keine Ahnung, ob das stimmte, aber der Mann tat mir einfach ein bisschen leid. Anscheinend war der alte Charlie in mir noch gesund und munter. Allerdings beabsichtigte ich nicht zuzulassen, dass er – also ich – uns bei irgendetwas Wichtigem in die Quere kam.

Während Bonz in den Streifenwagen stieg, ihn aus dem Weg fuhr und im Schatten des Restaurants abstellte, eilte ich zu meinem Corolla, um Jakes Notizen vom Rücksitz zu holen. Ich kehrte zum Pick-up zurück und setzte mich auf den Beifahrersitz, während Bonz hinters Steuer rutschte. Als wir den Parkplatz verließen und uns von der Pizzeria entfernten, hörte ich in der Ferne schon Sirenen.

Es dämmerte, ein neuer Tag brach an. Ich konnte mir

nicht vorstellen, dass er viel besser würde als der alte. Hinter uns ließen wir zwei Polizisten zurück – einen davon bewusstlos –, mit ihren eigenen Handschellen gefesselt. Vor uns sah ich nichts als Schwierigkeiten.

NEUNUNDZWANZIG

Nachdem wir die Belmonter Cops mit ihren eigenen Handschellen gefesselt zurückgelassen hatten, stahlen wir als Erstes ein neues Fahrzeug und fügten damit der wachsenden Liste meiner Verbrechen ein weiteres hinzu. Da die Cops den Ford F-150 gesehen hatten, mussten wir ihn stehen lassen. Bis dahin wäre es wahrscheinlich einfach nur ein weiterer gestohlener Pick-up gewesen. Aber wenn erst bekannt wurde, dass wir ihn hatten – ein Mordverdächtiger und sein Komplize, zugleich die Jungs, die zwei Cops überfallen hatten –, würden Polizisten überall in Massachusetts mit Hochdruck danach suchen. Daher fuhren wir mit unserem Gefangenen eine Weile durch die Gegend, um etwas Abstand zwischen uns und Belmont zu bringen, und landeten in Somerville.

Wir fanden relativ schnell einen Dodge Ram Pick-up neueren Baujahrs, unverschlossen und mit dem Schlüssel im Zündschloss. Der Fahrzeughalter war vermutlich in Schlangenlinien von einer Bar oder Party nach Hause gefahren und gleich ins Bett gewankt, ohne daran zu denken, die Schlüssel abzuziehen oder seinen Wagen abzuschließen.

»Muss unsere Glücksnacht sein«, sagte Bonz.

Ich verkniff mir eine bissige Erwiderung und folgte Bonz mehrere Querstraßen weiter, bis wir eine ruhige Straße fanden, wo wir unseren Gefangenen in den neuen Pick-up umladen und den Ford stehen lassen konnten.

»Wir sollten uns irgendwo eine Weile verkriechen«, sagte Bonz, als wir Somerville in östlicher Richtung verließen.

»Ich weiß. Ich bin erschöpft. Wenn wir unseren Vorsprung vor den Cops, der Mafia und allen anderen, die nach uns suchen, behalten wollen, müssen wir uns ausruhen. Ich jedenfalls. Und wenn ich auch nur die geringste Chance haben will, aus Jakes Hinweis schlau zu werden, wo …«

»Halt«, sagte Bonz. »Halten Sie ihm die Ohren zu.«

Ich drehte mich zu dem Mann um, der da gefesselt auf dem Rücksitz des Pick-up lag, und drückte ihm die Hände auf die Ohren.

»Ich brauche einen klaren Kopf, wenn ich eine Chance haben will, herauszubekommen, was Jakes Hinweis zu bedeuten hat.«

Bonz nickte. »Klingt gut. Ich weiß, wo wir die Nacht verbringen können.«

»Nicht das Überlaufrohr.«

»Nein, da nicht. Wir sollten unterwegs ein paar Sachen besorgen. Nicht weit von da ist ein Walgreens, der hat rund um die Uhr auf. Da können wir Ausrüstung und was zu essen besorgen. Ich bin am Verhungern.«

»Ich auch«, sagte ich. »Was ist mit ihm?«

»Scheiß auf den. Wen interessiert's, ob er Hunger hat?« Wieder einmal zuckte Bonz' Kopf unwillkürlich.

»Nein, ich meine, was machen wir mit ihm?«

»Wir werden ihn los, sobald Sie ihn befragt haben.«

»Sobald *ich* ihn befragt habe? Ich dachte, das machen Sie.«

»Nach dem bisschen, was ich aus ihm rausbekommen hab, bevor ich ihn in Ihren Kofferraum gesteckt hab, glaube ich, Sie werden mehr an dem interessiert sein, was er zu erzählen hat, als ich.«

»Wie meinen Sie das?«

»Nehmen Sie ihm das Klebeband ab, und fragen Sie ihn.«

Ich nahm die Hände von den Ohren des Mannes. »Können Sie sich aufsetzen?«

Er versuchte es, aber es gelang ihm nicht ohne Hilfe. Ich zog ihn am T-Shirt hoch, bis er aufrecht saß.

»Das tut jetzt wahrscheinlich ein bisschen weh«, warnte ich ihn.

Er nickte. Ich schob die Finger an einer Seite unters Klebeband, zögerte kurz und riss es dann schnell ab. Ich fürchte, dabei ging einiges an Haut ab, denn der Mann schrie vor Schmerzen auf.

»Scheiße, o Scheiße, das hat wehgetan!« Seine Stimme klang so rau wie der Kratzbaum einer Katze. »Jungs, wie wär's mit etwas Wasser? Ich verdurste.«

»Mal sehen, was wir für dich tun können«, sagte Bonz, »nachdem du meinem Freund hier alles erzählt hast, was er wissen will.«

»Werden Sie mich töten?«, krächzte er.

»Hängt von dir ab, denke ich«, antwortete Bonz.

Der Mann sah aus, als wollte er uns gerne glauben, könnte sich aber noch nicht dazu entschließen. Doch er nickte, dann hustete er trocken. »Sie werden mich töten.« Er sagte das traurig, nüchtern. Eine Feststellung, keine Frage.

»Wenn wir Sie töten wollten«, erklärte ich, »hätte ich mir dann die Mühe gemacht, Ihnen die Ohren zuzuhalten, damit Sie uns nicht belauschen können?«

Darüber dachte er einen Moment nach, dann wirkte er hoffnungsvoller, wenn auch nicht völlig überzeugt.

»Also, Charlie«, sagte Bonz, »kommt er Ihnen jetzt bekannt vor oder nicht?«

Ich sah dem Mann ins Gesicht. Er ließ den Kopf ein wenig sinken. Bonz sah es im Rückspiegel. »He«, brummte er.

Der Mann hob den Kopf wieder. Ich betrachtete ihn. Ich

glaubte nach wie vor, er könne der Mann sein, der neulich abends in der Gasse gelegen hatte, aber da war noch mehr. Als ich ihm so ins Gesicht sah, schossen mir sonderbare Bilder durch den Kopf. Das Gesicht dieses Mannes mit einem Schnurrbart, mit einer Baseballkappe, mit einer Sonnenbrille, mit einem Vollbart ... es ergab keinen Sinn. Aber ich *sah* diese Bilder von ihm vor meinem geistigen Auge.

Wie konnte das sein?

»Sie kommen mir bekannt vor«, meinte ich. »Warum?«

Der Mann schwieg.

Bonz sagte: »Sieh mal, ich bin gespannt wie ein Flitzebogen. Ich könnte ein Ventil brauchen. Du solltest wissen, dass ich absolut bereit war, dem Cop die Kniescheibe in winzige Knochenstückchen zu zerschießen. Stell dir vor, was ich mit dir machen würde. Also überdenkst du dein Schweigen vielleicht noch mal. Außerdem hast du mir einen Teil der Geschichte schon erzählt, als ich dich in den Kofferraum gesteckt habe, du dämliches Arschloch. Das kannst du Charlie also ruhig auch erzählen und dann uns beiden den Rest beichten. Oder möchtest du lieber, dass ich uns ein ruhiges Fleckchen suche, wo ich anhalten und ein bisschen von meiner Spannung abbauen kann?«

Bonz sah über die Schulter nach hinten. Was der Mann sah, hätten jeden erschreckt: Bonz mit wilden Haaren, wildem Blick und narbigem Gesicht. Seine Haare standen in alle Richtungen ab, sein dichter Bart war schmierig und verfilzt. Er schien sich um nichts zu scheren, was beängstigend war, wenn man es recht bedachte. Und obendrein jagte nun noch ein heftiger Tic über sein Gesicht. Als der Tic aufgehört hatte, sagte Bonz: »Also, wie hättest du's denn gern?«

»Schon gut, schon gut«, erwiderte der Mann hastig. »Was wollen Sie wissen?«

»Tja, zunächst mal: Wie heißen Sie?«, fragte ich.

»Warum?«

»Ich fahr dann mal rechts ran«, sagte Bonz, riss das Lenkrad herum und trat auf die Bremse. Der Pick-up schlingerte an den Straßenrand und blieb quietschend stehen.

»Nein, Himmel, nein! Okay, okay, ich heiße Deacon. Randall Deacon.«

»Genannt Randy?«, fragte Bonz.

Randy nickte.

»Okay, Randy. Jetzt übernimmt Charlie wieder. Sei schön brav.«

Bonz fuhr weiter. Randy sah mich an, er war bleich. Er sah aus, als würde er von nun an wirklich brav sein.

»Sehen Sie, Randy«, begann ich, »ich weiß nicht genau, was ich Sie fragen soll, also sagen Sie mir doch einfach, was ich Ihrer Meinung nach wissen will, okay?«

Er nickte. »Ich bin Ihnen gefolgt.«

»Was? Mir gefolgt? Seit wann?«

»Seit Langem.«

»Seit wann?«, wiederholte ich in schärferem Ton.

Er schluckte nervös. »Mit Unterbrechungen seit dreizehn Jahren.«

Ich musste mich verhört haben. Vielleicht hatte er dreizehn Tage gesagt. Oder vielleicht sogar dreizehn Wochen. »Seit dreizehn Jahren?«, fragte ich. Er nickte. *Heilige Scheiße.* »Seit dreizehn Jahren?«

»Hm, hm. Und ich war nicht allein.«

»Wie meinen Sie das?«

»Ich gehöre zu einem Team. Ich bin Privatdetektiv. Wir alle. Wir sind zu viert in unserer Detektei. Wir folgen Ihnen in Schichten.«

»Folgen mir in Schichten«, wiederholte ich. »Was ist mit Ihren anderen Aufträgen?«

»Wir haben nicht viele andere Aufträge. Früher schon,

aber seit wir diesen Auftrag übernommen haben, mussten wir fast alles andere abgeben. Sie waren eine Zeit lang unser Vollzeitauftrag.«

»Seit dreizehn Jahren?«, fragte ich noch einmal.

»Größtenteils.«

Bonz sagte: »Charlie, ich glaube, das mit den dreizehn Jahren haben wir jetzt geklärt. Vielleicht möchten Sie weitermachen.«

Der hatte gut reden. Sicher, ich ließ nicht davon ab, aber wer in meiner Lage würde das schon?

»Mal sehen, ob ich das richtig verstanden habe. Ihre Detektei hat sich in den letzten dreizehn Jahren nichts anderem gewidmet als dem Auftrag, jeden meiner Schritte rund um die Uhr zu verfolgen?«

»Nun ja, nicht ganz.«

Randy erklärte, zuerst hätten sie das tatsächlich so gemacht. Er und seine Partner hatten jeder eine Achtstundenschicht übernommen, und der vierte Mann hatte den Tag frei gehabt. Tagsüber waren sie mir gefolgt, wohin ich auch gegangen war, hatten vorgegeben einzukaufen, wenn ich einkaufte, waren in denselben Film gegangen, wenn ich ins Kino gegangen war.

»Wir waren sogar bei Ihren Verabredungen mit Frauen dabei«, sagte Randy ein bisschen verlegen.

»Was?!«

»Wenn Sie in ein Restaurant gegangen sind, haben wir uns an die Bar gesetzt, wenn es eine gab, oder wir haben Sie von der Straße aus beobachtet, manchmal auch von einem anderen Tisch aus. Und jede Nacht haben wir Ihre Wohnung beobachtet.«

Randy räumte ein, dass sie mich hin und wieder aus den Augen verloren hätten, aber, fügte er mit einem Anflug von Stolz hinzu, nur sehr selten und nie lange. Ich hielt ihm entgegen, dass ich ja auch manchmal in Urlaub gefahren sei, und Randy erklärte, dass zwei von ihnen immer mitgefahren seien. Randy hatte Disney World sehr genossen, aber bei seinen Partnern war die Ferieninsel Martha's Vineyard der Favorit gewesen.

Fassungslos schüttelte ich den Kopf. »Sie haben gesagt, ›zuerst‹ hätten Sie mich rund um die Uhr beschattet. Also hat es sich irgendwann geändert.«

Ich lieferte die Fragen, Bonz machte Druck, und Randy redete. Zwei Jahre nach Beginn der Überwachung wurden Randy und seine Kollegen angewiesen, ein wenig zurückzustecken. Daher hatten sie die Nachtschicht manchmal ganz ausfallen lassen, bei anderen Gelegenheiten waren sie abgezogen, nachdem ich ins Bett gegangen war. Im Lauf der Jahre durften sie meine Überwachung immer weiter lockern. Man erlaubte ihnen sogar, wieder ein paar andere Klienten zu übernehmen. In den letzten Jahren hatten sie mich nur noch tagsüber und an drei Abenden pro Woche überwacht, wobei die Abende von Woche zu Woche wechselten. Randy merkte an, dass sie von Zeit zu Zeit einen Anruf erhielten mit der Anweisung, die Überwachung zu verstärken, aber normalerweise durften sie sie nach wenigen Tagen wieder lockern.

»Warum sollten Sie sie manchmal verstärken?«

»Ich nehme an, dass Sie irgendwas Verdächtiges getan hatten.«

»Und gestern Abend? Warum haben Sie meine Wohnung gestern Abend überwacht? Hatte man Sie aufgefordert, mich wieder stärker zu überwachen?«

»Nein, gestern war einer der planmäßigen Abende.«

Arschloch. So unfassbar das alles war, es ergab zugleich einen Sinn: all die Bilder dieses Mannes, die ich vor meinem geistigen Auge gesehen hatte, jedes Mal in anderer Kleidung, mit anderem Aussehen. »Sie verkleiden sich«, sagte ich.

»Manchmal. Um ein bisschen mehr Abwechslung reinzubringen. Tun wir alle.«

»Habt ihr getan«, sagte Bonz. »Vergangenheitsform. Ihr werdet euch eine neue Arbeit suchen müssen.«

»Scheiße, solange ich noch am Leben bin, ist das okay. Ich hatte in dem Kofferraum viel Zeit zum Nachdenken. Ich würde gerne weiterleben.«

»Mal sehen«, erwiderte Bonz.

»Ich habe Sie neulich nachts in dem Durchgang neben meinem Haus gesehen«, sagte ich. »Sie lagen auf der Erde, als würden Sie einen Rausch ausschlafen.«

»Ich war bewusstlos.«

»Das war ich«, erklärte Bonz. Es war schwer zu sagen, aber es konnte sein, dass er lächelte. »Ich habe gesehen, dass er Ihr Haus beobachtete. Wusste nicht, wer zum Teufel er war, aber es hat mir nicht gefallen, dass er ein Haus beobachtet, in das ich rein will, also habe ich ihn ausgeschaltet. Und als ich ihn heute Nacht wieder da sah, habe ich angenommen, dass er was weiß. Ich habe ihn mir geschnappt und ihm ein paar Fragen gestellt, während ich ihn zu Ihrem Wagen geschleift habe. Er hat mir ein bisschen von dem erzählt, was er gerade Ihnen erzählt hat. Auch von dem großen hässlichen Mistkerl, der sich in Ihr Haus geschlichen hatte, kurz bevor ich kam, und den er in all den Jahren, die er das Gebäude überwacht hat, noch nie gesehen hatte. An seiner Beschreibung von dem Kerl war was, ich weiß auch nicht, ich war wirklich nicht sicher, bis ich in Ihre Wohnung geplatzt bin und Grossi sah. Jedenfalls, bevor ich zu Ihnen hoch bin, habe ich unseren Randy in Ihren Kofferraum gesteckt.«

Meine Gedanken überschlugen sich. Das war einfach zu

viel. »Sie waren das, Sie Arschloch«, sagte ich. »Die ganze Zeit.« Die Schritte, die Blicke, das Gefühl, beobachtet zu werden. All die Jahre waren es Randy und seine Kollegen gewesen. Ich *war* verfolgt worden, ich *war* beobachtet worden. Ich war nicht paranoid und war es auch nie gewesen. Es stimmte alles. Verdammt! Ich hatte mit meiner Therapie bei Dr. Fielding eine Menge Geld zum Fenster hinausgeworfen.

»Randy«, sagte ich, »die nächste Frage ist wichtig. Ich rate Ihnen, ehrlich zu antworten. Wir werden es wissen, wenn Sie lügen, und es wird uns nicht gefallen. Vor allem diesem Gentleman nicht.« Ich nickte Bonz zu.

»Okay«, erwiderte Randy nervös.

»Wer hat Sie beauftragt, mir zu folgen?«

»Scheiße«, sagte er mutlos. »Ich wusste, dass Sie das fragen würden.«

»Dann antworte«, befahl Bonz.

Randy schluckte. Bonz und ich waren still, Randy nicht. Ich hörte, wie ihm ein leises Wimmern entwich. Er war kein kleiner Mann. Ich schätzte ihn auf über eins achtzig und ungefähr neunzig Kilo. Und er wirkte zäh. Dennoch hatte er soeben gewimmert. Diese Wirkung hatte Bonz manchmal. Aber vielleicht war es diesmal gar nicht Bonz.

»Wir warten«, sagte er.

Randys Unterlippe bebte.

»Ich will es Ihnen leicht machen«, sagte ich. »War es jemand, der für Carmen Siracuse arbeitet?«

Randy schloss die Augen. Als er sie wieder aufschlug, wirkte er sogar ein wenig erleichtert, weil wir es bereits wussten. Er nickte. »Wir hätten keine andere Wahl, sagte der Mann. Alle anderen Mandanten abgeben, Sie im Auge behalten und ordentlich dafür bezahlt werden, oder uns weigern, und dann würden uns schlimme Dinge zustoßen, uns allen, auch unseren Familien. Zuerst haben wir trotzdem abgelehnt. Aber dann endete Kevin, einer der Jungs bei uns im Büro – na ja, früher hat er bei uns gearbeitet –, mit zwei Nägeln im Schädel. Er ist jetzt blind.«

Ich begegnete kurz Bonz' Blick.

Verzweifelt wandte Randy sich an mich. »Wir hatten keine andere Wahl.«

»Wie lauteten eure Anweisungen?«, fragte Bonz.

Erneut schluckte Randy nervös und erzählte es uns. Sie waren angewiesen, mir überallhin zu folgen und jeden Ort zu melden, an den ich ging, alles, was ich tat, jede Person, mit der ich mich traf, und, wenn möglich, Fotos zu machen. Jede Woche kam jemand in ihr Büro und holte einen Umschlag ab, der den Bericht und die Fotos enthielt. Ich fragte Randy, ob sie nach irgendetwas Bestimmtem hätten Ausschau halten sollen, und Randy schüttelte den Kopf. Er sagte, Siracuse habe ganz offensichtlich nach etwas Bestimmtem gesucht, und sie hätten angenommen, er hoffe, ich würde sie an irgendeinen Ort oder zu einer bestimmten Person führen, und Siracuse oder derjenige, der die wöchentlichen Berichte las, wisse, wonach sie suchten. Randy und seine Partner stellten ihre Anweisungen nicht infrage, nicht nachdem Kevin genagelt worden und erblindet war.

Ich setzte mein Verhör fort und erfuhr, dass Randy meine Wohnung illegal verwanzt hatte, worüber ich so richtig sauer war. Es ging mir weniger darum, dass er gegen verschiedene Gesetze verstoßen hatte, um meine Privatsphäre zu verletzen – ich meine, hier handelte es sich nicht nur um Einbruch, sondern in Massachusetts ist schon das Abhören der Kommunikation zwischen Menschen illegal –, sondern mir wurde klar, dass Randy und seine Partner gelegentlich auch mitgehört hatten, wenn Jessica und ich uns geliebt hatten. Und es besänftigte mich nicht im Geringsten, als Randy sagte, es sei okay gewesen, es habe geklungen, als wüsste ich, was ich tue. Überdies hatten sie meinen Wagen verwanzt, ebenso meine Telefone im Büro und in meiner Wohnung.

»Was ist mit meinen Handys?«

»Wir haben es nie geschafft, in einem von denen eine Wanze unterzubringen, aber manchmal konnten wir mit einem Richtungsmikrofon mithören.«

»Herrgott.«

»Normalerweise erfuhren wir durch die Wanze im Telefon in Ihrer Wohnung, wann wir uns zurückziehen mussten, weil Sie andere Privatdetektive beauftragt hatten, Ihnen zu folgen.«

Bonz sah mich an, als wäre *ich* der Labilere von uns zweien. »Sie haben Leute angeheuert, die Sie verfolgen sollten?«

Ich atmete geräuschvoll aus. »Ich habe jahrelang gedacht, ich würde verfolgt. Herrgott, ich dachte schon, ich wäre verrückt. Aber ab und an hatte ich die Hoffnung, dass ich mir das gar nicht einbildete, und ein, zwei Mal habe ich versucht, es zu beweisen, indem ich jemanden beauftragte, mir zu folgen, um zu sehen, ob mir *jemand anderes* folgte.«

»Und wir haben es mitbekommen, wenn Sie diese Detektive kontaktiert haben«, sagte Randy, »und haben uns zurückgezogen, waren viel vorsichtiger, bis Sie aufgaben und den Auftrag, Sie zu verfolgen, beendeten. Dann sind wir zu unserer normalen Routine zurückgekehrt.«

»Arschlöcher«, sagte ich.

»Ihr habt alles mitgehört, was in Charlies Wohnung passiert ist, und alles, was über seine Telefone gesprochen wurde?«, fragte Bonz. »Das klingt aber nach viel mehr Personal, als ihr habt.«

»Wir haben nicht immer zugehört. Wir haben alles aufgenommen. Wir haben eine Vollzeitschreibkraft beschäftigt, die die Aufnahmen abgehört und dann beschrieben hat, was sie gehört hatte. Sie hat die Gespräche transkribiert. Die Transkripte haben wir den Berichten beigelegt.«

Bonz nickte. »Wenn Siracuse sich so sicher gefühlt hat, dass er Randy und seinem Team erlaubt hat, die Überwachung zurückzuschrauben, hat das wahrscheinlich teilweise an den Wanzen gelegen und teilweise daran, dass das Band auch nach Jahren noch nicht aufgetaucht war.«

»Welches Band?«, fragte Randy.

»Schnauze, Arschloch«, fuhr ich ihn an.

»Also, Charlie«, sagte Bonz, »haben Sie alles, was Sie von dem Kerl brauchen?«

Ich sah Randy an. Mir war danach, ihm ins Gesicht zu boxen. »Ja. Werden wir ihn los.«

»Scheiße, Scheiße, Scheiße«, jammerte Randy. »Sie haben gesagt, Sie würden mich nicht töten.«

»Ich habe gesagt, Schnauze«, sagte ich. »Wir werden Sie nicht töten, Sie verdammter Glückspilz.«

Randy wirkte erleichtert, aber nur kurz. »Spielt wohl keine Rolle. Carmen Siracuse wird uns so oder so töten. Unsere Überwachung ist geplatzt.«

»Machen Sie sich keine Sorgen wegen Siracuse«, sagte ich. »Der ist bald erledigt.«

Randy konnte sich ein bitteres Auflachen nicht verkneifen. Ich kann nicht behaupten, dass ich es ihm übel nahm.

»Dann sind Sie mit mir fertig?«, fragte er.

Bonz heftete seine dunklen, wilden Augen auf Randy. »Du wirst Siracuse oder seinen Männer nicht, auf keinen beschissenen Fall, erzählen, dass du mit uns gesprochen hast.«

»Meinen Sie, ich will damit angeben?«

»Und du wirst denen nicht sagen, wo wir sind oder wo wir deiner Meinung nach hinwollen.« Randy schüttelte energisch den Kopf. »Und du wirst nicht mit der Polizei reden.«

»Und zugeben, dass wir illegal abgehört haben?«, entgegnete er. »Das werde ich nicht, ich schwöre es. Kann ich jetzt gehen?«

Bonz schien über seine Frage nachzudenken.

»Kommen Sie, ich habe Ihnen alles gegeben, was Sie wollten.«

»Tja, nicht ganz«, sagte Bonz. »Charlie, er hat garantiert ein Handy in der Tasche. Das wollen wir. Und nehmen Sie sein Bargeld. Das können wir brauchen. Ach, und schnappen Sie sich seinen Führerschein.«

»Wofür brauchen Sie den?«, fragte Randy.

Bonz sah ihm im Rückspiegel in die Augen. »Damit ich weiß, wo du wohnst, Randy, für den Fall, dass ich zu dem Schluss komme, dass du uns angelogen hast oder nicht so hilfsbereit warst, wie du hättest sein können, oder dass ich vermute, dass du Siracuse hilfst, uns zu finden, oder dass du den Cops von unserer kleinen Unterhaltung hier erzählst und davon, dass wir dich entführt haben, oder für den Fall, dass du dein Handy sperren lässt, obwohl wir es noch brauchen, etwas in der Richtung. Wenn ich weiß, wo du wohnst, kann ich dich einfach besuchen und mit dir drüber reden. Nicht wahr?«

»Ja«, sagte Randy. Er schloss die Augen.

»Würde dir das gefallen? Wenn ich dich besuche?«

»Nichts für ungut, aber ich glaube nicht.«

»Kein Problem, Randy, weil du nämlich recht hast. Es würde dir überhaupt nicht gefallen. Wir verstehen uns, stimmt's?«

Randy öffnete die Augen und nickte. Ich fand das Handy

in seiner Tasche sowie Geld und Führerschein in seiner Brieftasche.

»Okay«, sagte Bonz, »*jetzt* hast du uns alles gegeben, was wir wollen.«

Eigentlich hätte ich Randy gern Hakenkreuze und die Worte »White Power« eintätowiert und ihn dann, immer noch an Händen und Füßen gefesselt, in Roxbury rausgeworfen, einem gefährlichen, einkommensschwachen Vorort von Boston, wo man garantiert nicht nachts, als Neonazi aufgemacht, entdeckt werden wollte. Aber dann dachte ich an seinen blinden Kollegen mit den Nägeln im Kopf und begriff, dass Randy und den übrigen Privatermittlern in seiner Firma wirklich kaum eine andere Wahl geblieben war. Sicher, ich war wütend auf sie alle. Sie hatten mich in die Therapie getrieben, hatten mich glauben gemacht, ich sei verrückt. Aber nachdem ich Grossi von Angesicht zu Angesicht gegenübergestanden hatte, konnte ich es ihnen da verdenken? Am Ende zerschnitten wir Randys Fesseln und ließen ihn an einer Straßenecke in Watertown in der Nähe des Massachusetts Turnpike raus. Der verdammte Glückspilz.

DREISSIG

Mit dem Inhalt der Kasse aus dem Secondhandladen und Randy Deacons Brieftasche verfügten Bonz und ich über hundertvierundachtzig Dollar, wir konnten damit also im Walgreens-Drugstore einkaufen. Der Angestellte an der Kasse schien uns nicht zu erkennen, also waren unsere Gesichter – oder wahrscheinlicher nur mein Gesicht, denn die Cops hatten keine Ahnung, wer Bonz war – entweder noch nicht im Fernsehen oder in den Morgenausgaben der hiesigen Zeitungen zu sehen gewesen, oder der Angestellte schaute weder Nachrichten noch las er Zeitung. Ersteres war sicherlich möglich, Letzteres extrem wahrscheinlich.

Sobald wir vom Parkplatz des Drugstores herunter waren, stürzten wir uns auf das Junkfood, das wir gekauft hatten, rissen Tüten auf und Zellophanfolien ab. Wir stopften uns Brezeln und Cupcakes in die gierigen Münder und spülten mit Eistee und Mineralwasser nach.

Nach dem Essen sah ich mir die übrigen Waren in unseren Einkaufstüten an.

»Wir sind auf der Flucht vor der Polizei und haben hartgesottene Mafiakerle an den Fersen kleben, richtig?«

Bonz nickte.

Ich starrte auf die Einkäufe in einer der Tüten. »Und die schlagen wir mit einem Paar billiger Walkie-Talkies, einer Rolle Industrieklebeband und zwei Schweizer Taschenmessern?«

»Ich habe immer noch die Kanone von dem Cop«, sagte Bonz.

»Oh, na dann ... mit einer Pistole und dem Klebeband fühle ich mich natürlich absolut sicher.«

»Wir haben nur ein begrenztes Budget, Charlie«, sagte Bonz. »Und man weiß nie, wann man das Zeug in der Tüte da brauchen kann. Wir sollten sogar jeder eines dieser Messer tragen, nur vorsichtshalber.«

Ich steckte die Walkie-Talkies und zwei neue Rollen Klebeband in einen kleinen Rucksack, den wir ebenfalls gekauft hatten, dazu Jakes Aufzeichnungen, dann reichte ich Bonz eines der Taschenmesser und steckte das andere selbst in die Tasche. Solcherart bewaffnet, fühlte ich mich gerüstet, es mit einem mageren Pfadfinder-Wölfling aufzunehmen.

Außerdem stand mir nun Randy Deacons Handy zur Verfügung. Ich musste wirklich Jessica anrufen, aber ich bezweifelte, dass Bonz das für eine gute Idee halten würde. Zudem wollte ich allein sein, wenn ich endlich mit ihr sprach, daher beschloss ich, mit meinem Anruf eine bessere Gelegenheit abzuwarten.

Kurz darauf erreichten wir ein Motel mit dem Namen Stay-Long. Ich wartete draußen, während Bonz unser Zimmer bezahlte.

Das Zimmer war vom Typ »modernes Motelzimmer«, was bedeutete, dass die Einrichtung fade, ohne Charme und persönliche Note war und die Luft abgestanden roch. Aber es verfügte über eine Dusche und zwei Betten, was wiederum bedeutete, dass es genau richtig für uns war.

Bonz duschte zuerst, er hatte es nötiger als ich. Wir hatten beschlossen, mit einigen der Dinge, die wir gekauft hatten, unsere Erscheinung ein wenig zu verändern.

Während Bonz sich wusch, setzte ich mich auf eines der Betten, holte das Handy aus der Tasche meiner gestohlenen Lederjacke und wählte Jessicas Nummer, behielt dabei aber die Badezimmertür im Auge und lauschte auf das laufende Wasser. So sehnlich ich mit ihr reden wollte, so sehr graute es mir zugleich vor diesem Anruf. Als ich es bei ihr klingeln hörte, sah ich auf die Uhr. Sechs Uhr fünfzig. Sie würde wach sein. Wahrscheinlich sah sie gerade in diesem Augenblick die Morgennachrichten. Wahrscheinlich hatte sie schon einen Bericht über mich gesehen. Und selbst wenn nicht, würde sie bald genug von dem Mord an Angel in meiner Wohnung erfahren. Vielleicht hatte die Polizei schon bei ihr angeklopft und nach mir gesucht. Ich musste mit ihr reden. Ich musste das erklären.

Beim dritten Klingeln überlegte ich, ob dieser Anruf vielleicht doch keine so gute Idee war. Aber die Polizei konnte noch keine Genehmigung für das Abhören ihres Telefons bekommen haben, und ich glaubte nicht, dass sie dem einfach so zustimmen würde. Ich beschloss, nur kurz mit ihr zu sprechen. Nach dem fünften Klingeln sprang Jessicas Anrufbeantworter an. Mist. Im Display war natürlich Deacons Nummer erschienen, und die kannte sie nicht. Warum sollte sie um zehn vor sieben am Morgen mit jemandem, den sie nicht kannte, sprechen wollen?

Nach dem Piepton zögerte ich kurz, weil ich überhaupt nicht wusste, was ich sagen sollte. Schließlich sagte ich: »Jess, ich bin's. Ich habe es nicht getan. Du musst mir glauben. Ich bin in Schwierigkeiten, ja, aber nicht so, wie du denkst. Ich … brauche nur ein bisschen Zeit, um über alles nachzudenken, aber ich werde einen Ausweg finden. Bitte … glaube mir einfach.« Ich hielt inne, aber mir fiel nichts anderes mehr ein als: »Ich liebe dich.«

Ich legte auf. Im Bad lief noch immer die Dusche, also legte ich mich aufs Bett. Im Augenblick konnte ich nichts weiter unternehmen. Ich würde Jessica erneut anrufen, sobald ich konnte. Ich schloss die Augen, und meine Gedanken drifteten ab zu Carmen Siracuse' fettem Gesicht, als er mir mit schokoladenverklebten Zähnen ins Gesicht log, er habe nichts mit dem Verschwinden meines Bruders zu tun. Ich dachte an Siracuse' krankes Arschloch von einem Vollstrecker, Grossi, mit seinem Hammer an der Hüfte und seiner Tasche voller Nägel. Aber ich wusste, es brachte nichts, an sie zu denken, daher zwang ich mein Gehirn, sich mit Jakes Hinweis zu befassen, wenn ich Antworten wolle, solle ich mich dem Gebet zuwenden. Darüber dachte ich nach, und über Father Sean, die Kirche Saint John's und das, was ich dort gesehen hatte, und wo in der Kirche das Band versteckt sein konnte, denn ich glaubte noch immer, es müsse irgendwo dort sein. Über all das dachte ich nach, entschlossen, irgendeinen Fortschritt zu erzielen, ehe ich mich dem Schlaf überließ.

Zehn Sekunden später, so kam es mir vor, rüttelte Bonz mich wach. Mit müden Augen nahm ich zur Kenntnis, dass seine langen Haare und der Bart feucht waren und er nur ein Motelhandtuch um die Hüften trug.

»Du bist dran.«

Ich war so erschöpft, dass ich mich wie betäubt fühlte oder so, als hätte ich eine Gehirnerschütterung. Ich hievte mich vom Bett. Nach meinem viel zu kurzen Eintauchen in die Tiefen des Schlafs fühlte ich mich nur noch erschöpfter. Auf dem Weg zum Bad warf ich unwillkürlich einen Blick auf Bonz' nackten Oberkörper, der aus mehreren Gründen einen eindrucksvollen Anblick bot. Obwohl er sich zweifelsohne jahrelang mangelhaft und ungesund aus Mülltonen oder gelegentlich in einem Obdachlosenasyl ernährt hatte, besaß er einen beeindruckenden Körper. Er war schlank, die Muskeln waren fest und wohldefiniert. Aber nicht das war es, was meinen Blick fesselte. Vielmehr sah ich jetzt mit schonungsloser Deutlichkeit, was ich im trüben Licht des Secondhandladens nur flüchtig erahnt hatte. Bonz' Oberkörper war eine Landkarte aus Narben und Wundmalen, ausgefransten wie auch sauberen, grausam glatten. Manche waren flache Gräben in seiner Haut, andere erhabene, rote, wulstige Schnüre. Die Narben bedeckten fast jeden Zentimeter seiner Haut, verliefen über- und untereinander, vertikal, diagonal, horizontal. Hier und dort sah ich hässliche, verblasste, unregelmäßige Brandmale. Diese Male bedeckten auch seine Arme und das, was ich unter dem dichten Bart von seinem Hals sehen konnte. Ich vermochte mir nicht vorzustellen, was – oder besser wer – einem anderen Menschen so etwas antun konnte. Andererseits musste ich es mir auch nicht vorstellen. Ich wusste es. Es war Grossi.

Bonz hatte offenbar den Großteil des heißen Wassers verbraucht, doch ich fand die lauwarme Dusche erfrischend. Als ich mir hinterher das Handtuch um die Hüften schlang, fühlte ich mich ein wenig verjüngt. Aber nur ein wenig. Ich ging ins Schlafzimmer und fand Bonz, laut schnarchend, im anderen Bett auf dem Rücken liegen.

»He«, sagte ich.

Nichts. Ich wiederholte es lauter. Immer noch nichts. Ich stupste ihn an der narbigen, muskulösen Schulter an. Er stöhnte.

»Tun wir's«, sagte ich.

Bonz setzte sich auf. »Scheiße.«

Wir nahmen unsere Tüte und gingen gemeinsam ins Bad. Im grellen weißen Licht der Badezimmerlampe waren Bonz' Narben noch fesselnder. Ich versuchte, nicht hinzustarren, aber Bonz ertappte mich ein, zwei Mal dabei. Es schien ihm nichts auszumachen.

Nun sah ich, dass er dunkelblonde Haare hatte. So fettig, wie sie vorher gewesen waren, hatten sie viel dunkler gewirkt. Ich nahm eine Bürste und einen weit gezahnten Kamm und attackierte die verfilzte Stelle an seinem Kopf. Es war, als wollte man einen streunenden Schäferhund striegeln. Die Knoten in seinem Bart konnte er selbst auskämmen. Dann nahm ich unsere brandneue Schere und begann zu schneiden. Ich wünschte, wir hätten eine Gartenschere gekauft, aber ich hackte drauflos, so gut ich konnte. Ich schnitt ganze Klumpen ab, arbeitete mich durch ein paar gordische Knoten und zerrte immer wieder Bürste oder Kamm durch seine dichten Zotteln. Es muss höllisch wehgetan haben, aber er knurrte nur ein paarmal. Nach einigen Minuten trat ich zurück, um mein Werk zu begutachten. Bisher hatten die Haare Bonz bis über die Schultern gereicht und in allen Richtungen wild vom Kopf abgestanden. Jetzt variierte seine Haarlänge zwischen fünf und sieben oder acht Zentimetern. Zugegeben, seine Haare sahen scheiße aus, aber unter den gegebenen Umständen hatte ich es gar nicht so übel gemacht.

Als Nächstes nahm Bonz die Schere und schnitt den Großteil seines Bartes ab. Während er sich abmühte, sagte er: »Hast du dir genau überlegt, was du da vorhast?«

»Wie meinst du das? Ich will dieses Audioband finden und Siracuse zur Strecke bringen. Und ich will meine Unschuld beweisen.«

Bonz schwieg eine Weile. Er kämpfte mit einem besonders niederträchtigen Knoten in seinem Barthaar. Schließlich sagte er: »Bist du sicher, dass du dich nicht lieber verstecken, nicht lieber flüchten willst? Es ist nicht ganz einfach, den Cops immer ein Stück voraus zu sein. Und, tja, Siracuse und seine Jungs ... das sind ein paar wirklich eklige Leute, die da hinter dir her sind. Glaub mir, ich weiß es.«

»Ich werde nicht weglaufen und mich verkriechen, Bonz. Ich will die Leute, die mein Leben ruiniert und meinen Bruder ermordet haben, dafür bezahlen lassen. Außerdem, wenn ich mich verkrieche, müsste ich Jessica verlassen, und das kommt nicht infrage.«

Er nickte. Dann runzelte er die Stirn und unterbrach das Bartstutzen.

»Was ist?«, fragte ich.

Nach einer Weile zuckte er die Achseln, sagte aber immer noch nichts.

»Nein«, beharrte ich, »was ist los?«

»Nur dass du gesagt hast, du willst Jessica nicht verlassen.«

»Und?«

»Tja, bist du sicher, dass sie noch mit dir zusammen sein will? Nach alldem?«

Ich hielt seinem Blick im Spiegel stand. »Ja. Bin ich. Sie will. Sie wird mir glauben. Ich weiß es.«

Bonz zuckte erneut die Achseln und widmete sich wieder den Haaren in seinem Gesicht. Entweder hatte ich so überzeugend gesprochen, dass Bonz nicht anders konnte, als sich meinem unerschütterlichen Vertrauen in Jessica anzuschließen, oder – wahrscheinlicher – es war ihm einfach nicht so wichtig.

Nach einer Weile fragte ich: »Was ist mit dir? Was willst du? Du könntest dich doch jetzt ganz einfach aus dem Staub machen. Alles konzentriert sich auf mich. Die Cops wissen nicht, wer du bist, und Siracuse' Leute wissen nicht, wie du jetzt aussiehst. Du könntest einfach verschwinden und woanders neu anfangen.«

Er schüttelte den Kopf, und ein kleiner Tic zuckte über sein Gesicht. »Sie haben auch mein Leben ruiniert. Dreizehn Jahre einfach weg. Haben mir alles genommen. Meinen Finger. Meinen Scheißverstand. Dafür muss jemand bezahlen.«

»Dann sind wir ja auf einer Wellenlänge.«

»Sieht so aus.«

»Wir müssen dieses Band finden«, sagte ich.

Er nickte.

Bonz war fertig mit dem groben Stutzen seines Bartes. Ich öffnete eine Packung mit Haarfärbemittel, las die Gebrauchsanweisung, zog Gummihandschuhe über und machte mich an die Arbeit. Bonz' Haare und Bart waren innerhalb von knapp zwanzig Minuten pechschwarz.

Nach dem Färben stöpselte Bonz unseren neuen Elektrorasierer mit dem Barttrimmeraufsatz ein und kürzte seinen Bart nochmals, bis er eine manierliche Länge hatte. Dann schmierten wir ihm Gel in die Haare und verpassten ihm einen trendigen, sorgfältig zerzausten Look, wodurch nicht so auffiel, dass auf seinem Kopf keine zwei Haarsträhnen die gleiche Länge hatten.

Da Bonz nun fertig frisiert war, arbeiteten wir an mir weiter. Bonz schnitt mir die Haare sehr kurz, dann gingen wir direkt zum Färben über. In kürzester Zeit waren meine bis dato dichten dunklen Locken zu einem platinblonden Bürstenschnitt geworden. Ich sah albern aus, aber auch sehr verändert, und darum ging es ja. Als wir so vor dem Spiegel standen und unser Werk begutachteten, mussten wir zugeben, dass die Verwandlung bei uns beiden bemerkenswert war. Vor allem Bonz sah wie ein völlig anderer Mensch aus. An den Narben in seinem Gesicht und seiner schiefen Nase konnten wir nichts ändern, aber auch so war er beinahe nicht wiederzuerkennen. Mein größtes Problem war, dass eine Hälfte meines Gesichts immer noch voller Blutergüsse war, auch wenn das hässliche Violett allmählich zu einem hässlichen Senfgelb verblasste.

Wir hatten ein wenig Damen-Make-up gekauft, und ich trug versuchsweise ein wenig von der hautfarbenen Grundierung oder Abdeckung oder wie zur Hölle das heißen mochte auf, erreichte damit aber bloß, dass es bizarr aussah, unnatürlich. Wir beschlossen, es darauf ankommen zu lassen und gänzlich auf Make-up zu verzichten.

Die abgeschnittenen Haare sammelten wir, so gut es ging, ein und spülten sie in kleinen Portionen in der Toilette herunter. Wenn wir irgendwann das Motel verließen, wollten wir so wenig Spuren hinterlassen wie möglich. Da Bonz genügend Haare gelassen hatte, um eine Familie nackter Grizzlys damit zu bekleiden, dauerte der Spülvorgang eine Weile.

Als wir fertig waren, begutachteten wir unseren neuen Look nochmals im Spiegel. Bonz sah meinem Spiegelbild in die Augen. Er wollte etwas sagen, zögerte und nahm einen neuen Anlauf. »Weißt du, Charlie, auch wenn wir das Band finden und aller Welt das erzählen, was Siracuse ums Verrecken nicht will, dass die Welt es erfährt, hilft dir das vielleicht einen Scheißdreck. Vielleicht kommst du trotzdem wegen dem Mord ins Gefängnis.«

Ich war überrascht, dass Bonz nach so vielen Worten nicht völlig außer Atem war. Es war nicht zu übersehen, dass er sich veränderte. Seine Sätze wurden länger. Aber vor allem, fand ich, wurden seine Tics, das Kopfzucken und die Phasen, in denen er seinen Fingerstummel anstarrte, kürzer und seltener. »Das ist mir klar«, sagte ich. »Darum sorge ich mich später. Im Augenblick will ich Rache, schlicht und ergreifend.«

Bonz lächelte, was nun, da er fünfundneunzig Prozent seiner Gesichtsbehaarung eingebüßt hatte, deutlich leichter zu erkennen war. »Dann sind wir jetzt wirklich auf einer Wellenlänge.«

»Sieht so aus«, bestätigte ich und fragte mich, ob ich mir Sorgen machen sollte, weil ich mit jemandem wie Bonz auf einer Wellenlänge war. »Ich gehe jetzt ins Bett. Mit etwas Glück fällt mir im Schlaf etwas ein.«

»Ich komme gleich nach«, sagte Bonz und ging zur Toilette. »Mach die Tür hinter dir zu.«

Das tat ich. Dann schleppte ich meinen müden Körper zu einem der Betten und legte mich hinein. Milde verärgert, registrierte ich, dass das Motelbettzeug rau, ja, sogar kratzig war. Die Matratze war zu fest und zu klumpig, aber ich würde es überleben. So erschöpft, wie ich war, würde das ohnehin keine Rolle spielen. Ich würde keine Probleme haben einzuschlafen.

Im Bad ertönte die Toilettenspülung. Gleich darauf kam Bonz splitterfasernackt heraus.

»Eine Toilette«, sagte er. »Eine echte Toilette, mit einer Tür.«

Ich mochte gar nicht wissen, wie Bonz in den letzten Jahren mit dem Ruf der Natur umgegangen war.

Er ging zum anderen Bett und schlüpfte hinein.

»Heilige Scheiße«, sagte er.

»Was ist los?«

»Bettzeug. Herrgott, ich hatte ganz vergessen, wie sich das anfühlt. Schlägt Pappe um Längen. Scheiße, das ist einfach himmlisch.«

Und ich hatte mich im Stillen über das Bettzeug beklagt, dabei hatte dieser Mann auf Kartons oder nacktem Beton geschlafen.

Ehe ich wegdöste, wollte ich noch ein bisschen nachdenken. Ich lag mit offenen Augen da, starrte an die Decke und ging im Kopf die Fakten durch. Doch mein geistiges Objektiv wurde rasch unscharf, und angenehme Leere trat an die Stelle meiner Gedanken.

Später – wie viel später, wusste ich nicht – wurde ich davon wach, dass Bonz sich im Bett hin und her warf. Im fahlen Licht, das durch die Motelvorhänge drang, sah ich, dass er mitten in einem wüsten Albtraum steckte. Das Gesicht verzerrt, die Zähne gebleckt, die Halsmuskulatur zum Zerreißen angespannt, warf er den Kopf von einer Seite zur anderen, stöhnte und schnappte abwechselnd nach Luft. Ich wollte ihn schon rufen, um ihn aus dem finsteren Abgrund des Schreckens zu reißen, in den er offenbar gestürzt war, doch da entspannte sich sein Gesicht unvermittelt, sein Mund erschlaffte, und seine Atmung wurde wieder ruhiger. Ich schloss erneut die Augen und überließ mich einem glückseligen, traumlosen Schlaf.

EINUNDDREISSIG

Ein kehliges, animalisches Knurren weckte mich aus tiefem Schlaf. Ich saß kerzengerade im Bett und riss entsetzt die Augen auf. Sonnenschein drang durch eine schmale Lücke in den Vorhängen und schlug eine Lichtschneise durch den dunklen Raum. Erneut ertönte dieses Knurren, aus nächster Nähe, und zwar rechts von mir. Jetzt ortete ich auch die Quelle. Im schwachen Licht sah ich Bonz im Bett nebenan auf dem Rücken schlafen. Noch einmal gab er dieses knurrende Schnarchen von sich, das ich beinahe als Vibration in der Brust spürte, dann drehte er sich auf die Seite. Ich rieb mir die Augen und sah auf die Uhr. Zwanzig nach fünf. Am grellen Tageslicht erkannte ich, dass es Nachmittag war, nicht früher Morgen.

Ich lächelte wehmütig. Vor acht Stunden hätte ich im Gerichtssaal sein müssen, um mit der Anklage gegen Vasily Redekov, Unterboss der russischen Mafia, fortzufahren. Unter den gegebenen Umständen hatte der Richter Lippincott gewiss eine Vertagung gewährt, damit der neue Anklagevertreter sich einarbeiten konnte. Redekov und seine Anwälte hatten sicher großen Spaß gehabt an den Artikeln in den heutigen Morgenzeitungen über den Staatsanwalt in ihrem Prozess. Sie mussten sich gefühlt haben wie Kinder am Weihnachtsmorgen. Hatten wahrscheinlich den ganzen Tag gelacht und sich überlegt, wie sie meine Probleme am besten zu ihrem Vorteil nutzen konnten, wenn sie der Jury das nächste Mal gegenüberstanden.

Ich überlegte, ob ich Bonz wecken sollte, damit wir loslegen konnten, doch dann erkannte ich, dass ich gar nicht wusste, womit. Ich hatte keine Ahnung, wie unser nächster Schritt aussah. Also beschloss ich, zu duschen und darüber nachzudenken. Unter der Dusche kann ich gut nachdenken, was großartig ist, wenn man das Wasser nicht selbst bezahlen muss.

Jetzt war das Wasser schön heiß. Ich schloss die Augen und ließ es mir über die müden Muskeln laufen. Der lange Schlaf hatte mir gutgetan. Ich fühlte mich ausgeruht und hellwach. Immer wieder ließ ich mir Jakes Hinweis durch den Kopf gehen. Er hatte gesagt, wenn ich Antworten wolle, solle ich mich dem Gebet zuwenden. Obwohl ich so hellwach war, kam ich nicht darauf, was das bedeuten sollte. Das Einzige, was meiner Meinung nach einen Sinn ergab, war, die einzige Kirche zu durchsuchen, die Jake und ich beide kannten, also Saint John's, aber das hatten Bonz und ich getan, ohne etwas zu finden. Ich zermarterte mir das Hirn.

Eine weitere Möglichkeit kam mir in den Sinn. Vielleicht fand sich im Text eines Gebets ein Hinweis – irgendwelche Worte, die mich zu dem Ort führen würden, an dem Jake das Band versteckt hatte, oder zu der Person, der er es anvertraut hatte. Falls dem so war, musste es selbstverständlich ein katholisches Gebet sein, und zwar eines der bekannteren, da Jake als Erwachsener kein religiöser Mensch gewesen war und den Wortlaut unbekannterer Gebete nicht gekannt hätte. Zudem hatte er gewusst, dass ich sogar noch weniger religiös war als er.

Zunächst ist da natürlich das Vaterunser, das so beginnt: »Vater unser im Himmel …« Dann gibt es das Ave Maria, auf Englisch »Hail Mary«, was nicht nur ein berühmter Football-Pass ist, sondern auch ein ziemlich berühmtes Gebet. Die beiden sind die Hits – sozusagen die Mutter und der Vater aller Gebete. Während ich sie mir immer wieder stumm vorsprach, zweifelte ich allmählich an diesem Denkansatz. Ich konnte mich natürlich irren, aber ich sah in diesen staubigen, uralten Worten schlicht keine Lösung zu Jakes Rätsel. Bonz und ich saßen in der Tinte. Nun ja, *ich* saß in der Tinte. Ohne das Band hatte ich nichts gegen Carmen Siracuse in der Hand, und es war lediglich eine Frage der Zeit, bis er oder die Cops mich schnappten.

Doch da kam mir ein völlig neuer Gedanke. Vielleicht gab es einen anderen Weg. Wenn ich schon das Band nicht finden konnte, vielleicht konnte ich wenigstens herausfinden, was sich darauf befand. Ein Schuss ins Blaue, sicher, aber falls es mir gelang, benötigte ich das Band selbst vielleicht gar nicht. Wenn ich wusste, was es war, das Siracuse so verzweifelt unter Verschluss halten wollte, dann würde ich vielleicht auch Beweise dafür finden – Beweise, die ich den Strafverfolgungsbehörden übergeben könnte. Oder falls gar keine echten Beweise existierten, könnte ich vielleicht bluffen – also Siracuse davon überzeugen, dass ich das Band tatsächlich hatte. Falls er mir das abkaufte, würde er mich in Ruhe lassen müssen. Natürlich würde ich dann nicht in der Lage sein, ihn zur Strecke zu bringen oder den Mord an Jake zu rächen, aber zumindest würde ich dem Gefängnis entgehen. Und falls mir das gelang, konnte ich immer noch weiter nach dem Band suchen oder Beweise zusammentragen, die Siracuse letztlich mit dem Mord an Jake oder dem, was sich auf dem Audioband befand, in Verbindung brachten.

Das war es also, was ich tun konnte: entweder herausfinden, wo das Band selbst war, oder herausfinden, was das Band enthielt, und diese Information gegen Siracuse einsetzen. Und da uns wahrscheinlich nicht gerade viel Zeit blieb, musste ich beides gleichzeitig tun.

Nach einer langen heißen Dusche ging ich zurück ins Zimmer, wo Bonz noch immer vor sich hin schnarchte. Ich kleidete mich an, nahm Jakes Notizen und setzte mich wieder aufs Bett, den Rücken an die Wand gelehnt. Ich streckte die Hand nach der Nachttischlampe aus, warf einen Blick auf Bonz und fragte mich, wie sauer er sein würde, wenn ich Licht machte. Ich beschloss, es darauf ankommen zu lassen, und schaltete das Licht ein. Bonz – dessen neuer kurzhaariger Anblick mich flüchtig stutzen ließ – blinzelte im Schlaf, zog laut die Nase hoch und drehte sich auf den Bauch. Ich zog die Gummibänder von der Mappe ab und begann, Jakes Notizen durchzublättern.

Obwohl ich sie schon oft gelesen hatte und, wie gesagt, ein nahezu eidetisches Gedächtnis habe, hoffte ich auf irgendeine neue Erkenntnis. Jakes Recherchen zu den potenziellen Storys schienen unterschiedlich weit gediehen zu sein. Die ersten Aufzeichnungen bezogen sich auf angebliche finanzielle Unregelmäßigkeiten bei Angehörigen der Erzdiözese Boston. Da waren allgemeine Notizen zu den vermuteten unlauteren Geschäften sowie Namen der vermeintlich Schuldigen und andere Namen und Telefonnummern, offenbar entweder von Informanten oder Zeugen. Es fanden sich auch Randnotizen wie »Mit Margaret M. reden« oder »Auf anderen Skandal anspielen?« darunter. Nach einigen Seiten wechselten die Aufzeichnungen zu einem zweiten potenziellen Artikel, diesmal über den Verdacht des Patientenmissbrauchs in örtlichen Gesundheitseinrichtungen. Wieder gab es Notizen zum Artikel, Listen von Namen mit Kontaktdaten, wo vorhanden, und Randnotizen wie »Mikes Dienstpläne besorgen« und »B. B. 2/76«.

Das letzte Thema behandelte die mögliche Aufdeckung von Korruption in bestimmten Bereichen des Bürgermeisteramts: mittlere Angestellte mit Verbindungen zur Familie Siracuse, der italienischen Mafia. Wieder gab es Notizen zum Artikel, Namen, Gedanken und Informationsfetzen, die an den Rand geschrieben waren. Alles zusammen waren es sechzehn einseitig beschriebene Blätter mit handschriftlichen Informationen, von denen keine etwas in mir auslöste.

Ich seufzte und massierte mir die Schläfen. Ich schloss die Augen und rief mir alles ins Gedächtnis, was auch nur das geringste Potenzial zu haben schien, meine zweigleisigen Nachforschungen voranzutreiben – alles, was ich in der Kirche gesehen hatte, Father Seans tragisch-hässliches Gesicht, alles, was ich in Jakes Aufzeichnungen gelesen hatte, Carmen Siracuse' Worte bei der Wohltätigkeitsveranstaltung, Hammer Grossis Worte in meiner Wohnung –, und diese aus dem Zusammenhang gerissenen Bilder und Worte ließ ich mir frei durch den Kopf gehen in der Hoffnung, zwei oder mehr, die zusammengehörten, würden zueinanderfinden, irgendeine Verbindung eingehen, mir ein kollektives Signal schicken, etwas, das mich in die richtige Richtung stupste. Im Nu war mir schwindelig.

Bonz regte sich. Ich hustete einmal, dann noch einmal, in der Hoffnung, ihn aus dem Schlaf zu reißen. Ich wusste nicht genau, was ich als Nächstes tun sollte, aber schlafen würde uns jedenfalls nicht weiterbringen. Ich hustete noch einmal, und diesmal schlug Bonz die Augen auf und blickte mich finster an. Dann drehte er sich um, setzte sich auf, schlug die Decke zurück und ging nackt durch den Raum ins Bad, wobei er sich kratzte. Ich versuchte, meinen Blick von seinem vernarbten Körper fernzuhalten. Eine Minute später hörte ich die Toilettenspülung, und dann lief die Dusche.

Ich war es müde, mit dem Kopf an eine Tür zu hämmern, die sich nicht öffnen wollte, daher nahm ich das Handy vom Nachttisch. Ich schaltete es ein und sah nach dem Batteriestand. Sah okay aus. Mir war aufgegangen, dass wir kein Ladegerät für Randy Deacons Handy hatten, daher mussten wir den Akku nach Möglichkeit schonen. Ich sah, dass Randy eine Nachricht in der Voicemail hatte. Ich sah auch, dass ich einen Anruf verpasst hatte. Ich drückte so lange Tasten, bis ich das Menü und von dort aus die Liste der entgangenen Anrufe gefunden hatte. Die Nummer des letzten entgangenen Anrufs erkannte ich sofort. Jessica. Ich ging davon aus, dass die Nachricht in der Voicemail von ihr stammte, aber ich kannte Randys Passwort nicht, daher rief ich sie einfach zurück. Da ich schon häufig selbst versucht hatte, einen Richter von der Ausstellung einer Abhörgenehmigung zu überzeugen, vermutete ich, dass es noch zu früh für eine Telefonüberwachung war.

»Wessen Telefon benutzt du?«, fragte sie als Erstes. Nicht »Geht's dir gut?«, fiel mir auf.

»Mach dir deswegen keine Sorgen.«

»Ich bin schon den ganzen Tag in heller Aufregung, Charlie.«

»Ich habe dich heute morgen angerufen. Und eine Nachricht hinterlassen.«

»Ja, ich habe gerade zu Hause meine Nachrichten abgehört. Ich war bei Daddy, als du anriefst. Gleich nach dem Aufstehen habe ich das von dir gehört, und da wollte ich nicht allein sein. Du bist überall in den Nachrichten.«

»Habe ich mir gedacht.«

»Angesehener Bundesstaatsanwalt, bekannt für seinen Kampf gegen das organisierte Verbrechen, tötet mitten in einem großen Mafiaprozess ...« – ihre Stimme brach – »... seinen besten Freund in seiner Wohnung, flieht blutüberströmt, ist flüchtig.« Sie holte zittrig Luft. »Und sie sagen, du hast jemanden entführt, Charlie, du hättest ihn gefesselt in deinem Kofferraum gehabt. Und du hast zwei Polizisten überfallen? Mein Gott!«

»Ich bin unschuldig, Jess. Glaub mir.«

Sie schwieg. Ich glaubte nicht, dass sie mir glaubte. Konnte ich ihr das vorwerfen? Es sah richtig schlecht für mich aus.

»Unschuldig woran genau?«, fragte sie.

»Wo bist du jetzt, Jess?«

»Ich bin noch in der Kanzlei.«

»Du bist heute zur Arbeit gegangen?«

»Daddy musste arbeiten, und ich wollte nicht den ganzen Tag allein herumsitzen und die ganze Zeit an … an das hier denken, also habe ich auch gearbeitet. Unschuldig woran?«, fragte sie noch einmal.

»Nun, ich habe Angel nicht getötet, falls du das meinst. Ich habe die Wohnung wirklich mit seinem Blut befleckt verlassen, aber jemand anderes hat ihn getötet.«

Ich hörte sie schwer atmen.

»Und ich habe diesen Mann nicht entführt – jedenfalls nicht wissentlich. Es ist kompliziert.«

»Und die Cops?«

»Da war ich wohl dabei, aber es ist nicht das, was du denkst, Jessica, nichts davon. Carmen Siracuse hat mich gelinkt.«

Ich hörte ein Schniefen. Sie weinte. Noch ein Schniefen, dann ein leises Schluchzen.

»Jess? Hältst du es nicht für möglich, dass er mich gelinkt hat?«

»Es ist möglich, Charlie. Aber du solltest wissen, dass die Polizei eine Pressekonferenz abgehalten hat. Sie wollten nicht sagen, welche Beweise sie gegen dich haben, aber sie sagen, sie seien überwältigend.«

Das wusste ich bereits, aber es kotzte mich trotzdem an,

es zu hören. »Tja, es wäre kein gutes Täuschungsmanöver, wenn die Beweise schwach wären, oder?«

»Ich weiß nicht, Charlie, ich ... ich weiß einfach nicht, was ich glauben soll.«

»Glaub mir.«

»Das möchte ich gerne.«

»Dann tu's. Ist das wirklich so schwer?«

»Ich will ja, aber so leicht ist das nicht, nicht bei dem, was alle sagen. Du hast keine Ahnung. Sie sagen, noch wasserdichter könnte die Beweislage gegen dich nur sein, wenn sie ein Videoband hätten, auf dem du den Abzug betätigst.«

»Tja, versuch, mir trotzdem zu glauben, ja?«

Anstelle einer Antwort sagte sie: »Mein Vater möchte, dass du dich stellst.«

»Natürlich will er das.«

»Er sagt, es sei deine einzige Chance und jemand wie du sollte das wissen.«

»Ich kann nicht.«

»Er sagt, er kann dir helfen, wenn du dich jetzt stellst.«

»Mord ist ein bundesstaatliches Verbrechen«, entgegnete ich, »er wäre nicht zuständig.«

In ihrer Stimme klang Verzweiflung an. »Aber er sagt, er hat immer noch Einfluss bei der Staatsanwaltschaft Middlesex und er wird alles tun, was in seiner Macht ...«

Ich fiel ihr ins Wort. »Ich werde mich nicht stellen, Jessica, jedenfalls noch nicht.« Sie sagte nichts, sondern schniefte laut. »Zuerst muss ich noch einiges erledigen.«

»Wie zum Beispiel?«

»Wie zum Beispiel meine Unschuld beweisen.«

»Charlie ...«

Im Bad wurde die Dusche abgestellt.

»Jessica, ich muss Schluss machen. Versuch, dir meinetwegen keine Sorgen zu machen.« Viel Glück, dachte ich, denn ich machte mir höllische Sorgen um mich. »Ich werde dem allen auf den Grund gehen«, fuhr ich weit überzeugter fort, als ich mich fühlte. »Ich werde einen Ausweg finden. Ich werde mein altes Leben zurückbekommen. Unser Leben. Das verspreche ich dir. Aber in der Zwischenzeit möchte ich, dass du versuchst, wenigstens versuchst, an mich zu glauben.«

Sie zögerte, dann sagte sie: »Ich versuche es.«

»Danke.«

Ich beendete das Gespräch. Ich hatte erwogen, ihr zu sagen, dass ich sie liebte, denn das tat ich, sehr sogar, aber ich fürchtete, meine Liebeserklärung würde ins Leere laufen. Ich hatte in letzter Zeit zu viel durchgemacht. Ich war mir nicht sicher, ob ich das hätte ertragen können.

Bonz kam aus dem Bad, erneut splitterfasernackt. Das ging mir allmählich an die Nieren. Er schlenderte zu seinem Kleiderhaufen und begann, sich anzukleiden.

»Wer war das?«, fragte er.

»Jessica.«

»Bin mir nicht sicher, ob das eine gute Idee war, Charlie.«

»Keine Angst. Sie können ihr Telefon noch nicht angezapft haben.«

Er zuckte die Achseln. »Hat sie dir was Nützliches erzählt?«

»Ich bin ein Star. Überall in den Nachrichten. Die Cops glauben, sie haben schon jetzt großartige Beweise gegen mich.«

»Sie haben recht.«

»Leck mich am Arsch!«

Zu spät kam mir in den Sinn, dass manche Menschen vermutlich einige Glieder dauerhaft nicht mehr gebrauchen konnten, weil sie nicht eben freundlich zu Bonz gewesen waren, aber er fragte bloß: »Und jetzt?«

Ich erzählte ihm von meiner Idee, in zwei Richtungen simultan Nachforschungen anzustellen, zumindest bis eine sich als deutlich vielversprechender erwies.

»Klingt plausibel«, meinte Bonz. »Also, wie gesagt, was jetzt?«

»Tja, ich habe mir das Hirn zermartert, um aus Jakes Gebetshinweis schlau zu werden, aber mir ist nichts eingefallen. Ich habe mir die mentalen Bilder noch mal angesehen, die ich mir von allem in der Kirche gemacht habe, und ich kann mir immer noch nicht vorstellen, wo Jake das Band versteckt haben soll, aber ich glaube trotzdem, dass es da irgendwo ist.«

Mein bisheriges Scheitern schien Bonz nicht zu überraschen. Er hatte von Anfang an nicht viel von meinen mentalen Videoaufnahmen gehalten.

»Was ist mit den Aufzeichnungen deines Bruders? War da irgendwas?«

»Ich bin sie noch mal alle durchgegangen, aber sie haben mir nicht weitergeholfen.«

»Okay, willst du dann mal meinen Plan hören?«, fragte Bonz.

Überrascht sah ich ihn an. »Du hast einen Plan?«

»Klar.«

»Lass hören.«

»Tja, zuerst mal nehme ich an, du willst nicht, dass ich Siracuse töte.«

»Würde mir nicht helfen.«

»Aber ich würde mich danach viel besser fühlen. Außerdem würde es den Mann, der für das verantwortlich ist, was deinem Bruder zugestoßen ist, unter die Erde bringen.«

»Ja, aber ich will, dass ihm Gerechtigkeit widerfährt, nicht bloß Rache. Außerdem wäscht das meinen Namen nicht rein, und ich hoffe immer noch, das mir das gelingt.«

»Hab mir gedacht, dass du so was sagen würdest. Also, hier ist mein Plan ... lass mich meine Masche abziehen.«

»Deine Masche? Du hast eine Masche?«

Er nickte.

»Und zwar?«

»Ein paar Leuten die Daumenschrauben anlegen, mal sehen, was sie wissen.«

»Knochen brechen«, sagte ich.

»Nur falls nötig.«

»Wessen Knochen?«

»Tja, das überlegen wir uns dann noch, wir entscheiden, wer was Nützliches wissen könnte. Dann überrede ich diejenigen, mir zu sagen, was sie wissen.«

»Glaubst du, das funktioniert?«

Bonz zuckte die Achseln. »Ich hab nicht behauptet, dass der Plan toll ist.«

»Ich denke drüber nach«, sagte ich, ohne es ernst zu meinen. Ich konnte mich mit der Idee, Mafiosi aufzustöbern und dann zuzusehen, wie Bonz sie zusammenschlug, nicht anfreunden. Zum einen war ich als Staatsanwalt – na ja, vermutlich Exstaatsanwalt – aus Prinzip gegen solche Gewalt. Zum anderen war es gefährlich für uns. Direkt auf die Leute losgehen, die nach uns suchten? Der reine Wahnsinn. Außerdem bestand die beste, am wenigsten gefährliche, sauberste Lösung für uns immer noch darin, herauszufinden, wo oder bei wem Jake das Band versteckt hatte.

»Okay«, sagte Bonz. »Denk bloß nicht so lange darüber nach, bis es zu spät ist. Weißt du, was ich meine?«

Ich wusste genau, was er meinte.

ZWEIUNDDREISSIG

»Vater unser im Himmel, geheiligt werde dein Maria voll der Gnaden, der Herr ist mit dir geh zur Ruh, schließe beide Äuglein zu ...« Ich hatte so viele Gebete gelesen, dass sie in meinem Kopf verschwammen wie ein frisches Aquarell im Regen: Die sorgfältig gemalten Bilder zerliefen auf dem Papier zu einer bunten Pfütze. Die Worte ergaben keinen Sinn mehr für mich. Doch Jakes letzte und vermutlich unter einem Schleier aus Schmerz und Benommenheit gemurmelte Worte, so wie Bonz sie in Erinnerung hatte, lauteten nun einmal: »Finde Charlie und sag ihm, wenn er die Antworten will, soll er sich dem Gebet zuwenden.« Das war alles, was wir hatten. Ein einziger Hinweis, und wir verbissen uns darin wie zwei Pitbulls in ein Steak.

So kam es, dass wir uns in der Bostoner Stadtbibliothek wiederfanden, die am Copley Square liegt, gleich gegenüber dem Fairmont Copley Plaza, wo ich noch gestern Abend mit Jessica an der Wohltätigkeitsveranstaltung teilgenommen hatte. *Himmel, war das wirklich erst gestern Abend gewesen?*

Bonz und ich gingen gemeinsam die prachtvolle gelbe Marmortreppe hinauf, vorbei an den Löwen aus unpoliertem Marmor, die links und rechts am ersten Treppenabsatz lagern, dann weiter hinauf in den ersten Stock, wo wir einem komplizierten Weg durch verschiedene Räume zu unseren jeweiligen Zielen folgten. Bonz quälte sich in der Abteilung Religion durch muffige alte Bücher über katholische Gebete, während ich im einundzwanzigsten Jahrhundert blieb und auf der Suche nach allem, was mit Gebeten zu tun hatte und uns irgendwie weiterhelfen konnte, an einem der Bibliothekscomputer durchs Internet surfte.

Da das Thema Gebete ein weites Feld ist, blieb uns nichts anderes übrig, als unsere Recherche von Anfang an einzugrenzen. Gebete stehen im Zentrum jeder größeren Religion auf der Welt, und so stimmte Bonz mit mir überein, dass wir unsere Anstrengungen zumindest anfangs auf die berühmtesten katholischen Gebete beschränken sollten. Schließlich hatte Jake mir den Hinweis mit dem Gebet erst hinterlassen, als er bereits entführt war. Bonz zufolge hatte er dort keinen Zugang zu einer Bibel oder einem Gebetbuch gehabt, es musste also eines sein, das er auswendig gekannt hatte.

Wie bereits erwähnt, ist das am weitesten verbreitete Gebet das Vaterunser. Dann kommt das Ave Maria. Alle übrigen Gebete sind nicht annähernd so bekannt. Dennoch durfte ich nicht davon ausgehen, dass Jake kein weiteres Gebet gekannt hatte, daher versuchte ich, die acht bis zehn bekanntesten Gebete zu bestimmen.

Dabei erfuhr ich, dass es eine Menge Gebete gibt. Man kann natürlich zu Gott beten. Und zu Jesus Christus. Aber darüber hinaus gibt es Gebete zu konkreten Teilen von Jesus. Man kann zu seinem »heiligsten Herzen« beten, zu seinen »heiligen Wunden« im Allgemeinen oder zu seiner Schulterwunde im Besonderen. Ich hatte nicht einmal gewusst, dass er eine Wunde an der Schulter gehabt hatte. Und dann ist da Maria. Man kann natürlich zu ihr ebenfalls im Ganzen beten, aber auch konkret zu ihrem »unbeflecktem Herzen« oder zu Ehren ihrer »sieben Schmerzen«, oder man kann eine Unmenge anderer Gebete sprechen, die sich an die zahllosen Heiligen richten, die die Kirche im Lauf der Jahrhunderte kanonisiert hat. Einige der Gebete, die ich las, waren kurz, andere sehr lang, und manche waren sehr, sehr lang. Ich will die Kirche oder Menschen, die beten, allerdings nicht schlechtmachen. Ich will nur sagen, dass all dies mir meine Aufgabe nicht erleichterte.

So objektiv es mir möglich war, wählte ich die Gebete aus, die mir am weitesten verbreitet zu sein schienen, und druckte sie für fünfzehn Cent pro Seite aus. Meine Auswahl umfasste das Apostolische Glaubensbekenntnis, das Gloria Patri, das Schuldbekenntnis sowie einige weitere Gebete.

Mit meinem Stapel Kopien ging ich zu einem ruhigen Tisch in einer Ecke, fernab der beiläufigen Blicke anderer Bibliotheksbesucher, und begann, die Gebete gründlich zu studieren. Über eine Stunde beschäftigte ich mich mit ihnen. Ich fand nichts heraus. Bonz kam zu mir und schien ebenfalls Kopien in den Händen zu halten.

»Was hast du?«, fragte er.

»Ich habe nichts.«

»Nichts?«

»Tja, ich weiß nicht, werfen wir mal einen Blick auf das Vaterunser hier.« Ich nahm ein Blatt und las: »Vater unser im Himmel.« Ich sah hoch. »Na bitte. Rätsel gelöst. Jake hat das Band mit in den Himmel genommen. Fall abgeschlossen.« Ich stieß ein kurzes Lachen aus, das selbst in meinen Ohren durchgeknallt klang.

»Du tickst aus, Charlie.«

Er hatte recht. Ich tickte aus. Und dabei saß ich bisher nicht einmal eine Stunde daran. Entmutigung stellte sich ein. Das war sicher die Mordanklage, die über meinem Kopf schwebte, plus die Cops und die Mafia, die einander bei der Jagd nach mir ein heißes Rennen lieferten, mein Gesicht in den Nachrichten, meine Verlobte, die glaubte, dass ich vielleicht meinen besten Freund ermordet hatte. Ja, daran mochte es liegen.

»Ich habe die Dinger jeweils zehn, zwölf Mal gelesen«, sagte ich und wedelte mit einer Handvoll Ausdrucke vor seiner Nase. »Da ist nichts, was bei mir irgendetwas auslöst, nichts, was auch nur ansatzweise nach einem Hinweis aussieht, auf den Jake mich vielleicht stoßen wollte. Und du? Mehr Glück gehabt?«

Ich hatte Bonz gebeten, die Geschichte der Gebete zu recherchieren anstatt die Texte selbst, für den Fall, dass sich in der Entstehung oder Veränderung eines Gebets im Lauf der Zeit oder auch in dessen Verwendung etwas fand, was uns weiterhalf. Da historische Recherche zeitraubend ist, hatte Bonz sich einstweilen auf das Vaterunser und das Ave Maria beschränkt.

»Also«, sagte ich, »was ist mit dir? Hast du was gefunden?«

»Ich glaube nicht. Das Vaterunser, das auch das Gebet des Herrn genannt wird, wurde den Jüngern von Jesus beigebracht. Er selbst hat es eigentlich nie verwendet, weil darin um Vergebung der Sünden gebeten wird, und hätte er es gesprochen, hätte das bedeutet, dass er sich irgendeiner Sünde schuldig gemacht hatte, und Jesus sollte doch über diesem Scheiß stehen.«

Nach einem kurzen, aber erstaunlich klaren Vortrag über die Geschichte des Vaterunsers, seine Varianten und Deutungen hielt Bonz mir eine ähnliche, sogar noch ausführlichere Abhandlung zum Ave Maria. Alles in allem war es eine sehr ordentliche kleine Präsentation, und ich war beeindruckt, und mehr als nur ein bisschen beeindruckt. Bonz war intelligenter, als ich gedacht hatte. Doch leider fand ich in dem, was er mir erzählt hatte, nichts, was uns weiterhalf.

»Also, was jetzt?«, fragte er. Er stand vor mir, und sein Körper war einigermaßen entspannt, wobei seine Augen ruhelos waren, sein Blick huschte durch den Raum, wanderte von einem Leser zum anderen, dann zum Bibliothekar, zu dem Mann am Kopierer, zu dem schattigen Bereich zwischen einigen Bücherregalen, zu den verschiedenen Ein- und Ausgängen, die man von unserem Platz aus sehen konnte. Er war ein Mann der Tat. Ich sah ihm an, wie schwer es ihm fiel, auf einen Durchbruch bei der Recherche zu warten, auf irgendeine Eingebung, ausgelöst von der Geschichte oder dem Text eines der Gebete. Ehrlich gesagt, glaubte ich, er hätte am liebsten einfach ganz altmodisch ein paar Köpfe eingeschlagen. Aber er hatte bewiesen, dass er nicht dumm war. Falls wir das Band finden konnten, ohne nach den Leuten zu suchen, die uns suchten, umso besser.

»Was jetzt?«, wiederholte ich. »Ich muss das alles verdauen.« Ich wedelte wieder mit den Ausdrucken vor seiner Nase. »Und ich denke immer noch über die Kirche, Saint John's, nach. Ich muss da etwas übersehen haben.«

»Willst du noch mal hin?«

Ich schüttelte den Kopf. »Ich glaube nicht. Jedenfalls noch nicht. Ist bestimmt riskant, da noch mal hinzufahren. Außerdem erinnere ich mich ziemlich gut an das, was ich da gesehen habe. Falls ich etwas übersehen habe, komme ich irgendwann darauf, was es war.«

Bonz nickte. Er sagte nichts dazu, aber ich meinte, etwas in seiner häufig undurchdringlichen Miene gesehen zu haben.

»Was ist?«, fragte ich daher.

Er zuckte die Achseln.

»Was ist?«, fragte ich noch einmal.

»Nichts.«

»Ja, klar. Was denkst du?«

»Na ja, ich musste bloß dran denken, dass Jake geglaubt hat, du wärst ein Genie, ein echter Wunderknabe. Albert Einstein, der von den Toten zurückgekehrt ist oder so.«

»Ja, und?« Ich glaubte zu wissen, worauf er hinauswollte.

»Tja, wenn das stimmt, wenn du so clever bist, warum hast du es dann noch nicht rausbekommen? Jake hat dir einen Hinweis hinterlassen, von dem er geglaubt haben muss, dass du ihn nutzen kannst. Aber du tappst völlig im Dunkeln. Das ist alles.«

Ich seufzte. Halb hatte ich mit dieser Frage gerechnet. »Ich erzähle dir ein Geheimnis. Eines, das niemand kennt. Eines, von dem Jake nie erfahren hat.« Nun hatte ich Bonz' Aufmerksamkeit. »Ich habe dir doch von diesem IQ-Test erzählt, den ich mit zehn gemacht habe? Der, der alle davon überzeugt hat, dass ich eines Tages ein Heilmittel gegen Krebs entdecke, während ich in meiner Freizeit Antischwerkraftanzüge erfinde?«

»Ja?«

»Ich habe dabei geschummelt.«

»Nein.«

»Doch. Ich bin zum Lehrertisch gegangen und habe um einen neuen Bleistift gebeten, weil ich meinen Radiergummi völlig aufgebraucht hatte, und da auf dem Tisch meiner Lehrerin lag der Schlüssel mit den Antworten. Ich habe nur einen kurzen Blick darauf geworfen, und außerdem lag er auf dem Kopf, aber weißt du noch, dass ich dir gesagt habe, ich hätte ein fotografisches Gedächtnis? Tja, ich habe mir dieses Blatt nur ein paar Sekunden angesehen, während die Lehrerin mir einen neuen Bleistift geholt hat, und es mir eingeprägt. Na ja, jedenfalls habe ich ein Muster gesehen. Da sind diese kleinen Kreise, die man mit Punkten kennzeichnen muss – A, B, C oder D –, und ich habe gesehen, wie die Punkte im Verhältnis zueinander angeordnet waren. Und irgendwie habe ich das im Gedächtnis behalten. Ich hatte gar nicht schummeln wollen. Ich habe es einfach im Gedächtnis behalten. Als ich zurück an meinen Tisch kam, habe ich mein Blatt auf den Kopf gedreht und die Anordnung der Punkte, die ich gesehen hatte, kopiert. Es stellte sich raus, dass ich es richtig in Erinnerung behalten hatte. Meine Punktewertung hat alles übertroffen. Meine Eltern waren damals schon tot, aber die Schule hat Jake Bescheid gegeben, und deshalb hat er mich Wiley getauft. Über die Jahre wollten sie mich mehrfach neu testen, aber ich habe mich immer geweigert und gesagt, ich wolle nicht zum Sonderling gestempelt werden. Sie wollten, dass ich ein paar Schuljahre überspringe, aber ich habe Jake gebeten, das nicht zu erlauben, und er hat zu mir gehalten. Von da an glaubten sie immer, wenn ich irgendwo mal nicht gut war, ich sei nicht genügend gefordert. Ich war trotzdem ein überdurchschnittlicher Schüler, bloß eben kein zukünftiger Überschallwissenschaftler. Ich wuchs auf, hab mich ganz gut in der Schule gemacht, na ja, gut genug, um auf die Tufts University zu kommen, wo ich mich gut genug gemacht habe, um mein Jura-Examen an der Northeastern University zu machen. Ich war gut, aber nicht außergewöhnlich gut.«

Da war es heraus. Mein dunkles Geheimnis. Ein Geheimnis, das Jake zu offenbaren ich nie den Mut gefunden hatte, und was mir immer zu schaffen gemacht hatte.

»Oh«, sagte Bonz.

Meine große Enthüllung schien ihn nicht so zu beeindrucken, wie ich erwartet hatte.

»Du bist nicht überrascht?«, fragte ich.

»Eigentlich nicht. Du bist kein Trottel, aber du bist auch kein Einstein. Nimm's mir nicht übel.«

Wie sollte ich ihm das übel nehmen? Er hatte ja recht.

»Gehen wir«, sagte Bonz. »Wir sollten nicht zu lange an einem Ort bleiben, und wir sind jetzt schon ein paar Stunden hier.«

Auch damit hatte er recht, daher gingen wir zurück zur Haupttreppe und nach unten.

In diesem Augenblick betraten die beiden Polizisten die Bibliothek.

DREIUNDDREISSIG

Auf halber Treppe beobachtete ich hinter einem der Marmorlöwen, wie die zwei Polizisten mit der Frau an der Information in der Nähe der Eingangstür sprachen.

»Vielleicht sind sie nicht wegen uns hier«, sagte ich.

»Na klar«, erwiderte Bonz, »bestimmt waren sie nur plötzlich scharf drauf, sich gegenseitig Gedichte vorzulesen. Und das Foto, das sie der Frau am Empfang zeigen? Wessen Gesicht da wohl drauf ist?«

»Schon gut, sie suchen nach uns.«

»Ja, aber sieh mal, wie entspannt sie sind. Die machen wahrscheinlich nur eine Routinedurchsuchung hier in der Gegend. Die glauben nicht wirklich, dass wir hier sind, in einer Bibliothek. Sie glauben, wir sind auf der Flucht, irgendwo weit weg von hier, mit dem Zug oder mit dem Bus. Das müssen wir ausnutzen.«

Ich sah mich um. Ein etwa zehnjähriger Junge saß auf der obersten Treppenstufe und blätterte eine Zeitschrift durch. Ich eilte zu ihm hinauf und versuchte, sorgenvoll auszusehen, was im Augenblick wohl keine echte Herausforderung für mich war.

»Hey, Junge!«, sagte ich und klang außer Atem. »Du musst Hilfe holen. Oben im ersten Stock in der Abteilung Religion ist eine schwangere Frau, und sie sitzt auf dem Boden und hält sich den Bauch.«

Der arme Junge wirkte richtig erschrocken. Ich fuhr fort: »Ich gehe wieder zu ihr. Du gehst zu der Frau am Empfang und sagst ihr, sie soll die Polizei anrufen und sie schnell hier hochschicken.«

Er saß bloß da und sah mich an.

»Beeil dich!«

Seine Erstarrung löste sich, und er rannte an uns vorbei die Treppe hinab und durch das Marmorfoyer. Ich schlüpfte zu Bonz, der hinter einem der Löwen wartete, dann warf ich vorsichtig einen Blick die Treppe hinab. Der Junge ging zuerst zu der Frau hinter der Theke, dann entdeckte er, wie ich gehofft hatte, die Polizisten und wandte sich direkt an sie. Wir sahen ihn heftig gestikulieren, nachdrücklich die Achseln zucken, hinter sich die Treppe hinaufdeuten, wo er hergekommen war – in unsere Richtung, aber da, wo wir standen, konnte er uns nicht sehen – und dann den Polizisten folgen, die direkt auf uns zutrabten. Als sie die Treppe in Angriff nahmen, sprach einer der Polizisten bereits in sein Funkgerät.

»Sie suchen nach zwei Männern«, sagte Bonz knapp. »Trennung. Du gehst nach oben, wartest kurz, dann kommst du runter und triffst mich draußen.«

Er drehte sich um und ging mit den Kopien in der Hand rasch die Treppe hinab, direkt an den Polizisten vorüber. Ich hingegen stieg gemächlich die Treppe hinauf, und die Cops stürmten an mir vorbei und wandten sich oben nach links. Ich hielt das Gesicht abgewandt, und glücklicherweise bemerkten sie meine zahlreichen Hämatome nicht. Ich würde mehr als genug Zeit haben, um die Bibliothek zu verlassen. Selbst mithilfe eines Bibliothekars hatten wir eine Weile gebraucht, bis wir die abgelegene Religionsabteilung im ersten Stock gefunden hatten. Bis die Polizisten dort ankamen, überall zwischen den Regalen gesucht und, wenn sie keine Maid in Nöten fanden, die Leser in der Nähe befragten, wären Bonz und ich fort, und die Cops würden denken, sie seien das Opfer eines Witzbolds geworden, der den Jungen hereingelegt hatte. Oder der arme Junge würde eine Standpauke über sich ergehen lassen müssen.

Nach etwa einer halben Minute machte ich kehrt, ging die Treppe hinab an den Löwen vorbei, durchquerte das Mamorfoyer und trat hinaus auf den Gehsteig.

Bonz wartete an der Ecke Boylston und Dartmouth Street auf mich. Er trug bereits die Zwölf-Dollar-Sonnenbrille, die wir in einem kleinen Drugstore gekauft hatten. Ich setzte meine ebenfalls auf.

Wir waren zu Fuß unterwegs, da wir den gestohlenen Pick-up endgültig stehen gelassen hatten, ehe wir in die Bibliothek gegangen waren. Wir durften nicht lange in ein und demselben gestohlenen Wagen durch die Gegend fahren. Als wir im Motel eingecheckt hatten, hatten wir für drei Nächte bar im Voraus bezahlt, aber wir hatten nicht gewusst, ob es uns später sicher erscheinen würde, dorthin zurückzukehren, daher hatte ich mir den Rucksack mit all unseren Habseligkeiten über die Schulter gehängt: Jakes Notizen, unseren Bibliotheksrecherchen, dem Seil, dem Industrieklebeband und den Walkie-Talkies, die wir bei Walgreens gekauft hatten.

Bonz trug noch immer die Waffe des Belmonter Polizisten bei sich, was dem Cop vermutlich ernsthafte Disziplinarprobleme beschert hatte. Und natürlich hatten wir noch unsere zuverlässigen Schweizer Taschenmesser.

Kurz standen wir an einem Wendy's-Schnellrestaurant auf der Boylston Street an, hielten unsere Gesichter möglichst von den anderen Gästen abgewandt und orderten zwei Mahlzeiten zum Mitnehmen. Dann nahmen wir ein Taxi und aßen Cheeseburger und grünlich-braunen Salat, während wir so ausführlich über Gebete sprachen, dass der Fahrer uns für Geistliche halten musste, die ihre nächsten

Predigten vorbereiteten. Als wir unser Thema erschöpft hatten, verstummte Bonz, und ich spielte nochmals die mentalen Fotos ab, die ich in der Kirche gemacht hatte. In einer Endlosdiashow ließ ich die Bilder durch mein Unterbewusstsein laufen. Hin und wieder richtete ich meine Aufmerksamkeit direkt darauf, rang, ja, betete sogar um eine Offenbarung, konzentrierte mich auf das, was ich in der Kirche gesehen hatte: den Altar, Christus am Kreuz, die Orgel, die Beichtstühle, die Spinde, die Schränke. Leider brach kein goldener Sonnenstrahl der Inspiration durch die Wolken.

Das Taxi setzte uns wieder am Stay-Long-Motel in East Boston ab. Als es davonfuhr, sagte ich zu Bonz: »Lass uns kurz in die Lobby gehen. Ich sehe da drin einen Zeitungsständer. Ich würde gern lesen, was man in der Stadt über uns denkt.«

Bonz folgte mir zur Rezeption, wo ein Angestellter um die zwanzig mit schläfrigem Blick hinter der Theke saß und fernsah. Er sah kurz hoch, als wir hereinkamen, sah mich an, dann Bonz, dann wieder mich, dann kehrte sein Blick zu dem kleinen Fernseher zurück. Ich konnte den Bildschirm nicht sehen, aber ich hörte das *bums, krach, schepper* eines Zeichentrickgemetzels.

Ich nahm einen *Boston Beacon* aus dem Ständer, ging damit zur Theke und legte zwei Vierteldollar vor den jungen Mann hin. Er sah kaum hoch, als er das Geld von der Theke fegte.

»Danke«, sagte er.

Ich machte kehrt, verließ mit Bonz die Rezeption und steuerte auf unser Zimmer zu. Auf halbem Weg blieb Bonz stehen, drehte um und ging zurück zur Lobby. Ich folgte ihm auf dem Fuß.

Als ich unmittelbar hinter Bonz eintrat, stand der Junge mit der Hand am Telefon da.

»Hey, ist das Ihr Wagen da draußen?«, fragte Bonz.

»Welcher?«

»Der Jetta. Wird gerade abgeschleppt.«

»Nicht meiner.«

»Oh«, sagte Bonz, dann fragte er beiläufig: »Was fahren Sie denn?«

»Einen Zweiundachtziger-Firebird.«

Bonz zog die Pistole aus dem Gürtel und richtete sie auf das Gesicht des Jungen. Der riss die Augen auf und starrte auf die Waffe.

»Schlüssel«, sagte Bonz. »Wird's bald?«

Der Junge durchsuchte seine Hosentaschen und zog einen klirrenden Schlüsselbund hervor, den Bonz sich schnappte.

»Waren das die Cops, die du gerade angerufen hast,« fragte Bonz, »oder jemand anders?«

»Cops.«

Wow. Der Junge war völlig kaltschnäuzig gewesen, hatte uns kaum angesehen, als wir hereingekommen waren. Aber irgendwie hatte er uns erkannt und die Nerven behalten, obwohl ich wegen Mordes gesucht wurde und Bonz einfach nur unheimlich aussah. So cool er dabei gewesen war, so verängstigt sah er jetzt aus.

»Werden Sie mich töten?«, fragte er.

»Heute ist dein Glückstag«, sagte Bonz, machte kehrt und verließ die Rezeption, dicht gefolgt von mir. Wir eilten über den Parkplatz zu einem dunkelblauen Firebird, der im kärglichen Schatten eines dürren Baums stand. Bonz schloss auf, rutschte hinters Steuer und entriegelte meine Tür. Ich warf den Rucksack und die Zeitung auf den Rücksitz und schnallte mich an. Bonz drehte den Schlüssel im Zündschloss, und erfreut vernahm ich das kraftvolle Röhren eines gesunden Motors. Als Bonz das Gaspedal durchtrat und davonraste, ließen wir bestimmt ein Viertel des Reifengummis auf dem Asphalt des Parkplatzes zurück. Er verließ die Hauptstraße und fuhr über Nebenstraßen, um den Streifenwagen aus dem Weg zu gehen, die zweifellos bald am Motel sein würden. Bald darauf waren wir wieder Richtung Boston unterwegs.

»Falls wir in der Gegend bleiben, Charlie, und das müssen wir ja wohl, wenn wir dieses Band finden oder den Hinweis deines Bruders entschlüsseln wollen, dann wird es langsam eng für uns.«

»Ich weiß«, sagte ich, und erst jetzt wurde mir klar, wie knapp das eben gewesen war. Die Cops schnappten schon nach unseren Fersen. Und ich hegte keinen Zweifel daran, dass Carmen Siracuse' Männer auch nicht weit dahinter kamen.

»Also, wie läuft's?«, fragte Bonz, während wir auf die Stadt zurasten.

»Wie bitte?«

»Deine Beschäftigung mit dem Hinweis deines Bruders. Kommst du der Lösung näher?«

Ich schüttelte den Kopf. »Nein.«

»Bereit, es dann mit meinem Plan zu probieren?«

»Du meinst, wir laufen durch die Stadt und schlagen Mafiosi zusammen?«

»Na ja, wahrscheinlich bin ich der, der sie zusammenschlägt, während du mich anfeuerst, aber ja, das ist der Plan.«

»Na ja, Bonz, ich glaube, ich würde lieber bei ...«

Eine Vibration an meiner Brust ließ mich innehalten.

»Lieber bei was bleiben?«, fragte Bonz.

»Warte mal.« Ich griff in die Innentasche meiner Lederjacke und schloss die Hand um Randy Deacons Handy, das stumm vibrierte. Eigentlich hatte ich es ausschalten wollen, nachdem ich Jessica angerufen hatte, um den Akku zu schonen, aber das hatte ich offensichtlich vergessen. Jedenfalls rief mich jemand an. Oder Randy. Gab nur eine Möglichkeit, das herauszufinden.

»Hallo?«

»Charlie?« Es war Jessica, und es tat wirklich gut, ihre Stimme zu hören.

»Ja«, sagte ich.

Ich hörte sie einen tiefen, zittrigen Atemzug tun. »Gott sei Dank, es geht dir noch gut.«

»So weit, so gut.«

Ich wartete darauf, dass sie weitersprach. Und wartete. Schließlich sagte sie: »Ich habe Angst, Charlie.«

»Ich bin selbst ein bisschen nervös, Jess.«

Sie zögerte, ordnete vielleicht ihre Gedanken, dann beschwor sie mich: »Bitte, Charlie, bitte, bitte, bitte stell dich der Polizei. Ich habe gerade noch mal mit Daddy telefoniert, und er hat gesagt, du musst dich wirklich ...«

Ich unterbrach sie. »Tut mir leid, Jess, aber wenn du bloß anrufst, um mir zu sagen, dass ich mich stellen soll, dann verschwendest du deine Zeit. Das werde ich nicht tun. Ich kann es nicht. Wenn ich das mache, bin ich erledigt.«

»Nein«, sagte sie mit dünner Stimme.

»Was nein?«

»Ich rufe nicht nur deswegen an. Ich rufe auch an, um dir zu sagen, dass ich dich immer noch liebe, glaube ich.«

»Du glaubst?«

»Na ja, es ist nicht leicht, oder? Es ist so viel passiert. Sie sagen schlimme Dinge über dich. Niemand zweifelt an deiner Schuld.«

»Und du?«

»Doch. Ich zweifle immerhin daran.«

»Und du glaubst, du liebst mich noch?«

»Ich glaube schon.«

»Aber du glaubst mir nicht.«

»Nein, Charlie, das ist es nicht. Ich bin bloß nicht völlig sicher, um ehrlich zu sein. Falls du getan hast, was sie sagen, falls du Angel kaltblütig ermordet hast, wie könnte ich dich dann noch lieben? Ich weiß es nicht. Du wärst nicht der Mann, für den ich dich gehalten habe. Und Daddy sagt, die Beweise gegen dich sind hieb- und stichfest. Aber du sagst, du hast es nicht getan ...«

»Ich habe es nicht getan.«

»Ich weiß im Augenblick einfach nicht, was ich glauben soll. Es ist zu viel auf einmal. Ich will dir glauben, aber es ist schwer, wirklich schwer. Mein Vater ... alle ... es ist einfach zu viel. Aber ich glaube, Charlie, ich *glaube*, ich glaube dir. Und ich glaube, ich liebe dich immer noch. Mehr kann ich im Augenblick nicht sagen. Das ist das Beste, was ich tun kann.«

Ich lächelte. Es genügte einstweilen. O Gott, ich hatte gar nicht gewusst, wie sehr ich mich danach gesehnt hatte, dass sie das sagte. »Ich liebe dich auch. Und ich habe keinen Zweifel daran.« Ich hielt inne. »Jessica, ich schaffe das. Ich hole mir mein Leben zurück, und wir bauen uns gemeinsam ein richtiges Leben auf. Du und ich. Kein Warten mehr. Wir heiraten, kaufen ein Haus, bekommen Kinder, das volle Programm. Weil du recht hattest neulich. Wir müssen nach vorn schauen. *Ich* muss nach vorn schauen. Das hätte ich längst tun sollen.« Ich merkte, dass ich plapperte wie ein Idiot, daher hielt ich inne. Jessica sagte nichts, was mich ein wenig verletzte, aber ich konnte sie verstehen. »Jedenfalls«, fuhr ich fort und hatte meine Zunge ein bisschen besser unter Kontrolle als vor fünf Sekunden, »du sollst wissen, wie viel du mir bedeutest, Jess, wie sehr ich dich liebe, auch wenn ich es nicht immer gezeigt habe. Du bist für mich das

Wichtigste im Leben, und wir holen uns unser Leben zurück, unsere Zukunft. Ich schwöre es.«

Ich meinte jedes Wort ernst. Dreizehn Jahre lang hatte ich mich vor allem auf meine Arbeit konzentriert und war insgeheim vom Geheimnis um das Verschwinden meines Bruders besessen gewesen. Ich hatte nicht einmal gemerkt, wie wichtig mir Jessicas Liebe und ihre Unterstützung im Lauf der letzten sechs Jahre geworden waren. Aber in diesem Augenblick hätte es mir nicht klarer sein können.

Jessica schwieg, dann schniefte sie. »Tja, Charlie, das war der eigentliche Grund für meinen Anruf, um dir zu sagen, dass ich dich noch liebe ... na ja, ich glaube es ... aber ich muss sagen, wenn du mich wirklich so liebst, wie du sagst, und mir nicht wehtun willst, dann stelle dich der Polizei. Du kannst da draußen nicht ewig durchhalten. Irgendwann stößt dir etwas Schlimmes zu.«

»Ich werde mich nicht stellen, Jessica. Ich liebe dich, mehr, als mir bisher klar war, aber ich stelle mich nicht.«

Nach einer langen Pause sagte sie: »Okay. Ich sehe schon, dass ich in diesem Punkt nichts bei dir erreiche. Tu, was du tun musst. Aber versprich mir eins. Wenn du scheiterst in dem, was du zu tun versuchst, wenn du nicht finden kannst, was du suchst, wenn du in einer Sackgasse steckst und dir kein anderer Weg mehr offensteht, dann wirst du dich stellen. Kein Untergang ...« Ich meinte, ein ersticktes Schluchzen zu hören. »Kein glanzvoller, ruhmvoller Untergang, keine jahrelange Flucht. Du wirst dich stellen und meinem Vater eine Chance geben, dir zu helfen. Du weißt, wie gut er ist, Charlie, er ist ein brillanter Jurist, und er hat viele wichtige Freunde. Er kann dir helfen. Er kann es.«

»Ich glaube nicht, dass er das kann, Jess, wirklich nicht.«

»Versprich es mir, Charlie«, drängte sie. »Wenn du an diesen Punkt kommst, rufst du die Polizei an.«

»Okay, Jess, ich verspreche es.« Mir war nicht einmal bewusst, dass ich log. Ich dachte gar nicht darüber nach. Ich wusste nur, sie musste das hören, und es hätte sie verletzt, es nicht zu hören, also sprach ich es aus.

»Danke«, erwiderte sie.

Ich wollte ihr erneut sagen, dass ich sie liebte, und dann auflegen, doch da schoss mir ein Gedanke durch den Kopf. »Hey, Jess?«

»Ja?«

»Es ist okay, dass du Angel von Bonz erzählt hast. Ich bin nicht wütend. Zuerst war ich es, glaube ich, aber jetzt nicht mehr. Ich verzeihe dir.«

Sie schniefte wieder. Ich glaube, sie hatte begonnen zu weinen. »Was habe ich Angel erzählt?«

»Von Bonz. Dem Obdachlosen, von dem ich dir beim Wohltätigkeitsessen erzählt hatte.«

»Ich habe Angel nicht von ihm erzählt. Das hatte ich dir doch versprechen müssen.« Sie klang aufrichtig verwirrt.

»Schon gut, Jess. Ich bin nicht verärgert. Ein bisschen enttäuscht vielleicht, aber nicht wütend.«

»Charlie, ich sage dir, ich habe Angel nichts von ihm erzählt.«

»Musst du aber.«

»Hab ich aber nicht«, beharrte sie.

»Okay. Dann vergiss es. Ich muss jetzt auflegen. Tu mir einen Gefallen, okay?«

»Okay.« Sie klang verunsichert.

»Versuch, so fest du kannst, an mich zu glauben, okay?«

»Okay«, sagte sie. »Charlie, bitte sei vorsichtig.«

»Ja. Ich liebe dich, Jess.«

»Ich bin ziemlich sicher, dass ich dich noch liebe, Charlie.«

Ich klappte Randys Telefon zu.

Bonz sah mich an, sagte aber nichts, sondern fuhr weiter Richtung Innenstadt. Ich war verwirrt. Ich wusste nicht, ob ich glauben sollte, dass Jessica Angel nichts von Bonz erzählt hatte. Sie hatte aufrichtig gewirkt. Ich wollte ihr glauben, aber ... es gab einfach keine andere Möglichkeit, wie Angel oder jemand anderes von Bonz erfahren haben konnte. In meiner anscheinend seit Jahren verwanzten Wohnung hatte ich nie über ihn gesprochen. Und Bonz hatte mich beim ersten Mal nach draußen geschleift, weil er instinktiv nicht im Haus hatte sprechen wollen. Ich meinte sogar, mich an etwas zu erinnern, was er in jener Nacht gebrabbelt hatte, etwas in der Richtung, dass »sie« drinnen mithören konnten. Und auf der fröhlichen Jagd durch Chinatown, auf die Bonz mich geführt hatte, hatte mir unmöglich einer der Privatdetektive folgen können. Ich wusste nicht, wie irgendjemand von Bonz hätte erfahren haben können, wenn Jessica nicht ... Aber warum sollte sie lügen? Zwei Gründe fielen mir ein. Nummer eins: Sie hatte ein schlechtes Gewissen, weil sie fürchtete, indem sie Angel trotz meiner Bitte, Bonz geheim zu halten, von ihm erzählt hatte, könne sie all das in Gang gesetzt haben, was mir seither zugestoßen war. Nummer zwei: Sie log, weil sie irgendwie darin verstrickt war. Vielleicht hatte Siracuse sie bezahlt oder erpresst, mich auszuspionieren, wie er es auch mit Angel getan zu haben schien. Vielleicht hatte Jessica mich nie geliebt. Oder sie hatte mich geliebt, liebte mich womöglich noch immer, aber Siracuse hatte sie bedroht und so eingeschüchtert, dass sie mich verriet. Deshalb hatte sie Angel – von dem sie wusste, dass er insgeheim für Siracuse arbeitete – von Bonz erzählt.

Nein. Das war absurd. Falls es wirklich Jessica gewesen war, die Angel von Bonz erzählt hatte, dann ohne böse Absicht. Vielleicht hatte sie sich gesorgt, weil ich mich mit jemandem wie Bonz eingelassen hatte, und Angels Hilfe gesucht, um mich zu schützen.

Aber sie hatte gesagt, dass sie ihm nichts von unserem Gespräch erzählt hatte, dass sie niemandem davon erzählt hatte. Sie wollte, dass ich ihr glaubte. Vielleicht sollte ich das, dachte ich. Schließlich verlangte ich ja auch von ihr, Vertrauen zu mir zu haben. Konnte ich dieses Vertrauen nicht erwidern?

Dennoch, woher hatte Angel – und somit auch Siracuse – von Bonz gewusst? Woher hatte Siracuse gewusst, dass er Angel befehlen musste, just gestern Abend einen Streit mit mir vom Zaun zu brechen und dann in meine Wohnung zu gehen, nicht ahnend, dass er dort von Grossi geopfert werden würde, damit man mir dann den Mord anhängen konnte? Ich wusste nicht, was ich glauben sollte.

Der alte Charlie hätte ihr geglaubt, dachte ich. Sollte der neue Charlie es auch? Vor allem aber: Sollte ich mir Sorgen machen, weil ich begann, von mir selbst nicht nur in einer, sondern in zwei dritten Personen zu reden? Dr. Fielding hätte dazu garantiert etwas zu sagen gehabt …

Heilige Scheiße.

Ich sah auf die Uhr, dann wandte ich mich an Bonz. »Was für ein Tag ist heute?«

»Heute?«

»Was für eine Frage ist das denn?«

»Ich weiß nicht, was für ein verschissener Tag heute ist. Ich musste mir dreizehn Jahre lang keine Gedanken darum machen, was für ein Tag heute ist. Mal sehen …«

»Heute ist Montag, richtig?«

»Kann sein. Ja, glaub schon. Warum?«

»Weil ich weiß, wo wir als Nächstes hinfahren.«

VIERUNDDREISSIG

Montags, und zwar nur montags, vergab Dr. Fielding auch Abendtermine. In den Gutwettermonaten nahm er daraufhin den gesamten Dienstag frei und ging angeln. Ich hatte in seiner Praxis zahlreiche Fotos aus diversen Jahren gesehen, auf denen er zum Beweis mit seinem jeweiligen Fang posierte. Ich hatte keine Ahnung, was er den Rest des Jahres über mit seinen Dienstagen anfing, und es interessierte mich auch nicht. Im Augenblick war mir nur wichtig, dass er montags bis in den Abend hinein Patienten empfing, und heute war Montag. Sein letzter Patient würde um acht Uhr eintreffen, die Therapiesitzung würde also gegen zwanzig Uhr fünfzig enden. Nach solch einem langen Tag würde er sicherlich bald nach seinem letzten Patienten die Praxis verlassen. Daher stellten Bonz und ich den Firebird einige Straßenecken weiter ab und warteten im Schatten eines geschlossenen Chiropraktik-Studios auf der Milk Street direkt gegenüber von Dr. Fieldings Praxis.

Falls Fielding derjenige gewesen war, der Siracuse oder dessen Leuten von Bonz erzählt hatte, dann wusste er vielleicht etwas Nützliches. Wahrscheinlich wusste er nichts, aber er war die einzige Nicht-Mafia-Verbindung, die ich mir zu Siracuse und dem Audioband vorstellen konnte – abgesehen von Randy Deacon, der uns nichts hatte sagen können.

Um fünf nach neun erloschen die Lichter in Dr. Fieldings Praxis im obersten Stockwerk. Drei Minuten später verließ er mit der Aktenmappe in der Hand das Gebäude. Zwanzig

Sekunden später stand er, mit der Nase an eine Hauswand gepresst, in einer Gasse, während Bonz ihm Drohungen ins Ohr flüsterte.

Die Milk Street ist eine relativ ruhige Geschäftsstraße gleich abseits der stark frequentierten Congress Street, die aber beträchtlich ruhiger wird, sobald das Tagesgeschäft vorüber ist. Um diese Zeit war die Milk Street menschenleer, ein Umstand, auf den Bonz Dr. Fielding hinwies.

»Doktor«, sagte Bonz, »ich will Ihnen nicht wehtun, aber ich werde es tun.«

»Ich will auch nicht, dass Sie mir wehtun«, stieß Fielding hervor und keuchte, so fest drückte Bonz ihn mit der Hand auf dem Hinterkopf gegen die raue Backsteinwand. »Nehmen Sie sich, was Sie wollen.«

»Wir wollen Informationen.«

»Welcher Art?«

»Ich brauche Antworten, Dr. Fielding.« Es waren meine ersten Worte an ihn. Bonz hatte den guten Doktor so schnell in die dunkle Gasse gezerrt, dass er mich bisher nicht bemerkt hatte.

»Wer ist da?«, fragte er.

»Lass ihn los, Bonz.«

Er tat es, und Fielding drehte sich langsam um und strich nervös sein zerknittertes Boston-Celtics-Sweatshirt glatt. Als er mich sah, blickte er verdutzt. Er musterte die noch immer nicht ganz verblassten hässlichen Blutergüsse in meinem Gesicht und meinen platinblonden Bürstenschnitt, und allmählich dämmerte es ihm.

»Charlie?«

»Hallo, Dr. Fielding.«

Sein Blick wanderte zu Bonz, und seine Augen weiteten sich kaum merklich. Dann wandte er sich wieder an mich.

»Sie sind in Schwierigkeiten, Charlie«, sagte Fielding, »und es scheint, dass Sie es nur noch schlimmer machen. Ich glaube, Sie sollten direkt zur nächsten Polizeiwache gehen und sich stellen. Das macht es letzten Endes sicher einfacher für Sie.«

»Das höre ich in letzter Zeit häufig.«

»Es ist ein guter Rat.«

»Ich bin damit durch, Rat von Ihnen anzunehmen. Ich habe niemanden getötet, Dr. Fielding.«

»Nun, dann haben Sie ja nichts zu befürchten.«

»Genau«, sagte Bonz, »weil es ja *genau so* läuft.«

»Ich meinte nur«, fuhr Fielding fort, »es wäre das Klügste, was Sie tun können, wenn …«

Bonz unterbrach ihn. »Das Klügste, was *Sie* tun können, wäre, Ihre Scheißklappe zu halten, bis entweder Charlie oder ich Ihnen erlauben zu reden. Kapiert?«

Fielding sah Bonz an. Er musterte ihn. Als Psychiater war Fielding natürlich darin geübt, Menschen einzuschätzen. Was er in Bonz sah, war wohl ein wenig beängstigend, denn plötzlich runzelte er die Stirn und nickte.

»Charlie«, sagte Bonz, »wir haben keine Zeit zu verlieren. Beeil dich.«

Ich wandte mich an Fielding. »Ich komme gleich zur Sache, Dr. Fielding. Hinter mir sind ein paar böse Menschen her. Sie wollen etwas, von dem sie glauben, dass ich es entweder habe oder ihnen beschaffen kann. Und sie haben mir einen Mord angehängt.«

Er nickte wieder. Das war alles, er nickte bloß. Er deutete nicht einmal an, ich könne mir etwas von dem, was ich gerade gesagt hatte, nur eingebildet haben. Er erzählte auch nicht das alte Märchen von meiner Paranoia. Und ich erkannte plötzlich, warum.

»Sie wussten es. Sie wussten, dass ich nicht paranoid war.

Sie wussten, dass ich all die Jahre verfolgt wurde, aber Sie haben mich davon überzeugt, ich sei verrückt.«

Sein Schweigen war Eingeständnis genug.

»Warum?«, fragte ich.

Fielding blieb stumm.

»Sie sollten ihm antworten, Doc«, sagte Bonz. »Hören Sie auf *meinen* Rat.«

Fielding sah von Bonz zu mir. »Mir wurde gesagt, ich solle Sie glauben machen, dass das Gefühl, beobachtet zu werden, die Folge einer Störung sei. Tatsache war, als Sie zum ersten Mal zu mir kamen, wurden Sie bereits seit, ich glaube, über einem Jahr verfolgt. Sie glaubten bereits selbst, dass Sie paranoid seien. Meine Aufgabe war es, Sie in diesem Glauben zu bestärken, damit Sie keinen Verdacht schöpften.« Ehe ich etwas erwidern konnte, fügte Fielding hinzu: »Ich habe mein Bestes getan, um Sie zu schützen, Charlie. Ich habe mich geweigert, Ihnen eine medikamentöse Therapie zu verschreiben, obwohl Sie mich gefragt haben, ob wir es damit versuchen sollten, angesichts des scheinbaren Mangels an Fortschritten in den ersten Jahren.«

»Sie haben immer behauptet, ich sei kein Härtefall«, sagte ich. Er hatte mich wiederholt darauf hingewiesen, dass Personen, die unter schwereren Formen von Paranoia litten, damit häufig so stark beschäftigt seien, dass sie nicht mehr fähig seien, normal innerhalb der Gesellschaft zu funktionieren. Sie interpretierten in harmlose Äußerungen negative oder sogar unheilvolle Bedeutungen hinein, hegten oft einen irrationalen Groll und verdächtigten ihre Partner häufig grundlos der Untreue. Ich wies keines dieser Symptome auf. Fielding hatte diesen Umstand als Beleg dafür genutzt, dass unsere Therapie weitgehend erfolgreich war. Es hatte funktioniert, zumindest insoweit, als ich nicht den Therapeuten wechselte. Zudem hatte ich wirklich geglaubt, dass wir Fortschritte machten. Das Gefühl, beobachtet zu werden, hatte mit der Zeit nachgelassen. Jetzt wusste ich natürlich, dass Siracuse sich nach einiger Zeit so entspannt und sicher gefühlt hatte, dass er Randy Deacon und seinem Team von Privatdetektiven gestattet hatte, die Überwachung immer weiter zu lockern. Das Ergebnis war natürlich gewesen, dass mein Vertrauen in Dr. Fielding und der Glaube an meine Fortschritte gestärkt worden waren.

»Dann war das alles?«, fragte ich. »War das alles, was Sie tun sollten? Mich glauben machen, ich würde gar nicht verfolgt? Ich sei bloß paranoid?«

Fielding zögerte. Bonz räusperte sich, und Fielding sagte rasch: »Nein, das war nicht alles. Ich sollte Ihnen auch in jeder Sitzung Fragen zu Ihrem Bruder stellen. Ich sollte darauf achten, ob sich bei Ihnen etwas geändert hatte, was ihn betraf, ob Ihr Interesse daran, herauszufinden, was ihm zugestoßen war, vielleicht plötzlich neu aufflammte. Ob Sie etwas Neues über sein Verschwinden erfahren hatten.«

»Und Sie haben ihnen dann Bericht erstattet.«

»Das sollte ich. Ich habe es aber nie getan, weil ich von Ihnen nie etwas gehört habe, was die meiner Meinung nach wissen wollten.«

»Aber Sie hätten es gemeldet«, sagte ich.

»Ich glaube schon«, erwiderte mein Psychiater.

Angewidert schüttelte ich den Kopf. »Verstehe. Und wie lange arbeiten Sie schon für die Mafia?«

»Ich arbeite nicht für die Mafia.«

»Komisch. Für mich klingt das so, als würden Sie genau das seit zwölf Jahren tun.«

Fielding seufzte. »Ich habe nicht … nun … Sie haben wohl recht.«

»Und an Ihre Verpflichtung gegenüber Ihrem Patienten

haben Sie nicht gedacht? Ihre Integrität bedeutet Ihnen gar nichts?«

»Ich habe an meine Gesundheit gedacht. An die meiner Frau. An meine beiden Kinder. Sie bedeuten mir alles. Sogar mehr als meine Integrität.«

»Sie haben Sie und Ihre Familie bedroht?«

»Selbstverständlich.«

»Und wie viel haben sie Ihnen bezahlt?«

»Nichts.« Falls ich ihn beleidigt hatte, ließ er sich nichts anmerken. Er zögerte, dann sagte er: »Ich habe sogar versucht, da rauszukommen. Ich wollte meinen Beruf aufgeben. Mit meinen Büchern hatte ich genug Geld verdient. Ich musste keine Patienten mehr behandeln. Aber sie ließen mich nicht. Ich musste weiter praktizieren und Sie weiter täuschen und weiter nach Informationen über Jake forschen. Sie sagten, sie würden es bemerken, falls ich nicht spurte.« Er ließ den Kopf hängen.

»Sie haben vermutlich seine Praxis verwanzt«, sagte Bonz.

Fielding riss den Kopf hoch. »Sie meinen, in meiner Praxis befinden sich Abhörgeräte?« Er wirkte betroffen. »Ich habe es befürchtet, aber ich wollte es mir wohl nicht eingestehen. O mein Gott. Was ist mit meiner Schweigepflicht?«

»Bisschen spät, sich Gedanken über Ethik zu machen«, sagte ich. Ich fasste noch einmal zusammen. »Die haben unsere Sitzungen belauscht, um zu überprüfen, ob Sie ein braver Junge sind und mich davon überzeugen, dass die Leute, die mir folgen, alle nur eingebildet sind, und sie haben meine Antworten auf Ihre Fragen nach Jake mitgehört.« Und natürlich hatten sie auch darauf geachtet, ob ich irgendetwas über Bonz oder ein Band, das mein Bruder gehabt hatte und das ich nun haben könnte, erzählt hatte. »Und Sie haben mitgespielt.«

»Ich schäme mich. Es tut mir sehr leid, Charlie.«

Ich schämte mich auch für ihn. »Dann helfen Sie mir, Dr. Fielding. Sagen Sie mir alles, was Sie wissen.«

Ich sah einen Hauch Bedauern in seinem Blick. »Das habe ich schon getan. Mehr weiß ich nicht.«

»Carmen Siracuse sagt Ihnen, Sie sollen mich davon überzeugen, dass ich verrückt bin, Sie sollen in meinem Kopf nach Informationen über Jake herumstochern, und Sie fragen sich nicht, warum?«

»Natürlich habe ich mich das gefragt, aber wie hätte ich die danach fragen können?« Er seufzte. »Charlie, bitte glauben Sie mir. Ich hatte nicht die leiseste Ahnung, was Siracuse von Ihnen wollte. Wirklich.« Ich schwieg, und so sagte er: »Ich möchte noch einmal betonen, wie leid mir das alles tut. Ich habe es verabscheut zu tun, was ich Ihnen angetan habe. Ich habe es verabscheut, Sie in dem Glauben zu lassen, Sie seien paranoid. Es hat gegen meine ärztliche Ethik verstoßen, gegen alles, was ich war oder wofür ich mich hielt. Aber ich habe wirklich geglaubt, ich müsse das tun. Ich konnte wählen, ob ich Sie in dem Glauben, den Sie bereits hatten, bestärke oder zusehe, wie ein geliebter Mensch verletzt, womöglich sogar getötet wird. Sie hätten genauso gehandelt«, behauptete er ein wenig verzweifelt.

Ich empfand beinahe Mitleid mit ihm. Beinahe. Aber eines bewahrte mich davor. »Wenn Ihnen das alles so leidtut, Dr. Fielding, warum haben Sie denen dann von unserem Gespräch gestern Abend erzählt?«

Er wirkte verwirrt. »Unser Gespräch?«

»Sie erinnern sich. Ich habe Sie angepingt, um Sie nach den Auswirkungen von Folter auf das Gedächtnis zu fragen. Es war erst gestern Abend. Da muss doch etwas bei Ihnen klingeln.«

»Natürlich erinnere ich mich daran. Aber ich habe niemandem von dem Gespräch erzählt.«

»Quatsch. Die einzige andere Person, die über Bonz hier Bescheid wusste, war Jessica, und sie hat gesagt, sie hätte es niemandem erzählt. Ich setze also mein Geld auf sie.«

»Ich war es nicht«, beharrte er. »Ehrlich gesagt, wusste ich überhaupt nicht, was Ihr Anruf zu bedeuten hatte. Er kam mir eigenartig vor, und ich habe mich kurz gefragt, ob es etwas mit dem zu tun hatte, was die Mafia von Ihnen wollte, aber ich habe denen nicht davon erzählt.«

»Quatsch.«

»Ich habe es nicht getan. Ich schwöre es.«

Ich runzelte die Stirn. Bonz meldete sich zu Wort. »Wo waren Sie, als Charlie Sie anrief?«

»Ich war zu Hause«, antwortete Fielding.

Bonz sah mich an. »Wenn er die Wahrheit sagt, dann hören sie auch seine Telefone ab, wahrscheinlich sowohl in der Praxis als auch zu Hause. Oder vielleicht haben sie auch sein Haus selbst verwanzt. Eins von beidem. Oder beides, wer weiß?«

Fielding war entsetzt. »Sie meinen, die haben nicht nur Abhörgeräte in meiner Praxis angebracht, sondern auch in meinen Telefonen? Vielleicht auch bei mir *zu Hause*?«

»Es sei denn, Sie lügen«, sagte Bonz, »und haben ihnen in Wirklichkeit von dem Anruf erzählt.«

»Das habe ich nicht.«

Bonz wandte sich an mich. »Randy Deacon hat gesagt, sie hätten nie die Gelegenheit gehabt, dein Handy zu verwanzen, und ich glaube, zu dem Zeitpunkt hatte er wenig Grund zu lügen. Wenn also unser Doc hier nicht lügt, dann haben sie das Telefonat abgehört. Das bedeutet, sie haben seine Telefone oder sein Haus oder beides verwanzt.«

»Gütiger Gott«, sagte Fielding.

Es dauerte einen Moment, bis ich die volle Bedeutung dieser Erkenntnis erfasste. Sie hatten erschreckend schnell reagiert. Ich hatte Fielding gegen acht Uhr angerufen. Zwei Stunden später hatte Angel einen Streit mit mir vom Zaun gebrochen, und eine weitere Stunde später hatte ich ihn in meiner Wohnung vorgefunden. Grossi hatte ihn nur Minuten später getötet. Sie mussten die gefälschten Sachbeweise, die sie in meiner Wohnung deponiert hatten, bereits vorbereitet und nur auf den Moment gewartet haben, in dem sie sie benötigten. Das konnten sie schon Jahre zuvor eingefädelt haben. Himmel, ich fragte mich, ob sie jemanden hatten, der all die Jahre live bei jedem der Telefonate, die ich in meiner Wohnung geführt hatte, wie auch bei sämtlichen Telefonaten von Dr. Fielding mitgehört hatte. Dann begriff ich, dass dies wahrscheinlich nicht nötig gewesen war. Sie hatten vermutlich alles aufgenommen und die Bänder später transkribiert, um sie durchzugehen, wie Randy Deacon es getan hatte. Aber in letzter Zeit hatte ich mich eigenartig verhalten, und zumindest Angel – Angel, der insgeheim für Siracuse gearbeitet hatte, bis sie ihn zum Opferlamm gemacht hatten – war mein ungewöhnliches Verhalten in den letzten Tagen aufgefallen, und er hatte es der Mafia gemeldet, die mir daraufhin wieder mehr Aufmerksamkeit schenkte. Und meinem Seelenklempner ebenfalls. Es war sogar möglich, dass Randy Deacon oder sein Team etwas gesehen und gemeldet hatten, das ihnen nicht viel bedeutete, die Mafia aber in Alarmbereitschaft versetzt hatte. Wie auch immer, mein Anruf bei Fielding hatte offensichtlich all das in Gang gesetzt, was seit der Wohltätigkeitsveranstaltung geschehen war. Was zu meiner Erleichterung bedeutete, dass mein Vertrauen in Jessica gerechtfertigt war und sie mich wirklich nicht verraten hatte.

Meine Erleichterung war jedoch nur von kurzer Dauer,

denn sofort fiel mir wieder ein, dass Fielding offenbar nichts wusste, was uns half, Jakes Band zu finden oder zu erfahren, was es enthielt. Ich zuckte innerlich die Achseln. Es war ein Schuss ins Blaue gewesen, aber ich hatte dem einfach nachgehen müssen.

Fielding räusperte sich. »Tja, ähm, es tut mir wirklich leid, Charlie.«

Ich sah den guten Doktor an. »Leck mich!«

»Charlie«, sagte er fast flehentlich. »Ich hatte keine andere Wahl.«

»Vielleicht nicht, aber trotzdem: Leck mich!«

Ich wandte mich ab und ging davon, und Bonz folgte mir und ließ Fielding mitten auf der Straße stehen. Entmutigt schüttelte ich den Kopf. Mein Psychiater hatte von Anfang an gewusst, dass ich nicht paranoid war, hatte meinen Irrglauben aber jahrelang bestärkt. Außer dieser Erkenntnis hatte ich nichts Nützliches erfahren. Ich wusste kein Stück mehr über den Verbleib des Bandes oder dessen Inhalt. Die Zeit lief mir davon, bergab und auf gut geölten Rollschuhen.

Während wir zurück zum Firebird gingen, fragte Bonz: »Und?«

»Und was?«, fuhr ich ihn an.

»Wir kommen nicht so richtig voran.«

»Nein.«

»Bist du dann endlich bereit, es mit meinem Plan zu probieren?«

»Damit, dass wir Mafiajungs, die vielleicht etwas über das Band wissen, oder auch nicht, finden und zusammenschlagen?«

»Ja. Bereit, es damit zu probieren?«

Es war kein toller Plan, aber mit Jakes Hinweis war ich bisher nicht weit gekommen. Und von Fielding hatte ich auch nichts erfahren. Vielleicht hatte Bonz recht. Es sah so aus, als müssten wir auf unsere zweite Nachforschungsschiene umschalten und herausfinden, was sich auf dem Band befand, und unglücklicherweise hatte ich keine gute Idee, wie wir das bewerkstelligen sollten. Also wurde es wohl Zeit, dass die Gazellen die Löwen jagten.

FÜNFUNDDREISSIG

Während wir über die Congress Street nordwärts fuhren und dabei die Augen nach Cops offen hielten, die vielleicht unseren gestohlenen fahrbaren Untersatz erkannten, fragte ich: »Du willst einfach mal ein paar Leuten die Beine brechen?«

»Nur im Notfall. Normalerweise muss ich das nicht. Ich scheine die Leute nervös zu machen.«

Das überraschte mich nicht.

»Wem willst du die Daumenschrauben denn anlegen?«

Er zuckte die Achseln. »Da kommst du ins Spiel.«

Ich sah ihn an.

»Irgendjemand muss wissen, wovor Onkel Carmen Angst hat. Es gibt bestimmt jemanden, dem er vertraut, bei dem er vielleicht sogar Hilfe gesucht hat. Egal, wer das ist, den fragen wir. Ich bin seit dreizehn Jahren raus aus dem Geschäft. Ich weiß nicht mehr genau, wer die wichtigsten Spieler sind.«

Ich führte den Gedankengang zu Ende. »Und ich verfolge die Hauptakteure des organisierten Verbrechens seit fünf Jahren, also sollte ich wissen, wer Siracuse nahesteht, wem er sich vielleicht anvertraut haben könnte.«

Bonz nickte. Dieser Teil des Plans war durchaus sinnvoll. Es war der andere Teil – der, bei dem möglicherweise Knochen gebrochen wurden –, mit dem ich ein Problem hatte.

»Wie lautet also der Plan?«, fragte ich. »Ich sage dir, wer Siracuse' Vertrauter wahrscheinlich ist, wir finden ihn, und du schüchterst ihn ein?«

»So in etwa.«

»Du kommst irgendwie an den Wachen vorbei, die er garantiert hat, und marschierst direkt zu dem großen Tier und überzeugst es auszupacken?«

Bonz nickte. »Ich komme an ihn ran. Und glaub mir, er wird reden. Daran habe ich nicht den leisesten Zweifel. Er wird garantiert reden.« Er sah mich an. »Aber vielleicht muss ich ein paar Leuten wehtun. Vielleicht sehr weh.«

Ich war Staatsanwalt. Ich durfte auf keinen Fall wissentlich Gewaltanwendung oder möglicherweise sogar Mord dulden. Ich rang mit dem Gedanken, diese moralische und berufsethische Grenze zu überschreiten. Sekunden später hatte der Gedanke mich an die Wand gedrängt. Scheiß drauf. Das waren Mafiosi, Mörder, Drogendealer, Zuhälter, opportunistischer Abschaum, der vom Elend und Unglück anderer lebte, Drecksäcke, die über das Gesetz, über die Regeln der Gesellschaft spotteten, Scheißkerle, die glaubten, sie könnten tun und lassen, was sie wollten, nur weil sie Waffen trugen und sich nicht scheuten, sie auch einzusetzen.

»Aber du tötest nicht wirklich jemanden«, sagte ich.

Er sah mich einen Augenblick lang an, dann antwortete er: »Okay.« Selbstverständlich log er. Ich ließ es auf sich beruhen.

»Es ist ganz einfach«, sagte ich. »Falls es so einen Vertrauten gibt, kann es nur einer sein.«

Der einzige lebende Mensch, dem Siracuse sein Geheimnis anvertraut haben könnte, war Big Frank D'Amico. Er und Siracuse waren zusammen aufgewachsen, hatten gemeinsam ihre Jugend damit verbracht, all das zu tun, was durch und durch verdorbene jugendliche Straftäter so tun, waren später verdächtigt worden, zahlreiche geachtete Geschäftsleute im italienisch dominierten Bostoner North End zusammengeschlagen zu haben, und zwar angeblich gemeinsam, und waren die Hauptverdächtigen in mindestens einem formal unaufgeklärten Fall von Totschlag gewesen. Damals waren die zwei Mitte zwanzig gewesen. Im Abstand von einem Monat waren beide innerhalb der Mafia gemachte Männer gewesen. Während Siracuse sich an die Spitze der italienischen Mafia in Boston gekämpft und gemordet hatte, war Big Frank immer gleich hinter und neben ihm gewesen, sein loyaler Gehilfe. Ich erzählte Bonz von D'Amico. Er kannte ihn natürlich.

»Ja, hab mir schon gedacht, dass ich mit Big Frank reden muss, wenn er noch lebt. Aber er ist der Einzige?«

»Falls Siracuse irgendjemandem ein großes, belastendes Geheimnis anvertraut hat, dann ihm. Glaub mir.«

»Weißt du, wo er wohnt?«

Ich schloss die Augen und dachte kurz nach. »Ja. Er wohnt oben in Nahant. Aber er hat eine tolle Alarmanlage, und sein Haus ist schwer bewacht. Das wäre Selbstmord, denke ich. Außerdem wollen wir doch schnell handeln, und jetzt ist er wahrscheinlich sowieso nicht zu Hause. Sicher sitzt er irgendwo in Siracuse' Vorder- oder Hinterzimmern und arbeitet.«

»Weißt du, wo die sind?«

Ich durchforstete mein Gedächtnis. »Das sind eine Menge. Zu viele. Er könnte in Charlestown sein oder in Cambridge, in Dorchester oder Somerville. Er hat Dutzende von Läden.«

»Wir müssen die Suche eingrenzen.«

»Aber wie?«

Einen Moment lang sah Bonz mich nachdenklich an, dann fragte er: »Kannst du dich mit diesem fotografischen Gedächtnis, was du da hast, an Namen und Adressen von unwichtigeren Typen erinnern, die uns vielleicht sagen könnten, wo D'Amico heute Abend ist?«

Erneut schloss ich die Augen und ließ mein nahezu eidetisches Gedächtnis arbeiten, blätterte durch Akten, die ich im Lauf der Jahre im Büro gesehen hatte. Worte zogen durch meinen Kopf, schwarz vor weißem Hintergrund – Namen, Adressen, an den Akten befestigte Fotos von Gesichtern.

»Fahr ins North End«, sagte ich und merkte dann, dass wir schon fast da waren. Bonz hatte sich gedacht, dass wir hier landen würden.

»Wen besuchen wir?«, fragte er.

»Sal Barrone. Sammelt für Siracuse Schutzgeldzahlungen, Drogen- und Prostitutionsgewinne und noch andere Zahlungen. Barrones Jungs bringen ihm das Geld, und Sal bringt es jeden Abend zu Big Frank D'Amico.«

Bonz dachte kurz nach. »Kann sein, dass ich Barrone kenne. Sweet Sal nennen sie ihn, richtig? Großer, dämlich aussehender Kerl. Eckiger Schädel, große Nase.«

»Klingt nach der Hälfte der Jungs, die für Siracuse arbeiten.«

»Ich kenne Sal. Glaubst du, du findest ihn?«

Ich schloss die Augen, schlug sie wieder auf und sagte: »Ein Restaurant auf der Prince Street im North End. Es gehört Barrone. Er hat hinten drin ein Büro. Dahin bringen seine Leute ihm die Tageseinnahmen, und er rechnet sie für D'Amico zusammen. Barrone ist wahrscheinlich dort.«

»Okay«, sagte Bonz, »also schleichen wir uns in das Büro hinten, ich setze Sweet Sal ein bisschen unter Druck, finde raus, wo er D'Amico treffen soll. Dann gehen wir da hin und fragen D'Amico, was auf diesem Band drauf ist.«

»Klingt ja ganz einfach«, entgegnete ich mit unverhülltem Sarkasmus.

»Tja, ich habe meine Pistole. Und du hast dein Schweizer Messer.«

»Na, dann wird es ja ein Kinderspiel.«

»Sag ich doch.«

SECHSUNDDREISSIG

Das Prince of Italy in der Prince Street in Bostons vorwiegend italienischem North End war ein eher kleines Restaurant mit insgesamt vielleicht zwölf Tischen. Wir gingen daran vorüber, sogen die würzigen, appetitlichen Düfte wahrhaft italienischer Küche ein und blickten im Vorbeigehen durch die Fenster. Wir gingen davon aus, dass wir bei jemandem, der das Restaurant beobachtete, keinen Verdacht erregen würden, solange wir zügig vorbeiliefen. Nicht, dass jemand speziell nach uns Ausschau halten würde – ich meine, wie blöd hätten wir sein müssen, um in ein Lokal zu marschieren, das im Besitz der Mafia war, während Siracuse uns suchte –, aber sie mochten Wachen postiert haben, die nach Anzeichen von Ärger mit Angehörigen anderer Verbrecherfamilien oder nahenden Cops Ausschau hielten. Unser kurzer Blick zeigte uns, dass die meisten Tische besetzt waren, aber wir erkannten keine Mafiosi unter den Gästen. Wir schlüpften in einen Durchgang neben dem Restaurant und gelangten auf einen kleinen Parkplatz hinter dem Gebäude, gerade groß genug für einen Müllcontainer und einen großen schwarzen Cadillac Seville, der, soweit ich mich aus seiner Akte erinnerte, Sweet Sal Barrone gehörte.

»Er ist hier«, sagte ich.

»Gut. Weißt du, wie das Haus aufgebaut ist?«

»Nein. Ich weiß nur, dass Sal irgendwo hinten ein Büro hat.«

Bonz nickte, holte die Pistole hervor und zog am Griff

einer rostigen Hintertür. Abgeschlossen. Er klopfte mit der Pistole an die Tür, wartete einige Sekunden und klopfte erneut. Ich fragte mich, ob es wohl ein geheimes Klopfsignal gab, das uns die Tür öffnen würde, vielleicht der Takt eines Sinatra-Songs, doch da wurde drinnen ein schwerer Riegel zurückgeschoben, die Tür öffnete sich einen Spaltbreit und ein dunkelhäutiges Gesicht schaute heraus.

»Wer zur Hölle sind Sie?«, fragte das Gesicht.

Ich hielt den Atem an.

Bonz riss wuchtig an der Tür, und der Mann, der noch den Türgriff gepackt hielt, verlor das Gleichgewicht und stolperte aus dem Haus. Ehe er sich wieder fangen und aufrichten konnte, ließ Bonz den Griff der Pistole auf den Kopf des Mannes niedergehen, und der stürzte schwer zu Boden.

Leichtfüßig trat Bonz über den bewusstlosen Schläger hinweg ins Haus, und ich folgte ihm auf dem Fuß. Hinter uns zog Bonz die Tür bis auf einen kleinen Spalt wieder zu.

Wir standen in einem vielleicht sechs Meter langen Korridor. Zu unserer Linken gingen zwei Türen ab, rechts eine. Ich fürchtete, alle drei könnten sich gleichzeitig öffnen und einen ganzen Strom von Mafiosi ausspucken, die aus allen Rohren feuerten. Doch im Restaurant war es laut, Gesprächsfetzen und das Klirren von Besteck drangen zu uns in den Korridor. Offenbar hatte niemand unser Eintreten bemerkt.

Ohne zu zögern, ging Bonz durch den Korridor. Ich folgte ihm hastig und fühlte mich schrecklich verwundbar. Bonz warf einen Blick auf die Türen zu unserer Linken und ging weiter. Toiletten. Am Ende des Gangs erschien von rechts ein Kellner und ging ins Restaurant, ohne in unsere Richtung zu blicken. Dort um die Ecke musste die Küche liegen.

Langsam näherte sich Bonz der Tür auf der rechten Seite. Auf einem Schild stand »Büro«. Bonz drehte sich zu mir um, nickte und wandte sich wieder der Tür zu. Erneut hielt ich den Atem an. Bonz sah aus, als wollte er die Tür eintreten, aber dann probierte er doch den Knauf. Er ließ sich drehen, Bonz stieß die Tür auf und trat rasch ein. Ich atmete aus und folgte ihm.

Im Büro standen ein Schreibtisch, ein paar Aktenschränke, ein Sofa und ein Tisch, an dem fünf Männer in Hemdsärmeln und mit Schulterholstern saßen, ihre Anzugjacken hingen über den Rückenlehnen der Stühle. Sie sahen uns an, sahen Bonz' Pistole, und einer von ihnen fragte: »Wer zur Hölle sind Sie?« Ich erkannte Sweet Sal Barrone mit seinem eckigen Gesicht und konnte mir ums Verrecken nicht vorstellen, wie er zu dem Spitznamen »der süße Sal« gekommen war.

»Das hat die Knallcharge an der Tür uns auch gefragt«, erwiderte Bonz. »Aber muss ich euch das wirklich sagen? Mach die Tür zu, Charlie.«

Ich tat es. Sal wirkte ganz kurz verwirrt und sah von Bonz zu mir. Dann weiteten sich seine Augen.

»Mutter Gottes. Ihr seid es.«

Alle griffen nach ihren Waffen. Ich spannte mich an, bereit, dem Bienenschwarm von Kugeln auszuweichen, der gleich durch den Raum schwirren würde, da tat Bonz zwei lange Schritte und richtete die Pistole direkt auf Sweet Sal Barrones Stirn.

»Keiner rührt sich, Sal. Nicht mal ein Scheißfingerzucken.«

Sie erstarrten.

»Wenn ich dich töten wollte«, sagte Bonz, »wäre ich reingekommen und hätte gleich geschossen, richtig?«

Keiner rührte sich, nur Sal nickte. »Ganz ruhig, Jungs«, sagte er.

»Hände auf den Tisch«, befahl Bonz.

Die vier übrigen Männer, deren Visagen eine niederträchtiger und brutaler war als die andere, legten die Hände mit den Handflächen nach unten auf den Tisch. Sals Blick zuckte zur Tür hinter uns.

Bonz sagte: »Da kommt keiner durch diese Tür und rettet eure erbärmlichen Ärsche, Sal. Ich hab euren Türsteher hinterm Haus schlafen gelegt. Charlie, nimm ihre Waffen. Leg sie in einen der Aktenschränke.«

Da wir nie wussten, ob wir irgendwohin zurückkehren würden, sei es in ein Motelzimmer oder zu einem Fahrzeug, hatte ich mir angewöhnt, unseren Rucksack mit der Ausrüstung überallhin mitzunehmen. Ich ließ ihn zu Boden gleiten, dann ging ich zum Tisch. Ich versuchte, beherrscht und ohne Panik zu atmen, ignorierte nach Kräften das Paukensolo, das mein Herz in meiner Brust spielte, ging von einem zum anderen und nahm ihnen die Waffen ab. Die Blicke, die sie mir zuwarfen, waren für die meisten Menschen vermutlich das Letzte, was sie jemals sahen. Fast alle Gesichter waren mir vertraut. Wahrscheinlich hatte ich Akten über diese Kerle. Einer war Joey Randazzo, glaubte ich, und ihm gegenüber saß Anthony »Big Pants« – Großhose – Pantuso, den ich wegen Körperverletzung für drei Jahre ins Kittchen geschickt hatte, als ich noch im Amt des District Attorney gearbeitet hatte. Die Hände voller Waffen, ging ich schließlich zu einem der Aktenschränke, zog die mittlere Schublade auf und legte alle Waffen bis auf eine vorsichtig hinein. Die letzte Waffe steckte ich in meine Jackentasche, wobei ich hoffte, dass sie nicht versehentlich losging und ein Loch in das Innenfutter der Jacke und meinen Bauch pustete.

»Sieh unterm Tisch nach«, sagte Bonz.

Ich tat es. Nirgendwo Waffen festgeklebt.

»Sieh an ihren Knöcheln und am Rücken nach.«

Ich ignorierte die boshaften Blicke der fünf hartgesottenen Mafiosi, tastete allen den Rücken ab, fand keine Waffen, zog ihnen, einem nach dem anderen, die Hosenbeine hoch, fand aber auch keine Knöchelholster.

»Keine versteckten Waffen«, sagte ich. Ich behielt die Mafiosi im Blick. Ich wartete ein paar Sekunden, bekam aber keine Antwort. »Bonz?«

Bonz schwieg. Ich sah zu ihm. Er starrte auf den Tisch, wo die Tageszeitung von heute lag. Von der Titelseite blickte mich mein Gesicht in Schwarz-Weiß an. Das kam nicht überraschend. Was ich allerdings beunruhigend fand, waren die Fotos von mir, die über den Tisch verstreut lagen. Es waren gut ein Dutzend Schnappschüsse von mir, aufgenommen auf der Straße, vor meiner Wohnung, in meinem Auto, vor dem Gebäude, in dem ich arbeitete, allein zu Fuß unterwegs, mit Jessica zu Fuß unterwegs. Sie schienen über einen langen Zeitraum hinweg aufgenommen worden zu sein. Auch Notizblöcke lagen auf dem Tisch. Ich beugte mich vor. Auf den Notizblöcken standen mein Name und Informationen über mich: meine Adresse, eine Beschreibung meines Autos, eine Liste meiner Freunde, eine Liste mit Namen von Lokalen, die ich häufiger besuchte. Außerdem lag da ein altes Foto von Bonz; so hatte er vermutlich ausgesehen, bevor Hammer Grossi ihn in eine Narbenlandschaft verwandelt hatte, wahrscheinlich damals, als er selbst für Siracuse gearbeitet hatte. Die Notizen über ihn waren kurz und knapp. Sie erwähnten seine militärische Ausbildung und seine bekannten Fähigkeiten, den Umstand, dass er dreizehn Jahre zuvor von der Mafia verhört worden war, und dass er extrem gefährlich sei.

»Was steht da, Charlie?«, fragte Bonz.

»Da steht, du seist extrem gefährlich.«

Das schien Bonz zu gefallen.

»Was zum Teufel willst du?«, fragte Barrone.

»Wolltet ihr Jungs heute Abend nach uns suchen?«, fragte Bonz zurück.

Barrone schwieg. Bonz beugte sich über den Tisch und schlug ihm ins Gesicht. Es war ein wuchtiger Schlag, den ich in zwei Metern Entfernung noch spürte. Barrones Kopf fuhr nach hinten.

»Himmel«, stieß Barrone hervor. »Leck mich! Leck mich am Arsch! Hast du eine Ahnung, in was für Schwierigkeiten du steckst, du Kotzbrocken, kommst hier rein, wedelst mit deiner Kanone, schlägst mich ins Gesicht? Weißt du eigentlich, wer ich bin?«

»Weißt du, wer ich bin?«

Barrone schwieg, und Bonz ballte wieder die Faust. Widerstrebend nickte Barrone.

»Was ist mit euch anderen? Wisst ihr, wer ich bin?«

Sie nickten ebenfalls.

»Dann wisst ihr ja, was für einen Scheiß sie vor Jahren mit mir gemacht haben. Was dieser fette Scheißer Siracuse mit mir gemacht hat.«

Erneut widerstrebendes Nicken.

»Ihr könnt euch bestimmt vorstellen, wie sehr mich das angekotzt hat. Wie bösartig mich das gemacht hat. Wie viel gefährlicher es mich macht.«

Sie sparten sich die Mühe zu nicken.

»Wolltet ihr uns heute Abend jagen?«, fragte Bonz Barrone noch einmal.

Barrone zögerte nur kurz, dann nickte er.

»Und du glaubst, ich bin jetzt mehr in Schwierigkeiten, weil ich dich geschlagen habe?«

Barrone schwieg.

»Du solltest uns töten?«

Barrone zögerte, und Bonz schlug ihn nochmals, diesmal noch härter. Trotzdem hatte ich das Gefühl, dass Bonz sich noch zurückhielt. Er wollte den Mann nicht töten, jedenfalls noch nicht, und er wollte ihn nicht bewusstlos schlagen – ebenfalls noch nicht. Aber er wollte, dass Barrone redete, was zu funktionieren schien, auch wenn es ein bisschen dauerte.

»Wir sollen nur *dich* töten«, sagte Barrone. »Ihn schnappen wir uns.« Er nickte in meine Richtung, ohne mich richtig anzusehen.

»Seid ihr Jungs die ganze Jagdgesellschaft?«

Barrone schwieg. Bonz sah aus, als wollte er ihn erneut schlagen, und so sagte Sal hastig: »Ja, nur wir, nur wir.«

Er log, und alle im Raum wussten es.

»Noch ein Versuch. Wie viele andere suchen da draußen nach uns?«, fragte Bonz. Als Sal nicht antwortete, ging Bonz zu ihm, legte ihm seine starke Hand auf die Schulter und drückte die Mündung der Pistole auf den Rücken von Barrones Hand, die noch auf dem Tisch lag. »Wie viele noch?«

Barrone atmete geräuschvoll aus und sagte: »Scheiße, das weiß ich nicht. Eine Menge, schätze ich. Zwei Dutzend, glaube ich.«

Herrgott! Zwei Dutzend Mafiakiller streiften durch die Stadt und suchten uns. Sie würden Bonz töten, mich entführen und ebenso foltern, wie sie Jake und Bonz gefoltert hatten, und wenn sie dann erkannten, dass ich nichts wusste, würden sie mich ebenfalls ermorden und meine Leiche in irgendeinen Straßengraben werfen.

Bonz trat zwei Schritte von Sals Stuhl zurück und richtete die Waffe auf ihn.

»Komm mit mir, Sal«, sagte er.

»Kommt nicht infrage.«

»Ich werde dich nicht töten.«

»So ein Scheiß.«

»Ich habe keinen Grund, dich zu töten.«

»Ich wollte *dich* töten, wenn ich dich finde«, platzte Sal freimütig heraus. »Das ist ja wohl Grund genug.«

»Ich werde dich nicht töten, Sal, außer du kommst *nicht* mit mir.«

»Verpiss dich.«

»Sal, ich brauche Informationen, und du wirst sie mir liefern. Ich will dir bloß ein paar Fragen stellen.«

»Dann stell deine Scheißfragen hier. Ich erzähle dir sowieso nichts.« Sein Blick wanderte über die Gesichter der übrigen Mafiosi am Tisch. Dieser Blick zeugte nicht gerade von grenzenloser Loyalität und Vertrauen.

Bonz seufzte, als wäre Sal einfach unvernünftig, was er meiner Meinung nach unter den gegebenen Umständen nicht war. Aber der Seufzer wirkte gekünstelt, ein bisschen unecht.

»Ich sag dir was, Sal. Ich nehme dich mit an einen ungestörten Ort, und du beantwortest meine Fragen. Dann kannst du hierher zurückkommen und lügen, okay? Kannst allen sagen, wie tough du warst, wie du mir ins Gesicht gespuckt hast, wie du mir nicht den kleinsten Scheiß erzählt hast und ich nicht die Eier hatte, dich zu schlagen. Wie klingt das?«

Mir fiel auf, dass Bonz irgendwann in den letzten Minuten in Mafiajargon verfallen war. Barrone schwieg.

»Also steh verdammt noch mal auf und geh zur Scheißtür«, sagte Bonz.

Barrone funkelte Bonz wütend an und erhob sich. Er war kein großer Mann, vielleicht eins fünfundsiebzig, aber er war kompakt und muskulös. Er ging zur Tür, und Bonz folgte drei Schritte hinter ihm, die Pistole auf seinen Rücken gerichtet.

»Äh, Bonz?«, sagte ich.

»Ja?«

»Was ist mit mir? Und, ähm, mit den Jungs da?«

»Halt sie mit einer Pistole in Schach, bis ich zurückkomme – nimm zwei, wenn du dich dann sicherer fühlst. Es dauert nur eine Minute.«

Noch bevor Bonz den Raum verlassen hatte, zerrte ich schon die Handfeuerwaffe aus der Tasche, fummelte an der Sicherung herum, entsicherte die Waffe und richtete sie auf die vier Kerle am Tisch. Es kam mir so vor, als belächelten sie mich ein bisschen. Die Tür fiel zu, und ich war allein mit ihnen.

»Ich erinnere mich an dich, Herr Staatsanwalt«, sagte Pantuso. »Du bist scheißetot.«

Vor meinem geistigen Auge lagen Akten aufgeschlagen auf einem Tisch. Anthony »Big Pants« Pantuso, Ende dreißig. Tatverdächtiger bei drei Morden, alle begangen, nachdem er aus dem Gefängnis gekommen war, in das ich ihn sieben oder acht Jahre zuvor wegen Körperverletzung und illegalen Glücksspiels gebracht hatte. Joey Randazzo – Tatverdächtiger in zwei Fällen von Tötung und zwei, nein, drei Fällen von Brandstiftung. Dazu ein paar kleinere Sachen. Ich richtete den Blick auf den dritten Mann. Dunkle Haut, ergrauende Haare, Anfang vierzig, lange Narbe am Hals. Vincent »Vinnie C.« Colangelo. Möglicherweise an zwei Morden beteiligt, außerdem ein paar andere üble Sachen. Ich blickte den vierten Mann an. Gut aussehendes Kerlchen, vielleicht zweiundzwanzig, mit einem spitzen kleinen Ziegenbärtchen. Noch keine Akte über ihn, aber in ein, zwei Jahren würde es garantiert eine geben. Ein stummes Signal schien zwischen den vier Männern hin- und herzugehen, und ich hatte den Eindruck, sie wollten aufstehen.

»Sitzen bleiben«, befahl ich.

Sie machten nicht den Eindruck, als hätten sie die Absicht, mir zu gehorchen.

»Bleibt auf euren Scheißhintern sitzen«, sagte ich so bedrohlich, wie ich konnte.

Mein Tonfall gab ihnen offenbar tatsächlich zu denken, was mich erschütterte.

»Du schießt doch sowieso nicht, Advokatenweichei«, sagte Colangelo. Seine Stimme klang asthmatisch und heiser, als hätte die Klinge, mit der ihm der Hals aufgeschlitzt worden war, die Stimmbänder beschädigt.

»Glaubst du? Ihr Drecksäcke wolltet mich heute Abend jagen. Ihr habt mein Leben ruiniert, mir einen Mord angehängt, meinen Bruder ermordet. Leckt mich! Wagt es doch, ihr miesen Scheißkerle. Steht ruhig auf und probiert aus, ob ich euch nicht doch erschieße, um mich zu verteidigen. Sonst lasst die Hände auf dem Tisch und rührt keinen Scheißmuskel.«

Ich sprach im Brustton der Überzeugung. Ich hatte mir bereits bewiesen, dass ich notfalls auch abdrücken konnte, als ich mit jener Waffe voller Platzpatronen in meiner Wohnung auf Grossi gezielt hatte. Vielleicht weil ich mir selbst glaubte, glaubten sie mir auch. Sie machten nicht mehr den Eindruck, als wollten sie gleich aufstehen. Ich war erleichtert, aber ich entspannte mich keine Sekunde lang. Die Waffe in meiner Hand wurde schwer. Ich schwitzte aus allen Poren. An der Wand zu meiner Linken vernahm ich einen dumpfen Aufprall. Instinktiv wollte ich den Kopf in diese Richtung drehen, doch ich bezwang den Impuls, denn ich wollte den Blick auch nicht einen Sekundenbruchteil von diesen extrem gefährlichen Männern abwenden.

»Du bist so was von scheißetot«, wiederholte Colangelo mit seiner asthmatischen Stimme Pantusos Worte.

»Dann habe ich ja nichts zu verlieren, wenn ich euch allen eine Kugel in die Fresse jage, oder? Also Schnauze, und keine Bewegung.«

Sie starrten mich weiterhin nieder. Ich richtete weiterhin die Waffe auf sie und schwitzte. Gleich darauf öffnete sich die Tür, und Sweet Sal Barrone wankte unsicheren Schrittes ins Zimmer. Blut tropfte aus seiner Nase. Der Bereich um sein linkes Auge schwoll bereits an. Er atmete durch den Mund, und wenn ich mich nicht irrte, hatte er einen Zahn eingebüßt. Er ging zurück zu seinem Stuhl und ließ sich schwer darauffallen.

»Unser Sal hier ist ein richtig zäher Bursche, Jungs«, sagte Bonz. »Wollte mir einfach nichts verraten. Jetzt haltet still, das tut nur ganz kurz weh.«

Die Männer am Tisch spannten sich an.

»Sachte, Jungs«, warnte Bonz sie. »Wie gesagt, es tut nur ganz kurz weh.«

Wut loderte in den Augen der Mafiosi auf, während Bonz einen nach dem anderen ausschaltete. Der Junge mit dem Ziegenbärtchen, dessen Namen ich nicht kannte, fiel seitlich vom Stuhl und schlug hart auf dem Boden auf. Randazzo war ebenfalls im Nu ausgeschaltet. Bei Colangelo benötigte Bonz allerdings zwei Schläge, bis die Lichter ausgingen, und Pantuso erforderte volle vier Schläge, bis er auf die Matte ging.

»Charlie«, sagte Bonz, »fang doch schon mal an, die Jungs zu verschnüren, okay? Die Hände hinter den Rücken, ein Stück Klebeband auf den Mund.«

Ich nahm das Industrieklebeband aus dem Rucksack und machte mich an die Arbeit.

»Herrgott, Bonzetti«, sagte Sal, »wenn du uns sowieso verschnüren wolltest, hättest du das dann nicht machen können, ohne vorher alle k.o. zu schlagen?«

»Natürlich«, erwiderte Bonz und trat hinter Barrone. »Okay, Sal, du bist der Letzte. Träum was Schönes.«

»Ihr seid so gut wie tot«, sagte Sal, »alle beide.«

Bonz ignorierte das. »Ich hoffe für dich, dass er da ist, Sal. Sonst komme ich zurück und breche dir den Hals, während du dein Nickerchen machst. Verstanden?«

Ohne eine Antwort abzuwarten, versetzte Bonz Sal einen harten Schlag mit der Pistole. Der dumpfe Knall, mit dem Barrones Gesicht auf den Tisch schlug, übertönte das Geräusch, mit dem sich hinter uns die Tür öffnete.

SIEBENUNDDREISSIG

»Herrgott, Sal, putzt du das Scheißhaus da auch mal, oder was?«

Bonz und ich wirbelten herum. Hammer Grossi kam mit gesenktem Kopf durch die Tür und steckte sich das Hemd in die Hose. Unter der Jacke blitzte an der Hüfte sein allgegenwärtiger Hammer auf. Beim Gehen zeigte sich dieses leichte Hinken. Er zog die Krawatte glatt, die wie sein Hemd dunkelblau war, und sah hoch. Zwischen diesen erstaunlich weit auseinanderstehenden, hässlichen kleinen Augen klebte ein Heftpflaster – zweifellos ein Andenken von Bonz, der ihn in meiner Wohnung mit dem Gesicht an die Wand geknallt hatte. Grossi riss die Augen auf. Blitzartig erfasste er die Lage und bewegte sich wie Quecksilber, griff nach hinten und zog eine Handfeuerwaffe hervor, während er mit großen, gleichmäßigen Schritten den Raum durchquerte und sogleich losfeuerte. Offenbar hielt er Bonz für die unmittelbare Bedrohung. Betäubt von dieser unvorhersehbaren und unglaublich erschreckenden Wendung der Dinge, stand ich wie angewurzelt ein paar Schritte neben Grossis Schussbahn, während er auf Bonz zumarschierte.

Aber Bonz war ebenso schnell und wich nach rechts aus, während zwei Kugeln an ihm vorbeipfiffen und die Wand über Barrones Schreibtisch löcherten. Mit einer geschmeidigen Bewegung hob er die Waffe und betätigte den Abzug. Eine Kugel jagte an Grossis Kopf vorbei und ließ ein Stück Türrahmen absplittern. Ebenso wie Grossi marschierte

Bonz direkt auf seinen Gegner zu, der seinerseits weiter vorrückte.

All dies geschah innerhalb von vier Herzschlägen. Drei Schüsse abgefeuert, ohrenbetäubend laut in dem kleinen Büro, allesamt Fehlschüsse – obwohl ich bezweifelte, dass einer der beiden ein schlechter Schütze war –, dann trafen Grossi und Bonz in der Mitte des Raums mit Wucht aufeinander. Unvermittelt rangen sie miteinander, jeder griff nach der Waffenhand des anderen, beide versuchten, einen gezielten Schuss abzusetzen. Eine Waffe flog aus dem Handgemenge und schlitterte unter den Schreibtisch. Sie gehörte Bonz. Gleich darauf landete Bonz einen Treffer mit dem Ellbogen, und Grossis Waffe segelte gegen die Wand und fiel hinterm Sofa zu Boden.

Sie kämpften erbittert und rasend schnell. Ellbogen flogen, Füße traten gegen Schienbeine und Spann, Hände griffen nach Kehlen, Finger suchten nach Augen. Keiner sprach ein Wort, allerdings stöhnten sie ab und zu vor Anstrengung oder Schmerzen. Immer wieder schien Grossi nach dem Hammer an seiner Hüfte greifen zu wollen, aber Bonz ließ es nicht zu. Grossi wirkte mindestens sechs Jahre jünger als Bonz, zehn Kilo schwerer, ein bisschen stärker und ebenso gut für den Nahkampf ausgebildet, daher war ich nicht überrascht, wenn auch fürchterlich bestürzt, als das Blatt sich zu Grossis Gunsten zu wenden schien. Er drängte Bonz zurück, setzte ihn unter Druck. Bonz schien nun weniger Energie in den Angriff zu stecken, sondern versuchte hauptsächlich, Grossi davon abzuhalten, einen Treffer zu landen, der ihn kampfunfähig machen konnte. Rasende Wut verzerrte Bonz' Gesicht. Grossi hatte vor Anstrengung einen hochroten Kopf, was sein hässliches Gesicht noch hässlicher machte. Die beiden wankten durch den Raum, Bonz auf dem Rückzug, Grossi auf dem Vormarsch. Für mich sah es sehr danach aus, als würde Bonz verlieren.

Schließlich erholte ich mich doch noch von der abrupten Wendung, die dieser Ausflug ins Restaurant genommen hatte, und beschloss, Bonz zu helfen, zum Beispiel indem ich mit der Waffe auf Grossi schoss, die ich, wie mir nun wieder auffiel, noch in der Hand hielt. Doch da stolperten die Kämpfer über den bewusstlos am Boden liegenden Ziegenbartjungen und taumelten wie ein einziger Mann zur Seite, prallten gegen mich, warfen mich zu Boden, und mir fiel die Waffe aus der Hand. Dann hörte ich einen schaurigen, kehligen Aufschrei und sah hoch. Grossi wich vor Bonz zurück und presste sich die Hand aufs Ohr. Zwischen seinen Fingern strömte Blut hervor. Blut tropfte auch von Bonz' Lippen. Er spuckte etwas auf den Boden. Es war die untere Hälfte eines Ohrs. Bonz grinste wölfisch und spannte sich zum Sprung an, da ertönte hinter ihm eine Stimme.

»Was zur Hölle …«

An der Tür stand ein weiterer Schlägertyp. Dieser trug ein gelbes Polohemd, eine dunkelblaue Baumwollhose und einen völlig fassungslosen Gesichtsausdruck. Bonz knurrte ihn an und bleckte die blutbefleckten Zähne, und dieser Anblick schien den Mann aus seiner Starre zu reißen. Auch er griff nach hinten, vermutlich ebenfalls nach einer Pistole. Bonz' Kopf fuhr zu Grossi herum, er wirkte hin und her gerissen zwischen dem irrationalen Wunsch, Grossi trotz der neuen Bedrohung zu erledigen, und der Notwendigkeit, sich der unmittelbareren Gefahr eines Neuankömmlings mit Waffe zu stellen. Endlich stieß er einen schrecklichen, unmenschlichen Schrei aus, wandte Grossi den Rücken zu und stürmte auf den Neuankömmling zu, während dieser die Waffe hob. Bonz erreichte ihn, bevor die Waffe in Hüfthöhe war, senkte die Schulter, pflügte in den Mann hinein und stieß ihn auf der anderen Seite des schmalen Korridors gegen die Wand. Ich hörte etwas brechen – entweder Rippen oder Holz. Bonz sah nach rechts zum Restaurant und fluchte.

»Komm, Charlie!«

Ich warf einen letzten Blick auf Grossi. Er lehnte keuchend am Schreibtisch und starrte mich mit bodenlosem Hass im Blick an. Das Blut strömte ihm vom Kopf. Ich rannte hinter Bonz her, und ein Schwall Obszönitäten, voller Wut und Schmerzen herausgebrüllt, folgte mir durch die Tür. Und noch etwas folgte mir, segelte dicht an meinem Kopf vorbei und prallte mit Wucht gegen die Wand, als ich gerade um die Ecke schlitterte. Während ich durch den Korridor zum Hinterausgang sprintete, ging mir auf, dass es wie ein Hammer geklungen hatte.

Wir preschten durch die Hintertür und rannten zurück zur Hauptstraße. Zu meiner Überraschung stellte ich fest, dass unser Rucksack an meiner Hand baumelte. Ich konnte mich überhaupt nicht daran erinnern, ihn aufgenommen zu haben, als ich aus Barrones Büro gestürmt war. Ich sah meine andere Hand an, in der Hoffnung, ich hätte mir auch die Waffe geschnappt, die ich hatte fallen lassen. Aber Pech gehabt.

Als wir auf die Prince Street kamen, rechnete ich halb damit, vom Eingang des Restaurants aus beschossen zu werden. Doch entweder hatte Bonz die gesamten Mafiosi vor Ort außer Gefecht gesetzt, oder die, die noch aufrecht stehen konnten, standen nicht mehr, sondern verfolgten uns bereits auf demselben Weg, den auch wir genommen hatten, und würden jeden Moment aus dem Durchgang gestürmt kommen. Wir blieben nicht lange genug, um das herauszufinden, sondern rannten die Straße entlang – fort von dem Firebird und tiefer hinein ins italienische Herz Bostons.

ACHTUNDDREISSIG

Die Straßen im North End waren so belebt wie immer zur Abendessenszeit – voll von Menschen, die aus der Palette hochkarätiger Restaurants ihre Wahl zu treffen versuchten, erfüllt vom Aroma italienischen Essens, das zum besten außerhalb von Italiens Stiefel zählte. Bonz mit seinen langen, erstaunlich geschmeidigen Schritten kam sehr schnell voran, ohne zu rennen. Ich beeilte mich, um mit ihm Schritt zu halten, und entdeckte eine erschreckend grimmige Intensität in seinem Blick. Gleichermaßen erschreckend war das Blut des nunmehr nur noch eineinhalbohrigen Grossi, das noch immer Bonz' Lippen befleckte. Seine Waffe hatte er im Kampf verloren, doch er hatte dem letzten Knaben, den er außer Gefecht gesetzt hatte, indem er ihn im Flur gegen die Wand geschmettert hatte, die Waffe abgenommen. Im Gehen überprüfte er, wie viele Kugeln sich in der Waffe befanden, ohne auf die erschrockenen Blicke der Passanten zu achten.

»Keine Zeit zu verlieren«, sagte er.

Er hatte recht. Wir hatten in Sals Restaurant sechs Mafiosi bewusstlos zurückgelassen – nein, halt, sieben, wenn man den ersten mitzählte, der uns die Hintertür geöffnet hatte –, plus Hammer Grossi, der seinen Spitznamen jetzt vielleicht in »Halbohr« ändern musste und rasend vor Wut gewesen war, als wir geflohen waren. Grossi kannte den Grund unseres Besuchs bei Sal nicht, und sofern Sweet Sal nicht zu früh aus seinem mittels Pistolengriff eingeleiteten

Nickerchen erwachte, würde er ihn auch erst erfahren, wenn es zu spät war. Aber er wusste, dass wir auf ihrem Territorium waren. Überall in der Stadt würden Handys klingeln und die Nachricht von unserer Ankunft im North End verbreiten, und eines dieser Telefone mochte sehr wohl Big Frank D'Amico gehören. Er wusste noch nicht, dass wir es speziell auf ihn abgesehen hatten, aber wir wollten nicht, dass er auch nur an uns dachte. Wir mussten ihn überraschen. Glücklicherweise war es nur ein zweiminütiger Spaziergang zu Paulo's, wo D'Amico Barrone zufolge zu Abend aß und auf Barrone wartete, der ihm die illegalen Einnahmen des Tages bringen sollte, ehe er sich der Suche nach Bonz und mir anschloss. Die Chancen standen gut, dass Sal noch bewusstlos war und Grossi keine Ahnung hatte, wohin wir wollten. Wahrscheinlich glaubte er, wir würden das North End schnellstmöglich verlassen, wie es jeder vernünftige Mensch tun würde.

Doch an unserem Plan hatte sich nichts geändert: Big Frank finden, ihn dazu bringen, uns zu erzählen, was er gegebenenfalls über jenes Band von Siracuse wusste, und dann untertauchen, bis wir uns überlegt hatten, wie wir entweder an die Beweise herankamen, die wir benötigen würden, um zu belegen, dass Siracuse dessen schuldig war, womit das Band ihn belastete, oder, falls das nicht gelang, genügend Beweise oder Informationen sammeln konnten, um die Geschichte glaubwürdig zu rekonstruieren und Siracuse vortäuschen zu können, dass wir das Band besaßen und es an der Zeit war, über unser Überleben und das Verschwinden wenigstens der Sachbeweise zu verhandeln, die mich mit dem Mord an Angel Medina in Verbindung brachten. Die Indizienbeweise würden natürlich weiter bestehen – Angel tot in meiner Wohnung, ich, der ich den Tatort blutbespritzt verlassen hatte –, doch die Tatwaffe, mein Smokinghemd mit Angels Blut und meiner DNA darauf, die würden verschwinden. Onkel Carmen würde sich natürlich fragen, warum wir mit dem Band nicht sofort zur Polizei gingen, wenn wir es denn wirklich hätten, aber wir würden ihn zusätzlich erpressen, damit er uns für so gierig hielt, wie er es wahrscheinlich von jedem in seinem Umfeld erwartete.

Doch auch wenn unser Plan als solcher unverändert war, so hatte sich doch die Geschwindigkeit verändert, mit der wir ihn in die Tat umsetzen mussten. Wir wussten jetzt, dass zwei Dutzend Mafiaschläger – abzüglich des runden halben Dutzends, das Bonz vorübergehend außer Gefecht gesetzt hatte – in diesem Augenblick nach uns suchten. Es war lediglich eine Frage der Zeit, bis sie uns fanden. Ich hatte garantiert keinen Spaß an der Sache. Ich sah zu Bonz und fragte mich, ob er ebenso empfand. Ich hatte meine Zweifel. Seine Augen funkelten auf eine Weise lebendig, wie ich es an ihm noch nicht gesehen hatte, seit wir uns begegnet waren. Die blutigen Lippen hatte er halb zu einer Grimasse, halb zu einem Grinsen verzogen.

»Hab sein Ohr gekriegt«, sagte er, »der Scheißkerl. Jedenfalls die Hälfte.«

Ich nickte. Daran war nicht zu rütteln.

»Ich hatte ihn, Charlie. Ich hätte ihn erledigt, wenn diese Knalltüte uns nicht überrascht hätte.«

Ich sah ihn an und bemerkte erst jetzt den Riss in seiner Jacke, an der Außenseite seines linken Arms, in der Nähe des Bizeps. Durch den Riss sah ich eine übel aussehende, zehn Zentimeter lange Spur auf seiner Haut.

»Bonz, bist du angeschossen?«

Er blickte auf seinen Arm. »Sieht so aus. Scheiß-Grossi.«

Kein Zweifel, der Mann war zäh. Wahrscheinlich kaute er Nägel anstelle von Kaugummi und zog Batteriesäure einem Bier vor.

»Wir sollten in den nächsten Drugstore gehen und Verbandszeug besorgen.«

»Keine Zeit.«

In Bonz' Augen brannte ein Feuer, das auf mich wirkte, als stünde er kurz davor, die Beherrschung zu verlieren. Ich wusste ja, wie heikel es jahrelang um seine geistige Gesundheit bestellt gewesen war, und seine Rückkehr aus der geistigen Umnachtung musste nicht das Happy End bedeuten. Wie viel Gewalt würde es brauchen, um ihn zurück in den Abgrund zu stürzen? Brauchte es dazu einen festen Stoß, oder würde ein leichter Stupser genügen? Oder war es bereits geschehen?

»Guck mich nicht so an«, sagte er. »Ich bin noch bei dir.«

»Okay, gut, ich brauche dich nämlich bei klarem Verstand.«

»Aber nicht zu klar. Wenn ich zu klar denke, verliere ich meinen Vorteil.«

Ich hoffte, er würde ein gesundes Mittelmaß finden.

Gleich darauf blieben wir vor Paulo's stehen, einem weiteren malerischen italienischen Restaurant – vielleicht neun Tische, ein himmlisches Aroma, handgemalter Efeu, der sich über die Ziegelwände rankte. Bonz spähte durchs Fenster und nickte.

»Er ist da drin, genau wie Sal gesagt hat. Zwei seiner Jungs an seinem Tisch, einer gleich drinnen hinter der Tür, macht sich die Fingernägel mit einem Steakmesser sauber. Du wartest hier draußen. Könnte gefährlich werden.«

»Könnte auch hier draußen gefährlich werden.«

»Guter Einwand.«

In der Ferne heulten Sirenen. Ohne zu zögern, öffnete Bonz die Tür und ging an dem Mann vorbei, der gleich dahinter stand und Bonz unsicher hinterhersah. Ohne auch nur im Mindesten langsamer zu werden, ging Bonz vorbei an einigen Tischen mit ahnungslosen Gästen – hauptsächlich Pärchen sowie eine Familie mit zwei Kindern von vielleicht acht, neun Jahren – direkt zu Big Franks Ecktisch im hinteren Teil. Ich blieb einige Schritte hinter ihm.

Big Frank saß mit dem Rücken zur Wand, links und rechts von sich je einen seiner Schläger. Die Schläger schienen Pasta zu essen, während ihr Boss sich auf einen gewaltigen Salat beschränkt hatte. Big Frank blickte verärgert hoch, die übrigen Mafiosi verdutzt. Bonz packte einen der Gorillas an den Schultern und zerrte ihn mit Wucht nach hinten, sodass er mitsamt Stuhl umfiel. Der Kopf des Typen knallte hart auf den schwarz-weißen Fliesenboden. Ein Kellner ließ ein Tablett fallen. Jemand schrie. Bonz trat über den gefallenen Schläger hinweg zu D'Amico und hielt dem Mann die Pistole an die Schläfe. Der Gorilla, der noch saß, steckte die Hand in die Tasche.

»Tu's, und ich puste ihm die Scheißbirne weg.«

Wieder schrie jemand. Der Gorilla zögerte, dann nahm er die Hand wieder aus der Tasche.

Ohne sich umzudrehen, trat Bonz nach hinten und traf den Kerl am Boden mitten in die Rippen. Er sagte: »Greif nach deiner Waffe, und dein Boss stirbt, kapiert?« Keine Antwort. »Antworte mir.« Er trat noch einmal zu, und der Mann stöhnte zustimmend.

Bonz hielt die Waffe weiter an D'Amicos Kopf gedrückt und sah dabei den Typen an, der gleich hinter der Tür stand. Er war noch jung, hatte eindeutig nicht viel Erfahrung und sah aus, als hätte er sich in die Hose gemacht.

»Du ziehst dein Ding, und Big Frank hier verliert den Kopf. Du rührst dich von dem Stuhl da, und Big Frank verliert den Kopf. Kapiert?«

Der Junge an der Tür nickte. Falls D'Amico dies überlebte,

bezweifelte ich, dass seinen Leibwächtern nach dem heutigen Abend ein langes Leben beschieden sein würde.

Bonz sah auf Big Frank hinab. Ich ebenfalls. Sein kahler Schädel war schweißnass. Vermutlich schwitzte er schon unter den besten Bedingungen sehr stark, da er gut fünfundzwanzig Kilo Übergewicht hatte, und die augenblicklichen Bedingungen waren sicherlich nicht die besten. Er hatte eine Waffe am Kopf, eine Waffe, die sich in der Hand eines narbengesichtigen Irren mit wilden, gnadenlosen Augen und blutigen Lippen befand. Big Frank musste eine Heidenangst haben, doch er ließ sich, abgesehen vom Schwitzen, nichts anmerken.

»Weißt du Scheißer, wer ich bin?«, fragte D'Amico.

»Ja«, erwiderte Bonz, »deswegen sind wir ja hier, du dämliches Stück Scheiße.«

»Wenn du weißt, wer ich bin, dann weißt du auch, dass das Selbstmord ist.«

»Und wenn du weißt, wer ich bin, und ich glaube, das tust du, Frank, dann weißt du auch, dass wir absolut nichts zu verlieren haben. Und ich meine, nichts. Also halt deine Scheißklappe, bis ich dir sage, du sollst reden. Jetzt werde ich dir eine Frage stellen, und wenn du sie beantwortest, lass ich dich am Leben.«

Bonz konzentrierte sich auf D'Amico, aber ich spürte, er würde es merken, sollte einer der Leibwächter versuchen, ihn zu überwältigen. Dennoch ließ ich den Blick vom einen zum anderen wandern – von dem Mann am Boden zu dem Typen auf der anderen Seite des Tisches und zu dem Jungen an der Tür. Nicht weit entfernt schwollen die Sirenen an, dann verstummten sie. Sie hatten Sals Restaurant erreicht.

Bonz drückte D'Amico die Pistole fest an den Kopf, während er sich langsam hinabbeugte, bis seine Lippen dicht an

Big Franks Ohr waren. Er sagte sehr leise – so leise, dass ich garantiert die einzige andere Person im Raum war, die ihn hören konnte: »Ich mache das so, Frank, damit niemand mitbekommt, was ich dich frage. So kann Onkel Carmen dir an nichts die Schuld geben, verstehst du?«

»Verpiss dich«, entgegnete D'Amico.

Bonz ignorierte das und sagte, immer noch sehr leise: »Folgendes muss ich wissen ... es gibt da ein Audioband, das Onkel Carmen in die Finger kriegen will, ein Band, das ihm eine Scheißangst einjagt, und vor dreizehn Jahren hat er deswegen einen Reporter getötet, und er lässt alle seine Jungs in diesem Augenblick deswegen nach uns suchen.«

D'Amico schwieg.

»Ich weiß, dass du das alles weißt. Ich will wissen, was auf diesem Band drauf ist. Wovor hat Onkel Carmen so eine Scheißangst?«

D'Amico schwieg.

»Du weißt, was auf dem Band drauf ist, nicht wahr, Frank? Onkel Carmen liebt dich wie einen Bruder, heißt es, er vertraut dir sein Leben an. Deshalb glaube ich, du weißt, was auf dem Band ist, und ich glaube – nein, ich *weiß* verdammt noch mal –, dass du es uns erzählen wirst.«

Big Frank schwieg weiterhin und regte sich nicht, aber seine Augen mussten etwas verraten haben, etwas, was ich nicht sehen konnte. Aber Bonz sah es. Er lächelte. »Du weißt es wirklich«, sagte er, »hab ich mir gedacht. Spuck's aus, Frank, und zwar zackig, oder die Dumpfbacke neben dir muss sich eine Woche lang dein Gehirn und deine Schädelsplitter aus den Haaren pulen.«

»Ich sag's noch mal: Verpiss dich.«

»Schlechter Zug«, bemerkte Bonz, doch er sagte es laut und drehte den Kopf, und da begriff ich, dass er nicht mit D'Amico redete, sondern mit dem Jungen an der Tür, der seine Pistole gezogen hatte und auf uns zielte. Bonz zielte und schoss im selben Augenblick wie der Junge. Die Miene des Jungen drückte Überraschung aus, dann Trauer, dann gar nichts mehr. Mit leerem Blick sackte er auf seinem Stuhl zusammen. Wieder schrie jemand. Möglicherweise ich.

Aus dem Augenwinkel erhaschte ich eine Bewegung und sah nach unten, wo der Kerl am Boden in die Jacke griff und eine Pistole hervorzog. Ohne nachzudenken, trat ich ihm ans Ohr, und die Waffe fiel ihm aus der Hand. Bonz trat die Waffe ein Stück weg und sah mich einigermaßen überrascht an. Dann wandte er sich an den Leibwächter, der noch am Tisch saß und sich nicht gerührt hatte, und sagte: »Kluger Junge. Lass einfach deine Waffe fallen und schieb sie mit dem Fuß zu mir rüber, damit wir nicht noch mehr Unfälle haben.«

Der Mann grinste höhnisch, tat aber wie geheißen, holte langsam seine Waffe aus der Tasche, ließ sie zu Boden fallen und schob sie mit dem Fuß unterm Tisch Bonz zu, der sie aus dem Weg trat.

Ein Gurgeln lenkte unsere Aufmerksamkeit wieder auf D'Amico. In seinem Hals klaffte ein ausgefranstes Loch, aus dem das Blut strömte und ihm über das gestärkte weiße Hemd lief.

»Scheiße«, sagte Bonz. »Der Idiot hat Frank getroffen. Das macht uns allerdings Dampf unterm Hintern.«

Mir blieb kurz das Herz stehen. »Sie werden glauben, du und ich hätten Big Frank getötet.«

»Ja, und Onkel Carmen wird das nicht gefallen.«

Ich stellte fest, dass ich zitterte. D'Amico ebenfalls. Er gurgelte und zitterte, seine Augen waren weit aufgerissen und voller Panik, er drückte die Hände an den Hals, und das Blut strömte ihm durch die Finger.

»Kannst du reden, Frank?«, fragte Bonz.

»Verp-p-p…«

»Ja, ich soll mich verpissen. Jetzt sieh mich an, du Stück Scheiße. Beruhig dich. Kannst du reden?«

D'Amico sah zu Bonz hoch und nickte. »J-j-ja.«

»Okay. Du stirbst, das weißt du, nicht? Frank? Hörst du mich? Dir ist klar, dass du stirbst, oder?«

Big Frank zögerte, dann nickte er. Er sah aus, als wollte er anfangen zu weinen. Ich hatte das Gefühl, ich müsse mich gleich übergeben.

»Sieh mal, Frank«, fuhr Bonz fort, »du hast jetzt nichts mehr zu verlieren. Da kannst du uns auch erzählen, was wir wissen wollen.«

D'Amico gurgelte, sagte aber nichts.

»Frank«, drängte Bonz, »du hast nur noch ein paar Minuten hier auf Erden. Du kannst als guter Junge gehen oder als böser. Anders gesagt, du kannst uns verraten, was wir wissen wollen, und wir tun damit was Gutes, oder du kannst schweigen und zur Hölle fahren. Deine Entscheidung.«

D'Amico sah wieder zu Bonz hoch. »H-h-hölle.«

Bonz seufzte. Draußen gellten jetzt weitere Sirenen, näher als vorhin.

»Okay, dann probieren wir es anders«, sagte Bonz, dem wohl klar geworden war, dass Big Frank in den letzten Sekunden seines Lebens keinen anderen Weg einschlagen würde als während der vorangehenden fünfzig Jahre. »Hörst du zu, Frank? Weil, jetzt kommt's. Du kannst deine letzten paar Sekunden einfach verbluten und ruhig einschlafen, oder ich kann dir in diesen letzten Augenblicken scheußliche Schmerzen zufügen. Ich kann dir in die Eier schießen. Ich kann den Löffel da nehmen und dir ein Auge ausgraben. Mir fällt noch jede Menge anderer Scheiß ein, Frank, der Scheiß, den sie mir vor dreizehn Jahren angetan haben, der Scheiß, von dem du wahrscheinlich gewusst hast, über den du vielleicht hin und wieder mit Onkel Carmen geplaudert hast, der euch vielleicht ein bisschen zum Lachen gebracht hat. Du weißt, was sie mit mir gemacht haben, Frank, ich weiß, dass du es weißt. Und ich kann das auch mit dir machen, während du wartest, während du darum betest zu sterben. Geh nicht so, Frank. Geh friedlich.«

Voller Entsetzen starrte D'Amico zu Bonz hoch.

»Sieh mir in die Augen, Frank. Ich mache ernst. Du weißt, was Onkel Carmen mir angetan hat. Ich kann das bei dir nicht genau wiederholen, weil ich keine zwei Wochen Zeit habe, aber ich schwöre bei Gott, ich zeige dir die Höhepunkte. Also, was ist auf dem Band drauf?«

D'Amico zögerte, und Bonz seufzte wieder. Er nahm einen Löffel vom Tisch und wandte sich D'Amicos linkem Auge zu.

»N-n-nein!«, stotterte Frank gurgelnd. »R-r-reden ... b-bitte.«

»Was ist auf dem Band drauf, Frank?«

»M-mi-k-k ... kellll ... killllll ...«

»Was sagst du da?«

»K-kid ... K-k-kidddd ...«

»Was heißt das?«

»K-k-kid ... kidddd ...« Dann schnappte er nach Luft und atmete ein letztes Mal rasselnd aus. Seine Hände fielen in den Schoß. Bonz warf den Löffel auf den Tisch. Er sah den Gorilla am Tisch an, der seinen Chef verständnislos anglotzte, dann den Mann am Boden, der von meinem Tritt noch immer benommen wirkte.

»Macht keine Dummheiten, während wir hier rausgehen, verstanden, Jungs?«

Sie antworteten nicht. Wir eilten zur Tür, und ich sagte noch, an niemand Bestimmtes gerichtet: »Er hat in Notwehr geschossen.« Ich deutete auf den toten Jungen auf dem Stuhl. »Der Mann hat zuerst geschossen, er hat Big Frank D'Amico erschossen, und wir, ich meine, er –«, ich meinte natürlich Bonz, »– hat in Notwehr zurückgeschossen. Sie haben es alle gesehen.«

Sie duckten sich. Die Mutter und der Vater drückten jeder eines ihrer Kinder an sich. Die Paare klammerten sich aneinander. Voller Entsetzen beobachteten sie unseren Abgang. Ich begriff, dass ich in den nächsten Jahren eine Hauptrolle in zahllosen Albträumen in einem Dutzend Köpfen spielen würde.

Während in nächster Nähe Sirenen kreischten, verließen Bonz und ich das Restaurant und traten in unseren eigenen Albtraum hinaus, der schlimmer war als alles, was die Leute da drin sich vorstellen konnten.

NEUNUNDDREISSIG

»Scheiße«, sagte ich, als wir durch die schmalen Straßen des North End hasteten, vorbei an offenen Türen, aus denen Essensdüfte drangen, vorbei an Fußgängern, die durch das malerische Viertel schlenderten – bis sie abrupt stehen blieben und uns offenen Mundes anstarrten. »Scheiße, Scheiße, Scheiße«, wiederholte ich.

»Stimmt«, sagte Bonz, »das ist nicht gut gelaufen.«

»Ach, tatsächlich?«

Hinter uns türmten sich die Kollateralschäden: Big Frank tot, sein junger Leibwächter tot, Grossi, dem ein halbes Ohr fehlte, der Mann, den ich an den Kopf getreten hatte, sieben oder acht Mafiosi in Sals Restaurant mit Beulen am Hinterkopf. Bonz und ich machten uns in letzter Zeit keine Freunde.

Ich muss so panisch ausgesehen haben, wie ich mich fühlte, denn Bonz sagte: »Beruhig dich, Charlie. Wenigstens haben wir was von Big Frank erfahren.«

Ich dachte darüber nach. Was hatte Big Frank unmittelbar vor seinem Tod gesagt? Es hatte geklungen wie »Michael«. Und ein paarmal »Kid«. War das möglich? Nein, sicher nicht. Vielleicht hatte er mit »Kid« den Jungen gemeint, den Bonz erschossen hatte, seinen Leibwächter, vielleicht hatte der mit Vornamen Michael geheißen, und Frank hatte seinen Namen gesagt und ihn dann »kid«, »Junge«, genannt. Aber sicher war ich mir da nicht. Er war selbst angeschossen worden, daher hatte er den Tod des Jungen wahrscheinlich gar nicht registriert. Also fragte ich mich erneut, ob es möglich war. Konnte es sein, dass Big Frank »Michael Kidder« gesagt hatte? Hatte der Stellvertreter des U.S. Attorney Michael Kidder, Andrew Lippincotts rechte Hand, irgendwie mit Carmen Siracuse zu tun? Es schien weit hergeholt, aber ... aber war es das wirklich? Ich hatte nie viel von Kidder gehalten. Nun, angesichts der Möglichkeit einer Verbindung zwischen ihm und einem hohen Tier der Mafia, hielt ich sogar noch weniger von ihm. Während ich nachdachte, erinnerte ich mich daran, dass Jessica gesagt hatte, sie wisse nicht, ob ihr Vater Kidder jemals wirklich vertraut habe. Vielleicht gab es da etwas, wovon Lippincott wusste, was er aber nicht beweisen konnte.

»Ich bin mir ziemlich sicher, dass ich ihm das Hinken verpasst habe, weißt du?«, sagte Bonz.

»Wem?«

»Diesem Stück Scheiße Grossi. Ich glaube, ich habe ihm das verpasst, als ich damals geflohen bin.«

Ich sah Bonz an. Er hielt in einer Hand ein Bier und in der anderen eine weiße Stoffserviette. Die musste er beim Verlassen des Restaurants von einem der Tische genommen haben, während ich den Gästen gegenüber unsere Handlungen gerechtfertigt hatte. Er reichte mir beides, zog im Gehen seine Velourslederjacke aus, nahm mir das Bier wieder ab und goss es über die Schussverletzung an seinem Bizeps, ohne auch nur mit der Wimper zu zucken. Daraufhin nahm er die Serviette, faltete sie so, dass sie möglichst lang war, und reichte sie mir zurück. Wir blieben stehen, und ich legte ihm den Verband an. Er zog seine Jacke wieder an, leerte das Bier und ließ die Flasche im Vorbeigehen in den nächsten Mülleimer fallen.

»Dieser Arsch«, sagte er.

»Welcher?«

»Grossi.«

Sein Blick in diesem Augenblick gefiel mir gar nicht: zu vierzig Prozent überdreht und zu sechzig Prozent abgedreht. Vielleicht auch dreißig zu siebzig. »Bonz?«

»Ja?«

»Drehst du ab?«

»Leck mich! Nein, ich drehe nicht ab. Hab nur drüber nachgedacht, dass ich Grossi nach all den Jahren wieder in seine hässliche Visage geschaut habe, nach allem, was er mir angetan hat. Ich wünschte, ich hätte die Zeit gehabt, ihm den Scheißhals umzudrehen.«

Als wir das North End hinter uns ließen, war ich erleichtert, aber nur minimal. Wir erreichten die Congress Street, gingen ein Stück nach Norden, dann durch eine Seitenstraße zur Cambridge Street. Wir gingen schnell, ohne ein bestimmtes Ziel zu haben, wir wussten nur, dass wir uns weit vom North End entfernen mussten. Nicht, dass wir geglaubt hätten, die restliche Stadt sei weniger gefährlich für uns. Wir bewegten uns so natürlich wie möglich, um nicht die Aufmerksamkeit der Polizisten auf uns zu ziehen, die wir hier und da sahen, oder der Mafiajungs, die wir nicht sahen – und auch erst sehen würden, wenn es zu spät wäre. Wir wechselten immer wieder die Richtung, mieden die Hauptstraßen, und währenddessen dachte ich darüber nach, wie weit wir mit unseren zweigleisigen Nachforschungen gediehen waren: nicht allzu weit.

Ich glaubte noch immer, dass Jake das Band wahrscheinlich in der Kirche in Belmont versteckt hatte, auch wenn ich mir ums Verrecken nicht vorstellen konnte, wo. Die Gebete hatten uns auch nicht weitergebracht. Wir wussten bloß, dass das Band vielleicht – *vielleicht* – etwas mit Michael Kidder zu tun hatte. Und da beschloss ich, was wir als Nächstes tun würden. Es war kühn, das schon, und wahrscheinlich dumm. Aber ich sah im Augenblick keine Alternativen. Ich erzählte Bonz von meiner Idee, und er gab mir recht, dass es riskant und dumm sei, aber nicht zu riskant oder zu dumm, um es auszuprobieren.

Und so kam es, dass wir am Louisburg Square landeten, dem teuersten Gebäudekomplex in Beacon Hill, das seinerseits das teuerste Wohnviertel Bostons ist. Der Louisburg Square ist eine nicht allzu große rechteckige Rasenfläche mit Bäumen, die an drei Seiten von edlen Brownstone-Gebäuden begrenzt wird. Hin und wieder kauft ein Senator oder ein erfolgreicher Schriftsteller eines dieser Gebäude für ein paar Millionen und gibt weitere ein, zwei Millionen für die Renovierung aus, bis es genau so ist, wie er es haben will, obwohl der vorige Bewohner genau das Gleiche getan hat, um es genau so herzurichten, wie er oder sie es haben wollte. Eigentlich kauft man jedoch ein Haus am Louisburg Square, weil es ohnehin schon mehr Charme hat als jedes andere Haus, das man jemals gesehen hat.

Andrew Lippincott wohnte am Louisburg Square, in einem Eck-Brownstone, das er acht Jahre zuvor für zwei Millionen Dollar erworben hatte: drei Meter hohe Decken, ein großer gemauerter Kamin, glänzende Hartholzböden, schöne dunkle Holzzierleisten und -geländer, Buntglas zu beiden Seiten der einhundertfünfzig Jahre alten Eichenhaustür. Man konnte sich die Frage stellen, wie ein ehemaliger District Attorney und gegenwärtiger Bundesstaatsanwalt – auch wenn er der oberste Bundesstaatsanwalt in Massachusetts war – es sich leisten konnte, in einer solch schicken Umgebung zu leben. Die Antwort lautete, dass Lippincott, der einer der klügsten Menschen war, die ich je getroffen hatte, außerordentlich klug in Aktien sowie in hiesige Unternehmen investiert hatte.

Als Bonz und ich vor seinem Brownstone-Haus standen,

in dem ich einige Male mit Jessica und ihrem Vater zu Abend gegessen hatte, suchte ich die Straße nach Lippincotts schwarzem Mercedes ab und entdeckte ihn dort, wo er ihn immer abstellte.

»Also, sag mir noch mal, Charlie, warum du glaubst, dass Lippincott uns helfen wird. Er ist immerhin Staatsanwalt.« Das Wort »Staatsanwalt« spuckte Bonz förmlich aus, als wäre es eine Zigarettenkippe, die jemand in seinen Kaffee getunkt hatte, als er gerade nicht hinsah.

»Ja, er ist Staatsanwalt, aber er ist auch mein Boss, und ein anständiger Kerl.«

»Okay, aber er hat geschworen, Leute wie uns wegzusperren, nicht uns zu helfen.«

Leute wie uns. Heilige Scheiße, ich, Charlie Beckham, war jetzt einer von den bösen Jungs. Zumindest sah es für die guten Jungs so aus. Heilige Scheiße.

»Ja«, sagte ich, »aber ich glaube, ich kann ihn davon überzeugen, dass ich Angel nicht getötet habe. Ich weiß, er wird mir wenigstens zuhören. Aber vor allem: Wenn ich ihm sage, dass wir seine Hilfe brauchen, um Carmen Siracuse zur Strecke zu bringen, wird er über den Tellerrand schauen, seine ethischen Bedenken zurückstellen und das Richtige tun. Glaube ich jedenfalls.«

»Und wie kann er uns helfen?«

»Indem er mit uns zusammen darüber nachdenkt, was Michael Kidder vor dreizehn Jahren mit Carmen Siracuse zu tun gehabt haben kann. Ich glaube, er hat möglicherweise Grund, Kidder zu misstrauen. Vielleicht hat er ja einen konkreteren Verdacht, den er unter den gegebenen Umständen mit uns teilt.«

»Und wenn du dich irrst und Big Frank gar nicht Kidder gemeint hat?«

»Dann kann Lippincott uns nicht helfen, und wir gehen

wieder, suchen uns ein Versteck und sind auch nicht schlechter dran als vorher. Ich meine, es ist ja nicht so, als würde unser verändertes Erscheinungsbild noch irgendjemanden täuschen, es ist also keine große Sache, wenn er uns sieht.«

Bonz nickte, dann ging er über den kurzen Ziegelweg zu Lippincotts Haustür, hob den Messingtürklopfer und ließ ihn fallen. Ein schweres metallisches Klirren ertönte und hallte im Haus wider. Gleich darauf näherten sich innen Schritte. Eine Gestalt erschien hinter der Buntglasscheibe rechts von der Tür, ein Auge spähte durch das klare Stück Glas inmitten der Farbenpracht. Ich bemühte mich zu lächeln. Dies war der Augenblick der Wahrheit. Entweder würden wir hören, wie Lippincotts Schritte sich eilig von der Tür in Richtung Telefon im Arbeitszimmer entfernten, oder er öffnete uns.

Ein Riegel wurde zurückgeschoben. Der Türknauf drehte sich, und die Tür ging auf.

»Charlie«, sagte Lippincott. »Das ist eine Überraschung.« Er musterte mich, dann betrachtete er Bonz, der, wie ich zugeben musste, der Aufsehenerregendere von uns beiden war. Doch Bonz' Anblick ließ ihn kalt.

»Entschuldigen Sie, dass wir einfach so hier aufkreuzen, Mr Lippincott«, sagte ich. »Wir haben niemanden, an den wir uns sonst wenden könnten.«

Er dachte kurz nach, dann öffnete er die Tür weiter und trat beiseite. Ich folgte Bonz ins Haus, wich aber dem Blick meines Chefs aus – nun ja, vermutlich meines ehemaligen Chefs, auch wenn ich offiziell noch nicht gefeuert war. Hinter uns schloss er die Tür und schob den Riegel vor. Lippincott trug noch die Anzughose, die er bei der Arbeit getragen hatte, allerdings hatte er Jacke und Schuhe ausgezogen. Es kam mir eigenartig vor, ihn auf Socken dort in seiner runden Diele zu sehen.

»Ist es Ihnen gelungen, eine Vertagung im Redekov-Prozess zu erreichen?« Eigentlich war es mir gleichgültig, aber ich hatte das Gefühl, ich sollte danach fragen.

»Ja«, erwiderte Lippincott.

»Gut.« Ich hielt inne. »Nochmals, tut mir leid, dass wir einfach so aufgekreuzt sind, Mr Lippincott. Wir können uns, wie gesagt, sonst an niemanden wenden. Uns läuft die Zeit davon. Ich bin in Schwierigkeiten, wie Sie wissen – aber ich habe niemanden getötet«, fügte ich hastig hinzu.

Lippincott nickte. »Ich bekam gerade einen beunruhigenden Anruf, Charlie.« Ich wartete. »Offenbar gab es Schießereien im North End. Big Frank D'Amico ist tot, außerdem einer seiner Leibwächter. Und es gibt Berichte von abgefeuerten Schüssen in Sal Barrones Restaurant. Einige Zeugen wollen Sie und Ihren Freund an beiden Tatorten gesehen haben.«

»Die Zeugen sind glaubwürdig«, sagte ich.

»Sie haben Big Frank getötet?«

»Nein, das war einer der Leibwächter. Wir haben den Leibwächter getötet. Na ja, Bonz hier hat es getan. Aber der Junge hat zuerst seine Waffe gezogen. Es war Notwehr.«

Allerdings waren wir zuvor in das Restaurant gestürmt und hatten Big Frank vor den Augen einer Menge Zeugen eine Pistole an den Kopf gehalten, daher mochte das Notwehrargument sich unter Umständen als nicht haltbar erweisen.

Lippincott, der sonst immer hellwach, kaltblütig und beherrscht wirkte, sah auf einmal sehr müde aus. »Mein Gott, Charlie.«

»Mr Lippincott, die gesamte italienische Mafia ist hinter uns her, und wenn Carmen Siracuse herausfindet, dass wir etwas mit Big Franks Tod zu tun haben, werden sie noch verbissener nach uns suchen.« Lippincott schwieg. Wahrscheinlich dachte er daran, wie nahe Siracuse und D'Amico sich fünfzig Jahre lang gestanden hatten. »Und natürlich ist die Polizei hinter uns her, weil sie glaubt, ich hätte Angel Medina getötet.«

»Und sie sagen, Sie hätten einen bisher nicht identifizierten Mann entführt«, ergänzte Lippincott, »allerdings ist bisher keine Leiche gefunden worden, und niemand, auf den die Beschreibung des Polizisten passt, wurde als vermisst gemeldet – eines Polizisten übrigens, gegen den und seinen Kollegen Sie tätlich geworden sein sollen. Sie machen Sie überdies für einige Autodiebstähle verantwortlich«, fügte er noch hinzu.

»Ich habe Angel nicht getötet. Und wir haben versucht, niemanden zu verletzen. Alles, was geschehen ist, ist die Folge davon, dass Carmen Siracuse versucht, mir einen Mord anzuhängen.«

Lippincott nickte nachdenklich. »Falls dem so ist, hat er gute Arbeit geleistet. Ich habe von einigen der Beweise erfahren, Charlie, im Vertrauen natürlich. Es sieht sehr schlecht aus für Sie.«

Unbehaglich verlagerte Bonz das Gewicht. Lippincott hatte uns keinen Sitzplatz angeboten. Er hatte sich noch nicht entschieden, wie er über uns dachte.

»Sehen Sie, Mr Lippincott«, sagte ich, »ich wäre nicht hergekommen, wenn ich schuldig wäre. Tatsache ist, dass Carmen Siracuse hinter alldem steckt. Aber es hängt noch mehr daran. Und dabei brauchen wir Ihre Hilfe.«

Er zögerte, dann sagte er: »Ich höre.«

Darauf hatte ich gehofft. Ich erklärte ihm so klar und prägnant wie möglich von dem Audioband, das Jake irgendwo versteckt hatte, von seiner Folterung auf Siracuse' Anordnung hin, von Grossis Mord an Angel, der mir angelastet werden sollte, und schließlich von Big Franks letzten Worten.

»Michael Kidder?«, fragte Lippincott.

»Vielleicht ist es zu weit hergeholt, ich weiß es nicht. Wir klammern uns hier wohl an einen Strohhalm, aber uns läuft die Zeit davon. Jedenfalls klang das, was er vor seinem Tod zu sagen versucht hat, verdammt nach ›Michael Kidder‹. Wir müssen jeder Spur nachgehen, so schnell wir können, denn die Polizei und die Mafia sind uns beide dicht auf den Fersen, und es ist nur eine Frage der Zeit, bis die einen oder die anderen uns erwischen.«

Er musterte mich lange, dann sah er zu Bonz, dann wieder zu mir. »Charlie, als Angehöriger der Rechtspflege, als Staatsanwalt, als Ihr Chef, als Jessicas Vater und als Ihr Freund rate ich Ihnen dringend, sich zu stellen. Wenn Sie wirklich unschuldig sind, werden Sie das auch beweisen können. Ich werde Ihnen helfen. Ich werde alles tun, was in meiner Macht steht, um Ihnen zu helfen. Aber Sie müssen doch erkennen, dass Weglaufen keine Lösung ist.«

Ich stieß enttäuscht den Atem aus. »Ich laufe nicht weg. Ich bin nirgendwohin abgehauen. Ich bin immer noch hier, weil die Antworten hier sind, irgendwo, und weil das Band hier ist, und das Band und die Antworten können alles klären, sie können mir mein Leben zurückgeben. Und außerdem Siracuse zur Strecke bringen.« Ich fügte hinzu: »Ich weiß, wie sehr Sie das möchten.«

Lippincott runzelte nachdenklich die Stirn. »Wenn ich Ihnen helfe, Charlie, wenn ich nicht die Polizei anrufe, begehe ich ein Verbrechen. Wenn jemand davon erfährt, könnte ich aus der Anwaltschaft ausgeschlossen oder sogar festgenommen werden.«

»Dann rufen Sie die Polizei an, nachdem wir gegangen sind, sagen Sie denen, wir hätten Ihnen einen Deal vorgeschlagen und seien gegangen, weil Sie uns nicht helfen wollten. Dann sind Sie über jeden Verdacht erhaben. Aber helfen Sie uns jetzt. Niemand wird davon erfahren.«

Lippincott seufzte.

»Mr Lippincott«, fuhr ich fort, »wenn Sie von keiner Verbindung zwischen Michael Kidder und Carmen Siracuse wissen, dann ist das eben so. Dann finden wir eine andere Möglichkeit, und ich gehe gleich wieder. Aber falls Ihnen etwas einfällt, irgendetwas, was uns einen Hinweis geben könnte, dann sagen Sie es mir. Bitte, nehmen Sie sich kurz Zeit, und denken Sie darüber nach.«

Er schürzte die Lippen und hielt sich nachdenklich die aneinandergelegten Fingerspitzen unters Kinn. Er dachte nach. Er war sehr gut im Nachdenken. Für einige Augenblicke schien er sich in einen anderen Bewusstseinszustand zu versetzen, dann nickte er und wandte sich ab.

»Warten Sie hier. Möglicherweise gibt es da etwas.«

Bonz spannte sich an und machte Anstalten, ihm hinterherzugehen, aber ich legte ihm die Hand auf den Arm.

»Gib ihm einen Augenblick. Wir können ihm vertrauen.«

Er warf mir einen zutiefst skeptischen Blick zu, dann sah er zum Arbeitszimmer, in dem Lippincott verschwunden war. Wir warteten eine halbe Minute. Bonz knurrte ein, zwei Mal. Schließlich sagte er: »Scheiß drauf«, und tat zwei Schritte in Richtung Arbeitszimmer. Doch da erschien Lippincott wieder und trug eine Mappe voller Papiere bei sich.

»Diese Unterlagen sind schon älter, Charlie, und ich habe sie nicht gleich gefunden, aber ich meine, mich daran zu erinnern, dass ich hier drin etwas gesehen habe.«

Ich streckte die Hand nach der Mappe aus, und er trat einen Schritt zurück.

»Tut mir leid«, sagte er. »Diese Papiere sind streng vertraulich. Sie enthalten Informationen über einige sehr wichtige Personen in dieser Stadt – Personen, die noch in Machtpositionen sind. Die darf ich niemand anderen sehen lassen. Das würde gegen die Standesrichtlinien verstoßen.«

Ich ignorierte Bonz' verächtliches Schnauben und nickte.

»Und was haben Sie da?«, fragte ich.

»Nun, vielleicht nichts, vielleicht doch etwas. Geben Sie mir einen Moment Zeit.«

Er blätterte durch die Papiere, auf der Suche nach etwas Bestimmtem.

»Ich weiß, dass es hier irgendwo ist ... Ist es das? Nein. Das hier vielleicht. Hm.«

Die Großvateruhr in der Nische unter der geschwungenen Treppe tickte laut, während die Sekunden verrannen. »Mr Lippincott«, ich bemühte mich, mir meine Ungeduld nicht anmerken zu lassen, »wir haben nicht viel Zeit. Vielleicht könnten Sie uns einfach sagen, wonach Sie suchen, dann können wir schon mal drüber nachdenken.«

Er konzentrierte sich ganz auf die Mappe in seinen Händen, auf die Papiere, die er durchblätterte. »Ich erinnere mich, dass ich vor einigen Jahren den einen oder anderen Verdacht gegen Michael hatte, kurz nachdem ich U.S. Attorney geworden war. Nichts Konkretes natürlich, sonst hätte ich gehandelt, aber ich meine, ich wäre damals auf Aufzeichnungen gestoßen, die ich besorgniserregend fand. Mal sehen ...«

Ich biss die Zähne zusammen und sah schweigend zu, wie Lippincott, in Gedanken versunken, sorgfältig jedes Blatt studierte, ehe er sich dem nächsten zuwandte. Ich wischte mir den Schweiß aus dem Nacken. Seltsamerweise schien die Großvateruhr jetzt lauter zu ticken.

Plötzlich sagte Lippincott: »Moment mal, was ist das?«

Ich blickte hoch und wagte es, einen kleinen Hoffnungsschimmer in die Mutlosigkeit einzulassen, die sich meiner bemächtigt hatte. Und da sah ich Bonz zielstrebig auf uns zukommen. Ich hatte gar nicht bemerkt, dass er nicht mehr neben mir stand, doch nun kehrte er aus Lippincotts Arbeitszimmer zurück, durchquerte den Eingangsbereich und schlug Lippincott mit der Faust mitten ins Gesicht, sodass dieser rücklings auf den polierten Parkettboden fiel.

Offenbar war Lippincott doch kein Hellseher, wie manche Leute mutmaßten, sonst hätte er das kommen sehen. Aber das hatte er nicht. Und ich ebenso wenig. Wenn ich bisher noch nicht gefeuert gewesen war, dann jetzt garantiert.

VIERZIG

»Mist«, sagte Bonz, »ich wollte ihn nicht k. o. schlagen.«

»Dann hättest du ihn auch nicht schlagen sollen, Herrgott noch mal!«, brüllte ich. »Was hast du denn erwartet? Er ist schon ziemlich alt, und er ist halb so groß wie du. Warum zum Teufel hast du das getan? Er hat versucht, uns zu helfen. Scheiße, vielleicht hat er die Antwort hier in seinen Händen gehalten. Ich glaube, er hatte gerade gefunden, was er gesucht hatte, und wollte mir irgendwas sagen.«

Bonz blickte auf die Papiere, die aus der Mappe gerutscht waren und überall auf dem Boden verstreut lagen. Einige waren auf Lippincotts reglos daliegendem Körper gelandet.

»Nein, das wollte er nicht, Charlie. Er wollte uns nichts sagen. Er hat uns hingehalten.«

Ich runzelte die Stirn. »Uns hingehalten?«

Bonz deutete mit dem Kopf auf die Papiere am Boden. Ich ließ mich auf ein Knie nieder und überflog ein paar Blätter. Die Hälfte war leer. Ein paar waren mit dummem Zeug bedruckt, sie sahen aus wie die Wartungsdrucke eines Tintenstrahldruckers. Auf einem Blatt schien eine Einkaufsliste zu stehen, auf einem anderen ein Rezept für Zitronen-Ingwer-Hähnchen. Nirgends wurden Carmen Siracuse oder Michael Kidder oder irgendetwas erwähnt, was mir auch nur ansatzweise weitergeholfen hätte. Er hatte tatsächlich Zeit geschunden. Aber warum? Und woher hatte Bonz das gewusst? Ich sah zu ihm hoch.

»Ich bin misstrauisch geworden. Weiß auch nicht, warum. Nenn es Instinkt. Ich hab mich weggeschlichen und die Wahlwiederholung am Telefon auf seinem Schreibtisch gedrückt.«

»Er hat die Polizei angerufen?« Ich betrachtete Lippincotts in der Bewusstlosigkeit erschlafftes Gesicht. Aus einem Mundwinkel rann ihm würdelos der Speichel und bildete auf dem Holzboden unter seinem Kopf eine kleine Pfütze.

»Tja, genau das macht mir Sorgen.«

Ich starrte ihn an.

»Jemand ist rangegangen, Charlie, aber nicht die Cops.«

»Wer dann?«

»Weiß nicht, aber es war keine Notrufeinsatzzentrale. Irgendein Typ hat abgenommen und sofort gesagt: ›Halten Sie sie weiter hin, Scheiße noch mal, wir sind unterwegs‹, als wüsste er, dass es Lippincott war, der zurückrief ...«

»Anruferkennung«, fiel ich ihm ins Wort.

»Anrufwas?«

Anruferkennung hatte es wohl dreizehn Jahre zuvor, als Bonz noch ein funktionierendes Mitglied der Gesellschaft gewesen war, noch nicht gegeben, oder sie war noch nicht so weit verbreitet gewesen. »Egal«, sagte ich. »Das bedeutet also ...«

»Das jemand hierher unterwegs ist. Wahrscheinlich mehrere, mit Schusswaffen. Wir müssen hier sofort weg.«

Bonz eilte zur Haustür, zog den Riegel zurück und öffnete die Tür einen Spaltbreit. Er spähte hinaus auf den Louisburg Square.

»Die Luft scheint rein zu sein.«

Ich blickte auf Lippincott hinab. Kurz fürchtete ich, Bonz' Schlag könne ihn getötet haben, doch dann sah ich, wie seine flache Brust sich bei einem flachen Atemzug hob.

»Du Scheißkerl«, sagte ich zu dem Bewusstlosen, »wen hast du angerufen? Wenn sie uns jetzt wegen dir schnappen ... Ich meine, deinetwegen. Ach, leck mich!«

»Lass uns gehen, Charlie.«

Ich folgte Bonz nach draußen. Wir rannten die Mount Vernon Street entlang, fort vom Louisburg Square. Bonz sauste wie immer in erstaunlicher Geschwindigkeit von Schatten zu Schatten, er glitt dahin wie dunkles Wasser, bis wir eine Ecke weiter die West Cedar Street erreichten. Dort zog er mich in den dunklen Eingang eines Brownstone-Hauses.

Die Mount Vernon Street ist eine Einbahnstraße, daher wussten wir, dass sie – wer »sie« auch sein mochten – aus der entgegengesetzten Richtung kommen würden. Vorausgesetzt, sie kamen mit dem Auto. Es bestand natürlich auch die Möglichkeit, dass sie in der Nähe parkten und zu Fuß zu Lippincott gingen, in dem Fall konnten sie theoretisch von hinten an uns herankommen. Während Bonz Lippincotts Haus beobachtete, behielt ich daher die halb dunkle, von Laternen beleuchtete Straße hinter uns im Auge. Zwanzig Sekunden später hielten zwei Wagen mit ausgeschalteten Scheinwerfern geräuschlos eine Straßenecke von Lippincotts Haus und zwei Straßenecken von uns entfernt an. Acht Autotüren wurden geöffnet, und mir fiel auf, dass die Innenbeleuchtung in den Fahrzeugen sich nicht einschaltete. Acht Gestalten stiegen aus. Die Autotüren wurden sehr leise geschlossen. Vier der Gestalten gingen an der Haustür vorbei und verschwanden um die Ecke, vermutlich um Hinterausgänge zu überwachen. Die übrigen vier Männer gingen rasch, aber geräuschlos zu Lippincotts schwerer Eichentür. Der größte Mann ging voran. Er wies ein leichtes Hinken auf, das mir mittlerweile wohlvertraut war. Bonz und ich drehten uns um, gingen so leise wie möglich ein gutes Stück in die West Cedar Street hinein und rannten dann los, als wäre der Teufel hinter uns her.

EINUNDVIERZIG

Wir wussten beide, was wir bei Lippincotts Haus gesehen hatten: Siracuse' Männer, mit Grossi als Anführer. U.S. Attorney Andrew Lippincott, der oberste Bundesankläger in Massachusetts, ernannt vom Präsidenten der Vereinigten Staaten höchstpersönlich, hatte uns verpfiffen. Und er hatte die Mafia angerufen. Nicht die Polizei. Nicht das FBI. Sondern Onkel Carmen, seinen Todfeind.

Ich fühlte mich wie betäubt von Lippincotts Verrat, und mir war ein bisschen übel. Das ergab doch keinen Sinn. Ich wusste – ich *wusste* ohne jeden Zweifel –, dass Lippincott Carmen Siracuse verachtete. Wenn er im Lauf der Jahre über den Mafiaboss gesprochen hatte, hätte die Geringschätzung in seinem Tonfall nicht giftiger oder aufrichtiger sein können. Das konnte er unmöglich vorgetäuscht haben. Warum also hatte er uns an Siracuse verraten?

Ich seufzte und hielt mir den Kragen zu, um den kühlen Wind abzuhalten, der unvermittelt aufgekommen war, Papierfetzen und Plastiktüten vor mir aufwirbelte und in die Finsternis davonfegte. In wenigen Tagen würde der September dem Oktober weichen und die Nächte in Neweng-land würden kühler werden. Keine angenehme Zeit, um in Boston auf der Straße zu landen. Aber genau da waren wir.

Wir mussten einen Ort zum Ausruhen finden, um die Lage zu überdenken. Aber da wir bereits im Stay-Long-Motel erkannt worden waren, erschien es uns zu riskant, irgendwo ein Zimmer zu mieten. Es war besser, öffentliche Orte ganz zu meiden. Und wir konnten auch nicht bei irgendeinem Freund unterschlüpfen. Keiner von Bonz' Freunden hatte ein Zuhause, das nicht aus Pappe bestand, und meine Freunde waren entweder kürzlich ermordet worden oder wurden garantiert überwacht, entweder von der Polizei oder von der Mafia, oder von beiden.

Also betrat ich Bonz' Welt – die Welt, in der er die vergangenen dreizehn Jahre verbracht hatte. Die Welt der Obdachlosen.

Eine Zeit lang eilten wir zu Fuß durch die Stadt, nahmen die dunkelsten Straßen, die wir finden konnten, und wechselten, so schien es mir, von der Welt des Lichts in die Welt der Schatten, finsteren Straßen und noch finstereren Zukunftsaussichten.

Eine Weile später saß ich in einer Unterführung unter dem Storrow Drive auf dem mit Abfällen übersäten Boden und lehnte mit dem Rücken an einem dicken Stützpfeiler aus Beton. Nur wenige Straßen weiter schoben am Kenmore Square Studenten den Barkeepern der Pubs im Umfeld des Fenway Park das Geld ihrer Eltern für Bier und harten Alkohol in den Rachen, oder den Dealern an den Straßenecken für irgendeine angesagte Droge. Nicht weit von uns lachten, flirteten, tanzten und schmusten junge Leute, benahmen sich daneben, waren reich, hatten sorglos und hingebungsvoll Spaß, lebten gefährlich, hatten Sex mit Fremden, taten all das, was die Leute in dieser Stadt – und in so ziemlich jeder anderen Stadt – abends taten. Und ich hockte hier, gleich um die Ecke, in einer Unterführung, in der der kalte Beton um mich herum mit dem Plunder ausgemusterten Lebens übersät war. Da war eine vermoderte, schmutzige Matratze, mittlerweile so verrottet, dass sie nicht einmal mehr Menschen nutzte, die seit Jahren in keinem Bett geschlafen hatten. Da waren leere Koffer, leere Kartons, leere Flaschen – Belege leeren, ausrangierten Lebens. Wie viele Obdachlose mochten überall in Boston an Orten wie diesem schlafen? Überall im Land? Während drei Meter darüber Menschen in Autos, Menschen, die noch Teil der Gesellschaft waren, über ihnen dahinröhrten. Graffitis zierten die Betonpfeiler, die die Unterführung stützten. Insbesondere eine Botschaft in fetten roten Buchstaben schien alles zu sagen: »Leckt mich!« Darunter hatte jemand gesprüht: »Selbst ist der Mann!« Ich konnte mir nicht vorstellen, das hier unten jemandem danach war.

Beinahe meinte ich, das Lachen der Menschen in der Welt über uns zu hören, die den Abend genossen, ohne sich des alltäglichen Elends praktisch unter ihren Füßen bewusst zu sein. Es war noch nicht lange her, dass ich selbst da oben hätte sein können.

Im Lauf der Jahre hatten sicherlich Hunderte von Menschen an diesem schmutzigen, abgelegenen Ort Zuflucht gesucht, doch im Augenblick waren wir nur zu fünft. Bonz und ich saßen mit dem Rücken am selben Pfeiler. Ein paar Schritte weiter kauerten zwei andere Männer in Lumpen über etwas gebeugt; vielleicht aßen sie. Ich wollte nicht wissen, was. Die fünfte Person hockte ein Stück entfernt neben einem Einkaufswagen voller Plastiktüten. Soweit ich sah, enthielten die Tüten Aluminiumdosen und Plastikflaschen. Der Mann starrte uns andere an, und sein Argwohn zeichnete sich ebenso deutlich in seinem Gesicht ab wie die Falten, die die Zeit und das Leben auf der Straße dort eingegraben hatten. Er sah aus, als glaubte er, wir vier könnten uns plötzlich auf ihn stürzen und ihn seiner Aluminium- und Plastikschätze wegen töten. Ich schenkte ihm ein müdes Lächeln, von dem ich hoffte, dass es beruhigend wirkte. Als Antwort hielt er mir den Mittelfinger hin, und ich nahm es ihm nicht übel.

Ich ließ den Blick von dem Mann mit dem Einkaufswagen zu den beiden Essenden wandern und wieder zurück, nunmehr meinerseits einen Hauch misstrauisch. Zu viele Leute wollten mich schnappen. Zu viele Leute kannten mein Gesicht. Womöglich war einer dieser Obdachlosen an einem Zeitungsständer vorbeigekommen und hatte mein Gesicht auf der Titelseite gesehen. Vielleicht erkannte er mich wieder und wartete nur auf eine Gelegenheit, um sich davonzustehlen und mit der Polizei oder der Mafia zurückzukehren. Das würde ihm sicher ein paar Zwanziger einbringen, mit denen er Essen oder Alkohol für mindestens eine Woche kaufen konnte. Bonz hatte mir jedoch versichert, dass diese Leute weder wussten, wer ich war, noch es sie kümmerte. Sie hatten ihre eigenen Probleme und gaben einen Rattenpimmel um meine. Seine Wortwahl, nicht meine.

Ich dachte erneut über Lippincotts Verrat nach. Es gab nur zwei mögliche Erklärungen. Entweder war Lippincott ein Halunke und steckte mit Siracuse unter einer Decke, oder er hatte irgendwann einmal einen Fehler begangen, einen Fehler, den Siracuse in der Hinterhand behalten hatte, bis er den U.S. Attorney jetzt damit erpressen konnte. Wie die Antwort auch lauten mochte, ich würde sie nicht finden, indem ich hier auf meinem Hintern saß. Ich sah auf die Uhr. Erst halb elf, aber ich war erschöpft. Ich schloss die Augen. In meinem Kopf überschlugen sich die Gedanken, purzelten übereinander, rumpelten durch mein Hirn wie nasse Turnschuhe in einem Wäschetrockner. Ich brauchte Ruhe. Ich sollte ein wenig schlafen. Ich versuchte, meine Gedanken zur Ruhe zu bringen, aber die fuhren in meinem Kopf Karussell. Wie hatte ich vom Staatsanwalt zum flüchtigen Mordverdächtigen mit einem Strafregister werden können, das stündlich anzuwachsen schien? Wie hatte sich mein Chef und Mentor, dem ich vertraut und den ich respektiert hatte, als jemand herausstellen können, der dieses Vertrauen und vermutlich auch diesen Respekt nicht verdiente?

Zum Glück hatte ich Jessica! Sie liebte mich noch, oder zumindest glaubte sie es. Auch wenn ihr Vater ...

Ich schlug die Augen auf. Ein Gedanke schlich sich in mein Bewusstsein wie ein Panther, der sich im hohen Gras an eine Beute anschleicht. Ich wollte nicht, dass er aus der Deckung brach. Ich wollte es nicht einmal in Erwägung ziehen.

Aber ich musste. Mein Überleben mochte davon abhängen. Wenn der große Andrew Lippincott irgendwie in das alles verstrickt war, war es da zu weit hergeholt, zu glauben, dass das auch für seine Tochter galt? Lippincott hatte uns schließlich miteinander bekannt gemacht. Er schien über unsere Beziehung erfreut gewesen zu sein, hatte sie womöglich gar gefördert. Konnte er Jessica dazu angestiftet haben? War sie in mein Leben getreten, hatte mein Herz erobert, nur um mich auszuspionieren, so wie Angel mich ausspioniert hatte? Aber wäre sie dann so weit gegangen, meinen Heiratsantrag anzunehmen? Je länger ich darüber nachdachte, desto mehr geriet ich ins Grübeln. In den ersten Jahren unserer Beziehung hatte sie versucht, mich von meinen Nachforschungen zu Jakes Verschwinden abzubringen. Hatte sie das getan, weil sie die Wahrheit kannte und nicht gewollt hatte, dass ich davon erfuhr? Und nachdem ich ihr von Bonz erzählt hatte, hatte sie plötzlich voll und ganz hinter der Idee gestanden, dass ich ihn suchte. Hatte sie so ihren Vater zu Bonz führen wollen? Ich konnte mir definitiv vorstellen, dass Lippincott Jessica benutzte, um mich zu manipulieren oder Informationen zu erhalten. Die Frage war: Hätte Jessica da mitgespielt? Sie hatte sehr überzeugend gewirkt in ihrer Sorge um mich – konnte das wirklich nur gespielt gewesen sein, während sie in Wirklichkeit für Daddy spioniert hatte?

Ich konnte es mir einfach nicht vorstellen. Vielleicht war ich durch meine Gefühle für sie verblendet. Vielleicht war ich dumm und naiv. Aber ich glaubte einfach nicht, dass sie alles nur vorgetäuscht hatte, sämtliche Gefühle, jedes Lachen, jeden Augenblick der Zärtlichkeit, sechs Jahre lang. Nein, ich glaubte es nicht, ich weigerte mich ... wenigstens bis man mich vom Gegenteil überzeugte. Dennoch konnte ich mich im tiefsten Inneren eines leichten, Übelkeit erregenden Unbehagens nicht erwehren.

Während diese Fragen sich in meinem Kopf drehten wie Abfälle, die der Wind emporwirbelte, schlief ich endlich ein.

Seit Jake verschwunden ist, träume ich häufig von ihm. Manchmal macht es mich traurig. Aber meistens macht es mir nichts aus, denn es ist für mich die einzige Gelegenheit, ihn zu sehen. Auch in jener Nacht in der Unterführung zeigte Jake sich mir. Alles sah mehr oder weniger so aus wie zuvor, als meine Augen noch offen gewesen waren. Die beiden Männer, die anscheinend irgendwie zusammengehörten, ruhten dicht beieinander an einem der Pfeiler auf der Erde. Der eine lag in Fötushaltung da, der andere lag auf dem Rücken und benutzte das Bein seines Freundes als Kopfkissen. Der dritte Obdachlose saß im Schatten und beobachtete mich mit großen, blutunterlaufenen Augen, eine Hand auf seinem Einkaufswagen. Rechts von mir schnarchte Bonz vor sich hin, den Rücken an die Säule gelehnt, eine Hand im Schoß, die andere in der Jackentasche, vermutlich um die Waffe gelegt. Ich blickte nach links und sah Jake dort sitzen, die Beine an den Körper gezogen, die Arme verschränkt und auf den Knien abgelegt. Ich lächelte ihn an, und er lächelte zurück.

»Hey, wie geht's dir?«, fragte ich wie immer.

»Einfach Jake«, erwiderte er.

»Ich stecke bis über beide Ohren in Schwierigkeiten, Jake. Die sind da irgendwo und suchen nach mir.«

»Ich weiß.«

»Ich kann deinen Hinweis nicht entschlüsseln.«

»Du schaffst das.«

»Lippincott hat uns verpfiffen.«

»Mistkerl.«

»Ja. Ich komme nicht darauf, was er mit alldem zu tun hat.«

»Du schaffst das.«

»Das sagst du immer, aber mir läuft die Zeit davon, und ich kann nirgendwohin, kann mich an niemanden wenden.«

»Doch, natürlich.«

»Nein, kann ich nicht. Außer Bonz habe ich niemanden. Ich kann Jessica da nicht hineinziehen. Und ich wüsste auch gar nicht, wie sie mir helfen sollte. Meine Freunde bei der Arbeit genauso. Da ist niemand, auf den ich zählen kann. Niemand, an den ich mich wenden kann.«

»Doch, da ist jemand. Du hast bloß noch nicht die richtige Akte aufgeschlagen.« Verwirrt sah ich ihn an. Er fügte hinzu: »Du solltest mir zuhören, Charlie. Hör mir zu.«

Ich wollte ihn fragen, wie er das meine, doch noch während ich ihn ansah, lief ganz langsam eine Linie wie ein Riss durch sein attraktives Gesicht, vom Auge über die Wange, dann über den Nasenrücken, bis sie sich in der Nähe seines Kinns verlor. Ein weiterer Riss begann an seinem rechten Ohr und wanderte langsam bis zum Mundwinkel. Narben entstanden in seinem Gesicht, seine bislang glatte Haut wurde grobporig, bekam eine Struktur wie Beton. Dann erschienen auf seiner Stirn rote Buchstaben, von links nach rechts, wie von unsichtbarer Hand gesprüht: »Selbst ist der Mann!« Jake lächelte mich traurig an und verblasste bereits. Bald war die Stelle, wo er an dem Betonpfeiler gelehnt hatte, leer.

Ich öffnete die Augen, von denen ich gedacht hatte, sie seien bereits offen, griff nach unserem Rucksack und holte Jakes Aufzeichnungen heraus. Ich stand auf und ging an eine Stelle, an der eine Laterne hoch oben auf der Straße über uns so verschwenderisch viel Licht gab, dass ich hier unten lesen konnte. Ich wusste, wonach ich suchte, und blätterte durch die Notizen, bis ich es fand.

Zehn Sekunden später rüttelte ich Bonz an der Schulter, und er zog die Pistole, was den Mann mit dem Einkaufswagen so erschreckte, dass er heftig zusammenfuhr und seine Dosen schepperten.

»Ganz ruhig«, sagte ich zu Bonz. »Wir müssen jetzt gehen.«

»Wohin?«

»Hilfe holen.«

ZWEIUNDVIERZIG

Auf einem Briefkastenschild im Foyer des Mehrfamilienhauses stand: »N. Rantham«. Es war nicht leicht gewesen, mitten in der Nacht ein Taxi zu finden, zumal wenn man so zwielichtig wirkte wie wir, aber irgendwann hatte es geklappt. Und es sah so aus, als hätten wir erneut Glück. Rantham wohnte noch hier.

Ich war an den Aktenschrank in meinem Kopf getreten und hatte mein zugegebenermaßen leistungsstarkes Gedächtnis bemüht, um Ranthams Namen und Adresse herauszusuchen. Acht Jahre zuvor, als ich noch ein einfacher Staatsanwalt und grün hinter den Ohren gewesen war, hatte ich Nicholas James Rantham wegen zahlreicher Vergehen vor Gericht gebracht, die alle mit illegaler Computernutzung zu tun hatten. Der Mann war ein Hacker. Er hatte Identitäten gestohlen, betrogen und mit selbst programmierten Viren Schaden angerichtet. Damals war er nur ein kleiner Fisch gewesen. In letzter Zeit hatte ich nichts von ihm gehört, doch ich spielte jetzt auch in einer anderen Liga, daher war es durchaus möglich, dass Rantham sich gebessert hatte und resozialisiert war. Er konnte natürlich auch im Gegenteil ganz groß eingestiegen sein. Ehrlich gesagt, wusste ich nicht, worauf ich mehr hoffen sollte. Ich wusste nur, wir benötigten seine Kenntnisse. Er besaß einen Computer, und den brauchten wir, dazu die Fähigkeit, an Informationen heranzukommen, die nicht notwendigerweise allgemein zugänglich waren.

Ich sagte: »Tja, hoffen wir, dass Nick montagabends nichts Besseres zu tun hat, als zu Hause zu sein.«

Das Haus in Jamaica Plain, in dem Rantham wohnte, war keine Bruchbude, aber auch nicht so nobel, dass es ein Sicherheitsschloss an der Tür gegeben hätte. Wir gelangten ohne Probleme ins Haus und hinauf in Ranthams Stockwerk. Als wir uns dem Treppenabsatz näherten, drang laute Musik aus einer der Wohnungen. Es war ein alter Song aus den 1950ern, »In the Still of the Night« von den Five Satins, aber eines der Instrumente – das Saxofon – klang schief. Die Riffs waren durchsetzt von Knarren und Quietschen, das in den Ohren wehtat. Als wir an Ranthams Tür traten, erkannte ich, dass die Musik – und ich verwende diesen Begriff hier im allerweitesten Sinne – aus seiner Wohnung kam.

Bonz klopfte an die Tür, die Folter des unschuldigen Musikinstruments brach gnädigerweise ab, während schwere Schritte sich der Tür näherten.

Jemand fauchte wütend: »Verdammt, Marty, wenn du mir noch einmal sagst, ich soll aufhören …«

Die Tür öffnete sich, und wir erblickten einen hochgewachsenen, dünnen Schwarzen mit schmalem Schnurrbart. Seine eine Hand lag auf dem Türknauf, die andere hielt das Saxofon, das unser Ohr beleidigt hatte. Als er uns sah, brach er mitten im Satz ab. Sein Blick wanderte von Bonz zu mir und wieder zu Bonz, wo er dann haften blieb. Er sah aus, als bereute er zutiefst, dass er die Tür geöffnet hatte.

»Wer zum Teufel sind Sie denn?«, fragte Rantham. Er versuchte, hartgesotten und cool zu klingen, aber es war nicht zu übersehen, dass er besorgt war.

»Sie sind Nick Rantham, richtig?«, fragte Bonz.

»Wer will das wissen?«

»Wir wissen es schon, Nick«, sagte ich.

Es fiel Rantham sichtlich schwer, den Blick von Bonz loszureißen und mich anzusehen. Er musterte mein Gesicht, die Blutergüsse, den blonden Bürstenschnitt und stutzte. Offensichtlich kam ich ihm bekannt vor, aber er konnte mich nicht einordnen.

»Was dagegen, wenn wir kurz reinkommen?«, fragte ich.

»Doch, habe ich. Ich muss nämlich weiterüben.«

Nachdem ich ihn ja bereits kurz spielen gehört hatte, hielt ich das im Prinzip für eine großartige Idee, aber es entsprach nicht unseren Bedürfnissen. Bonz legte die Hand auf die Tür, stieß sie auf und betrat Ranthams Wohnung. Ich folgte ihm.

Die Wohnung bestand aus einem einzigen großen Wohnraum, in dem einige Bereiche mit Trennwänden abgeteilt waren, beinahe wie die Arbeitsnischen in einem Großraumbüro. An einer Seite lag ein kombinierter Küchen- und Essbereich. In dem Raumabschnitt, in dem wir uns befanden, standen eine abgewetzte Couch vor einem Großbildfernseher, eine hochmoderne Stereoanlage, die nach »In the Still of the Night« nun »Goodnite, Sweetheart, Goodnite« spielte, und ein Computer darauf. Ein einziger Computer. Weniger, als ich erwartet hatte, aber vielleicht hatten die zwei Jahre Kittchen Nick gereicht, und er war solide geworden.

»Scheiße, Jungs, was wollt ihr?« Jetzt wirkte Rantham verängstigt. Er tat mir ein bisschen leid.

»Sie wissen nicht, wer ich bin?«, fragte ich.

»Nein, Mann, weiß ich nicht. Hören Sie, sagen Sie mir einfach …« Dann runzelte er die Stirn, kniff die Augen zusammen, und ihm ging ein Licht auf. Seine Augen weiteten sich, und er schüttelte den Kopf. »Heilige Scheiße, Sie sind's. Mann, o Mann, o Mann. Das ist ja köstlich. Einfach herrlich. Sie sind vielleicht eine Type! Stolzieren da voll arrogant durch den Gerichtssaal, als ob er Ihnen gehört, erzählen der Jury, was für ein Drecksack ich bin. Und jetzt schau an, ein Mörder. Mann, das schlägt alles.« Er lachte. Es war ein harsches, nasales, absolut widerliches Lachen, die Art Lachen, die dazu führen kann, dass eine Ehefrau nach vierzig Jahren Ehe eines Tages, aus heiterem Himmel, ins Bad geht, wo Rantham in der Wanne liegt, den Toaster einstöpselt und ihn ins Wasser fallen lässt – vorausgesetzt natürlich, Rantham wäre verheiratet und könnte seine Frau so lange halten. *So* unangenehm war sein Lachen. Allmählich verebbte es zu gelegentlichem Prusten, und Rantham rief: »Bopper, komm her. Du glaubst mir nie, wer hier ist.«

Da hatten Bonz und ich gepatzt. Wir waren davon ausgegangen, dass Rantham allein sein würde. Irrtum. Hinter einer Art Trennwand kam ein Kühlschrank auf zwei Beinen hervor, ein muskelbepackter Körper in einem hautengen Muscle-Shirt und einer Radlerhose, die absolut gar nichts verbarg. Dem Schweißfilm auf seiner Haut nach zu urteilen, befand er sich wohl gerade zwischen zwei Übungssets, bereit, noch ein paar Gewichte zu stemmen, als Rantham ihn rief. Er trocknete sich das Gesicht mit einem Handtuch und sagte: »Ich hoffe, das ist wichtig, Nick, weil ich nämlich ...« Er brach ab. Zuerst sah er Bonz an, wie es jeder zu tun schien, dann mich, nur dass sein Blick im Gegensatz zu dem der meisten Leute nicht zu Bonz zurückkehrte. Nein, sein Blick ruhte auf mir. Er erkannte mich sofort. Und ich erkannte ihn. Während ich sein Gesicht betrachtete, schwebte ein Bild von ihm, und zwar ein erkennungsdienstliches Foto, durch meinen Kopf. Das Foto war an eine Akte geheftet, die den Namen Chester Aaron Harwick trug, auch »Big Bopper« genannt. Harwick war auch so ein Loser, den ich hinter Gitter gebracht hatte, als ich noch im Büro des District Attorney gearbeitet hatte. Ich sah in meiner mentalen Akte nach. Gewalttätige Vorgeschichte, allerdings hatte man ihm nichts anhängen können, bis ich ihm Tätlichkeit gegen einen Staatsbediensteten in Ausübung seines Amtes hatte nachweisen können. Soweit ich mich erinnerte, rührte der Spitzname von Harwicks Leidenschaft für den Rock 'n' Roll der 1950er-Jahre sowie von seiner Neigung her, die Leute sehr brutal zu schlagen. Aber ich erinnerte mich auch, dass er behauptet hatte, er habe sich seinen Spitznamen verdient, weil er den größten Schwanz in Boston habe. Soweit ich über die Nebenwirkungen von Steroiden informiert war und angesichts dessen, was ich vorne unter Harwicks hautengen Radlerhosen erkennen konnte, bezweifelte ich das jedoch.

Als ich den beiden damals begegnet war, hatte es zwischen ihnen keinerlei Verbindung gegeben, jedenfalls nicht meines Wissens. Ich tippte darauf, dass sie sich im Gefängnis kennengelernt und angefreundet hatten oder Komplizen geworden waren. Vielleicht vereinte sie auch der Hass auf mich, wer weiß.

»Wen haben wir denn da?«, sagte Harwick. Er grinste und entblößte dabei vier silberne Zähne in der oberen Mitte seines Lächelns. »Den Scheißstaatsanwalt Beckham, hier bei uns zu Hause.« Langsam durchquerte er den offenen Raum. »Bloß sind Sie kein Staatsanwalt mehr, richtig? Sie sind nicht mal mehr beim Staat angestellt, was? Nicht seit Sie den Typen in Ihrer Wohnung abgeknallt haben. Nein, jetzt haben Sie kein Staatsanwaltsabzeichen mehr. Und Ihre Freunde von den Cops suchen jetzt nach Ihnen, was? Sieht so aus, als säßen Sie so richtig in der Scheiße, hm?« Im Vorbeigehen ließ er sein Handtuch auf die Couch fallen. Er ging ganz langsam, kostete den Augenblick voll und ganz aus.

»Sie sind ein Zombie, Mann.«

»Ein Zombie?«, fragte ich.

Rantham stieß dieses Lachen aus, das wie ein Eispickel im

Ohr schmerzte, und sagte: »Ein wandelnder Toter, Mann, das sind Sie. Sie sind tot, und Sie wissen es nicht mal.«

»Bin ich das?«

Harwick nickte, sein breiter Kopf ruckte auf seinem noch breiteren Hals. »Die Cops werden Sie nie finden, weil ich nämlich auf der Straße höre, dass die Mafia Sie unbedingt haben will. Die werden auch eine Menge Geld für Sie rausrücken. Mein Problem ist, ich würde Ihnen lieber selber den Hals umdrehen. Wahrscheinlich müsste ich dafür nicht mal ins Gefängnis. Ich meine, wen kümmert's? Die Cops wollen Sie haben, aber die sind bestimmt auch zufrieden, wenn sie Sie tot statt lebendig bekommen. Aber die Mafia, die will Sie lebend, höre ich, und die Bezahlung ist einfach zu gut, um drauf zu verzichten.« Wieder ließ er seine silbernen Zähne aufblitzen. »Aber sehen Sie sich nur Ihr Gesicht an, ganz zerschlagen. Ich schätze, diesem Mafiatyp – wie hieß er noch gleich, Onkel Carmen oder so? –, dem macht es bestimmt nicht viel aus, falls Sie noch ein paar zusätzliche blaue Flecken haben, wenn wir Sie denen liefern.«

Harwick war, wie gesagt, ein großer Kerl, und er war überaus selbstsicher. Doch er machte einen entscheidenden Fehler, denn er konzentrierte sich ausschließlich auf mich und ignorierte Bonz im Wesentlichen.

Keine gute Idee.

Bonz setzte sich in Bewegung und schlug Harwick mit der Faust seitlich an den Kopf. Der große Kopf des Bopper ruckte ein Stück zur Seite, aber sein baumstumpfartiger Hals gewährte keinen großen Bewegungsspielraum. Dennoch schwankte die große Melone ein bisschen hin und her, die Augen flatterten, und dann verschwand das Grinsen endlich. Harwick taumelte einen Schritt zurück, blinzelte einmal und fiel flach auf den Rücken. Der dumpfe Aufprall weckte anscheinend ein Baby in der Wohnung unter uns.

Ich wandte mich an Rantham, der seinen riesigen gefallenen Freund offenen Mundes anstarrte, und sagte: »So, Nick, wir sind heute Abend hergekommen, weil wir ein bisschen Hilfe brauchen, die Sie uns sicher nur zu gerne gewähren werden.« Ohne eine Antwort abzuwarten, fuhr ich fort: »Also fangen wir doch einfach an.«

Zehn Minuten später lag der bewusstlose Harwick immer noch dort auf dem Boden, wo er gestürzt war, nur dass seine Hände und Füße jetzt mit unserem praktischen Industrieklebeband gefesselt waren. Bonz machte sich mit Zutaten aus Ranthams Kühlschrank ein Sandwich.

Rantham und ich befanden uns auf der anderen Seite eines Raumteilers in einem etwa zwölf Quadratmeter großen Bereich, in dem Rantham zwei Schreibtische mit drei Computermonitoren darauf stehen hatte. Rechner säumten den Boden, aus denen sich Kabel schlängelten. Rantham saß vor einem der Terminals und hackte in die Tastatur. Nachdem er gesehen hatte, was Bonz seinem riesenhaften Partner angetan hatte, hatte er sich nicht lange bitten lassen und tat alles, was ich von ihm wollte.

Zehn Minuten lang ließ er die Finger über die Tastatur tanzen, dann hob er die Hände wie ein Klaviervirtuose, der gerade ein Musikstück mit einer schwungvollen Gebärde beendet, drehte sich mit seinem Stuhl zu mir um und sagte: »Sie sind drin.«

»Danke. Ich lasse es Sie wissen, wenn ich sonst noch etwas brauche. Bonz?«, rief ich.

Angsterfüllt riss Rantham die Augen auf. Schritte stapften auf uns zu, und Bonz bog um die Trennwand, ein halb gegessenes Sandwich in der Hand.

»Ja?« fragte er, den Mund voller Schinken- und Käsesandwich.

»Ich wäre gern ungestört. Würdest du Nick mitnehmen?«

»Kein Problem.« Bonz ruckte mit dem Kopf, und Rantham sprang praktisch vom Stuhl und eilte in den Wohnbereich. Gleich darauf hörte ich Rantham sagen: »O Mann, das brauchen Sie nicht zu tun.« Dann hörte ich das unverkennbare Geräusch, mit dem Klebeband von einer Rolle abgewickelt wird.

»Nicht zu fest«, rief ich. »Vielleicht brauche ich ihn noch mal.«

Ich setzte mich an die Tastatur und hörte Rantham protestieren: »Hey, Mann, er hat gesagt, nicht zu fest!«

Ich atmete tief durch. Vorhin in der Unterführung war mir ein Gedanke gekommen. Falls Lippincott in die Sache verstrickt war, und das schien der Fall zu sein, dann war Michael Kidder es möglicherweise nicht, auch wenn Big Frank D'Amicos letzte Worte so geklungen hatten. Im Prinzip hatte er nur einzelne Silben gestammelt, von denen eine wie »kell« geklungen hatte. Es hätte die zweite Silbe von »Michael« sein können, vom Stottern des sterbenden Mannes entstellt. Eigentlich war ich bei nichts von alledem wirklich sicher, aber der Name »Michael« setzte sich einfach in meinem Kopf fest. Vielleicht weil ich ihn erst kürzlich anderswo gelesen hatte – beziehungsweise eine Variante davon. Und als ich Jakes Aufzeichnungen erneut durchgegangen war, hatte ich die entsprechende Stelle gefunden. Gleich nach den Notizen zu dem vermuteten Missbrauch in Gesundheitseinrichtungen und unmittelbar vor den Notizen über mögliche Verbindungen von Angestellten des Bürgermeisteramts zur Mafia hatte Jake an den Rand gekritzelt: »Mikes Dienstpläne besorgen.« Daneben hatte er geschrieben: »B. B. 2/76«. Ich wusste nicht, wer Mike war, aber ich hatte eine Eingebung gehabt, wofür »B. B.« stand.

Daher hatte Rantham sich auf meine Bitte hin in das

interne Computerarchiv des *Boston Beacon* gehackt. Das digitale Archiv der Zeitung ging zurück in die Mitte der 1960er-Jahre, daher nahm ich an, ich würde das Gesuchte finden. Ich spielte ein bisschen mit der Suchfunktion herum, um herauszufinden, wie sie funktionierte, dann suchte ich nach Artikeln aus dem Februar 1976, die den Namen Andrew Lippincott enthielten. Meine Suche erbrachte einen einzigen Treffer. Die Schlagzeile lautete: »Staatsanwalt mit Herz«. Ich klickte den Artikel an. Es schien eine Lobeshymne auf Lippincott zu sein. Zu Beginn kamen ein paar Hintergrundinformationen zu dem damals erst kürzlich gewählten District Attorney von Middlesex, dann berichtete der Autor detailliert davon, wie selbstlos Lippincott sich um Menschen, die er selbst ins Gefängnis geschickt hatte, bemühte, nachdem sie ihre Strafe abgeleistet hatten. Schlaglichtartig wurden die Geschichten einiger Exhäftlinge erzählt, denen Lippincott nach ihrer Entlassung persönlich Arbeitsstellen in verschiedenen Unternehmen in der Region Boston verschafft hatte. Einer jener Exhäftlinge war Carmen Siracuse gewesen, damals siebenundzwanzig Jahre alt, achtzehn Monate zuvor aufgrund der Anklage von Lippincotts Behörde wegen Körperverletzung verurteilt. Siracuse war wenige Wochen zuvor entlassen worden, und Lippincott hatte eine örtliche Gesundheitseinrichtung – das St. Michael's Hospital – davon überzeugt, ihn für das Hausmeisterteam einzustellen. Dem Reporter zufolge bewies Lippincott eine bemerkenswerte Bescheidenheit, indem er jeden Kommentar zu der Geschichte verweigerte. Zum Abschluss des Artikels fragte sich der Journalist, um wie vieles besser unsere Welt wäre, wenn es mehr Staatsbedienstete wie Andrew Lippincott gäbe.

Ich schickte den Artikel an den Drucker neben dem Schreibtisch und überdachte, was ich gelesen hatte. Als der

Artikel ausgedruckt war, faltete ich ihn, steckte ihn in die Gesäßtasche und stand auf. Ich wollte gerade zu Bonz hinübergehen, als ich ein leises Summen hörte. Es schien aus meiner Jacke zu kommen, und ich begriff, dass da Randy Deacons Handy vibrierte. Für einen Mann mit einem unfassbar guten Gedächtnis hatte ich erstaunliche Schwierigkeiten, daran zu denken, das Handy auszuschalten. Der Akku musste nahezu leer sein. Wie dem auch sei, einer von uns erhielt gerade einen Anruf. In der Hoffnung, es sei Jessica, die mich und nicht Randy anrief, nahm ich das Gespräch an, ohne auf die Rufnummer zu achten.

»Hallo?«

»Hallo, Charlie.« Es war Lippincott. »Legen Sie nicht auf«, bat er rasch. Er musste die Nummer von Jessica bekommen haben. Ich hatte noch keine Zeit gehabt, sie erneut anzurufen, um sie davon zu überzeugen, dass ihr Vater irgendwo Dreck am Stecken hatte. Sicher hatte er sie gefragt, ob wir in Kontakt standen, und daraufhin hatte sie ihm wohl die Nummer gegeben, vielleicht weil sie hoffte, er werde mehr Erfolg darin haben als sie, mich zu überreden, dass ich mich der Polizei stellte.

Lippincott sagte: »Falls Mr Bonzetti im Moment bei Ihnen ist, tun Sie so, als wäre der Anruf für denjenigen, dem Sie das Handy gestohlen haben.«

»Warum sollte ich?«

»Charlie, ich rate Ihnen, mir zuzuhören.«

»Ich rate Ihnen, sich das Telefon, das Sie in der Hand halten, in den Arsch zu stecken.« Es fühlte sich eigenartig an, so mit Lippincott zu reden. Und, offen gesagt, ziemlich gut.

»Charlie, ich möchte nicht, dass Bonzetti misstrauisch wird. Ich möchte Ihnen nur sagen, dass wir Ihren E-Mail-Account im Büro noch nicht gesperrt haben.«

»Und?«

»Da wartet eine E-Mail auf Sie. Etwas, das Sie sehen müssen. Ich nehme an, Sie haben irgendwo Zugang zu einem Computer und können Ihre Mails über das Web-Interface abfragen.«

»Halten Sie mich für bescheuert? Sie wollen, dass ich mich irgendwo auf einem Computer anmelde, mich in unser E-Mail-System einlogge, und dann können Sie mich zurückverfolgen. Womöglich orten Sie gerade mein Telefon.«

»Dann legen Sie auf. Sofort. Aber Sie sollten wirklich Ihre E-Mails abrufen. Und Sie sollten definitiv nicht vers...«

Ich nahm seinen Rat an, zumindest den Teil mit dem Auflegen.

»Charlie?«, rief Bonz von nebenan. Er sprach wieder mit vollem Mund, und ich konnte nur vermuten, dass er beim zweiten Sandwich war. »Wie läuft's da drin?«

»Ähm, gut. Es läuft gut. Noch ein paar Minuten.«

Was konnte es eigentlich schaden, wenn ich meine E-Mails abrief? In der Zeit, die es dauerte, eine einzige E-Mail zu lesen, konnten sie mich doch nicht hierher zurückverfolgen. Oder? Ich bezweifelte es wirklich.

Ich öffnete ein neues Browserfenster und tippte die Web-Mail-Adresse des U.S. Attorney ein. Dann wartete ich, bis die kleine Sanduhr verschwand. Schließlich erschien das Wappen des Justizministeriums – ein Adler, der mit Pfeilen in der einen Kralle und irgendeinem Zweig in der anderen auf einem Wappenschild hockte, das im üblichen patriotischen Dreifarbenmuster mit Stars and Stripes dekoriert war –, und ich navigierte zu unserem E-Mail-System. Ich gab meinen Benutzernamen und das Passwort ein und fand einundachtzig neue Mails, die auf mich warteten. Ich überflog die Betreffzeilen. Die erste Hälfte der Mails schien mit juristischen Angelegenheiten zu tun zu haben. Die meisten übrigen Betreffzeilen lauteten: »Heiliger Bimbam, Charlie!«, oder: »Was ist passiert?«, oder: »Geht's dir gut?«, oder: »Hast du ihn getötet?« Mein Blick fiel auf die neueste E-Mail. Sie war von Andrew Lippincott. Die Betreffzeile lautete: »Vertrauenserweckend?« Meiner Meinung nach hätte es ja »Vertrauenerweckend« heißen müssen, ohne s, und ich war ein kleines bisschen schadenfroh über Lippincotts unerhörten Fehler. Falls ich denn recht hatte, und da war ich mir durchaus nicht sicher.

Ich hielt den Cursor über die E-Mail, zögerte und fragte mich erneut, ob ich Siracuse direkt zu uns führen würde, wenn ich die Mail anklickte. Aber ich musste sie lesen, ich musste wissen, was sie enthielt. In dem Bewusstsein, dass ich Lippincott damit direkt in die Hände spielte, öffnete ich die Mail mit einem Doppelklick. Der Text war kurz: »Sehen Sie sich das an. Sie wissen, wie Sie mich erreichen können.«

Darunter stand ein Link, der zu einer Videodatei führte, die irgendwo auf einem Server gespeichert war. Ohne weiter nachzudenken, klickte ich auf den Hyperlink, und gleich darauf öffnete sich ein Mediaplayerfenster. Am unteren Rand des kleinen Fensters befanden sich Knöpfe wie an einem DVD-Spieler: Pause, Play, Stop, Schnellvorlauf, Schnellrücklauf. Nach einem weiteren Augenblick erschien ein Bild in dem Fenster. Es war schwarz-weiß und leicht körnig, aber durchaus zu erkennen.

Das Video zeigte einen Raum mit unverputzten Ziegelwänden. Fenster waren keine zu sehen. Ein Kellerraum vermutlich. Ein Tisch stand ungefähr in der Raummitte. Darauf lagen verschiedene Gegenstände, einige scharf, andere stumpf: Bleirohre, kleine Knüppel, glänzende Metallgegenstände mit fies aussehenden spitzen Enden. Die Kamera, mit der das Video aufgenommen worden war, schien oben in einer Ecke des Raums fast an der Decke zu hängen.

All dies registrierte ich blitzartig, ehe mein Blick von zwei Gestalten in der Raummitte angezogen wurde. Eine davon, ein Mann, saß auf einem Stuhl mit gerader Rückenlehne. Seine Arme hingen schlaff herab. Sein Gesicht war deutlich sichtbar. Es war grauenvoll zerschlagen. Blut rann ihm aus der Nase und über die geöffneten Lippen. Sein Unterkiefer hing schlaff herab. Seine Augen waren glasig. Wie ein Blitzschlag durchfuhr mich die Erkenntnis, dass dieses zerschlagene Gesicht meinem Bruder Jake gehörte. Der Raum drehte sich. Nicht der auf dem Bildschirm, sondern der, in dem ich saß. Das Blut rauschte in meinen Ohren. Ich wollte weinen. Ich weinte.

Auf dem Bildschirm starrte Jake stumpf vor sich hin. Die andere Gestalt stellte sich mit dem Rücken zur Kamera neben ihn. Er schien auf die Gerätschaften auf dem Tisch zu blicken, dann trat er vor meinen Bruder. Das Video war ohne Ton, aber es sah aus, als hätte er etwas zu Jake gesagt. Nun ging er zurück zum Tisch, ohne den Blick von Jake abzuwenden, der langsam den Kopf schüttelte, die Augen halb geschlossen. Mit einem Mal trat der Mann zwei Schritte vor, packte Jake an seinem blutbefleckten Hemd und schüttelte ihn. Und schüttelte ihn weiterhin. Und mein Bruder starrte weiterhin ins Leere, seine Augen verdrehten sich. Und mein Schädel pochte weiterhin, mir blutete das Herz.

Nach einigen Sekunden schien mein Bruder die Lippen zu bewegen. Gleich darauf ließ der andere Mann Jakes Hemd los und nahm den Kopf meines Bruders in beide Hände. Er zögerte, dann verdrehte er ihn ruckartig und brutal. Jakes Kopf wurde hoch und dann zur Seite gerissen, dann fiel er ihm wie der einer Lumpenpuppe auf die

Brust und hing dort in einem Übelkeit erregenden, unnatürlichen Winkel.

Der Blitzschlag traf mich erneut, mitten ins Herz. Ich wollte schreien.

Mein Bruder sackte auf dem Stuhl zusammen, tot, tot in einem kahlen Raum, in einem kalten, fensterlosen Raum, ermordet von dem Mann vor ihm, der seinen Kopf gehalten, ihm den Hals umgedreht, ihm das Genick gebrochen, der meinen Bruder umgebracht hatte und mich dreizehn Jahre später ebenfalls vernichtete.

Ich hätte mich beinahe übergeben.

Der Mann auf dem Bildschirm wandte sich von Jakes Leiche ab und ging nach links, vermutlich zu einer Tür, die nicht im Bild war. Im Gehen drehte er schließlich doch noch den Kopf, sodass sein Gesicht zu sehen war. Und damit war das Video zu Ende. Der Film hielt an, und der Mörder – der Mörder meines Bruders – prangte deutlich erkennbar auf dem Bildschirm.

Es war Bonz.

DREIUNDVIERZIG

Ich starrte auf den Computerbildschirm und das Schwarz-Weiß-Gesicht von Bonzetti, der mir das Leben gerettet hatte – oder es vielleicht auch nur behauptete, schoss es mir durch den Kopf –, mit dem ich zusammen gegessen und geruht hatte, gestohlen und gekämpft, der mir den Rücken gedeckt hatte, so wie ich nach Kräften versucht hatte, ihm den Rücken zu decken, der gesagt hatte, er sei meinem Bruder ein Trost gewesen ... Bonzetti, der den Menschen getötet hatte, der mir auf der Welt am meisten bedeutet hatte.

Bonz' Gesicht sah anders aus als das, das ich kannte, unverbraucht, so narbenfrei, wie er auf die Welt gekommen war, die Nase heil und gerade. Seine Haare waren kurz und mit Gel nach hinten gekämmt. Er trug weder Bart noch Schnurrbart. Aber auch wenn das Gesicht anders aussah, war er leicht zu erkennen. Ich wünschte, ich könnte durch den Bildschirm, durch das Internet, durch die Jahre hindurchgreifen und dieses Gesicht so zermalmen, dass es nicht mehr wiederzuerkennen war, schlimmer, als es jetzt aussah. Er hatte mich angelogen. Er hatte meinen Bruder getötet und mich darüber belogen.

Ich schlich um die Trennwand herum ins Wohnzimmer. Die beiden gefesselten Gestalten – eine am Boden und bewusstlos, eine auf der Couch sitzend – nahm ich kaum zur Kenntnis. Bonz war im Küchenbereich, stand an der Arbeitsplatte und stopfte sich voll.

Ohne richtig über das nachzudenken, was ich im Begriff

war zu tun, durchquerte ich, getrieben von einer Wut und einem Hass, die so heiß waren, dass sie mir die Eingeweide versengten, mit langen Schritten den Raum, packte Bonz an der Schulter, wirbelte ihn herum und schlug ihm die Faust auf die Nase.

Ich hatte, wie gesagt, nicht richtig darüber nachgedacht, aber während ich auf Bonz zumarschiert war, waren mit einem Male Fakten und Fragen auf mich eingestürmt und hatten um meine Aufmerksamkeit gekämpft. Bonz war ein hartgesottener Bursche. Er würde mich wahrscheinlich töten. Aber wenn er mich hätte töten wollen, dann hätte er das längst tun können. Nein, er wollte, dass ich das Band fand. Wahrscheinlich für Siracuse. Er arbeitete immer noch für die Mafia, trotz allem, was sie ihm angetan hatten. Vielleicht hatten sie ihm versprochen, ihn reich zu machen, und das war genug Anreiz für ihn, seine Rachegelüste zurückzustellen. Während ich durch den roten Schleier hindurchpreschte, der mir die Sicht vernebelte, wusste ich irgendwo im Hinterkopf, wenn Bonz mich jetzt erledigte, würde ich niemals Jakes Band finden, niemals Antworten auf meine Fragen erhalten, Siracuse niemals bloßstellen, Lippincotts Geheimnis niemals ans Licht bringen und Bonz' Mord niemals aufdecken. Alle würden mit allem davonkommen.

Aber konnte ich den Mord an Jake ungerächt lassen? Diese Frage hatte sich am Ende in den Vordergrund gedrängt. Und so sagte mir zwar die Vernunft, ich solle die Beine in die Hand nehmen, abhauen, nach dem Band suchen, es finden, sie alle vernichten, jeden einzelnen von ihnen auf den elektrischen Stuhl bringen, doch mein Herz verlangte von mir, das Messer auf der Arbeitsplatte zu nehmen und es Bonz in die Kehle zu rammen.

Aber wie erwähnt, ich schlug ihn zuerst. Einen kurzen,

entscheidenden Augenblick lang vergaß ich, was für eine gnadenlose Maschine Bonz war. Ich vergaß, dass ich gesehen hatte, wie er Grossi in meiner Wohnung mit einem gewaltigen Schwinger außer Gefecht gesetzt und ihm später das halbe Ohr abgebissen hatte. Ich vergaß, dass er in Chinatown vier Schläger überwältigt hatte, während ich so gut wie bewusstlos am Boden gelegen hatte. Und ich vergaß, dass meine Rippen übel geprellt waren und jedes Mal, wenn ich ausholte, schmerzten. All das hatte ich vergessen, als ich Bonz, so fest ich konnte, ins Gesicht schlug. Wundersamerweise schien der Schlag ihn zu betäuben, was mich wiederum konsternierte. Er taumelte rückwärts gegen die Arbeitsplatte, ohne eine Spur seiner beinahe übernatürlichen Behändigkeit. An die Stelle meiner Gedanken waren rein animalische Instinkte getreten: schlagen, verletzen und, ja, töten. Ich ließ einen Hagel von Faustschlägen auf Bonz' Gesicht niedergehen und ignorierte die schrecklichen Schmerzen, die sich wie gemahlenes Glas in meinem Brustkorb anfühlten. Irgendwo im Hinterkopf saß das Wissen, dass Bonz eine Pistole hatte, aber ich konzentrierte mich auf sein Gesicht, auf das ich immer wieder einschlug. Jedes Mal, wenn ich mit der rechten Hand traf, mit der ich auch den ersten Schlag geführt hatte, fragte ich mich flüchtig, ob ich sie mir gebrochen hatte.

Ich sprach kein Wort, aber ich glaube, ich stieß eine Art Kriegsgeheul aus. Ich wusste, ich musste immer weiter auf ihn eindreschen, ich durfte nicht innehalten, wenn ich eine Chance haben wollte, ihn ganz außer Gefecht zu setzen, ehe er wieder zu sich kam.

Ich sah den Schlag nicht kommen. Ich merkte nicht einmal, womit er mich traf. Faust? Ellbogen? Fuß? Knie? Keine Ahnung. Ich nahm bloß eine Explosion in meinem Kopf wahr, die alle Lichter ausschaltete.

VIERUNDVIERZIG

Ich träumte wieder. Und wieder wusste ich es. Denn Jake war tot, daran erinnerte ich mich, dennoch war er hier, stand fünf, sechs Meter von mir entfernt am Altar von Saint John's und lächelte. Ich ging durch den Mittelgang auf ihn zu.

»Hey, wie geht's dir?«, fragte ich.

»Einfach Jake«, sagte er.

Plötzlich tauchte Bonz aus der Dunkelheit hinter ihm auf. Ich versuchte zu schreien, aber ich brachte keinen Laut hervor. Ich erstickte an meiner Warnung, die mir dick und trocken und kratzig in der Kehle stecken blieb. Ich bekam keine Luft. Jake lächelte noch immer, bis Bonz mit beiden Händen seinen Kopf packte und ihn herumriss, ihn brutal herumriss, und ein Knacken durch die dunkle, verlassene Kirche hallte wie ein Pistolenschuss. Jakes Lächeln erlosch, und sein Kopf fiel haltlos zur Seite. Er hätte auf dem Altar zusammenbrechen müssen, aber das tat er nicht. Er stand einfach da, sein Kopf hing zur Seite, doch seine Augen, in denen irgendwie immer noch Leben war, wenn auch nicht viel, blickten hoch, sahen mich an, sahen mich enttäuscht an, als hätte ich ihn im Stich gelassen, als hätte ich ihn sterben lassen.

Ich wusste, es war ein Traum, und ich wünschte sehnlichst, er würde enden.

Gnädigerweise weckte mich das Klingeln eines Weckers. Mir war allerdings noch nicht danach, die Augen zu öffnen.

Das Klingeln dauerte an. Es war ein eigenartiges Klingeln, eigentlich eher ein Brummen. Tatsächlich war es eher ein pochendes Klingeln. Das war gar kein Wecker. Dieses pochende Klingeln und Brummen war in meinem Kopf.

Ich öffnete die Augen. Ich weiß nicht, ob mir schon jemals etwas so schwergefallen war. Das Pochen in meinem Kopf ertönte im gleichen Takt, in dem das Blut durch meine Adern gepumpt wurde.

Ich hob den Kopf, und eine Welle der Übelkeit spülte über mich hinweg und zog sich dann zurück. Ich befand mich in einem großen Raum. Aber wo?

Irgendetwas stimmte nicht. Ich lag nicht im Bett. Ich saß aufrecht. In einem Sessel. In der Mitte des Raums. Ich hatte Durst. Ich wollte etwas zu trinken. Ich stand auf, um mir ein Glas Wasser zu holen.

Nur dass ich nicht aufstand. Ich versuchte es, aber ich konnte die Beine nicht bewegen. Und die Arme auch nicht, denn anscheinend waren meine Handgelenke zusammengebunden. Ich sah nach unten. Ich war mit silberfarbenem Industrieklebeband um den Rumpf an den Sessel gefesselt, und meine Knöchel offenbar an die Sesselbeine.

Jetzt erinnerte ich mich. Ich hatte Bonz angegriffen. Ich hätte die Nerven behalten und versuchen sollen, Bonz die Pistole aus der Tasche zu ziehen, hätte sie auf ihn richten und ihn zwingen sollen, meine Fragen zu beantworten. Und ihn dann töten, falls ich das wirklich tun wollte. Stattdessen hatte ich ihn mit meinen bloßen, untrainierten, unerprobten Fäusten angegriffen. Und ich hatte das dumpfe Gefühl, dass ich für meine unglaubliche Dummheit noch bezahlen würde.

Arbeitete Bonz noch immer für die Mafia? Ich wusste es nicht. War er gefährlich? Ja. Hatte er schon meinen Bruder getötet? Ja. Wollte er mich töten? Tja, falls er das nicht schon heute Morgen beim Aufwachen gewollt hatte, dann jetzt bestimmt. Er hatte mich gewiss nicht ohne Grund an den Sessel gefesselt.

Ich schloss die Augen. Verdammt. Zuerst Angel, dann die Privatdetektive, die mir dreizehn Jahre lang gefolgt waren, dann Fielding, danach Lippincott und jetzt Bonz, dem ich mein Leben anvertraut hatte, von dem ich geglaubt hatte, er habe sich mit Jake angefreundet und sei zum einzigen Lichtblick in dessen letzten finsteren Tagen geworden, der stattdessen aber meinen Bruder ermordet hatte. Und der jetzt vielleicht mich ermorden würde. Allerdings hielt ich es für wahrscheinlicher, dass er mich an Onkel Carmen auslieferte. Wenn ich Glück hatte, würde er mich nicht zuerst foltern. Die einzige Person in meinem Leben, bei der noch die Chance bestand, dass sie war, wofür ich sie hielt und was ich erhoffte, war Jessica. Und zu meiner Schande musste ich mir eingestehen, dass ich auch an ihr zweifelte. Ich wusste einfach nicht mehr, was ich noch glauben sollte, geschweige denn, ob ich mir deswegen überhaupt noch Gedanken machen musste in Anbetracht des Umstands, dass ich bald in den Händen der Mafia sein würde und Grossi mir, wenn sie erst erfahren hatten, was sie wissen wollten, wahrscheinlich einen sieben Zentimeter langen Nagel in die Stirn schlagen und mich dann irgendwo in einen Müllcontainer werfen würde.

Ich versuchte, durch den Mund tief einzuatmen. Erst da merkte ich, dass auch mein Mund zugeklebt war. In diesem Augenblick kam Bonz aus dem Bad und auf mich zu, und im Gehen zückte er das schicke Schweizer Messer, das wir gekauft hatten, und klappte die längste Klinge daran aus.

»Du hättest mich nicht schlagen sollen, Charlie.«

Während meines Nickerchens auf dem Stuhl war Bonz kein bisschen weniger Furcht einflößend geworden. Ich sah ihm in die Augen, in die Augen des Mannes, der meinen Bruder getötet hatte und vielleicht am Ende auch mich töten würde, und sagte, meiner Meinung nach sehr cool: »Fahr zur Hölle.«

Das Problem war, mein Mund war zugeklebt, daher kam nur ein klägliches Nuscheln heraus.

Bonz trat hinter mich, kippte den Sessel nach hinten und zog ihn bis dicht vor die Couch. Dann setzte er sich direkt vor mich auf die Couch neben Rantham, der die Augen öffnete und uns interessiert beobachtete.

An einem von Bonz' Nasenlöchern klebte getrocknetes Blut. Auf seinen Wangen oberhalb des Bartes waren ein paar rote Flecken. Morgen würden sie vielleicht blau sein. Ich hatte ihm nicht alle Knochen im Gesicht zertrümmert, wie ich gewollt hatte. Nicht einmal die Haut war irgendwo aufgeplatzt. Trotzdem empfand ich ein wenig Genugtuung und lächelte innerlich. Ich sah Bonz in die Augen, dann fiel mein Blick auf die glänzende Klinge des Taschenmessers in seiner Hand, und mein inneres Lächeln erstarb.

»Du hättest mich wirklich nicht schlagen sollen, Charlie.«

Bedachte man, wie die Sache ausgegangen war, musste ich ihm beipflichten. Aber das konnte ich ihm nicht sagen, denn ich hatte noch immer das Klebeband auf dem Mund.

»Ich werde das Klebeband jetzt abreißen«, sagte er, »und ich hoffe, es tut höllisch weh. Aber du wirst nicht um Hilfe rufen. Dafür bist du zu schlau. Du weißt, dass es reine Zeitverschwendung wäre, dass ich richtig schnell reagieren und den Schrei ersticken würde«, womit er wohl meinte, er würde mich erwürgen, »und du würdest mich damit nur stinksauer machen. Und ich glaube, du kennst mich mittlerweile gut genug, um zu wissen, was für eine echt beschissene Idee das wäre, richtig?«

Ich betrachtete wieder das Messer und stellte mir ein paar fiese Sachen vor, die er sogar mit dieser verhältnismäßig kurzen Klinge an empfindlichen Stellen meines Körpers anstellen konnte. Ich hatte nicht vor, um Hilfe zu schreien, aber ich versprach nichts. Allerdings nickte ich, damit er das Klebeband entfernte.

»Gut. Dann sind wir wieder auf einer Wellenlänge. Wenigstens in diesem Punkt.« Er packte ein Ende des Klebebands. »Fertig?«

Ohne ein Nicken oder wenigstens Grunzen abzuwarten, riss er mir das Klebeband vom Mund. Es brannte und tat höllisch weh. Aber es tat gut, wieder durch den Mund atmen zu können.

»Besser?«, fragte er.

»Leck mich, du Arschloch!«

Er beugte sich vor, klatschte mir das Klebeband wieder auf den Mund und drückte es gut fest, damit es auch hielt.

»Neuer Versuch?«

Ich nickte.

Er riss das Klebeband wieder ab. Es tat nicht annähernd so weh wie beim ersten Mal, aber es brannte, weil die Haut unter dem Klebeband wund geworden war, während ich, wie lange auch immer, bewusstlos gewesen war.

»Besser?«, fragte er.

Ich nickte. Er betrachtete das Messer in seiner Hand, spielte daran herum, drehte es um, sodass die scharfe Schneide das Licht einfing, und klopfte sich mit der Klinge auf die andere Handfläche.

»So«, sagte Bonz, »wollen wir dann zur Sache kommen?«

»Ist mir recht«, erwiderte ich tapfer, wie ich fand – zumal wenn man bedachte, was für eine Heidenangst ich hatte. Ich stellte mir vor, dass Bonz in den Wochen, in denen er brutal gefoltert worden war, ein paar Tricks gelernt hatte, die er mir sicher gerne zeigen würde.

»Okay«, sagte er. »Warum hast du mich geschlagen?«

»Weil du, du verlogenes Stück Scheiße, Jake getötet hast.«

Ich wartete darauf, dass Bonz mir das Messer in irgendeine empfindliche Stelle rammte. Aber er kratzte sich bloß am Bart. Ich glaube, mit dieser Antwort hatte er nicht gerechnet.

»Willst du es nicht abstreiten?«, fragte ich.

»Nein, es stimmt. Ich habe deinen Bruder getötet. Wie hast du es rausgefunden?«

»Hab dich dabei gesehen. Auf einem Video.«

Er runzelte die Stirn. »Hab in dem Raum nie eine Kamera gesehen. Muss in der Wand versteckt gewesen sein. Wie bist du an das Video gekommen?«

»E-Mail.«

»E-Mail?« Er runzelte wieder die Stirn, dachte kurz nach und nickte dann. Er schien nur eine ungefähre Vorstellung davon zu haben, was E-Mail war. »Gerissene Hurensöhne«, sagte er. »Eine Kamera. Ich hab mich immer gefragt, woher sie wussten, dass ich Jake getötet hatte, warum sie dachten, er könnte mir etwas erzählt haben, bevor er starb. Sie haben wahrscheinlich gehofft, dass du genau das tust, was du getan hast. Na, vielleicht nicht genau das. Wahrscheinlich haben sie gehofft, dass du mich tötest.«

»Hatte ich auch vor«, sagte ich. »Aber ich bin ausgeflippt und habe die Beherrschung verloren.«

»Du wolltest mich töten?«

»Stimmt genau. Du hast Jake ermordet, oder etwa nicht? Kommt mir nur gerecht vor, dass ich dich töte.«

»Ich habe Jake nicht ermordet.«

Ich lachte. Es sollte höhnisch und sarkastisch klingen. Stattdessen, so fürchte ich, klang es hysterisch.

»Ich habe das Video gesehen. Du hast es gerade zugegeben. Außerdem bin ich am Stuhl festgebunden. Wozu da noch lügen?«

»Ich habe Jake getötet. Das gebe ich zu. Aber ich habe ihn nicht ermordet.«

Ich öffnete den Mund, um zu fragen, wo da der Unterschied sei, dann erkannte ich, dass es in der Tat einen Unterschied gab. Ich schwieg.

»Willst du wissen, warum ich ihn getötet habe?«

Ich schwieg weiterhin.

Bonz sagte: »Sie haben ihm an dem Tag den Arsch aufgerissen, haben ihn schlimmer gefoltert als sonst schon. O Mann, diese Schreie. Ich habe diese Schreie jahrelang in meinen Albträumen gehört.« Er schüttelte den Kopf. Ich schloss die Augen. Ich wollte nichts mehr hören. »Er hat an jenem Morgen aus dem letzten Loch gepfiffen. Ich wusste es. Er wusste es. Grossi und Siracuse wussten es wahrscheinlich auch. Und an dem Tag, tja, da sind sie einfach zu weit gegangen.«

»Ich will das nicht hören«, sagte ich.

»Ich weiß, wie Leute aussehen, die verletzt sind, Charlie. Ich weiß ziemlich gut, wann eine Verletzung noch heilen kann, und ich weiß, wann sie tödlich ist. Sie haben Jake zerbrochen, haben ihn zu schlimm verletzt. Sie haben ihm den Schädel gebrochen. Sein Gehirn ist angeschwollen.«

»Halt die Klappe, Bonz, okay?« Eine Träne lief mir heiß über die Wange.

»Jake lag im Sterben. Aber siehst du, ich wusste das nicht, jedenfalls noch nicht. Weißt du noch, wie ich dir erzählt habe, dass sie mich auch gefoltert haben und ich fliehen konnte? Tja, das war nicht ganz so, wie ich es dir erzählt habe. Sie haben angefangen, mich zu foltern, nachdem ich Jake von seinen Qualen erlöst hatte. Ich bin an dem Tag nach unten gegangen, um ihn da rauszuholen. Ich hatte genug gesehen. Ich weiß immer noch nicht, warum ich für ihn alles riskiert habe, aber ich habe es getan. Ich hatte es allmählich sowieso gründlich satt, für diesen Drecksack Siracuse zu arbeiten, die Drecksarbeit für ihn zu machen, die Drecksarbeit für die Mafia zu machen, und ich dachte, wenn ich schon abhaue, dann kann ich es auch jetzt sofort tun, Jake mitnehmen, zugleich was Gutes tun. Aber meine Entscheidung kam zu spät. Als ich in den Verhörraum kam, hat er noch gelebt. Aber er lag im Sterben, und er starb langsam und unter Qualen.«

»Gottverdammt, Bonz! Ich will das nicht hören.«

»Pech für dich, Charlie. Dreizehn Jahre lang wolltest du es hören, und jetzt kriegst du es.« Dann stand er auf und ging mit dem Messer in der Hand um mich herum. Ich spürte etwas an meinen Handgelenken zupfen, dann löste sich das Klebeband. Daraufhin schnitt er das Klebeband um meinen Rumpf durch, und meine Hände waren frei. Ich wischte mir über die Augen. »Ich hab den Kerl aus dem Weg geräumt, der den Verhörraum bewacht hat, und bin reingestürmt, ich hab gehofft, Grossi wäre da, damit ich das Arschloch umbringen kann. Aber er war nicht da. Ich glaube, er hatte schon Feierabend gemacht. Jedenfalls wusste ich sofort, dass mein Plan, Jake da rauszuholen, ihm ärztliche Hilfe zu besorgen, sich erledigt hatte. Ich wusste, *er* war erledigt. Und er wusste es auch.«

Ich hörte zu, entsetzt, aber gebannt. Und Bonz fuhr mit seinem untypisch detailreichen Bericht fort.

»Er hat mich angefleht, ihn von seinen Qualen zu erlösen. Mit dem bisschen Kraft, das ihm noch geblieben war, hat er mich überredet, es für ihn zu Ende zu bringen, und dann hat er mir die Botschaft für dich gegeben.«

Bonz kniete sich vor mich hin und schnitt das Klebeband an meinen Knöcheln durch.

»Also habe ich es getan. Ich habe ihn getötet. Dann habe ich gemacht, dass ich da rauskam.«

Er klappte das Messer zu und steckte es in die Tasche.

»So, jetzt kennst du die Wahrheit«, sagte er. »Ich habe deinen Bruder getötet. Ich weiß nicht, was du jetzt denkst. Vielleicht willst du mich immer noch töten. Vielleicht willst du mich wieder schlagen. Du kannst es ja versuchen. Aber ich kann dir nicht versprechen, dass ich mich nicht wehre.«

Ich seufzte tief. »Ich will dich nicht töten. Ich will dich nicht schlagen.«

Er nickte. »Tja, dann könnte ich mir vorstellen, dass du mir zumindest eine Menge zu sagen hast.«

Ich schüttelte den Kopf. »Nein, nicht viel eigentlich. Nur ... danke.«

FÜNFUNDVIERZIG

Ich wusste noch immer nicht, womit Bonz mich getroffen hatte – Faust? Knie? –, aber er hatte mir jedenfalls einen ordentlichen Schlag verpasst, wie die traubengroße Beule und Kopfschmerzen von den Ausmaßen einer Wassermelone belegten. Die Eispackung, die Bonz mir aus einem kleinen Handtuch und etwas Eis aus Ranthams Gefrierschrank gebastelt hatte, schien zu helfen. Ich hatte Bonz eine blutige Nase und rote Flecken im Gesicht verpasst, aber wenn man bedachte, dass er bereits mit Grossi, der viel größer und stärker als ich war, einen furchtbaren Schlagabtausch hinter sich gebracht hatte, und ihm eine Pistolenkugel einen zehn Zentimeter langen Schützengraben in den Arm gepflügt hatte, bezweifelte ich doch sehr, dass er wegen meiner lächerlichen Schläge zu einer Eispackung greifen würde. Damit hatte ich recht.

Nachdem ich mir einige Minuten lang die Eispackung an die Beule gehalten hatte, wurde das Hämmern in meinem Schädel zu einem nagenden leisen Brummen, wie eine Fliege, die um meinen Kopf kreiste. Damit konnte ich leben. Aber konnte ich damit auch klar denken? Ich hoffte es. Ich musste diesen Gebetshinweis entschlüsseln, den Jake mir mit seinen letzten Worten hinterlassen hatte, und …

»Heilige Scheiße«, sagte ich.

»Was ist?«

»Bonz, das, was Jake dir gesagt hat von wegen, ich soll die Antworten im Gebet suchen, ja?«

»Ja?«

»Du hast gesagt, das hat er ganz am Ende gesagt, unmittelbar bevor er starb, richtig? Waren das seine *allerletzten* Worte?«

»Ja. Warum?«

Ich stand auf, ignorierte das Brummen in meinem Schädel und eilte durch den Raum. »Komm mit«, rief ich über die Schulter.

In Ranthams Computerkabuff ließ ich mich auf den Stuhl fallen und bewegte die Maus, um den Bildschirmschoner mit den Bikinimodels abzuschalten, woraufhin wieder das Video von Jakes Tod durch Bonz auf dem Bildschirm erschien. Bevor ich den Play-Knopf drückte, drehte ich mich zu Bonz um.

»Das zu sehen war nicht angenehm für mich, wie du dir denken kannst. Dir macht es bestimmt auch keinen Spaß. Ich lasse es schnell vorlaufen bis zu der Stelle, die du dir ansehen sollst.«

Ich startete das Video und drückte sofort auf den Schnellvorlauf. Ich musste ein paarmal auf Abspielen und dann wieder auf den Schnellvorlauf drücken, bis ich die richtige Stelle gefunden hatte. Dann betätigte ich die Pausentaste und wandte mich Bonz zu.

»Achte genau auf Jakes Mund. Er sagt etwas zu dir, kurz bevor du … du weißt schon.«

Ich drückte wieder auf Abspielen, und das Video lief weiter. Jake, in körnigem Schwarz-Weiß, nuschelte etwas. Als der Schwarz-Weiß-Bonz die Hände nach Jake ausstreckte, hielt ich das Video an und wandte mich wieder Bonz zu.

»Und?«

Er schüttelte den Kopf. Er wirkte ein wenig erschüttert. Ich hatte nicht vor, ihm den Rest des Videos vorzuspielen.

»Ich weiß nicht«, meinte er. »Sieht so aus, als hätte er genau das gesagt, was ich dir erzählt habe. Spiel das noch mal ab.«

Ich spulte zurück, dann drückte ich auf Abspielen. Während Jake auf dem Bildschirm lautlos murmelte, murmelte Bonz ganz leise hinter mir: »Finde Charlie und sag ihm, wenn er die Antworten will, soll er sich dem Gebet zuwenden.«

»Nein! Da war es!«, rief ich erregt. »Er hat etwas anderes gesagt, noch etwas. Auf dem Bildschirm hat Jake länger dafür gebraucht als du. Es waren mehr Silben. Sieh es dir noch mal an, ganz genau.«

Ich spulte zurück und spielte die Passage nochmals ab. »Du hast recht«, sagte Bonz. »Mach Platz.« Ich stand auf, und Bonz setzte sich. Er beugte sich zum Bildschirm vor. »Kannst du das langsamer abspielen?«

»Nein. Versuch es noch mal.«

Er sah es sich noch einmal an, die Augen zusammengekniffen, den Blick konzentriert auf die Schwarz-Weiß-Lippen meines Bruders geheftet, auf die Lippen, die grün und blau geschlagen gewesen sein mussten, als Bonz sie zuletzt gesehen hatte. »Ich glaube, ich hab's. Noch mal.«

Ich spulte zurück und drückte wieder auf Abspielen. Diesmal sprach Bonz leise mit. »Finde Charlie und sag ihm, wenn er die Antworten will, soll er die Zuflucht suchen, die das Gebet bietet.«

»›Zuflucht suchen‹? Bist du sicher?«

»Absolut. Und nicht bloß, weil ich seine Lippen beobachtet habe, ich erinnere mich jetzt auch. ›Die Zuflucht suchen.‹ Ich erinnere mich.«

»Lass es uns noch einmal ansehen.«

Das taten wir. Diesmal sprachen Bonz und ich Jakes lautlose Worte beide mit.

»Du hast recht. Er hat gesagt, ›die Zuflucht suchen‹, aber

da ist noch was. Du hast gesagt, ›die Zuflucht suchen, die das Gebet bietet‹, aber ich glaube, da war noch etwas. Beobachte seine Lippen. Sagt er noch etwas?«

Ich spielte nur den letzten Teil seiner unhörbaren Worte ein weiteres Mal ab.

»Siehst du das? Es sah aus, als hätte er noch etwas gesagt. Hat er gesagt: ›die Zuflucht suchen, die das Gebet des Herrn bietet‹? Könnte das sein?«

Bonz schüttelte den Kopf, aber nicht verneinend, sondern eher aus Verunsicherung. »Ich weiß nicht. Kann sein. Ich bin bloß nicht sicher.«

Er griff nach der Maus, spulte zurück, dann spielte er die Szene noch einmal ab. Wir sahen sie uns ein letztes Mal an.

»Ja!«, rief ich. »Er hat ›das Gebet des Herrn‹ gesagt. Ich bin mir sicher!«

Bonz sah zu mir hoch. »Ich glaube, du hast recht. Ich glaube, genau das hat er gesagt. ›Finde Charlie und sag ihm, wenn er die Antworten finden will …«

Ich führte den Satz für ihn zu Ende: »… soll er die Zuflucht suchen, die das Gebet des Herrn bietet.‹« Ich lächelte Bonz an, und er schien das Lächeln zu erwidern, aber das war bei ihm immer schwer zu sagen.

»Das Gebet des Herrn ist das Vaterunser. Natürlich wissen wir immer noch nicht, was es bedeutet«, sagte ich, »aber es ist immerhin etwas. Es ist ein genauerer Hinweis. Gib mir etwas Zeit, und ich komme darauf, glaube ich.«

Trotz der Begleitumstände musste ich unwillkürlich erneut lächeln. Wir schienen der Sache näher zu kommen. Bonz allerdings lächelte nicht. Sein Blick ruhte wieder auf dem Computerbildschirm. Er hatte nach Jakes letzten Worten nicht auf Stopp gedrückt. Nun sah er sich selbst die Hände ausstrecken und Jake das Genick brechen. Ich griff nach der Maus, doch er packte mein Handgelenk und hielt es fest. Wir sahen zu, wie Jake der Kopf auf die Brust fiel. Dann endete der Film mit dem Standbild von Bonz' Gesicht, gleich nachdem er meinen Bruder getötet hatte. Bonz sah zu mir hoch.

»Finde es raus, Charlie«, sagte er. »Finde raus, was das bedeutet, und dann holen wir uns die Kerle.«

»Ich versuche es ja. Ich brauche einfach Zeit zum Nachdenken.«

Doch wie wir gleich darauf herausfinden sollten, war unsere Zeit beinahe abgelaufen.

SECHSUNDVIERZIG

Erneut vibrierte das Handy in meiner Tasche. Unter Bonz' Blick holte ich es heraus, klappte es auf und sah diesmal aufs Display. Wieder Lippincott.

»Was ist?«, fragte ich.

»Ist Bonzetti noch bei Ihnen?«

»Bonz?«, fragte ich. Bonz schüttelte den Kopf. »Nein, er ist gerade kurz weg.«

»Wohin?«

»Geht Sie nichts an.«

Schweigen. Lippincott war es ganz eindeutig nicht gewohnt, dass man so mit ihm sprach.

»Haben Sie sich das Video angesehen, Charlie?«

»Ja.«

»Und?«

»Und Bonz hat meinen Bruder getötet. Verstehe.«

»Und was empfinden Sie dabei?«

»Verpissen Sie sich, Mr Lippincott.«

»Ich meinte, was empfinden Sie jetzt gegenüber Ihrem Freund?«

Ich zögerte und überlegte, was die beste Antwort wäre. »Ich bin verwirrt.«

»Verraten?«

»Vielleicht.«

»Vertrauen Sie ihm immer noch?«

»Ich weiß nicht.« Es schien das zu sein, was Lippincott hören wollte.

»Weiß er, dass Sie es wissen?«

Ich zögerte nur kurz, dann sagte ich: »Nein.«

»Gut. Charlie, es ist Zeit, dass Sie uns besuchen kommen.«

»Uns?«

Nun zögerte er. »Carmen Siracuse und mich.«

Und da war er. Der eindeutige Beweis. »Machen Sie beide schon lange Geschäfte miteinander, Lippincott?« Ich beschloss, mir das »Mister« künftig zu sparen.

»So lange wie nötig«, erwiderte er.

»Sie mieses Stück Scheiße«, sagte ich. »Ich habe Ihnen vertraut. Diese Stadt hat Ihnen vertraut.«

»Es ist nicht so, wie Sie glauben, Charlie.«

»Sie können mich mal. Ich lege auf.«

»Nein!« Etwas an seinem Tonfall ließ mich zögern. War das Panik?

»Bitte, Charlie, hören Sie zu. Er hat sie.«

»Von mir aus ... oder meinetwegen ... Ach, Sie können mich mal.« Und dann traf mich die Erkenntnis mit der Wucht einer Lawine, und Blitzeis verwandelte mein Herz in einen Eisklumpen. »Jessica? Siracuse hat Jessica?«

»Ja. Und er wird ihr wehtun. Sie vielleicht töten.«

O Gott. Meine Schuld. Es war meine Schuld. Ich hätte das kommen sehen müssen. Ich hätte mir denken müssen, dass Siracuse so etwas tun würde. Aber andererseits wäre mir nie in den Sinn gekommen, dass er die Tochter seines eigenen Partners entführen würde. Vielleicht griff ich nach einem Strohhalm, aber ich äußerte diesen Zweifel.

»Wir sind keine Partner, Charlie!«, sagte Lippincott mit erhobener Stimme, so laut, wie ich ihn noch nie hatte werden hören. Er war erschüttert. »Nicht direkt.«

»Was zum Teufel sind Sie denn dann *direkt*?« Auch ich war erschüttert.

Ehe er antworten konnte, wurde hörbar am Telefon herumgefummelt, und dann schallte es vergnügt in mein Ohr: »Hi, Charlie, ich bin's. Onkel Carmen.«

Er war es wirklich. Er hatte diese eigenartige, unverwechselbare Stimme und nuschelte ein wenig, seit er vor Jahrzehnten einen Teil seiner Zunge eingebüßt hatte.

»Sie waren wirklich ungezogen, Charlie. Sie haben Big Frank getötet.« Ich machte mir nicht die Mühe, ihn zu korrigieren. »Ich habe ihn geliebt, müssen Sie wissen.«

»Ja«, sagte ich. »Tja, tut mir wirklich leid, Siracuse, aber unter den gegebenen Umständen kann ich mich wirklich nicht dazu durchringen, ihn zu betrauern. Oder Sie zu bedauern.«

Als Bonz den Namen Siracuse hörte, hob er die Augenbrauen.

Ein eisiges Schweigen trat ein. Schließlich brach Siracuse es: »Jetzt sag ich Ihnen, wie es läuft. Sie werden uns besuchen und Ihren Freund Bonzetti mitbringen. Sonst nehme ich mir Ihre Freundin vor, dann lasse ich ein Dutzend meiner Jungs auf sie los, dann bekommt Hammer Grossi, den Sie, wie ich glaube, kennengelernt haben, die Gelegenheit, sie zu nageln – in mehr als einer Hinsicht, falls Sie verstehen, was ich meine. Die Cops finden sie dann am Ufer des Charles angespült. Sie wird nicht mehr wiederzuerkennen sein, Charlie, nach dem, was meine Jungs mit ihr anstellen werden, ganz zu schweigen davon, wie man nach einer Nacht im Fluss aussieht.«

Seine Worte trafen mich bis ins Mark, aber ich antwortete mit ruhiger Stimme: »Jessica hat sich von mir getrennt, als das alles anfing. Sie hat mich sitzen gelassen, als es hart auf hart kam. Natürlich will ich nicht, dass ihr wehgetan wird, aber es ist mir auch nicht so wichtig, dass ich mich ihretwegen in Gefahr bringen werde. Tut mir leid.«

»Stimmt das?«

»Tut mir leid.«

»Ich sag Ihnen was«, nuschelte Siracuse. Ich hörte Papier rascheln. »Sie setzen sich da, wo Sie jetzt sind, noch mal an den Computer und tippen die Internetadresse ein, die ich Ihnen jetzt gebe.«

»Warum?«

»Mir zuliebe. Ich glaube, es wäre eine gute Idee. Auch wenn Sie Ms Lippincott nicht mehr lieben, möchten Sie doch nicht, dass ihr wehgetan wird, wie Sie gerade zugegeben haben.«

Ich kniff die Augen zusammen, so fest ich konnte, unterdrückte einen Fluch und sagte: »Ich sitze am Computer. Was jetzt?« Ich versuchte, ungerührt zu klingen.

»Tippen Sie.« Er gab mir die Adresse durch. Gleich nachdem ich die Eingabetaste gedrückt hatte, erschien ein Videobild in Schwarz-Weiß, das den gesamten Bildschirm ausfüllte, erschreckend ähnlich dem Video, in dem Bonz Jake tötete. Bei genauerem Hinsehen schien es sogar derselbe fensterlose Raum mit den Hohlziegelwänden zu sein. In der Mitte stand ein Stuhl, wie auch in dem Video von Jake, nur saß diesmal Jessica darauf, meine Liebste. Die Hände schien man ihr hinter dem Rücken gefesselt zu haben. Ihre Haare waren das reinste Vogelnest, als hätte sie den Kopf wild hin und her geworfen. Links neben ihr stand Hammer Grossi mit einem weißen Verband am linken Ohr oder dem, was davon übrig war. An seiner Hüfte hing der allgegenwärtige Hammer. Der Anblick ließ mir den Atem stocken. Ein paar Schritte weiter stand Andrew Lippincott. Er blickte direkt in die Kamera und machte sich nicht einmal die Mühe, seine Tochter anzusehen, deren panischer Blick ihn stumm anflehte, ihr zu helfen, sie zu retten. In ihren Augen las ich Bestürzung und Kummer über seinen bodenlosen Verrat.

Ein Blick in diese Augen, und jeder Verdacht, den ich bezüglich ihrer möglichen Komplizenschaft gehegt hatte, war fortgewischt. Innerlich brannte ich vor Scham über meinen Argwohn. Und ich brannte vor Wut auf die Männer in diesem Raum, die Männer, die ihr das antaten. Dazu gehörte natürlich auch Carmen Siracuse, der mit einem Telefon am Ohr an einer Seite des Raums stand.

»Charlie?«, fragte er. »Sind Sie schon da? Können Sie uns sehen?« Was ich durchs Telefon hörte, war dem Video zeitlich ein wenig voraus.

»Ja.«

»Dann sehen Sie ja, dass ich keinen Scheiß erzählt habe, oder?«

»Ich glaube nicht, dass Sie ihr wehtun …«

Siracuse lachte und gab Grossi ein Handzeichen. Grossi beugte sich vor und schlug Jessica ins Gesicht. Ich hörte den Schlag, einen Sekundenbruchteil bevor ich ihn sah. Jessicas Kopf fuhr zur Seite, und sie riss entsetzt die Augen auf. Mein eigener Kopf fuhr ebenfalls zur Seite, als hätte Grossis Faust auch mich getroffen. Jessica begann am ganzen Körper zu zittern. Ich meinte gesehen zu haben, dass Lippincott beim Geräusch des Schlages zusammengezuckt war, aber ich war mir nicht sicher. Bonz legte mir eine Hand auf die Schulter. Grossi hob erneut die Faust.

»Halt!«, brüllte ich.

»Daddy?!«, hörte ich Jessicas Stimme, schwach, aber deutlich, voller Angst, Verwirrung und Zorn. »Warum hilfst du mir nicht, verhinderst das nicht? Warum lässt du …«

Grossi schlug sie erneut, und mein Herz ballte sich in meiner Brust zur Faust. Siracuse hob die Hand, und Grossi trat lässig zurück an seinen Platz. Um seine Lippen spielte ein kleines Lächeln. Jessica ließ den Kopf hängen. Sie schluchzte. Ich zitterte.

Siracuse sagte: »Ich glaube, wir waren nicht ganz ehrlich Ihnen gegenüber, Herr Staatsanwalt.«

Er hielt ein Diktiergerät ans Telefon und drückte einen Knopf. Ich hörte ein Klicken, gefolgt von meiner eigenen Stimme, die dünn und blechern klang. »Ich liebe dich auch. Und ich habe keinen Zweifel daran. Jessica, ich schaffe das. Ich hole mir mein Leben zurück, und wir bauen uns gemeinsam ein richtiges Leben auf. Du und ich. Kein Warten mehr. Wir heiraten, kaufen ein Haus, bekommen Kinder, das volle Programm. Weil du recht hattest neulich. Wir müssen nach vorn schauen. *Ich* muss nach vorn schauen. Das hätte ich längst tun sollen. Jedenfalls, du sollst wissen, wie viel du mir bedeutest, Jess, wie sehr ich dich liebe, auch wenn ich es nicht immer gezeigt habe. Du bist für mich das Wichtigste im Leben, und wir holen uns unser Leben zurück, unsere Zukunft. Ich schwöre es.«

Ich schloss die Augen. Er hatte ihr Telefon angezapft. Vielleicht hatte sogar Randy Deacons Detektei die Wanzen für ihn angebracht.

»Jessica«, Siracuse hielt das Telefon hoch, »wollen Sie Charlie irgendwas sagen?«

Als Jessica meinen Namen hörte, hob sie den Kopf. Sie atmete einige Male tief durch und sammelte sich. Sie schniefte laut, dann sagte sie sehr ruhig: »Bring dich meinetwegen nicht in Gefahr, Charlie. Sag denen, sie sollen sich verpissen. Sag denen ...«

Grossi trat einen Schritt vor, und Jessica schreckte vor einem neuerlichen Schlag zurück, der aber nicht erfolgte, weil Siracuse ihn nicht befohlen hatte. Stattdessen sagte der fette Mann ins Telefon: »Sie hat Biss, Charlie, das muss ich ihr lassen. Wäre doch eine Schande, eine Frau wie sie tot im Fluss treiben zu sehen wie Abfall, meinen Sie nicht?«

Ich seufzte. »Selbst wenn ich mich Ihnen stellen wollte,

könnte ich Bonz nicht dazu zwingen, es auch zu tun. Er schuldet Jessica gar nichts, nicht einmal mir.«

»Sie sind ein cleverer kleiner Wichser«, erwiderte Siracuse in seinem trügerisch liebenswürdigen Tonfall, »also tricksen Sie ihn aus. Ich bin sicher, Ihnen fällt was ein. Sagen Sie ihm, Sie hätten alles rausbekommen, Sie wüssten, wo das Band ist, und wollen es holen. Wir werden warten.«

»Aber ich habe das Band wirklich«, platzte ich heraus, ohne nachzudenken. Bonz hob erneut die Augenbrauen. Ich zuckte die Achseln.

Meine Behauptung gab Onkel Carmen zu denken.

»Quatsch«, sagte er.

»Es stimmt.«

»Sie lügen, Arschloch.« Die allgegenwärtige Liebenswürdigkeit wich aus seiner Stimme. »Wenn Sie das Band hätten, wären Sie damit längst zur Polizei gegangen, und die hätte längst bei mir angeklopft.«

»Ich überlege noch, wie ich es am besten zu meinem Vorteil nutzen kann. Vielleicht gehe ich damit zur Polizei, falls ich zu dem Schluss komme, dass es das Klügste ist. Aber das ist es vielleicht nicht. Über meinem Kopf schwebt immer noch diese fiese kleine Mordanklage, plus ein beschissener Haufen Beweise gegen mich, dank Ihnen.«

Er lachte in sich hinein. »O ja. Das stimmt. Also wenn Sie das Band haben, Sie Scheißlügner, dann sagen Sie mir doch, was drauf ist.«

Das war eine berechtigte Frage, auf die ich mich besser hätte einstellen sollen, wenn ich diesen Bluff schon durchziehen wollte, aber ich hatte unüberlegt gesprochen, um Zeit zu gewinnen, und keine Gelegenheit gehabt, es zu durchdenken. Ich holte tief Luft. »Sagen wir einfach, Sie und Andrew Lippincott sind darauf, Ihre, sagen wir, unverwechselbaren Stimmen – sein tiefer Bariton und Ihre, ähm,

hstörung – sind laut und deutlich zu hören,
llen garantiert nicht, dass jemand anderes es

nt mir nicht, Beckham.«
hen mich mal, Siracuse.«
, ich töte sie gleich jetzt.«
Dann gehe ich garantiert zur Polizei.«
Luft durch die Zähne, dann sagte er: »Sie bluf-
hlecht, Charlie, wissen Sie das? Okay, wir wol-
nd. Und wir wollen Bonzetti. Was wollen Sie?«
e darüber nach. »Jessica. Die Beweise gegen
n verschwinden, so gut Sie es hinbekommen.
eine Million Dollar.« Die Dollars warf ich ein-
n den Topf.
hte. »Eine Million Mäuse, Herr Staatsanwalt?«
mir irgendwo ein ganz neues Leben aufbauen
se. Da brauche ich ja wohl Startgeld.«
z darüber nach, dann sagte er: »Und Sie ge-
i?«
n. »Der Scheißkerl hat meinen Bruder ge-
ihm nichts.«
er die Augenbrauen.
hn dazu, zu dem Treffen zu kommen?«,

blem.«
te nochmals nach, dann: »Ich gebe Ihnen eine
Iillion, Sie gieriger Scheißer, und keinen Dollar mehr.
ann und wo?«
ben Sie mir eine Telefonnummer. Ich rufe Sie morgen

Varum nicht heute Nacht?«
Veil ich das Band versteckt habe für den Fall, dass Sie
ns schnappen, und erst morgen früh drankomme.« Sira-

cuse schwieg, daher fügte ich hinzu: »Aber ich
an drei Leute abgeschickt – zwei Freunde, eine
ten. Sie sollten sie in ein, zwei Tagen erhalten.
wo sie das Band finden, wenn auch nicht, was d
erzähle Ihnen das nur für den Fall, dass Sie es
überlegen wollen.«

Siracuse schmollte einen Augenblick, dann sa
haben Zeit bis zehn Uhr morgen Vormittag.
chen Sie mich in meinem Lagerhaus in Char
gab mir die Adresse, dann fügte er hinzu: »Sie
nicht, dass Ihre Freundin von zwei Dutzend
den Verstand gevögelt und dann mit dem
Nägel in den Fluss geworfen wird, Beckham. I
wollen Sie nicht. Also wollen Sie mich auch
schen. Seien Sie morgen um zehn Uhr da, un
das Band und Ihren Kumpel Eddie mit, die
miesen Scheißer.«

»Eddie?«

»Bonzetti, Sie Idiot.«

Oh. Ich hatte völlig vergessen, dass Bonz
namen hatte. »Sorgen Sie bloß dafür, das
sagte ich. »Und Lippincott will ich auch da
Siracuse ... Sie wollen mich auch nicht
unterbrach die Verbindung und klappte das
mir erst jetzt auffiel, zitternden Hände zu. Ich h
und atmete langsam wieder aus.

Bonz ließ mir eine Minute Zeit, dann fragte er: »Si
Jessica?«

Ich nickte und presste mir die Fäuste in die Augen

»Tut mir leid, Charlie.«

»Ja.« Ich sah zu ihm hoch. »Eddie Bonzetti?«

»Was glaubst du, warum ich nicht meinen vollen Na
benutze?«

kleine Sprec
und Sie wo
hört.«
»Das reic
»Sie könr
»Scheiße
»Nur zu.
Er zog die
fen nicht sc
len dieses Ba
Ich dacht
mich müsse
Und ich will
fach nur so i
Siracuse lac
»Ich werde
müssen, Siracu
Er dachte ku
ben uns Bonzett
»Klar«, log ic
tötet. Ich schuld
Bonz hob wied
»Sie kriegen i
fragte Siracuse
»Kein Pro
Er dach
halbe M
Also, w
»Ge
an.«
»W
»
u

ı habe Briefe
en Journalis-
Darin steht,
lrauf ist. Ich
sich anders

agte er: »Sie
Dann besu-
lestown.« Er
wollen doch
l Kerlen um
Kopf voller
ch weiß, das
nicht verar-
d bringen Sie
sen treulosen,

auch einen Vor-
ss Jessica da ist«,
ı haben. Ach, und
verarschen.« Ich
Handy mit, wie
olte tief Luft

e haben

.

nen

Ich nickte wieder und ließ den Kopf in die Hände sinken.

»Ich will dir ja nicht noch neue Sorgen machen«, sagte Bonz, »aber was jetzt? Du hast denen erzählt, du hättest das Band, und wenn du nicht in den letzten beiden Stunden draufgekommen bist, wo es ist, dann hast du gelogen.«

»Ich habe gelogen.«

»Also, wie lautet der Plan?«

»Ich weiß nicht. Ich wollte Zeit schinden. Ich bekomme allmählich eine Vorstellung davon, was auf diesem Band sein könnte, aber jetzt brauche ich das Band selbst bis zehn Uhr morgen Vormittag. Ich wollte einfach nur Zeit schinden, als ich gesagt habe, ich könnte es erst morgen holen. Ich habe gehofft, bis dahin könnte ich es finden.«

»Und wenn nicht?«

Ich sah ein weiteres Mal zu ihm hoch.

»Wenn nicht, wird Jessica sterben, fürchte ich.«

SIEBENUNDVIERZIG

Der Wecker meiner Armbanduhr klingelte, und der Tag und ich erwachten gemeinsam, beide in dichtem Nebel. Ich hatte nicht einmal eine Stunde Schlaf bekommen, und mein Verstand war getrübt. Ich rieb mir die Augen, rollte mich von der Couch, ging an eines der Fenster in Ranthams Wohnung und sah hinaus. Ich war ziemlich sicher, dass da draußen die Morgendämmerung anbrach, aber genau ließ sich das aufgrund der schweren Nebeldecke, die über der Stadt hing, nicht sagen.

Da es gestern Abend so kalt gewesen war, hatten Bonz und ich beschlossen, die Gastfreundschaft von Rantham und Harwick anzunehmen und die Nacht bei ihnen zu verbringen. Rantham hatte sich als so liebenswürdiger Gastgeber gezeigt, dass wir ihn sogar einmal losbanden, als er zur Toilette musste. Der Big Bopper hingegen war nicht so liebenswürdig gewesen, weshalb Harwick die Nacht dort verbracht hatte, wo er gelandet war, nachdem Bonz ihn k.o. geschlagen hatte. Rantham hatte die Nacht zwar gefesselt, aber deutlich bequemer auf einer Decke verbracht, die ich am Boden für ihn ausgebreitet hatte. Bonz hatte das einzige Bett in der Wohnung genommen.

Noch einmal ließ ich mir Jakes letzte Worte durch den Kopf gehen: »Finde Charlie und sag ihm, wenn er die Antworten finden will, soll er die Zuflucht suchen, die das Gebet des Herrn bietet.« Nachdem ich mir diesen Satz eine Zeit lang in einer Endlosschleife vorgesagt hatte, dachte ich über das Gebet selbst nach. »Vater unser im Himmel …« Nach zehn, zwölf Durchgängen jedoch legte ich auch das Gebet beiseite, stellte meinen geistigen Diaprojektor auf und sah mir die Bilder an, die ich mir in Saint John's eingeprägt hatte, sämtliche Orte, an denen Jake das Band versteckt haben könnte. Doch es nutzte nichts – ich kam dem Verbleib des Audiobands nicht näher.

Bonz und die gefesselten Gastgeber schliefen noch. Da ich mir weder Flehen und Gewinsel noch Drohungen von unseren Freunden anhören wollte, ging ich auf Zehenspitzen in die Küche, wo ich ein Glas Orangensaft trank, und dann ins Bad, wo ich den Schmutz der Stadt abduschte, der sich seit der letzten Dusche, die Monate zurückzuliegen schien, angesammelt hatte. Nachdem ich mich angezogen hatte, ließ ich mich wieder auf die Couch fallen und saß, wie ich es schon fast die ganze Nacht getan hatte, einfach da und dachte nach. Irgendwann wurde Bonz wach, aß etwas und schüchterte Rantham und Harwick ein. Und noch immer saß ich da und dachte nach, bis es schließlich Zeit für uns wurde zu gehen. Ich musste Siracuse um zehn Uhr in Charlestown treffen. Ranthams und Harwicks Gastfreundschaft schien keine Grenzen zu kennen: Es bedurfte nur sehr wenig Überredung, und sie liehen uns ihre Handys – der Akku in Randy Deacons Handy war beinahe leer – und sogar ihre Autos. Ich nahm Ranthams Honda Civic, und Bonz nahm Harwicks Camaro. Wir versprachen den beiden, später anzurufen und ihnen zu sagen, wo sie ihre Autos und ihre Handys finden würden. Dann klebten wir ihnen die Münder zu und versicherten ihnen, in ein paar Stunden den Hausmeister anzurufen und ihm zu sagen, er solle in Ranthams Wohnung gehen und sie befreien. Zuletzt warnte Bonz die beiden in deutlichen Worten, dass es ein großer Fehler wäre, sollten sie mit der Polizei über unseren Besuch sprechen.

In getrennten Autos fuhren Bonz und ich aus Jamaica Plain fort. Der dichte Nebel verlieh dem Morgen etwas Irreales, dabei war dieser Tag schon irreal genug, denn ich fuhr zu einem Treffen mit dem Kopf der italienischen Mafia, einem Mann, der glaubte, ich hätte bei der Tötung seines engsten Freundes die Hand im Spiel gehabt, einem Mann, der mich, wie ich wusste, foltern wollte, letztlich bis zum Tode. Was hatte ich von einem solchen Tag erwartet? Sonnenschein und Vogelgezwitscher?

Wie von Siracuse angewiesen, hielt ich vor einem Lagerhaus auf der Medford Street in Charlestown. Ich stieg aus, machte mir nicht erst die Mühe, den Wagen abzuschließen, und ging über den Bürgersteig zum Lagerhaus. Es hatte ein großes Rolltor, das im Augenblick geschlossen war, und daneben eine kleinere Tür, durch die ich eintrat. Im Inneren rangierten Männer Kisten durch die Gegend, vermutlich voller Drogen und Nutten. Für Letztere hoffte ich, dass man ihnen wenigstens Luftlöcher gebohrt hatte. Gleich rechts hinter der Tür stand einer von Siracuse' Männern. Es war der Typ mit dem großen dunklen Leberfleck an der Nase, den ich beim Wohltätigkeitsessen gesehen hatte. Er filzte mich, fand Ranthams Handy und steckte es ein. Mein Schweizer Messer hatte ich gar nicht erst mitgebracht. Der Leberfleckmann öffnete mein Hemd, knöpfte meine Hose auf und zerrte sie mir bis zu den Knien herab. Dann tat er das Gleiche mit meinen Boxershorts. Ich wandte den Kopf ab und hüstelte, aber er schien meinen Witz nicht zu kapieren. Er gab mir kurz Zeit, damit ich mich wieder ankleiden konnte, dann schob er mich auf eine Bürotür zu.

Im Büro hatte Carmen Siracuse seinen massigen Körper hinter einem einfachen Holzschreibtisch auf einen Stuhl gezwängt. Er hielt ein Viertel eines Frühstückssandwichs in der Hand, die übrigen drei Viertel steckten in seinem Mund. Hammer Grossi saß auf einem Stuhl in der Ecke, die weit auseinanderstehenden Augen dunkel und teilnahmslos. Immer noch bedeckte ein weißer Verband die Reste seines linken Ohrs, und seine Zähne zermalmten ein Kaugummi. Andrew Lippincott saß auf einem Stuhl vor dem Schreibtisch und wirkte kleiner, als ich ihn in Erinnerung hatte. Die Hände hatte er sittsam im Schoß gefaltet.

»Setzen Sie sich«, sagte Siracuse, den Mund voller Ei, Speck und Bagel.

Das war ein Befehl. Ich nahm den Stuhl neben Lippincott.

»Wo ist Bonzetti?« Bei Siracuse klang das wie: »Wof Bonfeddi?«

»Wo ist Jessica?«, fragte ich.

»Wo ist Bonzetti?«, wiederholte er. »Und das Band?« Er sah den Leberfleckmann an, der an der Tür stehen geblieben war. »Hatte er ein Band dabei?«

»Nein, Onkel Carmen.«

»Hatte er irgendwas dabei?«

»Nur das.« Er hielt Ranthams Handy hoch und legte es dann auf einen Aktenschrank an der Tür.

Siracuse sah mich an. »Wo ist das Scheißband, Beckham?« Alle Verstellung war dahin. Der gute alte Onkel Carmen, der fidele Schurke, jedermanns Lieblingsmafiaboss, war verschwunden, so als hätte Siracuse eine Halloweenmaske abgenommen. Jetzt saß der eiskalte Gangster, der er in Wirklichkeit war, vor mir und sah mich boshaft an.

»Für wie blöd halten Sie mich, Siracuse? Glauben Sie im Ernst, ich komme hier angetanzt und gebe Ihnen mein einziges Druckmittel, meinen einzigen Schutz?«

»Und wo ist es dann?«

»Bonz hat es. Er bringt es mit, sobald ich ihn anrufe und es ihm sage.«

Und dies war unser Plan. Unser toller Plan. Da ich nicht herausbekam, wo das Band sich eigentlich befand, behauptete ich einfach, wir hätten es, und wenn der richtige Zeitpunkt kam, würde ich Bonz anrufen, und anstelle des Bandes würde er die Cops zu uns bringen mit der Aussicht, Charlie Beckham, den gesuchten Mörder, zu fassen. Er hatte sich bereits mit ihnen in Verbindung gesetzt und sie gebeten, sich bereitzuhalten, er werde später mit genaueren Informationen wieder anrufen. Ich hoffte, dass sie Jessica retten und Siracuse und Lippincott wegen Entführung festnehmen würden. Eigentlich war es in mehrfacher Hinsicht ein lausiger Plan. Erstens war er riskant. Ich musste Siracuse und Lippincott davon überzeugen, dass wir das Band wirklich hatten, und ich wusste nicht, ob mir das gelingen würde. Zudem musste ich hoffen, dass die Cops eintrafen, ehe mein Täuschungsmanöver aufflog. Zweitens mochte mein Plan vielleicht Jessica das Leben retten, aber mich würde er hinter Gitter bringen, und es bestand kaum Hoffnung, dass ich meine Unschuld würde beweisen können. Von Siracuse oder Lippincott war jedenfalls nicht zu erwarten, dass sie einen plötzlichen Sinneswandel durchmachten und gestanden, dass sie mir den Mord nur angehängt hatten. Nein, all jene schwerwiegenden Beweise gegen mich würden bestehen bleiben, und ich würde garantiert ins Gefängnis wandern. Aber falls mein Plan wundersamerweise funktionierte, würde wenigstens Jessica gerettet. Und Siracuse würde Bonz nicht bekommen.

»Und Bonzetti wird einfach so hier reinmarschieren und sich von uns schnappen lassen?«, fragte Siracuse.

»Ich habe ihn davon überzeugt, dass Sie nur das Band wollen. Er glaubt, wir teilen uns das Geld.«

»Tja, wenn ich das Band habe, bekommen Sie Ihre Freundin. Ach ja, und die halbe Million.«

Etwas an der Art, wie er das mit dem Geld sagte, als wäre es ein Witz, beseitigte den letzten Zweifel: Er beabsichtigte, uns alle zu töten, Jessica, Bonz und mich. »Ich will sie jetzt sehen.«

»Nein.«

Ich starrte ihn an. Er starrte zurück und stopfte sich den Rest seines Sandwichs in den Mund. Verdammt. Bonz war natürlich in der Nähe und bereit, die Cops anzurufen, aber das konnte er erst, wenn wir wussten, wo Jessica festgehalten wurde. Ich hatte gehofft, sie würde hier im Gebäude sein, allerdings hatte ich eigentlich nicht damit gerechnet. Das wäre ziemlich dumm von Siracuse gewesen, und der Mann mochte so einiges sein, und davon war nicht viel gut, aber dumm war er nicht.

Er schluckte hinunter und sagte: »Sie haben also das Band gefunden, hm?«

»Ja.«

»Schön für Sie. Wo war es?«

»Geht Sie nichts an.«

Siracuse nickte und leckte sich das Fett von den Fingern. »Ich glaube, Sie sind ein Scheißlügner. Ich glaube, Sie wollen wegen irgendwas Zeit schinden. Und ich glaube, Sie und Ihre Schlampe sind tot.«

Ich atmete tief durch, hoffte, niemand könne meinen donnernden, basstrommelartigen Herzschlag hören, und machte mich daran zu bluffen. Ich hatte mir so viel wie möglich zusammengereimt und hoffte, ich könne ihnen genügend Details bieten, damit sie glaubten, ich hätte das Band wirklich, und zugleich vage genug bleiben, um mich nicht zu verraten.

»Sie haben Tommy Lippincott getötet, Siracuse, einen sechsjährigen Jungen mit schwerem Autismus. Und was noch schlimmer ist, dieser widerwärtige Drecksack« – ich deutete mit dem Kopf auf Lippincott – »hat Sie dafür bezahlt. Er hat Sie dafür bezahlt, seinen eigenen autistischen Sohn zu töten, weil er ihn tot wollte und nicht die Eier hatte, es selbst zu tun. Also hat er sich einen kleinen Ganoven gesucht, einen, der gerade erst aus dem Knast gekommen war, einen Ganoven, der tun würde, was er wollte, und hat ihm einen Job im St. Michael's Hospital verschafft.« Ich drehte mich zu Lippincott um. »Die ganze Stadt hat den ›Staatsanwalt mit Herz‹ geliebt, der Exsträflingen, die er selbst ins Gefängnis gebracht hatte, zu einem Neuanfang verhalf. Niemand hat geahnt, wie finster Ihre wahren Gründe waren.« Ich sah wieder Siracuse an. »Und nachdem Sie eine Weile im St. Michael's gearbeitet hatten, haben Sie den armen kleinen autistischen Tommy Lippincott im Schlaf getötet. Und den Mord haben Sie dann einem psychisch kranken Teenager angehängt.«

Lippincott atmete zischend ein und sagte: »Er hat es, Carmen. Er hat das Band.«

Innerlich stieß ich einen so tiefen Seufzer der Erleichterung aus, dass er, wäre er nicht bloß in meinem Kopf gewesen, Siracuse mit seiner nicht unbeträchtlichen Körperfülle vom Stuhl auf den nicht unbeträchtlichen Arsch gefegt hätte. Als ich heute Morgen erneut über das alles nachgedacht hatte, hatten sich die Puzzleteilchen allmählich ineinandergefügt. Wenn Siracuse und Lippincott gemeinsam nach dem Band suchten, bedeutete das, dass sie auf dem Band beide belastet wurden. Und Big Frank D'Amicos letzte Worte waren, wie ich nun glaubte, noch erschreckender als das, was ich zuerst verstanden hatte. Nunmehr glaubte ich, dass er zu sagen versucht hatte: »Michael, killen, Kid«. »Michael« bedeutete »St. Michael's«, und »killen« bezog sich auf den Mord an Lippincotts Jungen, dem »Kid«. Jakes Randnotizen passten ebenfalls dazu. Er hatte »Mikes Dienstpläne«, also die von St. Michael's, beschaffen wollen, vermutlich um zu belegen, dass Siracuse 1976 in der Nacht, in der Tommy ermordet worden war, zur Arbeit eingeteilt gewesen war. Und die nächste Notiz, »B. B. 2/76«, bezog sich eindeutig auf die Lobeshymne auf Lippincott im *Boston Beacon* vom Februar 1976. Der Artikel war fünf Wochen vor Tommy Lippincotts Ermordung erschienen.

Es schien alles zu passen, aber natürlich bestand trotzdem die Möglichkeit, dass ich mich in allem oder in Teilen der Geschichte irrte, dass vielleicht ein kleines, aber entscheidendes Detail nicht stimmte, weshalb ich meine Ausführungen so vage gehalten hatte, wie ich konnte, ohne unglaubwürdig zu klingen. Vieles in meinen Ausführungen war geblufft gewesen. Aber offenbar hatte ich im Wesentlichen ins Schwarze getroffen.

Ich sah Siracuse an und sagte: »Und Sie haben einem armen, geistig behinderten dreizehnjährigen Jungen den Mord angehängt. Sie haben ein Stück vom Schlafanzugärmel des Jungen abgerissen, es dem schlafenden Tommy in den Mund gesteckt und ihn so erstickt.« Dies formulierte ich sehr vorsichtig. Als ich mir den Auftragsmord erst einmal zusammengereimt hatte, hatte ich noch einmal das Archiv des *Beacon* durchsucht und den Artikel über den Mord an Staatsanwalt Lippincotts autistischem Sohn durch einen anderen geistig behinderten Patienten gefunden. In dem Artikel wurde der Ärmel erwähnt, der den Fall in den Augen der Polizei glasklar machte. Aber da ich nicht wusste, ob Siracuse und Lippincott auf dem Band über die Idee, den Mord dem Jungen anzuhängen, gesprochen hatten, wollte ich nicht so tun, als hätte ich die Information vom Band. Stattdessen gab ich mich einfach nur angewidert von ihrer Handlungsweise – was mir nicht schwerfiel.

»Und«, fügte ich hinzu, »das Schöne an dieser Aufnahme ist, dass man sofort erkennt, wer spricht.« Wieder sah ich Lippincott an. »Ihre tiefe, wohlklingende Stimme ist berühmt, Lippincott. Und, Siracuse, niemand könnte Ihre Stimme mit einer anderen verwechseln bei dem großen Stück Zunge, das Ihnen fehlt.«

Siracuse betrachtete mich mit ausdruckslosen schwarzen Augen, den Augen einer Kobra im Gesicht einer fetten Kröte.

»Haben Sie sich mal gefragt, was aus dem Jungen geworden ist, dem Sie das angehängt haben?«, fragte ich ihn.

Lippincott antwortete. »Er hat sich vier Jahre später in einer psychiatrischen Einrichtung für gewalttätige jugendliche Straftäter mit psychischen Störungen erhängt«, sagte er ganz nüchtern.

»Dann hat Bonzetti jetzt das Band?«, fragte Siracuse geschäftsmäßig, ohne eine Spur von Mitgefühl für Tommy, dem er im zarten Alter von sechs Jahren das Leben genommen hatte, oder für den psychisch kranken Jungen, dem sie den Mord angehängt und damit sein ohnehin schon elendes Leben noch schwieriger gemacht hatten, bis der arme Kerl sich umbrachte, bevor er auch nur seine Jugend hinter sich gehabt hatte.

Sosehr mich die Gefühllosigkeit der beiden auch abstieß, so erleichtert war ich, dass sie mich nicht nach Einzelheiten fragten. Ich wusste ja nicht einmal, ob es sich bei dem Mitschnitt auf dem Band um ein Telefonat oder eine persönliche Begegnung handelte. Ich nahm an, Lippincott hatte Siracuse, den gewalttätigen Straftäter, den er hatte anheuern wollen, um seinen Sohn zu töten, nicht für so clever gehalten, dass er die Unterhaltung aufnehmen würde. Aber Siracuse war nicht so dumm, wie Lippincott geglaubt hatte. Ein Genie war er allerdings auch nicht. Irgendwie war ihm eine Kopie des Bandes mit der Aufnahme des Gesprächs abhandengekommen. Da Mord nicht verjährt, wollten Siracuse und Lippincott unbedingt, dass das Band verschwand. Natürlich war das Band selbst nur ein Beweis für ein Auftragsmordkomplott, und als Täter war der Jugendliche verurteilt worden, aber falls das Band auftauchte, würden die Leute ins Grübeln kommen, und man würde neu ermitteln und vielleicht sogar eine Exhumierung von Tommy Lippincotts sterblichen Überresten erwägen, um sie nochmals zu untersuchen. Auch eine erneute Durchsicht der Sachbeweise mochte sich als sehr erhellend erweisen. Vielleicht befand sich ja Siracuse' DNA auf dem abgerissenen Schlafanzugärmel. Man weiß nie. Heute sind Dinge möglich, zu denen man 1976 noch nicht in der Lage war. Hilfreich wäre natürlich, wenn die Dienstpläne der Angestellten von St. Michael's für die Mordnacht, die Jake sich hatte beschaffen wollen, belegen würden, dass Siracuse Dienst gehabt hatte. Jedenfalls genügte das alles, um Lippincott, einem erfahrenen Staatsanwalt, Angst einzuflößen, was bedeutete, dass es Siracuse eine Heidenangst einjagen musste.

»Jep, Bonz hat das Band«, bluffte ich kaltschnäuzig.

»Und Sie haben keine Kopie gemacht?«

Mit dieser Frage hätte ich wohl rechnen müssen, aber das hatte ich nicht, daher zögerte ich, was Siracuse so verstand, dass wir tatsächlich eine Kopie davon gemacht hatten.

»Sie kleiner Scheißer«, sagte er. »Warum soll ich für das Scheißband bezahlen, wenn Sie da draußen weiter mit einer Kopie rumrennen?«

»Weil das Original Ihnen schon seit dreizehn Jahren ein Dorn im Auge ist und Sie es in Ihre fetten Finger bekommen wollen, damit es nicht in Umlauf kommt.«

»Ich brauche beide Bänder.«

»Ich frage Sie noch einmal, Siracuse: Für wie blöd halten Sie mich? Meinen Sie, ich glaube Ihnen, dass Sie Jessica und mich gehen lassen, obendrein mit einer halben Million Dollar, wenn wir Ihnen *alle* Kopien des Bandes aushändigen?«

Siracuse' Kiefer verkrampfte sich vor Wut. Es war schwer, das unter all dem Fett zu erkennen, aber für mich sah es so aus. »Und falls ich Sie tatsächlich mit dem Geld und einer Kopie des Bandes gehen lasse, woher weiß ich dann, dass Sie damit nicht zu den Cops rennen?«

»Hören Sie«, sagte ich, »ihr Jungs habt mein Leben ruiniert. Selbst wenn Sie Wort halten und so viel wie möglich von den Beweisen zerstören, die Sie gefälscht haben, um mir den Mord an Angel anzuhängen, dann bin ich trotzdem nicht frei von jedem Verdacht. Angel ist immer noch tot, und ich war voller Blut. Womöglich würde ich trotzdem ins Gefängnis wandern. Ich würde aber viel lieber mit meiner Freundin und fünfhundert Riesen auf eine Karibikinsel fahren.«

Siracuse runzelte die Stirn. »Beide Bänder, Sie Scheißer, oder unsere Abmachung ist gestorben, und Sie sterben hier und jetzt.«

Ich gab vor, darüber nachzudenken. Da ich das Band ohnehin nicht hatte, hätte ich ihm natürlich auch einfach sagen können, was er hören wollte, aber das hätte ihn vielleicht misstrauisch gemacht. »Ich gebe Ihnen das Original zum Beweis, dass wir es wirklich haben, und wenn wir erst in Sicherheit sind, zerstöre ich die Kopie und schicke Ihnen die Trümmer. Und Sie haben mein Wort darauf, dass ich keine weiteren Kopien anfertigen werde.« Siracuse starrte mich schweigend an. »Hören Sie, Siracuse, ich will keinen weiteren Ärger mit Ihnen. Ich will mit Jess ein neues Leben beginnen und das alles hinter mir lassen.«

Er musterte mich noch einen Augenblick lang, dann sagte er: »Und Bonzetti? Den überlassen Sie uns einfach?«

»Was kümmert mich Bonzetti? Er hat meinen Bruder getötet. Sie können ihn haben.«

Siracuse schien über den abgewandelten Deal, den ich ihm unterbreitet hatte, nachzudenken. Ich betete darum, dass er mir ein Telefon reichen würde, damit ich Bonz sagen konnte, er solle uns das Band bringen. Während ich seine Entscheidung abwartete, sagte Lippincott vergleichsweise gelassen: »Wir haben keine Wahl, Carmen. Wir brauchen das Band.«

Ich wandte mich an Lippincott. »Sie widern mich an, Lippincott. Sie haben Ihren eigenen Sohn ermorden lassen. Der Junge war autistisch, nach allem, was ich weiß, kam er kaum zurecht, und Sie haben ihn einfach entsorgen lassen wie Müll.«

»Sie wissen nicht, wie es war, Charlie. Sie können das nicht verstehen.«

»Und wie war es? Wie rechtfertigen Sie Ihre Handlungen?«

»Die Resultate rechtfertigen meine Handlungen.«

»Was soll das denn verdammt noch mal heißen?«

Lippincott rieb sich etwas von einem manikürten Fingernagel und sagte: »Thomas' Pflege war kostspielig. Die Versicherung hat nur einen Teil davon bezahlt. Ich hatte eine Frau, für die ich aufkommen, und eine Tochter – eine normale Tochter –, für die ich sorgen musste. Thomas war eine finanzielle Belastung für uns. Er hat unsere Familie allmählich ruiniert.«

»Er war Ihr Sohn.«

»Er war wie eine Topfpflanze«, entgegnete Lippincott kühl. »Er war kein Sohn für mich. Oder für seine Mutter. Er war seiner kleinen Schwester kein Bruder. Er saß in seiner eigenen kleinen Welt, schaukelte vor und zurück und verschlang unser gesamtes Geld. Die gesamte Aufmerksamkeit meiner Frau. Er war ein schwarzes Loch, bar jeder Persönlichkeit, unfähig zur Zuneigung, zur Interaktion, er hatte dieser Welt nichts von Wert zu geben. Er war im besten Fall eine negative Kraft, und die Welt ist ohne ihn besser dran. Und da er ohnehin immer stumm dasaß, ohne zu hören oder zu sehen, was um ihn herum geschah, war er ohne die Welt besser dran.« Ich saß wie betäubt da und schwieg. »Als er fort war, ist unsere Familie aufgeblüht. Nun ja, meine Frau ist eineinhalb Jahre später gestorben, das wohl, aber Jessica und ich sind aufgeblüht. Ich konnte es mir leisten, ihr zu geben, was sie brauchte, sie auf Privatschulen und auf gute Universitäten zu schicken. Das alles hätte ich nicht gekonnt, wenn dieser – wenn Thomas weitergelebt hätte.«

Ich erkannte den Mann, der da sprach, nicht wieder. Ich kannte ihn seit elf Jahren, hatte elf Jahre mit ihm zusammengearbeitet, hatte gelegentlich mit ihm gegessen, hatte ihn bei Gericht Wunder wirken sehen, ich hatte meinen Beruf bei ihm erlernt ... doch in diesem Augenblick erkannte ich ihn beim besten Willen nicht wieder. Wie konnte ein so intelligenter Mann sich derartig selbst belügen? Sich vormachen, er habe richtig und gut gehandelt? Er hatte jemanden dafür bezahlt, das Leben seines autistischen Kindes auszulöschen, eines Kindes, von dem er behauptete, es sei tot besser dran. Er hatte sich nicht dazu überwinden können, das Kind selbst von seinem »Elend« zu erlösen, also hatte er dafür gesorgt, dass der Junge die letzten Sekunden seines Lebens mit einem herzlosen Fremden verbrachte, einem Ganoven, der für Geld zu töten bereit war. Jessica hatte mir erzählt, ihr Vater sei nach Tommys Tod beinahe ein Jahr lang ein psychisches Wrack gewesen. Alle hatten angenommen, da habe ein liebender Vater um seinen Sohn getrauert. In Wahrheit, so glaubte ich nun, hatte ihn seine schwere Schuld niedergedrückt, hatte er mit den Dämonen seines schlechten Gewissens gerungen, bis er sich schließlich von seinem Sohn abgewandt und vor dem letzten Rest an Zuneigung verschlossen hatte, die er noch für den Jungen empfunden haben mochte, falls das je der Fall gewesen sein sollte. Dann hatte er das Hirngespinst ersonnen, das er sich nun selbst vorgaukelte. Damit gewappnet, konnte er in die Welt zurückkehren und sich mit frischer Kraft in die Arbeit stürzen, wie er es Jessica zufolge getan hatte.

Angewidert schüttelte ich den Kopf und wandte mich Siracuse zu, der den Wortwechsel mit ausdrucksloser Miene verfolgt hatte. »Und lassen Sie mich raten: Sie haben den guten Herrn Bundesstaatsanwalt über den Gesprächsmitschnitt, den Sie gemacht hatten, informiert und erpressen ihn seitdem, auch wenn Ihnen irgendwie eine Kopie abhandengekommen ist.« Ich wusste, Jake hatte seine Kopie von dem Mann, der Siracuse erpresst hatte, bis er an Kehlkopfkrebs gestorben war. Siracuse hatte die Identität des Erpressers niemals lüften können. Aber er hatte mit diesem Handel sicher gut leben können. Zwar hatte er einem Erpresser Geld zahlen müssen, was ihn vielleicht geärgert hatte, aber er erpresste ja seinerseits eine der mächtigsten Figuren im Justizapparat von Massachusetts.

Siracuse lächelte. Eigelb klebte ihm zwischen den Zähnen. »Ja, Lippincott war im Lauf der Jahre verdammt nützlich. Warnungen vor Durchsuchungen, Festnahmen, Anklagen, Abhöraktionen, lauter feine Sachen. Als ich das Band aufnahm, war ich ein junger Ganove, frisch aus dem Knast. Jetzt sehen Sie mich an. Ich regiere diese Stadt. Und ich gebe ehrlich zu, ich wüsste nicht, wo ich ohne Andrews Hilfe heute wäre.«

Lippincott zuckte kaum merklich zusammen.

»Sie sehen aus, als hätten Sie Blähungen, Lippincott«, sagte Siracuse. »Sehen Sie mich nicht so an, als wären Sie was Besseres als ich, Sie Scheißer. Ist ja nicht so, als hätten Sie von unserem Deal nicht profitiert.«

Ich sah Lippincott an, der schon den Kopf senken wollte, aber meinem Blick dann doch standhielt. »Ich würde nicht sagen, dass ich persönlich davon profitiert habe, Carmen. Unsere Stadt hat davon profitiert.«

»Wie das?«, fragte ich unwillkürlich.

Siracuse zuckte die Achseln. »Ach, ich habe Lippincott viel geholfen. Ich habe ihn gewarnt, habe ihm Informationen über die Aktivitäten der Jungs aus den anderen Familien gegeben – die der Russen, der Iren –, und er hat die armen Schweine weggesperrt. Ich habe ihm sogar ein paar meiner eigenen Leute geliefert – niemand Wichtiges natürlich –, nur damit es nicht so aussieht, als würde er uns schonen, wissen Sie? Manchmal mussten meine Jungs Beweise deponieren, damit vor Gericht alles glattlief, und dann sagten wir Lippincott, wo er sie finden konnte. Wir haben auch in anderer Hinsicht geholfen. Er hat mir vielleicht von nervtötenden Zeugen erzählt, und – hey, wie haben Sie die genannt?«

Ich antwortete an Lippincotts Stelle: »Entlastungszeugen.«

Siracuse schnalzte mit den Wurstfingern. »Genau. Entlastungszeugen. Jedenfalls, vielleicht haben wir die dann bedroht, damit sie sich nicht so gut erinnern konnten. Oder vielleicht mussten wir auch ein bisschen mehr tun. Vielleicht mussten wir sie manchmal sogar loswerden. Was eben nötig war. Wir haben getan, was wir konnten, um unserem Lieblingsstaatsanwalt zu helfen.«

Ich sah meinen ehemaligen Chef an. »Sie haben das alles zugelassen? Sie haben das geduldet?«

»Ich hatte keine andere Wahl, Charlie«, erwiderte er. »Carmen hatte das Band. Ich wäre ins Gefängnis gekommen. Und dann hätte ich meine Arbeit bei Gericht nicht fortsetzen können. Zumindest habe ich eine Gegenleistung ausgehandelt.«

»He«, sagte Siracuse und gab vor, gekränkt zu sein, »ich hätte ihn auch auflaufen lassen können. Ich hätte gierig sein können. Ich hätte ihn einfach ausquetschen können, ihn zwingen, mir zu geben, was ich wollte, und es dabei belassen. Aber ich beschloss, ihm auch ein bisschen zu helfen.«

Ich sagte: »Denn Sie wussten sehr wohl, je besser Lippincott beruflich vorankam, je höher er aufstieg, desto besser auch für Sie. Desto nützlicher wäre er für Sie.«

Siracuse lächelte. »Das war ein Zusatznutzen, klar.«

»Sie waren alle schuldig, Charlie«, beteuerte Lippincott. »Jeder Einzelne. Das ist das Entscheidende. Sie waren alle schuldig. Ich musste es nur beweisen können. Und das habe ich getan. Sie sehen also, es war wirklich alles zum Besten. Mein Arrangement mit Carmen hat es mir ermöglicht, viele Kriminelle ins Gefängnis zu schicken – zuerst als District Attorney, später als U.S. Attorney –, Verbrecher, bei denen ich andernfalls vielleicht keine Verurteilung erreicht hätte.«

Ich hatte also sehr wahrscheinlich recht gehabt: Lippincott hasste Carmen Siracuse wirklich. Der verächtliche Ton, in dem er all die Jahre über ihn gesprochen hatte, sein grimmiger Blick, wenn der Name Siracuse fiel, das war alles echt. Aber Lippincott hasste Siracuse nicht wegen dessen, was er war oder wofür er stand, sondern weil der Mafiaboss ihn erpresste. Ich bezweifelte, dass Lippincott seine Seele dem Teufel verkauft hätte, wenn er geglaubt hätte, er habe eine Wahl. Aber er hatte nun einmal mit seinem Blut unterzeichnet und war nun gezwungen, Verbrechen und moralisch verwerfliche Handlungen zu begehen und damit das

Vertrauen der Öffentlichkeit in einem ungeheuren Ausmaß zu verraten, aber es war ihm tatsächlich gelungen, sich einzureden, dass er das alles nur zum Besten der Menschen getan habe. Lippincott war schon immer sehr überzeugend gewesen. Anscheinend war nicht einmal er selbst immun gegen seine Überzeugungskraft.

»Und, Charlie«, sagte er, »Sie selbst haben von dieser Verbindung profitiert, auch wenn Sie es vielleicht nicht gewusst haben. Sie haben bei Ihren eigenen Anklagen unwissentlich Informationen verwendet, Beweise, die Carmen mir geliefert hatte. Bei ebenjenen Anklagen, die Sie zum Star im Büro des District Attorney gemacht und die Ihnen den Weg ins Büro des U.S. Attorney geebnet haben.«

»Quatsch«, entgegnete ich.

Siracuse lächelte bloß.

»Es ist wahr«, sagte Lippincott. »Tatsächlich stammt eine Menge von dem, was wir im Lauf der Jahre über Vasily Redekov zusammengetragen haben, von Carmen. Herrgott, die Hälfte der Tipps, die unsere Spezialeinheit bekam, stammt von Angehörigen der Siracuse-Familie.«

Ich sah Siracuse an. Er zuckte die Achseln. »Wie gesagt, ich tue, was ich kann, um zu helfen ...«

»Und die Konkurrenz auszuschalten«, setzte ich hinzu.

Siracuse lachte in sich hinein.

»Und es hat Sie nicht gestört, dass Ihre Methoden zutiefst illegal waren?«, fragte ich Lippincott.

»Mit Carmens Hilfe haben wir eine Menge Abschaum von der Straße geholt und diese Stadt zu einem sichereren, besseren Ort gemacht. Sie und ich, wir beide, Charlie.«

»Ziehen Sie mich nicht mit in Ihre geistige Kloake, Lippincott. Der Zweck heiligt nicht die Mittel, nicht in unserem Metier. Das wissen Sie.« Fassungslos schüttelte ich den Kopf, beschloss aber, jetzt keine Einführung in die Grundsätze der Rechtsstaatlichkeit zu halten. »Und noch vor einer Minute haben Sie, glaube ich, gesagt, Sie hätten nicht persönlich von alledem profitiert, richtig?« Erneut lachte Siracuse in sich hinein. »Was ist mit Ihren gespenstisch erfolgreichen Investitionen? Die Sie reich gemacht haben? Die hatten wohl nichts mit illegalen Tipps von unserem Onkel Carmen zu tun?«

Lippincott rümpfte hochmütig die Nase. »Ich bin Staatsbediensteter. Ich erbringe sehr wertvolle Dienste für das Gemeinwesen und werde dafür nicht angemessen bezahlt. Jeder finanzielle Rat, den ich erhalten habe, war wohlverdient und hat niemandem geschadet.«

Ich fragte mich, ob der Planet, auf dem Lippincott lebte, einen oder zwei Monde hatte.

»Sie haben mich persönlich direkt von der Universität für das Büro des District Attorney angeworben«, sagte ich zu Lippincott. »Warum?«

»Garantiert nicht wegen Ihrer knapp überdurchschnittlichen Leistungen«, erwiderte er. »Ich wollte Sie im Auge behalten. Sie kennen doch den Spruch mit den Freunden, die man nahe bei sich halten soll, und den Feinden, die man noch näher bei sich hält. Zum Glück haben Sie sich als exzellenter Jurist herausgestellt.«

»Also haben Sie gedacht, Sie könnten ein Auge auf mich haben, mich ausspionieren, meine Arbeit von Siracuse ablenken, obwohl ich darauf bestand, Fälle zu bearbeiten, die allgemein mit dem organisierten Verbrechen zu tun haben.«

»Das ist in etwa richtig.«

»Genau genommen, war das meine Idee«, warf Siracuse ein. »Ich habe Lippincott gesagt, er soll Sie einstellen.«

»Es erschien mir sinnvoll«, bekräftigte Lippincott, vielleicht um das Gesicht zu wahren.

»Und was ist mit Angel Medina?«, fragte ich. »Den haben Sie auch nur eingestellt, um an mich heranzukommen? Damit er so tut, als wäre er mein Freund? Damit er mich ausspioniert?«

Siracuse lachte. »Nein, eigentlich nicht, nein. Er war zuerst Ihr Freund, glaube ich. Aber wir haben ihm eine Menge dafür geboten, dass er Ihre Freundschaft ausnutzt, in Ihrem Leben herumschnüffelt, Sie nach Ihrem Bruder ausfragt, nach Sachen, die er Ihnen vielleicht hinterlassen hat, so was in der Art. Hin und wieder hat er Ihre Wohnung durchsucht, wenn Sie nicht da waren, und sich nach dem Band umgesehen. Der Junge war richtig gut, was? Ich meine, er hat uns zwar nicht besorgt, was wir haben wollten, aber Sie haben gedacht, Sie beide wären die besten Kumpels, richtig, Beckham? Und am Ende hat er seinen Zweck wohl erfüllt, indem er für uns eine Kugel ins Gesicht kassiert hat.«

»Hören Sie, ich bekomme hier drin allmählich keine Luft mehr bei dem ganzen Scheiß, den Sie von sich geben, also machen Sie doch Jessica schon mal reisefertig, legen Sie meine halbe Million in einen Aktenkoffer, und geben Sie mir mein Handy, damit ich Bonz anrufen und ihm sagen kann, er soll das Band herbringen.«

Siracuse nickte. »Ist mir recht, Beckham. Bringen wir den Scheiß hinter uns.«

Mein Gott. Mein Bluff hatte funktioniert. Ich betrachtete Siracuse' fettes Gesicht und lächelte innerlich vor Befriedigung. Ich sah Lippincott an und ... Der Blick seiner scharfsinnigen grauen Augen gefiel mir gar nicht. Er musterte mich prüfend. Ich konnte förmlich spüren, wie sein Geist nach meinem tastete, wie er mit mentalen Fingern in den Falten meines Gehirns herumstocherte, suchte, suchte ...

Er sagte: »Bevor Sie tun, was er will, Carmen, habe ich noch eine Frage an Charlie.«

Ich hielt den Atem an.

»Wie viel habe ich Carmen bezahlt?«

»Was?«

»Es ist auf dem Band, das Sie ja angeblich gehört haben. Also … wie viel habe ich ihm bezahlt, damit er Thomas tötet?«

Und ich war so nahe dran gewesen. *Tut mir leid, Jessica.*

ACHTUNDVIERZIG

»Klingt wie eine verdammt einfache Frage, Beckham«, sagte Siracuse. »Wie viel hat Lippincott mir bezahlt, damit ich seinen Jungen töte?«

Ich schluckte und schwieg.

»Beckham?«, fragte Siracuse.

»Ich weiß es nicht mehr«, sagte ich schließlich. »Das war nicht der faszinierendste Teil des Bandes.«

Siracuse brach in so herzhaftes Lachen aus, als hätte er gerade eine alte Dame die Treppe herabfallen und sich die Hüfte brechen sehen. Seine Augen tränten, so heftig musste er lachen. Sein Doppelkinn wabbelte. Schließlich wischte er sich über die Augen und stieß einen erleichterten Seufzer aus. »Du lieber Gott, ich habe mich geirrt, Beckham. Sie bluffen wirklich ziemlich gut. Das habe ich gestern Abend schon gesagt, und ich sage es gern noch mal. Sie haben verdammt große Eier, das muss ich Ihnen lassen. Sie hatten mich im Sack. Lippincott ist ein ziemlich cleverer Scheißer, und den hatten Sie auch fast im Sack.« Nochmals lachte er in sich hinein.

»Ich habe das Band, Siracuse.«

»Quatsch. Wenn Sie das Band hätten, wüssten Sie genau, wie viel Lippincott mir bezahlt hat, und Sie müssten nicht mal drüber nachdenken. Wahrscheinlich hätten Sie es längst erwähnt, als Sie vor ein paar Minuten auf Ihrem hohen Ross durch den Raum galoppiert sind und hier herumsalbadert haben, dass ich den armen kleinen

Jungen mit dem Hirnschaden getötet habe. Sie hätten mit Ihrem Abscheu garantiert nicht hinterm Berg gehalten, weil ich Lippincotts kleinen Scheißer für so kleines Geld um die Ecke gebracht habe, weil ich ihn für lächerliche fünfzig Mäuse kaltgemacht habe. Doch, ich glaube, daran würden Sie sich erinnern, nicht wahr, Herr Staatsanwalt? Dass ich für bloß zwei Jacksons und einen Hamilton einen sechsjährigen Idioten erstickt habe?«

Ich schwieg. Was sollte ich auch sagen? Ich hatte es vergeigt.

Siracuse lachte. »Scheiße, Beckham, das muss ich Ihnen wirklich lassen. Sie hatten mich wirklich am Haken.« Er lachte noch einmal. Onkel Carmen, der liebenswerte Mafiaboss, war wieder da. »Und wissen Sie, was ich glaube? Ich glaube, das Bluffen liegt bei Ihnen in der Familie. Ich glaube, Ihr Bruder hat auch geblufft, als er uns von seinem kleinen Plan, der Sie beschützen sollte, erzählt hat. Bei dem ganzen Scheiß, den Sie gerade am Hals haben, würde ich wetten, wenn es wirklich einen Plan gegeben hätte, wäre er jetzt in Gang gesetzt worden, weil der, der das Band hat, denken könnte, dass wir etwas mit Ihren jüngsten Schwierigkeiten zu tun haben. Er könnte denken, dass es Ihnen helfen würde, wenn er das Band veröffentlicht. Deshalb glaube ich, dieser brillante Plan Ihres Bruders war nichts als Bockmist, um Ihnen den Arsch zu retten.«

»Das wissen Sie nicht mit Sicherheit«, sagte ich lahm.

Siracuse schüttelte den Kopf. »O Mann, haben Sie eine Ahnung, wie oft ich in all den Jahren gesagt habe: ›Scheiß drauf, schnappen wir uns den kleinen Bruder, soll Grossi es mal bei ihm versuchen, mal sehen, was er weiß‹? Aber dieser Waschlappen«, er deutete mit dem Kopf auf Lippincott, »hatte immer Angst vor dem Plan Ihres Bruders. Also musste ich stattdessen dreizehn beschissene Jahre lang einen Haufen, Privatschnüffler bezahlen und vier Jahre lang diesen Angel, und ich brauchte Leute, die die Berichte lesen mussten, in denen stand, was Sie getan haben, wo Sie waren, wann Sie aufs Scheißhaus gegangen sind. Herrgott.«

»Sie hatten auch Angst, Carmen«, sagte Lippincott.

Siracuse zuckte die Achseln. »Herrgott, wir haben Charlie in Ruhe gelassen, und das Band blieb versteckt, deshalb hat es so ausgesehen, als könnte der Bruder die Wahrheit gesagt haben. Trotzdem, Lippincott, wenn Sie nicht gewesen wären, hätte ich mit diesem Scheiß schon längst Schluss gemacht.«

Lippincott sah mich an. »Ich habe Ihr Leben um Jahre verlängert, Charlie.«

Ich erwiderte: »Leihen Sie mir mal kurz Grossis Hammer, damit ich Ihnen so danken kann, wie Sie es verdient haben.«

»Also, mal sehen«, sagte Siracuse lächelnd. »Kein Band, das Sie beschützt. Kein Plan, der Sie beschützt. Kein Bonzetti, der Sie beschützt. Und Sie sitzen hier und wissen zu viel. Ich schätze, Sie sind am Arsch, Beckham. Sie sind tot. Und Bonzetti? Den haben wir bestimmt auch bald. Ich habe tausend Augen auf der Straße, die nach diesem hässlichen, narbengesichtigen Scheißer suchen. Also ist der auch so gut wie tot. Und ich fürchte, Ihre Freundin auch.«

Neben mir versteifte Lippincott sich. »Carmen?«

»Keine Chance«, sagte Siracuse. »Jetzt nicht mehr. Danken Sie Beckham hier. Es ist seine Schuld.«

Ich erwartete, Lippincott werde aufstehen und Siracuse bedrohen, werde ihm mit Entlarvung drohen, mit all den Beweisen, die er im Lauf der Jahre gegen ihn gesammelt hatte, mit der ganzen Macht der Justiz, die er einsetzen konnte. Stattdessen nickte er nach einem Augenblick resigniert, so als hätte er gerade noch einmal nachgerechnet und müsste Siracuse zustimmen.

»Das ist alles?«, fragte ich. »Sie sitzen einfach da und lassen zu, dass er Ihre Tochter umbringt?«

»Es ist nicht zu ändern«, sagte Lippincott, als glaubte er das wirklich. »Sie weiß zu viel. Sie würde niemals stillhalten. Und wenn sie zur Polizei geht, uns entlarvt, mich entlarvt, nun, dann würde all das Gute, was ich getan habe, zunichtegemacht.« In diesem Moment hörte Lippincott für mich auf, ein Mensch zu sein.

»Verstehen Sie denn nicht, Charlie?«, fuhr er fort. »Sie würden alle meine Anklagen überprüfen und nach Unregelmäßigkeiten suchen. Wer weiß, wie viele Verurteilungen gekippt würden? Die Straßen dieser Stadt wären bald voll von Abschaum. Und in Zukunft? Denken Sie einmal daran. Ich säße im Gefängnis statt dort, wo ich hingehöre, auf meinem Posten als U.S. Attorney, mit Carmen, der mir Informationen liefert, Informationen, mit denen ich weiterhin zahllose Kriminelle ins Gefängnis bringen kann. Verstehen Sie, Charlie? Alles wäre dahin. Sosehr ich meine Tochter liebe, das ist ein Handel, auf den ich mich nicht guten Gewissens einlassen kann. Das lässt mein Pflichtgefühl gegenüber dem Volk nicht zu.«

»Was sind Sie für ein Feigling? Sie wollten Ihren Sohn tot sehen, aber Sie hatten nicht das Rückgrat, es selbst zu tun, also haben Sie einen Ganoven dafür bezahlt, ihn zu töten. Und jetzt stehen Sie untätig dabei und sehen zu, wie derselbe Drecksack Ihre Tochter tötet, nur damit Sie nicht ins Gefängnis müssen.« Lippincott öffnete den Mund, doch ich ließ ihn nicht zu Wort kommen. »Sie behaupten, im Interesse der Allgemeinheit zu handeln, aber Tatsache ist, Sie haben einfach Angst davor, ins Gefängnis zu wandern, Sie haben Angst, dass Ihr guter Name beschmutzt wird. Sie haben solche Angst, dass Sie lieber Ihre Tochter ermorden lassen, als sich dem zu stellen.«

Lippincott sah mich an, und in seinem Blick las ich, dass er ehrlich nicht verstand, warum ich mit seiner Argumentation solche Probleme hatte. Das musste das Ergebnis jahrzehntelanger Selbsttäuschung sein. Ich schüttelte den Kopf und wandte mich an Siracuse.

»Wenn Millionen Menschen recht haben und es eine Hölle gibt, haben Sie ein Erste-Klasse-Ticket, das wissen Sie, oder?«

»Ich glaube nicht«, erwiderte er. »Ich gehe jede Woche zur Beichte. Bete ein paarmal das Ave Maria, ein paarmal das Vaterunser, dann bin ich wieder rein.«

Ich wollte ihm schon sagen, dass es so nicht funktioniere, da kam mir die Erleuchtung: »Vaterunser.« An der Art, wie Siracuse es gesagt hatte, mit seiner Sprechstörung, war etwas, das in meinem Kopf einen Schalter umlegte. Ein blendend heller Lichtstrahl schoss durch meinen Kopf. Er beleuchtete eine Erinnerung, einen Sachverhalt, den ich gespeichert hatte, und gleich darauf schoss er in einer anderen Richtung davon und hinterließ eine Feuerspur, bis das Licht einen weiteren Sachverhalt beleuchtete, und noch einen, und am Ende lag der Pfad vor mir und loderte hell auf in meinem Kopf, wies mir den Weg aus der Dunkelheit, als hätte jemand eine Benzinspur auf den Boden gegossen, dann ein Streichholz fallen lassen, und *wusch*.

Der gesamte Vorgang hatte nur Sekunden gedauert. Meine Miene musste sich verändert haben, denn Lippincott fragte: »Charlie, was ist los?«

Ich hörte ihn kaum. Jetzt wusste ich genau, wo Jakes Audioband zu finden war. Nun musste ich mir nur noch überlegen, wie ich diese Information so einsetzen konnte, dass ich Jessicas und mein Leben rettete, und zwar schnell.

NEUNUNDVIERZIG

»Hat Sie der Schlag getroffen, oder was, Beckham?«, fragte Siracuse. »Was zum Teufel ist mit Ihnen los?«

Ich wusste ohne jeden Zweifel, wo Jake das Band verborgen hatte. Ich brauchte einen neuen Plan. Ich musste mir überlegen, wie …

»Sehen Sie sich den an«, höhnte Siracuse. »Er dreht ab. Gleich macht er sich noch in die Hose.« Seine Stimme schien aus großer Ferne zu kommen.

Ich versuchte, diese Stimme und die Augen, die mich musterten, auszublenden, mich zu konzentrieren, auf Dinge zu konzentrieren, die ich wusste, die ich gesehen hatte, von denen ich aber bis jetzt vergessen hatte, dass ich sie gesehen hatte, auf Dinge, die ich im Gedächtnis abgespeichert hatte.

»Lippincott«, sagte Siracuse, »geben Sie ihm mal einen Schubs oder so. Mal sehen, ob er noch lebt.«

Und dann hatte ich plötzlich alles beisammen. Alle Punkte waren miteinander verknüpft. Ich hatte einen neuen Plan. Er hatte natürlich wenig Aussicht auf Erfolg, aber meine Chancen waren von Anfang an nicht gut gewesen.

»Charlie?«, fragte Lippincott.

Ich schüttelte den Kopf, als wollte ich eine Benommenheit abschütteln. »Tut mir leid. Ich habe bloß nachgedacht.«

»Ach ja?« Siracuse lächelte. »Worüber denn?«

»Darüber, wie erfreut die Cops sein werden, wenn Bonz ihnen das Band aushändigt.«

Lippincott blickte verwirrt, Siracuse verärgert. »Halten Sie die Scheißklappe, Beckham. Das hatten wir schon.«

»Ich gebe zu, dass ich das Band nicht habe.«

»Tatsächlich.«

»Aber Bonz hat es. Oder wird es sehr bald haben.«

Siracuse schüttelte den Kopf, und seine Hängebacken wabbelten. »Lausiger Bluff, Beckham. Vorher waren Sie besser.«

»Ich bluffe nicht«, bluffte ich. »Das Band wird in zwei Stunden in unseren Händen sein. Wenn ich nicht da bin, um Bonz zu treffen, holt er es allein. Und er weiß, wenn ich nicht da bin, ist mir etwas Schlimmes passiert, und dann geht er direkt zur Polizei.«

»Sie fangen an, mich zu langweilen, Beckham, und ich werde langsam sauer, weil Sie meine Scheißzeit vergeuden. Wenn Sie wüssten, wo das Band ist, hätten Sie es schon. Also werde ich jetzt Schluss machen mit diesem Bockmist.« Er wandte sich an Grossi, und dessen Augen leuchteten auf. »Bring diesen Scheißkerl hier raus, und dann tu, was …«

»Halten Sie lieber die Scheißklappe, Siracuse, und hören Sie mir zu, oder Sie verbringen den Rest Ihres Lebens im Knast, wo die ganzen Rambos, die Lippincott mit Ihrer Hilfe im Lauf der Jahre hinter Gitter gebracht hat, Sie in Ihren fetten Arsch ficken.« Ich musste so großspurig wie möglich auftreten, ihn notfalls auch verärgern, sonst würde er meine Geschichte niemals schlucken. »Sie meinen, Sie sind hier draußen beliebt? Da drin werden Sie die Scheißballkönigin sein. Ihre Tanzkarte wird den ganzen Tag und die ganze Nacht voll sein.«

Er starrte mich wütend an, doch er schwieg.

Lippincott schaltete sich ein. »Charlie, falls Sie glauben …«

»Schnauze«, unterbrach ihn Siracuse, ohne den Blick von mir abzuwenden. Lippincott tat wie geheißen. »Wie ich gerade eben und auch schon gestern Abend sagte, wenn Sie wüssten, wo das Band ist, wären Sie damit längst zu den Cops gerannt. Sie bluffen.«

»Tja, Sie haben recht, jedenfalls zum Teil. Ich *habe* geblufft. Zumindest gestern Abend. Aber jetzt bluffe ich nicht mehr. Ich habe herausgefunden, wo das Band ist. Unglücklicherweise bin ich erst draufgekommen, als es Zeit wurde hierherzukommen. Also habe ich Bonz losgeschickt, es zu holen. Wie gesagt, ich habe mit ihm verabredet, ich würde ihn um die Mittagszeit dort treffen.« Ich sah auf die Uhr. »Das sind jetzt keine zwei Stunden mehr. Er wird eine Weile auf mich warten, aber wenn ich nicht auftauche, wird er es selbst holen und damit direkt zu den Cops gehen.«

»Erst heute Morgen draufgekommen, was? Wie praktisch.«

»Für mich nicht. Ich hätte das Band lieber in Händen gehalten, bevor ich hierherkam.«

Siracuse musterte mich. »Und wo ist es dann?«, fragte er.

»Ungültiger Versuch«, sagte ich. »Wenn Sie mich und Jessica töten, geht das Band an die Polizei, und je eine Kopie geht an alle großen Zeitungen und Nachrichtensender in Boston.«

»Ich glaube Ihnen nicht.«

»Das ist mir egal. Lassen Sie es darauf ankommen, Sie Drecksack, dann sehen Sie ja, was passiert. Sie beide. Ich bin sowieso völlig am Arsch, aber Sie, Sie haben im Moment alles, was Sie sich wünschen. Und damit haben Sie eine Menge zu verlieren.« Ich warf Lippincott einen kurzen Blick zu, ehe ich mich wieder an Siracuse wandte.

Lippincott räusperte sich. »Carmen, vielleicht sollten wir …«

»Halten Sie die Scheißklappe, Lippincott, sonst lasse ich sie Ihnen von Grossi zunageln, kapiert?« Siracuse lehnte sich zurück und faltete die fleischigen Hände über seinem Schmerbauch. »Falls das stimmt, und ich glaube, Sie lügen, aber falls das stimmt, warum haben Sie das nicht gleich gesagt? Warum so tun, als hätten Sie das Band?«

»Weil ich Sie gestern Abend angelogen habe, als ich sagte, ich hätte das Band. Sie würden glauben, dass ich schon wieder lüge. Glauben Sie jetzt ja auch. Ich wollte mit Ihnen in zwei Stunden zu Bonz fahren, und Sie hätten gar nicht zu erfahren brauchen, dass ich zuerst gelogen hatte. Allerdings habe ich wirklich Briefe an drei Personen abgeschickt, bevor ich hierherkam, darunter an einen Journalisten – dafür hat die Zeit noch gereicht. In denen steht, wo das Band zu finden ist, falls ich es nicht selbst holen kann.«

Siracuse nickte. »Okay, nehmen wir an, ich irre mich, was ich verdammt noch mal nicht glaube, und Sie lügen nicht. Wo stehen wir dann jetzt?«

»Genau da, wo wir standen, als ich hier ankam. Sie wollen immer noch das Band und Bonzetti. Ich will immer noch Jessica, eine halbe Million und dass die Mordanklage vom Tisch kommt.«

Er überlegte. »Ich kann die Waffe verschwinden lassen und das Hemd, mit dem Blut von dem Jungen drauf ...«

»Und Ihrer DNA«, warf Lippincott ein.

Siracuse brachte ihn mit einer bloßen Augenbewegung zum Schweigen.

Ich sagte: »Ich dachte, Grossi hat die Waffe vielleicht in meiner Wohnung fallen gelassen.«

»Nein, die hat er festgehalten. Ohne Mordwaffe und ohne das Hemd mit dem Blut und Ihrer DNA drauf haben die wohl nicht wirklich viel gegen Sie in der Hand, oder?«

»Was ist mit dem halben Dutzend Zeugen, die mich, mit Angels Blut bespritzt, aus der Wohnung laufen sahen?«

Siracuse richtete den Blick auf Lippincott. »Jetzt kommt Ihr Einsatz, Herr Staatsanwalt. Was sagen Sie dazu?«

Lippincott räusperte sich und sagte mit seiner unverwechselbaren Stimme: »Diese Zeugen, die Sie aus der Wohnung laufen sahen, haben auch gesehen, dass Grossi hinter Ihnen hergejagt ist. Mit einer Mordwaffe mit Ihren Fingerabdrücken darauf und Ihrem Hemd ist dieser Mann, der Sie gejagt hat, nichts, ein Phantom, das Sie nicht ausreichend erklären können, jedenfalls nicht gut genug, um den Schaden auszugleichen, den die Sachbeweise gegen Sie anrichten. Aber ohne diese Gegenstände, ohne solides, greifbares Beweismaterial mit Ihren Fingerabdrücken und Ihrer DNA darauf, kommt dem Mann, der Sie gejagt hat, eine größere Bedeutung zu. Er wird zum Heiligen Gral für Sie. Zum begründeten Zweifel. Und mehr brauchen Sie selbstverständlich nicht. Zudem kann ich Ihnen versichern, dass ich Ihnen auf jede erdenkliche Weise helfen werde. Falls Sie sich entschließen, sich zu verteidigen, und nicht mit meiner Tochter auf eine Karibikinsel flüchten, glaube ich, Charlie, dass Sie freigesprochen würden. Ich kann es beinahe garantieren.«

»Begründeter Zweifel«, sagte ich.

Lippincott nickte.

»Mir wäre wohler dabei, wenn Sie das Ganze jemand anderem anhängen könnten, als alles dem geheimnisvollen Mann zuzuschreiben, der mich gejagt hat. Wie wäre es mit Grossi da drüben?«

»Leck mich«, sagte Grossi und machte Anstalten aufzustehen. Seine Zähne fuhren auf das Kaugummi nieder. Siracuse befahl ihm mit einem Wackeln seiner dicken Finger, zu bleiben, wo er war.

»Grossi ist zu wertvoll«, sagte er. »Durchgeknallte Typen wie der wachsen nicht auf Bäumen, wissen Sie.« Grossi ließ sich zurück auf den Stuhl sinken, anscheinend erfreut über dieses Lob. »Aber wir werden sehen, was wir tun können. Vielleicht kann ich es einem von meinen Jungs anhängen, einem, den wir nicht mehr brauchen. Oder vielleicht würde sich auch irgendein armes Schwein von der Straße finden. Das kriegen wir hin. In so was sind wir gut. Lippincott wird helfen. Er weiß, was läuft und was nicht.«

»Meine Karriere ist natürlich vorbei«, merkte ich an, »egal, wie es ausgeht. Ich habe alles verloren.«

Siracuse beugte sich vor, der Stuhl knarrte unter seinem üppigen Gewicht. »Herrgott, Sie können eben nicht alles haben. Dann sind Sie eben kein Staatsanwalt mehr. Großer Verlust. Vielleicht heitern meine fünfhunderttausend Mäuse Sie wieder auf, Sie kleiner Scheißer.«

»Sie haben den Strippenzieher gespielt, haben jahrelang an meinen Fäden gezogen, haben mein Leben ruiniert, mir einen Mord angehängt.«

»Kalter Kaffee.«

»Sie haben meinen Bruder getötet.«

»Bonzetti hat Ihren Bruder getötet.«

»Okay, aber das hätte er niemals tun können, wenn Sie Jake nicht wochenlang eingesperrt und gefoltert hätten. Sie haben meinen Bruder gefoltert. Für mich haben Sie Jake genauso getötet wie Bonz.«

»Von mir aus. Sie haben Big Frank getötet. Er war ein Bruder für mich.«

»Kein fairer Tausch«, entgegnete ich. »Mein Bruder war alles, was ein Mensch sein sollte. Ihr ›Bruder‹ war Abschaum, der, wie man sagt, einen alten Mann wegen eines Parkplatzes totgetreten hat.«

Ich hatte zuversichtlich und großspurig klingen wollen,

so als hielte ich alle Trümpfe in der Hand, aber jetzt fürchtete ich, ich könne zu weit gegangen sein. Alles Leben, alle Menschlichkeit wich aus Siracuse' Augen. Sie wurden eiskalt. Gerade als ich dachte, Siracuse werde Grossi den Befehl geben, meinen Kopf in ein Nadelkissen zu verwandeln, lehnte er sich wieder zurück, und der Stuhl protestierte geräuschvoll.

»Niemand ist perfekt, richtig, Beckham? Wir alle haben unsere Macken. Auch Big Frank, das gebe ich zu. Ich auf jeden Fall. Lippincott hier auch. Grossi hat mehr als die meisten. Und Sie vermutlich auch. Hey, selbst Ihr Bruder Jake hatte welche. Sie würden sich wundern, was ...«

»Kein Wort mehr, Siracuse«, warnte ich ihn, und beinahe hätte mir die Stimme versagt. »Das meine ich ernst. Sie mögen Jake getötet haben, aber Sie werden sein Andenken nicht beschmutzen. Ich schwöre bei Gott, sagen Sie noch ein Wort, und der Deal hat sich erledigt.«

»Ich sage doch nur, Ihr Bruder, er ...«

»Es ist mir scheißernst damit. Das ist nicht verhandelbar. Noch ein Wort über Jake, und es ist vorbei. Kein Deal. Es ist mir scheißegal, was dann mit mir passiert. Bonz geht mit dem Band zur Polizei, und Sie sind erledigt. Kapiert?«

Siracuse wirkte tatsächlich amüsiert, dieser Arsch. Aber er nickte und sagte: »Okay. Dann haben wir also eine Abmachung? Sie geben uns das Band und Bonzetti?«

»Nachdem wir eine Kopie gemacht haben.«

»Tut mir leid, Beckham, das läuft nicht. Keine Kopien.«

»Dann habe ich keinen Schutz. Was soll Sie davon abhalten, mich später zu töten?«

»Wenn Sie mir nicht trauen, nehmen Sie Ihr Mädchen und meine halbe Million und verschwinden. Scheiße, Sie sind doch ein schlaues Kerlchen, Sie kriegen das hin. Glauben Sie, ich habe nichts Besseres mit meinem Leben anzufangen, als überall auf der Welt nach Ihnen zu suchen? Ich will nur das Band und Bonzetti. Sie können tun und lassen, was Sie wollen.«

»Und Sie haben keine Angst, dass ich es mir anders überlege und meine Geschichte jemandem erzähle?«

»Beckham, falls Sie jemals versuchen sollten, uns zu verarschen, hätten Sie keinen Fetzen Beweis zur Untermauerung. Wir hätten das Band, und wir hätten auch die Pistole und Ihr blutiges Hemd. Und Sie hätten nichts. Also, was sagen Sie, Sie Schlaumeier? Abgemacht?«

Ich gab vor, darüber nachzudenken.

»Okay, ich mache es«, sagte ich nach einer Weile.

»Sie bringen uns zu dem Band und Bonzetti?«

»Nein. Ich bringe Sie nicht, ich *führe* Sie da hin. Wenn Bonz mich in einer Karawane aus schwarzen Limousinen vorfahren sieht, haut er ab. Und falls er das Band schon hat, sind sie beide weg. Aber nicht lange, denn dann tauchen sie heute Abend in den Nachrichten auf.«

Siracuse nickte. »Wie lautet also Ihre Idee?«

»Ich fahre den Wagen, mit dem ich gekommen bin. Er rechnet damit, dass ich damit auftauche. Sie folgen mir in einem gewissen Abstand. Aber nicht in einem Ihrer protzigen Mafiawagen; die sieht er schon meilenweit kommen.«

Siracuse schürzte die dicken Lippen und musterte mich. Ich spürte, dass Lippincott mich ebenfalls musterte. Ich wusste, was sie dachten. *Kommt er da irgendwie raus? Er wird ganz allein sein in dem Auto, und wir folgen ihm. Er kann nirgendwo anhalten, ohne dass wir davon erfahren. Er wird nicht versuchen abzuhauen, denn er will Jessica nicht zurücklassen. Wir haben sein Handy, er kann Bonz also auch nicht vorwarnen. Das sollte gehen, oder?*

Lippincott räusperte sich, vielleicht um Siracuse zu warnen, dass er sprechen wollte, und um Erlaubnis zu bitten.

Ich sah ihn an, er starrte mit seinen kalten grauen Augen zurück. »Warum sollten wir Ihnen vertrauen, Charlie?«

Ich versuchte, so überzeugend wie möglich zu klingen. »Weil ich müde bin, Lippincott. Ich habe seit Tagen keine Nacht mehr richtig geschlafen. Ich kann nicht mehr geradeaus denken. Ich will nur, dass das alles vorbei ist. Und Sie lassen mir ja keine Wahl, was den Ausgang betrifft, oder? Ich will nicht, dass Jessica etwas geschieht, und ich will nicht ins Gefängnis, wofür Sie sorgen könnten, wenn ich das Band den Medien und der Polizei aushändige.«

»Und Sie haben keine Probleme damit, Ihren Freund Bonzetti zu verraten?«

»Er ist nicht mein Freund. Ich kenne ihn kaum. Und er hat meinem Bruder das Genick gebrochen. Vielleicht bekomme ich hinterher Schuldgefühle, das weiß ich nicht, aber ich bezweifle es. Und falls doch, komme ich drüber weg. Sehen Sie doch, worüber Sie schon alles hinweggekommen sind.« Ich warf ihm einen vielsagenden Blick zu. »Und wie Sie wissen, bedeutet Jessica mir alles. Verdammt viel mehr als Bonzetti. Außerdem nehme ich an, dass die Auslieferung von Bonzetti nicht zur Diskussion steht.« Ich wandte mich an Siracuse. »Habe ich recht?«

Siracuse nickte. »Allerdings.« Er musterte mich noch immer prüfend mit seinen listigen kleinen Augen. »Okay, Beckham, wir machen es auf Ihre Weise. Aber denken Sie an all das, was Sie gerade gesagt haben. Sie sind am Arsch, wenn Sie nicht genau das tun, was Sie gesagt haben. Und der Rest vom Leben Ihrer Freundin dauert dann noch ganze vier Stunden, und die bestehen aus nichts als Gruppenbumsen, gefolgt von noch mehr bumm-bumm, kapiert?«

Um sicherzugehen, dass seine subtile Botschaft auch bei mir ankam, formte er mit seinen dicken Fingern eine Pistole, richtete sie auf mich und tat so, als drückte er ab.

»Ich hab's gehört«, sagte ich. »Ich nehme an, Sie bringen ein Gruppe von Jungs mit, die Bonz erledigen?«

»Ich werde mit Bonzetti fertig«, warf Grossi von seinem Stuhl in der Ecke ein.

»Ganz bestimmt«, sagte ich. »Sieht man ja an Ihrem Dauerhinken, dem Pflaster zwischen den Augen und dem abgebissenen Ohr – schönen Gruß von Bonz.«

Grossi zuckte, als hätte er einen Stromschlag erhalten. »Sie halten sich für scheißunantastbar. Warten Sie ab, bis wir …«

»Grossi, hör auf mit dem Scheiß«, fuhr Siracuse ihn an. »Vermassel mir das, und du bist tot, kapiert? Nicht er, du.«

Grossi starrte mich mit seinen schwarzen Haiaugen an und versuchte, mir Angst zu machen. Zu spät.

»Wann fahren wir?«, fragte Siracuse.

Ich sah auf die Uhr.

»Erst in einer Stunde.«

»Warum nicht schon jetzt?«

»Wenn wir zu früh kommen, weiß er Bescheid. Dann haut er ab, mit dem Band.«

»Meine Jungs werden sich gut postieren. Er wird sie gar nicht sehen.«

»Sie kennen Bonz nicht. Nein, ich tauche da auf, wann ich da auftauchen soll, in dem Wagen, in dem ich da auftauchen soll. Ihre Jungs folgen mir … aber mit Abstand. Und Sie bringen Jessica mit. Das ist nicht verhandelbar. Ich will sie da haben.«

»Von mir aus. Was dann?«

»Ich führe Sie zu dem Band. Bonz wird bei mir sein. Sie folgen uns. Wenn Ihnen klar ist, wohin wir gehen, finden Ihre Jungs jede Menge Möglichkeiten, sich an ihn anzuschleichen. Wenn wir das Band haben, holen Sie sich Bonz, nehmen sich das Band, ich nehme Jessica und das Geld.«

Siracuse ließ sich meinen Plan durch den Kopf gehen.

»Das ist alles?«, fragte er schließlich.

»Eins noch. Lippincott fährt den Wagen hinter mir. Nur er und Jessica. Niemand sonst in dem Wagen. Er ist derjenige, dem ich das Band gebe.«

Siracuse wirkte überrascht. »Sie versuchen nicht, mich dazu zu überreden, dass ich auch mitkomme?«

»Würden Sie denn mitkommen?«

»Scheiße, nein.«

»Aber Sie würden Lippincott schicken«, bemerkte ich, und Siracuse lachte jovial. »Nur er und Jessica und eine Aktentasche mit meinem Geld. Er trifft sich mit Bonz und mir. Ich nehme an, Sie haben mein Geld.«

»Ja.«

»Sie halten uns offenbar für dämlich«, sagte Lippincott.

Ich wandte mich ihm zu. »Keine Angst. Onkel Carmen wird auf Sie aufpassen. Ich bin sicher, er lässt Grossi hinter Ihrem Wagen herfahren, mit einer Horde Gorillas, die über Bonz herfallen und ihn schnappen, sobald ich das Zeichen gebe.« Ich wandte mich an Siracuse. »Habe ich recht?« Er breitete die Hände aus und signalisierte wortlos seine Zustimmung. Ich fügte hinzu: »Aber sorgen Sie dafür, dass sie außer Sicht bleiben, bis wir das Band haben, sonst entdeckt Bonz sie und flieht.«

Lippincott räusperte sich. »Ähm, Carmen, ich bin mir nicht sicher, ob wir das so machen sollten.«

»Aber natürlich«, erwiderte Siracuse. »Keine Angst, Ihnen passiert nichts. Wie Charlie schon sagt, meine Jungs werden direkt hinter Ihnen sein.«

Ich stand auf. Grossi folgte mir mit dem Blick. »Wenn dann jetzt alles geklärt ist, Jungs«, sagte ich, »gehe ich raus zu meinem Auto und mache ein Nickerchen, bis es Zeit ist loszufahren.«

»Sie können hier bei uns warten.«

Ich ging zur Tür. »Ich bin todmüde. Ich werde im Auto schlafen. Einer Ihrer Jungs kann mich bewachen, wenn Sie das beruhigt. Ach – wecken Sie mich einfach in einer Stunde, okay?«

»Sie können mich mal, Beckham«, erwiderte Siracuse.

Ich ignorierte ihn und war schon beinahe durch die Tür, da sagte er zum Leberfleckmann: »Leck mich. Du folgst ihm.« Ich blieb stehen und wartete auf den Mafioso. Siracuse fuhr fort: »Durchsuch seinen Wagen nach Waffen und Abhörgeräten. Wenn er sauber ist, lass ihn sein Nickerchen halten. Du bleibst da draußen und beobachtest ihn.«

»Soll ich ihn in einer Stunde wecken?«, fragte der Leberfleckmann.

»Halt die Scheißklappe, Idiot.«

Grossi meldete sich zu Wort. »Hey, und wenn Bonz ihm eine Knarre gibt, wenn sie sich treffen?«

»Spielt keine Rolle«, sagte Siracuse. »Charlie ist jetzt bei uns. Außerdem weiß er, dass sie in der Unterzahl sind, egal, wohin er uns führt, richtig, Charlie?«

»In beiden Punkten korrekt«, erwiderte ich.

Siracuse sah seinen Untergebenen an. »Sorg dafür, dass er nur schläft, kapiert?«

Der Leberfleckmann nickte. Ich wich Grossis Blick aus, ignorierte Lippincott vollständig und sah Siracuse ein letztes Mal in die Augen, ehe ich sein Büro verließ, durch das Lagerhaus zur Außentür ging und hinaus in den dichten, beklemmenden Nebel trat. Ich ging zu meinem Auto, und der Leberfleckmann sagte, ich solle warten, bis er ihn durchsucht habe. Ich wartete mit angehaltenem Atem, bis er nickte und sich vom Auto abwandte. Er ging ins Lagerhaus und kam gleich darauf mit einem Holzstuhl mit gerader Rückenlehne zurück, den er auf den Bürgersteig stellte. Er setzte sich, zündete sich eine Zigarette an und kippte den Stuhl nach hinten gegen die Mauer. Ich drehte mich um und setzte mich hinters Steuer von Ranthams Honda Civic.

Dann tat ich so, als suchte ich mir eine bequeme Haltung, um in dem engen Wageninneren schlafen zu können. Dabei zog ich verstohlen Randy Deacons Handy mit dem fast leeren Akku aus dem Fußraum vor dem Beifahrersitz, wohin ich es am Morgen geworfen hatte. Gott sei Dank hatte Siracuse nicht bedacht, dass ich ein weiteres Handy haben könnte. Für den Leberfleckmann hatte es vielleicht wie eines der Computerteile ausgesehen, die überall verstreut im Wageninneren herumlagen. Da der Akku beinahe leer war und ich Ranthams Handy hatte, war Randys Telefon nur noch Schrott für mich gewesen, und so hatte ich es zum übrigen Schrott im Fußraum geworfen. Nun war es meine Rettungsleine.

Ich zog die Jacke aus und faltete sie zu einem Kopfkissen zusammen, dann hielt ich sie ans Fenster und lehnte den Kopf dagegen. Mir war bewusst, dass der Leberfleckmann keine drei Meter von mir entfernt saß, direkt rechts von mir. Er konnte mich durch das Beifahrerfenster gut sehen. Ohne einen anderen Teil meines Körpers als die Finger zu bewegen, klappte ich Randys Telefon auf und tippte rein nach Gefühl die Nummer des Handys ein, das Bopper Bonz freundlicherweise geliehen hatte. An den Tastentönen erkannte ich, dass Gott sei Dank noch ein wenig Saft im Akku war. Das Telefon lag in meiner Hand neben mir auf dem Beifahrersitz, aber ich konnte ganz leise den Freiton hören. Bonz meldete sich beinahe sofort und klang für mich, als wäre er tausend Meilen weit entfernt.

»Ja?« Jedenfalls glaubte ich, dass er das gesagt hatte.

Es würde ein ziemlich einseitiges Gespräch werden, da ich Bonz kaum hören konnte und zugleich so sprechen musste, dass es mir nicht anzusehen war, daher bemühte ich mich, so knapp wie möglich zu formulieren.

»Bonz«, sagte ich, »ich bin's. Ich kann dich nicht gut hören. Ich habe keine Zeit für Erklärungen. Kannst du mich halbwegs verstehen?«

Ich lauschte angestrengt. Es klang, als hätte er wieder Ja gesagt.

»Eddie«, fuhr ich fort und sprach ihn zum ersten Mal mit Vornamen an. »Ich habe rausgefunden, wo das Band ist.«

Ich verstand nicht genau, was er erwiderte, aber der Tonfall sprach Bände. Er war froh, dass ich herausbekommen hatte, wo das Band war, aber nicht so froh, dass ich ihn Eddie genannt hatte.

»Bist du noch in der Nähe?«, fragte ich.

Eine weitere bejahende Antwort. Glaubte ich.

»Ich habe einen Plan, Bonz, aber er ist gefährlich für dich.«

Er sagte etwas, was ich nicht verstand.

»Kannst du das wiederholen?«

Er brüllte, und ich hörte deutlich: »Na und? Scheiß drauf!«

Er hatte keine Ahnung, wie gefährlich es war, aber er wollte mitmachen. Entweder vertraute er mir mehr, als er sollte, oder er wollte sich um jeden Preis rächen. So oder so, ich war froh, ihn im Boot zu haben.

Ich sagte: »Ich hoffe, du kannst mich hören. Du musst noch einen Ausflug zum Secondhandladen machen, der ist ja nicht weit von hier und müsste, glaube ich, sogar geöffnet haben. Du musst ein paar Sachen kaufen, die ich neulich da gesehen habe.«

Ich erzählte ihm, was wir brauchten und was er damit tun sollte, gab ihm genaue Anweisungen, wo er mich treffen sollte, und erklärte ihm, dass er eineinhalb Stunden Zeit hatte, alles vorzubereiten, worum ich ihn bat, und auf Position zu gehen. Ich warnte ihn auch vor, dass Lippincott mir zu unserem Treffen folgen würde. Und dass eine gute Handvoll von Siracuse' Männern garantiert Lippincott folgen würden, allein um ihn zur Strecke zu bringen. Ich gab Bonz nochmals die Gelegenheit auszusteigen, betete darum, dass er es nicht tun würde, und wurde mit der Antwort belohnt, ich solle mich nicht so anstellen. Oder so ähnlich. Da ich wusste, dass der Handyakku so gut wie leer war, fragte ich Bonz schließlich noch, ob er alles verstanden habe, und war ziemlich sicher, dass er bejahte. Hoffentlich hatte ich ihn richtig verstanden. Hoffentlich hatte er mich richtig verstanden.

Ich klappte das Handy möglichst unauffällig zu und stopfte es in die Ritze zwischen Sitzfläche und Rückenlehne, wo es schwer zu finden sein würde, sollte Siracuse auf die Idee kommen, den Wagen erneut durchsuchen zu lassen.

Ich hoffte, dass mein Plan funktionieren würde. Falls nicht, würde Bonz möglicherweise sterben, Jessica sehr wahrscheinlich, und ich würde definitiv für lange, lange Zeit ins Gefängnis wandern. Falls ich nicht auch dabei starb.

FÜNFZIG

Als ich die Mount Auburn Street entlangfuhr, konnte ich im Rückspiegel etwa eine Viertelmeile hinter mir im Nebel gerade noch den hellen Umriss des unauffälligen Chevy Lumina erkennen, in dem Lippincott und Jessica saßen. Ich hatte gesehen, wie man sie ins Auto gezerrt hatte, jedoch nicht mit ihr sprechen können. Am Mount-Auburn-Friedhof hielt ich an und parkte so dicht wie möglich am Eingang.

Ich sprang aus dem Auto und eilte durch das gusseiserne Friedhofstor hinüber zu der kleinen Kapelle dicht dahinter, klopfte einmal an die Tür, und Bonz kam heraus. Vor Erleichterung tat ich einen tiefen Seufzer, dann sah ich ihn fragend an. Er nickte.

Ich führte Bonz über die verschlungenen Wege des Friedhofs, wie ich es noch wenige Tage zuvor mit Jessica getan hatte, nur hielten Bonz und ich nicht Händchen. Es war kurz nach Mittag, und im drückenden Nebel, der sich wie eine feuchte Steppdecke über die gesamte Region Boston herabgesenkt hatte, schienen wir den Friedhof für uns allein zu haben. Natürlich wussten wir, dass die anderen mittlerweile eingetroffen und ganz in der Nähe waren und uns folgten.

Im Gehen fragte ich Bonz leise: »Hast du …«

Er unterbrach mich im Flüsterton: »Ja. Hier.« Er reichte mir einen Umschlag.

»Das ist es?«

»Das ist es.«

»Du machst Witze.«

Er schüttelte den Kopf.

»Alter Schwede.« Ich steckte den Finger unter die zugeklebte Lasche des Kuverts. Bei diesem dichten Nebel würde ein möglicher Beschatter wohl nicht sehen können, was ich da tat. Ich zog mehrere Blatt Papier heraus, faltete sie auseinander und las sie im Gehen. »Alter Schwede«, wiederholte ich.

Bonz beobachtete mich, während ich zu Ende las, die Seiten zurück in den Umschlag und den Umschlag in meine Gesäßtasche steckte. »Du solltest die hier nehmen«, sagte er leise.

»Hm?« Für einen Augenblick hatte ich mich in meinem ganz persönlichen Nebel verirrt.

»Ich habe gesagt, du solltest die hier nehmen.«

Ich sah hinab auf die Pistole in seiner Hand. Er gab sie mir, und ich steckte sie in die Tasche meiner Lederjacke.

Ich dachte an die Männer irgendwo da draußen im Nebel und bezweifelte, dass es diese Waffe sein würde, die mich rettete, falls das überhaupt möglich war.

Wenn ich mich nicht so gut ausgekannt hätte, wäre es im dichten Nebel schwierig gewesen, den Weg zu finden. Schon in fünf, sechs Metern Entfernung waren die Grabsteine und Bäume nur noch verschwommen zu erkennen. Alles, was zehn Meter entfernt war, war nur noch eine undefinierbare Masse, jenseits davon alles unsichtbar.

Die schwere feuchte Luft schien alle Geräusche zu dämpfen. Sogar unsere eigenen Schritte hörten sich gedämpft an.

»Wie bist du draufgekommen?«, fragte Bonz.

»Es ist mir einfach klar geworden«, antwortete ich. »Mit der Kirche hatte ich mich selbst auf eine falsche Fährte gelockt. Aber ich habe mich geirrt. Ich bin schließlich draufgekommen, als ich Siracuse das Wort ›Vaterunser‹ sagen hörte. Verstehst du, er hat diese Sprechstörung …«

»Die wegen der Zunge.«

»Genau, die wegen der Zunge. Als er ›das Vaterunser‹ sagen wollte, ist er über den Artikel gestolpert. Dadurch war das Wort ›Vater‹ für mich irgendwie hervorgehoben. Und da wusste ich es, ich wusste es einfach. Jake wollte mir zu verstehen geben, ich solle an einem Ort nachsehen, wo ich einmal in der Nähe unseres Vaters Zuflucht gesucht hatte. Er wusste noch, dass ich mich am Tag, nachdem unsere Eltern begraben worden waren, in einem Mausoleum nicht weit von ihren Gräbern vor der Welt versteckt hatte.«

Bonz schüttelte den Kopf. »Ich fasse es nicht, dass du so draufgekommen bist. Und ich fasse es nicht, dass dein Bruder in seinem Zustand noch so klar denken und dir diesen Hinweis hinterlassen konnte.«

»Na ja, er wusste ja, dass er sich bei Siracuse auf dünnem Eis bewegte, also hatte er schon angefangen, sich einen Plan für den Notfall zu überlegen. Er war ja bereits hier gewesen, hatte sein Geheimnis hier für mich versteckt. Als sie ihn geschnappt haben, musste er sich nur noch überlegen, wie er mir mitteilen konnte, wo ich nachsehen muss. Und das hat er mit seinem Hinweis getan, und durch dich.«

Der Weg, der bislang stetig bergauf geführt hatte, wurde jetzt wieder eben. Bonz ging neben mir und gab sich völlig entspannt. Aber ich wusste, er war eine geladene Waffe, bereit, jeden Moment loszufeuern. Er mochte lässig gehen, um keinen Verdacht zu erregen, aber ich spürte seine innere Anspannung so, als gäbe er lauter kleine Stromschläge ab. Er hielt den Kopf geradeaus gerichtet, aber sein Blick war ruhelos, suchte den dichten Nebel um uns herum ab, wanderte von einem verschwommenen Umriss zum nächsten, von Baum zu Mausoleum zu Grabstein. Er wusste, irgendjemand hatte ihn genau in diesem Augenblick im Visier. Mich vielleicht ebenfalls. Der kalte Nebel verursachte mir eine Gänsehaut, die wie eine kleine Welle über meinen Rücken wanderte. Jedenfalls redete ich mir ein, dass es bloß der Nebel war.

Ich flüsterte: »Tut mir leid, dass du mich hier treffen musstest. Ich wünschte, es hätte eine andere ...«

»Es war die einzige Möglichkeit«, erwiderte Bonz leise. »Siracuse will mich unbedingt haben. Kein Deal ohne mich. Also musste ich hier sein.«

»Es ist ein großes Risiko.«

»Ach, was habe ich schon groß zu verlieren?«

»Dein Leben?«

»Genau das meine ich ja.«

Unvermittelt ragte die gedrungene, quadratische Form des Fleetwood-Mausoleums, an drei Seiten geschlossen, nach vorn hin offen, vor uns aus dem dichten Weiß.

»Tja, da wären wir«, sagte ich ein wenig laut. Es war das vereinbarte Signal für Lippincott, der uns relativ dichtauf durch den Nebel folgte.

In den nächsten Minuten würde das richtige Timing von entscheidender Bedeutung sein. Schritte erklangen auf dem Weg hinter uns, und aus dem Nebel trat Lippincott, der Jessica am Arm hinter sich herzerrte. Sie war mit einem Seidenschal geknebelt. Ihre Hände waren mit einem weiteren Seidenschal gefesselt. Die Haut um ihr linkes Auge, wo Grossi sie geschlagen hatte, war grün und blau. Die Augen selbst boten einen schrecklichen Anblick: Diese Augen, die normalerweise strahlten, in denen sonst Intelligenz, Neugier und Humor funkelten, blickten beinahe leer. Wie betäubt stolperte sie hinter Lippincott her. Was sie durchgemacht hatte und die belastende Erkenntnis, dass ihr eigener Vater, den sie so sehr geliebt und respektiert hatte, dabei die ganze Zeit mitgespielt und zugelassen hatte, dass ihr dies geschah, hatten ihren Kampfgeist gebrochen. Als ich sie so sah, war ich versucht, die Pistole zu ziehen und Lippincott zwischen die Augen zu schießen.

In der anderen Hand trug Lippincott einen Aktenkoffer, der angeblich meine halbe Million Dollar barg. Allerdings machte ich mir keine Illusionen darüber, dass das Geld tatsächlich darin war. Und ehrlich gesagt, war es mir auch gleichgültig.

»Bist du okay, Jess?«, fragte ich.

Meine Stimme riss sie aus ihrer Benommenheit. Sie sah mich an, wirkte kaum überrascht über meine kurzen blonden Haare und nickte.

»Wie geht's Ihrem Gesicht?«, fragte Bonz Lippincott. »Ich hab Sie ziemlich hart getroffen.«

»Ich habe es kaum gespürt«, erwiderte Lippincott.

Bonz lachte in sich hinein. »Unser Geld da drin?«

»Selbstverständlich.«

»Okay«, sagte ich, »dann wollen wir mal ...«

Plötzlich fuhr Bonz' Kopf nach links. »Was war das? Wer ist da? Charlie, du Arschloch, du hast mich reingelegt!«

Damit sprang er von mir fort und war im nächsten Augenblick hinter dem Nebelschleier verschwunden, wobei er erneut diese unglaubliche Schnelligkeit und Behändigkeit an den Tag legte. An einer Ecke des Grabsteins, in dessen Nähe Bonz verschwunden war, splitterte ein Bröckchen Granit ab, und gleich darauf hörte ich einen gedämpften Knall. Sie schossen auf ihn und benutzten Schalldämpfer. Und Gott sei Dank hatten sie ihn verfehlt. Aber es war verdammt knapp gewesen.

»Charlie«, zischte Lippincott, »Sie haben ihn gewarnt.«

»Einen Scheißdreck habe ich. Er hat einen von Siracuse' Männern da gehört. Machen Sie nicht mich für deren Unfähigkeit verantwortlich.«

Lippincott starrte mich an und versuchte zu ergründen, ob ich log. Sein Blick wanderte von mir zu dem Mausoleum hinter mir. Er mochte Bonz schnappen wollen, aber noch dringender wollte er Jakes Band haben.

»Ist es da drin?«, fragte er.

Ich nickte. Er spähte beinahe eine Minute lang angestrengt in den Nebel. Alle paar Sekunden wurde irgendein Geräusch zu uns getragen, ein Schritt oder eine gedämpfte Stimme.

»Sie werden ihn schnappen«, sagte Lippincott. »Verlassen Sie sich darauf. Holen wir das Band.«

»Lassen Sie sie zuerst gehen.«

Lippincott sah seine Tochter an, dann ließ er ihren Arm los.

»Nehmen Sie ihr die Fessel und den Knebel ab«, forderte ich ihn auf.

»Sobald ich das Band habe.«

Wir starrten einander an. Ich erwog, zu ihr zu gehen und die beiden Schals selbst loszubinden. Lippincott schien meine Gedanken zu lesen wie in der guten alten Zeit.

»Ich habe natürlich eine Pistole, Charlie«, sagte er.

Ich hatte auch eine, aber ich wollte keine Schießerei. Ich nickte Jessica beruhigend zu, dann starrte ich meinerseits in den Nebel. Ich hatte in den letzten Sekunden keine Geräusche mehr von jenseits der Nebelgrenze gehört. Ich hoffte inständig, dass Bonz hatte abhauen können. Seine Anwesenheit war notwendig gewesen für mein Täuschungsmanöver und um Lippincott an diesen Punkt zu bringen, aber ab jetzt kam ich ohne ihn aus, wenn alles so lief, wie ich hoffte, und so betete ich, er möge entkommen. Ich drehte mich um und ging hinüber zum fleetwoodschen Mausoleum. Lippincott folgte mir dichtauf.

Wir betraten das steinerne Bauwerk, in dem ich seit Jahren nicht mehr gewesen war. Drinnen war es natürlich dunkel, aber es drang genügend dunstiges Licht herein, um einigermaßen sehen zu können. Das Innere war ein wenig kleiner, als ich es in Erinnerung hatte, vielleicht zwölf, dreizehn Quadratmeter groß, und die Decke kam mir niedriger vor. In jeder Ecke stand zur Dekoration eine breite, einen Meter zwanzig hohe Metallurne mit einem Deckel, genau wie ich es in Erinnerung hatte. Das Einzige, was bei meinem letzten Besuch nicht hier gewesen war, war ein großes Blumengesteck, das, mittlerweile braun und trocken, auf dem kalten Steinboden lag. Ich fragte mich, von wem es stammen mochte, und war überrascht, dass sich noch immer jemand so sehr dafür interessierte, dass er Blumen niederlegte, eineinhalb Jahrhunderte nach dem Tod des letzten Fleetwood, der in diesen Wänden zur Ruhe gebettet worden war.

Ich stand in der Mitte des Mausoleums, Lippincott neben Jessica in der Nähe des Eingangs. Ich wünschte, ich wüsste, wie es Bonz draußen in dem weißen Dunstmeer erging. Falls ich richtiglag, wurde er von mindestens einer Wagenladung eiskalter Killer gejagt, mit diesem kranken Mistkerl Grossi als Rudelführer.

»Nun?«, fragte Lippincott.

»Ich glaube, es muss in einer der Urnen sein«, erwiderte ich. Ich erinnerte mich, wie ich als Kind die Deckel ausprobiert und zu meiner Überraschung festgestellt hatte, dass sie sich tatsächlich abnehmen ließen. »Ein anderes Versteck sehe ich hier nicht. Die Mauersteine scheinen fest ineinandergefügt zu sein.«

Ich wusste nicht, bei welcher ich es zuerst probieren sollte, aber ich tippte auf eine der beiden hinteren. Ich ging zu der auf der linken Seite, klopfte in der Nähe des Bodens an das kalte Metall und erzeugte einen hohlen Klang. Ich ging zu der anderen Urne und klopfte dagegen. Dann packte ich den wie ein Kiefernzapfen geformten Knauf in der Mitte des Deckels und zog fest daran. Der Deckel ließ sich bewegen, rutschte aber zurück an seinen Platz, doch beim zweiten Anlauf konnte ich ihn anheben. Die Urne maß ganz oben beinahe einen Meter im Durchmesser, daher war der Deckel sehr schwer. Ich packte ihn vorsichtig mit beiden Händen und legte ihn behutsam auf den Boden des Mausoleums. Dann spähte ich ins dunkle Innere der Urne.

»Sieht aus, als ob da unten etwas liegt«, sagte ich.

»Was ist es?«, fragte Lippincott.

»Ein Aktenkoffer, glaube ich.«

Die Urne war zu hoch, um einfach hineinzugreifen, daher zog ich mich daran hoch, schluckte einen Schrei herunter, als meine lädierten Rippen gegen den Rand der Urne stießen, griff hinab ins Dunkle und schloss die Hand um den Griff des Aktenkoffers.

»Hab ihn«, sagte ich, und meine Worte hallten mir metallisch in den Ohren wider, so als hätte ich mit dem Kopf im Inneren einer Kirchenglocke gesprochen.

Ich richtete mich auf und ließ mich zurück auf den Boden gleiten. In der Hand hielt ich einen alten, abgewetzten schwarzen Kunstlederaktenkoffer. Lippincott trat rasch vor und nahm ihn mir ab. Er fummelte an den Verschlüssen herum. Ich hatte im Laufe unserer letzten gemeinsamen Erlebnisse eine Seite an ihm erlebt, von der ich nichts geahnt hatte. Beispielsweise waren seine Bewegungen eigentlich immer sehr präzise. Noch vor einer Woche hätte ich mir nicht vorstellen können, dass dieser Mann an etwas herumfummelte.

»Er ist abgeschlossen«, sagte er.

»Überrascht Sie das?«

»Es ist ein Zahlenschloss. Kennen Sie die Kombination?«

»Ich kann mir denken, welche Kombination Jake wahrscheinlich gewählt hat. Sie hatte eine besondere Bedeutung für uns.«

»Wie lautet sie?«

»Geben Sie mir jetzt Jessica.«

»Holen Sie sie sich«, entgegnete er und betrachtete den Aktenkoffer.

Ich ging zu ihr und löste sanft den Seidenschal, mit dem sie geknebelt war.

»Du Scheißkerl«, sagte sie sofort, den Blick auf Lippincott gerichtet. Ich war mir ziemlich sicher, dass sie ihn meinte und nicht mich, doch Lippincott schien sie gar nicht zu hören. Ich nahm Jessicas Gesicht in meine Hände und sah ihr in die Augen. Erleichtert stellte ich fest, dass ein Teil ihres alten Feuers zurückgekehrt war.

Abgesehen von dem blauen Auge, schien sie unverletzt zu sein. Ich band ihre Hände los und nahm sie in die Arme. Sie legte den Kopf an meine Schulter. In diesem Augenblick, mit ihr in meinen Armen, konnte ich mir schlicht nicht mehr vorstellen, dass ich einmal an ihr gezweifelt hatte. Ich gelobte mir, es wiedergutzumachen, auch wenn sie niemals von meinem unverzeihlichen Verdacht erfahren würde.

Lippincott unterbrach unsere zärtliche Wiedervereinigung. »Wie lautet die Kombination?«

Ich ließ Jessica los und wandte mich ihm zu. »Geben Sie mir das Geld.«

Er sah hinab auf den Aktenkoffer, den er mitgebracht hatte und neben seine Füße hatte fallen lassen. Er nahm ihn wieder auf und klemmte ihn sich unter den Arm.

»Nun, die Dinge haben sich geändert, Charlie.«

»Inwiefern?«

»Zum einen bekommen Sie kein Geld.«

»Warum nicht?«

»Die Dinge haben sich geändert.«

»Was hat sich geändert?«

»Ich halte jetzt das Band in Händen«, sagte er.

»Verstehe.« Dieser Scheißkerl Siracuse wollte sich nicht an unsere Abmachung halten, was mich nicht im Geringsten wunderte. Dadurch fiel mir mein eigener Betrug umso leichter.

»Wenn ich Ihnen die Kombination sage, lassen Sie uns dann wirklich gehen?«

»Ja. Den Teil der Abmachung werden wir einhalten. Wir brauchen Sie nicht mehr. Überdies haben wir die Sachbeweise, die Ihnen Angels Mord nachweisen, damit Sie Ihr Wort auch halten. Außerdem würde Ihnen sowieso niemand Glauben schenken, wenn Sie behaupteten, ich hätte jahrelang mit dem Kopf einer Mafiafamilie zusammengearbeitet.«

»Aber es stimmt. Seit Sie Siracuse angeheuert haben, Ihren Sohn zu töten ...«

Jessicas Kopf fuhr herum. Entsetzt starrte sie zuerst mich, dann ihren Vater an.

»... arbeiten Sie und er sich gegenseitig in die Hände. Er liefert Ihnen Informationen über konkurrierende Familien, die er durch Gewaltanwendung erhält, lässt Entlastungszeugen der Gegenseite ihre Aussage vergessen oder einfach verschwinden, was Ihnen den beruflichen Aufstieg deutlich erleichtert hat, während Sie ihn vor Abhörmaßnahmen, Durchsuchungen, bevorstehenden Festnahmen warnen – das volle Programm. Sie haben sich gegenseitig in den Sattel gehoben.«

Es tat mir leid, dass Jessica es auf diese Weise erfahren musste, aber ich wusste, dass sie ihrem Vater nun Fragen stellen würde, und genau das wollte ich.

»Daddy? Du hast Tommy getötet?« Vor Erschütterung und Entsetzen hatte sie die Augen weit aufgerissen.

Lippincott war mit dem abgewetzten Aktenkoffer beschäftigt. »Nein, Schatz, ich habe ihn nicht getötet. Ich habe Carmen Siracuse dafür bezahlt, es zu tun.«

»Aber warum?« Fassungslos schüttelte sie den Kopf. »Er war dein Sohn. Mein Bruder.« Jetzt liefen ihr die Tränen über die Wangen. Der Anblick brach mir das Herz.

Lippincott war abgelenkt, immer wieder drehte er die Zahlenräder an dem Doppelschloss, zerrte an den Verschlüssen. »Er hat uns alle zermürbt, uns ruiniert. Er hat unser gesamtes Geld verschlungen, für uns andere blieb nichts. Außerdem hatte er ein elendes Leben. Tot war er besser dran. Glaub mir, Liebes. Wie lautet die Scheißkombination, Charlie?«

»Seine Ermordung hat Mom umgebracht!«

»Der Krebs hat deine Mutter umgebracht, Liebes. Aber Tommy hätte die ganze Familie zerstört. Er hat uns ausbluten lassen.«

In den letzten Tagen hatte ich viel Entsetzliches gesehen, doch der unverhüllte Schmerz in Jessicas Augen schien mir der schlimmste Anblick von allen zu sein.

»Tommy hat dich Geld gekostet, und da hast du jemanden beauftragt, ihn zu töten?«

»Ja, Schatz, das habe ich doch schon gesagt«, erwiderte Lippincott, ohne aufzublicken. »Das habe ich getan. Ich habe Siracuse fünfzig Dollar gegeben, damit er Thomas von seinem Elend erlöst, den armen Jungen.«

Jessica stockte der Atem. »Fünfzig Dollar?«

Sanft legte ich ihr die Hand auf den Arm. »Und da ist noch mehr. Dein Vater verdankt viele seiner beruflichen Erfolge im Lauf der Jahre seinen illegalen Geschäften mit Siracuse. Tut mir leid, Jess, aber dein Vater ist so korrupt wie nur irgendwas. Stimmt das etwa nicht, Lippincott?«

»Doch«, bestätigte dieser, »das stimmt. Wenn Sie es so sehen wollen, dann bitte. Ich ziehe es vor, es als vertretbaren Informationsaustausch zu sehen. Mit dem, was ich im Lauf der Jahre von Carmen erfahren habe, konnte ich eine Menge schuldiger Verbrecher ins Gefängnis schicken. So, Charlie, jetzt hören Sie endlich auf mit diesem Unsinn. Jessica weiß jetzt alles, falls Sie das also nur für sie machen, können Sie aufhören.« Er sah sich im Mausoleum um. »Und Sie hatten keine Zeit, hier drin ein Mikrofon zu deponieren. Ich bezweifle, dass Sie auch nur die Ausrüstung dafür hatten.« Er beäugte mich misstrauisch. »Oder etwa doch?«

»Natürlich nicht.«

Er musterte mich prüfend, dann sagte er: »Vielleicht sollten wir wieder nach draußen gehen.«

Er trug beide Aktenkoffer aus dem Mausoleum hinaus auf den nebligen Friedhof. Ich folgte ihm, und Jessica kam dicht hinter mir.

»Ist Ihnen jetzt wohler?«, fragte ich.

»Wie gesagt, Charlie, Sie können jetzt aufhören, meine Vergehen aufzulisten, und die von Carmen Siracuse. Jessica weiß alles.«

»Ach ja? Das war schon alles? Den Teil mit Tommy hatten Sie nämlich bislang auch nicht erwähnt.«

Lippincott räusperte sich und stellte Siracuse' Aktenkoffer neben seinen Füßen ab, dann fiel sein Blick wieder auf den Koffer aus der Urne. »Sind wir jetzt fertig damit? Verraten Sie mir die gottverdammte Kombination.«

»Eine Minute noch«, sagte ich. »Haben Sie ihr auch erzählt, dass Sie mir den Mord an Angel Medina angehängt haben? Sie und Siracuse? Dass Siracuse' Mann Grossi Angel ins Gesicht geschossen hat, und zwar so nah bei mir, dass ich Angels Blut abbekommen habe? Und wie Sie meine Fingerabdrücke auf die Tatwaffe bekommen haben und Beweise in meiner Wohnung …«

Lippincotts Kopf fuhr in die Höhe. »Ja, Jessica, es ist wahr. Alles, was er sagt, stimmt. Ich habe Onkel Carmen geholfen, ihm den Mord anzuhängen. Jetzt will ich die Kombination, Charlie.«

Jessica sagte: »Er ist der Mann, den ich liebe, Daddy, und du wolltest ihn ins Gefängnis bringen? Hast du mal an meine Gefühle gedacht?«

»Es war notwendig, Jessica, das versichere ich dir. So, Charlie, jetzt geben Sie mir die Scheißkombination für den Scheißaktenkoffer, sonst erschieße ich Sie, so wahr mir Gott helfe. Nein, wissen Sie was? Ich bin es müde, hier Spielchen zu spielen. Ich brauche die Kombination gar nicht. Ich kann den Koffer auch mitnehmen und von jemandem mit dem richtigen Werkzeug öffnen lassen.«

»Ja, das könnten Sie tun«, entgegnete ich. »Aber entweder halten Sie sich an unsere Abmachung und lassen uns gehen, oder Sie oder einer von Siracuse' Männern tötet uns. Und ich glaube nicht, dass Sie eins von beidem wollen, solange Sie nicht sicher sind, dass Jakes Band auch wirklich da drin ist, richtig? Dass es nicht doch woanders ist und immer noch darauf wartet, gefunden zu werden? Dass der echte Aufenthaltsort nicht doch in den Briefen steht, die ich zur Absicherung an meine Freunde geschickt habe, oder dass der Aktenkoffer nicht bloß einen weiteren Hinweis auf den Verbleib des Bandes enthält, einen Hinweis, den nur ich entschlüsseln kann?«

Lippincotts Augen wurden schmal.

»Sehen Sie«, sagte ich, »ich schwöre bei der Seele meines Bruders, dass ich Ihnen gleich die Kombination nenne. Aber zuerst will ich, dass Jessica alles über Sie erfährt, Lippincott, damit sie weiß, was für ein unglaubliches Stück

Scheiße Sie sind. Ich will, dass sie sich keinen Illusionen mehr hingibt, was Sie anbelangt. Deshalb will ich ...«

»Sie waren schon immer eifersüchtig auf meine gute Beziehung zu meiner Tochter.«

»... dass Sie ihr erzählen, wie Sie vorhin, in Siracuse' Büro, als Sie noch glaubten, ich hätte das Band nicht und wüsste nicht, wo es ist, eingewilligt haben, dass man sie tötet. Ihre eigene Tochter. Sie hätten danebengestanden und zugelassen, dass man sie tötet.«

Er seufzte und wandte sich Jessica zu, die ihn voller Verachtung ansah. Nun hatte ich den Eindruck, dass sie für ihn nicht mehr erreichbar war. Es lag nicht mehr in seiner Macht, sie zu verletzen. »Es ist wahr, Liebes«, bestätigte er. »Alles, was Charlie gesagt hat, ist wahr. Siracuse glaubte, du müsstest eliminiert werden, und ich habe zugestimmt. Es klingt hart, ich weiß, aber es wäre zum Wohle der Allgemeinheit gewesen. Unsere Gesellschaft kann es sich nicht leisten, dass meine Verbindung mit Siracuse ans Licht kommt. Alles Gute, was ich getan habe, würde zunichtegemacht. Deshalb hättest du sterben müssen. Ich erwarte nicht, dass du das verstehst. Aber bitte glaube mir, dass es mir sehr, sehr leid getan hätte, wenn es darauf hinausgelaufen wäre.« Seine Stimme verriet nicht den kleinsten Hauch Reue.

»Du hättest wirklich zugelassen, dass sie mich töten.« Ihre Tränen waren bereits getrocknet. Ihre Augen waren wie Steine, hart und bar jeden Gefühls für oder wider den Mann, der vor ihr stand.

Ihre Worte waren eher eine Feststellung denn eine Frage gewesen, aber Lippincotts Schweigen antwortete dennoch darauf. Er sah mich an, er wirkte, als würde ihm gleich der Geduldsfaden reißen. »Sagen Sie mir die gottverdammte Kombination, Charlie, oder die gesamte Abmachung hat sich erledigt. Ich nehme den Aktenkoffer mit und lasse ihn öffnen, und Sie wandern wegen Mordes ins Gefängnis. Oder vielleicht töten wir Sie ja auch. Und wer weiß, was dann aus Jessica wird?«

»Okay«, sagte ich. »Kein Problem. Die Kombination lautet ein, zwei, drei.«

Sofort machte Lippincott sich daran, die Zahlen einzustellen. Mit einem Male hielt er inne und sah mich ungläubig an. »Sie machen Witze.«

Ich zuckte die Achseln. »Nein. Das ist sie. Sie können den Aktenkoffer öffnen. Aber Sie werden enttäuscht sein. Es befindet sich kein Audioband darin. Tatsache ist, Jake hat es niemals besessen.«

EINUNDFÜNFZIG

»Wie meinen Sie das, Jake hat es niemals besessen?«, fragte Lippincott. Er starrte den Aktenkoffer in seinen Händen an. »Ich habe es mir doch angehört.«

»Tja, ich bin sicher, Siracuse besitzt das Band wirklich, oder zumindest besaß er es einmal – das, mit dem er Sie seit Jahren erpresst –, aber Jake besaß niemals eine Kopie.« Ich zog den Brief, den Jake mir geschrieben hatte, aus der Gesäßtasche, drei Blatt vergilbten, brüchigen Papiers, wie ein Geschäftsbrief in Drittel gefaltet. Ich faltete ihn so achtsam auseinander, als wäre es Jeffersons originale handschriftliche Ausfertigung der Unabhängigkeitserklärung. Der Brief war etwas sehr Besonderes für mich. Er war in einer unverwechselbaren kühnen Handschrift geschrieben, die ich gut kannte. Jakes natürlich. Ich lächelte in mich hinein und sah dann hoch.

Lippincott blickte verdutzt. »Aber Ihr Bruder hatte einen Informanten – den Mann, der Carmen mit einer Kopie des Bandes erpresst hatte, mit der Kopie, die er Ihrem Bruder gab. Jake wusste alles.«

»Das stimmt«, sagte ich und betrachtete wieder den Brief. »Jake wusste alles. Der Erpresser hat ihm bei einem Telefoninterview alles erzählt. Aber er starb, bevor er Jake seine Kopie des Bandes geben konnte.«

Lippincott runzelte die Stirn. »Wenn es kein Band gibt, Charlie, dann haben Sie keinen Schutz. Es gibt nichts, was irgendjemand davon abhalten könnte, Sie zu töten.«

Ich musste lächeln.

»Was grinsen Sie so dämlich?«

»Sie haben noch nicht in den Koffer geschaut.«

Seine Augen verengten sich zu Schlitzen. Er stellte die letzte Ziffer auf drei, dann drückte er gegen die Knöpfe, und die Verschlüsse sprangen auf. Lippincott öffnete den Aktenkoffer und sah hinein.

»Was zum Teufel ist das?«, fragte er. Er war nicht glücklich. Das nahm ich ihm nicht übel. Und es war mir egal.

»Wonach sieht es denn aus?«

»Es sieht aus wie ein Walkie-Talkie, das im Koffer festgeklebt ist.«

»Stimmt genau.« Es war festgeklebt, damit das Mikrofon genau an den kleinen Löchern ruhte, die Bonz in die Kofferwand gebohrt hatte. Bei einem so alten, schäbigen Aktenkoffer, der angeblich dreizehn Jahre in einer Friedhofsurne gelegen hatte, würde Lippincott, so hatte ich angenommen, ein paar kleine Löcher im rissigen schwarzen Leder nicht bemerken. »Und wie Sie sehen, ist die Sprechtaste an dem Walkie-Talkie mit Klebeband heruntergedrückt.«

Ich beobachtete, wie alle Farbe aus Lippincotts Gesicht wich.

Gott sei Dank hatte ich Siracuse davon überzeugen können, dass ich Bonz erst am Mittag treffen konnte. So hatte Bonz zum Secondhandladen fahren können, um das Diktiergerät und den abgewetzten alten Aktenkoffer zu kaufen, die ich am Abend unseres Einbruchs dort gesehen hatte. Während ich vorgegeben hatte, ein Nickerchen zu halten, und Siracuse' Männer sich für den Ausflug zum Friedhof bewaffnet hatten, hatte Bonz genügend Zeit gehabt, um den Aktenkoffer zu präparieren, dieses Mausoleum nach der Wegbeschreibung, die ich ihm aus dem Kopf gegeben hatte, zu finden, den Aktenkoffer in der Urne zu deponieren und das andere der beiden bei Walgreen's gekauften Walkie-Talkies sowie das Aufnahmegerät irgendwo in Empfangsreichweite zu verstecken.

»Wo ist das andere Walkie-Talkie, Charlie?«, fragte Lippincott.

»Nicht weit von hier. Gleich neben einem sprachaktivierten Diktiergerät. Sie kennen den Typ – nimmt erst dann etwas auf, wenn Geräusche registriert werden. Ihre Stimme zum Beispiel, als Sie zugaben, dass Sie Carmen Siracuse 1976 beauftragt haben, Ihren Sohn zu töten, dass Sie seine illegalen Handlungen gebilligt haben, mit denen er Ihre Anklagen gestützt hat. Dass Sie ihm vertrauliche Informationen gegeben haben. Ach, und als Sie Ihre und Siracuse' Beteiligung an der Falle eingeräumt haben, mit der Sie mir einen Mord angehängt haben, hat das Diktiergerät natürlich ebenfalls aufgezeichnet. Das wollen wir doch nicht vergessen.«

Lippincotts linkes Auge zuckte. »Ich werde Sie töten«, sagte er und steckte seine zierliche manikürte Hand in die Manteltasche.

»Keine gute Idee, Lippincott. Damit machen Sie alles nur noch schlimmer. Denken Sie daran, das wird alles aufgenommen. Wollen Sie, dass das Letzte, was hier aufgenommen wird, das Geräusch ist, mit dem Sie mich ermorden? Nicht bloß jemanden damit beauftragen, so wie Sie Ihren eigenen Sohn töten ließen, sondern tatsächlich selbst den Abzug betätigen? Ich denke nicht.«

Andrew Lippincott, einer der angesehensten Juristen Bostons, sonst so kultiviert, so distinguiert, so renommiert, sah sich mit dem wilden Blick eines in die Enge getriebenen Tieres um.

»Wo ist der verdammte Rekorder, Charlie?«

Er richtete die Pistole auf mich, dann auf Jessica, dann wieder auf mich.

»Keine Angst«, sagte ich, »der ist in Sicherheit.«

Lippincott starrte angestrengt in den milchigen Nebel, seine Augen zuckten hektisch hin und her.

»Ich sollte Ihnen wohl sagen, dass die Polizei hierher unterwegs ist«, fuhr ich fort. »Wir haben den Polizisten erzählt, dass ich mich stelle, wenn sie sich um genau zwölf Uhr dreißig hier einfinden.« Ich sah auf die Uhr. »Sie müssten jeden Augenblick eintreffen. Natürlich können Sie jetzt nach dem Aufnahmegerät suchen. Kann ja nicht allzu weit weg sein, nicht wahr? Ehrlich gesagt, waren die Walkie-Talkies ziemlich billig. Die Reichweite ist sehr begrenzt. Aber es gibt hier eine Menge möglicher Verstecke, und Sie haben nur sehr wenig Zeit, bis die Cops hier sind.«

Lippincott ließ den Aktenkoffer mit dem Walkie-Talkie zu Boden fallen, gleich neben den Koffer, der angeblich mein Geld enthielt. Ich beobachtete seine Augen. In seinem Kopf schien ein Kampf zu toben, in dem Gedanken und Emotionen, die ich nicht ermessen konnte, aufeinanderprallten. Dann wurde sein Blick wieder ruhig, und er zog einen Mundwinkel zu einem höhnischen Lächeln hoch.

»Sie haben es vermasselt, Charlie«, sagte er kopfschüttelnd. »Es scheint, dass Sie alles auf diesen einen Schachzug gesetzt haben, und Sie haben ihn vermasselt.«

»Wie das?«

»In Massachusetts ist es illegal, ein Gespräch ohne Wissen der anderen Partei aufzunehmen. Sie sollten das wissen. Die Aufnahme wird vor Gericht nicht einmal zugelassen werden. Sie haben nichts. Genau genommen, könnten Sie sogar schon dafür, dass Sie diese Aufnahme gemacht haben, zu einer Gefängnisstrafe verurteilt werden plus einer Geldstrafe von zehntausend Dollar. Und obendrein könnte ich

Sie verklagen.« Er lachte. Doch ich lachte ebenfalls, was ihm zu denken gab.

»Genau, Lippincott, Sie haben recht. Und ich würde mir deswegen auch Sorgen machen, wenn ich denn vorhätte, dieses Band der Polizei zu übergeben.«

Jetzt lachte er nicht mehr.

»Sehen Sie«, sagte ich, »es ist mir egal, ob ich ins Gefängnis wandere, weil ich diese Aufnahme gemacht habe, und es ist mir garantiert egal, ob Sie mich verklagen. Und auch das, was Sie gar nicht erwähnt haben, ist mir egal, der Umstand nämlich, dass schon die Preisgabe einer illegal aufgenommenen Unterhaltung mich für zwei Jahre ins Gefängnis bringen und mir eine Fünftausenddollargeldstrafe eintragen könnte. Worum es mir geht, ist, Sie zu vernichten. Und das werde ich mit dieser Aufnahme erreichen. Nach meiner Festnahme wird Jessica das Diktiergerät aus seinem großartigen Versteck holen und nach meinen Anweisungen, und ohne zu wissen, was sich darauf befindet, versteht sich, Kopien des Bandes an sämtliche Nachrichtenmedien in der Stadt, an Michael Kidder und sämtliche Abteilungsleiter der Strafrechtsabteilung im Büro des U.S. Attorney, an die Staatsanwaltschaft Middlesex sowie an jeden anderen, der mir noch einfällt, schicken. Meinen Sie nicht, dass durchsickern wird, was diese Aufnahme enthält, auch wenn sie illegal ist? Das wird niemanden interessieren. Man wird sich für die Wahrheit interessieren. Ach, und ich sollte Sie daran erinnern, dass das Band selbst zwar vor Gericht nicht zugelassen werden wird, aber Zeugen, die bei der Aufnahme zugegen waren, über den Inhalt aussagen dürfen. Damit steht Jessicas und mein Wort gegen Ihres. Zusätzlich zu Ihrem eigenen Wort, das auf Band festgehalten wurde und in wenigen Stunden in ganz Boston bekannt sein wird. Im Lichte all dessen, was da herauskommen wird, werden die Leute uns glauben, meinen Sie nicht?«

Meine Worte hatten jede Spur von Selbstzufriedenheit aus Lippincotts Gesicht gewischt. Sein linkes Auge zuckte.

»Ach«, fuhr ich fort, »und eins hätte ich fast vergessen: Jessica wird Kopien des Bandes an die Köpfe aller großen Mafiafamilien in der Stadt schicken. Ehrlich gesagt, würde ich mich an Ihrer Stelle nicht einmal dagegen wehren, dass ich ins Gefängnis komme. Ich glaube, Sie wären dort sicherer als auf der Straße – jedenfalls ein bisschen. Aber vielleicht auch nicht, da Sie ja viele der Kerle dort überhaupt erst hinter Gitter gebracht haben. Ob Sie sich verteidigen wollen, ist natürlich Ihre Entscheidung.«

Lippincott wandte sich an Jessica. »Du würdest doch nicht …« Aber natürlich würde sie, und er sah es ihr an. Er wandte sich an mich, und sein Blick war womöglich noch irrer als Bonz' Blick in seinen schlimmsten Zeiten. »Für wen verdammt noch mal halten Sie sich eigentlich, Charlie? Für wen verdammt noch mal halten Sie sich, dass Sie versuchen, mich zu vernichten? Ich wurde vom Präsidenten der scheiß Vereinigten Staaten ernannt.«

»Ich bin Bundesstaatsanwalt, von *Ihnen* eingestellt, ernannt vom Attorney General, dem obersten Ankläger der Vereinigten Staaten. Oder ich war es wenigstens. Jetzt bin ich wohl bloß noch ein relativ ehrlicher Bürger. Etwas, was Sie schon seit sehr langer Zeit nicht mehr sind.«

Lippincott schloss die Augen und fasste sich grob mit den Händen in die Haare. So verharrte er eine volle Minute, ein Büschel elegant ergrauenden Haares in jeder Hand. Irgendwann würde er die Augen schon wieder öffnen. Ich wusste nicht, womit ich dann rechnen sollte. Dies war ein Mann, der es nicht gewohnt war zu scheitern. Ein Mann an der Spitze seines Berufsstandes. Eine Säule der juristischen Gemeinde Bostons. Und bald würde er alles verlieren.

Ich steckte die Hand in die Jackentasche, in der sich meine Pistole befand, und versuchte zu ertasten, ob sie entsichert war. Das hätte ich wohl besser vorher getan.

Da öffnete Lippincott die Augen. Er atmete tief durch. Er strich sich die Haare wieder glatt. Er zupfte an seiner Krawatte, zog den Knoten an seinem Hals fest. Er straffte die Schultern. Er richtete seine Manschetten, sodass sie perfekt saßen.

»Ich werde damit fertig«, sagte er. »Passen Sie gut auf, Charlie. Ich werde damit fertig. Sicher, ich habe einen Fehler gemacht, aber der liegt lange zurück.«

»Dieser ›Fehler‹ bestand darin, Ihren autistischen Sohn ermorden zu lassen, um Geld zu sparen.«

»Das ist lange her. Ich habe seither viel Gutes getan. Habe eine Menge Abschaum von der Straße geholt. Das weiß jeder. Die Leute werden sich daran erinnern. Ich werde damit fertig«, wiederholte er.

Dann wandte er sich ab und ging davon. Ich rechnete damit, dass er einfach weitergehen würde, bis er im Nebel verschwand, doch er setzte sich auf einen Grabstein in der Nähe.

»Ich werde damit fertig«, sagte er ein letztes Mal, auch wenn unklar war, wen er davon überzeugen wollte. Dann starrte er vor sich hin.

Ich legte den Arm um Jessica. Ich spürte, dass es ihr jetzt besser ging, daher wandte ich meine Gedanken Bonz zu. Er war da draußen in diesem weißen Nichts, vielleicht tot, hoffentlich aber noch am Leben. Doch selbst wenn er noch atmete, waren ihm diverse Mafiakiller auf den Fersen. Ich sah auf die Uhr. Es war 12.24 Uhr. Die Polizei würde bald eintreffen. Bonz hatte sie gewarnt, wenn sie zu früh kämen, würde ich verschwinden. Sicher war es den Cops so wichtig, mich zu schnappen, dass sie diese Warnung beherzigen würden. Damit blieben noch sechs Minuten bis zu ihrer Ankunft. Würden sie rechtzeitig kommen, um Bonz zu retten? Konnte er überhaupt noch gerettet werden, oder war er bereits tot?

Ich beobachtete den Nebel, der nur noch dichter zu werden schien. Ich lauschte auf Geräusche, an denen ich erkennen würde, dass Bonz noch lebte.

Plötzlich hörte ich ein Stöhnen. Glaubte ich jedenfalls. Dann etwas, was wie ein schallgedämpfter Schuss in nächster Nähe klang. Dann blecherne Geräusche aus einem Funkgerät. Offenbar hatte Siracuse dafür gesorgt, dass seine Leute Funkkontakt hielten. Damit hatte ich nicht gerechnet. Wieder hörte ich ein Funkgerät, gefolgt von einem Schmerzensschrei, der abrupt abbrach. Das musste Bonz sein da draußen. Die Frage war nur, ob er derjenige war, der Schmerzen erlitten hatte, oder der, der sie zugefügt hatte. Die Sekunden schlichen auf geräuschlosen Sohlen vorbei, während Jessica und ich dastanden und warteten. Darauf warteten, dass Bonz aus dem Nebel trat. Dass die Cops angefahren kamen und die Lage entschärften. Vielleicht auch darauf, dass Siracuse' Männer, nachdem sie Bonz getötet hatten, die Sache zu Ende brachten, indem sie Jessica und mich eliminierten.

Es war an der Zeit, endgültig zu überprüfen, ob meine Waffe entsichert war.

Und da hörte ich einen Schuh leise über Asphalt scharren. Ich drehte mich um und sah eine Gestalt aus dem Nichts treten, das uns umgab. Sie war vielleicht fünf, sechs Meter entfernt und kam mit schleppenden Schritten auf uns zu, noch zu weit entfernt, um mehr als ein verschwommener Umriss zu sein.

»Bonz?«, rief ich.

»Ich bin's.« Das war Bonz' Stimme, in der schweren feuchten Luft klang sie ausdruckslos.

Ich war überrascht, wie erleichtert ich war. Ich kannte den Mann noch nicht lange, und er mochte einer der am wenigsten liebenswerten Menschen sein, mit denen ich je Zeit verbracht hatte, aber wir waren zusammen durchs Feuer gegangen – na ja, Bonz war wohl hindurchgegangen und hatte mich getragen –, und es war mir wichtiger, dass er das hier überlebte, als mir bisher klar gewesen war.

»Ich habe vier von ihnen erwischt«, sagte er, als er näher kam. »Bin nicht sicher, ob das ...«

Plötzlich stöhnte er und fiel beinahe im selben Augenblick zu Boden, in dem ich den leisen Knall einer schallgedämpften Waffe vernahm. Bonz war angeschossen worden. Verdammt, er war hier vor meinen Augen angeschossen worden. Ich hob die Pistole und ging auf ihn zu. Jessica packte mich am Arm.

»Charlie, bitte nicht!«

»Ich muss!«

»Aber du kannst nicht ... schau!«

Ich drehte mich um. Eine weitere Gestalt trat aus dem Nebel und bewegte sich rasch auf Bonz zu. Sie hinkte leicht. Grossi! Ich hob die Pistole.

Mit einem Mal kam Bewegung in Bonz' reglosen Körper. Behände rollte er herum und krabbelte hinter einen Grabstein. Grossi duckte sich sofort hinter einen großen Sarkophag. Dann erzeugte seine Waffe ein spuckendes Geräusch, und etwas prallte von Stein ab. Bonz schoss zurück, ohne Schalldämpfer, und so klang sein Schuss nach all dem Herumschleichen und den schallgedämpften Schüssen wie Kanonendonner.

Von dort aus, wo wir standen, sah es so aus, als fänden

Bonz' und Grossis Handlungen auf der anderen Seite eines trüben Duschvorhangs statt. Beide feuerten noch einige Male. Sie huschten von einem Grabstein zum nächsten, von Marmorkreuz zu Granitgrabstein, auf der Suche nach einer besseren Schussposition.

Und ich stand ohnmächtig dabei und hielt meine Waffe umklammert. »Ich muss ihm helfen«, sagte ich.

»Das kannst du nicht, Charlie. Wenn du da hingehst, wirst du vielleicht angeschossen.«

Jessica fiel auf die Knie und zerrte hartnäckig an meinem Arm. Ohne den Blick von Bonz und Grossi abzuwenden, ging ich neben ihr in die Knie. Bei den zahlreichen Grabsteinen zwischen uns und ihnen war es unwahrscheinlich, dass wir hier von einer verirrten Kugel getroffen würden.

Die schattenhaften Gestalten bewegten sich durch den Nebel, und manchmal trieben sie so weit davon, dass sie zu nichts verblichen, dann trieben sie wieder näher heran und wurden erneut zu vagen Gestalten in einer weißgrauen Umgebung.

»Jess«, sagte ich, »bitte, lass mich ...«

Sie fiel mir ins Wort. »Im Augenblick kannst du doch nicht mal erkennen, wer wer ist. Womöglich schießt du auf deinen Freund.«

Sie hatte recht. Ich fühlte mich so hilflos. Ich sah auf die Uhr. Es war 12.27 Uhr. Wo waren die Cops, wenn man sie einmal brauchte?

Dann fiel mir auf, dass nicht mehr geschossen wurde. Ich starrte in den Nebel. Ich sah nichts. Ich kniff die Augen zusammen. *Da!* Eine Gestalt löste sich von einem quadratischen festen Umriss – ein Mann, der hinter einem Grabstein hervorkam. Plötzlich schoss eine zweite Gestalt aus dem Nichts heran und prallte gegen die erste. Beide gingen zu Boden. Ich hörte animalisches Grunzen, Knurren, wilde

Laute, als wenn zwei Wölfe einander an die Kehlen gingen. Dann erhoben die beiden sich wie ein einziger Mann, und diese unkenntliche Gestalt verwandelte sich in einem fort, vermutlich weil da Arme und Beine, Fäuste und Ellbogen flogen.

»Verdammt, Jess, ich gehe da hin«, sagte ich.

»Charlie, bitte nicht! Ich habe in den letzten Tagen so oft gedacht, ich hätte dich für immer verloren, und das hat mich fast umgebracht. Ich lasse nicht zu, dass es jetzt noch passiert. Ich kann nicht.«

Ich begegnete ihrem flehentlichen Blick.

»Lass ihn gehen.« Das war Lippincott. Er saß noch immer auf dem Grabstein und beobachtete die Männer, die da im Nebel kämpften, als säße er im Parkett eines Broadwaytheaters und sähe sich ein Theaterstück an.

Ich wandte mich wieder den grauen Schatten zu, die einander im Kampf umschlungen hielten. Jetzt rissen sie sich voneinander los. Eine Pause entstand, ein unausgesprochener kurzer Waffenstillstand. Vielleicht starrten sie einander in die Augen, schätzten ab, wie viel Kampfkraft dem anderen noch verblieb. Ich fragte mich, wie lange Bonz noch durchhalten mochte, denn er musste irgendwo von einer Kugel getroffen worden sein.

Ich stand auf, obwohl Jessica noch meinen Arm festhielt.

»Bonz!«, rief ich. »Ich habe meine Waffe. Ich komme rüber.«

»Bleib weg, Charlie. Grossi ist gefährlich.« Bonz atmete schwer.

»Dann erschieße ich ihn von hier aus. Welcher von euch bist du? Rechts oder links?«

»Nein danke«, rief Bonz. »Mein Kampf. Halt dich da raus.«

Ich konnte nicht sagen, welche der Gestalten gesprochen hatte. Sie standen zu dicht zusammen. Wenn ich einen Schuss abgeben wollte, musste ich näher herangehen.

»Ich meine es ernst, Charlie«, rief Bonz zwischen zwei keuchenden Atemzügen. »Halt dich da raus.«

»Hör auf ihn«, flehte Jessica. »Bitte.«

»Erschießen Sie beide«, sagte Lippincott.

Plötzlich stürzten die beiden Gestalten im Nebel wie auf ein stummes Signal hin mit wild rudernden Armen und Beinen aufeinander zu. Mal stöhnten sie vor Erschöpfung, dann wieder vor Schmerzen. Keuchende Atemzüge. Gedämpfte Flüche. Unwillkürlich musste ich an ihren wilden Kampf in Sal Barrones Büro denken, den Bonz nur durch Glück gewonnen hatte. Und diesmal war er bereits verletzt. Ich wagte kaum zu atmen.

Plötzlich hallte ein rauer, kehliger Schrei durch den Nebel, ein schrecklicher Laut, der einem der beiden, wie es klang, unter großen Schmerzen wie aus tiefstem Inneren entfahren war.

Einer tötete den anderen. Vielleicht töteten sie sich gegenseitig.

Irgendwo hinter mir hörte ich ein Funkgerät quäken, und ich fürchtete schon, ein weiterer von Siracuse' Männern, mit dem wir nicht gerechnet hatten, komme Grossi zu Hilfe. Ich umklammerte meine Pistole. Dann erblickte ich mehrere Taschenlampenstrahlen, die aus verschiedenen Richtungen durch den dichten Nebel schnitten und sich auf uns zubewegten. Cops. Das mussten die Cops sein.

»Hier drüben!«, rief ich. »Ich bin Charlie Beckham. Ich bin hier drüben. Beeilen Sie sich!«

Die Schritte beschleunigten. Die Polizisten rannten auf uns zu, und die Lichtstrahlen hüpften auf und ab. Ich sah mich nach Bonz und Grossi um. Die beiden waren wieder zu einer Gestalt verschmolzen. Dieses fürchterliche Stöhnen und Knurren hatte aufgehört und war einem schwachen, abgehackten Keuchen gewichen. Es brach ab, stotterte, dann hörte es ganz auf. Dann ertönte es ein letztes Mal, noch zerrissener, noch schrecklicher, und dann ein letzter verzweifelter Schrei, der von einem feuchten, dumpfen Schlag abrupt zum Schweigen gebracht wurde. Es klang wie eine Melone, die mit einem schweren, stumpfen Instrument geöffnet wurde. Ich schloss die Augen.

Die gespenstischen Gestalten lösten sich voneinander. Eine stürzte auf den Friedhofsboden, die andere richtete sich langsam auf.

Ich hielt den Atem an.

Die stehende Gestalt trieb durch den grauen Nebel auf uns zu, sie bewegte sich schleppend, der Kopf wippte dabei ein wenig auf und ab. Immer noch nur ein Umriss, ein Schatten, der sich zwischen den Grabsteinen hindurchbewegte. Je näher er kam, desto besser war er zu erkennen, die verwischten Umrisse wurden allmählich scharf. Ich konnte seinen schweren, erschöpften Atem hören. Er ging sehr langsam, und er stolperte bei jedem Schritt. Nein … das war kein Stolpern. Er hinkte. Jetzt sah ich etwas von seiner Hand herabbaumeln. Einen Hammer. O Gott.

Ich hob meine Waffe. Ich würde Grossi eine Kugel durch die Kehle jagen.

Hinter mir hämmerten Schritte über den Asphalt und näherten sich. Lichtstrahlen wanderten über einen Grabstein in der Nähe, über Jessica, über ein Granitkreuz zu meiner Linken, über meine Waffe.

»Fallen lassen!«, brüllte jemand hinter mir.

Grossi war nur noch drei Meter entfernt und hinkte durch den Nebel auf mich zu.

»Ich habe gesagt: Waffe fallen lassen!«, brüllte dieselbe Stimme noch einmal.

Ich richtete die Waffe auf Grossis Hals und spannte den Finger am Abzug an.

»Sofort fallen lassen, verdammt noch mal!«

Wenn ich abdrückte, während diverse Polizeidienstwaffen auf mich gerichtet waren, war ich so gut wie tot.

Scheiß drauf. Ich konnte Bonz' Tod nicht ungerächt lassen. Im selben Augenblick, in dem ich abdrückte, prallte etwas gegen meinen Rücken, und ich landete mit dem Gesicht auf dem kalten, feuchten Friedhofsrasen. Einen Sekundenbruchteil später ertönten die Schüsse der Polizisten.

ZWEIUNDFÜNFZIG

Es gibt vieles, was ich an Jessica liebe. Eine der Eigenschaften, die ich am meisten an ihr zu lieben gelernt habe, ist ihre Sportlichkeit, die Körperkraft und erstaunliche Schnelligkeit, die sich in ihrem schlanken anmutigen Körper verbergen. Eben diese Kraft und Schnelligkeit hatten es ihr damals ermöglicht, mich zu Boden zu werfen, als die Cops auf mich feuerten, und zwar bevor eine ihrer Kugeln ins Ziel treffen konnte. Kaum hatte ich am Boden gelegen, war ich auch schon unter Polizisten begraben worden – die mich entwaffneten, festhielten, zu Boden drückten, mir Handschellen anlegten. Ich hatte nicht einmal gesehen, wie knapp meine Kugel Bonz verfehlte – denn es war Bonz und nicht Grossi gewesen, der da aus dem Nebel auf mich zugekommen war. Grossis Kugel hatte ihn ins Knie getroffen, Knochen zertrümmert und Bänder zerrissen. Sogar mit diesem verletzten Bein hatte er Grossi besiegt. Den Hammer, den er aus dem Nebel mitbrachte, hatte er Grossi im Kampf entwunden und damit dem Leben des sadistischen Killers in einem nicht sonderlich subtilen Anflug von ausgleichender Gerechtigkeit ein Ende gesetzt.

Sollte Lippincott jemals jenen unheimlichen sechsten Sinn besessen haben, den sowohl die gegnerischen Anwälte bei Gericht als auch seine eigenen Angestellten ihm oft zuschrieben – jene unheimliche legendäre Hellsichtigkeit –, so hatte diese übernatürliche Fähigkeit ihn auf dem Friedhof an jenem Tag vor acht Monaten im Stich gelassen. Er wird nicht »damit fertigwerden«, wie er voraussagte. Er wird sich nicht irgendwie aus dem finsteren schwarzen Loch herauswinden, das er aus seinem Leben gemacht hat. Er wird nicht all des Guten wegen in Erinnerung bleiben, das er in seiner Karriere bewirkt zu haben behauptete. Er wird als Mörder seines eigenen Kindes in Erinnerung bleiben, als korrupter Staatsbediensteter, der das Vertrauen der Menschen verraten hat, als Mann, dessen berufliches Erbe ein Rattenschwanz potenziell ungültiger Verurteilungen mit den daraus folgenden Berufungen ist, die unsere Gerichte auf Jahre hin blockieren werden.

Wie ich ihm versprochen hatte, wurden die Kopien meines Gesprächsmitschnitts in der Stadt verteilt, und mit beinahe grausamer Geschwindigkeit verbreitete sich die Nachricht von dem, was er all die Jahre getrieben hatte.

Eine gründliche Überprüfung vieler seiner Anklagen warf unzählige Fragen auf, offenbarte genügend bislang übersehene Unregelmäßigkeiten, um die Verfahren wieder aufzunehmen. Vertrauliche Informanten tauchten auf, Fakten wurden verknüpft. Lippincott wusste, dass ich bereit war, gegen ihn auszusagen, ebenso wie Jessica und Bonz.

Folglich erkannte er das Menetekel an der Wand, das da hieß: »Du bist erledigt, Lippincott«, und er erkannte auch, dass die Handschrift, in der es geschrieben war, eine Mischung aus Jakes und meiner war. Als er erst einmal begriffen hatte, dass er tatsächlich für seine Taten zur Rechenschaft gezogen werden würde, versuchte er, selbst zu einer Vereinbarung mit der Staatsanwaltschaft zu kommen. Momentan sitzt er im Gefängnis, während seine Anwälte mit sowohl der einzelstaatlichen als auch der Bundesstaatsanwaltschaft über ein Schuldbekenntnis verhandeln. Meinen Quellen zufolge entgeht er dem Gefängnis auf keinen Fall. Soweit ich weiß, ist das Beste, worauf er hoffen kann, eine zehnjährige Haftstrafe, fünfzehn Jahre sind aber wahrscheinlicher. Ich persönlich finde, dass das nicht annähernd genügt. Aber ich glaube, dass es ihn letztendlich auch so buchstäblich das Leben kosten wird, also wird mein Gerechtigkeitsbedürfnis vielleicht doch fast befriedigt.

Um den Staatsanwälten, die sein Schicksal in Händen halten, seinen guten Willen zu beweisen, erzählt Lippincott ihnen neuerdings alles, was sie über Carmen Siracuse wissen wollen. Interessanterweise hat die Polizei das Band, mit dem Siracuse Lippincott all die Jahre erpresste, niemals gefunden, weil Siracuse es nicht besaß. Ebenso wie Jake hat er bloß geblufft. Der Mann, der Siracuse das Band gestohlen und den Mafioso damit erpresst hatte, war im Besitz des einzigen Exemplares gewesen.

Doch Siracuse hatte es Lippincott bereits Jahre zuvor vorgespielt, und Lippincott hatte geglaubt, es sei tatsächlich bloß eine Kopie, deretwegen sie den Erpresser bezahlten, damit sie nicht in die Hände der Polizei gelangte. Er hatte sich das Band nicht erneut vorspielen lassen, beinahe als hätte er es nicht ertragen können, sich anzuhören, was er getan hatte, wie er selbst den Tod seines Sohnes angeordnet hatte, als bestellte er eine Pizza. Doch das ist nur meine ganz persönliche Vermutung, mit der ich, womöglich völlig zu Unrecht, einem Ungeheuer menschliche Gefühle unterstelle. Aber auch wenn die Polizei das Band nie gefunden hat – die Originalbeweise werden dafür sorgen, dass der Mord an Tommy Lippincott mithilfe moderner gerichtsmedizinischer Techniken aufgeklärt werden wird. Vielleicht wird Siracuse doch noch hinter Gittern landen – vielleicht wird er sogar aufgrund von Lippincotts und Bonz' Aussagen wegen des Mordes an Jake angeklagt. Darauf hatte ich es von Anfang an, seit dreizehn langen Jahren, angelegt. Aber ob er nun wegen des Mordes an Jake oder wegen des Mordes an Tommy Lippincott ins Gefängnis wandert, oder wegen der vielen anderen Verbrechen, die er im Lauf der Jahrzehnte begangen hat – unterm Strich ist nur wichtig, dass er ins Gefängnis wandert. Ich rechne allerdings nicht damit, dass er lange dort sein wird, denn viele seiner Mitinsassen werden nicht erfreut über ihn sein. Ich nehme an, der einst so mächtige Mafiaboss wird im Gefängnis blutig in einer Gemeinschaftsdusche enden. Selbst wenn er Einzelhaft bekommt, wird jemand ihn erwischen. Es gibt jede Menge anderer Möglichkeiten, hinter Gittern ein gewaltsames Ende zu finden, und ich bin da nicht wählerisch. Egal, wie sein Tod letztlich aussieht, Jake wird gerächt werden.

Ich freue mich, vermelden zu können, dass Eddie Bonzetti sich körperlich ziemlich gut erholen wird. Ich spreche Bonz jetzt beim Vornamen an, weil ihn das ärgert und er nichts dagegen unternehmen kann, solange er hinter Gittern ist. Auch danach werde ich es noch eine Weile beibehalten können, denn es wird ihm schwerfallen, mich mit der langen Beinschiene, die er noch ein paar Monate tragen muss, einzuholen. Aber wenn die Schiene schließlich abgenommen wird, werde ich aufpassen müssen, denn trotz des Hinkens, das Bonz wahrscheinlich für den Rest seines Lebens bleiben wird, sollte man sich mit ihm besser nicht anlegen. Also werde ich ihn wohl wieder Bonz nennen müssen.

Sein Körper wird also wohl größtenteils heilen, doch ich weiß nicht, ob er geistig je völlig gesunden wird. Andererseits, mal ehrlich: Wer von uns ist schon geistig völlig gesund? Ich glaube allerdings, seine schlimmsten Wunden haben bereits begonnen zu verschorfen und werden bald verblassen. Die Ticks im Gesicht und dieses unwillkürliche Kopfzucken nehme ich kaum noch bei ihm wahr. Ich glaube, er kommt in Ordnung.

Wir haben nicht viel gemeinsam, Bonz und ich, abgesehen von dem, was wir gemeinsam durchgemacht haben. Und Jake. Jake verbindet uns. Doch auch wenn wir wahrscheinlich nie zusammen Golf spielen gehen oder irgendetwas in der Richtung, werden wir wohl in Kontakt bleiben. Erst gestern habe ich ihn im Gefängnis besucht. Wir saßen an einem einfachen Holztisch im Besuchsraum und unterhielten uns darüber, wie es uns geht. Wir sprachen auch ein wenig über Jake. Ich sagte Bonz, wie erstaunlich ich es nach wie vor fände, dass Jakes Bluff so lange funktioniert habe. Schließlich habe es nicht nur keinen »brillanten Plan« gegeben, der hätte in Gang gesetzt werden und das Band ans Licht bringen können, wenn mir etwas zugestoßen wäre, sondern überdies habe Jake ja nicht einmal eine Kopie des Bandes besessen.

Bonz sah mich an und schüttelte den Kopf. »Du bist ein ziemlich schlaues Kerlchen. Ich wundere mich, dass du nicht draufkommst.« Sein Tonfall ist noch immer barsch.

»Worauf?«

»Jake hat zwar das Band nie gehabt, aber einen brillanten Plan hatte er schon.«

»Ach?«

»Der Plan warst du, Charlie, du dämlicher Hund.«

Ich runzelte die Stirn.

»Er hat immer davon gesprochen, wie brillant du bist«, fuhr Bonz fort, »was für ein Genie sein Bruder ist. *Du* warst sein brillanter Plan. Er wusste, wenn ihm etwas zustößt, gibst du nicht auf, bis du der Sache auf den Grund gegangen bist. Und vielleicht würdest du nebenbei auch Tommy Lippincotts Ermordung und die jahrelangen zwielichtigen Geschäfte zwischen Lippincott und Onkel Carmen aufdecken. Er wusste, dass du's draufhast, Charlie.«

»Aber ich bin nicht das Genie, für das er mich gehalten hat.«

»Aber du bist trotzdem draufgekommen. Du hast diese Arschlöcher zur Strecke gebracht. Jakes Plan hat funktioniert.«

Ich schüttelte den Kopf und starrte die raue, alte Tischplatte unter meinen Händen an. Wahrscheinlich irrte sich Bonz. Aber vielleicht, nur vielleicht, hatte er auch recht. Vielleicht hatte es Jake getröstet zu wissen, dass ich nicht aufgeben würde zu glauben, ich würde seine Mörder vor Gericht bringen. Ich hoffe es.

Ich fragte Bonz, was er tun werde, wenn er aus dem Gefängnis entlassen würde.

»Mich erholen«, sagte er.

»Und danach, Eddie?«

Er schlug nach mir, aber ich lehnte mich einfach zurück und wich ihm mühelos aus. Ein Wachmann in der Nähe rief uns eine halbherzige Verwarnung zu. Genau dieser Wachmann hatte schon bei vielen meiner etwa zwei Dutzend Besuche im Lauf der vergangenen acht Monate Wache gestanden und schien meine Beziehung zu Bonz zu verstehen.

»Danach?« Bonz setzte sich wieder zurecht. Er zögerte und starrte mindestens eine halbe Minute in die Ferne. In diesem Augenblick schien es mir, als hätte er in all den Monaten seit jenem Tag auf dem Friedhof noch nie darüber nachgedacht. Ich beobachtete ihn, während er über meine Frage nachgrübelte. Er hatte sich den Bart abrasiert. Mit den Narben in seinem Gesicht wird er vermutlich niemals das Cover von *GQ* zieren, doch so schlimm sind sie nicht. Sogar die gebeugte Haltung, die die vielen schweren Jahre auf der Straße seinem bereits geschädigten Körper aufgenötigt hatten, war so gut wie verschwunden. Nach einer Weile blickte er mich wieder an.

»Danach fange ich ein neues Leben an.«

Und das wird ihm auch gelingen, wenn er es will. Dafür habe ich gesorgt, auch wenn er es noch nicht weiß.

»Ein neues Leben?«, sagte ich. »Klingt gut.«

»Was ist mit dir?«, fragte er.

»Tja, Jess und ich werden endlich heiraten.«

»Wann?«

»Sobald sie dich hier rauslassen. Wir dachten, du möchtest vielleicht dabei sein.«

Einen Augenblick lang schien er nicht zu wissen, was er sagen sollte, dann wandte er sich an Jessica, die neben mir saß. Ihre Hand ruhte federleicht auf meiner. »Viel Glück mit dem Mann«, sagte Bonz und nickte ruckartig in meine Richtung. »Er kann einfach nicht die Klappe halten.«

»Er ist Anwalt«, erwiderte sie lächelnd.

»War«, korrigierte ich sie.

»Und nach der Hochzeit?«, fragte Bonz und wandte sich wieder mir zu. »Was dann?«

»Danach? Das weiß ich eigentlich noch nicht.«

Ich weiß immerhin, dass ich nicht ins Gefängnis muss – dank Michael Kidder, der Lippincott als U.S. Attorney für Massachusetts nachgefolgt ist und der über beträchtlichen Einfluss zu verfügen scheint. Und über bewundernswertes juristisches und politisches Geschick, das er eingesetzt hat, um mich vor dem Gefängnis zu bewahren. Bei seinen Bemühungen zu meinen Gunsten konnte er von dem Band profitieren, das Lippincott freundlicherweise für mich aufnahm, wenn auch ohne vorheriges Wissen, und auf dem er mich in Bezug auf den Mord an Angel entlastet. Natürlich habe ich tatsächlich einige ungesetzliche Dinge getan, darunter Autodiebstahl, Einbruchdiebstahl, Entführung, Flucht, Strafvereitelung, solche Dinge, aber einige dieser Punkte konnte die Polizei uns nicht nachweisen, und mehrere andere Punkte wurden uns von den Staatsanwaltschaften angesichts der Umstände, die uns zu diesen Handlungen gezwungen hatten, sowie der dicken Fische, die wir ihnen, bereits entschuppt und ausgenommen, geliefert hatten, erlassen. Randy Deacon hätte uns wegen Entführung und möglicherweise auch Körperverletzung verklagen können, aber er erwies sich als anständiger Kerl, auch wenn er mein Schlafzimmer verwanzt und mir beim Sex mit Jessica zugehört hatte. Und Rantham und Harwick hielten den Mund, da sie eine Heidenangst vor Bonz hatten. Ein heikles Problem hatten wir damit, dass Bonz den Cop hinter der Pizzeria in Belmont angegriffen hatte und wir ihm und seinem Partner Handschellen angelegt hatten, ehe wir geflüchtet waren. Die Cops waren sauer. Ich bin sicher, dass der Vorfall die Karriere der beiden irreparabel beschädigt hat. Aber auch hier intervenierte der zuständige Staatsanwalt – auf Veranlassung von Michael Kidder –, und wir entgingen sogar dieser Anklage. Allerdings werde ich noch immer ein wenig zappelig, wenn ich auf der Straße Polizisten begegne.

Das größte Problem für mich und noch mehr für Bonz stellte die Erschießung des Jungen bei Paulo's dar, während wir Big Frank D'Amico ins Visier genommen hatten. Das Blutbad auf dem Friedhof war natürlich größer gewesen. Dort hatte Bonz zwei tote Mafiosi, darunter Grossi, und drei Schwerverletzte hinterlassen. Doch da die Opfer bis an die Zähne bewaffnet gewesen waren und eindeutig Jagd auf Bonz gemacht hatten mit der Absicht, ihn zu entführen oder zu töten, konnte er sich hier überzeugend auf Notwehr berufen. Die Schießerei im Restaurant war jedoch etwas anderes. Dort waren in jener Nacht zwei Menschen vor einer Menge Zeugen gestorben – Zeugen, die gesehen hatten, wie wir hereinkamen, einen von D'Amicos Leibwächtern zu Boden schlugen und ans Ohr traten und dann den jüngsten erschossen. In diesem Punkt konnten sie Bonz und mich nicht straffrei ausgehen lassen, zumindest nicht uns beide. Also gewährten sie mir Straffreiheit, damit ich gegen Bonz aussagte – Bonz hatte darauf bestanden, dass ich auf diese Abmachung einging –, und klagten Bonz an, hauptsächlich als symbolische Geste. Auch dies alles dank Kidders Einfluss. Er forderte Gefallen ein, und der Staatsanwalt und letztlich auch der Richter, dem der Fall übertragen worden war, sorgten für einen raschen Ablauf, damit wir die Angelegenheit schnell hinter uns hatten. Anstatt einer Anklage wegen Schießens in Tötungsabsicht ließ der Staatsanwalt sich auf einen Mischmasch aus kleineren Verstößen ein, darunter vorsätzliche Gefährdung, Bedrohung von Personen und Waffenbesitz ohne Waffenschein. Bonz bekannte sich schuldig und erhielt eine Haftstrafe von siebzehn Monaten. Aufgrund seiner bevorstehenden Unterstützung bei der Anklage gegen Siracuse und Lippincott sowie seiner überraschend guten Führung seit der Verhaftung soll er schon nächsten Monat entlassen werden, nach gerade einmal knapp neun Monaten, von denen er beinahe jeden Tag im Gefängnishospital mit einem rigorosen Physiotherapieprogramm verbracht hat, das er ohnehin benötigte. Das Vorstrafenregister, das er für den Rest seines Lebens haben wird, sieht Bonz gelassen. Er findet, er habe es verdient angesichts der Knochen, die er bei der Arbeit für Carmen Siracuse im Dienste der Mafia gebrochen hat.

»Ja«, sagte ich zu Bonz, »ich weiß auch nicht, was ich dann mache, aber deine Idee gefällt mir irgendwie. Ein neues Leben beginnen.« Ich nickte nachdenklich. »Ich glaube, das mache ich auch.«

Und genau das habe ich auch vor. Beinahe nichts in meinem Leben wird so bleiben, wie es war. Ein neues Zuhause habe ich bereits in Jessicas Wohnung gefunden. Meine war zu klein für uns beide, und zudem hatte Angels blutiger Tod mir die Wohnung vergällt. Jetzt suchen wir nach einem Haus. Und natürlich werde ich mir eine neue Arbeit suchen. Zwar bin ich nicht im Gefängnis gelandet, aber meine Beteiligung an der Erschießung des Jungen bei Paulo's war nun einmal ein Verbrechen – wie auch eine Menge anderer Taten, deretwegen ich nicht einmal angeklagt wurde – und hat meine juristische Karriere beendet. Aber damit kann ich leben. Meine Entscheidung, Staatsanwalt zu werden, war unauflösbar verknüpft mit dem Verschwinden meines Bruders. Nun, da ich meine Antworten habe und Jake Gerechtigkeit widerfahren ist, kann ich die Juristerei ohne allzu großes Bedauern aufgeben. Ich weiß nicht genau, was ich von nun an beruflich tun werde, aber irgendetwas wird mir schon einfallen.

Insofern kann man durchaus sagen, dass ich mir im Augenblick bei vielem in meinem Leben nicht sicher bin, außer bei Jessica.

Ach, und bei Jake. Ich bin mir sicher, dass er mein Held und Vorbild bleiben wird. Ich bin mir sicher, dass er immer einen besonderen Platz in meinem Herzen einnehmen wird, einen geheimen Platz, wo er mich Wiley nennt und ich so tue, als fände ich das furchtbar, dabei liebe ich es, und ich liebe ihn. Ich werde ihn immer lieben. Trotzdem sich herausgestellt hat, dass er nicht ganz der Mann war, für den ich ihn hielt. Jake selbst hat mir das gestanden. In seinem Brief.

DREIUNDFÜNFZIG

Ehe Bonz den präparierten Aktenkoffer im fleetwoodschen Mausoleum deponierte, hatte er nach Jakes Audioband gesucht, wie ich ihn gebeten hatte. Ich war mir sicher gewesen, dass ich Jakes Hinweis endlich entschlüsselt hatte. Das Band musste sich dort befinden. Ich hatte unmöglich ahnen können, dass es niemals ein Band gegeben hatte – oder vielmehr, dass Jake es niemals besessen hatte. Doch mein Bruder hatte mir tatsächlich etwas hinterlassen: den Brief, den Bonz gefunden hatte. Er hätte ihn in der Dunkelheit am Boden der Urne beinahe übersehen. Gott sei Dank nur beinahe.

Der Brief barg Überraschungen. Eine große für Lippincott und Siracuse natürlich – nämlich die Nachricht, dass Jake niemals eine Kopie des Bandes besessen hatte –, aber auch einige für mich.

Hin und wieder ziehe ich den Brief aus dem Umschlag, falte ihn behutsam auseinander und lese ihn. Jakes letzte Worte an mich, Worte von jenseits des Todes. Ich betrachte seine kühne Handschrift und lächle.

Lieber Charlie,
ich will nicht klingen wie ein Klischee aus einem alten Spielfilm, aber wenn Du diesen Brief liest, bin ich wahrscheinlich tot. Und falls derjenige, der diesen Brief liest, nicht Charlie ist, dann verpiss Dich und stirb, Du Arschloch, denn dann bist Du vermutlich derjenige, der mich getötet hat.

Bei dieser Zeile muss ich immer noch lachen. Ich lese weiter, obwohl ich den Brief mittlerweile aus dem Gedächtnis vortragen könnte.

Aber ich will annehmen, dass Du es bist, Charlie. Dass mir notfalls eine Möglichkeit eingefallen ist, Dir einen Hinweis zu hinterlassen, der Dir hilft, dies zu finden, und dass Du klug genug warst, ihn zu entschlüsseln. Was den letzten Teil betrifft, habe ich keinen Zweifel.

Der Grund für den Satz oben, ich sei vermutlich tot, ist, dass ich mich in etwas Gefährliches verstrickt habe.

Daraufhin schildert Jake, wie der damals noch junge Andrew Lippincott den sogar noch jüngeren Carmen Siracuse beauftragt hatte, seinen autistischen Sohn zu ermorden, und wie Jake dies von Carmen Siracuse' anonymem Erpresser erfahren hatte, von dem Mann also, der Siracuse das Audioband gestohlen und damit dem Mafiaboss im Lauf der Jahre ein kleines Vermögen abgepresst hatte. Jake schrieb, der Mann habe ihm das Band am Telefon vorgespielt, aber fatal falsch eingeschätzt, wie schnell es mit seinem Leben zu Ende ging. Er war wenige Stunden nach dem Telefonat gestorben, ehe Jake Gelegenheit gehabt hatte, sich mit ihm zu treffen, um das Audioband entgegenzunehmen. Dann folgte die erste von Jakes Überraschungen.

Charlie, ich fürchte, ich werde Dich jetzt enttäuschen. Wenn Du mein Andenken nicht beschädigen willst, dann lies nicht weiter. Du liest noch? Letzte Chance … Okay, hier kommt's. Ich dachte über das nach, was ich erfahren hatte. Ich stellte ein paar Nachforschungen an und entdeckte, dass der Fall des Simon Tolliver, des Jungen, der verurteilt worden war, den kleinen Tommy Lippincott getötet zu haben, als glasklar gegolten hatte. Sämtliche Beweise, die dem widersprachen, außer jenem Band, waren anscheinend entweder verloren gegangen oder längst begraben. Vermutlich hätte ich zur Polizei gehen und zumindest versuchen können, sie von der Wahrheit zu überzeugen, aber ich hatte keinerlei Beweise, und die Leute, die darin verstrickt waren, waren wichtig – viel zu wichtig, um sie ohne hieb- und stichfeste Beweise anzugehen. Also beschloss ich, vorzugeben, dass ich das Audioband wirklich besaß, und dann dem Beispiel meines toten Informanten zu folgen. Ich habe sowohl Siracuse als auch Lippincott erpresst. Es tut mir leid, Charlie, aber das habe ich getan. Und tue es noch. Ich suche weiter nach Beweisen gegen diese beiden Drecksäcke, nach Beweisen für den Mord, und wenn ich die finde, werde ich damit zur nächsten Polizeiwache gehen. Ehrlich gesagt, schreibe ich diesen Brief genau deshalb, weil es bald ein wenig gefährlich werden könnte. Ich habe möglicherweise eine vielversprechende Spur, jemanden, der zur Zeit des Mordes im Krankenhaus gearbeitet hat. Nach allem, was ich über Siracuse weiß, behält er solche Leute im Auge, aber ich bin bereit, das Risiko einzugehen. Wünsch mir Glück.

Das beantwortete eine Frage, die mich beschäftigt hatte. Ich hatte mich gefragt, womit Jake Siracuse bewogen hatte, jemanden diesen fingierten Anruf tätigen zu lassen, den Jake während des Essens mit dem befreundeten Kollegen erhielt, jenen Anruf, der ihn fortlockte, damit man ihn entführen konnte. Ehe ich erfuhr, dass Jake Siracuse und Lippincott erpresst hatte, hatte ich mich gefragt, wodurch er ihre Aufmerksamkeit erregt hatte. Doch nachdem ich in Jakes Brief von der Erpressung gelesen hatte, hatte ich mich gefragt, warum sie ihn sich ausgerechnet zu diesem Zeitpunkt geschnappt hatten. Sie mussten davon ausgegangen sein, dass er einen Plan in petto hatte. Tja, wie sich herausgestellt hat, hatte er das nicht. Ich tippe darauf, dass er niemanden gefährden wollte. Doch das wussten sie nicht. Sie mochten herausgefunden haben, dass er versuchte, weitere Beweise für ihr Mordkomplott zu finden. Es mochte durchaus die »vielversprechende Spur« gewesen sein, von der Jake schrieb, die sie gewarnt hatte. Also hatten sie ihn sich geschnappt.

Ich hoffe also, Du verstehst, dass ich das, was ich getan habe, nicht aus Geldgier getan habe, Charlie. Aber trotzdem bitte ich Dich um Vergebung. Nur Dich. Ich will Dich nie verletzen, Dir keine Schande machen. Meine einzige Entschuldigung ist, dass ich es aus Liebe mache. Weißt Du noch, das Geld aus Moms und Dads Lebensversicherung? Das Geld, von dem wir jahrelang gelebt haben? Das Geld, das Dich durchs College gebracht hat? Das Dich in diesem Augenblick, während ich dies schreibe, durchs Jurastudium bringt? Es stammte nicht von Mom und Dad. Oder aus ihrer Versicherung. Dad besaß großen juristischen Sachverstand, aber in seinem Privatleben hatte er noch nie ein Händchen für Details. Er vergaß, die Prämien zu zahlen. Wir hatten nichts. Und das wollte ich nicht für Dich, Charlie. Ich wollte, dass Du bekommst, was Du brauchst, um Dir Dein Leben aufzubauen. Das hattest Du verdient. Du hattest es schon als Kind schwer. Unsere Eltern starben. Ich war nie da, habe immer gearbeitet. Du hast etwas Besseres verdient. Und deshalb *mache ich das.*

Als Nächstes nannte Jake mir die Kontonummern zweier separater Bankkonten auf den Cayman Islands. Offenbar lagen dort über drei Millionen Dollar, als Jake den Brief vor dreizehn Jahren schrieb. Danach lag das Geld dort in aller Ruhe, wartete und erwirtschaftete Zinsen.

Das Ironische an Jakes Erpressung entging mir nicht, und ich bin mir sicher, es entging auch ihm nicht. Du liebe Güte, vielleicht entging es nicht einmal Lippincott oder Siracuse. Schließlich setzte Siracuse das Band ein – auch als er es gar nicht mehr besaß –, um Lippincott zu erpressen. Eine anonyme Person, vermutlich ein Partner oder Untergebener von Siracuse, stahl ihm das Band und erpresste den Mafiaboss damit. Dann kam Jake des Wegs, und obwohl er das Band niemals in die Hände bekam, benutzte er dessen Existenz und das Wissen um dessen Inhalt, um Siracuse und Lippincott zu erpressen. Und dann kam ich. Und bluffte mich durch die ganze Angelegenheit, indem ich vorgab, das Band zu besitzen, um zu bekommen, was ich wollte, nämlich Jessicas und Bonz' Leben sowie mein eigenes.

Nun wartete das Ergebnis von Jakes Erpressung in der Karibik auf mich und mehrte sich mit jedem Tag. Ehrlich gesagt, bin ich nicht sicher, wie ich mit all dem Geld umgegangen wäre, wenn Jake nicht geschrieben hätte, was er als Nächstes geschrieben hatte.

Ich kenne Dich, Charlie. Du wirst das Geld nicht haben wollen. Du bist zu anständig. Ein besserer Mensch als ich. Aber an Deiner Stelle würde ich es nehmen. Tu damit, was Du willst. Behalte es. Spende es Wohltätigkeitsorganisationen. Gib es für Schnickschnack aus. Wofür auch immer. Du magst es nicht wahrhaft verdienen, aber Du verdienst es garantiert eher als die Drecksäcke, die es mir gegeben haben.

Dagegen ließ sich kaum etwas einwenden.

Das ist alles, Charlie. Ich hoffe, Du bekommst diesen Brief nie zu sehen. Ich hoffe, wir beide leben ewig. Ich hoffe, ich werde alt und kann Dir dabei zusehen, wie Du fast genauso alt wirst (Du wirst immer elf Jahre jünger sein, denk dran). Aber falls das nicht sein soll, dann hoffe ich, Du hast ein gutes Leben, auch wenn ich nicht mehr da bin. Und ich hoffe, Du heiratest eine außergewöhnliche Frau. Und bekommst Kinder. Und wirst glücklich. Bitte tu das, Charlie. Denn dann wird mein eigenes Leben einen Sinn gehabt haben.

Dein Dich liebender Bruder Jake

Vielleicht werde ich diesen Brief eines Tages lesen können, ohne mir hinterher eine Träne aus dem Augenwinkel zu wischen. Aber dieser Tag ist noch nicht gekommen.

Also war Jake nicht ganz der Mann gewesen, für den ich ihn gehalten hatte. In meiner Vorstellung war er immer fehlerlos gewesen. Um ehrlich zu sein: Er hätte gar nicht der Mann sein können, für den ich ihn gehalten hatte. Niemand könnte das. Nun ja, ein Mann vielleicht, aber eine Menge Leute glauben, dass er vor langer, langer Zeit an ein Kreuz genagelt wurde.

Jessica und ich haben noch nicht entschieden, was wir mit dem ganzen Geld anfangen werden. Werden wir es behalten? Zumindest einen Teil, glaube ich. Wir haben schon ein Bankkonto für Bonz eingerichtet, auf dem ein ordentlicher Teil davon liegt. Ich denke, eine Million Dollar werden ihm einen anständigen Start ermöglichen. Ich werde ihm bald davon erzählen. Wir haben auch der St. John's Church eine ansehnliche Summe gespendet. Ich weiß noch immer nicht, ob ich an Gott glaube, aber Father Sean glaubt an ihn, und er hat an mich geglaubt, als es sonst fast niemand tat, und das ist meiner Meinung nach locker eine Viertelmillion Dollar wert. Vervollständigt haben wir unsere philanthropischen Anwandlungen mit anonymen Spenden von insgesamt einer weiteren Viertelmillion Dollar an verschiedene Wohltätigkeitsorganisationen, die Obdachlose in Boston unterstützen. Es gibt jedoch mindestens einen persönlichen Zweck, zu dem wir ein wenig von dem Geld verwenden wollen: die Vervollständigung der Inschrift auf Jakes Grabstein. Wir wollen sein Todesdatum darauf einmeißeln lassen, jedenfalls so genau, wie es sich bestimmen lässt.

In seinem Brief bat Jake mich um Vergebung. Das war nicht nötig. Was er tat, tat er für mich. Damit hat er beinahe sein gesamtes Leben verbracht. Alles, was ich bin, alles, was ich vielleicht eines Tages sein werde, verdanke ich ihm.

Manche Menschen würden Jakes Entscheidungen, seinen Entschluss, zum Mittel der Erpressung zu greifen, fragwürdig finden, und das könnte ich ihnen wohl kaum verdenken. Aber ich tue das nicht. Ehrlich gesagt, stört es mich kein bisschen.

Für mich ist es einfach Jake.

DANKSAGUNG

Dieses Buch ist das Werk vieler Menschen. Allen voran danke ich Colleen, stets meine erste Leserin, mein größter Fan und meine liebevolle Ehefrau. Ohne ihre unentwegte Unterstützung, ihre begeisterte Ermunterung, ihren wachen Humor und ihre unerschöpfliche Liebe wäre das einsame Leben eines Schriftstellers noch sehr viel einsamer. Aus tiefstem Herzen danke ich meinen Schriftstellerfreunden Daniel Suarez, Adam Winston und Don Lamoreaux, die das Buch mit ihren durchdachten Kommentaren immens verbessert haben. Ein Dank geht auch an John Hankins, einen scharfäugigen Leser und verdammt guten Bruder. Den Rechtsanwälten Susan Hankins (meiner brillanten Schwester) und John R. Gulash (meinem brillanten Schwager) danke ich ebenfalls für ihre Beratung zum Thema Strafrecht. Ein großes Dankeschön geht an meine Familie und meine Freunde für ihre verlässliche und liebenswürdige moralische Unterstützung. Vielen Dank auch meinem Agenten Michael Bourret von Dystel & Goderich Literary Management für das unerschütterliche Vertrauen in mich. Zuletzt gibt es zweifellos weitere Menschen, die mir mit Rat und Tat zur Seite gestanden haben, während ich an diesem Buch schrieb, und auch wenn ich sie hier nicht namentlich erwähne, danke ich ihnen allen.